萧致的考场在楼下，他拿着笔和草稿纸准备走，谌冰突然叫住他："萧致。"

楼梯口人流匆匆，萧致高瘦的身影转回道："怎么了？"

谌冰往前走了几步，抬手在他额头轻轻一敲，"啪"一声脆响。

谌冰镇定地道："给你走运。"

若星若辰

萧致静静地看地，
　偶尔回头望着窗外。

"捂住耳朵。"萧致低声说。
谋冰听到很轻很轻的一声"砰",
随即,漫天的烟花落入眼底。

第一章
万花筒
001

第二章
竹蜻蜓
046

第三章
风筝线
088

第四章
纸飞机
140

第五章
甜汽水
183

第六章
黏牙糖
225

目 Contents 录

第九章
一寸照
355

第七章
卷笔刀
266

第十章
冰冰长大了
392

第八章
烟花夜
310

番外
去看更远的星星
428

第一章
万花筒

车里闷热，让人昏昏欲睡。强烈的阳光掠过陈旧的残破楼房，一路上光影交错，纯黑色豪车行驶于明暗交织中。

随着刹车踩下，车轮行驶声戛然而止。

"九中，导航到这儿没错吧……"

声音停顿了一下，她似乎难以置信："这学校怎么破成这样？"

许蓉握着手机下车，不太确定地向车内询问，同时听到一串铃声，她立刻皱眉。

"你们张老师又来电话了，一天打十个！小冰，你接。"手机被递过去。

车里探出一只手。这只手指节细长白净，被滚烫日光灼烧后不着痕迹地收回去。

"张老师好。"少年声音冷冷的。

"谌冰，今天开学你真不来了啊？不是老师说你，转学也要去个好学校才对得起你全市第一的成绩啊！九中不适合你。你还是回一中来吧，老师和同学们都在等着你。"

少年下车，他穿着雪白T恤，双腿又长又直，眉眼被太阳镀了层金光，看着手机不知道有没有听进去。

"谌冰，你别不懂事，老师已经提醒了你很多次，现在回一中还来得及！"张老师苦口婆心，旁边有声音附和，听得出还有试图夺过手机的校领导。

谌冰学习很好，在一中被当成状元苗子培养，丢到九中属于"暴殄天物"。

"不，我已经决定好了，谢谢老师。"少年挂断电话，他的措辞客客气气，却没见得多有耐心。

谌冰看向九中正校门。这里不太像高中校园，沿街都是摆摊卖花生、饮料、矿泉水的，人群熙攘。校外经历了一个冷清暑假后重新热闹，围满了学生。

破烂地砖踩一脚凹进去半截，在下雨天会变成"地雷"，走两步，裤脚就溅满黑水。

"不然我们还是回去吧，别拿你的学习开玩笑！"许蓉也帮着说话。

这些话，谌冰都没听进去。谌冰看着周围，思绪跑得有点儿远。状元喜报、烟花爆竹、第一名录取通知书，他上辈子已经见过。只不过谌冰上辈子运气不好，录取通知书在邮寄途中时他被查出了脑癌。最终学校没去成，在家休养半年后就英年早逝了。

谌冰死过一次。

谌冰把手放进兜里，指尖触及一张微硬的照片。这是他上辈子高二暑假拍的一寸免冠照，后来出现在被警方带去指认的萧致尸体身上。血淋淋的衣兜里就有这张照片。

他的发小萧致出车祸当场死亡，身上可以证明身份的东西都没有，却带着他的照片。

一寸免冠照上有带血迹的指纹，经过司法鉴定，是死者萧致的。

耳边叫卖声逐渐清晰。新生拎着锅碗瓢盆、被子包袱，热闹程度赶得上春运的火车站。谌冰从回忆中回过神来，侧身往里走。

谌冰无意识地四下打量，没看见熟悉的身影。加上上辈子的记忆，他与萧致快五年没见面了。

"我先跟你们班主任联系，问问你宿舍在哪间。"许蓉忙着处理入学问题，"哎，陆老师！我是谌冰家长啊！对，我们已经到校门口了，但不知道是哪间寝室……"

校门口的迈巴赫、贵妇许蓉和浑身名牌的谌冰，在陈旧残破的街道引起阵阵嘘声。

谌冰握紧了矿泉水，脸上没什么情绪。

耳边，大喇叭还在继续——

"开学大酬宾，文具大甩卖！中性笔、铅笔、圆珠笔……"

声音是字正腔圆的播音腔，像少年喊的，声音略低，充满磁性。

谌冰瞟了眼。

校门左手边的文具店，地理位置绝佳。文具店门口三三两两站了几个少年，当中穿黑T恤的身高腿长，靠着柜台，屈着膝盖。他戴着棒球帽和黑色口罩，正拿着两三板笔芯比画。

旁边一男的递过话筒：「老板，大开张，赏脸再帮忙喊两句？」

「滚」。声音通过扬声器传播，低音非常好听，跟刚说话的公鸭嗓形成鲜明对比。

"黑T恤"肩背沾着不知哪儿的灰，脊梁微微弯下，不太像十七八岁的少年，气质非常冷峻。

"寝室在A栋306，我们现在过去。"许蓉被大喇叭提醒，想起来，"小冰，你笔记本、钢笔、铅笔、橡皮擦都带齐了吗？没带的话过去买一些。"

"知道了。"

为了满足开学对文具的大需求量，文具店里堆满批发的盒装笔芯。

谌冰走近时，"黑T恤"手机响起铃声，他拿起手机，按动屏幕的手指修长瘦削，打字速度飞快。

谌冰拿起红笔，画了两条清晰的线："叔叔，这笔多少钱一支？"

问完，对方按动屏幕的手顿住。

旁边男生文伟笑了："什么，叔叔？！啥眼神啊？少年当街被叫叔叔为哪般？"

管坤附和："风水轮流转，大帅哥也有今天。"

谌冰没回过神儿，手里的笔被"黑T恤"劈手夺回，但又举在两人之间，没有不卖的意思，但也没有给他的意思。

棒球帽帽檐压得很低，能看见他分明的颊骨线条，剪短的碎发落在眼睫上，气场强大，眼神凌厉。

"黑T恤"出声："叫谁叔叔？"

"啪嗒"一声，红笔被丢在桌上："我有这么老？"

不等谌冰作答，他慢条斯理又极为认真地纠正："叫哥哥。"

谌冰静静看着他。

等不到回应的"黑T恤"不耐烦了："叫声哥哥这么难？叫不叫？不叫……"竖起修长的手指，晃了晃，"这笔我不卖。"

还是没得到回应。"黑T恤"注意力总算从手机上移出，认认真真抬起眼皮，架势像要教育小朋友。

"基本礼貌……""黑T恤"话音戛然而止，刚抬起的手腕突然放了下去。

黑色口罩遮住了他大半张脸，但能看出眉眼长得极好，漆黑眉尾另类地刮了条杠，双眼皮，眼窝深邃。

湛冰背光站着，浑身整洁干净，跟周围环境格格不入，和他对上视线。

"有病。""黑T恤"萧致短促地骂了声。

其他人不知道他为什么骂人。

听他骂了人，湛冰动了动唇："哥。"

萧致脸上没什么表情，低头，手指扣住隔板"哐"地拽开。

接着，萧致走了出来。文伟以为要打架，连忙上前："兄弟，没事儿啊！知错能改，善莫大焉！我们萧哥也不是计较这种破事的人。笔你拿走，一块钱一支，量大从优！"

文伟抱住萧致的腰："给小帅哥说句'没关系'，看把人孩子吓得！"

店里的柜台旁还隔着门板，被萧致用膝盖顶开。随即，他挣脱文伟的手来到店门外。萧致没见着人似的，对想靠近的湛冰置之不理，抬手压了下帽檐，头也不回地沿着街道离开。

湛冰低头拿笔，微信扫码付款。他走出文具店，看向萧致走远的背影。

阳光落到眼底，跟当年初夏一样，绿树枝杈伸向蓝蓝的天，空气中热意弥漫。走廊上的少年穿着学校制服，身材清瘦。他的手腕搭在被阳光晒得微热的白瓷砖上，转过来看他。

"湛冰，我一直把你当最好的朋友。

"高中我想跟你读同一所学校。

"我想一直和你待在一起。"

现在的背影，比起当时，似乎哪里不一样了。

"笔买好了？走吧，去你寝室看看什么样。"许蓉说，"这儿晚上几点断热水？断得早的话还要买洗脸盆、热水瓶。"

到寝室整理床铺，等其他人都离开了许蓉才叮嘱："别跟这些人结交太深，问你借钱不要借，垃圾食品也别吃。管好自己，每周给妈妈打电话。"

湛冰家境优渥，第一次来到九中这样的环境，许蓉很担心他能不能照顾好自己："不要理会任何人，自己学习最重要。"

"嗯。"湛冰从书包里拿出一中的教材。

许蓉似乎还想说什么，走近拍拍他肩膀："你是妈妈的骄傲，妈妈非常爱你，也担心你。"

湛冰低头几秒，应声："知道了。"

许蓉离开后，湛冰在学校逛了一圈。

学校临河而建，校门前杂乱无章地堆满电瓶车、自行车。学校四处残破，但跟陈旧的街区很搭，甚至隐约有文艺电影的氛围。

湛冰吃完饭回到寝室，寝室里侧端着洗脸盆的男生跟他对上了目光。

"我刚见老陆往群里发消息说有新室友，原来是你。我刚还说东西没地方放了，哈哈哈。"文伟笑声爽朗。

他盆里放着换洗衣服，抬手准备搭湛冰肩膀："那你明天到我们班吗？"

湛冰向左跨一步，躲开他的手。

文伟摆了摆手，说："吃晚饭没？过两天老张把校园卡发你，你可以去食堂充卡。我先去洗衣服了。"

他急着要走，湛冰想到下午他和萧致一块儿摆摊的事，叫住他："请问，萧致住哪间寝室？"

"萧哥？我萧哥不住校。"

"不住校？"

"他平时要照顾家里人，一堆破事儿，住校来回跑不过来。"文伟以为他是记恨中午买笔的冲突，询问，"咋了，不会为个称呼，你俩还记仇了吧？"

湛冰不想说废话："我和他认识。"

"哦，这样。"文伟似懂非懂，夹着洗脸盆费力地拿手机，"等等，我帮你问问萧哥能不能直接给你他的联系方式，你俩聊。"

湛冰瞟了眼，他对萧致的备注为"我萧哥"，显然对萧致非常尊敬。

文伟开始打字。

河边的地上一堆喝空了的可乐罐，少年又捏瘪了一只，他放松的肩背透着股无所谓的散漫，气质凌厉而充满野性。

听到手机提示音，萧致从长椅上直起腰身。傍晚余热未消，他指尖关闭"全市期末联考排名"搜索页面，视线从第一名"湛冰"名字上扫过。

新消息。

伟子："嘀嘀嘀，萧哥在家不？"

伟子："今天中午买笔芯那个，想知道你家庭住址和联系方式，我能不能说？"

萧致愣了下，情绪稳定后，拿起手机打字。

萧致："不认识，叫他滚。"

"他怎么说？"湛冰站在楼道口，似乎在催促。

文伟盯着手机屏幕有些傻眼，屏幕上明明白白写着"叫他滚"三个字，这么回复新同学，是不是有些不友好？

文伟转移话题："你要闲着没事可以出去转转，东大路一条街吃吃喝喝玩玩，找什么萧哥？"说完便逃离了现场。

这难道不是暗示？湛冰拿着手机怔了几秒，按照导航走到街头。

东大路大概是离这儿最近的商业区，高楼矗立，沿街全是烟熏火燎的美食店、烧烤摊子。

湛冰沿街走了一圈后看看手机，关校门时间快到了。他打车准备回去，刚开车门，看见对面街头走过两道高高瘦瘦的身影。

身材高挑的少年嘴里叼着根棒棒糖。

他们前后穿过狭窄小巷，推开一家网吧的玻璃门走了进去。

确定是萧致，湛冰取消了打车订单，跟了过去。

湛冰穿过一条漆黑巷道，网吧牌匾上二极管里的"网吧"二字只有小部分还亮着，灯光昏暗不明。空气中充斥着浓郁烟味，湛冰进去就被叫住了。

"喂，未成年人不能进网吧。"

湛冰转身，眼前是个年轻的小哥，一头银紫色锡纸烫，像个"钢丝球"。

"钢丝球"敲桌子："身份证。"

湛冰："我刚才看见有未成年人进来。"

"钢丝球"本来躺在椅子里，听见他的话立刻坐直："你不要凭空污人清白，我们网吧绿色又环保，时刻铭记相关规定，绝对不会知法犯法！"

湛冰拿出手机："意思是不让进，是吧？"

"男子汉说话算话，不让学生进就不让进！"

湛冰把手机靠向耳侧："警察叔叔……"

"等等！""钢丝球"赶忙拦下湛冰，确定没报警才咬牙道，"只能进去看看！"

网吧里乌烟瘴气，湛冰四下打量，的确没看见萧致。

虽然心里不乐意，但湛冰实在找不到人，只好出了网吧。

踏出网吧时湛冰垂头思索了片刻。萧致不可能跳窗而逃，网吧内应该有隔间。

湛冰走到了马路对面，"钢丝球"还在门口探头探脑，遥遥传来一句："都说没有未成年人啦！"

湛冰唇角扬起一个很浅的弧度，紧接着，夜风中传来呼啸的警笛，并逐渐清晰，一声一声仿佛要击穿耳膜。

"钢丝球"愣住了。

对街少年抬起手臂，朝他悠悠挥了一下刚报完警还亮着屏幕的手机。

"钢丝球"一脸震惊,这高中生是人?!

九中高二年级组办公室。

高二(4)班成绩单摆在桌面上,陆为民摸着下巴,研究了起码半个小时。

上学期全市所有高中期末参加统考,这次成绩进行了全市排名。

第一名,谌冰。

语文:138。

数学:150。

英语:147。

理综:296。

总分:731。

第二名,朱晓。

语文:91。

数学:98。

英语:90。

理综:152。

总分:431。

呃,问题很大。朱晓以前是班上第一名,九中重点培育的上本科好苗子,刚才他看见成绩表,不知道为什么突然哭了。

陆为民总算抬头,刚转学的少年转头,几缕碎发堪堪落在眉骨之上,皮肤白皙干净,薄唇微抿,散发着强烈的距离感。

谌冰正心不在焉看墙上的合照。

来到崭新的学校环境,谌冰似乎并不惊慌失措,非常稳得住。陆为民没教过如此优秀的学生,闲聊道:"谌冰,你比咱们班第二名高了300分……"

"知道,"谌冰应声,"刚才看见他哭了。"

陆为民噎了一下:"虽然不知道你为什么转来九中,但老师希望你在九中待得快乐。不求学得更好,至少不能退步。"他起身,"走吧,老师带你去教室。"

早自习还没结束,但教室完全没有学习的氛围,后排几个男生在睡觉,还有折纸飞机的,前排男生边吃饭边挥舞筷子嘶吼:"冲塔啊,垃圾主播!"

陆为民一脚踹过去:"说了多少遍不许在教室吃早饭,出去!"

男生抬手:"收到!"说完赶紧拎着袋子溜走。

咳嗽了声,陆为民说:"昨天班群通知了这学期咱班转来个新同学。这位新同学呢,比较优秀,大家呢,好好照顾他。"

他说完废话说重点:"后排还有几个位置,你看看你坐哪儿吧。要么你跟朱晓坐一块儿?正好他后面空着。"

太好的学生转来九中容易被同化。班上唯一有兴趣学习的估计就朱晓和几个女孩子,不如让他们抱个团,免得被带坏,陆为民是这么想的。

不过他的好学生扫了眼,不感兴趣地道:"不了。"

"也行。"谌冰刚来,陆为民扮演一个充分尊重学生意愿的老师,往后看,"除了萧致那几个男生附近,别的空位你都可以选。"

随即,教室响起一阵哄笑。

教室里吵吵嚷嚷,教室后排靠窗的位子上,话题中心萧致却无动于衷,校服的蓝白袖口露出了一截手腕,瘦削,指骨修长,按在耳侧将头发揉得微乱。他似乎正在睡觉。

谌冰朝他走过去,旁边人倒吸一口凉气:"兄弟别啊,别和他坐一起!"

谌冰也就停了一秒,抬腿,不偏不倚踹上了桌子。"嘎啦"一声响,桌面连人动了两下。周围鸦雀无声,只能听见谌冰不客气地问:"还睡呢?"

桌上趴着的身影有了动静。

萧致抬手,瘦削修长的五指插入头发里胡乱揉了半秒。随即他舔了舔唇,浑身的戾气瞬间散发出来。他抬眸,跟谌冰对上了视线。

短暂的沉默。

"哐"的一声,谌冰又踢了他桌子一脚:"我要和你同桌,你去把桌子搬过来。"

刚睡醒的萧致昏昏沉沉,眼神厌倦,懒得说话,一言不发地跟谌冰对峙。虽然没说话,但能看出他不太爽。

谌冰:"别顾着看我,去搬桌子。"

周围开始躁动,同学们窃窃私语。

萧致迟迟不动,耗下去没意思,谌冰说:"不搬,那我随便找个位置坐。"

黑板里侧座位空着,但靠近空调,冷气正噌噌往外蹿。

谌冰吹冷气容易感冒,想找个同学换却不熟,硬着头皮要过去,突然被人拽着衣摆用力拉回。萧致将铁桌两三下挪过来跟自己桌子拼成了一张,激烈碰撞声显露出他的不悦。

"爱坐不坐。"萧致重新趴下去,风波到此结束。

陆为民眼睁睁看着心爱的"小独苗"跟萧致坐一块儿，总感觉好苗子要被带坏，但刚才他还慈眉善目，一时不好翻脸，只能取出腋下课本上课。

"今天开学第一课，我们拿出语文书。"

湛冰坐着听了几分钟，陆为民回头看见："你一中的书没带过来？"

"一中是自己编的教材，您现在讲的这套我没有。"

"哦，"陆为民回过味儿，"人家一中是比较自信。"他挥了挥粉笔，"找你同桌借，他的课本肯定整洁如新，相当于一本新的。"

教室里一阵哄笑。

萧致桌面空无一物，书要么堆地上，要么放抽屉里，反正桌面要空空的方便睡觉。

湛冰抬手拍了拍他的肩膀。他的动作比较轻，萧致感觉有些痒。

萧致睡眼惺忪，压着起床气："有事？"

湛冰："我没书。"

萧致手往抽屉里摸索，动作干脆地甩出一本果真干净崭新的语文书，甩完趴下去，继续睡，睡了两秒，补充："有话说话，别动手动脚。"

湛冰："……"

湛冰翻开课本。书内干干净净，明显平时没拿出来过。扉页也没写名字。

湛冰取笔，写字。他的字好看，一笔一画写"萧致"二字。

写字时，湛冰想起了以前的事。

小学举办书法大赛，语文老师推荐湛冰参赛。湛冰在每天下午放学后要比其他同学多一节练字课。湛冰以前很怕一个人走路，他三四岁时被人贩子骗过，说来好笑，还是萧致给他抱回来的。知道他害怕，萧致就在操场打篮球、玩游戏，等他下课，等湛冰练字结束，一起回家。

字写完，湛冰停笔。

讲台上，陆为民拿着课本："暑假让你们背的古文背完了没有？就知道没背。反正高考也不是我考，只要会背就能得的分数，你们不要我干吗心疼？"看见湛冰，他挑了下眉，"信不信我抽新同学，他就能背出来？"

大家配合地道："不信。"

"湛冰。"陆为民信心满满，"背《孔雀东南飞》。"

被这么一岔，湛冰的思绪全无，起身按要求背了一段。

陆为民乐了："我教这么多年书总算找到成就感了啊！看看，就这么跟你们说，湛冰成绩非常好！好得不得了，你们都要向他学习！"

教室后排几个男生开始喝倒彩，阴阳怪气，属于攻击性不大、侮辱性很强的那种。

当了这么多年学霸，湛冰什么大风大浪没见过，置若罔闻地坐下，倒是一直趴着睡觉的萧致终于睡醒了，手腕撑着下颌，瞥向后排发声的座位。

湛冰没注意，见他醒了："昨晚干什么去了？"

萧致嗤笑了声："跟你没关系。"

湛冰抿唇。

下课后，朱晓走过来："湛冰是吗？你跟我去楼上办公室领教材，现在估计开门了。"

朱晓很瘦小，戴眼镜，斯斯文文。虽然早自习看见湛冰成绩受了不小的打击，但他作为在九中高二（4）班这样的大环境中还能拼命学习的猛士，对湛冰有天然的惺惺相惜之感。

"好。"湛冰刚起身，背后一男生迅速挪动屁股占领了他座位。

男生明明身强体壮，此刻却双手抱住萧致肩膀，做小鸟依人状，仿佛找青天大老爷哭诉的受欺负之人："萧哥！孩子太倒霉了！太倒霉了！我跟你说，昨天晚上……"

湛冰盯着他屁股。

男生李旭擦了把泪："大哥有事吗？"

"我不喜欢……"湛冰想想，"算了，没事。"

"哦。"李旭就继续哭了，"萧哥啊，你说到底哪个缺德的人干的。我哥好不容易攒钱把那网吧盘下来，还没焐热，昨晚就被缺德的打电话向派出所举报……"

湛冰本来要走，听到这句后却停下了脚步。

"萧哥！你也在网吧，咱俩一块儿写的千字检讨啊！我听我哥说了，那举报的绝对是我们学校的学生！"手机突然响了下，李旭边掏手机边看，"监控我哥调出来了！"

湛冰："……"

朱晓催促："走吗？"

"走吧。"

湛冰的身影消失在门口，萧致收回视线，被李旭催促着看监控截屏。

那人穿着白T恤，夜色昏暗，李旭眯着眼睛仔细辨认人脸："这，看不太清啊。"

萧致懒散地侧目，也就看了半秒不到，随即愣住——那人化成灰他都认识。昨晚写检讨写到凌晨，到学校了好不容易能睡会儿，又被踹桌子踹醒。始作俑者还真是这个人……真有意思。

"这到底是谁？让我逮住，我当场给这小朋友一个……"

李旭骂骂咧咧，同时寻找萧致认同。

萧致脸色阴沉地看着这张截图，听到这句话后转向他："叫谁小朋友？"

他的敌我不分使李旭当场愣住："萧哥？"

萧致："不熟别瞎叫。"

"现在是讲究这个的时候吗？昨晚，咱俩啊！"李旭双手抓住萧致，瞪大双眼，试图激起他萧哥的怒意，"昨晚咱俩被人家举报，写了千字检讨啊，千字……"

萧致踩着桌椅下方的横杠，漫不经心。他这会儿也没睡醒，半闭着眼皮听李旭扯淡。

门口响起动静，谌冰抱着教材回来了。

李旭看他一眼，看一眼监控截图，再看他一眼。

"可恶！我就说这熟悉的'高冷'感是咋回事，不会就是他吧？"

萧致："你说呢？"

"我明白了。"李旭先按着他手，"难怪你对他态度这么冲，原来是这么回事。萧哥，你别动手，我来解决，你就看戏吧，不用帮我的忙。"

李旭挽袖子，萧致站起身。

李旭拦他："萧哥，真不用你帮忙！我搞得定，你看我今天不给他一个……"

衣领被揪住，李旭瞬间腿软，小心翼翼往前走了两步。

其实他跟萧致不能算熟，但大家唯一服的只有萧致，他只能借借威风而已。所以，李旭现在有点儿害怕。

萧致拍拍他胸口不存在的灰，把刚才的戾气轻巧化解了。

"别动他。"萧致压低声音，"听得懂吗？"

声音小得只有李旭能听见，连抱书走近的谌冰都听不到，却充满了压迫感。李旭变得和小白兔一样乖："好的。"

萧致和谌冰错身时，手腕往左侧一拍，扶住了摇摇欲坠的课本，脸上带着六亲不认的表情走过去。

谌冰被书堆起的死角遮挡，没注意到他这个动作。

李旭："……"到底啥意思！

李旭别的没有，但嘴巴很大，这事儿不到一节课就传遍全班了。

上完两节语文课，陆为民夹着书准备出教室，被谌冰叫住："老师。"

陆为民顿时满脸慈爱，仿佛看着花朵的园丁："怎么，是有什么地方没听懂吗?"

谌冰从兜里摸出手机递过去:"我忘了交手机。"

陆为民在这所学校教书二三十年,从早年激情昂扬,到中年壮志难酬,再到如今的"无为而治",几乎不再管学生,说话都快没人搭理了。现在居然有学生主动交手机!陆为民颤抖着手接过手机。

"你……你真是好孩子。"

文伟刚听了李旭说的事,又目睹此情此景,忍不住竖起大拇指:"绝了,真是第一名啊。刚来就端了一个网吧,还主动交手机,不愧是你,冰神!"

学生交手机明明是基本操作,但在九中反而成了奇闻。

谌冰没理他。

身旁萧致玩着手机。他玩的是类似驾驶坦克打丧尸的马赛克小游戏,手指在手机屏幕上飞速按动。丧尸密密麻麻,但他手速和判断力游刃有余,丧尸几乎无一幸免。

文伟围着谌冰转:"冰神,你怕不是来九中体验生活的吧?!争做学习领头羊?"

不怪他好奇问东问西,周围有钱、学习好的全去了其他学校,聚集在九中的就是筛了几次后留下的粗粝顽石,谌冰这样的"逆天学神"降临九中,大概……三千年一遇。

谌冰心不在焉听他扯淡。

没见过分数上 700 的学生的文伟不知从哪儿找了本《高精尖数学专练》,指着其中的难度思考题:"冰神,这题会做吗?"

他像是进了大观园的刘姥姥,想看谌冰一展"学神"智商。谌冰真以为他不懂,拿出草稿本和笔:"我给你讲。"

文伟超乖:"好的!"

谌冰给文伟讲题,萧致单手搭着桌面,若无其事往这边瞥了眼。不同于刚才打游戏时的游刃有余,现在炮口怎么对都对不准,进场后死了四五次。

"后几道步骤的公式变形可能想不到。圆锥曲线很大一部分难度在计算上。"谌冰厘清思路,说,"离心率 e 题目给了……"

"等等,"文伟摸下巴,"离心率是什么?"

问这问题相当于解"1 加 1 等于几"时问"加和减的区别是什么"。

谌冰舔了舔唇,打算给他过过基础知识,身旁萧致嗤笑了声:"有病。"

文伟转向他。

萧致："离心率都不知道。"

文伟："我不知道难道你知道？"

安静了好几秒。萧致踢开凳子起身，瞥他一眼"我不知道离心率，也不妨碍你考倒数第三。"

题没讲完，中途文伟气急败坏跑去找上次期末考试的成绩单，力证自己考试并非倒数第三，而是倒数第五。

谌冰无语地收起书，趁着大课间，趴在桌上睡几分钟。

正午阳光升高。他皮肤白，半偏着头露出白而精致的耳郭，阳光照在右耳垂上那颗小小的黑痣上。黑痣非常小，但在白色肌肤的映衬下就很明显，像是唯一的点缀，煞是好看。

刚开学生物钟还没调整过来，谌冰恹恹的。他也就眯了两分钟不到，就被指节叩击桌面的声音弄醒。

谌冰抬头，萧致若无其事、没事找事地说："换座位，我坐外面。"

"？"

"我想晒太阳。"

行吧。谌冰揉着眼睛起身看他挪了桌椅。萧致坐下也没别的话，点开游戏继续玩儿，手速似乎回到了巅峰状态。

旁边，文伟边翻成绩单边跟管坤说话："有没有感觉萧哥这两天很狂躁啊？见人就喷。"

"开学综合征？"

"萧哥能有什么开学综合征？作业都不写。"文伟边说边转向管坤，再三确认，"我是倒数第五，不是倒数第三，是不是？"

这一上午的课谌冰算来着了。

语文课之后是数学课，刚毕业的年轻老师进教室在黑板上写出了答案，接着埋头讲题。底下聊天、打游戏，吵吵闹闹。

课代表发试卷，谌冰卷子在一中，这会儿手里什么都没有。

萧致甩出了他的数学试卷——28分。

选择题全选C，填空题问角A、角B关系他填了根号3，大题倒是自觉地自己画了个大叉，摆明了不要老师动手他自己来。

谌冰翻来覆去看两遍："考的什么啊！"谌冰记得初中时萧致成绩不算差，真不差。他脑子好用，平时虽然贪玩，但考个班上前三不成问题。现在看到这张堪比鬼画符的试卷，不知道他经历了什么。

"怎么能跟你比，大学霸。"萧致短促地笑了声，话说得有点儿咬牙切齿。

总是莫名其妙对峙，谌冰问："老师讲到哪儿知道吗？"

"听不清。"

"那我给你讲。"

萧致的回应简单干脆："千万别，谢了。"

谌冰感觉真是没话说了。剑拔弩张什么都聊不了，好像有什么血海深仇。谌冰打算跟他好好捋捋前尘往事，但萧致已经拿出了手机，低头自己玩，摆明了拒绝闲聊。

行，下课再算账。

数学老师非常守时，正讲到"我们把这个不等式移项，整理出 f(x) 的公式……"接着听到下课铃响，公式讲到一半直接咽下去，掉头出了教室。

谌冰没废话，不客气地踹了萧致凳子一脚："出来。"

萧致还没动，门边突然起了骚乱。一个号啕大哭的女生走进来，径直来到萧致桌子前。看校服是初中的，年纪小，但做了头发，她没说话，哭得稀里哗啦，脸特别红，委屈坏了。

她冲萧致抹着眼泪。

萧致向左右扫了眼。

周围没别人，确认她冲自己来后，萧致："你是谁？"

女生顿时崩溃："我是谁？！你说我是谁？还能有比你更渣的吗？！明明说了开学就奔现，为什么不来找我？我在咖啡厅等了你整整三个小时！"

萧致站了两秒，明显不清楚怎么回事儿，他垂眸思索几秒，嘴唇轻轻动了下，反应过来后直接吼："谁又拿我照片去网恋！"

谌冰心说："还能这样？"

萧致是九中公认的高颜值"校草"，每次出校门都有人等着看他。但就不知道哪个居心叵测的人拿他照片去网恋还骗钱，之前就被纠缠过几回了。

文伟也蒙了："不可能啊，难道还有人不知道萧哥不近女色吗？"

"九中第一无情，岂是浪得虚名？"

萧致扫了整个教室一圈，突然径直朝另一头走过去。人群散开，一个躲在人群中看戏偷笑的男生被他一把揪出，一拳砸脸。

"张自鸣，你干这事儿恶心不恶心？"

张自鸣个子挺高，眼下有几颗痘，身体还算强壮，但被萧致按着打几乎没有还手之力。

边挨打，边"嘿嘿嘿"地笑："萧哥，对不起，对不起，开个玩笑！"

"你脖子上顶的是什么？开这种玩笑？"

湛冰上前,握住他手腕:"别打了。"萧致蓄力的手腕硬生生收住。

"给她道歉。"萧致声音压着火。

张自鸣抱头,还笑得出来:"别啊,萧哥,你自己网恋,怎么怪到我头上?"

"我……"萧致揪住他衣领,"你还是人吗,她才多大,你也骗?"

闹哄哄中,陆为民进教室大喝一声:"萧致!"

萧致松手。

"你又打架!说了多少次不要打架!还打张自鸣,你俩多大仇多大怨!刚开学第一天就干仗!"陆为民气得浑身发抖,"给我滚到办公室来!"

他俩一前一后。那张自鸣流着鼻血"嘿嘿"笑了两声,想跟萧致勾肩搭背:"萧哥,别生气嘛。"

"滚!"萧致直接甩开他。

教室很安静,只有文伟继续安慰拼命哭的小姑娘:"初几了?初三?小妹妹,以后好好学习,不要相信网上的人。萧哥他不会做这种事。这事你看看怎么办,报警还是?"

女生跑出了教室。文伟挺无奈:"真让人恶心,刚开学就这样。"

湛冰跟到走廊,光线一照,脑子突然醒了一下。

张自鸣,耳熟的名字。

那是一个正午。警察指着桌面文档分析监控:"出车祸前萧致和同班同学张自鸣见过面,这个人高中没读完就辍学了,在一家KTV工作……"

萧致死后,这个人销声匿迹,怎么都联系不到。

阳光落入湛冰眼底,患癌时的刺痛似乎掠夺了知觉,但当时更让他疼痛的是看见太平间血肉模糊的尸体。

湛冰靠着栏杆,皮肤被阳光晒得微微发烫,短暂失神。

耳边传来办公室的训斥。

"萧致!无论如何不能动手打人,再打架,我看你这辈子也毁了!"

半响,办公室门"哐"地被踢开。萧致满心怒火,跟湛冰对上目光,湛冰正思索着说两句什么的时候,萧致转头进了教室。

他拉开凳子,撕了张草稿纸先写下三个大字"检讨书",字迹非常潦草。

接着,写了几个字"我不服,凭什么写检讨"。

最后一节课陆为民进教室,看见萧致的检讨还想训斥他。

湛冰握着笔,抬头:"老师。"

陆为民火气未消,但对湛冰挤出了笑意,温声道:"怎么了?"

湛冰不急不缓地道:"张自鸣先惹事,萧致才打人。"

陆为民怔住:"啊?"

湛冰指尖在纸面拂了下,语气尊重,但内容完全不是那么回事儿:"就跟您说一下,免得您老误会萧致。"

此情此景,陆为民有点儿尴尬,听旁边同学附和几句,才重新开口。

"是吗?那都有错,等着,这俩我一块儿收拾。"陆为民出了教室。

隔着两三排桌子,文伟跟推销员似的,向湛冰竖起大拇指:"兄弟,厉害呀。"

湛冰没回话,低头,继续写东西。

湛冰的所作所为,直接让他在文伟心目中的形象"噌噌噌"地高了一大截。放学后,文伟溜达过来:"没校园卡吧?这两天我带你吃食堂。"

周围学生撒丫子狂奔,湛冰以正常速度闲庭信步,文伟心里急也只能放慢脚步聊天:"萧哥真不可能跟人网恋,张自鸣那混账太恶心了。"

文伟是萧致"死忠粉",此时拼命帮他挽回形象:"他平时都挺好说话,又不是暴躁症见人就打。萧哥妹妹今年刚上初中,他最烦别人调戏小女孩儿了,见一次打一次。"

湛冰看他一眼,"他妹妹?"

"对,叫萧若,特别可爱的一个小姑娘。你估计不知道,萧哥就这么个妹妹,也没别的家人了,特别把她当宝贝……"

文伟闻到食堂饭菜香后加快了脚步,身旁的湛冰却停了下来。

人来人往,食堂喧嚣声盖过了此刻枝叶间的无休止的蝉鸣。

湛冰站着,若有所思,轻声道:"我知道。"

知道还是不知道文伟不好说,毕竟萧致似乎对他态度一般,文伟摸出手机看了看消息:"果然,萧哥接妹妹放学去了。"

照片上小姑娘梳单马尾,穿着校服,杏眼直视镜头,嫌弃的脸上就差写出"你别拍我"几个大字。

湛冰说:"挺可爱。"

"一会儿你回寝室吗?"到了食堂,文伟端着餐盘回头问他。

"不回,直接去教室。"

"行,那我吃完先走。"

分道扬镳前,湛冰突然开口:"我想出趟校门,住校生中午能不能出去?"

"可以啊。九中宽松得很,不过回来记得冲门卫大爷叫几句大哥。"

湛冰:"……"

文伟忍了一秒笑得前仰后合："真的假的，学神这么好骗！"

湛冰舔了下唇，懒得跟他说话，转身出去了。

到教室时里面还没几个人。一中同学中午一般自觉保持安静，睡觉的睡觉，写作业的写作业。但九中同学到教室后，全在打打闹闹。

湛冰置身事外，填满上午没写完的纸，举起迎着阳光看了一眼。

半透明黄纸后人影晃动，身影很高挑。

萧致来了后男生们一窝蜂地笑嘻嘻凑近说话。萧致虽凶，人缘却特别好，比较奇怪。

他们叽叽喳喳。

"张白鸣是不是有病啊？这一直阴魂不散的，简直跟牛皮糖似的，粘上了就甩不掉。"

"我感觉他好像心理不太正常。"

"反社会人格？"

"真要是反社会人格，那萧哥这种'社会人'要为民除害。"

萧致踢他一脚，垂眸道："你才社会人。"

湛冰放下纸，填完最后几句话。

阳光透过走廊窗户射入教室内，留下明明暗暗的光影。

湛冰坐姿端正，脊背挺拔，白T恤简直干净得扎眼，安静得与周围的打闹格格不入，专心致志地写东西。

萧致视线掠过，抬头，将笔尖戳进了笔帽里。

管坤啧啧称奇："这是真学神啊。我刚看成绩表他全市排名第一，全市第一什么概念？上学期期末题的难度是地狱级他还能上730分，反正，我这辈子还是第一次见上730分的人。"

萧致没说话，把笔丢进了抽屉里。

"我们都在玩儿，就他写作业。真好奇他为什么转来九中。"

萧致眼神散漫地望了会儿天，说："我也看不懂。"

看不懂这个人为什么突然出现。

午自习后萧致进了教室。

湛冰不知几时趴下睡了，阳光将他右脸白净的皮肤晒得泛红，带着层薄薄的汗，头发也弄得有点儿乱。

萧致抬手关窗，尽管放轻了动作，但还是不可避免地发出"咔嚓"的轻响。

萧致挪开视线，自己桌面上不知道谁放了一个白色塑料袋，还有两页纸。塑料袋里装着创可贴、消毒水和一瓶风油精。两页纸是检讨书，字迹工整，不多不少 3000 字。

谌冰被动静吵醒，睁开眼，说："给你的。"

萧致扫了眼检讨内容。

谌冰交手机后不能上网查资料，所以作为一个从没碰过检讨的学神，他全人脑输出，文笔优美地替萧致总结了打架的前因后果，再表达悔恨自责之情和改过之心。写得还挺像那么回事儿。

萧致目光深沉，声音带着冷意："你什么意思？"

萧致靠着窗，校服 T 恤在阳光下呈现深深浅浅的阴影，他微微弯腰，显得整个人阴郁又压抑。

谌冰顿了两秒，听到微哑的嗓音。

"你来这里，是不是决定了给我道歉？"

萧致又说："说话。"

他给人一种压迫感。谌冰顿了顿，只能认真地道："我为什么要道歉？"

萧致笑出了声，这个答案在意料之中。从小穿开裆裤就在一块儿，谌冰性格高傲得很，十几年唯一能说上知心话的朋友估计也就萧致一个。但学神心里只有学习，什么都没学习重要，萧致搬家那天他还在高中生科技大赛培训营。早就很清楚了，萧致奇怪自己为什么抱有他会安慰自己的幻想。

药袋和检讨书全扔回去，萧致拉开凳子坐下，拿出手机，随便点开一个小游戏。

谌冰看了看，问："东西不要吗？"

"不要，谢了。"

他细长的手指敲击着，似乎心不在焉，挨个点进游戏领取今日经验值和礼包。"啪。"萧致将手机丢在桌上，他就这么坐着，气氛相当尴尬。

谌冰比一般人感情更淡漠一些，不太会说话，注意到别人的低落也不会应对。当时萧致家里突生变故，谌冰反应迟钝，在他最需要的时候没能给他安慰，以至于后来渐行渐远。

谌冰总算明白他想要什么了，自己的态度很重要。

静了两三秒，谌冰说："对不起，当时没顾及你的感受。"

萧致半靠着后桌吊儿郎当地坐着，长腿踩在桌下横杠上，漠然地思考谌冰这话的意思。他额头乌发垂落几缕，半遮着眼皮，眉眼呈现出压抑寒冷的阴影。

末了，谌冰又道："我一直把你当成最好的朋友。"

萧致直接气笑了。"你当时的表现可一点都不像。"

谌冰握紧了笔，手指瘦削细长，在阳光中显得纤尘不染。他转过头，浑身透着股冷淡。很难想象这个人会失神疯狂，他似乎永远不会理解萧致的心情。

药袋在桌上，谌冰取出创可贴："伤口还疼吗？"

刚要碰到萧致的手，萧致猛地甩开。

桌椅推拉的动静吸引了周围的视线，萧致重新坐好后几乎警告性地向谌冰说出这句话，但话里并无任何攻击性，就像苍白的自我保护宣言。

他一字一顿，带着颤音说道："你，不要，靠近我。"

整个下午谌冰心不在焉，到打铃时教室里人都走得差不多了，文伟才挤过来："兄弟，出校吃饭还是去食堂吃饭？"

谌冰停下在书页上无规则乱画的笔，起身没太注意，撞到桌角，疼得脸顿时白了。

文伟："你想什么呢？"

谌冰摇头，说："吃食堂。"

谌冰夹着凉透了的菜，直到咬到一块辣椒皮，神色才有微微变化。

文伟看腻了："冰神，您要真看见了解答不出的难题，告诉我，我可以为你加油打气！"

从下午听到萧致的拒绝谌冰就蒙了，到现在，顿了半晌说："我想不明白。"

"搜题软件借你一用？"

"不是。"谌冰拿着筷子，欲言又止地问，"假如你跟某个人是很好的朋友，但不小心伤害了他。为什么现在你给他道歉了，他却不原谅你？"

文伟整理他的思路："很好的朋友，是那种能结为异姓兄弟的好朋友吧？"

"嗯。"

"但伤害了他，是伤得很深那种吧？"

"嗯……也许？"

"那道歉有用的话还要警察做什么？"文伟瞬间眼眶红了，"我当年年少无知也被最好的朋友背叛过，那种感觉和被人打了一顿差不多！"

谌冰夹着肉的筷子停在半空中。

"一句'对不起'就能弥补你对他造成的伤害吗？！听哥的，如果交朋友时已经合不来了，不要再勉强自己和他继续交往。三观不合还要硬处，这是什么鬼生活？当断不断会害人害己的，你懂不懂？"

文伟说得很激愤，脚踩上了食堂圆凳，似乎深有体会。

谌冰："你先坐下。"

文伟舔了舔唇，还是义愤填膺："冰神，我跟你说，我当时根本走不出那段友情，我陷得太深了，简直痛彻心扉！要不是萧哥告诉我一个真理……"

谌冰抬起眼皮。

"心中无朋友，剑法自然神。"文伟似乎想起了曾经的时光，露出看破红尘的笑容，"只有心如死灰，才能无坚不摧。"

接着，文伟总结："我萧哥，冷漠无情，永远的神！"

谌冰一时不知道该不该纠正他。

上辈子警方调查萧致死前两个小时的行动路线，发现他在一中校门口徘徊了一个小时。他似乎准备了给谌冰的高考贺礼，但远远看到谌冰被簇拥出校，他却将之丢进垃圾桶，转身走了。

他想到这儿，碗里的饭索然无味。

文伟说："所以萧哥才是我偶像，他封心锁爱，才能这么强。"

谌冰："他骗你的，他就是个重感情的'中二'少年。"

文伟："什么骗我的？"

谌冰："没事。"

文伟看了两秒："冰神，你咋这么烦人呢？"

文伟脾气很好，谌冰没继续扯，吃完回了教室。

进去发现哪儿不对，看了同桌的书才明白，朱晓座位跟萧致换了。

陆为民抬手指挥："哎，谌冰，你还是跟朱晓坐一块儿吧，有共同话题。早点和萧致拆伙，免得他影响你学习。"

就这么换了？谌冰胸口涌出怒火，开口时压抑着但语气依然不太客气。

"我不都坐得好好的吗？谁换的？"

"萧致跟我打报告，说学霸坐他身边他烦，影响睡觉了。我觉得你俩坐一起确实不合适。"

当头一棒，谌冰顿时没话。

萧致位置换到了对角里侧，光线有点儿暗，他高挑挺拔的身影靠着窗台，朝谌冰这边瞥了眼。

谌冰拉开凳子坐下，翻开课本。

谌冰是九中这么多年好不容易才得来的好苗苗，所以要特别保护。但保护到这份儿上谌冰也觉得气氛怪尴尬的，反而和同学们格格不入。

除了文伟，唯一能说得上话的还真只剩朱晓和几个女生了。

周末一天假期,下午放假,谌冰刚给朱晓讲完题就接到了许蓉的电话。

"手机发下来了?"

谌冰出了教室,从走廊能看见隔壁操场几个高挑挺拔的男生在打球。

"发下来了。"

"回家吗?我现在让司机来接你。"许蓉边招呼边问,"在学校习不习惯?教学质量怎么样?老师照顾你吗?"

操场上,投篮的那人没穿校服,腿又长又直,假动作十分花哨,偶尔还故意逗几个菜鸟玩儿。

声音远远传来:"萧哥,你好恶心啊。"

"你到底投不投,投几分,想清楚了没有!"

谌冰收回视线:"这周不回来了,国庆再说。"

"行,趁放一天假自己出校门买点水果啊,牛奶啊,补补营养,食堂饭怎么样?要不行你以后就开个假条出校吃。"

谌冰应付几句,到马路边挂断电话,拦了辆车:"去最近的医院。"

医院的确很近,大概四五分钟,下车后谌冰盯着招牌"虹桥妇科医院"走神了两秒。回头想找司机,人早溜没影儿了。太离谱了吧。

医院广场上支起好几个棚子,宣传画册、横幅上写着"关爱女性健康,您一生的挚友——虹桥妇科全体医护宣""她好,我也好"。

谌冰准备走时被一位热情的医生叫住,医生挺和蔼地问:"是妈妈在住院吗?"

"不是,我看别的科。"

"别的科我们这儿也能看!虽然叫妇科医院,但现在业务早拓展了。回来,你看那条道,往里边走。"生怕谌冰跑了似的,医生抓起一把宣传单塞进他手里,说,"去吧!去吧!"

医院大概只有一栋楼,很破败,大厅里没几个人挂号,空荡荡的,对应的脑科还跟耳鼻喉科挤在同一张牌子上。

"拍片吗?"医生问。

"拍。"谌冰顿了几秒,"看看有没有问题。"

医生很讶异,拍片后,分析检查结果:"很健康,没看出什么。"

谌冰重生前是高考后才察觉不舒服,检查时发现恶性肿瘤。按时间推算,高二时自己可能还健康,但未来……

谌冰出了医院。

傍晚,余晖勾勒出长椅上清瘦的身影。

谌冰倒出塑料袋里的片子,一个没拿稳,塑料袋里掉出一堆乱七八糟的宣传册，应该是刚才那妇科医生塞他手里，他随意放进去的。

还有几本情感杂志，封面是比基尼热辣美女。

谌冰起身找垃圾桶，信手要丢进去，余光无意瞥见下一本的封面。

"如何维护兄弟感情。"

谌冰手顿了一秒。

他舔了下唇，确认周围没人注意自己，把这本抽了出来。

谌冰翻开了杂志。

朋友之间感情是生活中最常见的，也是最容易忽略的。但不能忘记，即使是最知根知底的朋友，朋友之间的感情也需要用心维持。

第一做到：互相爱护，共进退。

不要什么事都藏在心里。

要敢于向自己的兄弟示弱和寻求帮助，消除距离感。

没用的东西。谌冰合上书重新走到垃圾桶前，做了个准备投进去的动作。

过了四五秒。

"算了。"谌冰把书塞回袋子里，重新打量周围。很好，没被任何人看见。

反正离得不远，谌冰准备散步回去，走在街头时收到了新消息。

伟子："冰神，晚饭吃了没？烧烤要不要？"

谌冰："可以。"

伟子："我发个地址你自己来吧，我们也快到了。"

谌冰："行。"

看地点打车过去估计五六分钟，就在前几天谌冰去过的商业区。

傍晚，还是周末，商业街隐隐约约热闹些。文伟发的定位在巷子深处一家烧烤店，谌冰走街串巷找了几分钟，都不知道自己走到哪儿了。

又走到死胡同，谌冰掉头回到巷口，眼前突然蹿出个"钢丝球"。

对方满头银紫发，头发根根弯曲还颤抖着，穿一身豹纹的东南亚清凉小开衫，说话之间正好和谌冰对上了视线。

谌冰关了手机，巧了。

"钢丝球"瞪着他，大概想了两三秒："你还敢来？！"

那天是晚上，现在白天谌冰还没注意，一抬头就看到了旁边的破败网吧。

"报应不爽，今天你撞我手里了，那一千块钱的罚款就当先给你垫了医药费。"说完"钢丝球"挥手，背后走出两个青年，一个鸡冠头往左偏，一个鸡冠头往右偏，很是对称。

　　谌冰脑子转得快，余光看见墙根竖着的一根木棍，拿到手里，对方上来了就往他们身上抡，甚至还踹了"钢丝球"一脚。

　　趁着"钢丝球"被踹到墙上没反应过来的空当，谌冰快步出了巷口，迎面撞见一群黑压压的身影。

　　"今晚都得多吃点。"

　　文伟走在前面，说话间，跟喘着气的谌冰对上了视线。

　　"哎，怎么回事儿？"

　　文伟背后，身影高挑、被簇拥在人群中心的萧致正跟管坤说话，听见动静，他的视线射过来。

　　谌冰还没来得及解释，背后巷子里就传来暴喝。

　　"还跑？我今天不弄死这……"

　　"钢丝球"扶腰骂骂咧咧出来，看见萧致更兴奋了："萧子，快快快快，就你前面这个！上次举报网吧有学生，我还没揍他……"

　　萧致挂了电话，看向谌冰。

　　谌冰运动了这么一会儿热得脸上冒汗，额发潮湿地贴着脑袋，肤色微红，唇色苍白。衣服刚靠墙也弄脏了，反正怎么看怎么一被欺负的主儿。

　　对上萧致的目光，谌冰不可避免地开始分析：首先，萧致不可能帮外人对付自己，但现在情况特殊，他可能会对自己置之不理……

　　"不要什么事都藏在心里。要敢于向自己的兄弟示弱和寻求帮助，消除距离感。"两三秒后，谌冰往前，一下撞到萧致身上。

　　谌冰脑子里似乎有个人生导师正在口若悬河——不要逞强，不要比兄弟还勇猛，放下你的高傲！

　　谌冰抬手抓住萧致的肩膀，喊道："他们打我。"

　　萧致脸上本来没什么表情，这会儿似乎也有了些怒意。

　　文伟先开口："啊，不是，这就打人啊？我劝你快点道歉，这位可是九中之光，要是脑子被打坏了，你们就等着被充满怒火的陆为民抓吧。"

　　"钢丝球"以前是陆为民的学生，何况萧致现在表情似乎不太对，完全没有挺自己的意思。他悻悻地道："道歉？做梦！算我倒霉，这事算了！"

　　"钢丝球"带着人拖拖拉拉走开。

　　萧致一下松开扶着谌冰的手。

　　谌冰想说话，萧致转头朝另一边走了。

　　文伟过来照看他："真挨打了啊？"

　　"没。"谌冰捡起刚才落地的袋子。文伟惊讶："还去医院了？身体不好?"

"没事。"

走了一段路总算找到了十字路口的一家烧烤店,坐下之后,文伟开始点菜。文伟点完,递给湛冰:"你看看有什么想吃的。"

湛冰随便点了几道,另一头,萧致从不远处回来了。他将手里拎的一袋东西丢到桌上。文伟接过打开一看,递给湛冰:"给你买的。"

是药。

文伟乐了:"哎,我们打架了腰酸背痛,拿瓶跌打损伤药酒擦擦就完事了,萧哥,你怎么回事,还专门去买药?"

他笑着笑着,对上萧致复杂的目光。

傍晚马路边,灯光透过树影给饭桌镀了层橙黄色。

萧致端来烤牛肉和鲜虾后低头玩手机,摆明了不太想说话,刻意避免跟湛冰对视。

文伟不明所以,对他老玩手机有意见:"干什么呢,这么没意思,你那群游戏伙伴又催你'上班'了?"

"没。"萧致无所谓,"等先把国标拿了再说。"

说完,他起身走到旁边:"我打个电话,叫萧若来吃饭。"

湛冰听不懂他们在说什么,问:"上什么班?"

"游戏陪玩。萧哥打游戏特别猛,偶尔被排名榜上的大佬拉去当陪玩,你懂吧?"文伟抬指比了个数,"像他这种带国标的大神,陪玩一个小时300元。"

湛冰不玩游戏,正试图理解,文伟又说了个数。

"赛季末500元一小时。"

有一说一,湛冰只记得萧致玩游戏水平不一般,而且还是个"嘴臭"男孩,看见菜鸟能嘲笑一百句不带停嘴的,乍一听说他去做陪玩,湛冰觉得很不真实。

下一秒,文伟推推他胳膊:"妹妹来了。"

十字路口走来一道穿校服外套的影子,个头像小学生,脖颈和手腕细细的,头发垂着看不太清脸。

小姑娘露出小天才电话手表:"哥,手机能换一个吗?"

萧致揉了把头发:"这不能凑合用?"

"能倒是能,"萧若丧气地道,"就是大马路上接电话很丢人。"

萧致笑了:"柜子里王姨那个老年机你看看?"

谌冰没忍住多看了几眼。萧若他有印象，但不太熟，小姑娘看他一眼明显认出来了，但没叫人。可能是怕生，也可能是忘性大，不再记得他了。

烧烤盘里的肉片吱吱冒出油花，夜渐深。

萧致坐在椅子里收拾手机准备起身，淡淡地道："萧若想睡觉，我带她回去了。"

小姑娘搭着他肩膀，眼皮费力地睁开一条缝，极力遏制睡意，但没什么成效。

文伟："才九点，这么早？"

"不早，"萧致起身，"她们小学生都九点睡。"

萧若睡眼惺忪地道："我初一。"

安静了一秒，萧致挑眉："哦。"

萧若转头看他："你是不是不记得我读几年级？"

"走。"萧致笑了下，转移话题，"回家了。"

大家陆陆续续散伙，回到寝室已经是深夜。

谌冰拎着袋子拉开椅子，取出核磁共振片子。旁边文伟上床后开始刷短视频，自己寻开心。

谌冰在桌面上铺展开片子。按照医生所说，目前还正常。

谌冰取了一支马克笔涂抹在影像干净区域，按照时间顺序描绘病变侵蚀的轨迹，直到片子残留下大片漆黑阴影。

重生到现在，谌冰一直不能确定这会不会成为他未来的样子，他会不会重蹈覆辙。但在有限的时间里，他要不断去做，只有这样才能弥补上辈子对萧致的遗憾。

夜越来越深，谌冰桌上的台灯还亮着。

文伟玩完手机眼睛发疼，被尿意催逼着翻下床，回头发现谌冰穿件单薄睡衣，半支着下颌，背影极为专注，似乎正在看书并不停做笔记。

文伟"啧"了一声。听到动静，谌冰后背僵硬，动作很快地拿了什么东西放在身前，之后才回头。文伟又"啧"了声："学神不愧是学神，连星期六都在学习，现在可快凌晨一点了。真乃吾辈楷模！"

谌冰淡漠的眼睛直视他，面无表情地说："你干什么？"

"我起夜。"

"哦。"

"冰神，你在干什么？"文伟想要过来看。

谌冰短暂思索了一秒，随后道："在解奥数竞赛题。"

文伟倒吸一口凉气，作为学渣他最怕的就是这些难题，回头往门外走："行，您忙着，我去上厕所了。"

九中寝室没有单独卫生间，要上厕所还得去走道尽头的公共卫生间。一到夜深人静时，相当瘆人。

文伟走了两步又转回来："冰神，一起吗？"

谌冰："赶紧滚。"胆子这么小，还敢叫他一起上厕所。

文伟的身影消失后，谌冰挪开桌面上的语文教材。

桌面的笔记本上，密密麻麻写了兄弟关系励志篇目的提纲、概括和心得体会。

标题：如何改善和兄弟的关系。

幸好没被看见。

因为偶然得到的这本莫名其妙的书，谌冰睡得特别晚，早上起床后还上网搜索了不少帖子。但凡跟情绪沾边的问题就很棘手，谌冰逛了一天的网页，发现网友各抒己见，但也给了他不少启发。

到教室后他被敲了敲桌子。朱晓满脸羞涩地道："冰神，我问道题可以吗？"

谌冰把书压到底下，点头："行。"

看题间隙，教室门"哐当"一声响后，门口传来略显青涩的少年音。

"出去打球吗？"

"陆为民第二节课要来检查，真出去啊？万一到时候被逮回来……"

"逮回来就逮回来，他还能把你吃了不成？何况萧哥也一起去，天塌了他先顶着。"

萧致的名字让谌冰抬起视线。

门口说话的是坐后排的几个同学，似乎还有外班的，站在当中的萧致被人群簇拥，往外走："行，打球。"

他们的身影消失，谌冰想继续看题，却听到耳边幸灾乐祸的声音。

"现在教室里能安静一半。"

朱晓说完，和没什么表情的谌冰对上视线。朱晓有点儿尴尬，解释说："他们就是很吵，幸好你不跟萧致坐一块儿了，不然……"

不然什么他说不上来，反正下意识害怕萧致，理所当然把他当瘟神。

或许全班不少人都有这样的心思。

谌冰心不在焉讲完题，接着出了教室。

操场在教学楼后面，被铁丝网和道路隔开了。路灯下萧致的身影被拉得很长，携球快速过场的人影一阵风似的拂过视线。

谌冰突然想起以前萧致教自己打球。

　　本来脾气就不太好的萧致，硬是陪着没什么运动天赋的自己练了一下午，站在旁边捡球，对屡屡投不进球筐的自己说："没事儿，你才刚学。"

　　而转头有个来抢球场的同学，骂了谌冰一句"菜"。萧致追着他单挑，边打边讥讽，直到对方心态完全崩溃才罢休。

　　直到给谌冰逗乐了，萧致才潇洒地一挥手："赶紧滚。"

　　回想到这儿，谌冰唇角勾起了点儿弧度。

　　他收回思绪走向球场。

　　时隔这么久，萧致应该不知道，高中三年谌冰因个子高屡次被安排为班争光，经过魔鬼训练后，除了校队那几个体育特长生他打不过，普通人在球场上都打不过他。

　　文伟看到他后惊讶地说："冰神，我是眼瞎了吗？你也不写作业出来玩？"

　　谌冰说："透透气。"

　　"来，一起打球？"

　　谌冰说："你们玩，我就看着。"

　　旁边的萧致潮湿的头发垂下几缕，冷冷的，对他的到来视若无睹，到篮筐底下拿起矿泉水瓶仰头灌了几口。

　　"行，"文伟没废话，"我冲了！"嘴里发出一声哨响，沿球场狂奔起来。

　　"哎，要不咱们秀一场给冰神看看？虽然咱们学习不好，但也有长处！"他提议，"由于萧哥比较猛，我建议我们五个打他一个，诸君怎么看？"

　　"可以啊！"

　　这种男生之间莫名其妙的小游戏，让萧致怔了一秒，随即抿唇："你们是不是脑子有毛病？"

　　"玩不起啊，萧哥？"

　　"你是不是怕了？"

　　"男人不能随便拒绝。"

　　少年恣意放纵又骄傲，哪儿禁得起激？萧致回头拧开瓶盖再仰头喝水，利落地道："等着。"

　　一句话，全场激动。球场光线黯淡，但丝毫不影响大家的热情。文伟死命嘶吼："萧哥进攻很快的！你们注意防住他，别在冰神面前丢人！"

　　"我们是不是还得商量个阵容？"这边紧锣密鼓开始商量。

　　萧致嗤笑了声："你就是摆出诸葛亮的八阵图也没用，废物队员。"

　　"萧哥，人身攻击就不对了啊！"文伟直接喷，"友谊第一，我们也有自尊！"

萧致指尖有一搭没一搭顶着球旋转，气定神闲，湛冰安静地待在旁边的阴影里看着，似乎觉得挺有意思。

萧致舔了下唇，往前走："还商量？一会儿陆为民拿着笤帚杀过来了。"

"你别催啊，"对面的文伟他们似乎还是很没底气，但不得不沉着应战，"来啊，谁怕谁！"

一声哨响，比赛拉开帷幕。人影被灯光拉得很长，鞋底在操场上摩擦，不断发出声响。萧致反应能力和敏捷程度真的很绝，抬手投篮时被光线勾勒出腰侧腹肌，简直像一只迅捷的豹子。

他疯狂灌篮。

打着打着，文伟都笑了："绝了啊萧哥，我现在是真服了，还打？"

"伟子哥，你好会夸。"

说说笑笑之后，比赛停下，少年们坐在台阶边，手撑着身体仰望深蓝夜空。

湛冰偏头看过去，萧致站在阴影里，下颌晕染了橙色的流光，带着几分野性。湛冰本来打算抓他们回教室的心情都没了。

这里的同学虽然学习不好，但和一中的同学比起来却更加自由而耀眼。

休息了一会儿，湛冰转向萧致，说："能不能教我打球？"

萧致偏头看向他。湛冰比较喜静，很难提出这样的要求。萧致似乎想到了什么，眼底有几分捉摸不定，压着唇角没说话。

他俩沉默，文伟却相当亢奋："萧哥，教学神打球啊？这可能是你人生中唯一当他老师的机会了，赶紧动起来，珍惜机会啊！"

萧致斜眼看他。

文伟后知后觉："呃，开诚布公，咱们学习确实比不过人家。不要不承认。"

萧致把球往下拍了几拍，走到篮筐底下指了指，声音从模糊到清晰："运球你应该会，投球时脚蹬一下，由掌发力到脚趾把球推出去……"

他边说边示范，但完全没正眼看湛冰。

"其他的，自己多练就成。"萧致结束敷衍的教学，转头要走。

湛冰并非不会打篮球，他只想找个话题结束跟萧致的对峙，争取多聊几句。书上说，兄弟要共同进退，共同成长，同甘共苦才能加深感情。

湛冰思索后不太流畅地道："你刚才好厉害啊。"

接着，极力使自己向来淡漠的眼神充满欣赏地看着他。

总之，画面很像一个在街边拦路人的发传单的人，前一句说着"你好厉害啊",下一句就是"有兴趣加入我们俱乐部吗,一个月只要三千块"。

"你真的很厉害,跟你比起来,我不会篮球显得好差劲儿。"谌冰这句话化用自书里一句经典台词,表达对萧致的欣赏和尊重。

萧致不懂谌冰想搞什么,他五指扣住篮球,极力控制才能维持面无表情的状态。

谌冰伸手过来,试图接球:"你能教我打篮球吗?"

萧致指尖转着篮球,二话不说转身离他越来越远。

从外人的角度来看,这是一幅和谐美好的同学之间教打篮球场景。

文伟揽着管坤肩膀,对这一切非常满意:"学神一定能感觉到我们九中人对他的爱吧?咱们萧哥真是个大好人。"

台阶边,"大好人"萧致抓着篮球,有一搭没一搭地在操场上拍着。

汗从鼻梁沁出,少年呼出的热气散在灯光里,他目光直视前方,压根儿不看旁边的谌冰。

"我投篮,你纠正,可以吗?"谌冰还在询问。

不远处文伟和管坤的说话声听不太清楚。

萧致头一次和他对视,眼中情绪翻涌,明显有点儿上火。

"我是不是说过离我远点儿?"

被讨厌了。这种情况,道歉一定不会出错。

谌冰安静了两秒,说:"我没有那个意思,只是真心觉得你很厉害。如果我的行为对你造成了困扰,对不起,可能是我做错了。"

萧致目光深沉,而谌冰站在疏疏落落的树梢阴影中,光影柔和了他眉眼惯常的冷淡。

萧致眼皮跳了一下,与他对峙四五秒,砸完球之后,转身走出球场。

在旁边看了半晌的文伟"哎"了一声,走过来问:"怎么这样了啊?"

谌冰抓着球,有点儿走神。

文伟赶紧安慰他:"萧哥走了没关系,有些事不能强求,你要是还打算学篮球的话我教你!我这个人最大的优点就是有耐心,哪怕地里的倭瓜我都能教会它三步上篮……"

"不用了。"谌冰打断他的话,捡起地上的篮球,踮起脚,三分球进筐,发出"哐当"一声响。谌冰头也不回离开了球场。

文伟:"……"学神打篮球也不给人活路?那刚才到底在演戏给谁看啊?!

教学楼在花坛边,谌冰走到高二(4)班教室外,察觉到了诡异的宁静。

下一瞬间,他听到陆为民的嘶吼:"看看现在几点!上课时间!教室人少了一半！天上是有流星雨还是有什么？你们把学生的基本素养全忘了？"

有同学上课出去玩，被逮住了。

谌冰拐弯，又听见一声响："有脸回来！萧致，你，出去站好！"

"哐当"，门被踢了一下。陆为民尾调上扬："你还有意见？！"

"没意见，我就开个门。"

萧致满脸晦气，接着，跟站在门口的谌冰对上视线："……"

还真就麦芒掉进针眼里——凑巧了。

"整栋教学楼就我们班最吵，在校门口就听见有人吼。来，我现在听听你们到底在聊什么，聊得那么起劲儿！"陆为民快要疯了，扭头看见谌冰，愣了两秒，"去上厕所了？"

"不是。"谌冰说，"我在打篮球。"

陆为民："那你也站着！"

教室里响起笑声。这几天陆为民很重视谌冰，但他的"心肝儿"就这么诚实地打了他的脸。

谌冰指自己座位："我想先拿作业。"

陆为民气瞬间消了一半："赶紧去。"

走廊里五六个男生手插裤袋吊儿郎当地站着，谌冰到另一头站好。萧致又是第一个被陆为民骂："人家谌冰罚站都知道带作业，你挺悠闲啊，站着给4班当门神？"

萧致忍了两秒，视线移向谌冰。

谌冰翻着书页，感觉挺冤枉，不让学习了是吗？

陆为民翻开萧致的语文教材："书这么新？必修3讲一个学期了，你看看你做的这个笔记，约等于没有。杜甫这几首诗能背吗？背一个我听听。"

萧致舔了下唇，没话讲，显然压根儿没背过。

陆为民快被气晕了："你……你真的是，这几篇课文今晚回去背！背不了明天给我抄十遍，反正咱们有的是时间，我就不信高考前你背不下来。"

骂完，陆为民转过去接着检查作业。

光线昏暗，陆为民离开走廊后，大家安静没半分钟就聊开了。

"好烦啊，不都是上个学期的内容吗，还让背。"

"萧哥，你背不背？"

"不背。没空。"

"怎么了？晚上有事儿啊？"

文伟打完球回来也被抓到了，拿着作业灰头土脸到走廊，看见谌冰时很惊讶："'大义灭亲'啊陆为民这是，连你都站着？"

湛冰摇了摇头，继续翻书。

走廊灯光昏暗，靠近角落字看不太清楚，文伟拿手机开了手电筒抄作业，问："冰神，手机又交了？"

湛冰："没交。"

文伟夸他："不错，入乡随俗很快。"

文伟一边写作业，手机消息一边响。

他这种社交达人，四五个QQ、微信都不够聊的，经常半夜还在发语音。但他完全不是用聊天软件来招惹女孩子，九中学生除了学习，十八般武艺样样精通，比如上次卖笔。文伟手里也有一大堆赚钱的生意。

问他呢，他就说是家里穷，要早点谋生路补贴家用。

文伟手指点了几下，没来得及回复，说："冰神帮我回两句，砍价就叫他滚。"

湛冰接过手机，瞟了眼。好家伙，卖的还是学霸笔记。

编辑回复，消息通知亮了一下——"九中城北徐公，有一位用户浏览了您的主页，并向您联系。"

湛冰顺手点进去。对方是个萌妹头像，发来了私信。

月亮酱："小哥哥今晚峡谷冲浪吗？你声音好好听哦。"

湛冰问文伟："这怎么回？"

文伟赶紧接过手机："我来我来！"他满脸殷勤。

湛冰静了两秒没忍住："你声音好听？"

文伟这就不乐意了："冰神，在你批评别人时请时刻谨记，不是所有人都拥有像你这样优越的条件。萝卜白菜，各有所爱，谁声音能迷倒一片啊？又不是萧哥，老天爷赏饭吃，每天约他的排都排不过来。"

"萧致？"湛冰本来想继续看书，听到这么说就回头看他。

"对，"文伟举过手机，"这是萧哥主页，王者陪玩，国服李白，粉丝大几千！"

前几天似乎听文伟说过，但湛冰现在才把陪玩跟萧致本人画上等号。萧致ID是"萧z"，头像是半张侧脸，能从利落清晰的下颌线看出是他本人，眉目轮廓被光线遮了大半，随手一拍比"网红"帅哥还帅。

湛冰动了下念头："他每天花多长时间干这个？"

"可能一个小时，反正不超过两个小时，有时候不接，看心情。"

下晚自习回到寝室，湛冰闲着没事，手机下载了陪玩软件。

作为活了十七年碰游戏次数屈指可数的"正统学习流"男生，湛冰点进游戏视频，甚至分不清他的操作属于什么等级，只能看见满屏的"救命""救命""太绝了太绝了""啊啊啊啊啊永远的神"……

注册账号没五分钟，关注栏亮了，显示对方在线。

谌冰抬手把台灯亮度调低，随手给自己打了串昵称，指尖点进萧致的聊天框。

hjkl："你好，我想点你。"

等了估计十分钟，对面回了消息。

萧z："找工会。"

工会？什么工会？谌冰点进头像才发现他的隶属工会，似乎是××声控联盟，首页光明正大地挂着价目表。

金牌：半个小时15元，一个小时30元，一天80元……

热门：半个小时20元，一个小时40元，一天120元……

男神：半个小时40元，一个小时80元，一天300元……

国服：一个小时300元，看心情接单。

之前听文伟说过，那么萧致应该属于国服陪玩了。

谌冰联系客服。

hjkl："我想点一个带国标的陪玩。"

客服："请问您是男生还是女生呢？我们这里有的国服只接女孩子单，有的不接女孩子单哦！"

还有这种分别。谌冰思索了几秒，打字。

hjkl："萧z接什么单？"

客服："他只接男生哦。"

hjkl："那我是男生。"

hjkl："我就要他，谢谢。"

客服："好的，马上帮您联系。"

谌冰支付定金后，对方的聊天框开始有了动静。

萧z："什么段位？"

他说话很干脆，没有废话，字里行间带着一股冷飕飕的寒气，摆明拒绝闲聊。谌冰几乎可以透过屏幕看见他那张懒得说话的脸。

谌冰百度之后马上回复。

hjkl："黄金。"

萧z："黄金点国服？"

不能点？谌冰没打过游戏，知道自己这是被嫌弃了，不过，对方显示"正在输入中"。

萧z:"加我小号。"职业操守还是有的。

不过有点儿棘手。谌冰找萧致的初衷是阻止他当陪玩打游戏，但这么下去似乎偏离了轨迹。正在思索如何应对时，消息重新弹出。

萧z:"小号昵称：小致向前走，自己加。"

谌冰盯着这昵称四五秒没回过神。

文伟从淋浴室出来就看见谌冰握着手机，眉头皱起，表情异常凝重。

文伟就很好奇："咋了？"

谌冰将手机熄了屏，似乎不想被人看见。

文伟百思不得其解，但谌冰熄屏后却忍不住将手机单手拿稳。他手指很长，眉眼被荧光映出淡淡的光晕。

但又不得不看——手机上发来新消息。

萧z:"好友加了没？"

hjkl:"还没有。"

萧z:"别浪费时间。"

话说得特别像赶着去接下一单的职业打工人。还有两副面孔呢……回想晚自习他打篮球时的少年意气，再联想现在，谌冰好不容易缓过神思考。

hjkl:"除了打游戏还能做什么？"

萧z:"我只打游戏。"

萧z:"另外聊天也算时间，过时不候。"

软件界面左上角有个倒计时钟表，正在计数。无论如何，谌冰不想跟他打游戏。晚上陆为民的训斥袭上心头。

谌冰打字。

hjkl:"那你想拓展业务吗？"

萧z:"不接非法业务，懂？"

我不是这个意思，谢谢。

看得出萧致情绪已经在拉黑客户边缘游走了。他之前就是个纨绔，家里有钱，脾气不怎么样，现在家道中落勉为其难从事服务行业，拉长着一张脸，反而更像客户服务他。

谌冰总算想到了借口。

hjkl:"是这样的。刚才被我妈看见我玩游戏，APP 刚卸载，她还发现我在平台点了你。我骗她说你是给我讲题的学长，可以配合我演戏吗？"

谌冰知道这是有点儿无理的要求，他朝指尖呵了口气，安静等回复。

谌冰在等待间隙闲着无聊，按照昵称查找萧致小号，点进去随便瞟了眼动态日志。

"分享歌曲@当爱已成往事。"

"好想爱这个世界啊！"

"是因为那些姿态，那些旁白，那些伤害。"

喜欢忧郁的文艺人？

谌冰继续翻看，发现动态大部分是一年前的，那时候他俩刚因为搬家分开。这大少爷"中二期"也挺短，很快有了自我羞耻感，这个号明显被弃置不用了。

谌冰等待着，窗外夜色加深。

手机另一头，萧致刚登上这个号，咬着牙半天才忍住砸手机的冲动。

他往嘴里塞了颗糖才能平和对待号里奇奇怪怪的问题。

刚把糖纸丢进垃圾桶，萧若就推门出来，她穿着睡衣，抱个洋娃娃："哥，你又熬夜打游戏？"

萧致懒得理她："小孩别管大人的事。"

萧若翻了个白眼，踮脚打开冰箱："哥哥，酸奶没了。"

"我记得还有一瓶。"

冰箱里除了速食面条、汤圆没别的东西，萧致伸手往里侧摸了两三秒，摸出瓶酸奶。

"这儿。"

盒子被挤瘪了，形状奇怪。萧若满脸嫌弃："这不好看。"

"还要好看，我给它配个框再镶朵玫瑰花你看成吗？"

"凶什么嘛，哼。"萧若拿着酸奶心满意足，抱抱他腰转头往房间跑，临走前卖了个乖。

"亲爱的哥哥，晚安！"

亲爱的哥哥。半大的姑娘了，跟个"傻白甜"没区别。

萧致看着门关上，片刻后唇角的弧度才压下去，他重新拿起手机。昏暗的光线给他指节蒙了层淡色光影，他点开跟客户的聊天框。

对方似乎对这件事非常坚持。

hjkl："哥哥，你还在线吗？"

萧z："在线。"

hjkl："刚才说的你能考虑一下吗？帮我跟妈妈圆个谎，不然我会挨骂。"

萧致百无聊赖，反正闲着没事，谁能跟钱过不去？现在心情也比刚才好了不少。

萧z："行，我现在是教你学习的学长，上到哪里了？"

很快，对方消息发来。

hjkl:"《劝学》。"

hjkl:"高中语文必修3。"

寝室熄灯后谌冰打开了手机手电筒。手机只有半格电量，不过应付一个小时应该绰绰有余。谌冰将手机放在桌面上，借着微弱光线轻轻翻阅语文教材。

只要萧致能一起学习就好。

手机传来新消息。

萧z:"你不是初中生吗？学什么高中语文必修3？"

谌冰拿起手机，思考后打字："我学习比较好，提前学高中课程。"

又是半分钟没回复，在谌冰以为萧致不相信时，消息来了。

萧z:"我帮不上你，这课我没学明白。"

好有自知之明的人。

不过学没学明白不要紧，谌冰本来就不指望他什么都懂。

hjkl:"没关系，我可以教你，你只要伪装成陪我学习的学长就好。"

hjkl:"准备好了？那我们现在开始。"

hjkl:"战国时期思想家、文学家荀子写过一篇文章叫《劝学》，这篇文章讲述了学习的重要性。"

谌冰在尽力暗示了，希望萧致能听懂。

萧z:"了解。"

算了，没关系，养成良好学习习惯是一个长期过程。谌冰开始逐字逐句讲解这篇文章的字词句意。

hjkl:"君子曰：学不可以已。'已'字何解？"

对方没回答。谌冰轻轻抿了下唇，打算催促时，对方才姗姗来迟发来一句话。

萧z:"句末语气词？"

虽然离正确答案很远，不过还不错……他还知道句末语气词，并非完全无可救药。谌冰取下咬在嘴里的笔，在答错的地方画一个圈。

谌冰正打算讲下一句，寝室门外传来脚步走动声。

宿管阿姨脚步沉重，正在查看学生熄灯睡觉情况。

声音越来越近，谌冰打出"不对"两个字点了发送，随即熄屏，顺手关掉手机手电筒。

九中宿管阿姨管得严，被逮住熄灯后玩手机的同学没有不挨一顿臭骂的。要是在一中,学生晚自习回寝室可以熬夜学习,阿姨甚至帮忙给台灯充电。但九中,学生安全纪律的重要性大于取得好成绩。

宿管阿姨走远,谌冰重新按亮了手机。手机收到一条新消息。

萧 z:"正确答案是什么?"

谌冰手指动了动,打字回复:"停止。但学习,不可以停止。"

万籁俱寂,亮着灯的大多是挑灯夜读的学生。九月初是新学期的开始,现在也是某游戏新赛季的开始。

新赛季第一件事冲分上星,萧致做游戏陪玩想的是娱乐挣钱两不误,顺手带个菜鸟以物易物两全其美。

但今天,情况非常诡异,他甚至没明白事情为什么会走到这一步。

hjkl:"现在,《劝学》全文能看懂了吗?"

萧 z:"能。"

hjkl:"那就行,理解词义之后,背诵会变得很简单。"

不等萧致说话,对方又发来一条消息。

hjkl:"手机没电了,改天聊。"

陪玩软件传来提示,对方已下线。萧致把玩着手机,除了觉得魔幻外也挺有意思,把"改天聊"抛在了脑后。

清晨的高二4班教室。

陆为民背手进了教室,扫视四周,教室里的人们本来吃饭聊天吵吵闹闹,看见他进来后勉强维持着安静以表示对他的尊重。

但陆为民脸色不太好,作为一个情绪敏感的语文老师,他从昨晚气到今早,睡觉都做噩梦。全班巡视了一遍后他走到萧致身旁。

萧致翻开语文书,看昨天那篇《劝学》。

陆为民问:"昨天晚自习叫你背杜甫的诗,背会了没有?"

杜甫的诗整齐工丽,比较好背。萧致刚才来教室闲着没事翻了翻,现在差不多能背出来。

听他背完《咏怀古迹》,陆为民气消了点,夹着书往后翻:"《蜀道难》能不能背?"

"只能背'噫吁嚱,危乎高哉'。"

陆为民被逗笑了:"行啊,'蜀道之难,难于上青天'这句也能背吧?"

萧致点头:"嗯,你一提醒,我发现还忘了这句。"

教室里顿时哄笑。

陆为民往后翻："荀子《劝学》，我没要求你一晚上能背下来，至少翻译和字词不应该再有问题，我问你，'已'怎么讲？"

萧致薄唇微抿，眉梢挑了下，笑着直视陆为民。

陆为民："看什么？我脸上有答案？"

"不是，"萧致顿了一秒，"停止的意思。"

"'木直中绳'，'中'字。"

"合乎，符合。"

"'君子博学而日参省乎己'，'参'字。"

"检查。"

"'锲而不舍，金石可镂'，'镂'字。"

"雕刻。"

陆为民满意了，拍他肩膀："看，你只要听话去学，这不就好起来了吗？"转向大家，"大家都要向萧致同学学习啊，昨晚我训了他，他立刻发愤图强连夜学习，看看现在，不是回答得很好吗？"

窗户对角另一侧，谌冰本来在垂头看书，听到夸奖也抬头朝他看过来。

谌冰崭新的校服袖口挽在瘦削的小臂上，压平的唇角似乎有点儿弧度，但随即想到什么，皱了下眉，低头继续写字。

萧致收回视线，坐下。

萧致没发脾气，中规中矩回问题，还全部回答正确，同学们死命压着好奇心。

下早自习后，管坤立刻找到他，表情十分震惊："萧哥，没想到你竟然瞒着我们偷偷学习！不是说好了做彼此的'天使'吗？你背叛了'学渣'群体！"

萧致背靠后排的课桌，偏头瞥了他一眼。阳光落在萧致耳侧的短发上，显得他气质散漫。他舔了下唇，完全懒得回应这个话题。

管坤吐槽完，说另一件事："要不要一起去厕所？"

"别烦我。"

萧致准备去走廊晒晒太阳，这时手机提示音响了一声，他点开发现是陪玩工会的主持人。主持人除了偶尔帮他联络想上分的"客户"，与他没有别的交集。

小杜："萧哥，萧哥在吗？昨晚你接待的客户对你很满意，给了你五星好评！"

萧z："如果陪玩对客户能打分，我给他0。"

小杜："？"

小杜："啊，不是，他对你真的很满意，还向我们申请签了长期合同呢！工资我已经转到你账户了。你先看看。"

萧致依言查看——到账数额极大。数额大，按理说签的时间就很长。萧致莫名想起了昨晚结束时那句话。

萧致垂眸，对面消息继续发过来。

小杜："那么接下来一个月，就靠萧哥带他上分了哦！祝相处愉快！"

萧致关掉手机，神色阴晴不定。工会不能说一是一，说二是二，他不想干谁也奈何不了。但问题是现在他也不是讨厌昨天的玩家，单纯觉得挺神奇的。

管坤去厕所前又问："你真的不去？"

萧致垂着眼皮，看他几秒："非要拉我去，没有我你不去厕所了是吧？"

"不来就不来，"管坤道，"我直接告辞。"

萧致用手敲了下瓷砖，突然想到什么："那会不会是陆为民的小号？"

管坤一脸疑惑。

"他平时催我学习都快催疯了，搞出这种离谱操作也不是不可能。"何况昨晚那个号一看就是新的，直奔萧致，明显有预谋。

管坤倒不这么认为："陆为民这种，平时放假了都去钓鱼、打牌、搓麻将，他最反感打游戏，当初不是没收了你两个手机吗？"

萧致安静了两秒，觉得倒也是。

萧致掉头回教室，谌冰捧着一摞作业从门口出来，跟他对上视线。

谌冰刚来九中就深受老师宠爱，据说各科老师在办公室争执了一场，最终物理老师以微弱优势获胜，把他拉了过去当课代表。谌冰抱着薄薄一摞作业，似乎想说什么，突然又露出糟心的表情，偏头绕了过去。

这是什么意思？

谌冰表情控制得很好，即使那糟心的表情可以让萧致感受到他呼之欲出的嫌弃。

萧致很疑惑，他不知道谌冰现在看到他的脸就能想起"小致向前走"，精神备受煎熬。

下午体育课。到操场后，体委杨飞鸿组织列队，看了看站在树荫里的谌冰。

"您补位吧，反正长得也挺高——冰神，请问，您到底多高？"

谌冰："一米八四。"

"这么高？那快赶上萧哥了，补到他旁边估计队伍会整齐。"杨飞鸿往后戳了下,"过去吧。"

萧致一米八八,因为高总站在最后一排。他正偏头跟人说话,衣服脱得只剩T恤,微露的锁骨突出,形状好看。

他看见湛冰走近动了下唇,似乎有什么话想说,又咽了下去。

但他不说湛冰都明白那几句话是什么——哪儿哪儿都有你。

湛冰想起昨晚那个昵称还有心理阴影,他脾气也不算特别好,瞥了萧致一眼,站到旁边后转开视线。

战斗并没像想象中那样停止。萧致又往左跨了一步,离得远远的,"你别靠近我"五个大字就差写在脸上了。湛冰舔了下唇,心想你昨晚可不这样。他心里不爽得很,不得不转移注意力。

体育老师叫黄恒,上周因跑错班级害4班错失体育课,现在没什么诚意地道了个歉:"不好意思啊,我忘了自己教的是4班,不小心跑到6班去了。等回来呢,你们陆老师说要这堂课,我就给他了。"

杨飞鸿:"没事,老师,您下次赶在陆为民回来前到教室就行。"

"我努力吧,"黄老师没忍住笑了,"虽然当年学的是短跑,但抢课方面可能还真跑不过你们陆老师。"

底下哄笑。

黄老师招了下手:"别废话,先热身,基本动作我懒得教,自己来。"

太阳大,人就特别没精神,同学也懒懒散散。老师看了几秒,青筋快暴出来:"早餐店找坨面都比你们扭得开,打起精神!"他拍手,"活动手腕、膝关节,两两一组,手拉手开个背。"

手拉手开背,顾名思义,要手拉着手。

萧致顿时眉头一皱,对这个提议很有意见。他神色被黄恒尽收眼底:"怎么?开背不会开啊?还要我教?"

左右两边的男生女生早跟搭伴的牵手互相拉扯了,就萧致和湛冰中间隔了段距离。气氛尴尬,萧致垂眸看了湛冰一眼。

天气热,湛冰还穿着校服外套,扣得不是很整齐,领口露出半截纤细的脖颈,脖颈上蒙了层薄汗,在阳光下被晒得微微闪亮。

黄恒逛了一圈,停在他俩身后。

两人站得挺远,像两块同极相斥的磁铁。黄恒气笑了:"呵呵,别以为长得帅我就不骂你。"

周围同学停下动作,都转过身来看。

"我刚才说手拉手开个背,你俩干吗啊?一个比一个站得稳、站得直,搁这儿选美还是比帅?"

旁边开始笑，窃窃私语。

"'校霸'和学神站一块儿就有莫名的硝烟味儿。"

"但凡沾上学神，萧哥天天挨骂。"

湛冰感觉再这么僵下去不好，也没心思照顾萧致的情绪，转头商量道："你可以牵我校服袖子。"

湛冰手伸过去。他校服袖口干干净净，没有沾上笔墨和灰尘。瘦削的手往袖子里缩了几分，稍稍露出白皙的指尖，指甲红润。

萧致迟迟不拉，黄恒抬了抬下巴："你就这么讨厌一个颜值能跟你一战的帅哥？"

全校老师都知道高二4班有个风云人物，脸长得英俊，又调皮捣蛋，经常被拎到办公室训斥，校会上念检讨书时底下全是迷弟迷妹的尖叫声。

全班众目睽睽之下，再僵持下去戏就更好看了。

萧致头转向另一边，同时不情不愿伸出了手。

他们俩象征性地拉了几下，随后就各干各的。

阳光炽烈，耳边有嗡嗡的蝉鸣。学生们在操场上热火朝天地训练，时间仿佛变得漫长。

湛冰思绪开始飘远。

他读幼儿园时，差不多天天由萧致牵着他上学。

湛冰从小性格就安静，比普通小朋友显得瘦小，甚至初中所有人都发育时他还像个小学生，常年维持着比萧致矮一个头的身高。

每天出门时，许蓉就把湛冰的小手交到萧致手里："带弟弟去上学哦。"

萧致拉着湛冰，一高一矮，背好小书包往教室里走，显得他们关系特别好。

一直牵到二三年级，开始被人嘲笑后，萧致才红着脸放开他。

不过第二天在别墅门口，湛冰看到他第一件事，就是紧好书包带，乖乖探出白净小手，说："哥哥牵。"

萧致假装没听见，往车上走，湛冰小步追赶他。湛冰大概明白昨天的事儿了，坐下后，慢慢将手伸过去，又将手牵得紧紧的。

湛冰转头朝他露齿一笑："嘘，没被人看见。"

回想到这儿，湛冰咬了咬牙。

"活动完毕。"体育老师吹了声挂在脖子间的口哨，说，"现在跑步，男生跑三圈，女生跑两圈，赶紧给我动起来、动起来！"

"呜呼！"4班班规不严格，一群人跟刚放出花果山的猴子似的上蹿下跳，沿橡胶跑道狂奔，速度完全不一。

湛冰跑步速度居中，本来跟萧致并排，感觉到他加快速度后就放慢了脚步，免得尴尬。

到第三圈时有点儿热，湛冰抬手慢条斯理脱校服外套，放慢速度走了一段距离。

黄老师盯着他，忍不住笑："4班就你最稳健，别人都喘得跟头牛似的，你大气都不喘一下。"接着喝道，"赶紧跑！"

速度快的男生已经回到了出发地，横杆前站了一排。文伟喊他："冰神，外套给我，我帮你拿着！"

湛冰将外套团成一团，丢过去前看到了站在台阶边的萧致。他站在树荫底下，斜视整片操场。湛冰不知怎么突然把校服抛到了他身上。

操场瞬间安静。

萧致抓起校服看了两眼，转向罪魁祸首。

湛冰以前向他丢校服的经历太多，刚才就顺手扔了过去，现在想到要跑步，也没别的话，简单说了句："拿好。"

校服崭新，面料比普通的更加光滑，是蓝白色普通款，穿在衣架子湛冰身上，却很修身显瘦。

校服洗过好几次，萧致能闻出薰衣草洗衣液的香气。

文伟看萧致低头若有所思了几秒，替他分忧："萧哥，给我吧，我帮冰神拿校服。"

萧致手没动。

文伟突然产生奇思妙想："哎，你说我摸一下学神校服，这次月考能不能多考50分？"

萧致真没脾气了，在他手伸过来时挡了挡，不客气地道："你干什么？"

"我帮冰神拿校服啊，"文伟不解，"你不是不想拿吗？"

萧致目光阴晴不定看着操场，湛冰跑了快一半，不算慢，身旁还有不少速度差不多的同学。

萧致瞥一眼文伟："那凭什么让你多考50分？"

文伟："……"这不是开玩笑吗？摸一下还真能多考50分？

"你手脏，"萧致简单地道，"别碰他的东西。"

湛冰回到集合点，还以为萧致会把校服丢地上，但他倒是好好地搭在手腕上，只不过看见湛冰没多说废话，抬手示意让他把校服赶紧拿走。

湛冰刚跑完热得很，刚要接，反被他这态度引出了倔脾气，随即收手："麻烦再帮我拿一会儿，热。"

萧致忍了两秒，咬着牙关："那你什么时候不热？"

湛冰："凉快了就不热。"

萧致压着情绪，嗓音冷冷地道："行，那你别凉快了还要我帮你穿。"

湛冰怔了一秒。不只他怔住，周围也安静了。帮学神穿校服？

湛冰抬手接过去，不太客气，靠近时他压低声："又不是没帮我穿过。"

他声音低，其他人只能看见他唇翕动，但身旁的文伟听得一清二楚。

湛冰把校服折叠了一下，搭在横杠上，随后回到队伍中。他肤色白净，颈部泛起发亮的薄汗，被阳光反射时白得几乎不真实。

文伟觉得莫名其妙："萧哥，他说你帮他穿过衣服，什么意思？"

萧致收回视线，一时没说话。文伟满脸撞破了秘密的尴尬。

萧致喉头滚了滚，实在没什么话好说。以前湛冰还是小朋友，喝奶弄湿衣服前襟，他帮湛冰换过好几次衣服……不过湛冰说的应该是另一次。

那时候湛冰还在读小学，学习压力大，放暑假时家里还给他报了补习班。

当时也在读小学的萧致窝在沙发里打游戏时，突然接到湛冰的电话，初夏天气多变，外面刮着狂风，下着暴雨，而刚下课的他居然没有人接。

萧致赶过去时，看见湛冰躲在公交车站广告牌底下，浑身被雨水淋湿，正在四处张望。一问才知道，湛冰妈妈回了娘家，爸爸在公司，司机都不知道跑哪儿去了。

湛冰上初中时个子还不高，耳朵白白净净、尖尖的，潮湿的头发贴在耳侧，被毛巾揉完后翘起几根毛。他似乎被暴雨淋坏了，抱着膝盖坐在沙发里也不说话，看起来特别可怜。

萧致安慰他，说回去了给他烤小饼干。

湛冰最喜欢吃带着蜂蜜和果肉的饼干，听见有吃的，情绪变得积极，回到别墅立刻脱衣服准备洗澡，但潮湿的衣服黏着身体，反而脱不下来。

萧致无可奈何地帮他脱衣服，他从浴室出来之后还给他整理好衣服，接着给湛冰吃小饼干，还摸摸他额头。

"好不好吃？"

"好吃。"

"好吃还有，你爸妈以后要是不在家，就到我这儿来呗。"

"嗯。"湛冰回答的声音很小，不知道从什么时候起，他没幼儿时期那么软萌，反而变得沉默寡言。

操场热得惊人。

萧致收回思绪，朱晓从旁边的树荫底下走过来："谌冰，杨老师叫你去趟办公室。"

全班同学站在操场上流汗，听到这句话，顿时有人艳羡。

"太好了吧，可以先下体育课了。"

"杨老师找他干什么啊？"

有人问，朱晓就回答了："今天物理竞赛初赛，全校杨老师就挑了谌冰去答卷。你们想去也没办法，给你们试卷也答不对几道题。"

他陈述的是客观事实，但这句话非常惹人讨厌。

谌冰走出队伍时就听见背后某个男生嗤笑了声："好厉害啊。"

谌冰没停下脚步，跟着朱晓走了。

萧致瞥了眼同班的男生，没说话，倒是管坤凑近直感叹："冰神真厉害啊，我们学校的学生，连竞赛班都没听过是什么，去不了也很正常。"

操场上窃窃私语。萧致抬手打了下滚烫的横杠，他眉间罩着阴云，尽量平静地道："他本来就很厉害，没必要去议论他。"

"好好好，不议论，一会儿下了体育课干什么？"管坤杵他胳膊，"带手机了吗？"

萧致"嗯"了一声，拖着腔道："带了。"

"那要不要一起上分？"他们期待的就是这个环节，跟萧致打游戏，队友往往能"躺赢"，而且说出去倍儿有面子。

他没有回答。过了会儿，萧致瞟了眼谌冰的背影，声音还是很懒散："打啊，为什么不打？"

办公室内。

谌冰攥紧了笔，看着竞赛试卷有半秒的犹豫。他本以为竞赛试题甚至高考试题会和自己前世的经历一样，但现在看着试题，白纸黑字，迥然不同。

这说明什么？前世和今世的时间轨迹，可能是两条完全不同的平行线。

那自己还会生病吗？谌冰得不到答案，只能认真答题，写完交卷出了办公室。

朱晓在旁边狂抓头发，痛不欲生："苍天！这就是竞赛题？！我不仅感觉自己物理不行，连语文都不行了！题完全看不懂啊！"

"正常。"谌冰无意打击他。

朱晓直叹气："我错了！我就不该主动问杨老师要试卷，让你一个人考不好吗！是我自取其辱！"

说着话，他们到了教室门口。

临近放学，教室里侧隐隐传来躁动的气息。靠窗的七八个男生围着课桌，兴致勃勃地看热闹。

人群当中的萧致被众星捧月，他脊背靠着后桌，坐姿有些吊儿郎当，注意力集中在手机上。

男生的话题离不开游戏。爆掉对方水晶后，萧致退出游戏，起身后，旁边纷纷开始叫好。

这边热热闹闹，谌冰那边冷冷清清。

他看了好几秒，心想，他自己在办公室写竞赛题，这人玩游戏玩得风生水起。他很不爽。不爽归不爽，谌冰除了冷冰冰地旁观，也没别的办法。

萧致没注意到他，倒是文伟眼尖将谌冰表情尽收眼底，觉得那"眼刀"甚是凌厉，忍不住打了个冷战。

接着，他敲敲萧致的课桌："萧哥，萧哥？"

萧致一脚踹过去："喊什么？"

"不是，我一直想问个问题。"文伟示意，"你注意冰神刚才的眼神没？"

萧致："怎么？"

文伟形容不出，思索后道："我感觉他好像很讨厌你有太多的好兄弟。"

萧致低头听了一秒，随即嗤笑了声："算了吧。"

"有故事？"文伟顿时竖起耳朵。

萧致手里转的笔掉落在地，他低头捡起，听到了这句话，但似乎什么也不想说，唇轻微地动了一下。

"我最烦别人吊我胃口！"文伟挺生气。

萧致挑眉示意门口："陆老师来了。"

"休想骗我，不愿意说能不能找个好借口？"

"爱信不信。"

萧致低头拿笔佯做计算，背后越发寂静，文伟马上将身体坐得笔直。

陆为民背手踱进教室，第四节课总有早退的同学，他特意前排后排来回走，直到打铃才慢悠悠出去。

老师走后，文伟直接跳起，不依不饶："萧哥，走！吃饭！你得跟我好好聊聊！"

萧致起身慢，倒是文伟突然想起件事儿。上周谌冰刚转来没校园卡都是他陪着一起吃饭，谌冰习惯后放学了还等他。现在谌冰起身往这边走，文伟连忙道："冰神，今天你自己吃饭吧。我和萧哥去趟校外。"

湛冰："？"

文伟一脸神秘："我和他去进行一场男人间的灵魂交流。"

湛冰第一个念头是这俩要去网吧，顿时不悦，但找不到阻止的理由，只能用缓兵之计："我能不能一起？"

"啊，我倒是无所谓。"文伟用力撞撞萧致肩膀，看起来虚头巴脑的。

萧致单手撑着课桌，本想往外走，却停下脚步。蓦然承受了拒绝湛冰的重任，他话里意味深长："随你，不过……"

湛冰手放在校服兜里，面无表情和他对视。

对于萧致居然没有真诚地邀请他，还有之前他打游戏的事，湛冰还耿耿于怀。

"那我不打扰你们。"随后顿了一秒，平平淡淡地道，"我一个人吃饭也很香。"

这话简直杀人诛心！文伟连忙解释："冰神，我不是这个意思！"

他说着，直接把萧致推到了湛冰面前。

湛冰没有咄咄逼人，反而带着再被说句重话就会掉头离开的倔意，有些脆弱。

认识这么多年，萧致很清楚他生气时候的情绪。

不过他心底存疑，湛冰以前不是很烦跟人结伴吃饭、睡觉、打游戏吗？别说能一个人吃饭，甚至能一个人干任何事。

湛冰转身似乎要孤单地走了。

萧致舔了舔唇。

隔了一张桌椅的距离，萧致一把抓住了他的手腕："行了，一起。"

湛冰甩开手："你别碰我。"

第二章
竹蜻蜓

小少爷有情绪了。不过这句话说得甚是微妙。萧致垂眸看了他好几秒，转头，推了文伟一把："去哄他。"

文伟："怎么哄？萧哥，你很有经验吗？直接套麻袋里装走行不行？冰神，你不要不给面子啊，和我们一起吃饭你不快乐吗？"

谌冰从初中起脾气变得有些古怪。刚开始因为瘦瘦小小的，冷眼看人时一点儿杀伤力都没有。但现在鼻梁挺直、线条硬朗，完全长开了，稍微眯缝着眼，就能让人觉出寒意。

萧致回头和他对上目光。

彼此对对方的脾气都太熟悉，到现在，萧致只能再请他："走不走？"

谌冰偏身绕过，走在最前面。

到了餐厅，气氛一时相当沉默。一个神色冷漠等上菜，一个垂着视线不说话。他俩明显不对付，文伟屁股扎了针似的，犹豫地道："冰神，萧哥，你们之前是不是认识？"

谌冰简单地道："不认识。"

萧致嗤笑了声："认识。"

谌冰偏头看一眼萧致，似乎没料到他会承认，改口："认识。"

文伟捧着杯枸杞茶，觉得自己像金牌调解员，正在调解矛盾："有什么误会说清楚，何必剑拔弩张、打打杀杀，十年修得同船渡啊，懂不懂？"

谌冰回想这件事觉得很神奇，世界本来按照正常轨道运行，但是一夕之间，所有的事情开始发生变化。

许蓉当时说："老萧家里这次全垮了，真惨啊，闹得众叛亲离。本来作为十几年的邻居，你爸想搭把手，但他家犯的错误实在太大，谁都不敢蹚这趟浑水。你说老萧平时那么机灵，怎么会犯这种事儿呢？"

谌冰只是看见萧家的私人别墅不断有中介公司拿着测量仪来回测量计价。耳边是许蓉劝诫的声音："你暂时别跟萧致玩儿在一起，他家里出事了，离他们越远越好。"

不知道该怎么回应，谌冰眺望着对方别墅，树后却走出一道少年的身影。萧致远远看着他，像是受到了背叛，一言未发回了别墅。

没有给他任何喘息的机会，等他再回到家，萧致已经搬走了。而现在，没有任何预告，他们再次相逢。

餐厅里，杯中茶水逐渐变凉。谌冰跟萧致都是人狠话不多的类型，争吵不见开口对质，反而用目光交战代替了激烈的控诉，但没能达成和解。

没一会儿，上了两个炒素菜、一个荤菜和一盆西红柿鸡蛋汤。

萧致拿起筷子，谌冰迟迟不动："汤里怎么还有香菜？"

萧致冷声地道："那不挺好？加量不加价。"

谌少爷要气饱了。

还是文伟厚道，翻出个小瓷碟帮忙扒拉香菜，稀奇地道："你俩还真是发小啊？萧哥刚来九中那会儿，说实话，跟冰神大概一个调调。"

——都是干干净净、浑身散发光芒带着距离感的男孩。

当时文伟想竞选班长，积极充当苦力，搬桌子、搬书、搬清洁用具，在教室招呼同学想搞大扫除，突然发现教室里没人了。

他到了走廊，就看见穿件白T恤、耳朵里塞着耳机的萧致，双臂撑着栏杆，一脸漠然打量整座学校。

他身材挺拔，戴着口罩，偏头时露出充满野性的眉眼。

文伟当时举着扫把喊："帅哥，挪下腿。"

萧致没听清，居高临下逼视他。

文伟重复："挪下腿，我扫地。"

萧致指尖抠着耳机，轻巧摘下，瞬间漏出一首挺悲伤的歌曲旋律。

刚开始萧致还不适应九中大集体，每天进教室坐下前都用纸巾擦拭凳面，独来独往，不跟人说话，直到后来惹了点儿麻烦。

这个麻烦，说来话长，主要是他这张脸引起的。

萧致长得太帅，无意间俘获了附近某职高"校霸"女朋友的芳心，在某个周六下午，人家拉了半皮卡的人堵在校门口。

文伟："'校草'，你怎么还不跑？"

"跑什么。"萧致从背后抄起一根不知从哪儿来的棍子，迎着四五个来找事的黄毛少年，抬手就打。没打完老师就来了，两方叫嚣着："你有种等着！"他们四下奔逃，萧致拉着文伟跑到巷子里，扶着膝盖喘气。

文伟竖起大拇指："厉害，你以前学过打架啊？"

萧致说："我以前学跳舞。"

文伟这会儿还有心情开玩笑，先震惊，接着猛烈拍手："来吧，展示一下？"

萧致一脚踹过去："你来展示。"

从那以后，校草就成了"校霸"。

湛冰扒着碗里的饭，因为不太好吃，他吃得很慢。感觉他刚来九中没多久，因为不习惯伙食，人都瘦了几分。

他平时在家有人伺候，在学校还得适应。

他的口味萧致一清二楚，萧致看了好几眼，没辙，叫服务员重新上了菜。这次端上来的是两个比较清淡的小炒，湛冰吃得舒服多了，看萧致那张格外暴躁的脸也顺眼不少，没再继续闹别扭。

没多久文伟看了看表道："该回教室了，不然要迟到了。"

萧致起身准备走，手机突然响了，铃声比较奇怪，不是普通的电话铃声。萧若的电话手表绑定了 APP，页面有联络专用键。萧致接通后对面传来一阵混合着哭号的尖叫，声音忽远忽近，似乎正被拼命拖拽。

"哥！哥！呜呜呜，你到校门来！"

萧致一听，情绪微变，眸底渗出让人害怕的冷意。

湛冰道："萧若出事了？"

萧致一言不发，转向校门口的电瓶车，高中生只能骑这个，他平时从家骑到学校十来分钟。湛冰看了两秒说："我想跟你一起去。"

萧致顿了一秒："你去干什么？"

文伟去旁边买奶茶了，校门口车水马龙。

湛冰静了静才说："看你有没有照顾好妹妹。"

他们没再继续闲扯，电瓶车速度很快，沿着马路一溜烟儿往前冲。湛冰抓到后座一个粉红色樱花头盔，猜是萧若的。

萧若的初中距离九中有一段距离，属于附近很不错的私立学校。他们到了校门口榕树底下，看见三四个初中生，面对面似乎在对峙。

萧致下了车往前走，远远听到小女孩尖厉的声音："你上课不经允许拿我东西，进进出出教室，吵到我睡午觉了！"

萧若怒喊："胡说，我没有拿！"

"你不承认是不是？信不信我让我哥揍你！"

是小孩儿之间的恩怨，不过旁边真有个看起来读高中的男生，站在旁边，冷酷地俯视着萧若："你别惹我妹妹。"

萧若气疯了，双手握拳嘶喊："你找你哥，你等我哥来，我哥哥打死你！"

对方说："你哥算什么东西啊？我哥哥在学校高中部最厉害，所有人都怕他！"

"我哥才是最厉害的，九中小霸王！"

谌冰没忍住瞥了眼萧致："你什么教育方式？"

萧致皱眉，明显有点儿烦，两个小姑娘边吼边比画起来，旁边男生抓着萧若细瘦的手腕，作势往地上一掼。

"你动她一下试试？"萧致上去就是一脚。

萧若看见他，眼睛里又惊又喜，明显开心疯了："哥！打他！"

萧致单手将她拦到背后，打算停止暴力，小姑娘胸口呼呼直喘，眼睛里的喜悦渐渐变成了眼泪。

小女孩的争强好胜只有几秒，但刚刚受到的委屈更让她难过。

萧若"呜哇"一声，扑到他怀里，号啕大哭。

萧致细看才发现她已经挨揍了，小羊角辫子被揪得乱七八糟，披头散发，手臂上全是指甲造成的伤。

萧致摸了下衣兜，没找到东西。旁边探过来细长的手指，谌冰递过来几张纸巾，说："给你。"

萧致叠了下纸巾，擦掉萧若脸上的鼻涕和眼泪。背后，谌冰几步走到打架的小女孩面前。

"你怎么打她的？问你话，是不是让你哥架着她手，你上去揪头发、甩巴掌、拧她？"谌冰拿出手机，"我现在报警了。"

小女生梳着冲天辫，一看就很好强。她瞪着谌冰："你敢打小孩儿？"

"我不欺负小孩儿。"谌冰飞快瞟了眼她的校牌，拍了张照，"我现在已经把你照片发给班主任和警察叔叔了，还发在了你们初中生校群里。接下来，所有人都知道你欺负同学。"

小女生嘴唇颤了下，没有反驳。

谌冰外貌不如萧致有攻击性，但是浅色眸子让他显得气质疏离而冷淡。他现在轻声细语,完全没有恐吓小朋友,却让人感到不寒而栗。

湛冰说:"以后,大家都会叫你小坏人。"

没多久,班主任过来领她回了教室。

萧致半蹲身检查萧若伤口,发现她校裤被锋利的刀片划破了,露出大腿白净的皮肤。他咬牙后抱起萧若:"走了,回家换裤子。"

湛冰看了眼电瓶车:"你东西就放这儿?"

萧致回头:"不然呢?你可以留下来看车。"

湛冰本来想走的,又站在原地。萧致走了几步见他没跟上来,真听话地站在车旁,简直没脾气了:"你过来。"

湛冰这才懂他意思,快步走到他身旁一两步远。

萧若似乎挺难受,现在还抽抽搭搭地哭,时不时藏到萧致肩头抹眼泪。

"鼻涕,"萧致提醒说,"别弄到我衣服上。"

萧若低头查看,老实说:"没有,只沾了口水。"

"你怎么好意思?"萧致顿了好几秒,不知道该怎么教训她。

被哥哥逗了两句,萧若止住了哭,委屈巴巴将脑袋埋在他颈间,随即跟湛冰对上视线,眼中的柔弱消减,变成了冷漠和幽怨。

湛冰不怎么和小孩儿相处,也不知道怎么表示友好,半晌,抬手捋了下她额头的头发。

萧若偏头躲过,龇了龇牙,似乎很不喜欢他。

"你可千万别碰我。"

湛冰:"你头发乱了。"

萧若:"乱就乱,乱得有型,乱得潇洒。"

萧致带他们沿街走了估计四五分钟,穿过几条大巷拐入小巷。楼道两壁的距离变得稍窄,沿途墙头上全堆着郁郁葱葱的花盆。

湛冰一走到这儿,又回味到了之前刚来九中时感受到的氛围——很破、很旧,但又很有生活气息。

成市虽是一线城市,但建筑不高,街道不宽,人来人往打招呼,都熟得不得了。

湛冰往里走,察觉到气氛的沉默。

到漆黑的楼道口时萧致跺脚,点亮了声控灯,背着光回头看他。

"我现在住这儿。"

湛冰应了声:"嗯。"应完,湛冰才想起来问,"你妈妈在家还是在外面上班?"

萧致似乎完全不想提这个话题,说话吊儿郎当,让人分不清他说的是真是假:"她死了。"

湛冰微微挑眉:"死了?"

"死了啊。"萧致一边说一边往楼上走。

声控灯有几盏失灵了,漆黑里只有萧若的眼睛还亮晶晶的,她清清嗓子说:"她没死,但妈妈不要我们了。"

萧致从兜里拿出钥匙,开门往里走。

湛冰没明白这话,追问:"不要?什么意思?"

"没事儿,你就当她……"话说到一半,萧致打开灯,才发现房间里还有别人。

房间里有一个偏胖的中年妇女,她穿件颜色发亮的深绿色薄纱针织小长裙,是大马路上随处可见的阿姨款,头发顺顺溜溜梳到后脑勺,打开冰箱正往里面放什么。

萧致开口:"王姨?"

萧若溜下来,迅速跑到她身边,从袋子里取出一个橘子剥皮:"吓我一跳,我还以为家里进贼了!"

湛冰四下打量。两室一厅的屋子收拾得干干净净,墙壁是没贴墙纸的白墙,感觉像是二十世纪九十年代单位房,占地最大的餐桌也就一张朴素的小桌板。这地方,贼进来可能还瞧不上。

"给你们带了点吃的!看看你们冰箱啊,空得像家里没住人似的。"王姨放下塑料袋,回头注意到了湛冰。

她怔了一秒。看清她的脸,湛冰也怔住了。

王月秋露出笑:"小冰。"

湛冰点头:"王阿姨。"

"有一两年没见面了吧,没想到你还记得小致,专门来找他玩儿。"

湛冰舔了下唇:"我转到九中了。"

王月秋满脸惊讶,在她认知中湛冰学习好得不得了,高中读全市最好的一中,前途不可限量。为什么会来九中呢?

思索半晌,她只能提出唯一符合认知的疑问:"你家,公司也倒了?出事了啊?"

湛冰:"不是,我就是来找萧致,想跟他一起上学。"

旁边的萧致从柜子里翻出消毒水和药剂,正查看萧若的伤势,听见这句话动作停顿了一秒。

"一起上学?"王月秋不相信谁会放弃前途,就为句简单的"跟他一起上学",但她不方便多问,点头说,"好,我记得当初你们关系可好了,我还说啊，要是有空你俩还可以约着一块儿玩。但是就怕……"王月秋笑意隐晦。

气氛有点儿沉闷，谌冰应付了几句，到萧致身旁提了提校裤蹲下。

萧若边啃苹果边由着萧致给她擦洗手腕伤口，还有心思瞪谌冰。

谌冰看王月秋进了厨房，才低声问："你跟王阿姨住一起？"

"没，这是她的房子。偶尔过来看看。"

谌冰"嗯"了一声，算是明白了。王阿姨当初在萧家当了好几年保姆，萧家的别墅被抵押后萧致无家可归，估计萧家兄妹就跟着她走了。

清理完伤口，萧致又从柜子里翻出针线盒。

谌冰没想到时隔不久他的生存技能已得到充分的锻炼："还有你不会的吗？"

萧致说："学习不会。"

谌冰无话可说，半响道："兄弟，你路走窄了。"

校服不像其他衣服坏了就扔，缝好了以后得继续穿。萧致穿针引线，谌冰看得心情复杂。

萧致的手艺倒是还不错。

萧致缝完了把校服丢到旁边，拿梳子喊人："萧若，过来。"

"来了。"萧若丢掉苹果核，搬来凳子，乖乖坐在镜子前。

"头发打结了，先梳顺。"萧致拿了根棒棒糖叼着，"她们打你你不会跑？"

"我跑了，但跑不过她哥哥！"

萧致沉默了一会儿，说道："这次又为什么事？"

萧若自己边脱皮筋，边说："画室老师夸我了，没夸她，她出来就骂我。"小姑娘现在已经不哭了，端坐在椅子上，像一朵瘦小的蘑菇，特别招人心疼。

萧致拿梳子梳她打结的头发，听见她的话后手停了几秒。

他能感觉出对方打得很用力，拽得萧若的头皮都泛红了。太过分了。

萧致叼着棒棒糖，他逆光的眉眼有几分晦暗，鼻梁高挺，五官硬朗，现在手里抓着一把柔软发黄的头发，却轻手轻脚。

谌冰觉得这场面让他不可思议，却又是那么和谐。

片刻，萧若抱着脑袋，尖声喊："哥！"

"嗯？"

"你糖掉我头上了，疼！"

萧致拿手拍了拍："不好意思。"

谌冰想收回刚才对他的称赞。

"到底怎么回事儿？"过了会儿湛冰问。

"那女生跟她一起学美术，怀疑关系好的同桌喜欢她，于是处处针对她。"萧致弯了下唇，"初中生，居然敢谈恋爱。"

湛冰记得他初中也挺活泼。

萧致捏捏萧若耳朵："不许早恋，听见没？"

"什么啊？"萧若满脸无辜，"我还是小朋友呢。"

萧致笑了声，点头："行，小朋友。"

萧若梳完头，去了厨房。湛冰抬手看表道："现在回去上晚自习肯定迟到了，不过跟陆老师解释了应该没事。"

萧致无所谓地道："你自己回去，晚自习我不上了。"

对"校霸"来说逃课看心情，现在已经到家了，就懒得再回学校。萧致起身："一起下楼，我去弄一下车。"

湛冰忍了两秒："晚自习说不上就不上？"

"不然？"

湛冰脸色有异，萧致补充了句："反正在教室也是睡觉。"意思是去不去教室都不学，多走几步路还亏了。

湛冰沿楼道出来，被气得没脾气。在小区门口找到萧致的电瓶车，萧致问："不要我送吧？"

"那你是不是送到校门口也不进去？"

萧致难得唇角有了弧度："对，到校门也不进去。"

湛冰拿出手机打车，思索他为什么能在陆为民面前无法无天。白色奥迪停在街头，湛冰打开了车门，想起什么回头道："加不加好友？"

短暂的安静。闹到现在还没加好友，提出这个话题，萧致垂头思索了几秒，刚才和谐的气氛顿时变冷。

萧致挑眉，直接道："不加。"

隔了几米的距离，湛冰手指搭着车门："你至不至于？"

萧致真笑了，重逢后头一次冲湛冰笑，但眼里一点笑意都没有。

"你怎么会懂我在想什么？"

这三节晚自习是数学。湛冰回到教室一问，才知道文伟已经跟老师解释过了。

年轻的老师拿了练习册讲题，平时让做题都没人做，讲题自然也没人听。底下聊天的聊天，打游戏的打游戏，只有年轻老师偶尔抬了下眼皮，说："安静。"

文伟刚想问问湛冰今晚他们心急火燎骑电瓶车走了是有什么急事，却发现湛冰看了两秒试卷后合上，从兜里摸出了手机。

隔了整整两三排的距离，只能看见湛冰的指尖飞快敲击，完全没在听课。

文伟正好奇呢，手机上来了萧致的消息。

萧致："帮忙看看陆为民在干什么。"

文伟只能借去厕所之由，到办公室门外装作不经意一瞟。陆为民正在一盏小台灯下聚精会神批阅试卷。

文伟："他在阅卷。"

萧致："手机在桌上吗？"

文伟："没看见手机，但他现在左手压着计分表，右手捏红笔，表情甚是苦闷。"

文伟没懂萧致突然问这几句话是为什么，下一秒，新消息来了。

萧致："？"

发完问号，萧致没再回复。

文伟溜达回教室，瞥了眼他的新偶像。湛冰还在玩手机，但又时不时翻一翻语文书，同时，手指敲下几行字。

hjkl："哥哥，今天能陪我学《离骚》吗？"

萧z："我是个游戏陪玩。"

hjkl："我知道的，但我这段时间应该都玩不了游戏，到周末放假才行。"

萧z："那就周末找我。"语气非常冷淡。

湛冰看讲台上的数学老师，他没跟其他老师似的把湛冰当唯一精神寄托，上课不寻求眼神交流，所以湛冰尚有余力开小差。

hjkl："哥哥，陪我吧，我妈妈要检查聊天记录。"

萧z："有病？"

hjkl："这条我会删除。"

对面安静了四五秒。

hjkl："也就一个小时，我讲知识点，你偶尔回复就可以啦。"

与其让他玩游戏上分，不如让他被动看看课文。不能让他早早放弃学习梦想，没有兴趣，可以先从学一个小时做起，学一个小时，再学一个小时，逐渐加量直到完全养成学习习惯，最终实现彻底主动学习。

湛冰现在非常有耐心，而且冷静。

猜测萧致正进行心理斗争，湛冰百无聊赖点进"小致向前走"主页，发现多了一条新的动态:"我要把我高贵的自尊心证明给你看。"

发布时间间隔一年半,二十分钟前,也就是他拒绝加自己好友时。

谌冰:"……"谌冰觉得他的自尊心是真的高贵。

《离骚》这篇古文难度很大,不仅生僻字多,古今语法差异大,其中的意象和隐喻更是理解文义的难点。

谌冰找到几条音频分享过去。

hjkl:"多听,理解文义,会更方便背诵。"

hjkl:"我们现在先听一遍朗读吧。"

萧z:"嗯。"

音频长约八分钟,谌冰趁这八分钟补上笔记,生僻词解释,标注读音,回忆文中用典的意思,准备一会儿逐字逐句跟萧致讲解。

八分钟后,谌冰戳了戳对方的聊天框。

hjkl:"我也听完了,现在我们看词语解释。"

谌冰等待对方的回复,但等了大概四五分钟,萧致完全没动静。

就这么莫名其妙直到这节晚自习下课,萧致才回复了新的消息。

萧z:"不好意思。听音频过程中睡着了。"

谌冰重新点音频播放。

扬声器顿时传出抑扬顿挫、气壮山河的大吼:"长太息以掩涕兮!哀民生之多艰!"简直嘈杂到有一点点吵得耳朵疼,就这样,萧致居然能睡着。

谌冰重新翻了几页语文书,点开音频调整一阵,重新发送过去。

hjkl:"这次再听应该不会睡着了。"

萧z:"?"

hjkl:"给你加了个唢呐混响,开头还有一百响的鞭炮声。"

第二天语文早自习。

一般来说平时放松迟到没关系,但碰上陆为民最好还是规规矩矩按时到班更好。他较真,来得早,专门拿了把戒尺坐讲台边等候迟到的同学。

全班同学慢慢来齐了,在教室前面站成一排,不过气氛略微压抑——还有一个人没来。

半响,门口出现一道高瘦挺拔的身影,他似乎本来打算直接进教室,看见陆为民后往后退了一步,屈指敲了敲教室门。

"报告。"

陆为民正等着他呢,冷笑:"萧致,又迟到了啊!这周才周二我就不说了,上周,自己迟到了几天?"

萧致似乎没睡醒,一脸倦意,半闭着眼睛想了几秒。

"也就四五天吧?"

"也就四五天?一周总共上六天课,迟到四五天!自己去后面站着,别让我请!"陆为民吼完,拿出语文书吩咐大家背书。

萧致走到教室后排,还有点儿犯困。

昨晚那初中生的唢呐音频太凄厉,导致他半夜做噩梦,梦到一个穿初中校服的脸色惨白的男生抱了一本语文课本,看不清脸,手指翻开书本幽幽地道:"哥哥,跟我学《离骚》啊?"

翻开书让萧致背课文,背漏一句就给他一棒。

萧致半夜睁开眼,额头冷汗黏腻,感觉这个世界真特别魔幻。

教室后已经站了一排,萧致过去挨在旁边,离谌冰座位一步之遥。

这些内容谌冰早已倒背如流,早自习比较闲,拿了本《如何应对青少年的叛逆心理》看。这是他在教师刊物附近找的,边看边做笔记。

跟两手空荡荡这么闲着的萧致对上视线,谌冰顿了两秒,递过去一本语文书。

萧致没懂,直勾勾看着他。谌冰又把书往前推了推,看表情再不接他会把书直接砸萧致脸上。

萧致伸手,拿住一角抽过去,是必修2的课本。

萧致知道谌冰以前不用这套教材,但现在课本上已经补齐了笔记。

谌冰字写得有棱有角,一笔一画,极其好看。

萧致抿唇,盯着这字,心里的感觉很奇怪。对他来说,虽然平时学习懒散、上课玩游戏睡觉、考试敷衍、迟到早退,但真正看到优秀学生的表现并不会觉得陌生。毕竟以前,他也是个好学生。

他把书随意翻了几遍,随即看到了古文《离骚》。

原来《离骚》在必修2,昨晚找了十来分钟的必修1。

下课时,窗外打了声闷雷,突然下起了绵绵细雨。

第三节课是陆为民的书法课,写完钢笔字后,谌冰指尖晕染了几点墨痕,起身去卫生间。

因为下雨,去操场的同学很少,大部分停留在教室或者走廊追逐打闹。4班位置靠近楼梯,而洗手间在拐过去的另一头。

谌冰走这一路,不少人停下打闹看他。

九中这所学校属于收普通学生的普通公立,一直没出过类似谌冰的学生,所以老师们最近上课总感慨地提一句:"4班最近转过来一个男同学,上学期全市联考排名第一,叫谌冰。你们有空都去看看人家怎么学的,不要总是玩玩闹闹。"

大家都对谌冰很好奇。不过树大招风，这个好奇更偏向贬义，像是鸡窝出了只小凤凰，小鸡仔感到被冒犯了。

谌冰视若无睹，穿过走廊到了里侧的卫生间。

靠窗扎堆站了几个男生，校服穿得松松垮垮，单手插裤兜里，不知道彼此东张西望说笑什么。

谌冰拧开水龙头，专心洗指腹的墨痕。

耳边一个响指，随即是肆无忌惮的讨论。

三三两两吊儿郎当，对谌冰评头论足、上下挑剔。等谌冰洗完手拿纸巾擦干，对方似乎受不了这么细致的动作，嗤笑了声。

一人随即走过来："学神，要不要认识一下？"

谌冰看了他三秒："不要。"

"别啊，认识一下呗，到时候月考互相照应。我们学习不好，学神多担待一下，你不会看不起我吧？"

谌冰说："不是看不起你。"

对方吊儿郎当的话摆明了他很看得起他自己。

不过谌冰声音冷静、理智，听起来却不像在和他好好交流。

谌冰略一挑眉，道："只是我们学习好的，都非常怕神经病。"

对方瞬间骂街："你别给脸不要脸！"

旁边附和的人突然注意到了什么。洗手间入口，走来一道高高的身影。

但对方没注意，还在叫嚣："别以为你成绩好我就不打你……"

旁边开始有人扒拉他的肩膀："许……许哥……"

许尔聪疯狂地道："九中我说了算，我就是九中的老大！你最好记住你刚才说的话！"

入口的阴影更明显。萧致垂眼，直勾勾盯着洗手间四比一对峙的五人，将吃剩的棒棒糖棍随手丢进了垃圾桶。

谌冰没看身后，只是问："你说完了吗？"

许尔聪："说完了。"

谌冰抬腿就是一脚，直接把他踹到了洗手台边趴着。

许尔聪抬头，看到了站在尽头的萧致。

萧致："你在叫什么？"

谌冰这才发现萧致不知何时站在背后，但他第一个心理反应居然是"完了，被他看到了自己凶狠的一面"。

谌冰想说话，没留神背后的动静。

萧致眼神一变,伸手快步朝他走来后拽过谌冰手腕往后一扯,随即被卫生间的拖把杆杵到了眼角下,萧致抬手捂住脸。

谌冰回头,许尔聪将拖把杆子掰断半截,握在手里充当武器,但被这么一打岔,拖把杆全落到了萧致身上。

萧致低声骂了句,抬腿就是一脚。萧致踹完,说:"我们学习不好的,也怕神经病。"

后面响起轰动和骚乱,没半分钟,陆为民尖细的嗓音带着颤音吼出来:"萧——致——你——又——打——架——你——是不是——教也不听——"

听到他这串绕梁三日的嘶吼,谌冰脑子里想了一秒,本来想拉着萧致劝他别动手太狠,结果反而抬腿重新将许尔聪踹倒在地。

陆为民拨开人群,就看见谌冰在那儿死命踹人。

踹完,谌冰转头,冷静地道:"老师,是我在打架。"

听完来龙去脉,陆为民一时都不知道该怎么办。这个年龄的少年火气旺,动不动就得斗一斗消消火,真的很难管。但作为老师他的基础立场不能变:"总之,打架就是不对!不管出于什么原因,谁先动手就是谁的错!要是打架能解决问题,还要老师,还要学校做什么!"

谌冰说:"老师,能不能先去趟医务室?"

萧致脸被杵破了点儿皮,微微红肿。他面无表情看着地板,带着少年特有的倔强。不认错,不觉得自己有错。

陆为民倒是很理解萧致。换成他见有人因为学习好被找麻烦,他要是年轻几十岁估计也冲了。此刻,陆为民无奈地摆手:"去吧去吧。"

九中医务室在行政楼对面。

医生准备给萧致清理伤口,不过他微微转身:"先看谌冰。"

谌冰站了两秒才意识到手臂的疼痛。伤口窄,被袖口遮掩着若隐若现,估计是刚才不小心剐蹭到的。

谌冰想说还是先看萧致,但萧致已经走到了门边,手搭着栏杆,半合上眼感受落下的细雨。

等谌冰贴了创可贴,他进来。医生是一个五十多岁的阿姨,她知道萧致除了严重的伤口一般不喜欢被人碰,拿过消毒药瓶和绷带递过来:"自己处理吧,我那边还有个感冒输液的。"

"好。"萧致准备接。

旁边探过来白净细长的两指,是谌冰接了过去,说:"那我来。"

医生没说别的话转头走了。

谌冰查看消毒水使用说明。他指尖抵着瓶盖边缘,灯光下皮肤尤为白净，仿佛细腻的瓷片，蒙了层薄薄的光芒。

萧致侧目看了好一会儿，转过视线。

萧致等了半分钟，耳边响起谌冰的声音："转过来。"

萧致咳了声："我自己可以。"说完，当即有几分后悔。

谌冰看了看他，没说废话："过来。"

棉签蘸消毒水沾上肌肤，触感微凉。

医务室里横着一条长椅，萧致双手撑着椅背向后仰，谌冰指尖捏着棉签，垂眸看他眼下的伤口，微微弯腰。

谌冰手法不能算娴熟，却小心而仔细，萧致看着他白皙干净的耳侧，耳垂上的黑色小痣在肤色的衬托之下极为明显。以前萧致还笑谌冰一个男孩子长这么秀气，谌冰瞪了他一眼也没吭声。

萧致："九中不适合你。"

谌冰："啊？"

"你以后还会遇到很多麻烦。"

谌冰带着不属于这个群体的气质，九中其他学生别无选择才来这里，他们成绩普通、家境普通。排除异己是九中学生的本能，谌冰相比之下过于耀眼，很难不被针对。

萧致说："你从哪儿来回哪儿去吧，不需要陪我上学。我在这儿待习惯了，觉得还可以。"说完萧致一脸轻松地起身，到里面找医生结账，手指在玻璃柜上敲了几下。

谌冰捏着棉签站了好几秒，他想说话，又听到门外的声音。

陆为民进来问："伤口处理好了吗？"

谌冰应声："好了。"

"行，"陆为民招手，"处理完了就来办公室，打架的事情还没完。"

陆为民倒也不是不能理解这场架的起因。学校是有些看人不爽就找碴儿的学生，而萧致虽然经常打架，但他专打找碴儿的，是乐于替天行道、为民除害的……"校霸"。萧致来之前学校更混乱，隔三岔五上演"热血高校"戏码，很多学生一放假就呼朋引伴打群架。

萧致转来后情况好多了，但他本人却成了顶风犯案的出头鸟。

陆为民对萧致的看法一直很复杂。

但这次，居然还是谌冰起的头，这就很让陆为民头疼。

陆为民骂也骂不得，说也说不得，思考半响道："谌冰，你觉得自己错了没有？"

避免无谓的争执，道歉一定没错。谌冰明白这个道理："老师，我错了，以后再遇到这种情况一定早点向老师请求帮助，绝对不会自作主张打架。"

陆为民松了口气："对了，这才是正确的解决方法。"

陆为民就打架事件又发表了一些看法，喝了半杯水才摆手："行，那就这样了，你们先回教室吧。"

谌冰走了两步，突然想起什么，掉头道："老师，我想申请调换座位。"

陆为民捏着瓶盖："啊？"

"我想跟萧致坐一桌。"

陆为民杯子盖都忘了盖上。

萧致本来想走，也转身看他。场面一度非常安静。

陆为民顿了下，问："为什么？"

谌冰早就有这个想法，但之前找不到理由，现在当着萧致的面，只能从最近的事件找借口："其他班似乎有不少人对我不满，萧致今天帮了我的忙，不如直接让我和他同桌，免得其他同学看不惯，再欺负我。"

陆为民重新打量谌冰，试图忘记刚才在卫生间看到他对许尔聪猛踹的画面。抛开学霸这个身份，谌冰就身高和外貌而言显然不是普通人能惹的，但……当然很可能他之前是合理自卫不得不出手，本性其实非常纯良。

但陆为民总觉得哪里不对劲，一时又没反应过来，摸了摸下巴回头问："萧致，你怎么说？"

萧致心里很复杂，没有立刻答复。

正在沉默，谌冰低声说："你应该不想看我被其他人欺负吧？"

这句话说到陆为民心坎上了，他道："既然如此，谌冰就先交给你照顾了。萧致，同学之间基本的关心和友爱精神你有没有？谌冰初来乍到，既然你俩都一起打过架了，不如干脆坐一起……"

谌冰适当补充："我还能帮助他学习。"

陆为民："这就更妙了。"

萧致无所适从地站了几秒，眼神有点儿阴沉，似乎找不到反驳的理由。

谌冰和萧致一起出了办公室。萧致的胳膊被轻轻撞了撞，他偏头，看见谌冰越过他走到前面，说："我不会离开九中。"

萧致停下脚步。周围有不少人打闹，但声音像突然消失了似的。

谌冰说他不会离开九中，不会再像上一次，无意把他丢在一旁。

谌冰回到座位，开始整理书本。

朱晓有些不乐意，学习超好的同桌刚到这里，屁股还没坐热就要走了。另一头，萧致同桌谭云飞对于突然要换座位也挺疑惑。

他杵了杵萧致:"萧哥,你俩你来我往的干什么呢?绝交复合反反复复?"

萧致踢他凳子:"滚。"

谭云飞性格诙谐,向他做了个拥抱的姿势:"萧哥,虽然从此异地,但我心里只有你,我会永远怀念你!"

萧致起身拎起凳子要收拾他,刚探手抓住谭云飞的校服后领,谭云飞边笑边后退,萧致险些撞到旁边经过的同学。

谌冰向左跨一步,将书放到新课桌上。

萧致舔了舔下唇,放下圆凳坐好,偏头看别的地方。

桌面空间不大,谌冰往抽屉里放书时无意碰到他的胳膊,萧致转头,肩膀往里躲开。

谌冰只能说:"你别赶我走。"

萧致似乎愣住了。

前方的文伟课间睡得好好的,突然被桌椅拖拽声弄醒,打哈欠回头时就刚好听到了这句话。

谌冰目光垂落,似乎不敢看萧致,声音却很清晰。

"你别赶我走。"

啊这,文伟心想,出大问题了!

冰神真可怜,文伟心中猛地蹿起一股豪气,抬手猛拍桌子:"冰神,这位置只配你坐,我说的!何必这么卑微,你谁都不欠!就算你是做错的一方也不要将姿态放这么低,你就是最棒的!"说完,又用看恶霸的眼神目视萧致,咂嘴,"萧哥,以前别的不说,但这事儿,我唾弃你!"

萧致单手搭在课桌上,校服袖子翻折到小臂,舌尖抵腮愣了两秒,阴晴不定的视线落到谌冰身上。谌冰感觉这句话玩大了,若无其事收拾课本,当什么都没说过,而萧致一度被误解。

但可能真因为这句话,萧致没再表露出别的态度。

半响,谌冰的笔掉落在地。萧致弯腰拾起,递过来。他的目光随即落到卷面上,没说话。

4班唯一有威信力的老师估计就是英语老师陶梦了。她是一位喜欢穿红色高跟鞋的女士,进门见教室里有一些喧闹,直接将测试卷"啪"地砸到讲台上,双臂撑着讲桌俯视全班。

陶梦扬了下眉毛:"先发张定语从句的卷子,语法我之前讲了整整一周。私底下让你们做你们肯定互相抄,所以课堂上我给你们10分钟,一共

10道题，做完我现场抽人检查。"

什么？教室里的同学们肉眼可见出了层冷汗。

"课代表上来发卷子。"陶梦动作很快。

拿到试卷，谌冰看了几眼开始填答案。

旁边，萧致指间随意转动着笔杆，吊儿郎当地看着题。他英语其实不错，语感还在，但陶梦专门出容易让人混淆的知识点，长句和生僻词错杂，看起来真的很烦。

"这是一中平时的小测，你们感受一下。不要害怕嘛，见识见识好学校的题对你们只有好处。"陶梦满脸微笑。

大家内心苦笑：离谱，写不出来！写不出来！就是写不出来！

陶梦穿着高跟鞋在教室走来走去，五分钟的时候走到谌冰身旁直接拿起试卷，笑了下："已经有人写完了，全对哈。"

谌冰明显能感觉到周围幽怨的视线，无意间又拉仇恨了。

陶梦没急着走，她对谌冰忽然换座位很好奇，接着抬头，看到了正在转笔的萧致。

"萧致，写了几道？"她问。

萧致："两道。"

"行，"陶梦说，"一会儿前两道就你讲，据说转笔转得快的脑子也聪明，你一定对自己的答案很有自信。"

萧致手指顿住，他站起身，解释："老师，我转笔不是因为自信，而是因为想帮助思考。"

"少来，说什么都没用。"陶梦冷笑，"赶紧准备。"

等陶梦走开，萧致百无聊赖盯着卷面。

谌冰偏头看了一眼："你这两题还选错了。"

萧致："你是不是觉得自己心肠很好？"

他现在比较惨，谌冰没忍住带了点笑意，将自己的试卷放到桌面当中，将桌椅朝萧致那儿挪了挪。

谌冰的声音很温和："我给你讲，你一会儿再给大家讲。"

谌冰讲题时说英语的腔调好听，声音带着磁性，尾调微微拖长，前桌大概没听过这么流利和标准的口语，没忍住回头来看。

在4班教室，谌冰就是唯一的发光体。

几分钟后陶梦抽萧致起来回答问题。

萧致两指夹着试卷，虽然刚才听谌冰讲了，他也没搞懂先行词、限制性定语从句是什么，不过凭借良好的记忆力复述出了解题思路。

很好,陶梦再想挑刺儿都没辙了,说:"可以。不过下课记得请你同桌吃饭。"

旁边的谌冰从刚才他答问题时就认真听,见他得到陶梦称赞坐下,笑意很淡地点了一下头。特别像个操心学生成绩的老师。

萧致对自己有这个联想也很烦。

放学后,前后左右看热闹不嫌事大,临走了都撂下一句:"萧哥,记得请冰神吃饭!"

杨飞鸿喊得最大声,被萧致扣住校服后领抓着脑袋往地上按,叫了半天"大哥"才成功脱身。

谌冰慢条斯理合上笔记本,抬头时教室里已经空了。萧致似乎准备走,但不知道为什么又停了下来。

"去吃饭?"萧致抬手抓了下头发,问这话时面无表情,特别酷。

谌冰莫名笑了。好哦,去吃饭。

走出教室这一路上萧致心情有点儿复杂。

谌冰走路真的很慢,不是性子慢,而是对于早早去吃饭毫不在意,要让他为一口饭不顾形象加速奔跑那可能是做梦。萧致这么多年陪着他,所以平时吃饭也不急,总是被兄弟们使劲儿推着肩膀往前猛冲。

现在,他们的步调又达成了一致。

"去校门外吧,现在食堂菜估计凉了。"萧致往另一边走。

谌冰对学校周围不熟,被带到一家挂着"傅铲铲"招牌的炒菜店,有个微胖的阿姨正在擦桌子,看见萧致立刻满脸堆笑:"小萧来了!"

"来了。"

"哎,又带新同学来照顾我生意了?"

萧致接过菜单:"对啊,阿姨得送个小菜吧?"

"好好好,别说送小菜,送大菜也行啊。"阿姨显然喜欢帅气少年,"你来了我就高兴!"

萧大帅哥挑挑眉:"谢谢阿姨。"

谌冰冷眼旁观,接过萧致的菜单。店不大,但能做的菜居然还挺多。

萧致单手搭着椅背,长腿分开放在桌下,坐姿随意:"这是我们班傅航家里开的,可以多来照顾他家生意。"

谌冰对傅航没太深印象,应了一声。

随便点了几个菜,递菜单时萧致垂眸看了一眼交到阿姨手里:"不要香菜,少放辣。"

说实话,因为之前的纠葛,现在萧致对着谌冰似乎还挺尴尬。

湛冰刚想找个话题，突然听到楼板上一阵"咚咚咚"的脚步声，接着楼梯上探出张涂着大红色口红的美女脸，冲萧致一笑，露出一口白牙。

湛冰吓了一跳，再过两秒，就看见"大红色口红"拖着薄纱裙张牙舞爪跑过来，人高马大的身材估计能跟萧致打成平手，一开口却是粗豪的嗓音："萧哥！你来我家吃饭啦！"

"男的啊？"湛冰脱口而出。

傅航立刻解释："冰神，冰神别怕，是我！"

他取下假发，露出脑袋时湛冰印象清晰了几分。

傅航说："我这不中午回家了寻思直播一会儿吗，别这么看我，我没有特殊癖好！只是cosplay（角色扮演）！"

湛冰心想我不是太懂。

傅航似乎挺忙，跟萧致打了个招呼又拎着裙摆往楼上跑："我直播还开着，先去忙了。你们好好吃。"边说，边往里吼："妈！给萧致上份大盘鸡！"

被这么一打岔，他们刚才的尴尬全没了。萧致看了看他，笑着倒了杯水："冷静。"

他反正很平静，对这种大场面见怪不惊，毕竟是游戏里搞气氛组的国服剑客。

湛冰半晌道："挺好的。"

傅航妈端着菜掀开帘子，盘子里满满的肉和菜都快撒出来了，她把菜放桌上后就站那儿跟萧致聊天，旁边客人喊加壶水傅航妈还不耐烦得很。

湛冰："阿姨对你态度怎么这么好？"

萧致说："她说我长得像她初恋。"

萧致笑了："你别不信，像你这样的一般被阿姨当儿子，我这样的，才能让她们想起已经逝去的青春。"

湛冰觉得萧致变了，小少年长到现在，变帅了，也变得油嘴滑舌了。

有一搭没一搭聊着天，吃了好一会儿，湛冰突然看表："现在都五十了？"

一点开始午自习，现在十二点五十分，饭才吃了一半。

"刚才慢悠悠走路到这儿，再等菜，吃饭，五十差不多。"萧致看他，"你急着回去？"

湛冰："午自习不上吗？"

萧致："不想上可以不上。"

湛冰在停止吃饭和加快走路速度中思考了五秒，选择前者，起身："我先回教室了。"

"吃饱了？"

"不吃了。"

萧致"哦"了声，筷子没停："那你先走。"倒是很无情。

谌冰赶时间快步而行，几乎踩着点到教室。不过迟到的人很多，打铃了他们还在走廊上晃晃悠悠。

谌冰翻出上午布置的作业，开始写。

萧致推门进了教室，他懒洋洋走到座位旁，将左手拎的奶茶和手抓饼丢到谌冰的课桌上。

文伟："哇哦。有点意思。给你带的小零食？"

萧致没回他的话，放完进了里侧，然后趴着睡觉。

谌冰打开手抓饼的袋子，手抓饼当中夹着两片生菜，涂了番茄酱，中间加了煎蛋和培根。正好是谌冰喜欢吃的。

文伟还在说："你俩啥情况啊？每次感觉你俩上一秒还在打架下一秒就……和好了？"

谌冰没理会他。

吃完手抓饼就正好吃饱了，谌冰边喝奶茶边写作业，旁边萧致一趴下就睡得很熟。他手指半搭在耳侧，贴在脸上的那截手腕瘦削有力。

一直到下午第一节课，他终于被打铃声吵醒，半眯着眼睛盯了会儿黑板，明显还在迷糊中。

谌冰晃了晃手机："加个好友，我把中午吃饭和买奶茶的钱转你。"

萧致"哦"了声："不用。"

"你很有钱吗？"

萧致顿了两秒，在抽屉里摸索了两秒拿出手机，随即半眯着眼递出了他的收付款二维码。

谌冰属于平时脾气和表情都控制得很好的那种，但现在都忍不住想翻白眼，随即扫了他的收款码。

屏幕显示——"您正在向'断绝情爱国服萧'转账 42 元。"

谌冰："……"断、绝、情、爱、国服萧，这就是大号吗？

转完账，谌冰忍了两秒没忍住："你昵称，好……"

萧致愣了一下，低头划着手机屏幕。这可能是某个深夜他心血来潮改的。遭到公开"处刑"后，萧致脸上没什么表情，当着谌冰的面飞快改了昵称。

但谌冰看他的眼神还是很不对劲。

萧致明显觉得有点儿丢脸了，语气冰冷："马上忘掉刚才的昵称，否则三天之内暗杀你。"

谌冰笑了:"什么暗沙?曾母暗沙?"

莫名其妙的笑点。笑了会儿谌冰发现萧致看自己的目光不对,他似乎没料到自己会笑。

这段时间阴阳怪气硬碰硬很久了,谌冰冷着脸,没怎么笑过。他突然一笑,气氛怪异。

讲台上的化学老师注意他俩半天,淡淡地道:"学习不好的同学不要去影响学习好的同学,学习好的同学也不要影响学习不好的同学。总而言之,上课不要说话打闹。"

谌冰回过神儿,翻开化学教材。

身旁萧致也翻开了教材,似乎在学习,但是余光却无意间朝谌冰看了好几次。

一晃到了周末。

还没打铃,但前排管坤已经火速收拾好书包顺便回头:"哥,晚上一起吃饭?"

萧致关了手机,点头:"行。"

"OK,我先回家放个书包。七点烧烤街不见不散。"

周六下午两节课上完大概四点多,吃晚饭还早。谌冰收好书包,到校门口看到了接他的司机。

"太太让我接你回家。"

谌冰本来打算跟萧致他们一块儿吃饭,回头看见文伟偏头盯着车:"绝了冰神,这你家车啊?什么牌子?"

谌冰没回答,低声说:"我走了。"

"行,再见!"文伟挥了挥手。

萧致目光从手机上抬起,看了一眼,随即转开视线。

谌冰上车后,司机道:"先生今晚回家,所以太太希望你放假回去,晚上一起吃饭。"

窗外风景从九中街道的低矮楼房变成一线城市的高楼林立,最后车子停在位置优越的别墅区。

谌冰走进门。花纹繁复的地毯尽头,中年男人趿着丝质拖鞋,端着咖啡看一本书。他年过四十但保养极佳,细框眼镜下的脸英俊又有书卷气,不过此时却有隐隐的怒意。

"回来了?"

"爸。"

许蓉垂手站在旁边，尽管是结发夫妻，但气势、姿态却更像用人。

谌重华大步流星过来："谁允许你离开一中！我就去国外大半个月，回来听到你去了九中的消息。为什么不先问我？"

谌冰轻声道："您不是很忙吗？"

"再忙也要管你的学习！"谌重华有些心虚，声音消减了几分，怒视眼前的少年。

谌冰书包半搭在肩头，脸上没什么表情，态度倒很平静，分不清话里是讥讽还是嘲笑。

"不想打扰你和阿姨的生活，所以没问你，我直接转学了。"谌冰说，"如果知道你这么关心我学业的话，一定提前通知你。爸爸，对不起。"

"你！"暴怒中的谌重华语塞。

谌冰尽量客气地说："我要上楼学习了，有事再叫我。"

说完，他便往楼上走，背后传来谌重华的呵斥："你教的什么孩子！他敢这么跟我说话！"

许蓉畏缩地后退，但她看到谌冰脚步停顿，又连忙催促："小冰，回你自己房间去。"

谌冰抿了下唇，背后厉声的斥责不断。

"迟早学得跟你一样，没本事、没礼数！去九中那种学校，像垃圾一样活着……"

谌冰手指攥紧，惊讶自己为什么能冷静地聆听这些漫骂。

这么难听，但他却能冷静听下去，不为所动。

从小到大，许蓉挨骂时就抱着他，不断道："没事，没事，妈妈没事。"哪怕说这话时不断掉眼泪。

谌重华公然带美丽优雅聪明的年轻女人回别墅，那女人和他相好近十年，那才是谌重华的心中所爱。而许蓉是与贵公子年轻时有露水情缘的餐厅小妹，有几分姿色又怀了孕，谌重华出于责任和道德感娶她进门，没多久开始厌烦和唾弃。

谌冰关门，将书包丢到床上。回到家很累，不如待在学校，住寝室也不错。

谌冰躺上床，手指搭在眉骨上无声地躺着。

手机响了几声，是萧致的消息。

萧z："打游戏？初中生双休吧？"

谌冰撑着床起身，现在好像没借口拒绝了，但他实在对游戏没兴趣。

hjkl:"现在不是很有心情玩。"

萧z:"你最好快一点,时长打完,互相删好友,我不想再看见你。"

谌冰唇角扬起了点弧度,刚回了几个字,门响了。

许蓉站在门口,憔悴的脸极力挤出笑:"准备吃晚饭了。爸爸叫人给你做了很多好吃的,一会儿去给爸爸说两句好话,不要和他吵架。"

谌冰张了下嘴,点头:"好。"

许蓉松了口气,走近摸他头发:"小冰最乖了。"

谌冰没躲开:"妈,你先过去,我马上下来。"

在应用商店点击下载游戏后,谌冰将手机丢在床上,跟着下楼。

谌重华恢复了冷静。他是看见用人上菜都会说"谢谢"的礼貌先生,但看见许蓉端鱼时指尖沾了点汤汁,立刻皱紧眉。

他皱眉的同时,察觉到一道冰冷的视线。

但当谌重华追寻视线时,只看见谌冰安安静静坐在旁边,脸上没什么表情,长睫底下敛着重重阴影。

一顿饭吃得貌合神离。谌重华问什么谌冰答什么,但除此之外没有一句废话。谌冰吃完还懂事地坐着陪聊到最后,直到谌重华离开桌子才起身。

九点。游戏早下载好了。谌冰重新敲开萧致的聊天框。

hjkl:"我来了,你打游戏吗?"

萧z:"刚开,等我二十分钟。"

他发来一张截图,显示刚开游戏的5v5对战页面,当中正是拉风的国服标志和萧致的ID——"单手也能赢你"。

应该是大号,很符合这个"中二"少年张扬的性格。

谌冰在等待间隙玩了一遍游戏训练营,真不太会,看自己屁颠屁颠跟随指示时,谌冰没明白为什么为萧致短短一句话就下载这游戏,破坏自己十几年坚守的底线。

刚出训练营,萧致消息也来了。

萧z:"我出来了,你什么段位?"

hjkl:"应该是青铜。"

萧z:"上次不是黄金?"

hjkl:"有区别吗?"

萧z:"确实没区别,都菜得没眼看。等着,我找个小号。"

没多久,二人互相加了ID。对方也是个"三无"小号,拉进队伍后直接开始匹配。

萧致话很少,摆明了不想闲聊。

选择英雄时谌冰迟疑了几秒,选了一个在训练营里玩过的英雄。选完,跟萧致的李白面面相觑。

队友有人打字聊天了。

画画的 baby:"两个打野?这个阵容不太可哦,建议来一个比较肉的辅助。"

谌冰状态栏只有几个体验英雄,战士、射手,还有法师。又不太听得懂他在说什么,暂时没动。

画画的 baby:"阵容真的不行哦,到时候会被对面打爆的,玩了三千场鲁班的我很负责任地告诉你们。"

谌冰盯着屏幕。

萧致的消息跳了出来。

狙里:"三千场还在青铜局,少说废话。"

画画的 baby:"呵呵。"

画画的 baby:"就这素质?我不想认真玩了。"

谌冰先还没懂,进场 30 秒后,游戏响起一声"first blood(一杀)!"鲁班已被击杀。

谌冰:"……"

谌冰不太清楚该怎么玩,跟着萧致跑。萧致似乎发了好几个"注意下路""注意中路""注意上路"的信号,但屏幕消息太多,谌冰还是没太看懂。

几分钟后,李白停在了他面前。

狙里:"听不到我在说话吗?"

hjkl:"?"

左上角有个小喇叭,谌冰观察四五秒后打开,猝然之间,听到极其冷漠无情的声音。

萧致:"呵呵,不出辅助宝石的队友只会影响我经济增长的速度。"

萧致:"离我越远越好,你只是个累赘。"

萧致:"赶紧走。"

谌冰抿了抿嘴角,这把游戏他玩得很没存在感。萧致打青铜局是个什么水平呢——约等于谌冰在九中考试的水平。

真就降维打击、暴力碾压,一人有抵挡千万人之能。

打完,火速开下一局,丝毫不给自己喘息的空间。

谌冰静静听他说话。

萧致真还就话多得可以,玩开心了,边打边自言自语。

"可以,回头,走位,走位!"

"有点东西啊,哥哥今天教你学会敬畏。"

"大意了,没闪现。

"对不起又打死你了,没错,我是故意的。"

看到谌冰好不容易拿了人头,萧致吹声口哨:"干得漂亮,现在的你不再是刚才的你。"

谌冰一直没开语音,听着萧致声情并茂的"中二"发言,边觉得他有病,边调大了音量。

听到这"中二"话语,谌冰心情莫名变好了不少。

这局打到一半,门被敲响。许蓉站在阴影里,轻声道:"你爸爸要走了,下去道个别吗?"

谌冰熄屏,不让她看见自己在玩游戏,但也没点头。

几分钟后别墅车库传来动静,豪车消失在夜色中。许蓉摇头叹息,关门离开。

谌冰手指顿了几秒,耳边是萧致的声音:"你在想什么?"

隔着云山遥远的距离,声音直抵耳膜,时空错乱,谌冰一瞬间恍惚以为萧致就在身旁。

下一句直接又冷漠:"再送人头,出门举报你。"

这局打完,游戏界面停留在了战斗页面。

谌冰战绩还可以,战绩0杀3死6助攻,队友中有比他更差的。萧致出来迟迟没开下一把,显示还在"游戏中"。

"等等我举报队友,居然有人打得比你还烂。"

谌冰慢慢打字。

hjkl:"这把不是赢了吗?"

萧致不以为然:"赢了跟举报队友有什么关系?"

很好,大佬眼里容不得沙子。

萧致边戳屏幕边嗤笑了声:"就这水平,这辈子唯一能跟国服扯上关系的机会,大概就是被我举报。"

说话非常嚣张,嚣张中又有一点少年的意气和骄傲。

谌冰唇角笑意加深,开始打字。

hjkl:"哥哥,不然今天就这样,休息休息,学会儿《离骚》?"

已经玩了两个多小时,十几连胜,对眼睛和精神的负担很大。按照谌冰的学习习惯,是到了玩完后该学习的时间。

谌冰发完这行字,耳边声音消失了。

接着显示"狙里"退出队伍,已离线,同时,陪玩软件上的计时器也停止跳动。

萧致下线了。

"……"

假期时间不长,第二天刚吃完午饭,谌冰就让司机送自己回九中。

临走时许蓉叮嘱谌冰去超市买牛奶、营养品和代餐粥,谌冰把手机放在耳侧,听着电话另一头的碎碎念,边应声边沿着货架转悠。

刚挂断电话,谌冰开始找水果区,走近后看见一高一矮两道身影。

萧致单手拎着几袋零食,似乎对购物很不感兴趣却又不得不来,垂眸看萧若跑来跑去,怀里还抱了个小西瓜。

谌冰在想怎么打招呼,不过回忆起昨晚他迅速下线,顿时又想背过身装作没看见他。

萧若回头拿苹果时看到他了,眨眼,拽了拽萧致T恤:"哥。"

萧致抬头,谌冰只好朝他过去:"买水果?"

"你买什么?"

"我也买。"

萧致抬手拍拍萧若的大脑门:"去给你哥挑一斤。"

萧若瞪大眼,明显有几分不服气,扯了塑料袋毛手毛脚往里塞苹果。

谌冰过去边挑,边问:"作业写完了吗?"

面对开局就能把天聊死的话题,萧致扬眉:"你是不是不会说话?"

谌冰顿了两秒,改口:"游戏段位上荣耀百星了吗?"

萧致忍了两秒,唇角往上提了点儿,随即低头:"99了。"

谌冰赞叹地道:"厉害。"

尬聊着结账出了超市,刚到广场,谌冰本来准备回学校,看见文伟牵着条哈士奇往这边跑。

"我妈养的,牵出来给你看看。"文伟穿着踏板拖鞋、短裤,小腿汗毛粗得跟穿了条毛裤似的,朝萧若笑了笑,"大小姐,狗给你带来了。"

狗是长得很精神的大型犬,蓝眼睛,毛色雪白。萧若立刻丢下水果,凑近摸哈士奇的大脑门。但她好像又害怕被咬,手缩了几次,回头冲萧致喊:"哥,你能把狗头抱住吗?我想摸摸它身子。"

小姑娘都这么要求了,明显无法拒绝。文伟赶紧起哄:"来,萧哥,来抱一下狗头。"

萧致气得想笑,不乐意但又拗不过,突然转向谌冰:"你去?"

突然被点名的谌冰:"?"

"刚才萧若都给你挑苹果了,你帮她抱个狗头,不是很合理?"

"我……"谌冰动了下唇,从没见过这么会"甩锅"的哥哥。旁边小姑娘迫切地挥了挥手,谌冰走到萧致背后抬腿踢了他一下,"自己去。"

谌冰动作不大,但显得特别亲昵。他以前就有喜欢踢萧致腿的坏习惯,惹毛了还使劲儿蹬。

被踢了,萧致只好弯腰到二哈身旁,把它脑袋先稳住:"好了,我帮你拉住它了。萧若赶紧摸,想摸哪儿摸哪儿。"

"狗狗!"萧若伸手试探。她意识到没有危险后用力抱住它脖子细细梳理皮毛,明显很喜欢大狗狗,仰起小脸嘻嘻地笑了。

谌冰莞尔,也觉得这小丫头很可爱。但前面还蹲着个任劳任怨帮忙蒙住狗眼睛的萧致,画面顿时离奇起来。

谌冰忍着笑,转身道:"该走了。"

"走什么走?"文伟抬起视线,"三点多回什么学校?冰神,要不要一起打麻将?"

谌冰摆了下手。

"别不来啊,我刚打电话叫了管坤,三缺一。你要来的话我就让李旭别来了,不会也没关系,萧哥可以教你。他牌技好得很。"

谌冰一时无话可说。总之,与学习无关的事情,他们样样精通。

谌冰思索的同时,偏头见萧致一只手插裤兜里,低头牵好狗绳方便萧若捉着狗狗玩,同时看着狗脑袋为萧若的安全保驾护航。

但他嘴里特别讨嫌:"狗狗这么可爱,不如把你卖了换条狗?"

气得萧若直扑到他身上捶打:"哥,你烦死了!"

谌冰心念微动:"你也去打麻将?"

萧致看了下手机:"不然今天下午怎么打发?"

"作业不是没写完吗?"

萧致薄唇微不可察地动了动,斜眼看他,冷声道:"我俩有代沟了。"

他说话还是吊儿郎当,没个正经。这两天关系刚改善了些,谌冰不想长篇大论说教,恐怕说了他也听不进去。跟着走了一两分钟,文伟手机突然响了。

文伟接通电话,对面声音饱含惊讶。

"不是约的张自鸣他爸那麻将馆?我刚到,看见有人挑事儿,又打起来了。"

谌冰听到张自鸣的名字,停下脚步道:"张自鸣他爸开的麻将馆?"

文伟回头:"怎么了?"

"之前拿萧致照片骗女生的事,"谌冰说,"我对他印象很差,能不能换个地方?"

重生前萧致是跟张自鸣接触后出事儿的,谌冰潜意识里觉得张自鸣危险,想让萧致离他越远越好。

文伟怔了两秒:"不是,主要那条街的麻将馆,大部分都是张自鸣他爸开的。"

谌冰无话可说:"这么有钱啊?"

"跟你家比估计没钱,但在这一片还是挺有钱的,小老板。而且就那家麻将馆的装修好,还能喝茶,其他地方都是很乱很脏的家庭作坊,你能去吗?"

谌冰不能去,他也不想去。看大家完全没当回事儿,就算他不去,萧致也会过去。他不想让萧致接触张自鸣。

谌冰脸上没流露出激烈的情绪,走了几分钟后慢慢将手撑在腰腹,往地上蹲:"我好像胃痛了。"

萧致转头看他,迟疑了几秒。

刚才人还活活蹦乱跳,现在却胃痛得难受。而且哪怕就胃痛,也不至于在马路边就蹲下了。对于一个大男人来说,这样的行为就很……做作。

不过谌冰完全不像装的,他额头上渗出层薄薄的细汗,抿了抿唇,似乎完全不知道怎么处理大街上突如其来的身体不适。

"真的很痛。"

文伟倒吸了口气。或许他们有钱人家大少爷是比较金贵吧,这样想之后文伟接受了事实,他走近问:"冰神,你没事儿吧?"

谌冰:"不太舒服。"

"附近应该有药房,不然你自己去拿药吧?"

"好。"谌冰应了声,尝试起身,不过动作幅度不大,有些虚弱。

萧若眼巴巴看着他。

萧致站了几秒,低头走近,他似乎在辨别谌冰的脸色:"真没事儿吧?"

谌冰:"没事儿,我去拿药就行了。"

出乎意料,萧致本来以为谌冰装生病要阻止自己做什么,但他并无此意,相反还异常善解人意。

谌冰说:"你们去玩吧,我拿了药,回寝室躺一会儿。"

萧致接过他手里拎的水果,说:"好,那你自己先回宿舍,东西我晚自习帮你提过来。"

文伟见他俩谈妥,说:"那我跟萧哥,就去打麻将了?"

谌冰眼皮动了下,这人不上道,就很烦。

既然如此,谌冰只能点头同意,等到他们准备走时随口说:"晚自习麻烦你们帮我请个假。"

文伟回头:"啊?"

"我胃病一般比较严重,会痛很久,晚自习可能来不了。"谌冰说,"晚饭应该也吃不了,不麻烦的话帮我带碗粥。冷的也可以。"

"冷"字咬得特别重。

一副病恹恹躺在寝室还只能喝冷粥的凄惨场景被三言两语勾勒出来。

"啊这……"文伟开始徘徊。

萧致垂眸看了他一会,目光那丝不落忍退去,走近道:"我送你回寝室。"

谌冰婉拒:"不用,你去玩。"

"说了送你回去。"萧致声音加重,转头,"萧若自己抱西瓜回家,晚上我在外面吃,别等我。"

"啊?"萧若眨巴眨巴眼睛,抱紧了西瓜。

文伟点头:"那行,萧哥,你照顾一下冰神,哎嘿嘿嘿……我先送大小姐回家吧。"他向谌冰眨眼,一副这里有我没问题的正义模样。

回学校的路上有药店,萧致进去挑了半分钟,拿了盒药出来。

"给你买了胃药。"萧致边说,边用指尖划着手机屏幕,似乎在查看什么。

到下一个日用品店,他说:"等我,我去买热水袋。"还挺周到。

谌冰想叫住他,莫名停了下来。萧致站在店里选东西,他身量高,腿也长得要命,抬手轻松从货架上排取下物件。

似乎还认真查看了价格,随即朝柜台这边过来。

他拿着蓝色格子的热水袋,给谌冰看:"买的加热水这种,充电的被宿管看见了估计要挨骂。"

谌冰"嗯"了声。

"中午吃午饭了吗?"萧致低头看手机,"我刚看了下,说也可能是饥饿引起的胃痛。"

"吃了,我妈做的饭。"

"行吧。"

萧致抬手在谌冰肩膀拍了下:"现在有没有想吃的,我给你去买。"

谌冰左右打量,周日下午校门口有很多卖小吃的三轮小推车,闻着很香，但他都不是特别感兴趣。

萧致突然朝另一头的甜品店走过去，半响拎着袋小熊形状的小饼干出来。饼干袋口子还用礼花扎着，炫彩夺目。

萧致："给你买的。"

谌冰看了下："这不是小朋友吃的吗？"

"你初中时不还吃这个？"

谌冰怔了下："那我初一还换牙呢，你不给我买磨牙小饼干？"

萧致低头看他，说不出话。

谌冰想了两秒，找到一个解决方案："晚上拿回去给萧若吃。"

萧致拆开了袋子往嘴里丢了一块，随后嫌弃："她怎么可能吃这种喂狗的东西。"

谌冰："……"

萧致说完才反应过来，骂了句"有病"，抬手不由自主揪住谌冰的校服。谌冰又没惹他，往后退时忍不住笑："自己骂自己是狗，关我什么事？"

萧致也就开玩笑，把他推到路边小树底下站着，十分认真说："我劝你不要伤害你我间岌岌可危的友情，毕竟我刚决定要善待你。"

谌冰真的想笑，反手握着他衣领往外推："你自己犯傻，不关我的事。"

"不是你惹的？"

谌冰力气没他大，几下又被推回了树下，校服勒着皮肤特别痒，本来感觉一笑就很影响形象，但真忍不住看着他笑。

阳光从树叶间落下，洒在萧致头发上，他俊秀的眉眼带着几分桀骜不驯，显得青春恣意。

谌冰有种很熟悉的感觉，好像回到当初在病房里的时候，自己在冷冷清清的病房里，眺望窗外繁华热闹的风景。

谌冰走神的工夫，萧致已经松手，提着这包小饼干对太阳查看。

"你室友都有谁？"

谌冰："文伟、周放。"

萧致思索了一秒："这俩小傻瓜，正好拿给他们吃。"

谌冰心想，你可够缺德的。

谌冰寝室目前没人，进去后，萧致把东西往桌上一扔，垂着眼皮四下查看。寝室只住了三个人，其他床位乱如狗窝，唯独谌冰这块干干净净、纤尘不染，课本资料堆放得井井有条。

萧致看了两秒，凌乱的地方看着就烦，还是谌冰这边让人舒服。

萧致拿着热水袋翻找几秒后出了寝室，半响后回来，把装满热水的热水袋放到谌冰腿上："你暖一下胃。"

九中寝室只有一个吊扇，空气又热又燥，谌冰思考后只得把热水袋贴腹部放着。

谌冰接了杯水仰头吃胃药。吃完，他坐到床沿上："我躺会儿。"

"行，"萧致拿出手机，拉开他的椅子坐下，"我玩手机，你想要什么喊我。"

他腿很长，坐在椅子上腿微微分开，宽阔肩头无所适从地靠近书桌，耳边的碎发闪着光，特别显眼。

他就这么坐着，不说话，反而比说话时毒舌要可爱得多。

躺了四五分钟，谌冰发现萧致在玩游戏，但没开语音，之前那么爱解说，现在倒是保持安静一句话没讲。

谌冰闭上眼。没多久，门突然被推开，响起室友周放的声音："来来来，游戏马上开始！"

声音嘈杂，似乎还跟着其他同班同学。

谌冰还没睁眼，先听到萧致起身的动静，他站在门口说道："去老张寝室玩，这儿有人睡觉。"

周放压低声："谁？"

"谌冰不舒服……"他声音压得很低。其他同学玩游戏也不在乎地点，勾肩搭背很快去了隔壁。

谌冰迷迷糊糊睡着了。

梦到小时候。梦到下雨天，萧致给他打伞。还梦到妈妈被骂滚出去，萧致在对面敞开家门说："来我家里住吧"。

电风扇似乎停了，皮肤起了一层黏腻的汗。

谌冰睁开眼，被阳光照得有点儿眩晕。萧致坐在他椅子上面朝书桌，手指往手机屏幕上戳，不像刚才那么频繁，估计在斗地主。

萧致回头挑眉："醒了？"

谌冰："好热。"

"学校没钱给宿舍装空调。"萧致随手拿了本课本，往他边边晃了晃，"给你扇扇？"

谌冰感受了两秒的风，发现怀里还抱着个"火炉"，直接把热水袋丢到旁边。

谌冰热得额发都湿了，白净的额头起了层薄薄的汗，他起身到洗手池前，开水直接冲脸。刚冲完脸回头，萧致又拿练习册扇了扇，这一阵冷风，冻得谌冰直接颤了下。

"你别……"

萧致边笑边回头把练习册丢回桌面。

文伟此时回来了，进门还带着一帮打麻将的同学："冰神，身体怎么样了？"

谌冰："好了。"

"我刚边打麻将边担心你，忧心内疚，和牌都忘了。"文伟假惺惺给自己加戏，加完回头搭着萧致肩膀，"萧哥，咋样，今天下午一切还顺利吗？"

谌冰："……"

萧致："……"

管坤没听懂，皱眉："伟子哥，你最近说话好奇怪。"

文伟晃晃脑袋："你不懂。"

说完坐下："萧哥，知道张自鸣他爸吧？那种老混混儿，今天看见警察快吓哭了。你知道吧，估计他还认识很多社会人……"

萧致低头玩手机，当听个八卦，压根儿不在意。

谌冰看了他两秒，本来是大热天，心却凉了一截。

文伟起身道："萧哥，出去吃晚饭啦？去不去？"

萧致回头看谌冰："你去不去？"

谌冰点头："我换身衣服。"

谌冰到卫生间用冷水冲凉，他将文伟的话琢磨了好几遍。记忆回溯到重生之前，心口起了阵阵悸痛，谌冰抬起视线注视着镜中被水打湿的脸。

那张脸上面无表情，眼中藏着几分阴冷。

谌冰出来时恢复了平静，萧致站在门口道："走吧。"

"冰神今晚胃不好，那肯定不能吃大鱼大肉，咱们找个粥店吧。"文伟拿手机看附近的美食。

旁边管坤有点儿不解："那冰神自己去吃呗，咱们也跟着去啊？"

"猪啊。"文伟骂他，"目光短浅不知道抱大腿，以后作业都自己写。"

管坤愣了两秒，踢他屁股："你个'学渣'还装起来了？"

他们打打闹闹，萧致本来吊儿郎当站着，街道尽头突然缓慢驶过来一辆黑色迈巴赫，停在校门口。

萧致眼皮跳了下，嘴唇抿紧，面无表情转身。

文伟拉了下谌冰衣摆："冰神，你看看这家店，行不行？"

谌冰垂眸打量，身旁的萧致本来没太认真观察那辆车，直到车门打开，车里迈出一条修长匀称的小腿。

下车的女人非常漂亮，看相貌顶多三十出头，一头知性黑色大波浪，化的妆容精致自然又高级。她站了几秒,似乎想打电话,随即看到了萧致。

萧致也看着她。虽然萧致平时就神情冷淡,但现在眼尾下垂,一种明显的烦躁在脸上浮现。

杨晚舟招手:"小致,你过来一下。"

萧致抿唇后朝她走过去,速度不紧不慢,摆明了还想让对方多等会儿。

面对此情此景,文伟惊了:"这富婆谁啊?萧哥啥时候认识这么漂亮一美女?"

谌冰瞥他一眼。

文伟回看他:"冰神,这富婆是真好看,虽然比我们萧哥还差点儿姿色,配不上他!"

谌冰感觉文伟的脑回路就局限在情情爱爱里面了,他等着杨晚舟的后招,暂时没说话。

萧致和她说话,语气简短,似乎懒得多说一个字眼。

杨晚舟拿出一个信封,递过去:"没别的事儿,月中了,我过来拿钱给你。"

萧致:"有银行卡,可以转账。"

杨晚舟说:"我换手机后清了内存,没找到卡号,只能专门来找你。"

"我收到了,你可以走了。"

杨晚舟没别的话,上车扬长而去。

萧致站着没动,下意识盯着豪车的去向看了几秒钟,随即动作熟练地拆开信封,取出一沓纸钞塞在兜里,将信封丢进垃圾桶。

他走到谌冰身边,没事人一样:"店选好了?去吃饭。"

文伟没从刺激中走出:"刚才那个姐姐是谁?"

对方年纪看起来并不老,还挺漂亮,又给萧致钱,引人浮想联翩。

文伟打量萧致说:"萧哥,虽然凭你这张脸很有受姐姐垂青的可能性,但实在……"

萧致回头要踹他。

萧致虽然平时跟朋友们开开玩笑,但他现在似乎从头发丝到脚趾都不爽,眼底敛着寒气,稍微一激就能来个大爆发。

谌冰把文伟从作死边缘拉回来:"不是什么富婆,那是他亲妈。"

文伟一脸惊讶。不只他,在座的嘴巴都张大了。文伟心直口快,直接疑惑:"你妈那么有钱,开迈巴赫,让你和大小姐吃这苦?"

萧致和萧若两兄妹的际遇他心里儿清,现在就是不解,非常不解。

萧致走在前面,沉默的间隙里,他身上压抑的情绪逐渐消失,回头伸手做了个下压的手势。

"我最烦别人议论我的家事,"他笑了笑,仿佛什么都没发生过,"给你们三秒,忘掉刚才看到的一切。"

他咳了声:"我计数了啊。3,2,1,忘记。"

文伟素来会察言观色,意识到这事儿可能触及萧致的雷区,没再继续问下去,不过脸上茫然的表情还没转换过来。

谌冰推了推萧致胳膊:"全忘了。走,吃饭。"

记忆力最好的学神带头配合演出,大家岂能不懂,纷纷转移话题。

傍晚,人群走走停停,到粥店叫了几屉小笼包。

少年的心思还是遮掩不住,萧致尽管装作若无其事,吃饭时却总走神。气氛有点儿沉闷,不过越这样文伟越努力致力于搞活气氛免得萧致尴尬,疯狂讲冷笑话。

"说起来我之前还看到一个笑话,说某男的在沙滩上看见一比基尼美女,赞叹说好漂亮,结果朋友提醒,孩子都两个了。男的惊讶,她身材这么好不可能有两个孩子吧!朋友说,我说你孩子都两个了还在看美女。"

文伟讲得声情并茂。只不过这个内容很不合时宜,萧致夹着根筷子有一搭没一搭点着面,抬头看他。

"孩子都两个了。"

文伟瞬间要哭:"我并不是想内涵啥!我是想逗你开心!"

管坤一胳膊给他搂回来:"给我长点心。"

谌冰用筷子夹了个小笼包放萧致碗里,无奈地道:"赶快吃吧。"

小笼包皮薄馅儿鲜,咬一口就有汁水渗出。店里生意非常好,小笼包刚才就剩这最后几屉。屉里也就剩最后两个,谌冰给萧致夹在碗里。

萧致低头吃饭。他心里不高兴,回学校上晚自习的时候,拉开凳子趴着睡觉。

到第二节课下课,萧致总算醒过来了,他头发有点儿乱,一脸冷漠。

谌冰看了看他。萧致垂着眼皮,继续看地面。

谌冰停笔,重新将视线小幅度转向他。

萧致唇角弯了下:"你到底在看什么?"

谌冰道:"看你心情好了没有。"

萧致挑眉,语气散漫:"看出来了吗?"

"应该好了,"谌冰在数学题后写上一个"解"字,"又得意起来了。"

萧致伸手朝谌冰后衣领伸去,像试图拧着小猫咪后颈皮将他提起来,但只是做了个样子,没有真的动手。

萧致:"我又生气了。"

"你就作,"谌冰忍了几秒,"反正也不会有人管你。"

萧致搭着手腕,笑着看他:"你不管我?"

谌冰当即表示:"成熟点。"

萧致脸色有点儿复杂,突然想到了什么,将抽屉里的书随便抽出一本翻来翻去。按照心理学上的动作解析,这是在缓解尴尬。

谌冰写不下去,偏头问:"你妈每个月给你多少钱?"

萧致"啊"了一声,从校服兜里摸出了那一沓被揉得皱巴巴的百元大钞。

谌冰数了下,1、2、3、4……8张,抬头道:"她每个月就给你800?"

萧致:"嗯。"

"你和萧若一起花?"

"不然?"

谌冰不知道该说什么,转了下笔:"你爸妈是出事前离的婚还是出事后离的婚?"

萧致看了会儿黑板,似乎不想回答这个问题,沉默了会儿才低声开口:"之前离的。"

"财产全给你妈了?"谌冰攥紧了笔,"萧叔叔很精明。"

萧致不以为意:"精明有什么用,还不是栽到她手里。"

短暂的沉默。

谌冰印象里的杨晚舟是个知性美丽有头脑的阿姨,跟许蓉的柔弱无措完全不同。做邻居时不大能看见她在家,大部分时候杨晚舟都在公司和国外忙碌,偶尔才和家人见一面。

离婚后她手握巨额财产,却仅仅按照法院判定每个月供给萧致和萧若800元抚养费,实在令人意外。

"别想了。"谌冰丢过去一本练习册,"先写作业。"

萧致指尖夹着书页翻开:"几天没听课,怎么又在讲导数了?"

谌冰看了眼,纠正:"这还是圆锥曲线。"

萧致无所谓,反正都不会写。

谌冰拿笔用力杵了他几下:"你倒是写一题看看?"

被再三催促,萧致才抚平卷面仔细看题,眼睛凑得很近,随后道:"我感觉我不认识字了。"

谌冰手指挨着卷面一行一行指过去,念题后轻声问:"现在能不能懂?"

萧致笑了笑,这下舒服了,懒洋洋拿起草稿纸:"我试试。"

他写题时手腕撑着脸侧,手指有一搭没一搭轻轻敲太阳穴。知道他有点儿小聪明,谌冰没催,拿出语文课布置的几篇成语选择题开始写。

半晌,萧致轻轻撞了下他胳膊:"第二题卡住了。"

谌冰给他讲,讲完问:"懂了?"

萧致:"懂了。"

"练习册上同类型还有几道题,你看着写一下。"

萧致一脸"你别太过分"的表情。不过与谌冰目光交会后,他很快低头:"行吧,那我再写几道巩固一下。"

谌冰注意力回到语文中,朱晓突然从门口冲进来,激动澎湃:"冰神,杨老师找你!说你预赛考了280!真厉害!"

他这大嗓门一吼,全班惊讶地回头看。

谌冰心里骂了句,只能起身,顶着混合着"他好厉害""装什么装"的复杂视线去了办公室。

看见谌冰,杨德旺立刻挥手:"前几天领你去的预赛也过了,有没有进决赛的想法?"

谌冰随口道:"可以考考。"

"行啊,可以考考,这话说得很牛。"杨德旺今天头发又翘起几撮,笑着说,"你心态很好,说考就考也不紧张。以前学过竞赛?"

谌冰没忍住看向他头发:"学过。"

"那决赛在10月你知道吧,我帮不上你。你感兴趣只能自己去找老师。"杨德旺叮嘱后递给他一沓作业,"你帮忙抱回去。"

谌冰抱着物理作业回教室,第一件事是看萧致在做什么。他单腿踩着横杠,坐姿随性,指间笔转得快飞起来了,同时还有个管坤使劲晃他肩膀:"萧哥,萧哥,傅航在家直播,你拿手机给他直播间挂个人气!"

萧致推了推手,有些不耐烦:"别讨嫌,写作业呢。"

管坤疑惑:"刮哪阵风你居然写作业了?"

萧致:"春风。"说完就看见了站在旁边的谌冰。

不过谌冰板着脸,冰霜满面。

谌冰抬手拉开管坤放在萧致肩膀上的手:"别影响他写作业。"

管坤:"哦,好的好的,打扰了。"

管坤转身时留意到了萧致的神色,他一改平时被催学习时显露的烦躁,意味不明地勾了下唇,继续在草稿纸上写写算算。

谌冰低头订正成语,没五分钟萧致拿出了手机:"我帮傅航挂下直播间。"

萧致的学习耐性有限，很快被其他东西转移了注意力——抑或刚才的好好学习只是一时兴起。

湛冰明白过来，抬手夺过手机放到自己抽屉里。

"写完作业再还你。"

萧致维持着拿着手机的姿势看了他好几秒，似乎下一秒会暴起拿回手机。但他没有，倒是扯了下唇，收敛着情绪，似笑非笑。

"怎么这么难伺候啊你？"他声音清朗中带着磁性。

湛冰和他对上视线。

"什么都得顺着你，我写一道题哄你开心不够，还得写四五道？"萧致无所谓地道，"就很烦啊。"

他话里听不出烦躁，湛冰才烦得很，而且莫名觉得……萧致并不是埋怨。那些情绪他太过于熟悉，一瞬间回到以前，仿佛他又成了被萧致保护在身后的小朋友。

湛冰每次面对他的示好都很无措，想了半天不知道怎么应对，湛冰干脆抬腿一脚踹过去。

陆为民进教室时正好看见靠窗边的萧致动作迅速地将凳子扶正，抬手对湛冰指指点点："你个小兔崽子是不是欠收拾？"

陆为民条件反射地大吼："萧——致——"

萧致身形顿住。

陆为民："你又——欺负——同学——"

萧致回头看见他，百口莫辩，自暴自弃坐下。

他这边刚坐下，湛冰脸上没什么情绪地递来今晚的作业："继续写。"

陆为民来教室主要说中秋、国庆双节的事。

"今年闰四月，国庆跟中秋撞上了，所以从周日开始放七天假。"

底下一阵叹气声："不是吧，这也太亏了吧？"

文伟直接不服："这不合适吧？国庆7天，中秋3天，按理说应该放10天。"

陆为民瞥他一眼："我可以给你布置10天的作业，你也可以在家待10天，来学校别怕我抽你就行。"

文伟："错了错了，老师您说放几天就放几天，我完全没有意见。"

"开学才上四周，又给你们放假，别玩得连自己姓什么都不知道了。"陆为民烦躁地背着手离开教室。

他一走，教室里顿时喧嚣。

"国庆有什么安排？"

"要不要一起出去旅行啊，爬山啊之类的？"

大家纷纷请示萧致，萧致合上书随意地道："你们玩，我不去。"

文伟倒是很理解他："没错，萧哥还得在家带孩子，大小姐一天没看见他就哭。要是把大小姐带出来，更不方便。之前你本来在家还在玩战争游戏，为了怕吓到她后来硬生生改玩益智游戏。"

其余人一阵哄笑："十七八岁了出门还带妹妹，确实好笑。"

萧致用笔在桌面上清脆地磕了一下，懒洋洋听他们扯淡，没说话。

文伟转向谌冰："冰神，你呢？回家吗？"谌冰不可能跟他们一起玩，但他还是礼貌性问一问。

谌冰低头看手里的书，很为他们的吵闹烦躁："现在商量还早，先把手里作业写完。"

文伟点赞："不愧是务实第一名。"

谌冰放假没选择，大概率是回家。

周五许蓉就打来了电话，言语很兴奋："国庆放几天假啊？什么时候到家，妈妈先在家里给你准备好吃的。你喜欢吃海鲜，妈妈早去市场买了最新鲜的龙虾，你回来就能吃上。"

谌冰抓稳手机，没太大兴趣："周六才放假，还有两天。"

"嗯，反正妈妈提前给你准备好。"电话临挂了，许蓉才模模糊糊插了一句，"你爸爸国庆也回家，小冰，你到了家了乖一点。"

谌冰关掉手机，对回家的期待顿时被冷水泼灭，盯着屏幕走神。

周六下午的校门口，全是放假回家的学生。

文伟早跟班上一群男生约好了打游戏，此时呼朋引伴边走边叫："走啊，冲冲冲，九中第一男刀还有五分钟变身！"

谌冰背着单肩包到校门口，见萧致站在榕树底下，身影挺拔，抬手随意跟文伟挥了挥："我去接萧若放学，你们去。"

谌冰收回视线，一辆豪车缓缓停在了校门口。

车窗落下，露出谌重华戴着金丝细框眼镜的脸。他随意打量着九中，入目陈旧的教学大楼、校服穿得松松垮垮的学生，莫名让他皱了下眉。

随即他嗤笑："小冰，今天我亲自来接你。"

谌冰看着车，一瞬间想掉头就走，但还是把书包甩到车座上，坐了上去。

发动汽车的间隙，谌重华注意到榕树下的萧致，辨认几秒后惊讶地道："这孩子长这么高了？"

"嗯。"

"真没想到，我就说你为什么转来九中。"谌重华把着方向盘，皮笑肉不笑,敲击手指陷入了回忆,"你俩从小关系就不错。以前我很支持你跟他一起玩,不过现在……"他扬眉,"看杨晚舟还认不认他吧。"

谌重华打起方向盘,把烟蒂扔到烟灰缸里。

"你妈妈要是有她一半厉害就谢天谢地了。"

不爽。烟味弥漫整个空间,没有一处的空气是清新的,谌冰在窒息前打开了车窗。

非常不爽。喉咙似乎被掐着,又完全说不出一个字。

天色阴沉,秋叶覆盖了潮湿的地面,未经打扫的路面泛起腐败的气息。

别墅门口,许蓉穿着围裙遥遥张望,看到谌冰后立刻笑着小步上前。谌冰闻到她身上淡淡的油烟味,许蓉喜欢自己下厨,谌冰从小到大也爱吃她做的菜,但旁边的谌重华捂着鼻子绕了过去。

谌重华往前走,身边用人接他手里的西装。

"你先去休息一会儿,"许蓉围着谌冰嘘寒问暖,"热不热啊,冰箱刚冰好了西瓜,我找许姐给你端上去。"

"好。"谌冰拎着书包往楼上走。

打开手机,班群消息正疯狂轰炸。

学习学不明白:"好兄弟们,放假啦,有王者峡谷冲浪的吗?"

问就是你对:"低级,真是低级。沉迷二次元不如将生活重点放到现实生活中来,晚上我在金银船开个包间,有没有来唱歌的?"

九中天才战神发送了语音:"苍茫的天涯是我的爱……"

好笑。谌冰丢下书包,换校服时顺便到浴室洗了个澡。

紧绷的神经难得舒缓,从浴室出来后,谌冰重新拿起手机,群里娱乐活动不知道为什么变成了疯狂叫萧致。

九中天才战神:"萧哥,啥时候忙完来网吧?"

问就是你对:"来网吧不如来KTV,萧哥,你来了麦霸非你莫属!"

谌冰唇角刚有了弧度,想打字回复两句,门外传来争吵的声音。

谌冰到了二楼阳台,见是许蓉打碎了一只碟子,酱汁弄脏了昂贵的波斯地毯。谌重华两只手攥拳,歇斯底里地喊道:"我简直受够了!十几年,无论做什么你都做不好!笨手笨脚,有厨子你非要去厨房转悠!"

许蓉抓起肉块想扔进垃圾桶,谌重华捂着眼睛:"脏不脏!不嫌脏,什么都要你动手还花钱雇用人干什么!你就喜欢做这些粗活重活!十几年了还没活明白!你真让我觉得恶心!"

谌冰径直往楼下走。许蓉进也不是退也不是,见谌冰冷着脸过来连忙道:"你玩你的,妈妈马上能处理好。"

谌冰蹲下身，抽了几张纸巾擦拭地毯，知道这个动作会让谌重华不爽他心里反而非常快意。擦完，谌冰尽量平静地道："没必要为这么点事情吵架吧，家里越来越没意思了。"

　　谌重华直直瞪着他。他就谌冰这么一个儿子，对他极其疼爱，但这孩子不知道为什么就跟自己不对付、气场不合，好心被辜负，他也没办法再装作什么都没发生过似的献上父爱。

　　谌冰平声静气地说："不要再吵架了。"

　　谌重华没把这句话放在心上，突然笑了声："谌冰，爸爸一直觉得愧对你，因为爸爸没有给你一个拿得出手的妈妈。"

　　话音刚落，谌冰突然往前跨了一步。

　　许蓉失声喊："小冰！"

　　平常总是面无表情的少年，距父亲一步之遥，眼中压抑着寒意，似乎很想挥拳将他打倒在地，但最终停下了动作——转身朝别墅外走。

　　"你继续吵，我出门静静。"谌冰丢下这句话。

　　凉风吹到脸上，刚洗完澡的皮肤冰凉。

　　周围静悄悄的，隔壁萧致的别墅换了几拨人，最近又空了。

　　谌冰站在花台边，抬手揉着发潮的头发，喉头火烧火燎。

　　不知道站了多久，手机屏幕亮起。"虽然是第四，但非常厉害"群有新消息。

　　九中天才战神："萧哥，出来啊！"

　　萧z："来不了，我妹牙疼，带她在诊所拔牙。"

　　萧致发了个定位。

　　萧z："离网吧很远，回去还要给她买糖，忙得很。"

　　九中天才战神："行吧，你把大小姐照顾好。"

　　谌冰点开地址看了看，在九中那边，似乎离萧致的家不远。

　　到路边打车时谌冰有点儿蒙，上车了才彻底回过神，对自己现在的行为有几分不解。中秋节下着雨，谌冰没带伞，跟着导航走到混乱街区，最终在漆黑的街头迷路。这地方，有定位都找不见店。

　　雨水浸透肩膀带来寒意，谌冰走了十几分钟后，决定去商店买把伞，刚进门，就看见灯火通明的玻璃窗后站着一高一矮两道身影。

　　萧致拿勺子往塑料袋里舀糖："水果条、软糖、彩虹糖，全都要吗？"

　　萧若拉着他衣角，声音含糊："要。"

　　"每种只称一点行不行？"

　　萧若："不行。"

萧致说："不是刚拔牙吗？还吃这么多糖？还想去见姜医生？"

萧若抽抽搭搭，喉咙发出悲鸣："不，不想见他……"

"那就这么多了，哭也没用。"

萧致抬手把袋口扎紧准备结账，转身看到了门口的谌冰。

苍白的灯光落在他身上，似乎给谌冰蒙上了一层水汽，明明潮湿又狼狈，但神色却沉静，没有丝毫的紊乱和慌张。

萧致颇为意外地挑眉。而萧若左脸肿着，眼睛通红，看到谌冰时也怔住了。

谌冰抿了抿唇，若无其事到货架拿雨伞。

萧致走近道："你怎么在这儿？"

谌冰指了下手机："看到你在班群发的消息，说带萧若到附近拔牙，我闲得没事过来看看。"

萧致怔了一秒："你还真挺闲的……"他勾了勾唇，低头看表，"现在晚上九点，你确定你只是过来看看？"

谌冰抽出伞叩了叩："我一会儿就回去。"

"你……"萧致脱口而出。

谌冰头发丝还在滴水，显得脸色更加苍白，手机铃声响起后眼睛转动，透着股微妙的不安感。

"谁打的电话？"

"我妈。"

萧致抬眸："你怎么不接？"

"不想接。"

谌冰开始打字回消息，打完又把手机熄了屏。

萧致差不多明白了，到柜台称糖结账，问道："跟你爸妈吵架了？"

"没，他们吵架，我出门静静。"

萧致唇角弧度下压："那你这趟门出得真够远，静得也够久。"

谌冰咬了咬牙，没继续跟他互掐。旁边萧若抱着糖袋子探头探脑打量谌冰，突然之间，糖袋子被萧致无情拽走，递给了谌冰："吃糖放松一下心情？"

抢小孩儿的东西。谌冰直接闭眼："拿走。"

萧致把糖袋子重新丢回萧若怀里。萧若沉着脸，抑制住了差一点点就形成的夺糖之恨。

走出商店后，萧致撑开伞："晚饭吃了吗？"

"没。"

萧致提了提手里的东西:"刚买了一包速冻饺子,不嫌弃可以来我家吃,或者下馆子。"

雨势逐渐增大,伴随着肆虐的风声,萧若往萧致身上爬:"哥,雨落到我脖子上了,能不能抱抱我?"

萧致半弯着腰把萧若抱到了胳膊上,小姑娘握着伞朝哥哥倾斜,遮住了雨滴。

萧致手指钩着装东西的袋子,转身时,低声道:"想好了,要不要来我家?"

除此之外,也不知道该去什么地方了。

谌冰低声说:"好。"

进门第一件事是开窗户,下午太阳燥热,傍晚突然下雨使得房间闷热潮湿。萧致放下萧若直接去了厨房,半响,围着条小熊围裙出来了。

他身材高而挺拔,小熊围裙估计是王姨落这儿的,虽然颜色粉嫩,系在腰上,竟然意外地不是很突兀。

谌冰坐在沙发上看他,说:"你的围裙还挺别致。"

"别致,"萧致牵着绳头拽了下,"送你要不要?"

萧致打开冰箱翻找出一把小青菜,又去了厨房。

萧若坐在电视机前的小马扎上,捏起一根糖条往拔了牙还肿着的嘴里塞,随即露出冬天吃了冰淇淋的酸爽表情。

她吃了好几根,总之,吃得龇牙咧嘴,表情精彩纷呈。最后,她目光停留在谌冰打湿的衣服和头发上。

小朋友并不是什么都不懂,看到谌冰似乎受了委屈,伸手递来自己的小糖包。

"吃不吃?"明显是在安慰他。

谌冰推回去:"你自己吃。"

萧致从厨房出来了,抬手朝谌冰勾了勾手指:"过来。"

谌冰跟着进去,萧致打开衣柜往外找衣服和裤子:"你去卫生间洗个澡,差不多出来能吃饭了。"

完全相似的场景和回忆,谌冰从刚才进门就感觉到了。

谌冰迟迟没伸手,萧致往前让了让,细长手指搭着衣柜的沉棕色木门:"衣服不是新的,但裤子肯定新。"

谌冰走神没回应这几秒,萧致似乎意识到了什么,突然笑了笑,眼底流露着看好戏的情绪:"那你怎么想着来找我?"

第三章
风筝线

萧致近在咫尺,并不催促什么,静静等谌冰回话。

谌冰抬手推开他:"我去洗澡了。"

萧致转身,谌冰已经拿着他给的衣服径直往卫生间走去。

萧致回到沙发上坐下,萧若捧着脑袋看他好几秒:"你今晚是不是很开心?"

萧致:"还可以吧。"

萧若翻了个白眼,起身"啪嗒啪嗒"跑去了厨房。

谌冰洗完澡拿起旁边的衣服。萧致骨架要大一些,他穿上萧致的衣服显得有点儿空荡松垮。推门出去,萧致指了下放在沙发上的吹风机:"头发吹干,我盛饺子了。"

萧若立刻跑到冰箱旁:"我拿蘸料!"

萧若抱着一瓶老干妈拼命拧瓶盖,但脸涨红了都没拧开。谌冰伸手:"给我吧。"

谌冰以为能轻松拧开,刚一转,手指就停住了。

他没忍住低头道:"这什么东西?"

谌冰当着萧若的面拧不开瓶子有些不好意思,接着尝试,直到指腹被硌出几道红痕。

萧致端着饺子出来时就看见他俩神色有异,直勾勾盯着桌上的老干妈,如临大敌。

萧若指责谌冰:"你不行,我哥平时很轻松就能打开。"

湛冰:"是吗?"

萧致直接笑了,拿起瓶子:"你们是不是有点问题?"

他翻过瓶身朝瓶底拍了几下,翻转过来轻轻一拧,盖子就开了。

萧若接过老干妈,取了一些在碗里开始吃饺子,心不在焉说:"哥哥最厉害!"

萧致开瓶子这么轻松让湛冰觉得有点儿丢脸,不知道该说什么。萧致偏头看他,戏谑地说道:"冰大聪明这次也搞不定了啊?"

湛冰:"……"

"那个什么气压,瓶子里面的气压比外面小,拍打几下让空气进去破坏真空环境。视频看到的。"

冰大聪明——不如说湛大少爷,听了觉得好笑,拉开凳子坐下。

煮好的饺子盛在碟子里,湛冰吃的时候,电话又打过来了。

这次他只好接听:"妈。"

那边萧致拿纸巾递给萧若,听到声音放轻了动作。

许蓉满含担忧:"这么晚了你在哪里啊?还回不回家?"

湛冰左右看了一圈:"我在萧致家里。"

许蓉听到这个名字怔住了:"啊?"

湛冰把手机转向萧致,他抬高音量配合地道:"许姨,是我。"

萧若见状立刻学着萧致高声喊:"许姨,是我!"

她声音则完全是小孩子的,清脆又响亮。

萧致回头看萧若:"你别学我。"

萧若:"你别学我。"

许蓉"扑哧"一声笑了,和看着长大的后辈重逢,心里更多还是欣喜和感慨:"听小致声音快听不出来了,倒是小若若跟以前一模一样。"

萧致应声:"对,现在还只有60斤,跟小学生一样。"

萧若开始装傻充愣,往嘴里塞饺子。

许蓉寒暄了几句,倒是觉得萧致似乎变了,不再跟以前一样是疏离冷漠,多了烟火气和人情味。

"湛冰既然是待在你家,那我就放心了。"许蓉似乎猜到了湛冰非要转去九中的原因,感慨,"你俩关系是真的好,我还以为你们不会再见面了。好,那你们就好好玩,过几天到阿姨家里来玩也可以。"

话说完,萧致嗓音突然冷淡下来:"再说吧。"

想到什么,许蓉顿时尴尬:"嗯,好,那我先挂了。小冰,晚上记得盖好被子。"

萧致挂断，把手机递给谌冰。

谌冰想起了初三的事情。那天在别墅花园门口，许蓉告诫他离萧家远一点儿。树荫里的少年听见，气得跑进了别墅再也没回头。

谌冰走神了一会，夹个饺子咬了一口说："好吃。"

"好吃啊？"萧致说，"超市大冰柜全是卖猪肉白菜口味的，三百年不换一次。你喜欢可以屯一间屋，天天吃，吃到吐。"

三句就要吵，谌冰本来该生气，却莫名其妙露出了笑容。

挺好的，现在的萧致还好端端站在自己面前。

虽然有点儿少年的臭毛病，但已经让他觉得，好到不知道该说什么了。

吃完，萧致放下筷子看萧若："今天该你洗碗了。"

萧若立刻手脚麻利收拾盘子，抱去了厨房。她个头还小，洗碗比较吃力，搬来张小凳子踩在上面拧水龙头开关，非常积极。

谌冰看了几眼，视线转了回来，萧致看着他。

"什么时候回去？"

哪有刚来就赶人回去的，谌冰神色有异，萧致立刻解释："我意思是，你多待几天的话，洗碗也要把你排进去。"

谌冰："……"

"今天刚来，先让你舒服一天。"

谌冰人都懒得生气了，随口道："行吧。"

萧致却好像得到了什么新消息，问道："还真要住好几天啊？"

谌冰明显要炸毛了。萧致唇角弧度压下，轻松地道："好了，住住住，我也不能赶你走。"

说话之间，他手机突然响了。拿出来看，发消息的还是群里那几个"中二"少年。

九中天才战神："游戏打完了，星星也掉光了。疲惫人生。"

4班最靓的仔："我认为，游戏输了并不是你的错，错就错在萧哥，他为什么不带你一起！"

九中天才战神："有道理，总之，骂这个男人一定没错。"

九中天才战神："萧哥，出来挨揍。"

学习学不明白："难道不是你挨他揍？"

九中天才战神："关你屁事啊！总之，骚扰萧哥就对了，萧哥萧哥萧哥。"

班上一群人不知道抽的什么风，纷纷开始跟着叫萧致。

萧致看着屏幕眼皮跳了下，赶在群消息达到99条之前，回了消息。

萧z:"一群精神病患者。"

九中天才战神:"萧哥,你终于出现了,刚刚群里有人骂你,我拉都拉不住,飞快刷消息才能盖过去。"

萧z:"你当我看不见?"

九中天才战神:"我若若妹妹牙拔了吗?如何?有没有哭闹?"

萧z:"她没哭闹,不过今天倒是有个哭闹的人来了。"

谌冰也在刷消息,看到这句话愣住了,看着萧致。

萧致侧脸线条利落,眉眼有了几分成熟的野性,漫不经心单手飞快打字。

九中天才战神:"谁啊?"

努力奋斗:"我也好奇。"

赶在这群无聊"中二"少年刷屏之前,萧致抬起视线,突然将手机镜头对准谌冰,按动快门。

谌冰愣了两秒,在想象中他狂扑过去扯掉了萧致的手机,但现实中他愣了下才沉稳起身,走近他身旁:"你干什么?"

照片被发到群里。

照片上谌冰坐在米白色沙发里,看镜头的目光有些惊慌,蓬松头发遮住了浅色的眸仁,白白净净,气质异常冷漠,又有些单纯……怪好看的。

萧致"啧"了声。班群里直接炸裂。

傅航航航:"啊不是,给你三分钟解释一下冰神为什么会在你家。"

九中天才战神:"还穿着你的衣服!"

傅航航航:"牛啊,伟子哥,你发现了重点!经你一提醒我才发现这件T恤还是萧哥的。"

萧致看着喧嚣的手机群,置身事外,片刻后不知道想到什么,转向谌冰:"你觉不觉得文伟有点儿没事儿找抽?"

谌冰:"?"

等群里吵了半天,萧致才插了句嘴。

萧z:"打游戏,一分钟,我放链接。"

群里顿时安静了。等萧致进了游戏刚开五排,分享链接到班群,不到五秒,房间顿时满了。

开了话筒,里面叽叽喳喳。

文伟也挤进来了:"差一点我就被拒之门外。萧哥,请交代一下你和冰神的纠葛,如果你觉得不方便说出口,作为好兄弟的我可以帮你把场面压下去。"

萧致："可闭嘴吧你。"边说，边开了游戏。

4班这次上车的几人都是资深老游戏玩家了，段位都还不错，开局之后说说笑笑，热热闹闹。

谌冰有点儿无所事事，手机呢也没什么好玩的。萧若坐在小马扎上看《长发公主》。电视里那公主一举一动就很好看，萧若偶尔还跟着比画，学得惟妙惟肖，很有当演员的潜质。

温馨的灯光中，就这么坐着，身旁都是朋友，谌冰反而感觉不错。

到十一点，萧致从手机上移出视线，看他："困了吗？"

谌冰："还行吧。"

萧致示意他旁边的长条沙发："你要困了就在那儿睡，我叫萧若回房间。"

谌冰点头："行吧。"

萧致回头拍了拍萧若脑袋："去给你冰哥找条毯子，就是前几天王姨折起来放在衣柜里的那条。"

"哦。"萧若往房间里跑，很快抱着毯子出来，放到沙发上。

萧若看了看谌冰，似乎很同情他，随即继续看电视。

萧致起身要走了："那你睡，我回房间玩。"

沙发很短，睡在沙发本就不舒服，没想到萧致居然这么轻描淡写走了，谌冰忍了几秒，抬手抖开了毯子，接着往沙发上一躺。

萧致拿着手机，看了看谌冰背影，游戏就传来被击杀的消息。

今晚送的第一个人头。

萧致走也不是，不走也不是，站在原地莫名地笑了。没忍住抬手，伸向谌冰的头轻轻拍了一下。

这脾气和过去一样。

谌冰偏头让开手："你干什么？"

"小时候拍你头时怎么没这么大反应。"

"小时候你还天天牵着我上学，这能一样吗？"

"记得这么清楚，"萧致扯了下唇，"也是。我就来问问你，不然和我挤挤？"

初三以前谌冰和萧致同吃同睡，关系好得不得了，可现在，碍于之前的嫌隙，似乎怎么接触关系都不如以前。

谌冰想了想："算了，我沙发也能睡。"

萧致对他这原则性还挺欣赏，点头："那行，有事就叫我。"

他刚走到门口，突然接到了电话。

人物档案

◆ **姓名**：萧致
◆ **身高**：188厘米
◆ **学校**：成市九中
◆ **班级**：高二（4）班

◆ **爱好**：拉小提琴、唱歌、打游戏
◆ **座右铭**：命运不配做我的对手。

◆ **姓名**：谌冰
◆ **身高**：184厘米
◆ **学校**：成市九中（高一时就读于成市一中，高二转学至成市九中）
◆ **班级**：高二（4）班

◆ **爱好**：观察细胞、捏各种圆圆的东西
◆ **座右铭**：忍耐过黑夜，才能看见日出。

对面说了什么谌冰不知道，不过萧致点头应声后，随即往门边走："好，我现在下来，王姨，你别着急。"

谌冰起身："怎么了？"

"王姨超市货到了，但缺斤少两，跟拉货的吵了起来。我过去看看。"

谌冰闻言，起身道："我也去。"

"你睡觉，没你的事。"

谌冰没理他，直接到门口穿鞋。

这时，萧若从房间探出脑袋："哥，你去哪儿？"

"王姨店里。"萧致把手机揣兜里。

"我也要去！"

萧致舔了下唇，淡淡地道："你不是作息很规律，平时到点了必须睡觉，不睡皮肤就不好了吗？"

萧若眼睛直转："但我一个人待在家里害怕。"

萧致朝她勾了勾手指："过来，穿鞋。"

现在接近凌晨，傍晚的雨让空气潮湿阴冷，除了路灯还亮着，大街上偶尔才走过几个人。

王月秋的小超市靠近较为繁华的街区，到那里要走四五分钟，行人逐渐多了。路边停了辆长安福特，后备厢大开着，王月秋在往外搬东西。

另一个穿格子T恤衫的中年人站那儿，满脸横肉，十分烦躁："你讲讲道理好不好啊？我一天一夜没睡，跑这么远给你把货拉过来，你不给钱，我怎么搞啊？"

王月秋旁边站着个瘦瘦的抄着手的中年男人，磕磕巴巴说不上话，那就是她老公。王月秋双手叉腰："是啊，你辛苦，但问题你给我货买错了啊！路上还磕坏一堆，这我能要吗？！"

"我运货从来没出过这种问题，你应该问市场老板。这是他的事情，我只负责拉货，赶紧结完工钱我要回去睡觉！"

"不行！这货我不能收！"

那司机烦躁得很："哎，你个不讲理的娘们儿！"

说话之间就不客气起来了，手也开始比画。

王月秋性格硬，呵斥道："你干什么？想打人？"

周围聚集了一堆深夜看热闹的，萧致分开人群进去，抬手搭着运货司机的肩膀，往外一推。

"你干什么呢？"他的声音不轻不重，咬字清晰。虽然是劝架的，但其实看起来反倒更像想打人的那一个。

司机回头，眼前的少年十几岁，身形介于少年和成年之间，但肩膀很宽阔，尤其个头相当高，看脸更加不好惹。

他缩了下手，跟着开始诉苦："不是我想打人啊，我真的只是个拉货的，这货坏了跟我没多大关系。"

"坏了还逼人收货的是不是你？"萧致把王月秋护在背后，"怎么说也没用。你这么大岁数应该比我更懂规矩，有这么做生意的吗？"

司机语结，情急之下脱口道："但问题货坏了不会要我赔吧？我凭什么，我……"

"所以你承认，货你不仅拿错了还弄坏了，对吗？"

司机恼羞成怒："你谁啊？轮得到你说话吗？牙还没长齐呢！"

"砰！"

下一秒，萧致直接把他推到了车门后，语气不紧不慢："好好说话，大家都是文明人。"

他力道很大，司机身体虚胖，倒是被他死死按在了车门上。

萧致补充道："听见了吗，大叔？"

最终这事以萧致打电话给市场卖家收场。

陆陆续续收拾残局，萧致进小超市，帮忙整理货架。

谌冰进去之后，王月秋转向他笑了笑："冰少爷还没来过这种地方吧？"

倒也没有她说得这么不食人间烟火。

谌冰应付着走到萧致身旁，萧若也很乖，拆开辣条箱子后将货往货架上放。萧致分门别类把酱油和醋瓶子放到缺货的地方，谌冰看了会儿，也学着拿酱油往空的地方放。

萧致偏头看他，说："你把新货放到里侧，旧货放到外面。"

谌冰疑惑了一秒："为什么？"

"买东西一般都拿最前面的，要是一直将新货放在前面，后面的就放过期了。"

"对，还有这种讲究。"谌冰心里惊讶，同时又有点儿感叹。在一年以前绝对想不到萧家大少爷能在这小超市上货，还能这么熟门熟路。

萧致垂眸看瓶颈的生产日期，挑过了保质期的东西。他鼻梁到下颌连成一条利落的曲线，骨相极佳。

点货完毕已经快凌晨一点。

中途萧若熬不住，抱着辣条打瞌睡，很快到里侧的床铺上躺着睡着了。

王月秋掀开帘子，轻声道："让她就在这里睡吧。"

萧致往里望了望："那好，王姨，你帮忙照顾一下她。"

出了店，大街上万籁俱寂。

谌冰站在门口，出门前萧致打开冰箱拿了瓶汽水，丢给他："回去了。"

"萧若呢？"

"她就在这儿睡，明早还有人哄着她起床。"

谌冰没忍住弯了弯唇。

楼道里很黑，不过萧致没试图唤醒声控灯，拿手机开了手电筒往上走。他进门坐了没两分钟，"啧"了声："又饿了。"

谌冰转向他："饿了啊？"

"本来晚上吃了饭，打算躺着玩游戏，没想到还下去干了体力劳动。"萧致打开冰箱看了看，"我找点吃的。"

少年饿得是真快，谌冰听他一说肚子也有点饿，平时在学校第三节课后也必会饿。萧致找了半天，能直接吃的只翻出来半截火腿肠。

"这怎么吃？"

谌冰看了会儿："点外卖？"

萧致挑眉："你看看这个点，还有没有人帮你送。"

谌冰拿手机搜了一圈，好不容易找到家深夜大排档，刚点单就被对方取消了。

萧致说："在这边吧，你现在点单，很少点得到。"

确实也很麻烦。

萧致拿着火腿肠进厨房："算了，我煮个粥。"

真是神奇的体验，日常作息规律的谌冰这会儿站在门口看他切火腿肠，熬过了最想睡觉的时间，现在完全不困了。

锅里煮着粥，萧致又把冰箱里的猪肉、土豆翻出来洗洗，找出半包火锅底料和半块泡面开始煮。

谌冰看了半天："你可以啊。"

"这个最简单，也不用考虑放多少盐、调味料和能不能炒熟。"萧致说，"弄出来还好吃。"

"厉害。"谌冰直笑，走近了站在他身后，看他一通操作。

他从来没下过厨房，看什么都新鲜，似乎还想上手弄一弄。不过还是忍住了冲动，尽量面无表情看萧致做饭。

萧致把火锅底料放到锅里，加水等融化后倒入了耐煮的菜。随后他就站着玩手机，四五分钟后再下一些菜。

火锅的香味儿冒出来，谌冰肚子更饿了，在萧致揭锅时他小幅度靠近，想看看煮得怎么样，谁知道萧致被蒸汽烫到手指，短促地叫了声往后退,就这么撞了上来。

萧致"哗啦"放下东西:"没事吧?"

"没事。"湛冰被撞得眼睛有点儿酸,不过并不疼。

想想自己居然为一口饭被撞成这样,湛冰有一点点不好意思:"我去沙发上坐一会儿。"

他捂着眼睛去了客厅,没留神又撞了下门框。

萧致跟上来,抓着他手腕往沙发那儿带,随后,拉开了他捂着眼睛的手。

蓦然见光被刺激这一下,湛冰当场流泪,闭上双眼。

萧致不知道该说什么,想了几秒,道:"不然你打我两拳吧?我太愧疚了。"

湛冰:"?"

"我居然把你弄哭了。"

有什么毛病?湛冰舔了下唇,不知道为什么,他感觉自己这辈子可能不会患癌而死,但会被萧致气死。

"锅里的东西好像煳了。"

"嗯?"萧致没心情再逗他,长腿三两步很快回到了厨房。

经过紧急抢救,只煳了一部分,但吃的时候怎么都带一点点烧焦的味道。其实不算很严重,还能吃。

湛冰还没有过这种体验,筷子在碗里夹了几下,看向萧致。

萧致面无表情,也很烦,随即莫名其妙笑了一下。

湛冰忍了两秒没忍住:"有病。"

萧致毕竟还是少爷胃,丢了筷子朝卧室走,语气平平淡淡:"不吃了,我睡了。"

说完手机就响起一阵卖力呼唤。

凌晨两点了,"虽然是第四,但非常厉害"群消息还在轰炸。

九中天才战神:"我今天不赢一把我不睡!"

九中天才战神:"还有兄弟吗?还有兄弟一起熬夜上分吗?"

九中天才战神:"萧哥萧哥萧哥……"

萧致手指在屏幕上敲了下,想了两秒,垂下视线打字。

萧z:"行,带你赢一把,赢了早点睡觉。"

湛冰:"不许打。"

气氛莫名地诡异。湛冰是饿得心烦,说话开始没轻没重:"再熬夜人没了。"

萧致属于非常不服管的、心态叛逆偶尔极度暴躁的男孩，现在居然没说别的话，将手机漂亮地转了一圈，随口道："好。"

谌冰："会不会回自己房间偷偷玩游戏？"

"你这说的是什么话，"被戳穿的萧致懒散地勾了勾唇，似笑非笑，"信不过我是不是？认识这么多年我的人品你不了解？"

谌冰莫名其妙为这件事杠上了。要是因为学习熬夜他还能理解，但为打游戏在这样的深夜苦战，完全不符合他的三观。

谌冰丢了毯子，起身："行，我信得过你。"

他往萧致房间走："我监督。"

房间是典型的男生房间，角落放着篮球，墙壁挂着羽毛球拍，墙上还有乔丹的海报，书柜里摆放着不少奇形怪状的模具。反正除了书，什么都有。

谌冰上了床，睡了一半床，另一半空出来留给萧致。

就这么一瞬间，萧致莫名其妙感觉这生活方式好像回到了过去。他偏头抿了抿唇，手机消息又开始响了。

九中天才战神："萧哥萧哥……"

萧致晃了下手机："这位好兄弟，怎么办？"

谌冰拿起手机看了几秒，打字。

CB："他睡了。"

九中天才战神："？"

CB："你也睡吧，熬夜对身体不好。"

九中天才战神："啊不是，谢过冰神美意，你怎么知道他睡了？你在他家？"

CB："嗯。"

他发出这段消息萧致也很意外，看向他道："你知不知道别人会误以为我俩是好朋友？"

谌冰一脸冷漠："除了你和文伟两个'中二'少年，没人会误会。"

躺下之后关灯，沉寂了半响，只能听到彼此微微的呼吸声。

黑暗中，萧致轻轻"咂"了一声："我俩从长大后多久没这么聊过天了，小小冰？"

谌冰闭着眼，没理他，也没有说话。

萧致似乎挺感慨地说："你说话啊。"

"我睡着了。"

"好。"

安静了估计半分钟,萧致又有了轻微的动静。床很大,容纳两个人睡觉绰绰有余,不过一个人翻身另一人也能很清晰地感受到。

萧致无来由地道:"床好窄啊。"

谌冰忍无可忍:"你好吵啊。"

说实话,谌冰毕竟是和他激烈争吵过的。萧致弯了下唇,在黑暗中也褪去了所有的伪装,声音低沉:"你怎么就这样跟我和好了?"

谌冰突然理解了为什么他小号叫"小致向前走",大号叫"断绝情爱"。

好一个深夜犯"中二病"的少年。

这一觉睡得很踏实。或许是熬夜太久,第二天听到手机铃声时谌冰意识还模糊,伸手摸索手机却"啪"一下打到了萧致的肩膀。

萧致"嗤"了一声:"少爷起床气这么大?"

谌冰睁开眼。萧致醒了有一段时间,正单手抓着手机。

刚才的铃声应该是电话,但被他掐断了。

谌冰闭着眼睛坐起码半分钟,一动不动也不说话,然后清醒了:"谁的电话?"

"王姨,让我们下去吃饭。"

谌冰随即起身,说:"我洗漱一下。"

刚到客厅就听到了敲门声,谌冰开门,萧若幽怨地站在门口,递过来一个塑料袋:"你的东西。"

谌冰打开,见是毛巾、牙刷、牙膏,应该是萧致让萧若跑腿买上来的。

"谢谢你。"

萧若进屋,直接跑去了萧致的房间,房间里传来嘶吼:"你怎么可以把我丢在别人家里,早上还理直气壮叫我买东西!"

接着是很低的男声。

女声继续:"太过分了!怎么会有你这样的哥哥!"

似乎吵得很激烈。

没半分钟,萧致叼了根棒棒糖从房间出来,懒散中还带着点儿刚起床的躁郁。旁边萧若缠着他不放,被一只手抵着脑门,疯狂挥动四肢。

萧致不耐烦了:"让你跑个腿这么费事。还有,下次进我房间记得敲门。"

"哼!"萧若用武不成,又抱着他腿哭哭啼啼,"下次不许不带我走,把我放在王姨家也不行!我早上起来差点就哭了。"

"好了好了,知道了。"萧致应该是听进去了,往卫生间走,倒了杯水漱口。

萧若瘪了瘪嘴:"你知道就好了。"随后,她跑回了客厅。

谌冰等萧致出来了再洗漱,用冷水洗脸后感觉清爽多了,出来时,见萧致拿着手机站在门口。

"下去吃饭,王姨准备了一桌子菜。"

谌冰刚睡醒时还有点懒,听到有菜就加快了动作:"那走吧。"

萧致偏头,笑了一下。

谌冰被他搞得很不好意思:"你不饿吗?"

"饿我是饿,但我还没到两眼发直的地步。"

萧若走在前面,回头打量谌冰的脸:"他眼睛没直啊。"

萧致抬手揪她小辫子,小辫子估计是早上王姨梳的,还梳了个花样,特别漂亮。无情地揪了一把后,萧致道:"大人说话小孩儿不要插嘴。"

萧若:"你管我。"

两人一边斗嘴,一边走到了昨晚的小超市。

里侧的房间是住人的,非常宽敞,谌冰刚听说一桌子菜还很期待,不过走近之后只看见粥和两道小菜。

谌冰人生第一次因没吃上好菜而失落。

王月秋忙活着,出来说:"早餐你们先随便吃啊!我在外面摊上买的,早上刚营业有点儿忙。午饭肯定比这个丰盛,你们稍微等等。"

谌冰脸上没什么表情,走近坐下,拿起用塑料杯装好的粥。

萧致没忍住又开始乐:"气不气?"

萧致起身去厨房,半晌端出几碟卤肉和凉菜,放桌上道:"这些你先凑合吃吃,好吃的早餐明显还需要等待两三个小时。"

粥是路边早餐店买的,感觉是王月秋随便拎了两杯,放在这儿时,里面的粥都结成块了。

不过,想到午饭,谌冰有了一点点安慰。

王月秋以前在别墅区做家政保姆,职业素养非常好,萧家破产后她本可高薪去别家就职,却不再干这一行,领着一大一小的少爷和小姐回了九中这边开起了小超市。许蓉当初想挖她都没成功。

粥,食之无味,弃之挨饿。谌冰面无表情捏着吸管喝了会儿,萧致半靠椅背,坐姿像个大爷看着他吃饭。

过了一会儿,萧致叹声气,探过身,想跟谌冰说什么。

谌冰不明所以地抬头看他。

萧致往厨房望了望,摇摇晃晃起身,背着光,阴影投在桌面上。他探出修长的手指,在桌面轻轻敲了敲。

"跟我走,不过一会儿别告诉王姨。"

湛冰:"?"

"去吃好吃的。"从刚才起萧致没怎么动筷子,似乎就在等这时候,他勾着唇,露出大获全胜的微笑,"这粥,只能用来喂狗。"

湛冰气得口不择言:"我是狗,那你呢?"

话里有了几分想掐死人的意思,萧致怔了一秒,随即唇角笑意扩大。

"巧了,狗是人类最忠诚的朋友。"

湛冰继续刚才的话题:"走吧,去哪儿吃饭。"

该说不说,吵架归吵架,吃饭归吃饭,两码事。萧致非要将它们混淆起来,湛冰开始不爽,抬腿一脚踢上去。

萧致躲开,蹿到了大街上,转身,对他的行为表示唾弃:"兄弟,君子动口不动手,你别以为自己长得好看我不打,你就可以对我任意妄为,请稍微考虑一下我的心情。"

"你……"湛冰心里觉得非常幼稚,但思索了两秒,觉得这个人实在过于讨厌,于是快步跟上去。

湛冰平时冷淡理智又安静,不像其他男生鲁莽起来不管不顾,所以萧致看他赶来并不紧张,反而觉得这事已经结了,抬手想揽上他肩膀:"走吧,现在几点?"

下一秒,被湛冰一拳直捣腰腹。

萧致心想失算,舔了下唇:"你不能轻点儿啊?三拳,镇关西都被你打死了。"

话说得奇奇怪怪。湛冰面无表情,嘴唇本来绷着,此时也忍不住微微上扬。他长得好看,脸像浸透了水的白玉,平时冰碴似的眸子冷冰冰看人,少有鲜活气,此时微微扬唇,眉眼竟然很好看。

萧致无所谓地道:"骂你还笑?"

湛冰笑不出来了。

湛冰调整呼吸忍了好几秒,说话都无力:"你别气我了。"

"嗯?"

湛冰:"我身体不好,万一被你气出好歹。"

萧致拉了他手臂一下,示意饭店所在的方向,笑着说:"我觉得你身体很好,初一还是又矮又瘦的小朋友,进入青春期个头直接猛蹿,现在快赶上我了。"

湛冰说的不是他这个意思。

上辈子生的病，因为不确定还会不会有，他从来没提起过一次。

谌冰转眸打量四下的行人，声音逐渐低了几分。

"其实不是很好。"

萧致准备过马路，听到这句话停下脚步道："哪儿不好？"声音莫名带了几分调侃，"让你的好兄弟我帮你看看？"

谌冰抬腿要踹，还没动手就被他紧紧拉住了。

萧致说："你别冲动啊。"

谌冰调整呼吸："我不冲动。"

萧致："你不是身体不好吗，气坏了怎么行？"

谌冰："……"真的好想踢他。

信号灯变绿，两个人打打闹闹气喘吁吁，热气透过衣衫渗出来，萧致盯着他："我松手了啊。"

谌冰挣开，萧致朝旁边退了两步，但谌冰并没有继续动手的意思。

萧致嘴角噙着笑，说："走了。"

从小到大这样的场景不知道有多少次。打完闹完，还是得一起走。

早上开门营业的店少之又少，两人转了半晌停在一家鸡公煲前，进去后，老板娘笑道："你们是今天的'开门红'。"

谌冰吃鸡公煲的经历很少，低头看菜单时，突然听到背后玻璃门被推开。随后，萧致探身望过去，不由分说拿张纸巾挡住谌冰的脸，小心地道："你别乱动，头埋着，千万别抬起来。"

不知道他又发什么病，谌冰打开他手："你有病吧？"

与此同时身旁路过的中年男子转过了脸，是陆为民。他穿件横纹衬衫，戴着眼镜，旁边还跟着老婆孩子，听见这声音看了过来，没想到居然是谌冰。

谌冰怔了下："陆老师。"

陆为民生活中比在学校亲切，挑眉道："谌冰，来吃饭啊？还跟萧致一起，你俩关系还不错啊。"

谌冰对"关系不错"四个字挺嫌弃的，所以暂时没说话。倒是萧致抬手搭在他肩上，很随意地道："还可以吧。"

陆为民笑了："还可以，那你身边有个这么好的榜样，得向他学习啊！你看看平时考的那些分数像话吗？这次月考迫在眉睫，你并不是不聪明，只是不肯学。从现在开始准备，到时候考个……"

他顿了一秒："考出倒数前50应该不成问题。"

"那目标就先给你定下来了，萧致。"陆为民自以为很时髦，说，"你们年轻人爱说的那句话叫什么？加油，奥利给！"

他被老婆叫回了旁边座位。

这顿饭吃得很不快乐。

回到王月秋的超市，饭菜飘香，这边饭菜也备齐上了桌子。

王月秋感慨过去的事，也提到了萧致的学习成绩，忧愁地说："我记得他初中学习挺好的，考试还能拿满分呢。"

萧致挑眉道："高中题难度和初中的不一样。"

王月秋说："题不一样，但哪怕再难你也要努力学习啊，争取考出好成绩，拿第一名也让我长长脸。"

萧致说："那王姨，你不如努力销售，拿个大金街小超市卖货量第一名，也让我长长脸。"

王月秋怔住："你！"

萧致给她夹了一筷子鱼，笑道："何况我长这么帅，还不够给你长脸？"

王月秋无可奈何："你就贫吧。"

谌冰想起了萧致平时的测验卷。

他并不是勇于和命运抗争的"学渣"，那些人有底线，除非真不会写，一般不会空。但萧致完全不玩这些虚头巴脑的东西，直接乱填，考0分，视成绩如粪土。所以直到现在谌冰都没摸清楚他的底细，成绩到底有多差？学渣的类型也不同。

回家时快下午两点了，萧致吃饭的时候就有人催他玩游戏，回去窝在沙发里在游戏里上了线。

谌冰："你玩游戏？那我该干什么？"

萧致好笑似的抬了抬眉，不能说不耐烦，只是感到费解："你还要我陪你玩吗？"

谌冰："我不是这个意思。"

"那你自己随便找点什么事情做打发时间。"说完他点进了游戏，完全不打算理会家里的客人。

谌冰总感觉他有些刻意。从出了王月秋的超市起，可能不想自己也开始唠叨他的学习，因此显得特别叛逆。

可恶。谌冰抿了下唇，说："借一下你的充电器。"

萧致拉开抽屉，翻出里面的充电器。

谌冰接过来去了萧致房间，他房间里有张书桌，找出笔和草稿纸，搜索历年物理竞赛真题。重生前高二竞赛拿奖后他暂时放下了竞赛题的练习，到现在重新拾起，还需要特别认真地准备。

谌冰放下笔，听到了门外的声音。

萧若小手捏笔坐在茶几前认真写作业，有不会的地方，捅了捅萧致："哥哥，教我。"

萧致放下手机拿过数学试卷，思索后开始讲解题思路。

扬声器里文伟吼着："萧哥，对面五个都把你围住准备关门打狗了，还不跑！"

屏幕变黑，游戏里人物复活的时间正好够他将题讲清楚。

谌冰想起陆为民说的话，他并不是不聪明，只是不肯学。

老萧和杨晚舟都是名校毕业，从家里拿了创业资金把公司做到一线。而杨晚舟出自书香世家，基因更不会差。萧致接受的是素质教育，被丢到高级兴趣班学钢琴、滑雪、法语，大概想教出一个温文尔雅的翩翩贵公子，他甚至还会拉小提琴。但现在，路子完全变野。

门口响起动静。

萧致看见是他，立刻撤回身："让你冰哥教你，他更专业。"

萧若："哦。"将试卷递到谌冰面前。经过了这一天一夜，她对谌冰的抵触没那么激烈了。

萧致垂眸继续打游戏，他话多，但神色非常冷静理智。观察全局，修长瘦削的手指握着手机，时不时伸指轻敲一下，打法有条不紊。

谌冰讲完题，肚子倒是有点儿饿了，问："晚上还去王姨家吃饭？"

"她店里忙，中午做一顿饭很累了，晚上就在家里吃。"萧致说话时视线还落在屏幕上，似乎正打到激烈处。

谌冰想到了空荡荡的冰箱，沉默两秒："家里有吃的吗？"

推翻对面水晶后，萧致若无其事关掉手机，站起身："现在去买。"

萧若拿橡皮擦用力擦了擦卷面："等等，我也要去。"

超市在两条街外的广场上。到十字路口时，萧若拉拉萧致的手，示意另一头："哥，这个月的书到了。"

"什么书？"谌冰问。

萧致扯着唇解释："她喜欢看的杂志。"

萧若又拉拉他手，不依不饶："哥哥快去快去！"

萧致拗不过似的，抬了抬眉，朝书店方向过去："走吧，给你买。"

小书店靠近萧若念的初中，狭窄，但货架堆满了书。萧若径直走到杂志栏翻找。

谌冰随意瞟了眼，杂志和儿童图书挤在一起，入目有几本书——《我能自主学习：考试难不倒我》《不放弃才是最酷的》《耶，作业写完了》。

封面绘有小人儿，一看就是给小朋友看的。谌冰走近，将几本书拿起来。

萧致瞟他一眼："萧若学习积极性还可以。"

"不是。"谌冰否认，抬头和他视线相对，"这是给你看的。"

萧致愣了两秒，随后道："你有病啊？"

谌冰翻开书页扫了几眼，随后到柜台结账。

萧致原地站了一会儿，似乎无话可说，随即跟着他到柜台边："你赶紧把书退了。"

老板露出疑惑的目光，谌冰当没听见，想了两秒问："还有没有同类型的书推荐？"

老板："劝小朋友养成学习习惯的吗？"

谌冰瞥了眼萧致，点头："对。"

"目前这套卖得最好，如果你有需要还有很多儿童绘本，适合没什么基础的小朋友看。"

"没什么基础的小朋友。"谌冰重复了一遍，转向萧致，话里意有所指，"我觉得你挺需要的。"

说谁小朋友呢？要是换个场景，萧致估计得和他打一架，但现在，萧致咬唇思索了两秒，回头，忍辱负重地"甩锅"："萧若，你冰哥问你要不要？"

萧若忙着翻弄杂志，不知道他俩的"战况"，脆生生地道："不要！"

赶在谌冰发言前，萧致抽出书丢回了原书架："她说她不要。"

"是吗？"谌冰冷冷地盯着他，没有揭穿。

走出小书店，到了路口，萧致挽着袖口折了几折，走近谌冰，在谌冰退到安全范围前伸手将他抓了回来。

"刚才'阴'我那一回怎么说？"

谌冰被他拉住袖子，斯文后退："别这样，我是为你好。"

"你再为我好，"萧致想了几秒，道，"今晚你自己睡地上吧。"

谌冰："……"

傍晚超市人多，不过菜还很齐全。萧致逛了一圈，回头问："今晚吃什么？"

谌冰想了想："别是昨晚那锅菜就行。"

萧致皱着眉头看他，明显因为心中的提议被否定掉而不乐意："昨晚如果没煳锅不还可以？"

昨晚的火锅给谌冰留下了心理阴影，他现在不太想碰。他拒绝，萧致应了声："那只能买速冻水饺和汤圆了。"

萧致手艺有限，平时要么在学校吃饭，要么在王姨家吃饭。走到冰柜尽头，萧若看到摆放在里面的抄手，小巧可爱，顿时不走路了："想吃这个。"

萧致过去看，回头问："玉米猪肉馅、三鲜馅，还有海鲜的，要什么？"

谌冰想了下："都称点。"

萧致接过袋子到里侧称斤两，看到了旁边的月饼。

"中秋节国庆节，双节啊，快忘了。"

萧若歪着头："去年也没吃月饼。"

他跟萧若的口味像杨晚舟，不爱吃这些东西，以前老萧在的时候会买，不提醒萧致都快想不起来了。似乎想起什么走神了两秒，萧致转头问谌冰："你吃不吃？吃我就买。"

谌冰看了看，点头："过节，还是买吧。"

回到家七点多了。萧致搜了搜教程，随后把抄手下了锅。

萧若搬了张小板凳坐在茶几前，翻看那本杂志。

谌冰观察她半晌，走到厨房，特意喊了下萧致："你看看你妹妹。"

萧致注意锅里，偏头看了一眼，很快转回视线："怎么了？"

"她在看书。"

"看书怎么了？"

谌冰说："就很好。"

萧致顿了两秒："你想说什么？"

"没事儿，"谌冰轻描淡写，"吃完饭我们写作业吧。"

谌冰说话声音很轻，特别像在哄人。

萧致把手里的勺子放锅里，无意扫他的兴，但语气确实十分懒散："恐怕你要失望了，我没带作业回家。"

谌冰的眼中顿时蒙了层寒气，似乎被惹到了，直直地看着他。

萧致反正也没带作业，不妨碍他此刻表态："我也想写啊，这不是没带嘛。你要相信我，这段时间跟你同桌后，我的学习热情得到了前所未有的提高。"

谌冰作业在家没带过来，低头看手机。

萧致："你干什么呢？"

"给文伟发消息，让他把作业拍照发过来。"

萧致："？"

谌冰极其冷漠地说道："还记得小学没带作业回家是怎么补救的吗？"

不等萧致回答，他直接说："自己把题抄下来。"

萧致舔了舔齿槽，眼神恹恹，但因为理亏迟迟没有说话。

文伟这会儿还在游戏里冲浪，听到谌冰找他要学习资料，总算从游戏中出来，从书包找出试卷和教材，拍照发过去。

同时他很惊讶，发消息："冰神，你没带作业回去啊？"

CB："不是，给萧致做。"

九中天才战神："您千万让他多做几道题。"

九中天才战神："有需要随时找我。"

萧致看他玩手机，若有所思抬了抬眉："文伟发的作业吧？"

谌冰查看图片，应声："怎么了？"

"没事儿，黑名单又有新人了。"

说起黑名单，谌冰怔了怔想起个大问题：他和萧致还没加好友。

谌冰转向他，递过手机："加好友？"

"加了干什么？"萧致觉得多此一举，"不出三天就给你拉黑了。"

谌冰没想到他可以嘴硬到这地步。他磨了磨牙，气得站在原地一时不知道该说什么。

萧致看他要生气，这才伸手接过手机道："那加吧。反正加了肯定没好事。"

谌冰心想你还挺聪明。

刚加上，谌冰点进收藏夹把这段时间浏览过的帖子全部分享给他。

《如何劝一个不爱学习的学生学习？》《高中生不爱学习怎么办？用这招改变孩子厌学情绪》《一分钟告诉你问题所在：孩子为什么不爱学习？》……

消息"叮叮叮"直响，萧致低头查看，手指划着屏幕。

谌冰十分平静地道："你多看，再试着自我调整好好学习，看看能不能成功。"

萧致抬手挠了下头侧的头发，嘴唇紧抿，半晌抬起手给谌冰竖了个大拇指。他真心实意地说："谌冰，你是这个。"

抄手早盛到碗里，还加了几棵小青菜，味道很不错。

谌冰时间抓得紧，吃完直接去洗漱，临去卫生间还嘱咐："你别忘了抄题。"

萧致感觉真无语。

湛冰出来时萧致已经洗漱完毕，换了身白色T恤坐在书桌旁，微露的锁骨轮廓分明，指尖夹着页面将本子翻来翻去。他长腿随性地分开，上半张脸隐在阴影里，身上有股沐浴液的清新薄荷味儿。

萧致把手里的本子丢在桌面上，百无聊赖地道："抄好了。"

湛冰走近，拉开凳子坐下。

这两天他看了些帖子，说想养成孩子良好的学习习惯，比起说教，陪伴更合适。湛冰虽然不是长辈，但肯定得陪着萧致学习。

湛冰拿起本子，上面题倒是抄了几道。但那个字写得不能说难看，只能说是张牙舞爪。字写得很大，一笔一画都能拖到天上去了。

湛冰告诉自己忍耐："这字你能看懂吗？"

萧致："能。"

湛冰："那老师能看懂吗？"

萧致："怎么不能？"

他这么自信，湛冰一时不知怎么开口，在手机备忘录上打了两个字——字帖。打完，湛冰关了手机，同时把萧致手机也拿走了："你写作业。"

萧致用手撑着下颌看湛冰，感觉这个场景怎么说呢，特别像带小学生。湛冰认真地一步一步试图纠正他学习习惯的样子，又很……充满友爱。

萧致瞟了眼作业本，说："行吧，大过节的，我勉为其难让你开心开心。"

他说完开始转笔，笔转得倒是花样很多。不过他认真审题半分钟后，犹犹豫豫开口："手机还我一下。"

"？"

"我想确认，我这抄的数字是6还是8。"

湛冰也拿出了下午做的竞赛题，准备把它吃透。

书桌不算很宽，另一头放着课本，湛冰跟萧致挨得很近。

萧致写着写着，"啰"了一声，手指扶着椅子抬起往后重重一挪："你别动来动去让我分心啊。"

有病吧！

湛冰拿过他的本子："我看你写了几道题。"他对着台灯查看。

"你这题过程错了，没有分类讨论。"湛冰指出错误后开始讲题。

"我们遇到这种题要长个心眼儿，分母的乘积大于0还是小于0，可以分类讨论出几种 x 的取值范围……"

湛冰在这儿讲题呢，萧致唇角抿着。

湛冰看出了萧致的心不在焉。他低头看表，十一点半了，很好，还有半个小时，这家伙估计又要坐不住了。

现在估计再学也学不进去，能帮萧致调整生活作息也挺好。

谌冰拉开椅子起身："该睡觉了。"

萧致垂下目光，看着谌冰毫不芥蒂的样子，说道："你真当我们已经和好了啊？"

谌冰心想，够了。他穿上拖鞋："我睡外面沙发。"

刚准备走，被萧致抬手拦住了。

"你睡床，我到外面去，"他嗓音低沉，"你是大少爷，少爷当然得睡床。"

谌冰心里隐隐感觉，从最开始萧致对他不加掩饰的敌意，到现在有所收敛、若无其事相处，或许他在调整什么。

重生之前高考出成绩那天，他偷偷来看自己，那样的友情分量轻不了。

只不过他现在为了让自己好受，调整着自己。

萧致去了客厅。

谌冰躺下，不怎么睡得着，直到万籁俱寂。

手机屏幕突然亮了一下。谌冰给萧致的陪玩账号设置了特别关注和消息提醒，显示对方在线了，不过也就不到半分钟，又下线了。

谌冰察觉到什么，随即登录了自己的微信小号。

——"小致向前走"发布了新动态。

——"未来还会不会和你继续创造回忆，在我们心结解开之后？"

谌冰怔了两秒，明白了"心结解开"是指什么样的心结解开。

谌冰看着手机屏幕，想维持面无表情，但嘴唇不可抑制地抿了抿。

也许当时对他处境的漠然不理，萧致实在难以忘怀吧。

这一晚上谌冰失眠了。虽然和萧致日常互掐，还觉得他可恶，有时候被气得咬牙切齿，但心里早把他放在很重要的位置。

重要到无论萧致怎么对自己，谌冰都不会改变对他的看法。

这个人，又野又坏，还"中二"，但对自己真的很重要。

想着想着，谌冰慢慢睡着了。第二天周一，他起得很早，不过他平时放假也起得很早。

客厅里，萧致还在睡觉，头侧枕在枕头上，因为空调温度低，他将被子搭在腰间，微微蜷着的手指瘦削，手背青筋显现。

谌冰在旁边坐下，按照自己日常生活习惯，打开了手机音频。

萧致放假了作息不规律，这会儿还在沉睡，梦到自己面前站了个人，面露微笑，正拿着扩音器不断用播音腔说话——

"Whale sharks are highly migratory, traveling upwards of 4,000 miles on a standard route that…（鲸鲨是高度洄游性的，在标准路线上行进4,000英里以上……）

"Whale sharks can be seen along the east coast from New York to Florida.（从纽约到佛罗里达的东海岸可以看到鲸鲨。）"

萧致手指抓了一下头发，睁开眼睛，茶几上的手机撞入眼帘。湛冰刚洗漱完，从卫生间出来，额头垂着几缕潮湿的黑发。

萧致直接气笑了："这就是你们学神的习惯？刚睡醒就练听力？"

"反正耳朵闲着，顺便练习语感。"

湛冰走近，看他时脚步顿了顿，想起昨晚那条动态。

"你也起床。"

萧致看表，现在还不到七点。他细长的手指捂着耳朵忍了好几秒，告诉自己湛冰还在要忍住暴躁的起床气。

"起床干什么？"

"吃饭，学习。"

湛冰接着看了下手机，脸上情绪变淡："或者回家。出来一天了。"

许蓉知道他在萧致家可能不方便打电话催，但心里肯定希望他回去。

萧致低头看看别的地方，随即若无其事地去了卫生间："行，那我现在送你回去。"

走之前萧若还在睡觉，萧致没管她，下了楼，湛冰在路边打了辆出租车。湛冰开了车门，转身，萧致穿着白T恤，懒洋洋看向他这个方向，看他上车没别的话，转身就要走。

湛冰想起什么，叫他："这几天作业继续写，晚上发我检查。"

萧致头也没回。他走了几步，等车驶远了，停在原地站了几秒，一直紧绷的唇角才放松下来。

他舔了下唇，到早餐店买了早饭上楼。

书桌上放着昨晚写题的本子，他拿起来看，上面字迹最开始时狂乱，但被湛冰提醒后开始变得规矩工整，一点不像之前那样。

萧致看了几秒，把本子丢到了桌面上。

萧致躺回床上补觉，莫名回忆起湛冰还小的时候，一个小孩子，也只有睡觉的时候稍微乖点儿。想着想着，萧致睡着了。

醒来后的一整天他都有些懒。晚上坐书桌前翻作业本子，文伟视频电话打了过来："萧哥，晚上开黑吗？"

萧致瞥他："你怎么有脸来找我？"

文伟的脸在屏幕中忽大忽小,他摸了摸鼻子:"这不是冰神逼着我给作业我才给的嘛,不然凭咱俩的交情,我肯定帮你对不对?"

萧致单腿横在桌子底下,姿态随意,半晌才道:"今晚没空,我要写作业。"

文伟不太好意思影响他,凑近摄像头,鬼头鬼脑问:"真的从今天起就学好了吗?真的认真学习了吗?那不行啊,倒数前十没有你我会寂寞!"

文伟知道萧致实力很强,当初中考可是年级第一。瘦死的骆驼比马大,要是认真了,闭着眼睛都能比大部分九中人考得好。

他这话,约等于试探。

萧致垂眸,手指飞快地在本子上画线,字写得又乱又狂。

暂时没回答文伟的话,等到文伟快觉得手机网络卡时,他才开口,声音很低:"认不认真又怎么样?"

"啊这……"文伟只是看这段时间湛冰存心想拉他,所以好奇,而此刻听萧致说话,似乎并非想象中已经想改变。

文伟等待时,萧致嗤笑了声。他眼底的漫不经心才是本色,写完把笔一丢,笔在地上"骨碌骨碌"滚着。他毫不在意地道:"认真学?逗他玩儿而已。"

返校后的晚自习,教室里很热闹。七点晚自习,湛冰六点到教室时不少人还计划出校门溜达,享受所剩无几的假期。

湛冰坐下翻开课表,门外响起动静,少年们推推搡搡进教室。

萧致拿着篮球走在最前面,他额发潮湿,眉眼有些运动后的疲惫。看见湛冰,他抬了抬眉,随后若无其事地走了过去。

文伟立刻推他:"萧哥,去给咱们学神汇报一下这几天假期的学习情况。"现在全班都知道校霸被学神追上门监督他学习的事了。据说他们俩关系特别好。大家很期待接下来的进展。

湛冰看了他一阵,说:"过来。"简单干脆的两个字让本来看热闹的同学越发激动。

文伟撞萧致:"叫你过去,学神要抽查了。"

萧致在原地站了几秒,如果有别的对策他肯定掉头就走,不过想了想,最终抛了篮球,拉开凳子坐在他前桌。

临走时说好每天打卡学习,他只坚持了三天。

湛冰攥紧了笔:"你怎么回事?"

萧致似笑非笑:"什么怎么回事?"

湛冰直接问:"为什么不继续打卡?"

萧致:"我给你打了三天,够了吧?"

湛冰:"?"

萧致嗓音顿了顿,吊儿郎当地说道:"看在你过来陪我玩了一天的面子上。"

湛冰觉得很挫败,叫一个没养成学习习惯的人突然对学习如饥似渴,本来就很难。

他伸手到抽屉里拿东西,想说什么,那边李旭出声了。

"萧哥,再不走陆为民到教室就走不掉了。"

萧致看他一眼,先问湛冰:"要拿什么?"

"我的学习笔记本,回家找了出来,给你看。"

萧致似乎对他没话说了,没听见似的起身道:"我去网吧了。"

又去网吧,过得这么轻松,湛冰忍无可忍,一把拉住他手腕:"你站住。"他因为起身急,凳子迅速被推开,发出了响亮的声响。

周围同学看向这边。傍晚的窗户边,两个少年目光相对,仿佛一场无声的对决。

旁边文伟还以为怎么了:"啊不是,为了学习还要动手啊。坐下来好好说话?"

湛冰就这么拉着萧致,原本尴尬的气氛缓和了些,萧致目光里的情绪收敛,笑了下:"我该怎么说你呢?"

湛冰刚才热血上脑,现在冷静下来,意识到今天自己操之过急了。不考虑对方是否同意,将自己的意愿和期待强加在他身上,不合适。

湛冰松开手。慢慢来,他垂下目光,思路重新变得清晰,决定不再阻止他去网吧。

萧致转身要走,湛冰在背后轻声说:"我等你回来。"

萧致脚步顿住。

湛冰说完似乎有些不好意思,坐下重新翻开了书,又补充:"你去玩。"他拿过萧致的语文教材,翻开,"我帮你补笔记,这样你玩完了回来功课也不会落下。"

湛冰逆来顺受地看着萧致,一副好同桌的兢兢业业的模样。

萧致脸色一变。

一行人往外走,边走边觉得刚才的画面很有意思。

楼梯口碰见陆为民,他看见他们这乌泱泱一大帮人,惊讶问:"去哪儿啊?要上晚自习了。"

萧致脚步很快,绕过他:"请个假,人不舒服。"

陆为民怔住:"你哪儿不舒服?"

"心里不舒服。"

陆为民张了张嘴,还没来得及叫喊,萧致已经飞快地走到了楼梯。

楼梯上人来人往,他身材高挑,站在人群中连带周围的气温都低了几度,随即走远。

等管坤借故赶到网吧时,萧致已经开一两局游戏了。

管坤走近,萧致手指搭着鼠标点了几下,游戏里一片号叫。

管坤察言观色,走近问:"怎么了啊?"

萧致抓了下头发:"没事。"

管坤思来想去才问:"学神为什么老逼着你学习?"

萧致没作答。

管坤从他情绪中找到了正确的方向,狗腿地吐槽:"这个人真是多事,爱学不学那也是你的事!有手伸这么长管这么宽的吗?不知道的还以为是你家里人呢!"

萧致转向他。

管坤招了招手,补充道:"瞅他那副为你好的模样,烦人得很。"

他拉开萧致身旁的椅子想坐下,屁股刚落,立刻被连人带椅子踹了一脚。管坤一脸疑惑,他做错了什么?为什么被踹?

萧致手指按着鼠标,在游戏里大杀四方,突然感觉很没意思。

他趴了下去,说:"我睡会儿,别烦我。"

管坤是很了解他的,"嗯"了一声后没再有动静,游戏也玩得静悄悄的。不过他趴着的时间一长,管坤才意识到萧致情绪似乎真的不好。

他趴着似乎没睡着,但就是不想动。

管坤停下游戏,不知道该怎么劝他,想起了问:"今天你妈又来找你了?"

"没有。"萧致回答得简单干脆,说完,拿过手机看了一眼。早在半个小时前,湛冰发来了新消息。

CB:"你打完游戏还回教室吗?"

萧致手指敲了两个字。

"不回。"

等了不久,估计到了下课时间,湛冰回了消息。

CB:"是吗?"短短两个字。

到了断网的时间,萧致走出网吧后站在十字路口,管坤因为住校,挥挥手:"那萧哥我回学校了,明早见。"
萧致站了两秒,若无其事:"我也回趟学校。"
管坤惊讶:"你回学校干什么?"
"拿东西。"萧致一语带过,心思单纯的管坤也没有多问。
"行吧,一起回去,不过你要小心别被陆为民逮住,不然今晚估计还得写检讨。"
走到楼梯口,学校临近下晚自习的时间,萧致推门进教室时全班安静了,随即,他回到座位拉开凳子。
谌冰在看笔记本,萧致一眼瞟过去也没看清楚笔记本上的是什么。
谌冰若无其事合上笔记:"你不是不回来吗?"
萧致:"我拿东西。"
谌冰挑眉:"拿什么?"
静了两秒,萧致说:"你管我。"
谌冰仔细观察,少年扭头,装作若无其事,但情绪掩藏不住。
谌冰没忍住笑了笑:"你还是回来了。"
随后,他递过语文书:"拿回去看看文言文。"
他说完,没事人似的开始收拾课本,似乎忘了之前的不愉快。
萧致拿着语文书,想说什么时听到了教室后的脚步声。
还差五分钟打铃,陆为民进来提防有人耐不住性子早退。
他看到萧致,笑了:"今晚怎么还回来了?行,那你跟我来趟办公室。"
办公室内。
陆为民把手里的月考座次表整了整,问:"你说你心里不舒服,怎么,这几天放假玩开心了,到学校还水土不服?"
对他的话充耳不闻,萧致熟门熟路拉开藤椅,坐下后手腕搭着扶手,看着陆为民。
办公室没别的老师,陆为民也没在意他的行为:"你说说,为什么不舒服?"
萧致:"可能真的水土不服吧。"
"你!"陆为民被噎着了,半晌,仿佛已经忍耐到极致,"萧致,我说你很多次了。"
陆为民教了这么多年书,什么家庭的学生都见过,但萧致家的情况还是让他特别意外。
"你不想听,我还不想提呢。"但陆为民没忍住,"你自己应该清楚,你家里越这样,你越应该出人头地,努力还清债务,而不是放纵自己……"

萧致视线落在别的地方，置若罔闻。

"海明威说，一个人可以被毁灭，但不能被打败。你也不要太早对命运认输。"

陆为民这句话可能有了效果，萧致总算看向他，异常平静地道："那你怎么不去争取评个特级教师，离开九中呢？"

看陆为民面如菜色，萧致说："我自己的人生，不需要任何人插手。"同时道了个歉，"陆老师，如果刚才那句话伤到你了，不好意思。"

陆为民："……"

萧致起身："我先走了，再不回去，我妹妹得来学校找我了。"

出了办公室，萧致路过教室时灯还亮着，谌冰刚给朱晓讲完题收拾课本准备走了，看见他，快步走了过来。

萧致："我先回去了。"

谌冰："我跟你一起出校。"

萧致抬了下眉："干什么？"

"饿了。"谌冰说，"出去买点东西。"

萧致点头："也行。"

校门外一到晚自习后绵延着卖小吃的零食摊，大部分是臭豆腐、凉面、烧鸡腿、炒牛杂等好吃的，异常热闹。谌冰到蛋糕店逛了圈，买了三明治出来。

萧致站门口看了看他："校门十一点关，你早点回校。"

"好。"谌冰出来，但是不着急回去，跟着他往底下的街走去。

还没走几步，就看见路口有一个小小的影子，萧若走了出来。

"哥，我来接你回家了。"

萧致抬手拍她脑门："我要你接？"

萧若看了看谌冰，目光躲闪："怕你扔下我一人在家。"

谌冰怔了怔："你这孩子……"

萧若说完立刻躲到萧致背后，偷偷看谌冰，不好意思地眨大了眼。

他们沿途散步，走到十字路口，这里的灯火比别的地方更明亮。

有家新开的文具店装了娃娃机，萧若走了两步后停下。

萧致故意问："你怎么不走了？"

萧若："我想要那个。"

萧致走到娃娃机旁边，买了五个币："看着啊，我给你抓五个。"

谌冰静静看着他。他操纵着键盘摇动，旁边萧若甚至握紧了双拳。

没抓住，掉了。

萧致说:"失误,我再来。"

铁爪刚抓住小熊,轻轻一颤,又掉了。萧若开始怀疑他的能力。

"不慌,我再来。"萧致半弯着腰身,仔细调整方位和力道,看起来蓄势待发,"这次再不行……"

大话还没说完,娃娃却依然纹丝未动。

萧若又笑又哭,开始摇萧致的胳膊:"你行不行!你行不行!好菜啊好菜啊!"

萧致斜目看她,啧啧道:"别影响我发挥……"

他手里还剩一个币。谌冰伸手说:"给我试试。"

他一看就是研究型人才,萧致顿了顿,把币抛到他手里:"好兄弟,能不能让咱们妹妹今晚快快乐乐回家,就看你了。"

萧若连忙跑到谌冰身旁,扒着玻璃箱,直勾勾看他。

谌冰按照刚才分析的娃娃的受力情况和铁爪的机械运动,握着操纵杆轻轻晃动。娃娃开始动,动了一下,然后就没有然后了。

萧致顿了两秒,接着开始笑:"你怎么搞的?辜负了我的期待。"

谌冰脸上没什么表情,往店里走:"我再买五个币。"

这次萧若也要玩儿,投币后抓着杆子一顿乱晃,没想到还真掉出来一个。萧若飞快地把娃娃拿到手里,还把谌冰手里全部的币都扫荡过去。

她自己投着玩儿,萧致看了几秒,移开视线。

谌冰也在看萧若用野路子抓娃娃。

最后,萧若抓了两个娃娃。她在小熊和乌龟中权衡了半秒,随即把乌龟递给谌冰:"给你的。"

谌冰:"我不要。"

"你拿着……"萧若不由分说塞到他手里。

萧若转向萧致:"哥,回家了。"

萧致应声,向谌冰简单道别:"走了。"

谌冰抓着手里的乌龟,点头:"拜拜。"

看着他们的身影消失在夜色中,谌冰低头看手里的乌龟,这是一只头顶戴草帽的绿毛乌龟,丑得很,但触感很柔软。

谌冰站了两秒,想回寝室,脚步却有些沉重……不觉回想起前两天待在萧致家里的热闹。

有点儿感慨。

月考就在这周末。听到陆为民说的考试安排,整个教室里怨声载道。

文伟回头笑眯眯示意谌冰:"学神,来我们学校第一次月考啊!这可到了您大展拳脚的时候。"

　　他都不敢想,谌冰这水平在九中月考中能高出他多少分。

　　谌冰听他扯淡,没太放在心上,侧身踢了萧致课桌一脚。

　　萧致拿了本热血动漫看,手轻轻搭着课桌,好不容易穿了回校服,袖口整整齐齐折叠在手臂处,手腕瘦削,能看出微微凸起的筋。

　　谌冰问他:"这次考试能不能好好考?"

　　萧致:"我平时很认真了,但是,我命由天不由我。"

　　谌冰抽走他的漫画,重重瞪了他一眼。

　　萧致怔了一秒,随即认真地道:"你是不是想打架?"

　　谌冰当即跟他在桌底下比画起来。两张桌子之间的距离很窄,他们一边打,一边又要提防动作幅度太大,所以打得非常辛苦。最后变成了手臂紧紧扣着手臂,不能再继续动作,两个人都被对方死死地钳制住了。

　　萧致的手指修长,谌冰的手背被划出了几道红痕。

　　谌冰开始踹他。

　　那边陆为民宣布完月考事宜,对谌冰道:"你这学期刚转来,上学期成绩不算,还是给你排在最后一个考场,懂吧?"

　　谌冰额头蒙了层薄汗,面无表情:"好。"

　　"下午六点五十开始考语文,你们下午做完大扫除,好好复习。"

　　陆为民没别的话,说完出了教室。

　　谌冰直接站起身推萧致,狭窄的位置连打架都打不开。谌冰按着他肩膀往下压,萧致说了句"你不要冲动"。谌冰本意就这么闹着跟他玩玩,没想到腿在凳子间挪不开,萧致似乎有点儿暴躁,手指扣住谌冰手腕用力往前一拉——"哗啦",动静很大,引得全班目光转过去。

　　谌冰觉得天旋地转,直接朝地上摔去,下颌骨重重磕在萧致的肩膀上。

　　谌冰明显被撞疼了,撞得头晕目眩,紧接着听到萧致的声音:"你疯了啊!"

　　谌冰回嘴:"你才疯了!"吼完,捂着撞疼的下颌用力揉了揉,哪知道不揉还好,手一碰上去又疼得眉毛都皱起来了。

　　萧致本来一脸烦躁地看着他,见状忍不住笑了一声,不只他笑,周围看热闹不嫌事大的同学全笑出声了。

　　谌冰的脸不可抑制地发热,捂着还疼的下颌,没忍住也有点儿想笑。不过一看到萧致那张懒洋洋又有些愉悦的脸,他笑意止住,轻轻哼了一声。

　　谌冰总算调整好坐回椅子上。

萧致微微弓着背,他看着湛冰,脱口道:"你傻吧?"

骂完,他莫名其妙还笑了。他一笑,湛冰也绷不住,象征性看看他肩膀:"痛不痛?"

萧致:"你试一下?"

湛冰:"很痛?"

萧致顿了两秒,改口:"不痛。"

湛冰好气又好笑,认错态度良好:"我先动的手,我的错好吧。"

"多大点事儿,"萧致起身,"我去下厕所。"估计是去检查有没有瘀青。

湛冰跟上去,走到卫生间门口,里面站着一壮一瘦弱两道身影。

张自鸣把着朱晓的肩膀,凑近笑嘻嘻说:"真的,月考给我传个答案呗?"

朱晓脸色苍白,推他又推不动,看到湛冰他们进来,声音低了不少:"被老师发现要完蛋。"

张自鸣咬字有些含糊:"你要是不传……你敢不传试试。"

萧致蘸水擦了下衣领的白灰,偏头,总算开始正视张自鸣:"没必要。"

张自鸣看他:"萧哥?"

萧致擦干手指的水,往外走时,跟张自鸣对上视线。

他说话声音很轻,但意思很清晰:"你那个破成绩,除了骗骗自己,以为老师心里没数吗?"

张自鸣直愣愣看他两秒,梗着脖子嘴硬:"你成绩也好不到哪儿去。"

"对,我成绩是不好。"萧致神色不在意,话更说得轻狂,"但我很坦诚,你在装什么。"

张自鸣不敢撕破脸,装作无所谓:"朱晓那成绩我还看不上呢。"转头随意示意湛冰,"现在,我追求提高了,要抄就得抄学神的。"

湛冰没想到张自鸣还敢跟自己说话。

萧致双手手指交叉,唇角蓦地有了笑意:"让湛冰给你传答案?你倒是想得出来。"

顿了顿,他压低声音,话里意味十分明显:"不过他传了,你敢抄吗?"低级作弊全抄,高级作弊要抄得有技巧,平时成绩稀烂的学渣突然考600分,那只能是作弊。

张自鸣"嘿嘿"笑了两声,转头一脚踹在朱晓屁股上:"你走吧,我还看不上你的成绩。"朱晓脸还是发白,但明显松了口气,匆匆忙忙跑了出去。

萧致重新洗干净手,也转身出去。卫生间只剩下两个人。

张自鸣内心恼怒,见湛冰还没走,冷笑:"你看什么?"

湛冰抽出纸巾不紧不慢擦手。学神长得眉眼淡漠，一直冷冷淡淡。

"我给你传答案，要不要？"

张自鸣以为自己听错了："什么？"

湛冰把纸巾团成一团丢到垃圾桶："好话不说二遍，交卷前半个小时来卫生间。"

张自鸣愣住了。

考试时间在晚上六点五十。湛冰到了最后一个考场，进去时，周围聚集着交头接耳商量怎么作弊的人。

湛冰感觉有人似乎想来找自己，但都莫名退了回去。

湛冰坐了十几分钟，起身到萧致桌前："好好考。"

萧致停笔，看着他："干什么？"

"不干什么。"湛冰思索了两秒，"就想看你认真起来。"

萧致目不转睛地看他半响，说："你最近是不是吃了不干净的东西？"

湛冰："你不懂。"然后回了自己座位。

萧致收回视线。

前面管坤听了几秒，回头直接问："冰神说话怎么这味儿啊，简直了！一言难尽！"

萧致抬手揪住他后衣领，还没收拾他，门口响起"嗒嗒嗒"的声音。

陶梦穿着红色高跟鞋进来了。她站在讲台上目光往下一扫，挑眉道："哟，有熟人啊？"

萧致坐回椅子里。

"躲什么？最后一个考场看见我还知道不好意思？"陶梦调侃完，开始发卷。

这一堂考语文。湛冰加快了写字速度，剩半个小时时起身跟陶梦请了个假。陶梦看他："去吧，上完厕所赶紧回来。"

湛冰起身，手指抵着兜里折叠起来的微硬的纸页。

卫生间没其他人，湛冰站了两分钟，一个高高壮壮的身影才过来。张自鸣抓着头发，很不信任地看着他。湛冰递过折好的纸："答案我帮你改过了，估计能考到100分，你全部照着抄没问题。"

张自鸣本来不信任他，但这份周全让他微微动容。他还是信将疑："你怎么这么好心？我俩熟都不熟，怎么，你一直想帮我啊？"

湛冰思索着能让他相信自己的理由，片刻后道："我讨厌萧致。他讨厌你，我就帮你。"

这倒也不是不可能。

张自鸣神色放松下来，但又觉得哪儿不对劲："但万一你是想……"

谌冰已经出了卫生间。

考试接近尾声，考场气氛越来越躁动，纸团满地乱飞。陶梦眯着眼睛当场揪出四五个传答案的男生。

以前的监考老师睁只眼，闭只眼，但她很认真："作弊的不仅这次成绩计0分，还要全校通报批评、请家长，自己想想丢不丢得起这个人！"

打铃，大家交卷。

谌冰刚出教室，就遇到了溜达过来的文伟："冰神走了，回寝室！"

谌冰逆着拥挤的人流，不着急："你先回去，我有事。"

另一头，萧致站在树底的阴影里跟管坤说话，听见声音回头瞟了眼。

管坤问："学神干吗去呢？"

"不知道。"

萧致抿了抿唇，正好看见谌冰加快脚步叫住了抱着试卷的陶梦。

两人说着什么，一起离开。

这次考试作弊的处理很严重。主要还是陶老师年轻，满腔热血，十分正直，班主任本来打算警告警告就行，但她一定要全校通报批评。

同时，4班抓出一个典型，通报书上写"强迫同学传递答案，总共4科，错别字跟病句全抄，成绩认定为0分"。

出成绩这天教室很热闹，成绩表贴在公告栏，杨飞鸿瞟了一眼直接面露震惊，抬手蒙住成绩表嘶吼："快猜！冰冰神考了多少分！猜猜猜猜猜！"

大家不配合："你直接说会掉块肉？"

杨飞鸿："我说出来怕吓死你！"

最后，他松手，谌冰成绩高居榜首。

考虑到学生的水平，九中出题不算难，所以谌冰这次成绩直接遥遥领先。就语文和英语扣了分，数学、理综全满分。

上学期大家毕竟不同校，谌冰的成绩对他们来说因为离得很远，不是十分关注而没有概念。

这次的成绩一骑绝尘，一伙人都傻眼了。

谌冰本来在座位上，听说贴出成绩表，走到四五步外远远看了看，终于在榜尾找到了萧致的名字。

语文：63。

数学：42。

英语：73。

理综：89。

杨飞鸿看了看成绩，转头道："萧哥这次考得还可以呢！"

谌冰回座位时，正好各科课代表把试卷发下来了。

谌冰拿起萧致的语文试卷看，他倒还是好好地写了，只不过一道5分的分析思想感情题，他只答了寥寥数语"对妻子的思念""去国怀乡，忧谗畏讥"；作文更精彩：议论文写了五百字，最后来一句"听懂的给掌声！"

谌冰闭了闭眼，忍住将试卷撕碎的冲动，转头看他："还有心情'听懂给掌声'？"

萧致正玩手机小游戏，听到这一声骂后抬头："怎么了？"

他抬头看谌冰，目光飘到他背后。

门外走进来个高高大大的身影，张自鸣大喊一声："谌冰！"他似乎气得要爆炸，这暴躁的一声让整个教室都安静下来了，旁边同学迅速躲避。

背后陆为民跟进来："你吼什么？"

张自鸣回头猛瞪他。他特别高，比陆为民高了一个头，鼻子里都快喷火了，肌肉抽搐着，非常恐怖。

但陆为民就没怕过学生："你瞪什么！"

杨飞鸿察觉不对劲，连忙拦住了陆为民。张自鸣像一头愤怒的牛，再次将目光投向了谌冰，随即快步狂奔过来。

"这人发什么疯？"萧致说完直接关了手机，踏上板凳，踩着课桌两三步直接跳到了走道当中，引起周围纷纷退避。

张自鸣是发疯时无差别攻击的神经病，但萧致不是，大家都往他背后躲。张自鸣被萧致挡在当中，挥拳砸上来，萧致偏头退了两步，躲过攻势。

"干什么呢？"谌冰转过身来，跟张自鸣对视。

张自鸣："你害我？"

谌冰安静了两秒："对，我害你。"

张自鸣总算清楚自己是个笑话了，恶狠狠地道："你等着。"他回到座位，将桌椅板凳弄得直响。

萧致还没太明白，问谌冰："你们怎么回事儿？"

文伟先明白过来了："张自鸣作弊被抓，是冰神递的答案吗？"

谌冰说了来龙去脉。他递的答案抄了双份，另一份交给了陶梦，考试结束直接比对选择题、大题内容，非常容易判断是否作弊。

萧致看了他几秒，话里有话似的："你故意惹这条疯狗干什么？"

谌冰："看不惯他。"

"嗯？"萧致笑了，"脾气这么大了啊！"

"他自己想作弊，还逼着别人传答案给他，不然就打击报复。这不活该吗？"

湛冰注意力集中在萧致试卷的错题上。

萧致似乎没什么话好说了，重新玩手机。文伟压低声："冰神，你不知道张自鸣有多疯。"

湛冰不在意张自鸣的事儿，反抓住萧致衣领，往下拉扯让他凑到试卷前："你看看自己答的题，到底认没认真？"

萧致懒洋洋地瞥了一眼："不认真？怎么也用了我八成功力吧？"

湛冰觉得再不阻止他看"中二"漫画，他人要傻了。

旁边文伟依然面露愁容，打量张自鸣在的位置。张自鸣坐在原位显得很暴躁，时不时偏头看向这边。

文伟叹息："估计我也在他报复名单上了。"

张自鸣这个人，读高中了还简单直接，性格鲁莽，热衷暴力，享受别人的注目和追捧，经常做出让人措手不及的事。据说偶尔还参与群架，非常疯，不太像高中生。

萧致抓着湛冰的袖子，轻轻往旁边拉，若无其事朝那边瞥了一眼。

晚自习很快下课。文伟快速收书后招呼湛冰："冰神，走嘞！回寝室。"

湛冰收拾试卷，旁边萧致本来在玩手机，听见声音踢开凳子起身："我跟你一起。"

文伟："你干什么？"

萧致脸上没什么表情，示意湛冰，接着抬起手指轻轻往后一点。

文伟看过去，立刻懂了。张自鸣正朝湛冰的方向走过来，虎视眈眈。

他报复心这么重，湛冰有点儿没想到，怔了一怔。

萧致："就说吧，惹上这种非正常人，他有时间和精力折腾，你哪有工夫理他？"湛冰一时无话可说。

教学楼到宿舍要上一道缓坡，缓坡上栽满盆景和大树，放置了几张乒乓球台。萧致回头看，张自鸣还幽灵似的跟在后边。

萧致："我要是不跟过来，估计这地方就是战场。"

背后张自鸣隔了十多米，看不清脸，他一声不吭，但又显得异常危险。这让人非常不爽，不清楚他到底想干什么。

在宿舍楼底，萧致道："你们进去，我跟他说几句。"

文伟想拒绝，但又把话咽了回去："估计他就听你的了。"

湛冰没走："你跟他有什么好说的？"又不是一路人。

他问完，四周安静了几秒。

萧致半张脸掩在阴影里，笑了下："放心。"

萧致朝张自鸣走过去，张自鸣本来蹲在墙根，看见他过来立刻往后跑，但被萧致扯住衣兜拎了回来。

萧致声音很低："你跑什么？"

"……"

"跟着人家到宿舍，你是不是有病？"

声音逐渐听不清晰。

文伟见谌冰迟迟不走，开解道："放心吧，张自鸣不会把萧哥怎么样，他再横到萧哥面前也没用。"

谌冰站了几秒，准备回寝室，突然见墙根底下的身影一拳一脚比画起来了。张自鸣先动手，突然打了一拳后猛抓萧致肩膀，似乎想推倒他，但随即被踹了出去。

张自鸣朝地上吐了一口唾沫，扬长而去。

萧致本来说去聊两句，现在却直接打起来了，文伟一脸茫然："没太清楚你们怎么打起来了。"

萧致碰了下唇角的伤口轻描淡写说："没事。"

伤口不严重，萧致从张自鸣背影上收回视线，接着说话："这种人吧，就是看谌冰跟他不一样，不可能拿时间精力和他耗，才敢这么疯。我把锅揽自己身上就行。"

文伟怔了一秒："你揽锅，转移火力？"

萧致若无其事地道："想对付他也不是一天两天了。"

文伟没再说话。

而旁边谌冰目睹全程，怔在原地突然不知道该说什么。他本意就想收拾一个作弊的，但现在反倒是惹了一身臊。

夜色中谌冰站着一直没说话，肩膀落了层路灯橙黄的光。萧致意识到他心情不好，试图开解："吓到了？九中有很多无所事事的混子，你一个好学生怎么斗得过人家？"

谌冰浑身发热，催促他："去外面买药。"

萧致微不可察地笑了笑。

谌冰说了带他拿药，脸色却一直很难看。萧致轻声问："你怎么回事？"他声音很轻，带着安慰和询问。正常人遇到疯子不得产生点心理阴影吗？很正常。

谌冰："我没事。"但他的脸色完全不一样。

萧致看着他，想了想说："下次别去惹这种疯狗，有什么事情告诉我，让我来。"谌冰回头，萧致站在夜色中的灯光下，身材很高，肩背宽阔，神色也显得相当从容。

萧致继续用若无其事的口吻说:"你待在九中安安心心学习就行了,别被这些破事影响心情。"

湛冰却不这么想。

药店在校门口,萧致熟门熟路走了进去,还跟店里阿姨随口聊了几句,对方高兴得多送一条创可贴。刚打过架的萧致没事人似的,拧开药瓶给自己消毒处理。

湛冰在不远处看了他几秒,动了动唇却没发出声音。

"我一定带你离开这里。"

校门口人来人往,上完药,萧致拿起长椅上的药袋,左右看了看道:"你回寝室,他不会在半路堵你了。"

湛冰摩挲指尖,还若有所思,暂时没说话。

萧致笑了下:"还要我送你回寝室啊?"

湛冰不答。

这时萧致手机响了。语音电话刚接通,手机里传出萧若幽怨的声音:"哥哥,你什么时候回来?"

不等他回应,下一句道:"自从和那个人一起玩后,你回家都不准时了。"

湛冰总算收回了思绪:"给她换手机了?"

"嗯,之前那小天才电话手表不太好用。"萧致晃了晃手,"我走了。"

湛冰看了他好一会儿:"行。"

萧致没别的话,骑上他的电瓶车,很快消失在了街道中。

湛冰回头走向学校。校门口还是跟刚来那天一样破,之前看习惯了还好,但现在再看总觉得有些别扭。寝室里文伟在网上倒卖二手笔记,周放偷偷摸摸打游戏。湛冰站了几秒觉得有点儿陌生,但还是走了进去。

"冰神,赶快洗澡啊,一会儿热水停了!"文伟提醒。

湛冰应了声,去找衣服时听见敲门声,朱晓白着脸站在门口。

"你有事儿?"文伟抬头。

朱晓把手里拎着的东西放到湛冰桌面上:"这几天的事情谢谢你。这是我家那边的柠檬鸡爪,我妈做的,我给你带点。"

湛冰很少吃这些东西:"谢谢,我不要。"

他的拒绝直白又干脆,但朱晓笑了下,丝毫没有被他表面的冷淡所打击:"反正我就送你了,不想要扔了都行。给伟子哥和周放吃也行,明天我再拎一袋给萧哥。"湛冰还没想好说什么,他已经快步跑了出去。

文伟直接蹿下床铺:"冰神,你不吃啊,不吃我吃。"

周放速度也超快,狂奔过来,飞快地跟文伟拉扯。

谌冰说:"拿到自己座位上去。"

谌冰不再管他们,找好了干净衣服,趁有热水去了卫生间。热水从头淋到皮肤每一处,谌冰抓着扶杆,手指攥紧,感觉到一种刺痛在身体内蔓延。想到萧致,想到他这两年的变化,再想到这样的环境,谌冰心情复杂。

那是他砥砺出来的生存能力,但谌冰看见,只觉得……有说不上来的难过。

第二天陆为民管早自习,他端着茶杯在教室里走了一圈,随即来敲谌冰的桌面:"谌冰,我听杨老师说了你物理竞赛的事,准备得怎么样?"

谌冰:"还行。"

陆为民可开心了:"好!九中就你一个进决赛的独苗,实验室你想用就跟张老师说一声,随便你进去。"

"好。"

谌冰报竞赛只不过因为重生前也在学,按部就班而已。

陆为民说完听见了打铃,皱眉:"萧致又迟到了啊?"

他话音刚落,门就被敲响。萧致肩膀抵着门,站没站相,拖着声音喊:"报告。"

陆为民先看见他唇角的伤口,怔了一下:"你又打架了?"

萧致淡淡地道:"没打架。"

陆为民点头:"行。"等萧致拉开凳子坐下,他重重拍了一巴掌,"再迟到,非让你写检讨不可。"

萧致还挺烦的,坐下后,开始打瞌睡。

陆为民拿他没办法,继续叮嘱谌冰:"你决赛的地点在附中,附中听说过吧?就是我们市最厉害的高中之一,跟一中齐名那个。"

附中谌冰很清楚。他之前在的一中,生源和附中一样好,省状元基本今年你学校出,明年我学校出,学生之间互相看不上,明里暗里互相较劲。

陆为民说:"你要是有空可以先去踩点,这周末过去熟悉熟悉,免得到时候出岔子。"

谌冰"嗯"了声:"好。"

"我也不催你了,下午的课你不用去上,到实验室泡着,没关系。"

陆为民再三叮嘱,随后出了教室。

萧致手指搭着支笔,懒洋洋看他:"你要去考试?"

谌冰："下周四。"

"行吧。"

他没再说话，文伟话头转过来："考试？什么考试？怎么又要考试？"

谌冰没理他，下午第二节课后是自习，正好找杨德旺要实验室钥匙。

高中生实验课上得少，基本过了做实验那个章节，实验室就锁门落灰。

杨德旺在阅卷，看了看他说："你再找几个同学跟你一起过去，注意安全，看着打扫一下。"

谌冰回来时，发现教室气氛很凝重。刚下课时陶梦突然进教室宣布要默写单词，写不出来罚抄二十遍，现在大家全在不情不愿背书。

萧致将单词翻来覆去看几回，明显根本就没看进去。

谌冰踢踢他凳子："背好了吗？"

"没。"

意料之中的回答。谌冰敲敲他桌面："跟我去实验室。"

萧致注意力还在英语书上："有事吗？"

"帮我去实验室拿器材。"谌冰话里有话，"这是特别优待，不去？"

萧致明白可以逃过默写单词后，起身："走。"

实验室在图书馆左手边的一楼。图书馆平时不开放，这座楼平时也废弃不用。走到底层，几乎可以感觉到阴飕飕的冷风。

谌冰握紧钥匙，背后萧致突然道："想听故事吗？我可以给你讲一个。"

谌冰："？"

"前几天小说里看见的，就写一个高中的老师跟学生起了口角，两天后大家突然发现这个老师不见了，找寻无果，最后被人发现在实验室寻了短见。"萧致补充，"他是教物理的。"

谌冰看着眼前的物理实验室，对他的故事无动于衷："我也想给你讲个故事。"

"嗯？"

"其实我已经得癌症去世了，但莫名其妙又活了过来，时间还回溯到两年前。你也死了，我为了阻止你重蹈覆辙，用有限的生命来换取你一个光明的未来。"

萧致直直看着他。谌冰表情完全不像开玩笑。

萧致舔了舔唇，半晌道："你是不是做了一场过于真实的梦？"

谌冰偶尔也怀疑自己是不是有了精神疾病和妄想症，他摇头，抛接着钥匙没回答，朝楼道深处的实验室走。

门锁积灰，门刚打开，立刻扑面而来一股寒气。

萧致随意扫了眼，往另一头走："小说里面写，那老师就在窗户旁去世的，据说现在窗下还有他的脚印。"

谌冰终于忍不住了，回身抓住了他："有完没完？"

他动作太快，萧致被抓到头发烦得要死，但又只能低头："行了行了，你松手。"

谌冰松手后迅速转头向另一边："帮我找实验器材。"

萧致压低的声音里有些许不满："刚打了我又让我帮忙找东西，你是不是觉得我很好说话？"

谌冰没有理他，打开柜子找出实验器材。

谌冰着手做实验，他心里猜了几个大纲里的题型，重生前早已得心应手，现在复习练练手感。实验室灯光不够亮，谌冰选了靠近窗户的位置，橙黄的阳光正好从大窗户投射进来。

萧致拉开椅子，沐浴在阳光里，半搭着长腿懒洋洋地看着他的一举一动。

谌冰穿着纤尘不染的白T恤校服，手腕瘦而白净。他垂头一丝不苟记录实验数据，写写画画，看上去专注又有距离感。

萧致静静地看他，偶尔回头望着窗外。

半晌，谌冰想到了什么，启唇道："来背单词。"

萧致换了个坐姿："？"

"背单词，反正坐着也是坐着，"谌冰说，"我随便抽几个高考高频单词。"

萧致："你再这样我走了。"

谌冰抬头，面无表情："那你就让我一个人在这儿？"

"我也帮不上忙。"

"但是，"谌冰顿了两秒，调整了语气，"你刚给我讲了鬼故事，我害怕。"

萧致："你现在的表情看起来一点都不害怕。"

谌冰面不改色："那是因为现在有你在。"

他现在已经非常明显在向萧致求助了，就不信萧致不会留下来。

萧致神色阴晴不定，看了他好几秒，重新拉开椅子坐下。

他似乎在想什么，但又想不明白，只能道："那背单词就背吧。"

他俩关上实验室时离下课还差五分钟。到食堂时难得最早打到了菜，刚坐下吃了没多久，文伟跟管坤找了过来。

文伟烦都烦死了："你俩跑哪儿去了啊？留下我们听写英语单词，错一个抄二十遍！"

湛冰说了去实验室的事。文伟当场拍下筷子："这种好事你居然第一个想到的不是你室友我？冰神，咱们是不是感情淡了？"

他们现在全是听写单词后的愤怒，无处发泄，湛冰也没理他。

"下次一定要叫我！"文伟气呼呼吃饭。

湛冰转而说起别的："这周末我要去附中周围踩点。"

文伟怔了下："附中？"

管坤嘴里含着菜，也抬头道："附中，我记得我之前去参加过招考，划线470，我考了160。"

文伟面露同情："为什么要自取其辱呢？"

湛冰中考时在附中和一中之中犹豫过，因为一中离家近就读了一中。听着他俩闲聊，他说："周末去附中看看？"

文伟："我可以去。"

湛冰杵了杵萧致的肩膀："你去不去？"

萧致筷尖点着碗内，无所谓地说着："去就去吧。"

"那就很完美，"文伟"哒"了声，"我怎么还紧张起来了，学渣的自卑吗？"

管坤表示他想参与："我也要去，我想看看那些学霸是不是都长了三头六臂。"

萧致笑了下，示意湛冰："你看他不就行了吗？除了脾气大，长得可以，也就是正常人。"

湛冰看他一眼。

文伟还是紧张："唉，反正我就是感到说不出来的……卑微。"

湛冰一时不知道怎么安慰他了，对于学霸，普通同学可能都有敬畏之情，想了想湛冰只能说："你也很棒。"

文伟立刻起身给他鞠了个躬："谢谢您嘞。"

转眼到了周末。大家约好早上在校门口见面，湛冰就穿了件简单的白T恤，拿着手机走到校门口，待看清等他的人的阵仗时突然想掉头就走。

校门口凑了四五个男生，黑压压一排，看见他齐刷刷地喊道："嗨！冰神！"文伟、管坤、朱晓、杨飞鸿、傅航，加上他自己，不像去踩点，更像去团建的。

湛冰难掩惊诧："大家都去吗？"

朱晓："附中一直是我梦中的学府，但我的成绩根本不足以就读，所以今天过去看看，圆一个儿时的梦。"

杨飞鸿："我就是单纯去看看热闹,听说附中的美女很多。"

谌冰无话可说,旁边响起别的动静,文伟看过去后立刻挥舞双臂,高声喊:"萧哥!"

萧致从十字路口过来,穿了件简单的黑T恤,他是标准的衣架子,穿什么都好看。他往这边走,背后还跟着一个小姑娘。

萧若穿着碎花小裙子,头发扎了小鬏鬏,一直拽着萧致的手臂。

谌冰直接有些绝望了。

文伟不明所以:"怎么了?"

谌冰道:"不如你把全班同学都叫上,一起去附中秋游?"

文伟思索了两秒:"那不太好吧。"

萧致走近时随手指了下萧若,随意地道:"我妹高中想读附中,跟我们一起过去看看。"

谌冰盯了他两秒。

萧致抬了抬眉:"怎么了?"

谌冰走到僻静的地方,朝他勾了下手指:"过来。"

萧致走近,就见谌冰微微皱眉,认真地道:"你能不能把他们都轰走?"

那边文伟开始打车了:"哎,一辆车肯定坐不下,我打两辆车,我们分开坐。"

萧致回头看了看,神色略微复杂,转过来道:"这不好吧?"

谌冰出了口气:"算了。"都去吧,人多力量大,人多气势足。

打车到地铁站,下车坐地铁。出发时大约十点钟,大家先去附近的酒店看了看,再到附中门口已经临近中午了。

成大附中校门修得很气派,但除此之外都普普通通,很符合"历史名校"的气质。校门紧闭,现在看不到一个附中的学生。

文伟远远望着,道:"他们星期天还上课?"

"估计上半天,休息半天,我在一中也这样。"谌冰说。

附中不放假,外校生不能进校门,正好接近十二点,大家先到旁边的干锅店坐下点菜。

"我们先吃饭吧,估计附中下午放假,吃完了就能进去看看。"文伟开始招呼大家。

大家点完菜,门口传来一群少年说话的动静。

谌冰看清来人,怔了一秒,随即回头对萧致他们介绍:"这就是附中这届高三的第一名。""高端局连胜机器""学海混沌者""白衣贤者""至尊考霸"

陈尘。"

陈尘进了门，目光不经意扫过角落这桌，无意停留，最后停在谌冰身上。

谌冰站起身。

陈尘似乎在辨认他，随即微微笑了笑："学弟好。"

谌冰以前在的一中和附中经常有联动，学科考试、竞赛联赛，成绩拔尖的那一拨在赛场不知道见过多少回，彼此叫不出名字但都面熟。

谌冰礼貌性回道："学长好。"

陈尘开始寒暄："这都是你一中的同学？你们好，欢迎来附中玩。"他满面春风，但又不会给人过于亲密之感，距离把握得刚刚好。

谌冰说："不是一中，我现在在九中。"

对面怔了几秒，集体失语。他们面面相觑，似乎思索着什么，另一个叫李斐的男生挠挠下巴探头道："九中是什么学校？"

这句话杀伤性不大，侮辱性极强。

尽管他不是故意的，且九中的确不出名，但说的话真的非常不好听。谌冰眼皮跳了下，道："九中在顺直区东民路小安街13号，占地355亩，1983年创办。"他反击得也很明显。

李斐赶紧道歉："对不起对不起，是我孤陋寡闻一时没听说过，不好意思。"接着又问，"九中这学校是不是还可以啊？"

对面再次沉默。

李斐意识到说错了话，陈尘一把将他拉到背后，看向谌冰岔开了话题："下周四的物理决赛，过来踩点？行，现在附中校门已经开放，吃完饭可以进去看看。"

谌冰早就在想这寒暄什么时候能结束，振作了精神："好。"

陈尘笑了笑，说："祝你取得好成绩。"

"谢谢。"

陈尘和几个男生推推搡搡去了另一桌，这几个人走远，留下满桌的安静的人们。

点的饭菜早上桌了，文伟目光还追逐着陈尘的背影："那人谁啊，长这么帅还是附中第一名，人和人的差别怎么这么大！"

没人回应他。萧致拿了个茶杯倒开水，没说话，喝完把杯子放桌上，跷着腿像个大爷。

管坤察言观色，看出萧致心情不好，于是冲文伟吼道："你有病吧，这就叫帅？让你看看什么叫真正的靓仔。"他推着萧致的肩面向大众，"看清楚，这才叫真正的大帅哥。"

萧致脸上没什么表情，推开管坤，指尖开始敲着手机。

不知道为什么他心情不好，而且在拼命掩饰，还掩饰得并不成功。

谌冰不知道该说什么，吃了几分钟，手机响了。

满桌人笑笑闹闹，谌冰拿出手机低头看了看。

小致向前走发的新朋友圈。

——"原来他已经有新朋友了。"

——"虽然心里隐约有这样的猜测，但今天看见，还是感觉到了背叛。"

萧致大号废话很少，立着冷酷哥人设，小号才肆无忌惮发"深夜小作文"。发完这条萧致关了手机，没事人似的，听文伟讲笑话还笑了笑。

萧致，不开心了？因为陈尘一副跟他关系很好的样子？

谌冰沉默地继续动筷，旁边萧致起身："我去上个厕所。"

他拉开椅子去了卫生间。

萧致迟迟不出来，谌冰等了两分钟，起身跟进去。

萧致对着镜子掬冷水洗脸，他手指穿过发丝拨了拨，眯着眼睛盯着镜子，不知道在想什么。

谌冰进来，萧致动作很快地擦干净手，准备出去。

明显的回避让谌冰有些不爽，他抓着萧致的袖子用力往回一拽。卫生间比较狭窄，双方距离瞬间拉到很近，燃起了莫名的硝烟味儿。

谌冰感觉到萧致现在非常烦躁，用极大耐心克制着才能不甩开他。谌冰想了想直说："我跟他不熟，之前联赛在决赛区见过几面，他人还可以。"

萧致："跟我没关系。"

对，跟你没关系，"高贵"的小致向前走可是不在乎一切。

谌冰咬了咬牙，虽然觉得没必要惯着他，但还是想把事情说清楚："我跟他真不熟，没任何关系。你现在到底为什么不爽？"

萧致看着另一头，突然转过来："你真不知道？"

谌冰："不知道很奇怪吗？"

萧致压低声："也就你看不出你和他才是一类人。"

谌冰一脸疑惑，但萧致已经绕过他出了卫生间。

谌冰半晌才接受这句话，回座位时无意看向靠近窗户的人。陈尘他不熟，只知道对方是成绩厉害到快成传说的人物。

回到座位聊了没多久，大家进附中逛了一圈，场面跟刘姥姥进大观园差不多。附中什么"优秀学校""省三好"奖项拿得太多，教室门外好多奖牌都贴着落灰，文伟看了直感叹："这要是拿一个给九中，估计得被裱起来校长天天看吧？"

大家逛了不到半个小时就出来了，到校门口商量商量回九中。文伟打车时就看见萧致蹲马路边上，叼着根棒棒糖，脸被棒球帽挡住了半截，正在那儿给萧若的小裙子拍灰尘。

他从刚才起话就很少，湛冰本来准备打车回去，临时改了主意，转头道："你们先回去，我还有些事情，想和萧致去忙。"

萧致抬起视线："忙什么？"

湛冰敷衍地找了个理由："一会儿告诉你。"一副有什么秘密的样子。

文伟不好多问，点头："行，那我们就先回去了，你们忙。"

萧致此时此刻开始唱反调："有什么好忙的？"

湛冰看着他没说话。

"我跟你们一起回去。"萧致轻描淡写，"车打好了吗？"

湛冰一时不知道该说什么，走近他，压低声尽量心平气和："你别走，我有事找你帮忙。"

萧致站着没说话，萧若意识到有故事，不太乐意但还是跑到了文伟身边，开始拽他的衣摆。

萧致站了几秒的工夫，不知道想了什么，点头："行吧。"

很快，一群人都走了，萧致把棒棒糖的细棒丢到了垃圾桶里。

湛冰走近说："要不要找个地方玩？好不容易进趟主城区。"

萧致看了他两秒："你不是有事吗？"

湛冰不太会说话，属于打小嘴就笨的那种，之前因为性格冷淡还能用话少来掩饰，其实他真就是单纯地不会说话。

湛冰看了他好几秒，说："事情就是联络友情。"

萧致眼皮跳了下，明显想说"你是不是又犯病了"，但硬是将话头咽了下去。

从小打打闹闹，吵架次数数不胜数，吵完了彼此都尴尬的情况也很常见。萧致脾气还大得很："哪有你这么哄人开心的，轻描淡写一句哄我开心，我就开心了？那我岂不是很没面子？"

他说这句话湛冰就知道情况有缓和，配合地问："那你还需要什么？"

萧致低头思索了几秒，道："去给我买颗糖。"

莫名幼稚又好笑，湛冰去最近的店买了一把椰子糖。

递到萧致面前时，他垂眸看了两秒，说："剥了。"这提议很过分了！

湛冰直直地看了他两秒，取出一颗剥好，放到他手里。

萧致四下扫了一圈，多亏附近人多，不然湛冰猜到他肯定要自己再给他剥几颗。萧致咬着糖，勉强算心情好了，边走边说："那男的看着就不像好人，三言两语让我听着真的烦得很。"

谌冰静静听他说话，没回答。

现在下午两点，萧致看了下手机，转头问："去哪儿玩？"

谌冰："随便。"

萧致也没主意，半响问："要不要去看电影？"

谌冰不爱看电影："不想看。"

"那也好，"萧致拿手机开始搜，"至少先去个热闹的地方。"

附中地理位置比较好，附近就有地铁站，沿着扶梯下去，萧致回头朝他竖起两根手指晃了晃："再剥一颗。"

考虑到他刚才心情不好，谌冰只能继续给他剥。

不过递过去时，萧致拿着糖突然笑了下："你今天还挺听话的。"

谌冰有些生气了，在电梯上不方便，等到平地才推了他一把，说："别得寸进尺。"

萧致没事人似的，回头搭着他肩膀，感慨地道："我终于摆脱萧若了。"

谌冰边买地铁卡，边转头看萧致。

萧致突然问他："一个十七八岁的人了，出门还要一直带妹妹，你怎么看？"

地铁卡掉出来，谌冰拿到手里，随口道："还行吧。"

"还行？"

谌冰说："可以理解，她现在只有你了。可能刚上初中朋友也少，就喜欢黏着你。"毕竟萧若还小。

萧致抓了下领口往入口走过去，过了安全检查口，他突然低声说了句话："对啊，她只有我了。"

地铁站人来人往，地铁驶来时传出轰隆隆的声音，似乎掩盖了一切声音。

谌冰不知道该说什么，抬手搭他肩膀："走了，今天好好玩半天。"

"行，好好玩。"气氛恢复如常。

地铁里人挺多，人挨人挤着，萧致个子高，弯着背玩手机。

地铁到站点时还没停稳，因为惯性谌冰往前走了一步。

"小心点儿。"

说完，萧致一把拉住了他的胳膊，没抬头，目光还停留在手机上。

谌冰回头看着。他鼻梁秀挺，眉眼深邃，嘴唇的形状也不错，已经有了成人的轮廓和气质。

一瞬间觉得他很成熟，但下一个瞬间，他还是记忆中的少年。

"不然还是去看电影？"萧致找到娱乐项目，抬起视线。

他挑了挑眉："你在想什么？"

被抓包的谌冰相当镇定地摇头："没想什么。"

萧致不觉得他会有什么好事，转移话题："问你看不看电影，感觉没什么好玩的。"

谌冰没有别的选择："可以。"

最近的电影院在附近的商业大厦，买完票距离开场还有一段时间。等待的间隙，他俩一人点了杯奶茶坐着喝。

不知道怎的，萧致坐了会儿，可能是闲得无聊了："你刚才买的糖还有吗？"

谌冰："……"

萧致很是得寸进尺："再给我来一颗。"

谌冰对他简直没脾气，大庭广众下也不想打架，冷冷地道："自己没长手？"

萧致："对，没长。"

"真没长是吧？"桌底下，谌冰朝他重重踢了一脚。

桌上放着爆米花，这么一震顿时翻倒在地。萧致"嗞"了声，那边保洁阿姨过来："怎么回事啊，弄得满地都是，给我们增加这么多工作量。"萧致只好边安抚谌冰边收拾桌子，同时对阿姨说好话。

谌冰跟着起身收拾爆米花，收拾完没脸待着，离开场还有20分钟，直接跑去排队。

排好队谌冰还是没解气，又拽萧致的衣服。

萧致只能宣布停火，免得又比画起来："好了好了，刚才是我话多，先休个战？"

说这话时，为了避免打架，萧致拽住谌冰的袖子，但搞得谌冰烦不胜烦，手心冒出一层潮湿的薄汗，怒了："你撒手！"

"不撒。"萧致不仅不松手，还拽得更紧，"一撒你又找我打架，为了不看到更多白眼，只能让你忍耐一下。"

谌冰气得不想看他。

萧致这个人，特别爱逗他，这会儿不仅拽住谌冰的手，还往他背上轻轻盖上一掌，认真地道："叛逆冰冰封印术。"

谌冰气了没几秒，唇角明明要下垂，却没忍住笑了。

这也太幼稚了，幼稚到谌冰不知道该说什么好。他们小时候就爱这么玩,现在都十七八岁了,还这么……

湛冰想骂,想了想又忍住。算了,这份热闹,那时候他想得到都没有机会。

湛冰对电影不感兴趣,听着无聊的台词,中途莫名其妙犯困睡着了。

电影里的医院急救室响起仪器电鸣声,湛冰听着听着,迷迷糊糊做了一个梦。好像又回到了重生前他待在医院的时候,每天昏迷一阵醒一阵,许蓉千方百计逗他开心,拿出他从小到大珍藏宝物的盒子。

里面好多东西都和萧致有关。

许蓉说:"妈妈知道你和他关系好,一直想去找他。以后你要是走了,去另一个世界就能找到他了。萧致等着你,可以陪你玩,逗你笑。你们是最好的朋友,有他陪你,妈妈放心。"

湛冰手指无意识攥紧,喉头滚动了几下,睁开眼时,视线里一片漆黑。

"怎么了?"

湛冰重新闭上眼,手指攥紧至颤抖,指甲把手心掐了一道红痕。

耳边传来萧致的声音:"是不是不舒服?"

电影还没放完。

湛冰坐了两秒,说道:"没事。"

他脸色苍白,额头冒出冷汗,除此之外看不出任何端倪,萧致低声问:"是不是太闷了?"

湛冰看了他半晌,摇头说:"我做了一个噩梦。"

"梦是反的。"

湛冰的手冰凉,连骨骼和肌肉都绷得很紧。萧致目光落在他脸上:"你别是犯什么病了吧?"

湛冰挣开他:"我没事。"

"真没事儿?"萧致抬了下眉梢。

湛冰已经不愿意再去回想刚才的梦境。

他对自己重生的认知很简单,那就是把这辈子的利益最大化。以前的事能给他敲响警钟,但人不能总沉湎于过去。

湛冰调整好心情,电影也放到了最后。

出影厅时五点多,萧致低头看了下表:"该回去上晚自习了。"

湛冰:"坐地铁还是公交车?"

萧致正好看见一辆公交车,拽着湛冰往上面跑。

傍晚下班的人比较多,上去之后,只占到一个座位。

萧致:"你坐?"

谌冰："你坐。"

"不要演这种无聊的戏码，"萧致坐上去，"我坐十分钟，换你。"

公交车开始摇摇晃晃地行驶。也许是刚才那个梦的缘故，他现在精神状态不怎么样，昏昏沉沉地犯困。站了半晌，谌冰不自觉挨着萧致的座位闭眼打瞌睡。

萧致提醒他："十分钟到了，换你。"

座位靠近车窗，傍晚阳光的余晖斜斜地照到公交车里来。

谌冰慢慢睡着了，萧致伸手扶住了他肩膀充作暂时的枕头。

从看电影的主城区商圈到九中大概一个半小时车程，中途谌冰想起身，被萧致按了下去。

直到再次被叫醒。

傍晚晚霞满天，带着少许橘红的粉色染了半片天空，这是大城市极其难得的景观。

萧致："看窗外。"

谌冰转过去，眸底被那些极为艳丽的色彩照亮。

车内的人都看向窗外，看着这座城市难得的诗情画意。

车内横搭着的铁杆发烫，谌冰有点儿走神。

直到车到站，萧致说："到了。"

今天下午跟做梦一样，谌冰下车看表，怔住："现在都七点了？"

萧致："对，晚自习迟到了。"

怎么可以用这么平静的语气说出来？

谌冰打算加快速度去教室，被萧致扯着衣领拽回："既然迟到了，跑有什么用？"

谌冰急了："那不跑就有用？！"

萧致指着校门口一家米粉店，边往那边走，边说话："不如先去吃顿饭。陆为民肯定早记我俩迟到了，现在回去不仅不能弥补，还得饿一个晚自习。"

店里没别的学生，只有一道宽阔的半秃的背影，"半秃"听到这句话转过来，跟萧致、谌冰对上了视线。

陆为民："谁迟到？"

"我，"萧致没想到他就在店里，"陆老师，上课时间你还在这儿吃面呢？"

陆为民神色严肃："那你知道上课了还在外面闲逛！背后说坏话被我听见，胆子大了啊萧致！"

萧致拉开他面前的凳子大方坐下:"陆老师,我陪谌冰去附中踩点,回来晚了,绝对不是故意迟到。"

谌冰本来被当场抓包不太好意思,看萧致还厚着脸地跟陆为民聊上了,只好站在旁边。

"踩点去了?"陆为民神色也就缓和了一些,"不要给我找借口!你们先把肚子吃饱,吃饱了就给我到教室后门站着,消化消化。"

萧致:"陆老师,你不要不讲道理……"

米粉店里,两个人高一声低一声还聊上了。

谌冰看了半晌,觉得好笑。

萧致心情不好时碰谁揍谁,但现在,心情不错又跟谁都能聊几句。

还挺……好玩儿。

陆为民对谌冰拍拍凳子:"你也坐。"

谌冰莫名其妙就跟着班主任一桌吃了碗面,陆为民吃完,夹着包迈开小短腿就走:"我回教室了啊,你俩赶紧吃,吃完了回来!"

说完,一路往校门口狂奔,明显他今天没留神也迟到了。

萧致笑了下:"陆为民平时在学校凶,其实私底下人还可以。"

确实可以。谌冰从陆为民东摇西晃的背影看出来,这老师为了抓晚自习纪律非常拼命。

转念,谌冰想到自己平时恪守时间,现在居然松懈到跟萧致一块儿悠闲地吃面,底线居然不知不觉被拉到这么低。

自己明明是来劝他学习的,反而被影响了。

谌冰眉眼变得冷峻,思索几秒后拍下筷子:"一会儿回教室,你做套英语卷子。"

萧致一脸疑惑:"我俩不是在吃饭吗,怎么突然想到写试卷?"

"你别管,必须写。"

萧致夹着片羊肉,感觉吃不下去了。他看了谌冰半晌道:"你玩我呢?"

谌冰:"写张试卷能要你的命?"

回教室后,第一节课下课时,文伟结束课业,转过来跟萧致说话:"你下午跟冰神上哪儿玩去了?"

萧致没听似的,抽出前两天发的试卷。他平时也会收拾东西,但一般试卷归试卷,书籍归书籍,除此之外不做更多分类。但和谌冰做了同桌后,隔三岔五被他主动"帮忙"按科目整理,单元检测都码放得整整齐齐。

萧致抽出前两天发的检测卷。

他没回答，文伟开始诉苦："你妹妹真的好难带，一下午让我陪她看动漫，不许我离开她半步。你都不知道我怎么脱身的，我差点夺窗而逃！"

萧致自顾不暇，没有心情同情他，敷衍地道："你不是最喜欢带妹？"

文伟解释："我俩说的可能不是一种妹。"

萧致拿出草稿纸后，厌倦地道："别烦，写作业了。"

他不情不愿写作业的场景文伟最近经常看见。

谌冰拉开凳子坐下，拿笔开始做同一套检测卷。文伟支着下巴看，谌冰做题非常快，有时候看着题目不用想直接勾答案。

相比之下，萧致垂着眼皮一会儿转笔，一会儿拽草稿纸的行为就非常痛苦了。文伟很理解萧致的感受，打算劝一劝谌冰："冰神，你有没有听过一句话，叫'强按牛头不喝水'？"

谌冰瞟了他一眼："你有没有听过一句话叫'惹火上身'？"

文伟："啊？"

谌冰示意："这张试卷你写了吗？"

"没有。"

"那你还不赶快写？"

"冰神，虽然你非常厉害，但你让我写我就写那我岂不是……"

谌冰打断他的话："我是英语课代表。"

文伟百口莫辩，委屈地回头翻出试卷，开始标记陌生单词。

做完试卷就到了第三节课，萧致的蓝白色校服松垮地铺在桌面上，下颌搭在手臂上，以闭着眼听谌冰讲错题。

教室灯光明亮，谌冰逆着光线，眉眼有点儿看不清晰，嗓音却很好听。

萧致懒洋洋地趴着，听他说话，偶尔拖长语调应一声。

他这副样子很难博取谌冰的信任："你在听？"

萧致点头："在听，还听困了。"

谌冰一时不知道怎么说他。萧致不仅不专心，指尖还有一搭没一搭玩着自己的拉链，拽一下，松开，又拽……

"我……"谌冰头都气疼了，感觉自己在带一个小学生。

但是这个"小学生"又很特别，怎么说呢，虽然让他很生气，但完全没有想放弃一走了之的想法。

谌冰气得低头看书，萧致脸埋在臂弯里，抬手用细长的笔杆轻轻杵着谌冰。

背后女生忍不住笑，满教室都听见这边的闷笑声。

谌冰脸皮薄，不生气这会儿都得转向他道："你是不是犯贱？"

笔都摔飞出去了，谌冰警告他后低头捡笔，感觉后颈又被拍了下。

谌冰这下火气全出来了，抬头一句："你有病啊！"说完正对上陆为民微秃的脑袋。

陆为民还委屈上了："你干什么，火气这么大？"

谌冰瞥了萧致一眼。萧致立刻出言帮忙撇清关系："陆老师，是我犯了学生都会犯的错误，跟他没有关系。"

陆为民招了下手："哪儿都有你。"他往教室外走，"谌冰，来趟办公室。"

陆为民明显是特意来找他的。

谌冰放下笔，走之前给萧致撂了句话："等我跟你算账。"

萧致接过他的笔放好，抬了抬眉，一脸"我认错，但我下次还要犯"的表情。

谌冰气得牙痒。

进办公室后，陆为民关上门，大手大脚坐椅子里："谌冰啊，你这两节晚自习都在干什么？"

"写试卷。"

陆为民明显不满意他的回答："还有呢？"

谌冰没懂他的意思："还能有什么？"

陆为民推动电脑转向他，教室里的监控中，就看见他跟萧致不停在说话。

谌冰才想起来，这破学校还有监控呢。

陆为民语重心长："我记得你很守规矩啊，怎么现在晚自习光顾着聊天？"

"我没聊天。"

"那你在干什么？看看你和萧致这热火朝天的，什么话题这么有意思啊，也讲给我听听？"

谌冰忍了两秒："我在给他讲题。"

"讲题？"陆为民怔住了。这个答案他倒不是没想过，但他当时更觉得这两人是在拿着试卷打掩护聊天。

之前把他俩排成同桌时，陆为民想着尽量让谌冰影响影响萧致，但谌冰真开始行动后，陆为民却觉得不太合适。因为在他眼里，把萧致引回正道的可能性非常小。

陆为民思考后决定问问谌冰的意见："你觉得他有救吗？"

谌冰莫名其妙："怎么就没有？"火药味儿很足。

陆为民缓和语气，指了下电脑："我也觉得有，但你这样每天硬教他，其实没用。"

"为什么没用？"谌冰没听明白。

"自觉自觉，要靠自己自觉。"陆为民说，"取得好成绩，绝对不是每天盯着他写两套试卷就能好的，你明白吗？何况现在高二了，萧致欠下的知识点太多，补回来需要花大力气。"

谌冰浅色的眸子直视他："老师，你有话直说。"

陆为民摇了摇头，欲言又止。学生的家务事他们老师知道就算了，透底给另一位学生，不合适。

他拿着茶杯哑了一口，模糊重点："你有空去问问他为什么不肯学。年轻人之间多聊聊肯定更容易互相打开心结。对，只有除了病根，萧致成绩才能好起来。"

谌冰忍着纠正他用词的冲动，同时开始思索。病根是什么？什么病根？谌冰打算亲自去问他，正好打铃，陆为民收拾收拾要走了。

谌冰出了办公室，因为下课，教室门口人正疯狂往外冲，感觉晚走几秒要被关在教室似的。

谌冰想进去找萧致，被下课的人群堵了半晌，倒是看见萧致从教室后门出来了。萧致隔着远远的距离看见他，转身就要走。谌冰憋着问题呢，心里一急，迈开长腿追过去。

谌冰的冷静有目共睹，难得跑快一次，萧致顿时感受到了能让他冲刺起来的愤怒值，二话不说抓紧跑。

谌冰看他跑，更急着追，莫名其妙演变成一场警匪片的名场面。

从二楼追到一楼，再从教学楼追到校门口。再往外跑就出校门了，萧致总算停下来喘气，顺便张开了双臂，把"刹车不及"的谌冰挡住了。

萧致耳朵里起着风声，边喘气边看谌冰："你追我干什么？"

谌冰也喘气呢，他头发汗湿了几缕，白净的脸被灯光照耀泛着红，嗓音颤抖："那你……跑……什么？"

"不是你追我？"

"你不跑我能追？"

萧致体力比较好，跑这么远不太费劲，但谌冰快跑后连喘气都费力。

萧致看着他道："算了，你就是个小孩子，反正都是我的错就对了。"

谌冰盯着他，还喘着气说不完整话，萧致也没着急，拉他到花坛拍背顺气，边拍边息事宁人："咱不吵了。"

第四章

纸飞机

　　湛冰冷静下来后，把萧致推开两三步，思考怎么问出陆为民所说的他的病根。问：你心里是不是有事儿？你最近遇到了什么困难？需要跟我倾诉一下吗？我可是你的好朋友。

　　联想自己摆出温柔嘴脸和萧致谈心的场景，湛冰后背麻了一下，觉得这完全是梦里的场景。

　　对萧致这种逆反心理重的男孩来说，过多的盘问反而会引起反感，不经意间春风化雨让他吐露真言才是正确方法。还是慢慢来吧。

　　湛冰想了想，说："去校外吃顿饭？"

　　萧致："追大半个学校就为叫我吃顿饭？"

　　湛冰说："那你去不去？""去。"

　　晚自习下课十点多了，校门外还开张的店铺很少，最佳选择还是吃面条。萧致给萧若发了消息，坐在位子上玩手机，一会儿起身去路口蛋糕店买抹茶小蛋糕，出来时手里拎着两块。

　　他把其中一块递给湛冰："给你的。"

　　萧若一下午加一晚上没看见他了，买蛋糕回去哄她湛冰理解，湛冰摇头："我不要。"萧致吊儿郎当地说道："为什么不要？"湛冰说："我不是小孩儿。"

　　"格局小了，兄弟。"萧致笑了下，"你不就是我带大的小孩儿吗？"

　　小时候和萧致出去玩他一直是被照顾的一方，如果萧致出门还带着妹妹，那给小孩儿买玩具都买双份，湛冰只需要红着脸抓紧他衣角不走丢就可以了，什么都是萧致给他准备好。

蓦然听萧致这么说，湛冰怔了怔，随后开始动手揍他。

萧致拎着两块小蛋糕不方便和他打，一边退，一边道："你怎么又生气了？我又戳你痛点了？"

湛冰还没动手又被他腾出一只手抓住了手腕，推推打打，背后突然传来动静。

他回头看，陆为民在不远处捧着茶杯："你俩又在打打闹闹干什么？"

湛冰觉得这也太烦了。

陆为民两三步走近："这么晚了不回家，湛冰，你不是住校吗？赶紧进去，校门要关了。"湛冰忍了忍说："马上就进去。"

"过两天竞赛你加把劲，不要老贪玩，萧致，你也别逗他。"陆为民到旁边骑他的小电驴，"天晚了，不安全，赶紧回家。"

湛冰瞟了萧致一眼。萧致唇角挑起弧度："我走了啊，你记得听陆老师的话，回去准备学习。"

湛冰升起一股将他揪回来的冲动，想了想湛冰转身就走。走了十几米，湛冰回头，却看见萧致还站在树荫底下，站没站相，抬手懒洋洋朝他挥了两下。湛冰感觉萧致有病，但是，心里好像有一种温暖的感觉，暖得不可思议。湛冰一路上心情不错，但这种兴奋的情绪让他感到有些疑惑，觉得自己也挺幼稚。

到寝室洗完澡出来，手机有了几条新消息。萧致发来了一张照片，是那块抹茶蛋糕切开后的照片，绿色中裹着白色的糕心，看起来极其诱人。

萧z："还挺好吃，你当时不要，现在后悔了吗？"

湛冰想把他好友删了。

萧z："明早给你带，要不要？"

CB："别。手机还有99%的电，先不跟你聊了。"

对面发来了语音，是萧致的一顿无情嘲笑。

湛冰告诉自己不生气。门外传来宿管阿姨提醒熄灯和睡觉的声音，湛冰踢开鞋子上床，见萧致朋友圈有了新动态。

时隔几个月他发了一张自拍。客厅沙发套挺符合王月秋阿姨的审美，花团锦簇，但他长得太帅，半躺在上面对镜头拍脸，硬生生把花沙发的格调提升了一个档次。

萧致随手拍的图有些模糊，但眉眼非常惹眼，五官线条十分流畅。他刚洗完澡，潮湿的头发垂落几缕，更衬得眉眼深沉，肤色干净。

图片配了一句话文案——"蛋糕和很好的人"。

谌冰皱眉:"中二"少年又在说什么?

刚发几分钟,底下多了好多条评论。

文伟:"妈妈!我的交友照片终于可以更新了!"

萧z:"滚。"

管坤:"你好,朋友圈忧郁帅哥。"

萧z:"给你头来一拳。"

傅航:"帅哥你谁?为什么会出现在我的列表?"

萧z:"行,马上删好友。"

文伟:"出息了啊萧哥,还'很好的人',今下午干什么去了?"

萧z:"关你什么事。"

挺会骂。谌冰看完关了手机。

周四时杨德旺到班上来找人,他特意整理了发型,把平时微翘的头发打理得平平整整,跟谌冰说:"走吧,学校有车,现在去附中了。"

谌冰收拾东西起身,萧致看了他两眼,问:"你现在走?"

谌冰:"嗯。"

"什么时候结束?"

"大概下周五。"

萧致看了他一眼后转移视线,半晌说:"早点回来。"

杨德旺在教室门口催促,谌冰走前丢下句话:"到了给你发消息。"

"嗯。"萧致平声答应。

竞赛考生住的酒店在附中附近,谌冰到了就给萧致发了条微信,接着被带队老师领过去开会。等谌冰回来后看手机发现新的消息。

萧z:"环境怎么样?"

谌冰:"比九中好。"

萧z:"住的地方还习惯吧?"

谌冰给他录了一小段酒店的视频。

九中还没上晚自习,萧致趴桌上看着手机。文伟看了看他空荡荡的身侧,说:"冰神走了突然感觉很不习惯呢。"

谌冰才转来九中两个月,起初大家都把他当异类,现在他独自去参加物理竞赛决赛,班上又感觉少了些什么。

文伟还在感慨:"竞赛到底是什么样子的啊?"

他们聊天,管坤转过来:"好像拿奖牌了高考能加分。"

"不加分冰神这成绩也是稳拿第一名啊!"

"九中终于要出能上名校的了吗?"

"谁知道，也许冰神下个学期就转走了，来九中只为感受花花世界，丰富作文素材库。"

萧致用手抓着耳边的头发，半响推动桌面发出很大一声响："你们说完了没有？"

文伟注意到他："呃，萧哥，影响你睡觉了啊？"

萧致用手搭着桌面，没坐一会儿起身往教室外走，丢下句："没事。"

"真没事儿吗？萧哥脸色有点不对劲儿啊。"文伟犯嘀咕。

另一头谌冰发完视频，没等到消息回复，反而被叫到楼下吃晚饭。

等他吃完回了房间，萧致还没回消息。按照往常的速度这个家伙早有动静了。

谌冰有种不太妙的预感，登上了小号，果不其然——

小致向走有了新动态。

——"已经厌倦了总是仰望你。"

——"也许，跟你当朋友是我高攀。"

谌冰先前没理解这些情绪浓烈的语句，读了好几遍才勉强看懂萧致的意思。谌冰心情太复杂了。这个动态直接导致他这几天心不在焉，心急如焚，只想赶紧考完回九中揍他。而这个"中二"少年萧致最后倒是回了消息，却非常冷淡。回学校那天是下周五，谌冰早上给萧致发了条消息。

CB："我回来了。"

九中带队老师杨德旺只带着谌冰一个学生，而且谌冰还显得非常不想跟他走在一起的样子，正好是放月假的时间，杨德旺说："那你自己回家，我就不载你回学校了。"

"好。"

谌冰站在附中校门口，想打电话给家里的司机，手机突然来了消息。

文伟："冰神！听说你考完啦！今晚给你准备了庆功宴来不来？"

文伟："就在之前吃烧烤那条街，今晚吃牛油火锅，萧哥来接你了，给你发消息没？"

谌冰四下扫了眼，没看见人。

等了估计十来分钟，前方摇摇晃晃驶来一辆公交车。

学生蜂拥上车，后车门跳下一道高高瘦瘦的身影，萧致目光有点儿急切地四处找寻，转头看见了谌冰。

谌冰面无表情，眼神冰冷。

萧致随即没事人似的过来："考完了？考得怎么样？"

想起前两天他小号发的内容谌冰就生气。但萧致大概以为心事没被任何人知道，对谌冰散漫地挑眉："你看我干什么？"

谌冰想干脆说出小号的事一了百了，但内心又有强烈不妙的预感，只能转移话题："考得一般，心情不好。"

"出成绩了？""出了。"

"考得到底怎么样？""金牌。"

萧致莫名其妙笑了："您可真是当代'凡尔赛'大师。"手放到校服衣兜里掏了几秒，拿出一盒包装极其精致的慕斯，放在谌冰手里，"给你的蛋糕。"

说完，他转头看向别的地方，表现得跟平常没区别，但谁知道他心里在想什么。

开往九中的公交车上人非常少，谌冰坐在椅子上，把蛋糕拆开吃了。

4班男生有个单独的群，刚才萧致若无其事往群里发了句："我们冰神拿了决赛一等奖。"里面顿时沸腾。

伟子："我这就嘱咐老板多切两斤牛肉。"

傅航航航："为校争光！为校争光！为校争光！"

管坤："冰冰，我愿称之为九中最强学霸。"

萧致手臂搭着前座的椅背，橙色阳光晒得人暖洋洋的。

到了烧烤街，走到楼下时，文伟已经探出了脑袋："欢迎摘金选手莅临本店吃火锅。"边说边一阵旋风般冲下楼梯，朝谌冰伸手，"冰神，我能握握你拿过奖牌的手吗？"

萧致直接踹他："滚。"

"代表我们将冰神接回来，萧哥，"文伟朝他竖大拇指，"你是这个。"

萧致手指直抓他头发："你是想离开这美丽世界？"

两人鸡飞狗跳地踩着老火锅店的楼梯迅速跑了上去。

谌冰慢慢上去，包间里还有不少人，大部分是男生，有两个女生，傅航指着梳齐耳短发的女生得意地道："介绍一下，我的可爱同桌。"

女生是同班同学许蔚，谌冰面熟但不记得名字。

她很害羞，捂了下脸后打了傅航一拳："哎，你不要这么说。"

傅航直接被她打到脱离椅子摔倒在地，满脸震惊："姐姐，你好猛啊！"

许蔚抬腿狂蹬："讨厌，不许这么说我！"

傅航人傻了，但被漂亮同桌揍成这样还挺开心，抬手休战："回去打，回去打。"

周围不乏起哄声："别啊，就在这儿打，傅航真的犯贱，一直在等人收拾他。"

傅航感觉自己一带女生来就被孤立了，辛酸地道："不是吧？昨天你们还叫人家小甜甜！"管坤看不过去也踹了一脚："恶心。"

打闹完菜也上了桌，大家开始吃饭。

谌冰不爱说话，大部分时间听他们扯淡。萧致一般不当话题发起人，被点名了偶尔说两句，其他时间就忙着给谌冰夹菜。

气氛正好，大家开了几瓶可乐，自导自演互相"敬"了起来。

谌冰不知道谁被推到他身前，说恭喜他考试考得好，谌冰喝了小小一杯可乐。过了一会儿，谌冰感觉有些闷热，起身到了楼梯口，把校服拉链拉到底，半闭着眼睛吹凉风。想想又拿出手机给许蓉发了条微信，说还在跟朋友吃饭，暂时回不来。

大约四五分钟后，背后响起脚步声。萧致撩开帘子出来，问："你干什么呢？"

"里面热。"谌冰顿了几秒又说，"我出来吹风。"

萧致垂眸看了看他："喝可乐还上头是吧？"

谌冰问："你这几天怎么回事？怎么不回我消息？"

萧致心不在焉地道："我在忙其他事情，没太注意。"

"你还装，"谌冰打断他后看向别的方向，话里轻飘飘的，"我知道你在想什么。"

萧致莫名笑了，走到他背后，声音轻轻的："我在想什么？"

安静了几秒，谌冰才说："你是不是担心我转头就离开九中了？"

萧致看着他的眼睛，暂时没说话。气氛沉默，谌冰开始把校服拉链往上拉，但手有些不稳，几次了都对不上拉链头。

谌冰："我看到你发的动态了。"

萧致："？"

谌冰转头看着他："你小号加的那个初中生，是我。"

萧致站在横梁边，半张脸上光影交错，眸底逐渐笼上了一层寒意。

谌冰知道他可能会不爽，但现在说出实话总算轻松了，接着道歉："对不起。"

萧致目光阴晴不定，稍微抬起了下颌。他很少在大号的朋友圈发心里的感受。

半晌，萧致总算从嗓子里送出冷冷的两个字："是吗？"

接着，他干脆地放了句话："我先让你多跑 50 米，3 分钟。"

谌冰："？"

萧致眼神很冷，声音更冷："你可以马上打车回家。反正今晚别出现在我面前，否则，我就揍你。"

谌冰知道萧致生气了。在跑和不跑中思考了几秒，谌冰决定暂时先避开锋芒。谌冰走到楼梯，转头看他。
　　萧致身影半融于夜色中，手机屏幕亮着，眉眼被光照亮，明显在计时。
　　谌冰小时候因为太皮被萧致揍过，还挺疼，他加快脚步时突然一阵头晕，接着，脚踏空直接落了下去。
　　谌冰最初还有点儿蒙，手臂被木板磕得痛才意识到自己摔倒了。
　　"谌冰？"传来萧致的声音。
　　谌冰想站起来，腿却使不上力气，接着就被萧致拉着胳膊站起了身。
　　"谌冰？"萧致呼吸急促，查看他的伤口时声音都是抖的，"你没摔伤吧？"
　　谌冰没说话。他第一个反应不是疼，而是丢人。他站起来后右腿没知觉，估计还没开始疼，手臂的擦伤倒是疼得很厉害。
　　萧致情绪复杂："我还想揍你……我揍我自己算了。"
　　谌冰说："我没事。"
　　萧致明显觉得这事糟糕透了，听不进话："都怪我。"
　　"说什么呢？"谌冰其实动手还疼，但用力拽他衣服直抵着栏杆的硬处，"砰"的一声响，顿时让两个人都清醒了。
　　谌冰一字一句重复："我没事。"
　　像是打开了什么口子，萧致那极强的自尊心在此时尽数放下，声音发抖："你现在什么都知道了，我对你当时的漠视耿耿于怀，我很生气。"
　　萧致低着头，没看他："我们关系明明这么好，可你妈妈撇清关系时，你却没为我说一句话。"
　　他自言自语，只是一个藏着心事的少年，分享他曾经觉得最好的友情："你既然这么冷漠，又为什么来找我？我又不需要你……我自己过得很好，我能照顾好我和萧若……我不需要你……"
　　谌冰用力抓着他校服的手指收紧，又泄气地松开："萧致，你好好的。"
　　原来他因为自己当时的反应而伤心，谌冰想到重生前，高考出成绩那天，他是抱着什么心情带礼物来校门外看自己，却不敢见自己一面？
　　谌冰抓紧衣服用力推开："萧致，先带我去医院。"
　　先找点事情做，分散精力。
　　萧致头埋得很低，回过神儿拉好他，往楼下走。自始至终，他都没有看谌冰的眼睛。
　　谌冰等着，等靠近的手变冷，他心里复杂的情绪依然没有出口。
　　上车后，萧致开始没事人似的检查谌冰手臂的伤口。

离别的一年半让他有了很多变化，他已经能够若无其事将心事藏匿。

谌冰想聊刚才的事，但碍于司机在前面，只能隐讳地说："你家的事其实没什么。"

萧致："嗯？"

"我说，"谌冰平视前方，"真的没什么，不管我当时知道还是不知道。知道了，我也不会因此就觉得你怎么样了。"

他用了一堆隐晦的"这个那个""怎么样"，来安慰或者劝说。

萧致总算听明白了。

他翻折谌冰的校服袖口，不知道听没听进去："差不多吧，今晚你不还摔了吗，都丢人，就当扯平了。"

谌冰没话说了。萧致继续折袖口，狭窄的空间似乎不方便动作，他下手很轻，目光落在谌冰的伤口上，眼底闪过转瞬即逝的痛楚。

谌冰也不知道为什么，突然就很想拍拍他的头，说，你再嘴硬。

深夜医院没几个人，医生给谌冰手臂的伤口清理完并且给小腿缝了针，然后就让他自己去床铺上待着了。他小腿有伤，医生建议先留院观察，但伤又不是特别严重，所以随手一指："住院也省了，床位安排不下来，你去那边走道上的床铺躺一晚上吧。"

过道上的床铺，地面摆着痰盂，边上还有人来来回回地走，谌冰看了两眼站着没动。萧致笑了："赶紧过去，你站着腿要使劲。"

谌冰只能慢吞吞地挪过去，刚坐下，邻床一个大叔正扳着脚剪脚指甲，嘎嘣脆响，指甲蹦得满地都是。

谌冰眉头又微不可察地皱了皱，小少爷嫌脏。

萧致很懂他在想什么，忍不住笑。他一笑谌冰就烦得很，坐下脱鞋上床，冷声道："你不是还要揍我吗？"

萧致找了把塑料凳坐下："我现在哪还能揍你？"

不过他想了想，又说："拿小号来加我，你倒是想得出来。多损啊，山上的'笋'都被你'夺'光了吧？"

谌冰还烦着，也笑了："你不学习，我想不到别的办法。"

萧致挑了挑眉，偏头看邻床，意有所指地道："这大叔还有灰指甲。"

谌冰脸色顿时变了，赶快掀开被子，甚至想逃离医院。不过他变脸色时，萧致明显故意说的，笑了。

谌冰气得闭上双眼，想把被子扯到头顶。他刚拉了一下，被萧致拽下去："医院走道上的床铺不知道谁睡过，被子更脏，别把人闷坏了。"

"那你就别故意气我。"谌冰说。

萧致暂时休战:"好,不气你。"他看了下手机时间,"你给你妈打电话了吗?"

"不用她来,小事,她来了肯定担心死。"

许蓉是爱操心的性子,萧致想了一下起身:"行,你坐着,我回去给你拿件厚衣服。"

周围吵吵闹闹,谌冰看他要走,说:"你把数学课上发的那张试卷也带过来。"

萧致本来要走的,停下脚步,垂眸意味不明地看他。

谌冰没有妥协的意思:"你带过来,我今晚不睡了。"

很过分的要求,但萧致完全拒绝不了:"行吧,冰大聪明。"

他身影消失在楼道里。

谌冰拿起手机,发现文伟他们在群里不断呼喊萧致。

伟子:"萧哥跟冰神怎么一转眼人就不见了?这顿饭谁结账啊?"

片刻后,谌冰看到萧致往群里发了两个红包,才明白今晚这顿饭他请,特意"庆祝小小冰取得好成绩"。搞什么,好像又把自己当成了他的弟弟。

实在是无聊,谌冰又翻出和萧致的聊天对话框一遍又一遍地看,想自己是不是说错了什么话。前两天萧致的确特意疏远过他,但每隔几个小时还是会回微信,虽然冷冷淡淡,但都回了。

断绝友情一定很难吧?思考时眼前突然跳出语音来电,谌冰点了接通。

萧致上气不接下气地开口:"想不想吃夜宵,我给你带?"

谌冰:"你跑什么?"

那边说话声混合着风声:"刚才萧若追了我半条街想跟来医院,我把她甩开了,现在在路上。"

想象他俩整条街一前一后追逐的场景,谌冰直接笑了:"随便吧。"

萧致声音有些模糊:"好,马上来了。"

一个人待在医院感觉挺凄凉,因为萧致这句"马上来了"突然有了盼头,谌冰蹦跶着往电梯边去,五六分钟后看见楼下广场匆匆赶来的身影。

电梯门打开,萧致走出来,见谌冰站在窗户边:"你到这儿来干什么?"

谌冰突然感觉自己有点傻,只好装作没事发生:"我走动走动。"

"医生不是叫你别乱走?"萧致扶着他又往回去。

谌冰躺回病床后身上被萧致搭了件衣服,接着,看萧致取出了试卷和两个糯米团。时间接近十一点，医院一部分人捂着头睡觉，另一部分人正在高谈阔论。萧致不着急睡觉，翻开了试卷，还贴心地带了草稿纸。

  他递给谌冰，谌冰没接："试卷给你做的。"

  萧致其实早有预感，但听见他这么直白地说出来，舔了下唇，真气笑了："你……"

  谌冰不想和他争执，给他腾出一块位置："你写试卷。"

  萧致非常不爽。此情此景，谌冰不由得想起了那本读物，示弱就好："我是病人，我不舒服。"

  萧致不明白。

  谌冰："要看别人写题才能好。"

  萧致似乎一时不知道说什么，半响才磨着牙低声道："这次算你赢。"

  萧致用长腿把凳子钩到病床旁，开始写题。

  谌冰半侧身躺得舒舒服服，就看他一道一道解题。

  稍晚时睡意袭来，谌冰本来还想多看他写几道，眼皮一合倒是慢慢睡着了。

  萧致解完一道数列题，察觉身旁有人，抬起视线。

  谌冰的脸在灯光的映照下显得格外白皙，嘴唇轻抿，头发垂了几缕在眉心，鼻梁高挺。明明在睡觉，但还是一副安静沉思的样子。

  萧致将笔顿住，抬手把衣服往上拉了拉。

  拉完，萧致快速将题目重新看了一遍。认真写的话大概只能考七八十分，学业上荒废这么久，成绩不会辜负任何人。

  这段时间谌冰一直催他学习，萧致知道他对自己抱有期待。

  但很显然，自己不能让谌冰满意。

  萧致查看卷面，手指攥紧又松开，突然觉得很无力。

  萧致实在没心情再学了。他动作很快地把试卷折叠好放到旁边，索性趴在病床上，闭上眼睛。

  医院氛围不太适合睡觉，一直有人走来走去，床又很窄，白茫茫的灯光一直在眼皮外面晃啊晃的，过了会儿，萧致总算睡着了。

  谌冰醒过来时是凌晨四点多，医院彻底寂静下来。

  他揉着眉心，抬眼看见萧致坐着凳子趴在床尾睡觉，那个坐姿有些危险，感觉随时会跌下去摔一跤。

  谌冰碰碰他："萧致。"

  萧致直起腰时还闭着眼睛，因为困倦，声音低而嘶哑："嗯？"

  "你要不要在床上睡？"

萧致半睁着眼朝他这边望了一眼，趴下继续睡。

谌冰用手指杵着他，同时补充："你上来睡，我下去坐会儿。"

萧致睡觉时脾气还挺大的，被他碰得很不耐烦，别了下手："你别烦我。"

谌冰心想，哦，对你好还这么凶。

谌冰看了会儿手机，等到六点多萧致才彻底醒过来，细长的手指揉了揉眼睛。没他拦着，谌冰能下床了："我上个厕所。"

"公共卫生间在走廊尽头，"萧致昨天把这层楼都摸清楚了，指了指，"你要是嫌远，可以随便找间病房借卫生间一用。"

谌冰想了下还是去公共卫生间，挪动时，萧致在背后似笑非笑"啧"了声："不要我帮忙吧？"

谌冰看了萧致几秒，眉间隐忍："不用。"

萧致懒洋洋地说："行，我现在下楼给你买早饭。"

谌冰确实走路不太方便，到卫生间这一路大概花了四五分钟，洗了把脸，收拾完回到床位附近时，萧致已经拎着早餐等了他一会儿了。

医院附近有专门的早餐店，谌冰打开盖子见是猪蹄："还能买到这个？"

"嗯，你多吃点儿，"萧致坐他旁边，"病人的营养餐，以形补形。"

谌冰想起问："你吃了吗？"

"给你带了我再下去吃。"萧致指了下，"你手里这个保温碗我要还给店里。"

谌冰笑了："你又讨好阿姨了？"

萧致拿出手机看了看，听见这话不乐意了："说什么呢？"

等萧致下楼吃饭，谌冰把他的试卷拿过来看了看。

解答得还算认真，字也比先前工整了很多，有几题选项底下写了几笔但没标具体答案。前三道都是非常基础的数学题，他写的答案都是正确的。

谌冰看了会儿，等萧致再回来时，给他讲了后面难解的题。

后面几道大题难度比较大，巩固基础之后再讲可能更合适，谌冰讲完闲得无聊，想起昨晚他那个号。

谌冰钩了下他的衣服。萧致把卷子折好放旁边："有事？"

谌冰觉得不太方便说，抿唇道："那个号，你打算怎么办？"

萧致停动作后想了两秒，视线转向他："以后不会再更新了。"

那个号被谌冰发现了，已经不再是他感情的容身之处。

谌冰打算好好道个歉，萧致语气若无其事："我已经连夜开了另一个小号。"

湛冰一时哭笑不得："什么？"

萧致轻轻笑了声："看把你昨晚吓得。其实不能怪你，是我自己草率了。"

湛冰："嗯？"

"我现在那个小号，你想加都不行。"他说得非常认真。

湛冰不觉好笑："不让我知道啊？"心想为什么不让我知道，你又没有那么讨厌我。

安静了片刻，萧致似乎懒得解答这个问题，但湛冰很好奇，半响，他傲娇地道："因为连你也不能理解我，为什么要让你知道？"

湛冰笑了，他还没遇到过这么嘴硬的少年，也没想过能心平气和跟萧致聊这些事情。

湛冰看了他半响，酷哥即使被抓包了也很酷，一副"我的事是我的事，你的事是你的事"的模样，非常无所谓。虽然昨晚还说什么你当时为什么不替我说话，不来安慰安慰我，现在明显内心又重建得不错。

湛冰突然觉得，这样……真的好玩儿。

湛冰一般很少笑，但跟萧致在一起笑得频繁，这会儿一直看着萧致，眼底明亮。萧致抬了抬眉："不过，等你腿好了我还得收拾你。"

湛冰心想你可算了吧，不动声色地道："你要怎么收拾我？"

这会儿湛冰还搭着他的衣服，头发有点儿凌乱，说话也不凶，反而特别像小时候他俩吵架时的样子。萧致喉头滚了滚，道："你等着。"

"那我等着，"湛冰说，"你要不打我你就不姓萧。"

萧致气得脑门青筋一跳一跳的，说："湛冰，好好的，怎么养成这种不讲理脾气？"

湛冰冷冷看他："你有病吧。"

萧致挽了下袖子，坐床上开始推搡他。他俩打成一团，湛冰因为手疼腿疼，特别不方便，只能任由他打打闹闹。

十七八岁也是火气旺的时候，萧致松开手坐回床尾。他心烦意乱，指尖穿入头发抓了抓，松手，眼里充满红血丝，半响没说话。

湛冰对他的异样有些不解："怎么了？"

萧致舔了下唇，眼睛眯了眯："我发现揍你没以前那么轻松了。"

湛冰："……"

他看了萧致好几秒，萧致也垂着眼皮看他，半响，对方抬手往他肩膀上拍了拍。

"力气变大了嘛小朋友,只不过比我还差了点儿。"

谌冰忍不住笑了,边笑边爬起来要再跟他比画比画,脚踢上床的栏杆,疼得他面色狰狞,但拽萧致的动作没有任何犹豫。

"造反?"萧致二话没说,拉起被子往他头上蒙。

谌冰转向另一侧:"行了行了……"

"行什么了?"萧致撑着床铺探身靠近,空间被挤压到很近,才发现少年明显快急眼了。

谌冰把被子一卷:"怕了你了。"

谌冰从小时候起一闹别扭就随地找个东西把自己卷成一团,现在对萧致还是以前的脾气。萧致看了他半响,没辙,凑近把谌冰盖着脸的被子扒拉开,想说两句好听的话,但谌冰一直没理他。

萧致膝盖抵着床铺,去掀谌冰的被子,下一秒突然察觉谌冰猛然翻身而起,他还重心不稳,顿时被谌冰抓住肩膀摔在地上了。"哗啦"一声响,周围几个床铺的人都惊醒了。

萧致咬牙,脸色复杂,看了他几秒:"你有病吧!"

还以为谌冰这会儿因为打不过自己而不好意思,谁知道反被他阴了,简直无情。

总算扳回一局的谌冰开始反击。

萧致翻身推开他,似乎说不出话,半响才道:"你……"

谌冰:"我怎么了?"

萧致阴晴不定想了几秒,说:"算了,懒得跟小朋友废话。"

旁边护士端着托盘过来,跟谌冰招手:"现在重新换药。换完就可以回去了,不过过一个星期记得来医院拆线。"

谌冰包扎好伤口出来,在电梯门口看见文伟左手捧花右手拎水果篮、背后还跟着一个萧若。他表情异常沉重:"冰神,听说你不幸受伤住院,我现在过来看望你应该不算晚吧?"

谌冰笑了:"你再晚来可能就看不见我了。"

"这么严重?!"

谌冰:"因为我马上出院了。"

难得的两天假期就在医院附近奔波,谌冰出来时走路还不太方便,萧若就盯着他笑,走两步回头看看谌冰,然后继续笑。

萧致拍拍她脑门:"笑什么?"萧若立刻若无其事装得很乖。

回到萧致家里的时候才上午九点多,萧致刚让谌冰坐下,就准备出门了:"你自己玩吧,我出去买东西回来做。"

谌冰"啊"了一声，估计是午饭，没多说。他昨晚没睡好，脑子里昏昏沉沉的，躺上沙发想闭目养神，莫名其妙睡着了。

他是被一阵"咣当咣当"的声音吵醒的，那声音比较响，谌冰察觉身上被什么东西拂过，睁开眼皮，发现萧若正拿着小毯子轻手轻脚往他身上搭。

见他醒了，萧若也没废话："我哥让我给你盖上的。"说完就走了。

谌冰坐正才清楚这阵"咣当咣当"声音的来源——厨房里萧致拿着把刀正在剁猪蹄。

谌冰走到门边，萧致看了他一眼直接把门关上："危险，你别进来。"

砍个猪蹄跟在战场一样。

半晌门打开。萧致的粉色围裙上沾着骨头渣，厨台上除了猪蹄还有黄豆跟生姜、大蒜，以及几道别的菜。

谌冰站着，就看见萧致边看手机屏幕上的教程，边按部就班地动手把猪蹄汆水、翻炒，最后放到炖锅里。

他身材高挑，扎着粉围裙做饭，眼神有几分认真，场景倒是赏心悦目。

谌冰想起上次半夜他煮烟的菜，不太确定："你这东西能吃吗？"

萧致把刀剁在案板上："我也是第一次做，你能不能别说风凉话？"

谌冰："没说风凉话，我只是担心自己的安全。"

萧致："你再说话才该担心自己安全，信不信给你赶出去。"

谌冰无聊地站了十来分钟，看萧致总算忙活完了，开始做菜。他打游戏时非常灵巧的手，用于烹饪时显然一般般，但也在尽力而为了，似乎还做了谌冰最喜欢的水煮鱼。据说吃鱼头会变聪明，许蓉在谌冰小时候就给他做了好多鱼吃，他到现在也喜欢。

猪蹄需要炖很久，萧致先按菜谱腌鱼，随后用手抓了下："好腥！"

谌冰递过洗洁精："你用这个洗。"

萧致洗完觉得还是有味儿，看谌冰时眼神有点儿阴郁："等你伤好了，别指望我再给你做饭。"

谌冰得了便宜，心情不错，暂时忽略他的小情绪："好的，谢谢您。"

萧致示威性地朝他颈间比画了下，绕开他去沙发上躺着，随后拿出了手机。

"打游戏？"

"就玩两把，"萧致说，"等十一点了再做饭。"

谌冰见他登的是大号，进去五排，四个国标中间夹杂一个菜鸟，还全开麦了，似乎是有人在直播。

谌冰："你开语音吗？"

萧致手指在屏幕上敲了敲:"不开。"

即使是这种陪"老板"的局,萧致也根本不想和陌生人说一句废话。

进去后,国服Jungle(打野)、国服ADC(普攻持续输出)、国服Single(上单)、国服Support(辅助),加一个混子AP(法师),扬声器里叫得还挺凶的,不断在那儿嘻嘻哈哈。

萧致打野带节奏,对面游戏阵容也不赖,他游戏操作自然好得没话说,很快建立了优势。

厨房里传来汤滚的声音。

萧致控制英雄蹲在草里,然后丢下手机,起身去看锅。

他看的时间长,又要加黄豆,扬声器里开始有人问:"'打野'是不是挂机了?"

萧致听见,远远说:"你帮我玩一下。"

谌冰:"啊?"我?我帮你一下?

不怎么玩游戏的少年开始肩负重任。谌冰拿手机时觉得不太习惯,只打算让人物动一动而已,不过刚出草就被对面一下子拽到了人堆里。

扬声器里大声嘶吼。

"哇啊啊啊……萧哥要1打5了!拭目以待拭目以待!"

"这都敢进去打,不愧是他!比野怪还野的打野。"

好像被误会成冲入人群准备五杀的猛士,谌冰尝试移动,却被控制住完全动不了,下一秒,屏幕灰了。这游戏,有问题。

等萧致弄完炖锅出来,"惊喜"地发现,谌冰已经给他送了三个人头。

萧致看着屏幕眼皮跳了下,什么也没说,接过手机收拾残局。

谌冰舔了下唇,觉得有些尴尬,本来经济最高的萧致现在被他拉低到了倒数第二,开始走"猥琐发育"路线。

扬声器里问:"怎么回事儿啊?刚才失手那么多次,有问题啊。"

萧致打字:"弟弟玩的。"

扬声器里无情嘲笑:"什么弟弟啊,快别给他碰手机,小狗都打得比他好!"

萧致本来一直懒得说话,这会儿终于开语音了,心平气和地道:"你高考多少分?"

对面头一次听见萧致开麦说话,字正腔圆,低沉带有磁性,嗓音特别好听。

不过问的却是这种问题,对面怔了几秒:"也有五百多吧。"

萧致说:"他就是变成小狗,也能考得比你好。"

说完萧致就把小喇叭关了。本来这边处于逆风局,但他意识好,先发育经济,后期蹲守敌方英雄切 AP 和 ADC,渐渐又把游戏节奏带起来了,逆风翻盘赢了这一把。萧致卡在聊天频道,打了几个字。

萧 z:"不玩了。"

扬声器里有人道歉:"不好意思啊萧哥,刚才我不清楚把气氛弄这么尴尬,别介意,继续玩行吗?"

萧 z:"跟这个没关系。"

频道内顿时松了口气,纷纷说"那就好那就好",下一秒就看到弹出新消息。

萧 z:"我要去给他们做饭。"

扬声器一片死寂。在他们心目中手速称神、操作一流的国服打野,居然说出了给人做饭这种话?半晌才有人尴尬地道:"国服打野的手现在不打野,去做饭,很可以。"

萧致没理会闲聊,退出游戏去了厨房。

猪蹄还在锅里,现在煮鱼。他下菜还不太熟练,看着菜谱一步一步地做。

饭菜上桌,谌冰尝了一口说:"还可以。"

萧致垂眸看了他几秒,对这个夸奖不满意,冷声道:"换个词。"

谌冰:"好吃。"

萧致舒展了:"不枉我花这么多时间。"

他拉开凳子坐下,刚拿起筷子,谌冰又慢条斯理地道:"Delicious(美味)。"

"……"

"Tasty(美味)。"

"……"

"Flavorful(美味)。"

萧致动了动唇:"你有完没完?"

谌冰说英语腔调好听,尾音微长,但此刻丝毫不能降低其中的戏谑感。

不过也就这么一会儿,赶在萧致拍筷子前谌冰转移了话题。

萧致垂着眼皮打量他,舔着牙槽忍了几秒,低头继续吃饭。

天气很热,谌冰吃完饭出了一身的汗,他从前天晚上就没洗澡了,跟萧致说:"我要洗澡,换身衣服。"

萧致想起件事,问:"你昨天那包是不是在文伟手里?"

谌冰:"也许?昨晚我们先走,文伟应该把我包拎到他家去了。"

萧致本来懒洋洋躺着，现在不得已起身，准备出门。

萧若看他往玄关附近走，警觉地问："你去哪儿？"

萧致指了下谌冰："给他买东西。"

谌冰还没明白他要买什么，等他重新回到家门口，萧若好奇地凑上去："让我看看，让我看看！"

萧致"啧"了一声，抵着她脑门推开："没你的事儿。"

接着萧致进房间，朝谌冰勾了下手指："你过来。"

谌冰进去看见他拿出两盒内裤，丢到床上："你自己选。"

袋子里除了内裤还有防水胶带，方便保护伤口。谌冰坐床上贴了半天，却贴不好，萧致看他生涩的动作，嗓子眼里那句"废物"都快冲出口了。

萧致走近半蹲下身，拿胶布往谌冰缝针的伤口上缠，手法非常娴熟。

谌冰笑道："还真是缝针小霸王对业务熟练。"

萧致抬头看他两秒："缝针小霸王还提供开线服务，要不要感受一下？"

谌冰笑了："怕了你还不行吗？"

弄好之后，萧致去卫生间拿花洒调试水温，谌冰对他家不太了解，这些事都由他全权处理。哗啦啦的水声中，萧致微微弯腰，半身在水雾中若隐若现。

"要不要帮你洗头？"萧致转过来问。

谌冰右手不太能抬起来，估计这段时间写字都成问题，听他这话下意识想拒绝，但抬手尝试后点头："行吧。"

萧致搬来把凳子，让他坐下。谌冰坐了，右手还一直扶在旁边。他不清楚这个胶布的质量怎么样，伤口浸水就麻烦了。

水淋下来，萧致的指尖搓了搓他的头发。

谌冰头顶传来随性的声音："我挤洗发水了。"

"嗯。"

他的手法很不错，不仅清洗了头发，甚至还照顾到了谌冰的头皮，偶尔还用指节抵着摁一下。

谌冰静了几秒，说："其实你学习不好也没关系。"

"嗯？"萧致应声。

"以后去开发廊，应该也能挣钱。"

背后没了动静，萧致的手明显一停，随即弹了下他的脑门："我就给你和萧若洗过头，其他人我不伺候。"

谌冰好笑："是吗？还挺金贵。"

萧致抬了下眉，没再挠他颈后，拿起旁边的花洒拧开水闸："冲了啊，闭上眼。"

他洗头不敷衍，不像有些男生头发打湿就洗好了，冲完泡泡把莲蓬头搭回架子说："我先出去，还有别的需要我帮忙吗？"

谌冰冷冷看他一眼："那肯定不需要。"

萧致目光放在他包裹严密的腿上："真不需要？"

谌冰拿花洒冲他："赶紧走。"

萧致的身影消失，门也被关上了。谌冰艰难地脱了衣服，调试水温到了合适的温度，将一条腿踩在凳子上避免沾到水，困难地拿着莲蓬头往身上冲水。

等他洗完澡出来，萧致甩过来一条干燥的毛巾，帮他擦了下头发。谌冰潮湿地坐在沙发里，任由萧致边叼着棒棒糖边给自己吹干头发。

弄完一切，萧致开始拆他手上的防水胶布。

萧致刚碰上，谌冰就"嘶"了声："你能不能轻一点？"

伤口边缘泛出被水浸过的苍白色，萧致找药前撂下一句："你能不能不洗澡？"说完萧致起身走了，谌冰面无表情注视他，萧致从柜子顶部取出了医疗箱，低着头，头发懒洋洋地垂下几缕，往他这边走过来。

"一天事儿还挺多。"萧致简单评价了他一句，拎着药箱蹲下身，处理他的伤口。

照顾人不情不愿，还不如不让你照顾。谌冰虽然腹诽，但口头上没说，只是趁萧致十分小心地拆绷带时不配合地平抬着手，但立刻被萧致捞着手臂拽下来，萧致挺凶，言简意赅一个字："手。"

谌冰："……"

半响，萧致说："可以了。"

谌冰走神了两秒才应声，萧致坐回沙发："今天下午干什么呢？"

谌冰平时一般待在家看书写作业，随口道："学习？"

"要学你自己学，"萧致摆明了不乐意，到电视机前面摆弄手机，"看部恐怖片。"

谌冰怔了下："现在看恐怖片？"

"不然什么时候看，深夜看？"萧致找了电影，随后投屏到了电视。

萧若听见这话，顿时凑到萧致跟前："哥，啊啊啊……"她很激动，又要坐沙发中间，"我要看，还要你们保护我！"

谌冰还没回过神，萧致从茶几下翻出几盒薯片，说着还把窗帘拉好灯关了。

整间房内黑漆漆的，电视机开始放恐怖片。湛冰眯着眼，只好跟着看。

电影讲的是一只来自宇宙的丧尸王被封印在试管内，某天半夜，一个被生物科技公司老板欺凌的工作人员来到试管面前，为了报复老板，他放出了这只丧尸之王，并含恨地说希望丧尸毁灭世界。丧尸王好像听到了他的愿望，从试管内复活之后，朝着老板的办公室狂奔而去。

当然，其中还穿插着各种察觉到危险的同事的阻挠。

湛冰皱眉看了半个小时，丧尸王终于要踏入这无良老板的门了。

萧若一边害怕一边往萧致肩膀边缩，捂着脸从指缝偷窥。

气氛渲染得十分到位，在丧尸即将闯入办公室时，响起了"咚咚咚"的敲门声。

湛冰听了好几秒，萧致觉得不对劲儿："这是电影里在敲门还是外面有人敲门？"

真真假假分不清楚，萧若高声尖叫："是有人在敲我们的门！"

本来什么事没有，被这么一闹突然增添了几分恐惧。萧致起身："我去开门。"

萧致还以为是王月秋，但真打开门时，外面居然空无一人。

不知道是小孩恶作剧还是怎的，加上刚才看恐怖片的气氛，萧若快吓哭了，拼命往湛冰背后缩。

湛冰觉得奇怪，不过萧致没事人似的，直接出门了。

半晌，门外响起脏话："你敲了门又跑，神经病吧？"

文伟声音很茫然："萧哥，你咋这么生气？我这不是敲到一半见管坤来了下去接他吗。"门口走出三道高高瘦瘦的身影，文伟手里拎着一只烤鸭、三四瓶可乐、一包花生和几道卤菜，被萧致踹得往前一个趔趄。

文伟看到电视才弄清楚怎么回事儿："你们看恐怖片啊？"

萧若松了口气："对，你看，这是来自宇宙的丧尸王！"

文伟瞥了眼屏幕："丧尸为什么穿着僵尸的衣服？"

萧若瞬间不怕了。

"什么鬼服装。"文伟站电视旁边剥花生，边盯着屏幕。

当丧尸对着镜头龇牙咧嘴时，文伟拍遍大家的肩膀，指了指自己的脸："我是不是做这个表情更恐怖？"

萧若被这个莽夫吓蒙了——本来挨着他坐，现在迅速退到萧致旁边。

他俩来了以后，屋里气氛明显变热闹。

到了晚饭时间，文伟跟管坤进了厨房，他俩边聊游戏，边把菜和饭做好，厨房传来阵阵撩拨人心的香味。

这出乎谌冰意料，他杵了杵萧致胳膊："他们这么厉害？"

"厉害？"

谌冰斟酌用词："就贤惠能干？"

"你怎么不说有'男德'？"萧致抬了抬眉，"有没有听过一句话？"

"什么？"

"穷人的孩子早当家，"萧致目光示意厨房，"他们都是家里人管得少，很早就得自己照顾自己了。"

谌冰沉默。

"文伟在他爸妈离婚后跟了妈妈，妈妈又组成新家庭了，那边还养着孩子，后爸一般不给他钱。"所以他才高二就想着怎么倒腾货卖钱。

谌冰明白之后有点儿意外，这段时间他只觉得九中很破、很烂，学生底子不好，真没想过其中还有这么多的故事。

萧致莫名笑了："最开始还是我向他们学习。我刚来这儿时什么都处理不好，萧若的学费也拿不出来，又不能一直问王姨要钱……"

他话里顿了顿，声音低了几分："现在总算能过下去了。"

谌冰一时不知道该说什么，本来安慰的话在喉间，突然又咽了回去。

他之前一直以为萧致只是搬家了，后来才知道他被逼到这种程度。

半晌，谌冰抬手拍了下他肩膀。

但萧致很快躲开了，他带着少年的骄傲："没事儿，不需要，别矫情。"

谌冰不觉莞尔，萧致就是最棒的。

这次在萧致家的晚饭吃得很尽兴。谌冰什么都不会，想帮帮忙却直接被推回去，文伟说："冰神，你怎么能干这种粗活，让我来！"

大家围着餐桌坐下。桌上全是菜，可乐连开了几瓶，他们边喝边聊天。高中生聊什么呢，聊游戏，文伟似乎又想到了他以前喜欢的那个不知名的女孩子，心情低落。

而管坤倒是一直看向萧致："萧哥，一会儿给你看个视频啊，游戏英雄上官婉儿有十几种放大招的方式！但我光看学不会。不如你先学一学，然后再来教我？"

谌冰端着茶杯，在他们举杯时凑近碰了一下，喝了快两杯。

萧致偏头跟管坤说话："手速再快一点儿，反应慢干什么都不行，像这样……"他刚准备给他示范一下，突然感觉袖口被拽住了。

回头，谌冰正目不转睛地看着他，灯光给眉眼晕了一片温暖的光影。

"我困了。"谌冰说。

萧致丢下管坤起身，伸手扶着谌冰胳下："我先带他去卧室。"

谌冰走路不太方便,好不容易磨蹭到萧致的房间,刚躺上床突然开口。

"很痛。"

萧致以为他腿上的伤口碰到了,低头:"你哪儿痛?"

"我头很痛,"谌冰形容了一下,"像被很多针扎着。"

萧致观察谌冰的脸,耳颈一带都是红红的。

"你喝可乐都能晕啊?"

谌冰面色若无其事,安静了几秒又说:"不会再动手术了。"

答案风马牛不相及。

萧致看他半秒:"你困傻了吧?"

谌冰躺回床上,萧致给他盖好了被子准备出去时,谌冰却问:"你去哪儿?"

"我出去吃饭。"

"能不能别过去?"

其实谌冰小时候也很黏他,把他当成最亲的哥哥,不管做什么都得待在他身旁。萧致挨着床坐下,没辙:"行,我就在这里坐着,不过去。"

他心里盘算着等谌冰睡了再出去。

这么等了几分钟,萧致察觉到他呼吸安稳,刚直起腰还没起身,谌冰立刻冷冷地道:"你不是不走吗?"

"你多大了?"萧致只能说,"还这么胆小。"

"胆小"这样的羞耻字眼让谌冰安静了半晌,没招儿对付他了,说:"那你帮我拿瓶水。"

"行,喝了你就睡觉。"

萧致到外面冰箱里拿了瓶矿泉水拧开,递给他。

谌冰看了看,却转移话题:"上次我就想说,你床有点硬。"

他故意找碴儿,萧致忍了几秒:"你是不是挑刺?"

谌冰:"你凶什么凶?"

萧致舔了下唇,阴郁地盯着他,谌冰现在要说出格也没有特别出格,但行为就是有一点点糊涂。

安静了片刻,谌冰拖着腔,又感慨地道:"有一说一,真的硌背。"

萧致认输了,他打算看看谌冰是不是压到了充电器。

他身下没看见充电器,倒是有个盒子。萧致抽出来丢到床尾,谌冰躺下,接着响起他的声音:"我抓到你了。"

萧致偏头,见谌冰将手搭在他肩头上,眼睑合拢。

困倦的谌冰顿了两秒,接着说:"派大星。"

萧致:"……"

萧致拿出手机,打开摄像头对准谌冰,垂着眼皮淡淡地道:"你继续。"不等他回答,又说,"希望明天早上你别后悔。"

谌冰抬手挡了一下镜头。

但萧致完全没有停止的意思,谌冰撑起身想抢他手机。

萧致舔了下唇,重新拍拍谌冰的被子:"我给你点首歌——《闹够了没有》。"谌冰没忍住:"那你还真是非主流。"

萧致收了手机起身:"不跟你扯淡,我真要出去了。"

谌冰盯着天花板一言不发,旁边萧致推开门出去。

谌冰困得感觉脑子很不清醒,轻飘飘的,没什么劲儿。夜深人静,他好不容易进入深度睡眠,不知道为什么突然感觉肩膀被用力推了一把。

谌冰先前没理,又被推了一下,直接骂:"萧致,你是不是有病?"

但他睁开眼,发现面前站着道黑漆漆的身影。

该身影体形壮硕,背光看不清脸,直勾勾盯着他:"你会做广播体操吗?"

谌冰辨认两秒才认出是管坤,心想你有病吧,揉着眉心心情复杂地看手机。还以为是十一二点,结果发现都凌晨三点了!

谌冰觉得莫名其妙,压着声音说:"你有事吗?"

管坤平时话比较少,属于班上沉默的壮男,现在说话时半睁眼睛,下眼白非常明显,颠三倒四地道:"我给你做广播体操行不行?"

谌冰意识到不对劲。

管坤尖叫了一声"呔",窸窸窣窣地挥动起四肢,不协调的动作不像是做广播体操,场面非常诡异。

谌冰开始喊:"萧致!"没人应。

谌冰趿着拖鞋开门往客厅跑,管坤在背后用手臂狠狠钩了一下,似乎还想把他拽回来。谌冰好不容易挪着病腿跑到客厅。萧致躺在沙发上,腰间搭了件校服睡得正沉,旁边文伟还抱着他胳膊。

谌冰推他:"你先起来一下。"

谌冰回头,背后管坤跟僵尸似的循着声音往这边跑,嘴里还稀里糊涂念些不成腔调的曲子。好诡异。

饶是谌冰再冷静都忍不了了,见萧致不醒,用力拽了下,接着响起萧致的吸气声。萧致睁开眼皮,带着突然被叫醒的怒气,被奔至跟前的管坤搂住了肩膀:"好兄弟,要不要跟我学广播体操?"

萧致看了他两秒后骂了句,起身直接把牛高马大的管坤摁倒在沙发上。

文伟也醒了,"扑哧"一声狂笑:"哈哈哈,小坤子又犯病了!梦游,这次表演的什么节目?还广播体操,赶紧给他推到沙发上继续睡。"

湛冰本来还挺害怕,现在突然不知道该说什么了。

文伟解释:"管坤一直有梦游的毛病,反正就半夜到处乱跑,现在老师都让他自己住一个寝室。没事儿,他不伤人,就是症状比较严重。估计是小时候挨他爸打挨多了。"

"挨打能导致梦游?"湛冰闻所未闻。

文伟:"或许?"

萧致转向湛冰道:"吓坏了?"

湛冰眸底微寒,一声不吭看了他四五秒,抬手拉着他往卧室走。

等进了门,湛冰把他推到床上,说:"你就在这儿睡。"

萧致继续问:"你怕了?"

湛冰上床后自觉躺在里侧,萧致看了他半晌最后还是挨着床坐下了。

今晚这觉湛冰没睡踏实,半夜总梦到被人撞胳膊,那人顶着管坤的长相,身体却是一坨面,不住地问:"兄弟,要不要我教你练广播体操?"

特别惊悚。湛冰在梦里跑来跑去,直到碰到了萧致,确定身边还有个人才放心地睡过去。

第二天早上起床时,湛冰感觉这一晚的睡眠质量差到极点。管坤听文伟说了昨晚的事,脸色更差:"冰神,对不起,对不起,我从小就有这个毛病,绝对不是故意吓你。"

"没事。"湛冰不知道该说什么。

湛冰确实记不清楚昨晚的事儿了,浮浮沉沉像做梦。那边管坤心情简直差到谷底:"幸好在你们家啊,不然我半夜像个僵尸一样蹦出去,不是直接把人吓死吗?"

文伟安慰他:"说不定你下楼梯时已经摔死了,放心,吓不到别人。"

管坤:"……"并没有感到安慰,谢谢。

他们吵吵闹闹,萧致朝餐桌示意:"先吃饭。"

在学校差不多每天早上喝粥、吃馒头,但单独在家里就是吃螺蛳粉都没人管。文伟往粥里加了些稀奇古怪的东西,什么咸鸭蛋蛋黄、瘦肉、青菜叶,煮出那锅东西闻着却还可以。

萧若也起床了,满头蓬乱,坐到餐桌边。

一群少年没大人管的好处就是吃到一半可以去打游戏,打完了回来继续吃。他们凑在一起聊游戏,湛冰当然也关心他该关心的:"这周布置的作业是什么?"

文伟刚进入游戏，闻言"咝"了声："这周，怎么说呢，没有作业……"

管坤附和："对，没有，老师说我们学习一个月太辛苦，这两天最好在家好好休息。"

谌冰心想，你们天天上课摸鱼也能叫辛苦？

他看向文伟，文伟感受到了他目光里的威慑，识趣改口："陶美女发了三张试卷，语文有一张，数学两页题，化学背方程式周一默写。"

"那你们写完了吗？"谌冰问。

文伟没有回答这个问题，而是抬起了屁股："那什么，我妈突然叫我回家吃饭。"

管坤也秒懂了："我也该回家了，离家一天，我妈妈可能想死我了。"

谌冰还没说话，转眼间这两人已开门猛冲出去，宛如被狗撵了。

谌冰转向萧致。萧致拿着筷子，低眉丧眼。

谌冰："你知道我要说什么？"

"你倒是先等我吃完饭。"

谌冰："你吃。"他语气完全无所谓，"反正我今天待在你家也不走了。"

这句话的意思相当于，反正你也逃不出我的手掌心。

萧致看了他半秒，没说话。

谌冰先去准备，把包里带的书翻出来平平整整地放在书桌上。

萧致吃完饭过来，转着笔写了四五道题，随后拿起了手机。

谌冰坐在旁边整理知识框架，想着开始给萧致补课，从基础做起，一时也没怎么注意到他。

萧致手机里收了很多条消息。

伟子："萧哥，我现在蹲在楼梯间打游戏，需要我使用计划拯救你于水火之中吗？"

萧z："你有什么计划？说来听听。"

伟子："不如咱们跟冰神说管坤被车撞了，你送他去医院，然后我们趁机去网吧？"

小坤："你怎么不说你自己捡到了铠甲召唤器，要去拯救世界，需要萧哥帮你照顾家人呢？！"

伟子："你激动什么？这只是计划、计划……"

小坤："计划也不行啊？"

两个蠢材。

萧致指尖按着手机，谌冰抬起眼皮漠然看他一眼，浅色眸子的光让人觉得不寒而栗。

"别玩手机。"

萧致讲道理："我这个人逆反心理很重，你越让我干什么，我越反感。"

谌冰一脸"少废话"的表情："题写完了，有工夫找事儿了？"

"没有。"

"没有就继续写。"谌冰没有一句废话。

萧致看了他好几秒，舔了下唇，说："你再这样……"

萧致确认萧若还在客厅里看动画片，继续刚才的话："我就不和你做朋友了。"他嗓音偏低，这句话说得自然轻松，又有种漫不经心的懒散。

谌冰总感觉这话不对劲，但他一时想不到怎么反驳。

萧致看着他明显被噎住，轻飘飘一笔带过："算了，还是和你做朋友吧，毕竟你除了对我蛮不讲理其实是个'社恐'。"他继续转笔。

谌冰哭笑不得。半晌，他指着萧致的语文试卷说："你写作文要有你口头一半出色就好了。"

萧致："……"过分，这也能劝学。

萧致面无表情地说："告诉你个秘密，两秒前，文伟突然被车撞了。"

谌冰："？"

萧致："我现在要送他去医院，作业等下午回来写。"

说完萧致去卧室换了身衣服，米白色的衬衫外套，显得干干净净，气质出众。他二话不说开门出去了。

话题转变得太突然，谌冰没回过神儿，手机上文伟发来新消息。

伟子："冰神，萧哥没有骗你，这一切都是真的，我现在痛苦万分！"

谌冰盯着手机，抿了下唇。

萧若撇了撇嘴，似乎习以为常："估计他们在'蓝调'吧。"

谌冰问："医院的名字？"

萧若目光仿佛看待天真小朋友："不是，是网吧的名字。"

谌冰看着试卷骂了句"有病"。

楼底下墙根边蹲着两个拿着手机忙碌的少年，十七八岁。

萧致走近挥了下手："走了。"

管坤："打游戏？"

萧致应声："行。"

文伟还蹲着没动，手指飞快地在屏幕上飞舞："稍等，我先弄一张医院的背景图发给冰神，否则会被他揭穿。你们都懂冰神的逻辑性有多强。"

管坤瞟了眼："那你还跟他比逻辑？"

文伟:"那我至少尽力而为。"

管坤就差没踹他:"尽力而为之前,你先把这张太平间的照片换一换。"

萧致拆了根棒棒糖含在嘴里,往网吧走。

管坤等文伟不耐烦骂了好几次,又开始骂谌冰:"这么说吧,虽然冰神那学习成绩和长相我很佩服他,但像他这种逮着学渣一心劝学的行为——我不理解。"

这群少年都自由散漫惯了。管坤跟谌冰根本没有共同语言,还是看萧致和谌冰走得近,他偶尔才说几句。打心底来说,他根本就没把谌冰当成过自己的一路人。

管坤声音含着怨气:"他老想着让学渣学好,但他没考虑过,萧哥,你本来……"他没继续说了。

文伟没听懂他话里的深意,觉得管坤背后说人家不好:"兄弟何必怨气这么大,请不要恶意揣测冰神,他只是个不食人间烟火的学神,可能说话很难听,但绝对是好人。"

"你不懂,我恶意揣测什么了?"管坤甩开他,"你知不知道萧哥他身上背着什么?"

萧致回头看他。

管坤对文伟做了个封口的动作:"你是'大嘴巴',这事儿我不告诉你。"

文伟莫名其妙:"咋还孤立我呢?是不是兄弟?"

"这件事……"管坤似乎想到了什么,还没说,前方萧致回头看他。

"够了啊。"

"行行行,够了够了。"

越往前走,附近的街区越破旧,萧致长长的身影拖到地砖上,似乎有着重重心事。他俩不说,文伟识趣地回到刚才的话题:"也许有些人就是有救赎瘾?心地善良,看不得别人过得不好。"

管坤开始和他吵:"冰神什么都好,我没说他不好啊,但我就是看不惯这种逼着人学习的行为。"

"身在福中不知福,要有人这么逼我,我分分钟考到九中年级前十。"

"也许萧哥就不想学呢?"

萧致把棒棒糖丢进垃圾桶里后回头,他烦得很:"能不能别吵了?"

"不吵了。打游戏要紧。"

男生转移注意力非常快,刚才还互相找碴,现在开了游戏立刻变成在游戏中同生共死的好兄弟。

萧致抓着鼠标手指偶尔动一下,从刚才听见他俩吵架起似乎心情就不好，手速频频变慢。

文伟看他冲入对方五人阵营送死后没忍住道："你是不是在怕谌冰生气？"萧致抬手在他脑门敲了一记，手速立刻恢复如常。

眼前是破破烂烂的黑网吧。

谌冰进去后立刻被网吧内浓重的泡面味呛了一口。

萧若牵着他衣角，显得很兴奋："我好久没见过我哥挨揍了！"

谌冰四下找寻，看到角落三个身影。

萧致戴着耳机，目光放在电脑屏幕上，衬衫扣子松了几颗，微微露出锁骨。他姿态特别闲适，长腿搁在桌椅底下。

谌冰走近时他们都没注意到，文伟还推了推萧致的胳膊："萧哥，打男刀怎么出装备？"

"出泉水的装备选择短匕，之后把这件装备合成幕刃……"萧致语气漫不经心。

刚说完，他察觉到桌面上的阴影。他回头，站他背后的谌冰抬了下眉，眼如冰霜："打叛逆少年怎么出装备？"

文伟听见谌冰的声音，直接吓得跌下桌椅，后知后觉捂住自己的手臂假装伤残人士。

谌冰十分平静地问："你被什么车撞了？"

文伟冷汗直流："自行车，自行车也是车。"

"撞哪儿了？"

"撞到……"文伟才发现自己捂错了地方，但此时不得已自圆其说，"撞到手腕，医生说打游戏可以增强骨骼50%的抵抗力。"

谌冰冷声道："你怎么不说增加50%的攻击力？"

场面过于尴尬了，文伟一向是最懂事的，明白只有自曝才能保护他萧哥："冰神，这事儿不怪萧哥，是我非要骗他出来打游戏，你要怪就怪我吧，他是无辜的！"

萧致好整以暇坐在椅子里，没多大的反应。

文伟这副窝囊相引爆了管坤的怒气，他直接摔鼠标而起："冰神，该说不说，能不能别影响我们打游戏！"

他刚吼完，就被文伟一把按下去："你怎么敢的……"

配角退场，这下场面成了谌冰和萧致的单独对峙。

谌冰刚才声音低，但文伟跟管坤成功吸引了周围的目光，萧致推开椅子起身，拉着谌冰往外走："出去说。"

谌冰没大吵大闹，跟着他往外走。都是读过书的人，知道要脸。

到一道旋转楼梯后，铁梯挡住了大部分视线，谌冰刚准备抬腿就被萧致抬手挡住了。

"先别打，你现在能动手？"萧致话里带着几分不正经。

"你。"谌冰动手也不是，不动手也不是，感觉自己特别像电视剧里捉叛逆学生的老师，单手拿着一只笤帚那种。

"我就出来玩儿一会儿，再去超市。中午还给你做饭呢。"萧致转移话题。

这样好说话、好商量谌冰反而气不起来了，心情复杂。总不能真像电视剧里那种，拿笤帚狠狠抽他一顿吧，对萧致这种叛逆少年来说并不管用，反而会激起他的逆反心理。思来想去，谌冰只能跟他讲道理。

谌冰冷静后，轻言细语："你真的不喜欢学习吗？"

似乎没料到谌冰的温和，萧致垂眸思索后给出答案："或许？"

很直白的回答，看来他好像没意识到错误。

在这种情况下，谌冰只能用书里说的那些最致命的招数。

谌冰安静了片刻，等让萧致感觉他沉默的时间有点长时，说："你知道，我学习还可以。"

"你学习很好。"萧致略微挑眉。

"我还想着我们一起好好学习，以后去同一所大学，工作了也可以离得更近，当一辈子的朋友，"谌冰声音逐渐低下去，似乎不知道该怎么细说，"但你现在不努力，我觉得……"

他停顿后，声音有些凉意："你是不是从来没在意过我这个朋友？"

他说完，周围有些安静。萧致估计有十几秒没说话。他不说话给了谌冰充足的反省时间，谌冰心里凉了半截，突然觉得自己说的话很过分。

任何时候我们只能要求自己，不能要求别人。擅自对人抱有期待、强迫别人变得强大，看似出发点是好的，但其实是一厢情愿。因为，你可能根本不知道对方经历了些什么。

但话已经说出口，收不回来了。

萧致喉头滚了滚，似乎在隐忍，但随即显得若无其事。

他眼底明明情绪浓烈，但在转向别的方向后消失得一干二净，话说得仓促："我先送你回学校。"

谌冰："回什么学校？"

萧致声音很轻："我送你回学校。"

接着，格外用力地说："我暂时不想看见你。"

很少有人能理解少年生气的原因是什么，他们自尊又好强，隐忍又沉默。谌冰能听懂他话里的意思，他现在非常不爽，如果不是自己的话引发的这一切，他可能直接一拳就砸过去了。

而且谌冰后知后觉似乎萧致曾尝试过向他敞开心扉，但现在那扇心门又合拢了。谌冰走了两步，转过头道："我看不懂你。"

萧致本来懒得说话，微抬着眉，此刻火药味很足地回道："不需要你懂。"

谌冰完全没发觉他突然的怒气，怔了怔："你为什么这么对我？"

"我对你？我怎么对你？"

谌冰说："我只是说了两句话，你就突然不想见我……"

他还没控诉完，萧致突然爆发了，眼神极其阴郁："我从一开始就不想见你！你不明白我们本来就不在同一条路上吗？你就应该像你妈妈那时候在别墅门口说的那样，离我越远越好！"

谌冰心凉了半截，愣愣地看着他。

萧致似乎有无穷无尽的怒火，从一开始他就没说过，到现在才枪子儿似的吐出来。一字一句，极其扎心。

"我跟你待着一点都不快乐！你只会强迫我干我不喜欢的，你不觉得自己多管闲事，非常惹人讨厌？我为什么要按你的愿望走？你是不是当我傻？你利用我……"他喉头好像卡住了，剩下的话他突然不愿意说了，抓着谌冰的肩膀，嗓音冰冷颤抖。

"你那些把戏，别以为我不懂。"你利用我的友情，故意耍我。

谌冰直直看着他，脑子里空荡荡的，不知道该说什么。

旁边萧若很久没见过萧致生气了，吓得呆站在原地。文伟跟管坤过来看见这一幕，也吓坏了，上来劝架。

谌冰总算反应过来怎么回事了，抬手揪住萧致的衣襟将他猛地抵到墙上，抬腿就踹！谌冰边踹边揍他，气得骂道："萧致，你浑蛋！"

随后，谌冰感到一阵疼痛，视线开始摇晃，萧致砸了他一拳。

谌冰用指腹蹭了蹭唇角，全是血，脑子总算冷静下来。

他喘息着："我不想管你了。"

不想管你了，随便你什么样子，再也不想管你了。

谌冰沿着街往回走，脑子里一跳一跳地疼，等走了很远他感觉眼睛有些潮湿，但很快被风吹干。

而他背后，萧致盯着他的背影走了好远，才被萧若的哭声吸引回注意力，轻轻拍了拍她脑袋。萧若哭得满脸都是泪水："哥，你去给他道歉……

你去啊……你再不去他就走了……"

连萧若都能看出来，谌冰是为哥哥好。她也能看出来，哥哥是真的很需要他这个朋友。她不知道，为什么事情突然变成这样。

萧致深呼吸了几秒，手指剧烈颤抖。他张了张嘴，却没发出声音。

文伟马上懂得了他的心思，说："萧哥，你放心，我马上过去跟着冰神，带他回学校。"

萧致重新动了动唇，额头全是冷汗，还是没声响。

文伟又立刻懂了："萧哥，不用谢，我们都是好兄弟。"

说完，他挥了挥手："我一定会帮你照顾好他。"

诊所内，文伟给谌冰递了根棉签："伤口严重吗？"

其实也就有一点水肿、脱皮、流血，谌冰摇头说："没事儿。"

夜深了，空气中有点儿寒气，文伟跟医生过去拿药，谌冰坐在微凉的椅子上，眼睛又有些发湿。

"外用的每天涂抹在伤口附近，饮食注意点儿，差不多就这样。"

"好，谢谢医生。"文伟拿好药往回走。

谌冰偏头看诊所外的街景，他颈侧到下颌的线条很分明，眼神微冷，但此时却有些失神。

"冰神？"

谌冰好像没听到。

文伟看他一副失意小青年的样子，安慰说："萧哥一直很关照你啊。"

谌冰冷淡的目光转向他。

"他一直对你特别好，但为什么能打起来？我感觉是萧哥急了。"

谌冰不解。

文伟不太清楚来龙去脉，刚才听管坤在群里紧急"补课"，说的话全凭猜测："萧哥平时连陆为民的话都不听，你让他学他就学，还不是为了照顾你的感受？"

谌冰一时不知道该说什么。

"但你却说，他是不是从来没在意过你这个朋友，他怎么想？"文伟作为知心大哥，完全代入了自己的思绪，语气有些感慨。

"他会觉得，你根本不知道他有多重视你这个朋友。"他这么说显得萧致也很委屈一样。

谌冰点了点头。

"对嘛！"文伟接着说，"萧哥要是这么对我，我给他当一辈子小弟！"

文伟一顿插科打诨，谌冰却好像明白萧致的爆发点在什么地方了。

初三他搬家的时候说"我想一直和你在一块儿"，把谌冰设想在未来里，可谌冰不管不顾说出那句话，确实很冒犯——冒犯了他的自尊心。

伤口泛起刺痛感，心口也酸酸的，谌冰用指腹蹭了下唇："这下怎么办？"

"你俩打架不怪你们任何人，完全是信息差的问题。"文伟分析了一秒，"到时候说开就行了。"

听起来不太难的样子。

谌冰注意力停留在"信息差"三个字上："这你也懂？"

文伟笑了："冰神，不是吹，我爸的名字叫文豪。"

谌冰："……"

文伟补充："骗你是小狗。"

和他聊了这么久，谌冰心情总算好些了。

临走时文伟说："至于萧哥的厌学情绪来自哪儿，你可以去问问管坤，他比我了解。"

"好。"谌冰站在路口，身形有些萧瑟，随后转身回了寝室。

他和管坤不太熟悉，想着还是等晚自习去问萧致好了，不过傍晚七点到教室，等了半晌，身旁一直是空的。

陆为民过来了："萧致没来教室？"

谌冰应了声。

"这个人啊。"陆为民拿手机给他打电话。

谌冰拽了下校服的衣摆，静静听他说话。

"哎！他居然敢拒接？是不是把我拉到黑名单去了？"陆为民拿起手机又放下，满脸不爽的表情。教室里哄笑。

谌冰攥紧了笔，下颌收在校服里，碰到了冰凉的拉链。

文伟回头看见他发白的脸色，连忙开口："萧哥不来学校肯定不是你的原因！"他脑子里转了半天，"也许单纯就是下午带妹妹出去玩儿了。"

谌冰却不这么觉得，他心里郁闷透了。

谌冰抿着下唇思索这一会儿，走廊传来男生打球的动静。管坤就在当中，他将球扔向墙壁，球又弹回来，"啪"的一声重重打在手掌心。

谌冰想了想后起身跟上去。

"哎，你小心，别撞到别人。"同学出言提醒，管坤往后退时停了下脚步，回头看见谌冰站在一两步外。

谌冰依然是话很少的冷淡模样："我想问问萧致的事情。"

管坤抱着篮球满头大汗，思维迟钝："啊？问萧哥，萧哥怎么了？"

他听得懂，就是装糊涂，男生给兄弟打马虎眼时也是很卖力的。

湛冰抿唇："我就想问问，他为什么不肯学？"

管坤摇头，丢下篮球笑了声。

"什么为什么？冰神，你跟他是发小啊，这你还不清楚？"

湛冰："我不太清楚。"

管坤神色倒是很悠闲，似乎在考虑要不要说出口。

湛冰说："我想知道他还有什么事情瞒着我。"

"那你过来吧。"管坤往楼道的阴影处走。

等周围没人了，他回头看湛冰。

"其实吧，"管坤话里遮遮掩掩，"你真的没必要催萧哥学习，不管他学得好、学得不好，下半辈子也就那样了。"

"什么意思？"

管坤又摇头，明显不肯再说更多的话。

湛冰忍住把他脑袋打开看看里面装了什么东西的想法："你不说我自己去问。"转头打算走，却又被叫住了。

"冰神。"管坤吊儿郎当的，他是典型的九中人，个子高但其貌不扬，格子衬衫和牛仔裤的颜色看不清楚，声音也显得很无赖，"建议你不要再劝萧哥了。"

湛冰没说话。他自己坚持做的事情，不会被几盆凉水浇灭。

但此时此刻，湛冰相信他这么说或许有理由。

管坤把手里的篮球砸在地上："你只能徒增他的痛苦而已。他达不到你的要求，满足不了你的期待，还要被你说'是不是从来没在意过你这个朋友'。"

清风从耳侧拂过，管坤说："你可能理解不了他朝不保夕的未来。"

湛冰没太听懂，揣在兜里的手攥紧，头发被风吹得微微飘了起来。

但他没再继续说话，与管坤各自回了教室。

陆为民从教室后门进来，开始上课。他的声音抑扬顿挫，却入不了湛冰的耳朵。他没懂管坤这句话的意思，猜想自己和萧致的距离是因为萧致搬家、转学，家里的公司破产。到现在又多了什么？

怎么会朝不保夕？他明明是意气风发的男生，为什么这样？

湛冰想不明白。

湛冰走了半节课的神，随后收回思绪，继续写之前一直在整理的笔记。

没关系。他等萧致亲口告诉他答案。

周五天气转凉,谌冰去办公室请假:"陆老师,我要去医院拆线。"

陆为民甩了下笔芯:"可以,你知道萧致家在哪儿吗?"

谌冰怔了下。

"你要是从医院回来有空,去他家看看能不能找到人,问问他为什么不肯来学校。"

谌冰应了声:"好。"

他到教室拿上校服,心里有了底气,陆为民说的正是他这段时间想做的。现在可以名正言顺去找他。

萧致家房门紧锁,萧若在上学,萧致应该不在家。

旁边一户邻居抱着花盆出来,见谌冰在门口等候,问:"你找萧致啊?"

谌冰应声:"嗯。"

"他要是没在家,你可以去楼下十字路口拐角的'王家超市'去看看,那是他阿姨家的店,有时候他在店里帮忙守着。"

谌冰反应过来那是王月秋的超市,说了声:"谢谢。"随后往楼下走。

超市门口停着辆面包车,司机点了根烟,欣赏宝贝似的拍着车的前灯。萧致高挑的身影就站在旁边,他低头摩挲方向盘,嘴里叼了根棒棒糖。

司机跟他闲聊:"你会不会开?"

萧致的回答很含糊:"可以学。"

"哈哈哈,可以学,行,那等你学好了,大金街到小安街两条道的生意我全部包给你干!"听起来非常仗义。

萧致笑了声:"那还真是大生意。"

不过司机可能不知道这落魄少爷当年是什么家境。

闲聊完,萧致关上车门往超市走,抬起眼,看到了站在路口的谌冰。

秋天的天气有点儿冷了,他还穿着校服,他手里拎了一袋医院开的药,远远地看着萧致。

萧致装作没看见。

谌冰跟了上来,他一时冲动进了超市,却不知道怎么跟萧致开口,将冰箱门打开又合上两次。

他回头看,萧致站在收银台边熟练地将一排纸钞取出,整理了下又放进去。他手指长,好像有一种天赋,数钱时非常灵巧。谌冰就看着他数钱。

萧致数完了记账,把抽屉关上时,回头瞥了他一眼。

谌冰张了下嘴,本想用巧妙的方式开启对话,但说出来的话却干巴巴的:"你为什么不去学校?"声音有些滞涩,在学校里他除了跟萧致说话就很少开口,比较沉默。

萧致百无聊赖:"你管这么宽?"

又是针锋相对,顿时让谌冰觉得脑子里蒙了下,涌出深深的无力感。

他站在原地一时语塞,思考萧致为什么不愿意回学校,为什么他的努力适得其反……他也不知道自己错在哪儿,只想让萧致好好学习,但换来的只有对峙和争吵。

谌冰也会觉得很累。他低着头,不想说话,眼前逐渐开始模糊。

萧致说完想去拿东西,注意到谌冰抬手蹭了下侧脸,两道潮湿的水痕贴在手背上,他的动作顿时停下来了。

谌冰低头,肩膀很小幅度地颤了一下,他没说话,只有气息微微加重的声音。

萧致意识到什么:"你干什么?"

谌冰没有回答,似乎被他的话吓到,往旁边躲了一步。

谌冰经历过癌症晚期,觉得人间冷暖他都尝过了,可重新活一次还是活不明白。他被萧致抓着肩膀,一时不知道说什么,但是又觉得很难受:"我身体不好……"

说出来萧致也理解不了。谌冰没打算让这件事被萧致知道,他只想自己承受未知的未来。谌冰感觉自己想把一切都放在改变这个人的命运上,却只能和他争吵,简直难过死了。

"你不要气我了,也不要一直和我作对,我只是想让你好。"

谌冰脾气很硬,性格淡漠,此时却难得服了一次软,眼尾微红,声音微微颤抖。

萧致不知道该说什么,垂头静静地看着他。

他不知道谌冰的潜台词——我说不定什么时候会再离开你。

我想把每天过好,每天带着你变好。为什么会适得其反?

谌冰像幼年时期还不能控制情绪的小孩儿,难过时只能大哭,他眼睫濡湿,虽然神色很平静,下颌却沾着泪滴。

"怎么了啊?"萧致说。

谌冰也没想到自己会哭,他听见这句话往前走了两步,拿纸巾擦了下脸。背后还是萧致的声音:"这么委屈啊?"

谌冰转身时已经恢复如常:"不是委屈。"

虽然小时候打打闹闹互相气得哭出鼻涕泡的情况很常见,但其实长大后,两个人都很少哭了。

萧致抓着他手腕把他拉扯回来，朝自己脸指了下，示意："来，打我。"

湛冰："？"

"我叫你打我，打回来。"

湛冰站了两秒没动，被他拽着胳膊也没动，就在萧致不耐烦准备再劝时，湛冰抬手一拳重重砸在他脸上。

萧致的唇角顿时破了皮，他往后退，偏头抿了一下唇角的伤口。

疼，破皮了，血从裂口流出来。尽管很疼，萧致还是笑着点头："这就对了，我以前跟你说，任何人让你觉得委屈了你就打回去，对我也要这样。"

湛冰指骨生疼，他喘着气。

萧致："我们冰冰力气还挺大，给我打疼了。"

湛冰心跳由急促变为平缓，萧致用指腹蹭去了血迹，没事人一样坐回沙发："力气大，不会被欺负。"

不等湛冰说话，萧致拍了拍他的肩："还难受吗？"

湛冰擦了下眼睛，觉得掉眼泪丢脸已经晚了，所以干脆装作什么都没发生过。头发覆盖住了他颈侧白净的皮肤，但略微露出耳尖，刚才还泛红的鼻尖已经恢复成了平日的冷白色。

萧致似笑非笑地拽他的衣服，但下一秒湛冰小幅度挪开了。

"哎，小冰冰。"他喊。

"你别碰我。"

萧致笑着："你多大了？"

"跟年龄没关系。"

"对啊，是跟年龄没关系，七老八十也有掉眼泪的权利。"萧致说完觉得好笑，低声问，"刚才怎么突然就哭了？"

"不是突然，"湛冰平静地道，"我忍你很久了。"

萧致："能不能不要我说一句你回击一句？"

"我说话什么样你不清楚？"

萧致顿了几秒，目光似乎无处安放，他重新看向湛冰的脸。

"前几天打你疼不疼？"

湛冰瞟过去，眸子里有几分冷淡："你可以打自己一拳试试。"

萧致磨了磨牙，似乎又觉得很烦躁，抬头看了会儿别的地方。

"我给你道歉。"

湛冰说："没必要，是我先动的手。"

"一码归一码，我也打你了。"萧致漆黑的眸子还望着他，愧疚地说，"对不起。"

他这句话说得很顺畅,似乎早在心里演练过无数次。

湛冰犯倔,望着别的地方没理他,等磨到萧致的自尊心开始隐隐作祟,才刚听见似的略一点头:"哦,那下次注意点。"

这倒和预想不一样,萧致笑着说:"我以为你会顺坡下驴也跟我道个歉。"湛冰心情还不好呢:"想得美,你不知道我挨那一下多痛。"他说完,抿了下唇,却不再生气。

萧致打量着他,觉得他还是以前那个金贵的小少爷,想顶嘴的本能莫名其妙被压下去:"哥看看,伤口好了没?"

经过了这两天,湛冰的伤口好得差不多了,已经结痂,只有一点淡淡的痕迹。"没毁容,"萧致看得很仔细,"还是白白净净的小冰冰。"

和小时候一模一样的话。说哥哥看看,看完后又哄他,没受伤哦,还是白白净净的小冰冰。

确实很幼稚,湛冰那时候被家里养得娇,大人小孩哄他都这么哄。

湛冰脸有些热,试图恢复难以保持的"高冷"。但他眼睫还有些潮湿,唇又紧紧地抿着……这样的"反差萌",看得萧致这当哥的心又上来了。

萧致想揉揉他头发,被湛冰直接躲开:"有话说话。"

湛冰拽了下校服,想想也道歉说:"对不起,当时不该说那种话。"

萧致起身,他嗤笑了声:"我还没说你呢,从哪儿学来的把戏。"

湛冰用力反驳:"要你管。"不知道他多用心呢。

萧致侧目瞟他一眼,跟着坐下,唇角的笑意很淡:"我们冰冰长大了,知道心理战术了。"

湛冰没忍住抬手,又摁着他往椅子上压。这次的扭打就比较像玩闹,萧致倒是一直没较真,等到停下时,湛冰认真问:"你不喜欢学习?"

萧致笑了下:"我就知道你会直奔主题。"

不过他刚说出这句话,湛冰就又有些难受了。

两人还没说出个所以然,有人进来买东西。

"我一会儿跟你说。"湛冰放开他。

萧致起身站到收银台后。

对方戴着大金项链,挺着啤酒肚,头发剃到耳根的位置,脸皮和脖颈的肥肉层层堆叠。门外还站了两三个人,进来就问:"你们超市有酒吗?"

不像买东西,倒像找碴儿的。

萧致淡淡地道:"有。"

他长得扎眼,打扮也潮。对方盯着他不礼貌地长久打量,最后说:"拿两瓶最贵的。"

萧致用计算器计算着:"两瓶648。"

对方嗤地笑了声:"可以,让你家这破店再批发一万箱,卖出去你就把钱还清了。"

萧致拿塑料袋的动作停下,面无表情看着这群人,似乎在无声地对峙。

"老赖的儿子。"对方说,"张老板托我问,你爸爸坐牢了,你什么时候能把钱还清?"

萧致眼底染着阴影,声音压得低:"别找我,跟我没关系。"

"跟你没关系?!你爸进去了,你妈跟你爸离婚之前就把债务撇得干干净净。现在张总手里亏着几百万,谁来补这个空子?"

不知道的还以为这个张总是社会不良分子,但他其实是投行的文明人,当初跟萧致他爸合伙后亏损,这些年一直锲而不舍地追债,找地痞流氓,就为消磨对方的意志,他不好过,他也不让别人好过。

萧致声音很冷,似乎压着火:"跟我没关系。"

"跟你没关系跟谁有关系?你要怪就怪杨晚舟那个女人,狠心把你生下来!"这句话说完世界安静了。

萧致还在收银台内,长指把抽屉"砰"地砸进去,踩着柜台往上一翻,借着落地的重力对着对方的脸踹下去,对方直接倒在地上。

门外那几个抽烟的混混儿都进来了,不知道从怀里掏出什么,萧致侧身躲过一记闷棍,一脚把那人踹到了台阶下。

场面混乱,谌冰拿出手机:"我报警了。"

对方哈哈大笑:"正好啊!赶紧让警察来抓你个欠钱不还的……"

谌冰不断拍照,冷冷地道:"看清楚你们自己带的管制刀具。"

这下对面才犹豫起来,想了想后觉得不着急。他们知道就算现在把萧致连皮带骨拆开都卖不出六百万,要做的不完全是拿到钱,只是让这人记住他负债者的身份,哪怕用一辈子来偿还都可以。

催债的人匆匆走了。

遍地狼藉,萧致刚才被锐物划伤了脸,没事人似的走进来,从抽屉里翻找医药品。

谌冰明白了:"你还背着你爸的债?"

"谁背他的债。"萧致若无其事。

谌冰想起了萧家一夜破产的来龙去脉。

老萧和杨晚舟共同经营着一家公司,一个负责开拓市场,一个负责内部研发。本来是夫妻和美美双赢的事,不过后来,老萧小富即安,图个儿女温饱,杨晚舟反而更有野心,企图融资上市,操纵资本……

后来公司运营出了危机，杨晚舟商量离婚让老萧去借贷，同时将资产划到她名下降低失败后血本无归的风险。但谁知道后来还钱时杨晚舟却钻空子，让老萧背上债务无法偿还，最后锒铛入狱，而她卷走了所有的钱。

萧致父亲入狱后，债主就逼着萧致还债。而杨晚舟为了减少累赘，直接把他和萧若赶了出去，每月仅仅支付最低的抚养金了事。

付到18岁，杨晚舟就不管了，让他去还他爸的债，想从她手里夺走一个子儿，绝对不行——非常精明又冷漠的商人。

谌冰总算明白他一直不肯说的缘由了。

谌冰只知道萧家破产，萧致和萧若跟了爸爸后没人照顾，没想到居然还欠着这么大一笔债。这个数字对谌冰来说似乎不是大到离谱，但联想到杨晚舟每个月只给萧致800块钱，这笔债简直成了天文数字。

谌冰突然不知道该怎么安慰萧致。

萧致低头查看抽屉，皱着眉，似乎在爆发的边缘："她做的孽别想让我还，别想把我一辈子搭进去……"

从高一起，萧致就要时不时应付这些催债的地痞流氓的言语羞辱。

他觉得十几岁的自己明明一无所有，为什么偏偏还背着这样一笔巨债？

萧致往脸上贴创可贴，伤口沁出血迹，他说话的声音微微发抖："凭什么！我和萧若住在这种地方，什么都没有，怎么还要还钱！他们就想害死我。"

萧致紧盯收银台："不管以后干什么这些债务都会在我身上，学不学又怎么样，成绩好坏又怎么样……我们家欠这么多钱。"

他声音带着绝望："但这明明跟我什么关系都没有！我恨她，我恨她心好狠……"

寂静的气氛里，谌冰说："这不能怪你。"

"都不怪我，但我还是跟萧若来了这儿，她以前学画画，现在也不学了，被同学欺负嘲笑。我不知道……"萧致声音越来越低，"什么都不怪我，但我却在承受她造的孽，我那么恨她……"

谌冰拉住了他的手臂，他手臂上的肌肉紧紧绷着，一直没有缓和的趋势。萧致说："我真的不知道未来该怎么办……"

不管做出何等努力，感觉最后都没有用。

这不是少年应该背负的命运，他本该有一片通途。

谌冰紧紧攥着手，直攥到手指微微刺痛，问："欠了多少钱？"

萧致摇头。

谌冰却说:"你可以还清。"

不管怎么样,一定要相信未来。未来是最好的,什么都有可能。

谌冰说:"你还可以过你想要的生活。"

萧致从一开始就不觉得谌冰——从不缺钱的小少年,能够理解这笔钱代表的意思。他笑了下,若无其事地说:"没事儿。这群人还没闹到我家里来。"

他顿了顿接着说:"我还能继续过下去。"或许也仅仅是过下去。

谌冰慢慢往前走了一步,从旁边伸手,轻轻拍了拍他的肩膀。

萧致腰脊依然挺直,带着这个年龄的自尊和傲气:"你干什么?"

谌冰:"我就安慰安慰你。"

萧致话里很若无其事:"我没事。"

十七八岁的骄傲少年,没什么能让他露出软弱的一面。

谌冰说:"我有事。"

萧致偏头,垂眸看着他。

谌冰顿了两秒,说:"所以,因为这个,你不愿意再学了?"

超市里没别的客人,非常安静。

"钱的事情最好解决,我可以帮你想办法。"谌冰说。

"你不懂,"萧致转头,"我就是恨她,这本就是她造成的,我不想还一分钱。"以前有多爱,现在就有多恨。萧致的手指紧紧抓着收银台,似乎想到了什么,他沉浸在那种痛苦里,皱着眉,说话有些混乱。

人最容易被自我围困。

谌冰抓住他肩膀的手用力收紧,直到那种痛意让意识变得清醒。

"我不知道你心里在恨什么,但我知道,遇到这种破事好好往前走总能看见未来,但不走,一辈子就陷在里面了。"

萧致盯着他,似乎想说什么,但全都藏在沉默之中。

谌冰松开手,说:"不是还有我吗?"

萧致咬紧的下颌微微放松,盯着他,还是没说话。或许他不知道该说什么。

谌冰说:"不管你干什么,我都跟你一起。"

谌冰拍了拍他肩膀,坐回椅子里,但想了想,还是开口:"不要担心只有你一个人。"我一定会待在你身边。

萧致情绪逐渐平静,绷紧的手指开始松懈。

良久的沉默中,萧致从货架上拿出一条水果糖,坐下剥了一颗,递给谌冰。

谌冰烦这种东西:"不吃。"

萧致静静地放到自己嘴里,甜味蔓延,说:"还挺甜的。"

谌冰又改口了:"那给我来一颗。"

糖色红润,放到掌心非常漂亮。谌冰把糖放到嘴里,就这么坐着也没说话。

萧致问:"甜不甜?"

谌冰应了声:"甜。"

萧致唇角扯了下,莫名笑了:"你真棒。"

谌冰回敬:"你也不错。"

少年的心事其实很简单,或许只有寥寥数句,却包含着力量。

六点是萧若初中放学的时间,萧致看表后说:"等她回来了一起吃饭。"

谌冰应了声:"嗯。"他拿手机看了下消息,陆为民倒是一直没催促他回学校,反而还问他身体恢复情况怎么样。

谌冰简单回了几句,关闭手机,转眼快到七点了。

王月秋逛完超市回来,看见他俩还站着:"吃晚饭没有?"

萧致:"等萧若。"

王月秋看表:"这都七点了,她还没回家?平时不是六点钟就放学了吗?"

萧致早就有些着急了,听见这句话怕她担心反而安慰地道:"没事儿,我跟谌冰正好去那条街吃饭,看看萧若是不是在路上玩儿。"

王月秋满脸担心:"那行,这孩子平时乖得很,每天放学了就到我这里坐着等你回家,今天怎么回事儿啊?"

萧致没再回应,他沿路往学校走。谌冰感觉他走得很快,似乎在焦虑中,安慰说:"也许跟同学在玩儿吧。"

萧致重新看了看他,摇头:"不可能,萧若刚上初中没几个朋友,她放学了只会回家。"

谌冰怔了下:"不会被同学欺负了吧?"

"说不准。"

萧致左右看了一眼,似乎没有头绪,再想到下午那几个地痞流氓,低头咬了下唇。

谌冰只能安慰:"说不定被老师留下来写作业,不急,我们先找。"

学校放学已过去了快一个小时,校门口没有任何初中生的影子,连保安都坐在椅子里打盹儿。

萧致过去问了下,他醒来说:"放学了,学生早放学了。现在学校里都清空了,你们看看她是不是回家了,或者在路上。"

萧致没有头绪,拿手机给萧若打电话。她手机一般放在家里,回家了的话一定会给她发消息。

打不通,没人接。萧致骂了句:"坏了!"他开始慌了,谌冰不知道怎么安慰他,说:"那我们现在找找吧,沿街找,你往那边我往这边。"

萧致掉头就跑。谌冰认完了路后也开始找,挨家挨户,在每一条巷子、每一条街,角角落落不间断地寻找。他回来时满头大汗,跟萧致在学校门口会合,萧致疾跑的身影停下,呼吸急促,汗水把衣衫后背都打湿了,说话时声音微微发抖。

"没找到。""我也没找到。"谌冰气喘吁吁地扶着膝盖,"别着急,我们再想想还有什么地方,找不到就报警。"

现在都晚上八点多了,天黑了一半,那保安拿着锁到铁门处准备锁门,萧致突然想到什么,大吼了一声:"别锁!"

说完他撑着横杆直接翻过去,那保安还想骂人,被随后赶来的谌冰按住了肩膀:"他妹妹不见了。"

保安惊讶地道:"啊?"

谌冰跟着翻了进去。

学校内路灯熄灭,周围黑黢黢的,看不清楚,萧致说:"她跟班上那女生不和,不知道有没有被关在教室,不让回家。"

"有可能。"

等他俩一层一层找完整栋楼,却什么都没发现。萧致头发被汗水打湿,几乎只能听见胸腔里心脏的狂跳声。他在操场上狂奔,连一个缝隙都不放过,几乎想把整座学校掀开了找。

谌冰看他急得这样,想劝也劝不了,当寻找到靠近操场旁的卫生间时,突然听到一阵细细的哭泣声。很轻很轻,跟猫儿似的,但绵长又幽怨。

谌冰喊了声:"萧致!"

萧致跑过来,谌冰说:"你听一下,厕所是不是有人。"

萧致听了两秒,随即迈开长腿往女厕所走去,片刻,揪着萧若的手腕把她拎了出来。

萧若不像被欺负过的样子,但是仰着脸使劲哭,眼睛肿成了两个包子。

萧致牵着她走,她到楼梯看见谌冰时,突然停下脚步奋力挣扎。

"不,我不走,我……"

萧致找了她两三个小时,还以为她被欺负了,但现在她就好端端蹲在厕所里哭。萧致刚才的恐慌全部转化成了怒气,吼道:"你到底在干什么!"

萧若被他吼得一蒙。萧致："你知不知道我找了你好久，为什么不好好回家，待在厕所里干什么！"

萧若重新流眼泪，拽着他袖口，泣不成声说："裤子，裤子脏了……"

还以为她是和谌冰闹别扭，谁知道是这个原因。萧致打开手机电筒往她屁股上一照，神色突然僵了下。

那大面积的红褐色极其显眼。萧致本来满肚子火，现在冷静下来了。

萧若用手遮了下裤子，被羞耻心折磨，浑身都在颤抖。

萧致犹犹豫豫："你……你来例假了？"

萧若撇着嘴，本来止住的眼泪又开始往下掉。

她第一次经历这种事情，完全不知道该怎么办，害怕被嘲笑，甚至不敢走出厕所，也不敢向任何人求助。眼看天色越来越晚，萧若知道学校要关门了，自己被困在这里可能要待一整夜，但只能无助地哭泣。

萧致顿了下，压低声："我带你回去。"

他脱下外套系在萧若腰间："背你吧。"萧若不是小孩子了。

萧若慢吞吞爬上他的背，还在哭，似乎喘不过气，意识到萧致的顾虑后说："哥，我是不是要长大了啊？"

萧致莫名："什么？"

"我不想长大。"萧若望着天空，哭着说，"长大我就要离开你了。"

生理书上说，来例假是女孩子成长的标志。萧若从小聪明，却在被杨晚舟丢掉后开始对萧致装疯卖傻，显得心智不成熟、很幼稚的样子。因为她知道只有这样，暴躁不耐烦的哥哥才会一直保护她、注意她、宠着她。

而萧若今天来例假，马上想到的是自己要长大了，要变成独立能干的大人了，萧致以后可能就不那么关心她了。

萧若想到自己的未来，趴在萧致肩膀上，哭得伤心欲绝。

萧致不知道该说些什么，听着她的哭声一路往家里走。

小姑娘瘦瘦的，手腕子握上去都觉得硌人，看上去小小的，但已经开始长大。本来应该有一位女性——她妈妈，来教她怎么应对成长中的烦恼，但萧若却没有什么人帮忙。

对她第一个反应是担心长大会和自己分开这件事，萧致心里五味杂陈。

萧致到杂货店里买了两包卫生巾，递给萧若让她拿好。

七点多开始找萧若，现在接近九点了，刚才的精力耗费导致他们现在饥肠辘辘。他们行走在夜晚微冷的风里，萧若抽抽噎噎，一直在哭。

天上没有星星，她望了半天，突然说："我想妈妈了。"

小孩子总是这样，在孤独无助时，第一个想到曾经最亲密的人。

听到这个称谓，萧致紧抿着唇，没有说话。

萧若脑袋埋在他颈间，小声哭着："为什么妈妈不管我们呢？"

萧致舔了下唇："你能不能别提她？我听着烦。"

萧若却突然爆发了似的，张开嘴大声喊："我想妈妈了！我想妈妈了！我想妈妈了！"她边喊，边不住地往下掉眼泪。

"我想妈妈！我要妈妈！"

萧致嘴唇轻轻动了下，完全不知道怎么应付她突然的不懂事，停下了脚步。周围车流如织，灯火繁华，他却突然不知道该往哪个方向走下去。

萧若握紧了双拳，不住地质问："为什么爸爸妈妈都不管我们了？我想妈妈……"她才这么小，怎么能理解妈妈为了钱将儿女扫地出门的现实呢？

只有萧致明白，他默默承受，随后冷着声说："你不要去想那个狠心的女人，她不会再管我们。"

说完，他就听到萧若难以接受地号啕大哭，而他还维持着脸上的冷漠。

灯光微微照亮了他的脸，他唇紧抿着，似乎很倔强，但是眼眶却莫名其妙变红了几分。杨晚舟以前还算一个不错的妈妈。

要接受她心里没有骨血之情的现实，过程真的令人痛苦。

萧若趴回他肩头，不住掉眼泪。到楼梯下狭窄的通道时，萧若似乎终于哭够了，扒拉着萧致的头发，轻轻地说："哥哥，你不要再打架了，万一以后被人家打死了怎么办？就只剩我一个人了；你也不要打游戏了，万一以后熬夜猝死，世界上也就只剩我一个人了；你也要注意安全，万一出车祸呢……"

萧致刚想打断她无聊的废话，接着听到了下一句。

"我想永远跟哥哥在一起。"萧若才这么小，说这句话时却特别坚定，不知道她这个年龄的孩子心里到底想些什么。

萧致站在原地，没再继续往前走。

他细长的影子垂落到地面，一直拉伸到很远的墙头上。不知道为什么，他突然抬手擦了一下眼睛。

他和萧若都不大，为什么就没有人肯帮他们一把，站在他的身旁，让他们像普通人一样开开心心地长大呢？连进入青春期，都带着这么多的痛楚和悲伤。萧致放下背上的萧若，抬手摸摸她的头发，动作很轻，让人能感觉到他微微战栗的痛苦、怜爱和无能为力。

湛冰一直在旁边看着，好像总算明白了什么。

他慢慢走近蹲下，轻轻搭住了他的肩膀。

没有多余的话，湛冰说："萧致，我来陪你长大了。"

第五章

甜汽水

幽暗的巷子里，有人走过。蹲在地上的身影慢慢站了起来，高而摇摇晃晃，逆着光，眉眼蒙着一层阴影。

萧致低声重复："你来陪我了。"谌冰轻轻点了下头："上楼。"

进门后，萧若跑回自己房间，过了一会儿之后抱着衣服裤子去了卫生间。客厅灯刚开，亮得让人有点儿不适应，萧致累得坐在沙发上半晌没说话。他喉头轻轻动了动，头发还是湿的。

谌冰也累坏了，还饿。但他们经过了刚才的惊慌失措，就想这么待着什么都不干。片刻，谌冰耳边响起萧致的声音："我刚才还在想，萧若要是被我弄丢了怎么办。"

意识到气氛即将变味儿，谌冰用力在他手腕掐了掐。

"我现在很累，没力气安慰你。"

萧致跟着笑了："就聊几句。"

"那也不行，你'中二'得有点儿严重，我快应付不来了。"

"行吧。"萧致咬着下唇轻轻笑了声，明显因为这通打岔，那些阴郁的情绪瞬间消散了。

坐了两三分钟，萧致拿手机点外卖："弄点吃的，点几个菜。"

谌冰来了精神："我要吃米饭。"

"行，饭，再点几个菜。"萧致问，"饮料也来一瓶？"

跑得太热，谌冰现在口干舌燥："冰可乐。"

"好的哦，给冰冰点冰可乐。"萧致说话像逗小孩。

谌冰转头看他："你能不能正常点儿？"

萧致笑着往自己房间走："你先去洗澡，等会儿外卖就来了。"

谌冰很自然地打开衣柜拿他衣服，心想白T恤比较好看，不过突然怔了一下——没想到自己在他家现在这么随意了。

也就想了一秒，谌冰去了卫生间。被热水冲着，伤口也拆了线，前些天没能好好洗澡的不适全在今天一扫而空。谌冰洗完出来，头发潮湿，T恤口露出的锁骨、耳颈很白，冷白的皮肤被热水冲洗后泛着瓷色的莹润感。

"外卖到了吗？"

萧致瞟他一眼："快了。"

谌冰坐下把头发差不多擦干，耳边响起"啪嗒啪嗒"的声音。

萧若几次跑去看阳台的洗衣机，小心翼翼的，生怕被他俩注意似的。

萧致："衣服洗好了？"

萧若立刻有些害羞："还没有洗干净。"

衣服没洗干净，不知道她为什么一直要盯着。

谌冰顿了几秒，拿手机给萧致发消息。

CB："你明天找王姨说一下萧若生理期这事，她应该比你懂。"

谌冰发完杵萧致的手臂。萧致看着手机，应声："行。"

男生对这事讳莫如深，隐隐知道但又不太了解，说起来觉得挺尴尬。

点的外卖到了，萧致到门口拿了，放在桌上后招呼萧若："吃饭了。"

两肉、两素菜还有一汤，干锅虾做得色香味俱全，刚揭开盖子，香味儿直往外蹿。

这一顿饭谌冰吃得很开心，中途萧致问："还回学校吗？"

谌冰看表，快十点了。谌冰离校时向陆为民请过假，但想想他又打了个电话过去说傍晚寻找萧若的事，且为了保护小姑娘，隐去了细节和原因。

陆为民在电话另一头惊着了："人找回来了吧？没事儿，你在萧致家住一晚上也行，我给宿管阿姨打电话。只不过，你明天必须把他带回学校。"

谌冰转头问萧致的意思。萧致听着他俩说话，似笑非笑，应了声："好。"

电话挂断后，谌冰接着吃饭，萧致挑了下眉，笑了笑。

吃饭时的气氛很融洽，谌冰到底没继续问上学的事破坏氛围。

而萧若一直眼巴巴攥紧筷子扒碗里的饭，还处于迷茫状态。小孩子都这样，大哭了一次要缓半天才能好。

她吃得味同嚼蜡，似乎想跟萧致说什么，半晌道："这几个菜好辣哦。"

萧致："嗯？"

"书上说，这几天不能吃过于辛辣的食物。"

萧致顿了一秒："不好意思。"

萧若继续扒饭，扒着扒着，后知后觉对自己说起这个话题感到害羞，偷偷瞟了谌冰几眼。萧致还好，毕竟当爹又当妈的，不是很忌讳。但谌冰是外人大哥哥，萧若再小也有性别观念了，觉得在他面前说很丢脸。

谌冰被她看了这几眼，不知道内情，求助地将目光投向萧致。

萧致垂眸观察小姑娘。萧若扒饭扒得很慢，不自在地继续注意谌冰。

萧致叫她："你干什么呢？"

萧若："啊？"

"虽然你现在是个大女孩了。"萧致顿了一下，慢声补充，"但不许喜欢他，他也是你哥哥。"

萧若："……"

谌冰烦得没地方说理，在桌子底下抬手用力拽他，本来想提醒他别废话，结果莫名其妙又互相较劲起来。

萧致秒懂他发火的原因，试图解释："你懂不懂什么叫开放的家庭教育？"

开不开放不知道，但这架今日必开打。

两人开始在桌子底下不动声色地较劲，谌冰本想往自己这边拽，没想到萧致放松力道没再继续拉扯，乍一松开，谌冰拍到了自己的胳膊。

这么拍下去，胳膊上骤然出现了一道深红的印痕。

谌冰偏头，眸子直直盯着萧致。萧致觉得这跟自己的主观意图完全无关，怔了一秒，说："我不是故意的啊。"

谌冰气得埋头吃饭不跟他说话，但胳膊上被打红的地方还挺疼，实在忍不住，放下筷子踢了萧致一脚，萧致眼疾手快端起碗，堪称完美地躲过了这一下。

萧若半闭着眼睛，对他俩的打打闹闹看都看腻了。

吃完饭，她丢下筷子："我去睡觉了。"

萧致分心看看她："你去睡。"

萧若到房间门口时想到了什么，回头看着他俩："你们不要继续打架了。"

萧致："你说什么呢？"

萧若心情还不好呢，不理他，关门进去了。

客厅重新归于安静。萧致重新夹菜，一会儿又把筷子放下，了然似的："原来女孩子在这段时间真的会脾气变差。"

谌冰心想难道不是因为你乱说话吗?

萧致抬手拍了拍他肩膀,踢开椅子起身:"走了,睡觉。"

现在睡觉其实时间还早。按照平时上学的生物钟,一般还得在寝室学习、洗漱、聊天,拖拖拉拉到十一点以后才开始睡觉。幸好谌冰寝室没有特别喜欢聊天的,不像其他寝室,半夜还被宿管阿姨揪出来骂。

现在正好是放学时间,班级小群逐渐躁动。

九中天才战神:"要不要来一局惊险刺激的游戏?"

九中天才战神:"今天冰神不在寝室,我可以尽情厮杀到天明,再也不用担心影响他睡觉了,嘿嘿。"

群里有别的人开始问。

一只小猪崽:"冰神为什么不在寝室?"

九中天才战神:"去医院拆线,估计拆完回家了吧。"

他们还不知道谌冰去了萧致家。

谌冰手里没事儿,到床上躺下准备早睡。萧致却被拉到游戏内五排了,虽然戴了耳机,偶尔也能听到他低声说几句话。他声音很低,跟以前打游戏的"中二"小号判若两人,明显不想打扰谌冰,连手指动作都放轻了。

谌冰不得不承认,跟萧致待在一起是他最轻松的时候。

秋天的夜微冷,谌冰逐渐感到了凉意,但半睡半醒又懒得动手盖被角。模模糊糊睡也睡不踏实,察觉到床铺轻微地晃动,萧致似乎打完了游戏,轻轻帮他盖上了被子。

当谌冰准备睁眼时,听到萧致轻轻地叹息:"睡得跟猪一样。"

谌冰下意识想翻身起床瞪着他,但身侧的被子又被掖了掖。

莫名地,这场景让他想起小时候。那时候他还小,特别黏萧致哥哥,晚上睡觉不睡自己屋,总想着去找萧致一起睡,霸道地挤着他,萧致满脸无奈,只好时不时给他掖一掖印着小云朵和大象的棉被,偶尔还得动用蹩脚的语言组织能力讲一个睡前小故事。

谌冰心里的感觉很奇怪,好像回到了小时候。

第二天早晨。

谌冰起床时萧致还在睡觉,他侧躺,头发被揉乱了几缕,眉眼倒是一如既往地好看。现在才六点,谌冰喊了他一声:"萧致?"

萧致还睡着,听见了,但没有任何回应的动静。

谌冰下床,开门,看见阳台上有一道瘦瘦小小的身影。

萧若取下挂在阳台晾的校服,似乎在看干没干。清晨六点爬起来收衣服，明显有秘密。

湛冰想退回房间，她却看了过来。接着，萧若试图把校服晾回去。但她比较矮小，校服重，似乎晾得有些吃力，校服又滑到了手臂上。

湛冰："校服没干？"

"嗯，"萧若应声，"前天中午洗了一套，晚上又洗了一套，都没干。"

湛冰垂下视线："今天周六，还要穿校服上课？"

萧若盯着脚尖没回答。其实她是怕裤子没洗干净，想取下来看看。但大白天被发现又觉得有些害羞，所以清早偷偷起床出来看。

湛冰没理解小姑娘的心思，但也没多问，帮忙晾好就回了客厅。萧致总算也醒了，去卫生间冲了个澡出来，开始换校服。

他把校服拉链拉到锁骨的位置，回头看了下萧若："吃了早饭去一趟王姨的店里，她有事跟你说。"

萧若没精打采："哦。"

萧致觉得好笑："你怎么了，刚起床就不开心？"

萧若憋了几秒才说："我不想，我不想，我不想长大。"

"可以，歌神。"萧致拍拍她脑袋，有些敷衍，"记得听王姨的话。我跟你小冰哥哥上学去了。"

萧若又瘪了下嘴："既然不关心我又为什么要问？"有毛病。

七点十分上自习，现在六点半。湛冰到楼底下问："你的电瓶车呢？"

"前两天帮王姨捎东西，路上坏了，走路吧。"

湛冰："走路要多久？"

萧致："最多二十分钟。"

秋天清晨的空气中蒙着层白茫茫的雾气，萧致到楼下的早餐店买了粥和小笼包，跟湛冰用了不到十分钟吃完，往学校走过去。

这个时间路上除了环卫工人，就只有学生了。

湛冰在一中时天天有司机接送，到九中后又住寝室，很少这么大清早去学校。

萧致走着走着，加快了速度，等隔了两三米湛冰喊他："你干什么？"

"要不要比一比谁走路快？"

"你是不是小朋友？"湛冰拎着手里的包假装往他身上砸，萧致躲了下，后退着往前跑。

一路追逐着朝学校跑。玩了大概五六分钟，萧致厌倦后转身抬手搭上他胳膊。

"不比了，就这么走吧。"

到离学校最近的十字路口时，班上同学逐渐多了，会集着往学校的方向走。他们到校门口的包子店旁看到了傅航。他提着全组人的早餐，站姿像只被重担压垮的大猩猩，看见萧致直接说了句："萧哥，好几天不见，你又帅了！"

"谢了，兄弟。"萧致伸出细长的手指往他额头上一点，"萧哥赐你帅气。"

谌冰冷眼旁观这个"中二"少年。关键是傅航愣了一秒，随即特别配合地疯狂点头："感受到了！感受到了！谢谢萧哥！我的肌肤在重焕新生！"

傅航注意到谌冰在旁边时很惊讶："冰神，你不回家了吗？怎么又跟萧哥走在一起？"

最近班上流言四起，谌冰一时不想说出自己在他家住的事实。

不过萧致瞟了眼，散漫地道："是回家，只不过回的是我家。"

傅航顿时就"啧"了一声："我太天真了，我早该知道你俩走在一起，大概率又在一起鬼混。"

瞎扯。

不过他扯得萧致似乎心情不错，唇角上挑着，再次点了点他额头。

"你会变得更帅。我说的。"

校门口人群行色匆匆，谌冰走路比较慢，跟萧致隔着两三步的距离，快要被人群挤散了。萧致三番两次回头找他，大概是找烦了，一把拽住他的校服，跟拉幼儿园小朋友似的，从人堆里一下子把他拉到身旁。

早自习前五分钟，教室里一群人本来在吃饭、聊天、玩游戏，看见萧致，文伟率先起哄："哎呀这不是……哎呀这个帅哥看着好面熟啊！哎呀这不是我们萧哥吗？！"

一阵戏剧性的寒暄后，文伟上前搂着他肩膀给了一个大大的拥抱："好几天没看见你这张帅脸，我心中甚是思念啊！"

管坤嗤了声："你思念才怪！怕不是看最近往教室内张望的女生少了。"

文伟回头就是一脚："就你长嘴了，笨蛋。"

大家笑笑闹闹，特别开心。九中这种学校的情况，如果某天某同学突然不来上学其实不意外，很可能进厂工作或者跟亲戚做生意了，所以大家特别珍惜同学之间的感情。

文伟开始发表感慨："我就说萧哥厌学，估计唯一能劝他回来的也就是冰神了。"管坤脸色意味不明，转过身去。

"你俩又好了？"文伟注意力重回他俩身上，"冰神，你怎么劝的啊？"

湛冰想说话，萧致磕着手里的圆珠笔，偏头笑了一下："就陪小朋友玩耍呗。""咦——"周围啧啧有声。

　　湛冰忍无可忍："你是不是找死？"说完他，若无其事拿出早自习课本。

　　陆为民不知何时端着小茶杯从背后过来，扬扬得意地看萧致："回来了？"

　　萧致："嗯。"

　　陆为民笑意马上消失："可以，现在全班同学都齐了，我说个事，下周五，期中考试。"

　　教室里一片死寂。同学们神色冷漠，像是在说"我不太想认识你"。

　　陆为民根本不在意这微不足道的反抗："我知道你们不喜欢考试，但没办法啊！你们谁厉害以后去当校长来管我呗！这次期中啊你们好好准备，高二是高中学段的关键期，高二不努力，这个高中你就完了。"

　　文伟举了下手："老师，你高一也这么说的。"

　　陆为民隔空踹他一脚："不如班主任给你当？"

　　文伟顿时服软："老师你来，你来……"

　　陆为民咳嗽了声继续说："总而言之呢，这次期中考试，低于150分的我都要找他谈话，至于……"

　　他站了半天，摆明了就想找萧致的碴儿，一声冷笑："至于你，这几天不来上课，一定是觉得自己学得很好了吧？"

　　萧致心想大可不必这样阴阳怪气。

　　陆为民"嘿嘿"两声："总而言之，你这次要考不到班上前三十，你看我怎么收拾你！"

　　萧致微微抬了抬眉，倒是笑了下："我还以为要考多好呢，就前三十？"

　　此言一出，旁边顿时起哄。

　　陆为民倒对他的态度很欣赏："怎么，你似乎很有梦想？"

　　萧致转了下笔，嘴角扬起："前十行不行？"

　　上次的班上第十名周放无辜怒吼："萧哥，你是不是针对我？！"

　　全班哄然大笑。

　　陆为民也笑了："你要是觉得可以，那又何必问我？但学习不能一蹴而就，要是没考到前十，不会觉得没面子吗？"

　　"没事儿。"萧致轻描淡写，声音不大不小，足够大家都听见。

　　"我现在，输得起了。"

　　湛冰攥笔的手松了松。

现在的萧致不再是之前跌跌撞撞的少年，四顾茫然，不肯迈出下一步。

他可以往前走了，哪怕路依然不清晰，哪怕身侧依然黑暗。

"行，既然你这么说了，我也不灭你的威风，"陆为民道，"你先给我把军令状立下来，考不到前十就给我写3000字检讨和一篇对未来的学习规划，怎么样？"

萧致没说话，旁边文伟插嘴："3000字哪儿够，我们萧哥这种真男人，怎么也得5000字吧。"这不就是把他架在火上烤吗！

萧致瞟了他一眼，文伟笑得极其开心。其他人跟着起哄，接连地喊："6000！六六大顺！""8000！八八就是发！"

陆为民被逗笑了，回头说："算了，你们不要再闹。总之，这次都好好考。"

他在气氛热络前，端着茶杯一路溜达出了教室。

这下周围安静下来，文伟冲萧致挑眉："看不出来啊萧哥，这两天是不是经历过什么？确定了从此以后重返学业巅峰吗？"

萧致说话慢悠悠的，话里意味深长："还不确定呢。"

文伟没懂他这是什么意思。不过萧致也没解释，他在桌底下伸直了长腿，教室温度高，他又把校服拉链往下拉到底，露出好看的锁骨。

他朝谌冰靠近，谌冰察觉不妙："你有事？"

"有事，"萧致调子拖得很长，"这次考进了前十，能不能给我一个奖励？"

谌冰直视他，语气堪称冷漠："我是你大哥？考好了还得给你奖励？"

萧致笑了："你不是我大哥，但这个奖励吧，你给比较有意思。"

谌冰似乎有了某种预感。

萧致打断他："不会让你为难的，只是单纯想让你陪我玩儿一天。"

谌冰低头将语文书翻来翻去，语气冷淡："你先考了再说吧。"

窗户旁，萧致垂眸探出指尖夹着书页翻了翻，说："目前对我来说，达成这个目标还很有难度。"

"下周五考试，考的内容大部分应该是本学期的，你这几天看着补补。"

萧致低低地"哦"了一声。

接着，他不动声色等了半分钟，他"高冷"的小同桌从抽屉里取出几册笔记本丢到他桌上，目不斜视："笔记都有，自己看。"

笔记分科记得很齐全。按照谌冰的学习能力其实不用写这么仔细，甚至完全多此一举，很明显，这笔记本是他专门替萧致记的。

各科老师早夸谌冰的基础打得好已经不用再学,但他每天上课依然很认真,是为了替萧致填补那段空白。

萧致将手里的笔记本捏着边沿翻来翻去几秒后放下,调整了坐姿垂头翻开。

谌冰默写完一篇英语范文,拿原文出来比对时,见萧致垂手掏出手机指尖飞快按了几下,随即放下。谌冰怔了两秒,自己手机屏幕亮了。

他回头看了看教室后门,没人时拿出手机仔细看,见萧致新发了条朋友圈,特别提了他。

"下周的游玩,既然已经和你约好了,那我一定全力以赴。"

谌冰还没回过神,文伟转头道:"你们下周要去游玩?去什么地方游玩?能不能带上我,我不占地方。"

谌冰顿了两秒,抓着萧致手腕用力拽了一把:"半分钟内删掉。不然今天送你上路,下周坟头游玩。"

周六下午上完课放一天假。谌冰上次月假没回家,这次回去。许蓉正和几个阔太太打麻将,手气很好,但看到他顿时放弃了牌桌。

晚上一起吃饭时,餐桌上全是谌冰爱吃的菜。谌冰给她夹了块鳕鱼:"妈,你吃。"

许蓉对他的学习很在意:"在九中成绩还好吗?"

谌冰说:"一直是第一名。"

许蓉还是不放心:"九中整体很差,考第一没有含金量。你有空问问以前在一中的同学,找试卷来做,跟得上一中的节奏那才叫没退步。"

谌冰应声:"好。"

吃完饭,谌冰上楼。

难得周六休息,群里又开始热热闹闹。有人出去玩,有人去KTV唱歌,还有的依然宅在家打游戏。一打游戏呢,这群人就不可避免开始找"大佬"。

九中天才战神:"萧致,好哥哥,要不要来一局惊险刺激的?"

萧z:"在忙。"

萧致发了张照片。

九中天才战神:"哇!不说我都忘了萧哥还背负着和陆为民的约定,所以现在是在学习吗?"

谌冰点开图片。

明黄的灯光落在书桌上,笔记本翻开显露出上面规整的字迹,旁边偶尔添了两笔他的批注，底下是几张试卷和草稿纸。

九中天才战神："可以啊，看起来有模有样的。萧哥，这笔记本是你的？"

萧z："不是。"

萧z："字好看吗？"

九中天才战神："好看，绝了。"

萧z："我也觉得特别好看。"

谌冰抿了抿唇，到书桌前坐下。

刚才许蓉的话倒是提醒了谌冰，他到群助手里找出一中的群，里面比九中群安静得多，大部分时候某个同学往群里甩一道题，然后大家盯着题研究半天。

这次又在解一道数学题。

东来："绝了，答案始终对不上。"

名校我来了："所以我今晚还能等到一个答案吗？"

东来："莫慌，数学小王子正在疯狂解题，如果他写不出来，那估计今晚就看不见答案了。"

谌冰点开图片，这道题涉及一些大学才学的分部积分，搞过竞赛的更可能写出来。谌冰花半个多小时写完过程，发到了群里。

东来："啊啊啊……冰神突然说话了！"

名校我来了："所以这个答案有保证了？"

学习勿扰："哎哎，我算了半天不确定，到后面卡住了，按冰神这个思路来看是可以的！"

谌冰很少在群里说话，转学之后大家以为他对班上有意见，也不是很敢找他。现在看他居然出来发了言，班群氛围顿时热闹起来。

他们疯狂发消息，谌冰不知道回什么，半响才打字。

CB："最近过得还可以。"

CB："你们什么时候期中考？"

东来："下周。流泪了。"

不管成绩好的还是不好的，都怕考试。

谌冰聊了几句，步入重点。

CB："你们有时间，可以给我发一下这学期的试卷或者学习资料吗？"

群里应者云集。

雪诺："可以可以，你要PDF版还是纸质的？我这里都有。"

谌冰打开文档看了下。一中学习进度很快，完全不按教材走，到现在都快进行一轮复习了。这些试卷给萧致，他可能消化不了。

湛冰想了想，继续打字。

CB："高三年级的复习资料，能找到吗？"

东来："咦，冰神准备复习了？"

CB："差不多吧。"

一中的复习大书做得很细致，其中的核心考点、常考必考题型、题型变式，总结到位，条分缕析，结构也有内在逻辑。一总有四五百页，吃透这本大书，高中知识也就学透了。但一中这套书不广泛刊印，很多普通学校想要只能找关系从一中拿一本，把题复印下来发给学生做。

东来："行，我明天帮你问问张老师，他把你的书都收着呢，以为你没准哪天又回来了。找张老师要一套应该没问题。"

CB："谢谢。"

东来："拿到了我给你同城速递，寄过来。"

湛冰又发了句"谢谢"。

群里继续聊天，手机屏幕突然弹出了视频请求。

来自萧致。

湛冰接通视频，对面萧致坐在书桌前，头发很蓬松，低着头，下颌线条利落，穿件白T恤，显得特别清新干净。他手指搭着手机说："我有问题。"

湛冰："你有什么问题？"

萧致用笔杵了下头发："这道题不会。"

他拿起手机一阵拍照，将照片发送给湛冰。

湛冰看了看说："你先做基础题，别做这么难的。基础题总分占比很高，难题一星期也提高不了多少。先把必得的分抓住，其他的以后再说。"湛冰示意他手里的笔记本，"蓝色记号笔画的是重点，其他的现在不管。"

萧致说："但其他的分似乎也挺高。"

"忙不过来，其他分先不要了。"

萧致似乎对这个提议不满意，低头思索片刻后说："不要不会影响我考前十？"

湛冰叹气："你把基础分拿稳，说不定能考前五。"

萧致："那我努力了。"

湛冰说："那我挂视频了。"

萧致指间转着笔，却抬起视线："能不能别挂？"

"嗯？"

"我学习习惯不好，需要有人监督才可以。"

被他目光盯着，谌冰只能点头，翻出一张一中的卷子开始检测自己现在的水平。

时间慢慢过去，深夜里，周围逐渐变得安静。

"我写完了几道题，你要不要看看？"

萧致在手机镜头上敲了下，吸引了谌冰注意力。

谌冰给他改完试卷："下次做几张考试真题。"

差不多十一点，到了该睡觉的时候。萧致单脚踩着椅子，看了一下群聊。周放正在拼命呼喊他。

放放子："萧哥今晚没打游戏吗？"

九中天才战神："他没有，我已经连输五把了。"

放放子："他为什么这样？弄得我很有危机感啊，感觉前十地位不保。"

九中天才战神："萧哥学习八成有冰神帮忙，冰神也是你室友，不如你找他说几句好话？"

放放子："算了，怕萧哥揍我。"

群里聊天，谌冰也说："早点睡吧。"

萧致退出了群聊，手指在屏幕上点了下："不行，我这次非得考进前十，熬夜通宵都可以。"

谌冰："还是建议走可持续发展路线。"

萧致拒绝："不。"

谌冰莫名觉得有些好笑，说："那你学，我先睡了。"

结果谌冰睡到半夜，被手机消息的铃声惊醒。快两点了，萧致还在给他发新消息。

萧z："这道题你帮我看看怎么解。"

萧z："你睡吧，醒了再说。"

谌冰揉着眉心，心想你是不是有九条命，不怕有害健康？

他看题，想想撑起身拿出纸笔，计算完拍照发送躺回床上又睡了。

这一周，萧致肉眼可见在努力。

好不容易上节体育课他才走出教室，被一帮男生扶着，捏捏肩膀放松精神："萧哥，照我说，大可不必为了跟陆为民的对峙而拼命，毕竟要真考不了前十，他也奈何不了你。"

萧致嗤了声："不只是为他。"是为了和另一个人约定。

男人，既然做出了约定，就一定要实现！

萧致半闭着眼睛，又热血起来了，看了看手表说："我还能趁这两分钟回去再记几个单词。"

湛冰拽着他，朝操场过去。

体育老师还是懒得很，短暂拉伸后让学生跑了两圈，说："你们自由活动。"

难得的太阳天，男生一窝蜂往球场跑，女生们买了冰淇淋，坐在操场旁的看台上聊天。萧致似乎对打篮球很感兴趣，但思索几秒后说："我觉得我该回教室学习了。"

湛冰实在受不了，冷冷地道："休息半个小时耽误不了你考年级第一。"

萧致："还是算了。"

湛冰搭着他肩膀往球场连推四五步："赶紧去。"

萧致笑了，眉眼含着几分少年意气，走向球场时周围响起那群"中二"少年震天的呐喊声："那个男人他又回来了！"

湛冰站在树底下的阴影中，手里拿了瓶冰水拧开，被明亮的阳光照得微微眯起眼睛，视线里是萧致奔跑的身影。

萧致心情不错，压抑了四五天总算能在球场上放松放松，运球迅速奔跑，在球场上几乎压着这群人打。

湛冰看着，又喝了口冰水。

文伟实在抢不过球，又怒了："你能不能别这样玩儿？能不能别这样！您是在表演英俊'校草'带球跑吗？能不能也让我们摸一下球？"

"行啊，球给你。"

萧致也不是不讲道理的人，但给球之前炫技似的奔跑起跳来了个三分球，"哐当"篮球进篮，周围几个女生、男生都叫起来了。

萧致抛出球后突然转向湛冰，吹了声口哨："冰冰。"

湛冰差点被这称呼噎着，抬头瞪过去。

但下一秒，萧致探手指钩着T恤下摆往上拉，拉到露出精悍结实的麦色腹肌，挑眉："你有吗？"

他整这么一出不仅惊到了湛冰，也惊到了周围看热闹的同学，顿时都沸腾了。

湛冰半天没回过神，耳朵里全是那些男孩子女孩子的兴奋叫喊："啊啊啊……这个腹肌太棒了！我想直接叫萧哥男明星！"

"萧哥！转过来！让我也看看你的腹肌！"

湛冰本来只是单纯被他"打脸"，现在却莫名其妙心情有些不爽了。

他垂着眼皮，心情不佳，萧致放下T恤朝他走过来，身上流着汗，说话的嗓音也很低："怎么了？"

谌冰抓住他衣服就往球场外拉:"还打什么球,回去学习。"

萧致被他拽得走路不太方便,拽过衣服,往教室里走。

谌冰阴沉着脸。但往教室走的路上,吹了冷风,谌冰又渐渐冷静下来,同时奇怪自己刚才为什么那么生气。

身旁萧致跟着一直没说话,察觉谌冰情绪平静后才问:"到底怎么了?"

谌冰:"……"

萧致眸子漆黑,他看着谌冰似笑非笑,谌冰飞快转头朝教室走。

萧致在背后跟着:"怎么了啊?"

谌冰瞟了他一眼:"你还想不想考前十?"

他们俩有一句没一句地聊着,慢吞吞回了教室。这会儿教室都没几个人,窗边只有他和萧致。萧致坐下休息了一会儿,把校服敞开了,露出底下的黑色T恤。

谌冰拿出作业,萧致挑了下眉,随后伸手拽谌冰的校服袖子。

"哎,你刚才看见没有?"

"什么?"

"我的腹肌。"

谌冰忍无可忍:"你到底有完没完?"

萧致懒洋洋地笑着,说:"你没有腹肌?老实认输,输给我不丢人。"

谌冰快要被他气死了。

萧致放松了刚才的几十分钟后明显精神很好,继续道:"我还可以教你怎么锻炼。"谌冰闭了下眼,在心里告诉自己别生气,气出病来无人替。

不过萧致也就野了一会儿,转身抽出了谌冰前两天给他的那本大书。

厚,贼厚,看着就能感觉到知识的力量、知识的厚重,但谌冰让他必须把这本书学下来。

萧致现在就挑出了本学期的重点,每天补补基础,再练练题,做笔记。

耳边彻底安静下来。谌冰往他的方向看了一眼,阳光从窗户透过来,在桌上形成少年的剪影。他侧脸线条干净利落,视线专注地落在书页上。

窗外是阳光明媚,树叶翠绿欲滴。

周五晚自习的考试很快到来。在此之前是大扫除,萧致坐在椅子上,旁边一群人跟他即将上战场似的,给他捏肩膀,加油鼓气:"萧哥不急,萧哥不慌,你就是最棒的,一定可以考进前十!"

周放简直悲痛欲绝:"真的过分了!"

萧致手里拿着支笔，正埋头重温谌冰给他押的一道大题，感到身旁的聒噪很烦。

"别碰我，一群'学渣'。"说完，他搭住谌冰的肩膀，"学神，让我碰碰。"

谌冰用力拍掉他的手。

到了开考前15分钟，谌冰准备去考场了，萧致还搭着他的肩膀。

"好紧张。"

谌冰对他彻底没办法，站着没动。

萧致："要是考不进前十，是不是就不能带你去玩儿了？"

虽然一开始谌冰也没觉得自己同意过，但此时，他还是抬手不太习惯地拍了拍萧致的后背："尽人事，听天命。没什么好紧张的。"

还以为他很焦虑，没想到萧致倒是笑了一下，回头拎着笔袋走了："早点考，考完放假。"

由于上次萧致勉强认真了点，所以考场没排在最后一个。九中老师出题的水平不太行，每次考试就是从附近某学校找一套密卷，把题中的要素改一改，然后作为自己的试卷分发下来考。

谌冰写得很快，写完就不知道该干什么了，左右扫了眼，全班还在奋笔疾书。谌冰平时心静，今天却不是很静，很担心萧致能不能考好。

距离考试结束还有大概五分钟时，考生们都写完了，气氛开始骚动。

陶梦也不像其他老师那么守规矩，说："行，那可以交卷了。"

谌冰出教室时其他考场还在考试，部分同学早交卷了，在走廊上溜达。

谌冰准备去厕所，路过了萧致在的考场。

他坐在走廊靠窗的位置，将试卷翻来覆去地检查，无意间抬头看见谌冰，挑了下眉。

谌冰不想理他来着，准备离开，余光却不经意匆匆掠过他的试卷。

空着一道大题。满篇写了几行夺人眼球的大字。

"聪明漂亮、美丽可爱、善解人意的老师！

这题我不会写！但是！这次的考试分数对我十分重要！能不能看在我态度好的分上给一分？就一分！您将重燃一位厌学男孩的希望！"

谌冰："……"

萧致交卷出来，有些尴尬，大概没料到自己干这事儿会被发现。

谌冰瞟他一眼，漫不经心聊起别的："出校门吃点东西？"

"行啊，走。"走了挺远挺远，萧致若无其事地道，"你不想说我在试卷上涂画这事儿吗？"

谌冰顿了一秒，镇定地道："我也想看看老师会不会给你分。"

萧致舔了下唇，抬头看了下深蓝色的夜空，似乎不知道该说什么。校内全是学生，他跟着大家一起往校门外走，肩膀挨着肩膀。

萧致话比较模糊："你不是说，题不能空着吗？"

谌冰干脆接话："你是对的。"

萧致明白了："你就等着看我笑话。"

谌冰："这么说也没错。"

萧致抬手揪他的颈子，追追打打往校门外走。考完试才九点半，校门外灯火通明。他们正好看见文伟和傅航站在校门口的烧烤摊边，萧致挥了挥手，跟着过去。

文伟正在挑肉和菜，被他搭着肩膀："最近有什么乐子？能玩一整天的。"文伟："那必然是游戏。"

"就你这菜鸟，连输一整天更可能，"萧致挑眉，"换一个，要小冰冰也能玩儿的。"

谌冰拽他："你再乱叫？"

萧致无所谓地改口："要谌冰也能玩儿的。"

傅航比较有经验，给他支招儿："东区有个古镇，是特别有名的旅游景区，里面什么吃喝玩乐的店都有。我上次跟小许去了，我告诉你那古镇最大特点是什么——是路远，回来途中我们打了三个小时游戏。"

萧致来了兴趣："行，我搜一下。"

他志在必得，谌冰奉劝："你不要高兴得太早。"

萧致若无其事地看着教程，抬头朝他笑了下："你不会让我不高兴吧？"

这句话倒是让谌冰怔了一下。如果萧致真没考上前十，但又想带自己去玩儿，能不去？答案谌冰竟然并不确定。

萧致明显对这份游玩攻略比较感兴趣，吃烧烤时还在看，旁边文伟开始跟傅航对答案。

"你第一、二、三题选的什么？"

傅航想了一秒："我选的 A、B、C。"

文伟骂了声："我选的 C、A、B。"

他俩面面相觑。刚对答案就遇到这种尴尬的场面，简直令人难受。傅航思索了两秒道："第一题绝对不可能选 C，C 是错的，显而易见。"

文伟："那第一题还绝对不可能选 A 呢，A 也错得这么明显。"

"你哪只眼睛看见 A 错得明显了？我看 A 就顺眼得很。"

谌冰拿起橙汁喝了一口，没说话，不出两分钟，傅航和文伟的目光全落到了他脸上。

谌冰:"B、C、A。"

文伟差点没当场哭出来。傅航也没好到哪儿去:"崩了崩了,心态崩了,早知道不该对答案,明天还怎么考?"

文伟忍了忍把心态摆正过来,说:"没事儿,反正我好几次前三题全错,还能考 80 分呢。"然而这似乎并不值得骄傲。

萧致一直在搜攻略,对他们的闲聊置若罔闻。吃完烧烤散伙回家的回家,回寝室的回寝室。

期中考完会放一天假,一般来说第二、三节晚自习就能知道成绩。这注定是个让人不安的夜晚,萧致进教室第一件事是把周放揪到座位旁,拿出试卷说:"我们对一下答案。"

周放委婉地说:"萧哥,你有没有想过也许你考进前十的障碍不是第十名,而是第十名之后的名次呢?"

萧致:"对不起,没想过。"

周放给他竖大拇指:"厉害。"

他俩对着答案,谌冰被朱晓叫出去:"各科成绩都出来了,陆老师找你去统分。"

谌冰跟着到办公室,陆为民正在翻开这一沓一沓的试卷,说:"谌冰,你看着这些分数,再想想你以前在一中看见的分数,是个什么感受?"

谌冰实话实说:"垃圾。"

"哈哈哈,对,我都不知道怎么能考出来。"陆为民叹了声气,"一个个平时都机灵,脑子聪明,但一考试就不行了,心思没在这上面,没办法啊。"

他翻了好几沓,手指顿住,抽出一张试卷:"这是萧致的试卷吧?"

谌冰正在算分,抬头看过去。这张是数学试卷,卷面的字迹很工整,比以往强多了。陆为民对着正面说了句"不错",再翻到背面,顿时看到了萧致的那几句俏皮话。

陆为民忍俊不禁:"这孩子,还挺聪明,不过忘了写解,一分都没有。"

谌冰心想那可太令人难过了。

谌冰继续统计总分,填在电脑的档案上,他特别留心了萧致的总分。406。

他自己的分数都不说了,第二名朱晓467。谌冰有种不太好的预感。等全班同学成绩都输入进去后排名,谌冰心里的想法成真了。

陆为民凑近看了看前十名,特意又往后翻找萧致的名字。

"差得也不远。"陆为民倒是没别的话,"不过进步也很大了,正好挫挫他的锐气，希望这次努力不要只是一时奋起，考试过了又不当回事儿。"

少年都有这样的毛病，热情来得快而猛烈，去时也如山倒。

湛冰统计完分数回教室，大家都还在等陆为民把成绩打印出来贴在布告栏上。

湛冰坐下后，见萧致手指间飞快地转着笔，一条腿踩着地板，另一条腿跷在他凳面上，校服敞着露出了黑色 T 恤，姿态狂妄。他问："我俩古镇游玩的事稳了吗？"

湛冰一时不知道该说什么。低情商问分数：我考了多少分？高情商问分数：我俩古镇游玩的事稳了吗？

湛冰抬手把他搭在自己凳子上的腿挪开，点头："稳了。"周围顿时一片欢呼，文伟转过来："萧哥可以啊，不鸣则已，一鸣惊人！"

萧致放下了手里的笔，笑了下："那不就是前十吗？我都说了……"

湛冰抬手一把把他拉回来，免得这"中二"少年牛皮吹大了，到时候看见真实分数丢人。

萧致对他突如其来的动作很茫然，下一瞬间立刻懂了："好了好了，低调。"湛冰心想你真的很自信，朋友。想想，朝他勾了下手指说："出来。"在教室里不方便说。

他们俩往楼梯拐角走，湛冰在前面，感觉背后萧致懒洋洋地跟着，单手转着一支笔。等湛冰不耐烦地转过去时，差点撞着萧致，伸手推着他往后退："一，二，三，后退。"

萧致后退，垂眼看他："你有什么话要说？"

萧致问到这儿，湛冰突然卡壳了，只是说个分数的事儿，却有些害怕他会失落。毕竟，萧致这段时间的努力他都看在眼里。

想了想湛冰还是直说："你考了 406 分。"

萧致睫毛微微动了下，看着湛冰的表情，似乎猜到了什么："是吗？"

"第十名 413 分。"

气氛开始有一点点凝重。萧致低头看了会儿别的地方，随即若无其事地道："哦，差了这么几分。那我多少名啊？"

湛冰："15。"

萧致顿了一秒："我还以为我第 11 名，这分数段夹得这么紧？"

湛冰一时不知道该说什么，萧致回头往教室走了："那古镇也别去了，没考好，去着没意思。"

湛冰喊了声："萧致。"但萧致没往回走，手指抓了下耳侧的头发，随口道："没事儿，你别以为我会有心理负担。其实我觉得努力一周考到这个成绩还算可以,所以,我一点儿都不失望。"

不失望,你还不失望。谌冰心想你都快把"失望"这两个字儿写在脸上了,指不定一回教室就要登小号,发动态。

谌冰疾步追赶,伸手抓住了他的校服,用力把人拽回来。

萧致没有抵抗,就靠着墙壁,抬了抬下颌,垂着眼皮静静看他。

谌冰看了他半响,才开口说:"'鸡血'打一星期容易,但你能连打两年吗?"谌冰清楚学习是个长期过程。短期努力可以靠冲动,如果年复一年,又该怎么坚持下去?

头顶的视线焦灼,萧致一直看着他。

萧致听见这话顿了几秒,似乎在思索,但唇角跟着牵了一下,喉头滚动:"你觉得我俩的友情维持不了两年?"

谌冰不知道该怎么说他了:"萧致。"

"不就是两年。"谌冰往别的方向看了一眼,声音压低,随后抓了下头发若无其事往教室走,"一辈子都可以。"

谌冰盯了会儿墙面,感到心底压着的情绪往上涌。

萧致说的话,每一个字听起来都这么重。

等他回到教室,成绩单已经贴在了布告栏。

陆为民正站在讲台上总结学习情况:"这次考试呢,全班700分以上的有一个,400到700分的有14个,300到400分的有30个,其他呢,就是分数特别低的了。总体,比上次期末考试成绩要好,但是个别同学的成绩起伏也太大了……"

萧致肩膀抵着门,"哐当"一声靠上去,拖着腔散漫地喊了声:"报告。"

全班哄笑。陆为民推着眼镜看他,饶有兴致:"知道自己考多少名?"

萧致微不可察地抬了下眉,点头:"知道,刚才我们班学神已经训我了。"谌冰跟着走进来,正好听见这句,抵着他背往前一推。

他们往座位走时,陆为民说:"你这次考得其实也还行,前十的奖拿不到,进步奖要不要?"萧致抬手挥了挥:"不要。"

陆为民直乐:"行,你就跟这前十死磕上了,不过这也给你一个教训,不要好高骛远……"萧致停下脚步,偏头应了声:"知道了,下次还敢。"

陆为民让他弄得没脾气。

萧致回座位后,文伟转身敲敲他桌子,笑着说:"萧哥,还有个好消息,周放也没在前十。"

萧致应了声:"那不错。"谌冰心想你做个人吧。

周五放假时司机来接,谌冰上车回了家。

谌冰进门后，看见许蓉穿着身修长的水绿色束腰旗袍，坐在椅子里喝茶。许蓉看见他回家，穿上缀着兔毛的拖鞋过来，帮忙拿书包。

谌冰多看了她几眼，说："妈，这件衣服很漂亮。"

许蓉还化了妆，她本来就漂亮，虽然不太会保养，显出岁月的痕迹，但眉眼依然很动人。她笑了下："是吗？"随即，又有些不安，"我先把衣服换下来，去给你做饭。"家里三个厨子，还有好多帮忙的阿姨，但她凡事亲力亲为，谌冰也没说什么。

许蓉跟他上楼："这衣服好看，我还在想，下次你爸回来在他面前穿……"谌冰脚步放慢了："何必呢？"

许蓉直摇头："就算不为我，也得为你考虑。他跟那女人虽然没有孩子，但谁说得准以后呢？你平时看见你爸，也稍微给点好脸色，毕竟父子一场。"

谌冰静了好几秒，才说："妈，我希望你过让自己开心的生活。"

许蓉面露尴尬，觉得他还是个孩子，怎么懂她的苦心，摇摇头又去了楼下。

谌冰进房间关上门，对着镜子拉下蓝白校服的拉链，指尖抚过冰冷的铁扣，喉间升起窒息的感觉。不知道因为什么，但就是感觉喘不过气。

最终还是决定明天去古镇。萧致一直在发消息，最开始分享明天天气情况、古镇美食、游玩项目，现在开始考虑穿着打扮，美其名曰给谌冰看看衣服，但每张照片都自恋地对着卫生间的镜子疯狂炫耀自己的肌肉。

谌冰吃完晚饭回房间，半个小时没看消息又有几十条新的。

每张照片都换了不同的T恤，萧致似乎刚洗完澡，半湿的头发垂了几缕在额心，青春少年感十足。

萧z："哪件好看？"

谌冰指尖滑屏幕半秒，打了几个字。

CB："我觉得你这些衣服都不能很好地展示你的肌肉。"

萧致似乎没听出他的讥讽，半晌回复。

萧z："我也觉得。但大庭广众之下不穿衣服有伤风化，虽然我很想给你展示我的腹肌，但这样做会不会太伤你的自尊心？"

谌冰真疑惑他怎么会这么狂。

背后许蓉端着水果进来，看见他手机亮着的屏幕："在看什么？"

谌冰吓了一跳，想熄屏，却意识到已经来不及了，只得回头递过手机，心里恨不得把萧致拉出来杀了："萧致给我发照片，这是他。"

许蓉快两年没看见过他了，惊讶地接过手机，顿时又笑了："你看他现在长得比初中时还帅了。我当时就感觉这小男孩好看得很，现在，真的是……"许蓉看了看屏幕，认真地道，"就是看起来好花，像那种会戏弄女孩子的'渣男'。"湛冰没忍住，唇角弯了弯："对啊，'渣'得很。"

许蓉感叹："不过真的很帅啊。"

湛冰退出聊天框，免得下一秒萧致发出更多的自拍，同时说："我明天跟他出去玩儿。"

许蓉还在走神儿："嗯？去什么地方玩儿？"湛冰说了古镇的名字。

许蓉很高兴："去啊，去，你平时老闷在家学习写作业，有人带你出去玩儿就很好。不过要记得听他的话。"

湛冰抿唇："我为什么要听他的话？"

"你小时候不是最喜欢天天跟在他屁股后面，叫哥哥吗？最听他的话了。"许蓉絮絮叨叨，"他做事心里有数，我还是放心的，你明天开开心心地玩儿。"湛冰还想反驳，莫名其妙又没再说话。

许蓉离开他的房间，湛冰重新打开手机，手机上传来萧致的视频请求。

视频刚接通，扬声器猛地传出一阵"呜呜呜，哇哇哇"的哭号，随即似乎在努力收声，憋得十分辛苦。

镜头刚点开还摇晃了几下，先是天花板，接着才是人影。萧若穿了件粉红色的睡衣，手里抱了个洋娃娃，委屈巴巴盯着手机，随即一把将洋娃娃砸过来，一屁股坐到沙发里。

萧致的声音："你继续，反正你不会不好意思。"

湛冰不解："怎么了？"

"不是明天去玩儿嘛，萧若也想来，不许她跟着就哭，你看多大人了哭得像个小孩。"萧致说。萧若一阵吼："要你管！"

萧致若无其事："没事儿，就在我面前闹，我现在把视频开着，她再好意思哭一句我都不信。"

萧若直勾勾盯着他半晌，似乎气得要走，似乎又不服气，跑到他腿边来扭来扭去："哥，哥哥，带我一起去……"

"啧，"萧致推着她额头，"你这小孩儿怎么这么烦？"

他边说边把她从地上拉起来："明天我去废品站问问收不收妹妹，我不想要了。"

萧若又抱着他腿扭着，哭又挤不出眼泪。

萧致跟她讲道理，也没管视频还开着，低声道："知不知道哥哥明天跟谁去玩儿？你有好朋友了，你俩出去玩我也天天在旁边看着，你觉得行吗？"萧若没有关系特别好的朋友，所以毫不犹豫地答："行！"

"行才怪。"

萧若还抱着他手臂晃来晃去。萧致快没辙了，开始打苦情牌："哥哥特别想跟他去玩儿，都想了很久了，你就不能成全我？"

萧若眨巴眨巴眼睛，手里动作明显放缓。

萧致声音压低："你也知道，哥哥跟他关系好……"

谌冰打断他："你够了。"

萧若瘪了瘪嘴，撒开手，捡起地上的娃娃拍了拍，垂头丧气往门外走。

萧致笑了："明天去王姨店里待着啊，我晚上回来，给你带好吃的。"

"哼。"萧若含恨看他一眼，把门关上。

"世界清静了。"萧致过了两秒说。

谌冰莫名好笑："没清静吧？"

萧致感觉他有暗示："嗯？"

谌冰慢条斯理，给他刚才那几张照片截图重新发回去，说："你照片我妈看见了。"

萧致："……"少年自恋时拍的照片被长辈看见，这有多尴尬！

萧致的表情跟吃了隔夜饭没区别，半晌说："你为什么不拦着？"

谌冰："但凡我拦得住……"

但凡他拦得住，也不至于让萧致这种自恋行为污染许蓉的视线。

感觉萧致可能受到了打击，为了安慰他，谌冰补充："不过我妈没说什么，还夸你越长越帅。"

萧致沉思了几秒，似乎松了口气："那就好，没破坏在你妈心中的形象。"

镜头摇晃，萧致起身到了床上，顺便看了看时间："现在几点了？"

"十点半。"

窗外万籁俱寂，偶尔有风声传来，透过窗户能看见别墅区外婆娑的树影，像无数站在一起的人。

谌冰也起身上床，刚拉了拉被子，耳边响起低低的声音。

"还有十个小时，我们就能一起出去玩了。"

谌冰偏头看向手机屏幕，心里好像被轻轻挠了一下。

萧致："好激动，睡不着。"

谌冰握着手机没说话，思索了几秒，提议："不如现在给你放一段《离骚》？"

前段时间的梗。萧致在对面沉默了良久，似乎快气笑了："好，你放。"

谌冰开始从文件夹里翻音频。他前段时间给萧致找的学习资料还挺齐全,甚至偶尔自己备课,就为了给他量身打造学习计划。

刚找出,耳边又响起声音:"你能不能朗诵给我助眠?"

谌冰攥紧手机:"不如我直接给你唱摇篮曲?"

耳边又是一阵难以言喻的沉默,混着一声模糊的低笑。

半晌,萧致突然喊他:"谌冰。"

谌冰:"?"

萧致声音清晰:"突然觉得明天很有盼头呢。"

谌冰低头看了下时间,虽然差了一个小时,但确实离十二点很近了。

谌冰在音乐软件给他翻了首激昂的音乐,分享过去:"听两遍,睡觉。"说完他就挂断了视频。

不到半分钟,萧致给他发来一堆问号:"这是什么东西?好刺激!"

谌冰之前把这首歌当起床铃声来着,听一遍必四处翻找手机,顿感耳聪目明,清醒至极。

谌冰指尖点着手机,半晌,重新敲下两个字:"晚安。"

第二天,谌冰起得很早。许蓉给他准备早餐,问了去玩的地方,用手机查完说:"似乎很远,要不要司机开车送你俩过去?"

想了想,谌冰放下汤匙:"不用。"

谌冰到房间换衣服时,萧致发来了新消息。

萧z:"我出门了。"

萧致还发了张照片,他穿了件白T恤,外面套件薄薄的暗红格子衬衫,袖口在手腕上折了几折,戴着手表。萧致穿黑色时比较冷酷,穿白色时则显得清新自然。谌冰本来想拿牛仔外套,鬼使神差,反而从衣柜里取了件板型相似的灰黑色格子衬衫。

他出门,司机送他到约定的公交车站台。古镇附近没有地铁,公交车似乎都是一个小时发一趟。谌冰刚到时还没看见萧致,低头拿出手机。

CB:"你在哪儿?"

片刻,手机收到了消息。

萧z:"我在你背后。"

谌冰还没转身,感觉背后气息靠近,肩膀被重重地拍了下:"弟弟,吃早饭了?"语气吊儿郎当。

谌冰推开他的手,回头时见萧致递来一瓶矿泉水:"给你。"

谌冰接过来拧开,喝了几口。

这趟公交车特别挤,除了一部分游客,还有很大一部分大清早买菜的爷爷奶奶。本来上去时还有座位，萧致想了半秒又起身，把座位让给了其他人。他俩算是车上少见的年轻人，站着时能察觉到周围打量的视线。

两个人都很高，长得也帅，往那儿一站真的跟风景一样。

湛冰转身，视线望向窗外。

路程漫长，车里人不见少，反而越来越多，导致车内越来越闷热。湛冰昏昏欲睡，被萧致拉到了后排的铁柱旁说："你眯着吧。"

湛冰闭目。

萧致单手抓着吊环，另一只手懒散地在他背后撑着，还有余力看手机。

总算熬到下车，下车的地点离古镇入口大概还有几百米，周围建筑已经变成较为低矮的古香古色的小楼。刚下车的游客很兴奋，几个年轻人不知道怎么回事儿，开始朝前方狂奔。

人群一跑动，还以为有什么热闹要凑，萧致催促湛冰加速跑了起来。

脚步飞快，周围全是行人，得随时换位置避免撞上去。

古楼牌坊近在咫尺，耳边响起一阵车马喧嚣与锣鼓和唢呐声，好像突然转换时空，置身于时代的另一端，是和他以前看到的一中、九中完全不同的建筑和风格。湛冰停下，总算能停下来骂道："你烦不烦？"

湛冰目光四下扫了一圈，萧致呼出的热气散成白雾，脸上带着笑意。

"这儿好热闹。"是挺热闹，古镇全国有名，游客趋之若鹜，走两步就能跟大伙儿肩膀挤着肩膀。

入口处店铺里有古镇的独特美食，店铺很小，前台铺排着烧烤。萧致拿了串蝎子和蚕蛹："试试？"

湛冰没想到刚进古镇就来个这么特别的，小少爷看了一眼，直接往后退了两三步："拿走。"萧致若无其事，继续往前，哄骗似的："试试？"

湛冰往后躲，萧致越走越近，他没忍住推了一下："你故意的吧！明明知道我最怕虫！"萧致无所谓，当场吃了一口："这有什么？"

湛冰怔住了。湛冰怕虫，完全没有吃过这些东西。但萧致若无其事地吃下去，他犹豫了半秒，好奇地道："味道怎么样？"

萧致形容着说："烤焦了就只有烧烤料的味道，没别的怪味儿，普普通通。"

湛冰挑眉道："真的？"萧致递给他："真的。"

小蚕蛹只买了一串，萧致也不习惯吃这个东西，上面还有大概三四颗。湛冰看了半响，说："我试一下。"

萧致似笑非笑，再三保证："绝对没有异味。"

湛冰咬了颗刚咀嚼了两秒，动作突然僵住，抬头看向萧致。

萧致笑意加深："这个爆浆还可以吧？"

谌冰怔住，随即，萧致飞快递过一张纸巾："不要乱扔垃圾。"

谌冰吐出来丢垃圾桶。爆浆其实没太明显，但里面的嫩汁加上这句心理暗示，实在是太恐怖了……

谌冰追着想拉他，萧致躲避，越往里走越能看见不少穿汉服的男生女生。走到吊桥时，周围传来敲锣打鼓的声音："各位游客，父老乡亲，兄弟姐妹们！皇帝出巡了，皇帝出巡了啊！真龙天子游四方，见者回避！"

他们转过去看，眼前不知道是什么影楼的摄影团，浩浩荡荡一大群。就看见当中穿着小黄袍的眼镜男大摇大摆地走着，周围有人假扮太监、皇后，旁边还有他的15岁小公主。

那女生估计为了配合爸妈，满脸通红，感觉已经"社死"了。

谌冰："这儿的娱乐行业这么体贴吗？"

萧致动了下唇，视线飞快掠过，似乎挺有兴趣："感觉……还不错？"

谌冰转头看他："不会吧？"

萧致笑了笑："我就随口一说。"

谌冰看了估计十分钟的热闹，中年人扮演帝王，到古建筑楼底下摆出僵硬的姿势，挥挥大袖，偶尔还叫几句"爱妃"。

谌冰感觉算是长见识了，萧致也长见识了。

走到较为安静的地方，萧致拿出攻略查看的间隙，萧若的视频通话突然打来了。

她问："哥哥，你到了吗？"

"到了。"

"好不好玩儿？"

"还可以，发现个特别有趣的项目。"萧致转换镜头将刚才看到的场景拍下，"那裙子是不是特别好看？下次带你过来扮演公主，拍照片，还有太监给你提裙子。"

萧若好兴奋："真的假的？"

"真的，你必须玩一次，不玩不是我妹妹。"

谌冰翻了个白眼。

他俩说着什么，萧致目光转向别的地方，似乎在找什么东西："好，我一会儿帮你看一套。"说完挂了电话。

谌冰："怎么了？"

"没事儿，"萧致说，"她就是打电话看看我有没有丢下她跑了，然后发现这里汉服好看，让我帮她带一套。"

湛冰应了声:"行,现在去买?"

那边有古风一条街,正好也在旅游攻略上,萧致说:"走吧。"

这条街相对幽静,不再是闹市区到处可见的特产、美食,显得更加有情调和氛围感。不过他俩男生不怎么能欣赏,看见其他人拍照,飞快绕开了。

到了一家汉服店,老板娘出来,看见他俩,抱歉地道:"这里只有女孩子的衣服呢。"萧致说了声"了解",继续往里走。

老板娘看了半天,转向湛冰:"你穿吗?"湛冰满脸疑惑。

萧致往少女服装那边走,听见这句话都笑了,应了声:"有适合他穿的女装吗?"

老板娘还当真了,准备去找,湛冰咬牙道:"不用,是给他妹妹买。"

萧致衣品还可以,给萧若打视频沟通了几分钟,买了套改良的明制汉服,包好拎了出来。

走之前,老板娘还想做生意,欲言又止地道:"其实适合这位小哥哥这种身高的女式汉服,我们店里也有。"湛冰阴着脸,说:"不用,谢谢。"

湛冰说完出门,一把拽住了萧致,推推搡搡往前走。眼看湛冰又要生气,萧致好言相劝:"湛冰,你能不能冷静冷静?"

湛冰把袖口往上推了推,说:"我冷静不了,不然,你让我打一顿?"

打打闹闹到了巷子尽头,萧致回头看路时瞥了眼地摊,被摊子上"紫微斗数""面相全解""算命八字"等字样吸引了注意力。

"别打了,"萧致拉他,"看看这个。"

湛冰还没解气呢,极尽冷漠:"你想算哪天倒霉?"

萧致舔了下唇,抬手搂着他肩膀,顺气似的拍了拍:"行了,湛冰,再无理取闹就烦了。"

他们到摊子前蹲下。

对方是个老爷爷,和电视里的算命先生长得差不多,很瘦,戴着眼镜,两鬓斑白,很是仙风道骨。爷爷和蔼地问:"这位年轻人算什么?事业、流年、财运,算八字、看面相、推命盘,老头子都可以一算。"

萧致视线掠过,修长的手指夹着摊上的书翻了翻,似乎没听进他的话。片刻,他蹭着指腹,眸底情绪复杂:"我想测姻缘。"

算命爷爷笑呵呵地说:"这么年轻就算姻缘啊?"

萧致随口道:"没办法,得早打算。"

算命爷爷拿出一本书:"那你说,你和你朋友的生辰八字。"

"开玩笑的,其实是帮我们英语老师求姻缘。"

萧致半蹲下，在小纸片上一笔一画写下出生日期，说："陶老师5月生日，女。"

"她什么时候让你帮忙求姻缘了？"湛冰膝盖抵着他后背用力往前撞了下，萧致手指抵住地面，回头说道："别闹。"

算命爷爷不清楚他俩的小动作，认真问完出生时间，按照干支排列后摸了摸下巴："你想问她婚后的财运，还是能不能旺夫旺子，生大胖儿子？"

"差不多就这几样吧。"萧致觉得自己考虑得很周到。

湛冰忍无可忍，加大了膝盖抵撞他的力度。

老爷爷回头从包里摸着什么："我这里有一道符，戴上它可保你们老师顺心如意，桃花运旺盛，说不定能够实现她和另一位的良缘。"

湛冰冷眼旁观。

萧致："多少钱？"

"50元。"

萧致接过符纸看了看，过了几秒说："太贵了。"

"你要是诚心想要，我们交个朋友，算你25元钱。"

湛冰抓着手腕把准备掏钱的萧致拉回来，直接丢给算命的20元，拽着他就走。

萧致加快脚步跟上，"啦"了一声，有些不满："你让我买。"

湛冰神色冷漠，看他："你很有钱吗？"这种神棍的话都信。

萧致跟在他身旁离他四五步远，旁边有人走来走去，半晌才说："万一梦想成真了。"

湛冰泛灰的眸子直视他，一字一顿："成真了也跟那道符没关系，是陶老师愿意……"他话好像卡住了。

萧致抓到了重点，几步走到跟前，笑道："你还懂爱情啊，湛冰？"

湛冰推开他："滚。"

这条街出来是通衢大道，两边商铺林立，大部分是饰品和美食摊子。萧致跟着人群挤到了一家店内，店铺的左右木柜摆满了骨制器具，中间木格铺满佛珠、菩提子、玛瑙、玉石，很有民族风格。

萧致随手拿起佛珠手串："这个怎么卖？"

"开过光的，"店家搓着手走过来，"50元一串。"

萧致放下选别的，老板猜他是学生，连忙看人下菜碟："我们店里的东西都找高僧开过光，能够保你学业有成，高考当状元——"

萧致将手串在指间晃了晃，打断他："能不能求姻缘？"

老板面不改色："可以，你想要的都有。"

萧致重新拿起一串桃木打磨的棕色手串，挂在手腕，回头看见湛冰也进来了。

老板立刻转向湛冰拼命推销。湛冰被念叨得烦不胜烦，本来不想理，扫了圈店内突然道："有没有保出行平安的？"

老板说："有，可以买个玉观音。"

店里的东西大概率是商场批发价，一个观音30元钱，湛冰看了半晌从托盘里翻出一块，十分粗糙，甚至分不清材质是不是花岗岩。

湛冰递过去："就这个。"

老板拿红线穿了起来。

萧致看完了手串注意到他的动向："你买这个干什么？怕出门遇到坏人？放心，有我呢，坏人我一拳一个。"

湛冰懒得开口，接过玉观音后一把拽过了萧致的衣领。

萧致身量比他高一些，被抓得微微弯下背，湛冰分开红绳从他头上套下。戴好项链，湛冰转头出了首饰店。

萧致一会儿才出来："你给我买的？"

"嗯。"

"那这个送你。"萧致低头把腕子上的沉香崖柏手串捋下来，抓过湛冰的手腕戴上，"能保佑你平安健康。"珠子有些硌手腕，但戴上之后，皮肤很快适应了它的温度，而且藏在袖口下什么都看不见。

萧致回头说："走吧。"

时间接近中午，他们商量着吃点什么，被旁边一家取名为"一根面"的古色古香的店铺吸引了注意力。

他俩还没进去，店内服务员就特别勤快地张罗："我们这儿美食特别有特色，一根面下一碗，绝对不会断，断了给您免单！"

萧致询问湛冰的意见："试试？"

湛冰无所谓："试试吧。"

店里生意火爆，门店也特别大，店内有几十桌。服务员边走边介绍："我们最近还有回馈顾客的小游戏，赢了免单，您二位想试试吗？"

"什么比赛？"萧致问完上楼，就看到堂屋坐了大概四五桌，有男有女。

面前的桌子正中只放了一碗面，但这根面快两米长了，碗里盛得满满当当。一堆人围着参观，还有人拍照，服务员叫了声"开始"，两边一人夹着面条的一头，往嘴里吸溜。

"谁先把这根面吃完，中途不断，就免单。"服务员说。

湛冰多看了两秒，正感觉幼稚，就察觉到身侧的视线。

萧致搭着他肩膀，似乎很感兴趣："湛冰，咱俩要不要试试？"

湛冰直接推开他："不试"。

"赢了免单。"

"免单也不行。"

服务员疯狂鼓动："试一试啊，年轻人！白给的钱都不要？赢了免单，店里东西只要不浪费，随你吃个够啊！"

萧致没急着开口，只是目光投向湛冰，摆明了真的很想试试。

湛冰拽他出去。

比赛的这几桌很快分出胜负，紧跟着是下一拨。旁边观众迅速把周围的食客往桌子上推："去，千万别害羞，冲冲冲！"

周围推推搡搡，一碗面已经摆到了桌上，湛冰被抵着肩膀往前推，萧致则顺水推舟坐上了板凳。

服务员见湛冰似乎不愿意，开始张罗其他人："有谁想跟这位帅哥搭伙，赢了两个人都免单！"

周围似乎有人蠢蠢欲动，萧致不怎么乐意，抬指示意了好几下："湛冰，你来。"

湛冰无可奈何过去坐下，周围的人都疯了，都拿出手机准备录视频、拍照。湛冰本来就想着占个位置，没打算真和他一起吃，但听到服务员说"开始"时，下意识拿起了筷子。

拿起后他怔了一秒——这该死的少年的胜负欲。

另外两桌，一桌是女生，还有一桌是情侣，吃面吃得特别快。面前的萧致慢条斯理拿好筷子夹起面，看似斯文，其实吃的速度很快。湛冰看他好一会儿，只能慢慢吃另一头。

旁边的一桌女生不好意思放开吃，而那对情侣过于莽撞中途又掉了一次，最后湛冰跟萧致碗里的面越来越少，居然遥遥领先。

不过后面情侣又追上来了。

旁边看热闹的代为说出了此刻激动人心的剧情："这两个小哥哥马上就要吃完了！"

下一秒，耳边骤然响起喧闹声。

"赢了赢了赢了！第一名第一名！"

萧致漆黑的眸子看着湛冰，他似乎也有些惊讶，随即镇定地坐回去："赢了，开不开心？"

湛冰："……"

服务员拉着萧致到前台领免单券去了："店里的东西您都随便吃，随便点，但最好不要浪费，小本经营，还请您吃得开心。"

萧致领了两张券回来，隔了谌冰四五步远，问："那，你还有什么想吃的吗？"大庭广众之下，谌冰忍住没夸他，等走到门柱后人少的位置，才给他竖了个大拇指。

旁边服务员探出脑袋，热情问："请问想好点什么了吗？"

谌冰拿起菜单勾选后递回去。

"好，请稍等。"服务员离开。

谌冰抬头又瞪萧致。

萧致坐在椅子里，阳光透过窗棂落到他身上，他暗红格子外套下是白T恤，坐下时长腿横在走道，似笑非笑盯着谌冰。

什么毛病。谌冰心里骂了句。

服务员上菜时带着手机，向萧致索要微信："帅哥，刚才你们比赛的全程都拍下来了，您想要保存视频吗？"

谌冰怔了一秒，想说拒绝，萧致已经熟练地和对方加了好友。

"发我看看。"

谌冰刚才比赛时全神贯注，除了最后时刻让他分神以外，自认为仪态还好。但看视频明显羞涩多了，不知道谁在这么短的时间内给视频打了几行文字："加油呀！""还差一点点就吃完啦！""成功拿到第一！"……

谌冰帅哥包袱重，看着视频里为了那根面条激动到不顾形象、浑身紧绷的自己，下意识把头扭开了。

倒是萧致看着，微微挑了下眉，说："哇。"

谌冰感觉中午这顿饭都不想吃了，他没好气地夹着小菜，萧致放松地窝在椅子里，手机放着视频，片刻后，手指似乎鼓捣着什么。

谌冰反应过来时怔了一秒，随即探手拿手机："不许发朋友圈。"

萧致手机没怎么拿稳，直接被抢过去了，他唇动了下，似乎想说什么，但又合上了。

谌冰拿过手机才发现屏幕显示的不是朋友圈，而是一个视频照片收藏夹，里面全是家人和好朋友的照片，有萧若的，也有九中同学的，当然也有谌冰的。拉到底甚至能追溯到谌冰婴儿时期。

谌冰关了手机，当没看见递过去。

"那边还有栋古楼，要不要去看看？"萧致打破了安静。

谌冰说："去。"

古楼是清代保存至今难得完好的建筑，不少人穿着汉服来回穿梭，庭院当中有亭台楼阁，萧致点开手机相机拉着谌冰到树底下。

"湛冰，来，拍两张。"

湛冰看向镜头，还不知道该做什么手势和表情时，就已经被照了进去。

接着一路拍照，湛冰倒是配合地没再拒绝。他莫名冷静地想到，如果以后不幸再患病，多留几张照片留个念想也好。

池塘边湿滑的青苔有让人掉落下水的危险性，但萧致看中了这个地方的风景，拉着湛冰要自拍："笑一个。"

湛冰差点掉下去，但萧致正好站在旁边，抓住了他并站在他的身后。

上车回程时间是下午五点半。

古镇游客纷纷涌向车站，人流拥堵，他俩的身体随着人流被挤上了公交车。

湛冰走了一天路，又困又累，到座位上闭上了双眼："我眯会儿。"

萧致看了他一会儿，说："你睡。"

车里的人全都很疲倦，天色将晚，不知道什么时候下起了细雨。

中途湛冰被手机铃声吵醒了。电话是许蓉打过来的，声音有些担心："现在下雨了，出门带伞了吗？"

湛冰说："没有。"

"那我让司机过来接你，现在到什么地方了？"

湛冰说了公交车最终到站的位置。

下车时，一辆黑色宝马停在路旁，半晌，走下来一道身材窈窕的撑伞身影。许蓉走得飞快，直到把伞递到湛冰头顶："淋着没？"

"没。"湛冰接过她手里多余的伞，递给萧致。

两个人隔了这么久第一次见面，许蓉有些惊讶，随即满脸堆笑："小致，好久没见，你长得好高了。"

萧致立在站台的顶棚下，肩膀被雨淋湿，嗓音微冷地叫了声"许姨"。

许蓉问："要不要来我们家住一晚？"

萧致视线转动，谢绝了她："不用了，萧若在家，等着我回去。"

"行，那你跟我们上车，一会儿让司机送你回家。这么晚的天。"

"不用麻烦。"萧致看了眼别的地方，片刻后撑开手里的伞快步走开，"车来了，那我先走了。许姨再见。"他背影消失在雨丝中。

许蓉似乎有什么话，最后满脸笑意地对湛冰说："今天开心了？"

湛冰接过伞向她倾斜，跟着上了车。

许蓉和萧致之间生硬的气氛湛冰看得清清楚楚，担心之前的事萧致心里过不去，湛冰考虑要不要和他好好说说这事儿。

回家后洗漱完拿着手机思索的间隙，朋友圈有了新动态。

萧致发的朋友圈，特意提到了他。

"挺好玩的，是不是？谌冰。"

照片都做成了长图，差不多囊括了今日的全部见闻，其中在池塘边的合照引起了谌冰的注意。他才发现自己有点儿害怕的时候，萧致似乎感觉到了，在他背后充作护栏挡住了他。

底下不出十秒钟不停出现新消息。

傅航航航："第一。"

萧z："你在朋友圈有房吗？"

伟子："好一副兄友弟恭的美好场景！"

萧z："会说话多说两句。"

管坤："你俩啥时候关系这么好了？"

萧z："见他第一面就认定是一辈子的朋友了，不会有人不想和冰冰做朋友，谢谢。"

谌冰心想你怎么敢吹的？看他接下来的朋友圈估计废话还多，谌冰点进去若无其事保存了照片，然后退出了软件。

周围有些冷清。谌冰想起这两天的作业没写完，拿出试卷刚翻开，萧致的视频通话就来了。接通视频后，另一头的萧致正用毛巾擦潮湿的头发，他穿着睡衣，露出袖口底下修长结实的手臂。

萧致没说话，谌冰就看着他擦头发。

半晌，萧致才抬头："你干什么呢？"

谌冰："写作业。"

萧致顿了两秒，把毛巾放到旁边，手指插入发丝撩了几下。

"我今晚能玩会儿游戏吗？"

谌冰："你问我？"

"嗯。"

谌冰没懂他的意思："我管你？"

萧致笑了一声。他把手机拿近，镜头乱晃后照出他线条分明的下颌，他声音很懒："你不管我，谁管我？"

谌冰攥紧了笔，一时没说话。

萧致到沙发上坐下了，说："我就玩一个小时。"

谌冰心里乱得很，说："你爱玩不玩。"

"不同意？"他声音很低，估计今天玩了一天也累了，嗓音有些嘶哑。

谌冰实在没懂他为什么要征求自己的意见，他瞥了眼视频，说："你想玩就玩。"

"好的。"萧致打开手机，问，"要不要一起？"

谌冰："？"

"一起玩儿啊，今天不累啊，还有心情写作业？"

谌冰确实很累，现在看试卷也不太能看进去，浑身疲惫，反而想到床上躺着。

谌冰干脆上床，进入了游戏。刚进去就被萧致大号拉到了组里，谌冰还以为只有他俩，但扬声器里传来了别人的声音。

"咦？段位这么低又不是贵族，萧哥，你弟弟啊？"

萧致没怎么认真反驳："说什么呢？"下一秒又道，"多说两句。"

又占便宜是吧。谌冰想退出，但游戏已经开了。

队友估计不是萧致现实中的朋友，是他游戏中的朋友，聊得特别嗨。谌冰刚玩儿还找不到语音屏蔽功能，只能暂时听他们聊天。

谌冰不喜欢跟陌生人玩游戏，但这把已经开了，勉强配合玩下去。

他选射手去了下路，萧致按照惯例打野。

虽然谌冰不太清楚规则，但隐约意识到他今天打法不对劲。

"萧哥，你是不是住在下路了？中路都被对方抓怕了，你倒是也过来抓一抓对面的中路啊！"

萧致："不行，下路是新手，我怕他被欺负。"

谌冰烦得很，打字。

hjkl："走开。"

萧致："为什么要我走？嫌我没出辅助装备？我可以现在买一个。"

这一组国服多，所以对面也不弱，总而言之，上、中路嗷嗷叫了半天，谌冰烦了。

hjkl："你走不走？"

"走走走，"萧致临走前还帮他探了下周围的环境，把对面打成残血让谌冰收了人头，才放心离开，"你可以出塔晒太阳了。"

虽然他"中二"操作多，但认真操作起来还是很厉害，迅速扭转刚才的颓势，只不过有空了就到谌冰这路转转，把对面射手抓得想发火。

爱我别走："李白，我上辈子偷你野了？"

断绝情爱："你没有错，错就错在，这该死的对线机制。"

断绝情爱："下次，看见他，记得绕着走。"

断绝情爱："否则，我只能将你们，全部抹杀。"

这个冷漠 ID 和这些"中二"语录，谌冰闭着眼睛冥想三秒钟，才忍住转身投入敌营的冲动。这局打完，谌冰飞快退出了组队。

萧致重新开了一组，邀请谌冰进来后，谌冰打开语音："你没被举报禁言过？"

萧致："没有，我用语很文明。"

或许谌冰想说的，是话语引起队友不适这一点。

只有他俩组队后萧致开始乱玩儿，差不多谌冰玩射手他就玩辅助，选那种长得就像大恶人的英雄角色跟他屁股后，出半攻击装，一边保护他，一边把周围的玩家打得嗷嗷乱窜。

每次都是萧致拼命追赶把对方打得只有一丝丝血，然后若无其事地道："你点一下普通攻击。"谌冰点了一下，得分到手。

萧致就很开心："这波配合完美，您真厉害。"然后疯狂给他点赞。

谌冰不会玩儿，游戏体验却很好，莫名好笑。

谌冰被塔打掉半管血，萧致就硬夸："很好，只要再接再厉，冰冰一定是最强推塔小王子。这点小伤，不算什么。"

谌冰不小心被对面控住，萧致上来一个解控顺便反控，解救他于水火之中："很好，这波诱敌深入干得漂亮，冰冰辛苦了。接下来的战场请交给队员萧致。"

谌冰打不过送了分，萧致喷声："看他们可怜，送分展现世间温暖。那我也送一个，回城陪冰冰，泉水就不冷了。"不愧是国服级别的氛围组。

谌冰唇角扬起了点儿弧度。

一局结束，大获全胜。谌冰不想再玩，退出游戏。

语音通话打了过来。萧致估计到床上躺下了，声音气息不太稳，但嗓音也懒洋洋的："今晚开心吗？"

谌冰："还行。"

"可以睡好觉了。"

"确实该睡觉了。"

那边很低地笑了一声。

谌冰看了下手机时间，现在差不多十一点半，是平时睡觉的时间。

谌冰说："你作业写了没？就放假前老师布置的。"

萧致声音迟缓了两秒："还没动。"

"明天几点起床？"

萧致又笑了一下："七点起床写作业，给您打报告，行吗？"

谌冰安静了两三秒："那也行，你明天赶紧写，中午之前我到你家来。"

萧致："啊？"

"啊什么啊？"谌冰说，"下午返校，我上午先到你这儿来检查作业。"

萧致似乎又笑了一声，对他完全没办法："行吧。"

可能是今天玩得太开心了，谌冰现在也不是很想挂电话。

半响，萧致说："不挂电话，要不然再打一把游戏？"

谌冰一秒掐断。

周围陷入安静后，谌冰似乎还沉浸在刚才的热闹里，心里空落落的。

谌冰重新看了遍手机消息，又到萧致刚才那条朋友圈底下浏览留言。

还是这几个男生的闲聊，似乎没有别的东西了。

过了会儿，萧致发了新的朋友圈。

"对我来说，最好的事情莫过于，每天都能见到你。"

第二天谌冰起床很早，跟许蓉说吃了早饭就去学校，许蓉正好约了朋友打麻将，让谌冰收拾书包，顺道去楼下叫司机。

谌冰站在门口等了一两分钟，从远处的梧桐树林中驶来一辆迈巴赫，停在他身旁，落下了车窗。

谌重华手搭着车窗，露出西装袖口下考究的名表："去哪儿？"

谌冰："回学校。"

谌重华审视他几秒："月假放两天，不在家陪陪你妈，这么急着回学校。我看你是没把这个家放在眼里。"

谌冰脸上没有什么情绪，校服下的脊背挺得直直的，无声的对峙。

司机开车从车库出来，谌冰拽了拽臂弯里的书包，头也不回地说道："走了。""你！"背后的男人气急败坏。

谌冰转过去背对他，视线垂落。

听这阴阳怪气的语调，他恨不得挥拳砸上去。

也不知道是从哪天起，谌冰与谌重华之间的关系成了针锋相对、相看两生厌。谌冰不听他的话，跟他交流就烦躁，甚至共处一室都感到窒息。但凡想到他曾经带着那个女人回家试图一起过年，谌冰的心就一跳一跳地疼。

他手指攥紧，又张开。算了，不想这事儿。

司机停在路旁，谌冰在街头给萧致发了条消息。

对面混合着听不清的杂音，萧致喊了声："你带斤……"

谌冰没听清："带斤什么？"

半响，萧致似乎走到了较为安静的地方，重新说："你带斤水果上来，文伟他们都在。"

谌冰在旁边水果店称好东西上楼，敲门后，跟刚开门的管坤对上了视线。谌冰前段时间跟他彼此阴阳怪气，现在见面了略尴尬。管坤似乎也没什么好说的，掉头回了屋。谌冰进去才发现屋里还有班上的两三个男生，都坐在沙发上玩游戏。

萧致剥了颗糖，垂着眼皮坐在椅子里，文伟趴在他腿边拼命哀求："萧哥，上网去吧。走走走，不要再矜持了。"

萧致抿了下嘴唇，牙齿轻轻咬着糖："不去。"

"上网你都不去?!"文伟简直震惊，"我也可以理解你想认真学习的苦心，但是，今天还在放月假啊！"

"月假也不去。"

"求求你，你不来，我们的五排将毫无意义！"

"滚。"萧致起身将糖吐进了垃圾桶，接过了谌冰手里的水果袋。

劝他无果，一行人只能起身，就像他们成群结队来萧致家一样，成群结队地走。

谌冰瞥了眼关上的门，萧致洗好水果放在果盘里递过来，拿了颗草莓递给谌冰："我算不算禁得起诱惑？"

谌冰想躲没躲开，只能把草莓接到手里。

萧致边往房间走，边说话："学习的诱惑比游戏大多了。"

谌冰跟到房间，萧致拿出了放假布置的作业开始写，他只穿了件黑T恤，屈腿踩在椅面上，坐姿豪放。谌冰抄了把椅子坐在他旁边，萧致写完数学试卷的基础题，伸出手指敲了敲桌面，说："后面不会了。"

谌冰接过试卷看了下题目，拿出草稿纸讲解这类题型，先把基础理论讲通，再一层一层讲，说："讲完，我再总结两个相似的题型，这种题只是表达方式不一样，其实考查内容都相同。"

萧致靠得很近，垂头凝视白纸黑字，听了两个题型，接着似乎有点儿困了。谌冰看他目光逐渐涣散，指节敲了敲桌子："在听？"

学生行为习惯一般要靠养成，如果平时上课都在走神、睡觉、玩游戏，那突然要求他全神贯注学习完全是痴人说梦。

萧致撑着下颌，嗓音低沉，半垂着眼皮。谌冰又敲了敲桌面。

萧致："困了。"谌冰斜眼看了他一会儿，不知怎么训他："以后起床先出门跑几圈，回来精神一上午。"

萧致没说话，他忙着搞小动作。谌冰只能道："那先休息十分钟。"

萧致的学习习惯不好，必须先纠正习惯。

不过一说休息，他似乎精神了，打开了放在旁边的手机。

群里全是语音消息："萧哥，我们现在好快乐！你不来玩游戏一定会后悔！"

"网吧鼠标全部替换成了高灵敏度的游戏鼠标，你之前不是一直觉得鼠标不好用吗？现在来网吧，绝对给你尊享无敌的游戏体验！"

萧致抬了下眉，微微露出齿尖，出着神，不知道是不是心动了。

湛冰拿过他手机关掉了语音："自己趴着睡几分钟。"

萧致唇角扯了一下："我睡觉，那你呢？"

"我出去拿根冰棍。"

"给我也拿一根。"萧致特别不客气。

湛冰故意说道："不拿，自己拿……"

结果萧致还当真了，撑着桌子猛地站起了身，漆黑的眉眼似笑非笑看他："真不拿？不拿打一架啊！"

湛冰快笑了，仍在逗他："你自己没长手吗？"

刚说完，萧致手揪着他的衣领："拿不拿？拿不拿？"

湛冰本来以为他开玩笑呢，没想到他居然这么幼稚，觉得好笑，但心里的胜负欲莫名就被激起来了："你别惹我。"

萧致轻佻的语气跟刚才湛冰的一模一样："就惹。"

湛冰伸手跟他比画上了。

萧致本来还有点儿困乏，玩闹了这一会儿就清醒了。

湛冰注意到这一点，抬手叫停："你还困吗？"

萧致和他挠得正起兴："不困了。"

湛冰一秒停手："那继续学习。"

带着疑问抬了下漆黑的眉梢，萧致终于没话讲了，给湛冰竖了个大拇指："你是这个。"萧致拉开椅子，翻开了作业本，乌发散漫垂落时遮住了眼皮，显出下半张脸。

萧致搓了下脸打起精神，问："讲到哪儿了？"

湛冰敲了敲刚才说到的位置，反正他没有特别着急，时间还够，慢慢来。

"今上午我觉得差不多了。"湛冰把他作业来回翻了一遍，"除了英语和化学，都写完了。这两部分比较少，下午能写完。"

萧致偏头看他，笑了："那现在干什么？"

湛冰起身："吃饭。"

"行，我换身衣服。"

萧致找衣服的间隙，湛冰出门找萧若，她坐在沙发的茶几旁看动画片，听到"吃饭"这个关键词，飞快冲进了房间，也开始换衣服。

湛冰看了半分钟的动画片，不是很感兴趣，把电视关了，回头看见萧致边打电话边推开房门。

"怎么回事儿？你慢慢说。"对方大概说了半分多钟，萧致神色不对劲儿，"嗯"了一声挂断，往门边走去。

湛冰问："怎么了？"

"管坤他们在网吧跟人打起来了。"

湛冰第一反应是在网吧里怎么能跟人打起来，第二反应才是："人没事儿吧？"

"我过去看看。"萧致走了两步折回来，"你带萧若去吃午饭，吃完回来等我。"

"我也要去。"湛冰无视这句话，穿鞋先出了门。

等他们赶到网吧时就看见两伙人站在马路边，全翻着白眼，看对方很不爽的样子。

"我不是跟你说了让萧致来？他要是不爽就跟我打一架。"说话的这人留短发，下巴略方，特别凶神恶煞。他刚说完，萧致就溜达着走到他背后，探手往他肩膀上一摁："你有事？"

这人叫张方，差点让萧致摁得没站起身，想起来却被萧致死死地摁住，动弹不得。"你先松开！"他吼。

萧致松手，文伟几个起身站到他身旁，也是一脸不爽。

"怎么回事儿？"

张方嚷嚷："什么怎么回事儿！抢我球桌就算了，我就问下你们学校的老师，他就开始骂人，没素质，你说这事儿怎么结？你们九中人就这素质？"

文伟快吐了："你们学校，就这素质？"

张方骂骂咧咧抬脚想踹人。

萧致抬手抵着他肩膀，直接把他推回去："你别在我面前动手动脚。"

张方明显不服气，啐了一口，然后安静下来了。

湛冰冷眼看到现在，大概清楚这是隔壁跟九中互相看不对眼的职高，这方脸估计就是职高"校霸"了。

张方："你说这事儿怎么结吧？"

文伟可烦死他了，瞪他一眼："萧哥，这浑蛋，我跟你说……"他好像有些说不出口，半晌道，"他打我们学校女老师的主意。"

萧致就没明白这两个人上个网怎么杠上了，听到这句话疑惑地道："哪个女老师?"

文伟羞于启齿:"陶梦。"

萧致转向张方:"你找她学英语?"

"我……"张方斜着眼睛想了两秒,没否认,一脸狂傲,"找她说几句话又关你屁事,我就找他问问九中有没有这个老师,他嘴巴不干净就乱骂人。"

萧致盯着他看了几秒。就在湛冰以为他打算和平解决这件事时,萧致抬手,直接把他推到路边去:"你脑子不清醒?"

张方怔了两秒,爬起来,开始变得暴躁:"你怎么动手打人?"

萧致声音提高:"打的就是你,怎么了?"

张方明显想就地跟他打起来,但打架有打架的规矩,他抬手指萧致:"约个地方?"

"约,约在哪儿?"

"就你们九中背后的小树林。"

"行啊。"

"行,你说的。"张方往回走,"下午三点。"

他放下狠话,掉头就走了。

湛冰从他背影收回视线:"什么意思?"

"能有什么意思?"管坤看他一眼,咬着牙,话里劲儿劲儿的,"打群架呗。"

湛冰皱眉,对事情的发展表示看不明白。

文伟烦死了:"就刚才,我们在网吧,他认识我们几人,故意找碴儿问我们的女老师。一问知道是陶老师,太好笑了,要是被陶老师知道,一鞋跟把他踹飞。"

萧致抬起手腕看表:"这小流氓说不定故意找事。"

"那现在怎么办?"

"不是都说了,三点,后面小树林吗?"

湛冰总算说话了:"你们是不是都有病?"

萧致回头看了他一眼道:"你自己找个店吃饭,吃了饭回去,别掺和这件事儿。"

湛冰管不了那么多,抓住萧致的T恤领口一把提起:"你不许去。"

文伟怔住,看了他好几秒:"冰神,不带这么'擒贼先擒王'的。"

萧致抓着他的手试图分开,若无其事笑了下:"就打一架。"

湛冰手攥得更紧,他手指细,被萧致轻轻地掰着,反而握紧到指甲嵌入肉里。

"你不许去。"

场面顿时有点儿尴尬。

文伟看他俩讨论,转头叹息:"不然怎么说?就这么算了吗?"

萧致搭着谌冰的肩膀,推推搡搡到人少的地方。

"我一会儿就能回来,一般打这种架时间不会超过五分钟。"

谌冰对他们学校间的恩怨、打架规则完全不感兴趣,他拽着萧致靠近时与他目光相对,话说得很清晰:"但你说过今天下午继续学习。"

"我不听借口。你别骗我。"

萧致低头重新想了四五秒,回到文伟这一行人中对上他们期待的视线,道:"那我先跟谌冰去吃饭了。"

文伟:"架还打吗?"

萧致:"我不打了。"

萧致转身踩着树底的阴影往外走,背后文伟疯狂嘶吼:"萧哥!这可事关你九中校霸的尊严!你居然就为了听冰神的话……"

萧致抬手不在意地晃了下,示意他们可以去吃饭了:"没事儿,不当'校霸',还能当'校草'。"

萧致搭着谌冰的肩膀往店里走,偏头跟他说话时,左手挪到背后做了个手势。他的指节很长,逐渐成形,摆了个"9"的手势。

文伟本来还想嘶吼,突然懂了,没再说话。

晚自习教室里热热闹闹。

第二节晚自习下课时,化学课代表在黑板上抄写化学方程式,周围吵吵闹闹,杨飞鸿进门把朱晓扛起,接着又放下去,溜达回了自己座位。

陶梦也叫课代表把翻译的句子抄到黑板上,谌冰走上讲台,将粉笔折断成两截,开始书写。

教室后排是篮球落地"咣当咣当"的声音。

"萧哥,打球啊?"

"还有几分钟上课?"

"六七分钟吧,不过也能打,反正下节课又没事儿干。"

"行,到时候晚点进教室。"

谌冰继续抄单词,察觉到身侧落下的阴影。

"我出去玩儿了。"

谌冰笔锋停在"g"的末尾,说:"你去。"

谌冰被萧致摁住，他刚要回头踹人，萧致已经打着哈欠走出教室门了。四五个男生拿着篮球往外走。

谌冰写完回到座位上，放下书。管坤坐在座位上，用一种莫名其妙的眼神，回头瞅了他一眼。

谌冰没理他。

上课时萧致跟文伟的座位还空着，陆为民进来扫了一圈："这几个同学哪儿去了？"

全班鸦雀无声，管坤闷闷地回应："在操场打球。"

"打上课铃了听不见啊！"陆为民挥了挥手，"你去叫他们回来。"

管坤应了声，刚踢开凳子站起身，陆为民眯着眼睛看他："不是，你今天还算听话，怎么没跟他们一起打球？"

管坤脸色微变，随即若无其事："我人不舒服。"

陆为民没多心："行，那你跑慢点儿，注意身体。"

"知道了。"管坤往外走。

谌冰在写字的间隙里想到什么，动作突然停下了。

"哗啦"，谌冰推开凳子的声音很响，他转向管坤道："我跟你一起去。"

管坤盯着他，不甘示弱似的，与他针锋相对："不需要吧。"

谌冰绕过他直接出了教室，往球场走。

隔了四五米的背后，谌冰跟着管坤。到球场时，他停下了脚步。

球场上的确有男生在打球，但大部分篮架空着，根本没有萧致他们的身影。

谌冰回头看管坤。

谌冰直视他几秒，走近时，压着嗓音问道："他们，人呢？萧致，人呢？"他说这话时眉眼间冒着寒气，眸色漆黑，跟平时清清冷冷的模样完全不一样。

管坤本来还想随便应付两句，似乎被他镇住了，他抿了下唇，往操场背后的墙壁外指了指："从那儿出去了。"

学校的墙估计一两米高，底下堆着几块不知道谁垒起的砖块，谌冰翻墙跳下去，墙后是一片种了树的绿化草坪，往前走不远就是树林。

深夜这里没多少人了，谌冰不知道他们在什么地方，只能往前走，接着，听到了微弱的动静，眼前有手机光线晃动。

"差不多了吧？"

声音不远，谌冰再往前走了几米，翻过矮坡看到了一群人。

萧致把校服抖了两下，借文伟的手机手电筒："看看沾泥了没？"

文伟仔细查看:"没有。"

萧致开了手机摄像头,对着手机捋头发。

傅航看他半天,很疑惑:"萧哥,男人不是带伤最帅吗?你收拾半天收拾个啥?"

"你不懂。"萧致没多说,修长的手指插入头发捋了几下,总算捋整齐了,校服拉链也整齐地拉到锁骨附近。

还是文伟明白:"萧哥不得赶紧收拾下吗?到时候回去被冰神看出来,不得吵个三天三夜?"

傅航赶紧加入帮他整理衣服的阵营:"我也来我也来,绝对不让你为难。"

他们此刻竭力伪装成只是出来打篮球、出了点儿汗的样子,整理了半天,总算放心了。

文伟拍萧致肩膀:"萧哥,您现在这造型,毫无破绽。"

傅航也附和:"要是被冰神看出来你打架,我直播洗头!"

萧致拿起手机照亮底下的路,往回走,先听见管坤喊:"萧哥。"

"嗯?"萧致抬头,在树林影影绰绰的阴影里,看见了两道身影。

一道是管坤,离得较远。另一道无声无息,反而离得更近,谌冰眉眼笼罩着寒气,不知道在这儿看了他们多久了。

萧致:"……"

第六章

黏牙糖

树林里有晚风刮过。

面面相觑后,文伟咽了口唾沫,飞快用手推着大家的背说道:"走了走了,快走了……"留下句模糊的话,"萧哥,我跟老陆说你不舒服,晚点来教室。"

人群四散后,就只剩萧致跟谌冰。

萧致在原地站了几秒,走近时,谌冰站着没动。他咳嗽了一声似乎想说什么缓解尴尬的气氛,想抬手拍拍谌冰的肩膀,但谌冰斜睨了他一眼,眼底染了层薄霜,语气很不好。

"你别碰我。"——谌冰经典生气语录。

萧致反而笑了一下,没说话,就跟着他一块儿往学校走。

学校围墙有一两米高,跳下来时谌冰还不觉得高,回头重新爬却怎么都上不去了。

"翻出来从这儿跳,翻回去从另一个地方翻。"萧致解释,往左边指,"那边是大家默认的翻墙地点,免得被老师发现。"

谌冰往他左手边指的位置走,那里确实摆了张木桌,桌面上全是踩踏的脚印。谌冰先跳下去后没挪给萧致位置,反而把底下垫着的石头一脚踹散开,说:"你别下来了。"

萧致脚踩在墙头,屈膝半蹲着,听见这话愣了一秒:"啊?"

"自己在墙头上好好反省。"谌冰说完这话没走,把石子儿踢散铺了满地。这儿附近是水泥地,要是没缓冲跳下去踩到石棱可能会受伤,还可能砸到湛冰。

萧致的手搭着水泥墙,盯着他笑:"我错了还不行吗?"

"你继续敷衍。"湛冰声音很冷。

这下重新安静了几秒,萧致说:"我跟小方认识,刚才我们就简单过了几招,点到为止,我没受伤。"

湛冰半张脸在阴影里,冷冷地看着他。

萧致很清楚湛冰的脾气,湛冰看着冷冷的不好说话,但其实心软得很。急匆匆翻墙过来,说不定不是为了抓他而是帮忙来了。

萧致脾气不算好,但对湛冰真的没办法,他偏过头,带出点儿笑意:"以后打架向你汇报,你不同意不去了,行吗?"

湛冰下意识握紧了拳头。他眼神阴沉,清秀的眉紧紧皱着,明显非常不愉快,正在努力思考他这句话的可信度。

半晌,湛冰还是选择相信他,准备把石块踢到一起。

萧致说:"别,你让开。"

湛冰往旁边让了几步,萧致手扶着墙壁弯腰跳了下来,说:"踩石头没关系,主要是我刚才怕撞到你。"

他说完后,几步走到湛冰跟前。

湛冰瞥了他一眼,准备回教室,转身时却感到有人戳了戳他的背。

头发被他轻轻抓了抓,湛冰回头还没说话呢,又被萧致拍了拍肩膀道:"现在还生气啊?"

湛冰抓着他校服用力推开:"你别靠近我。"说完转头往教室走。

深夜的操场上没有别人,每隔十米有一盏路灯,照得人的身影时长时短。

因为刚才的气还没消,湛冰心里乱得很,快步走在前面。

萧致在他背后,与他隔了四五步,吊儿郎当的,也没着急和他并排走。

半晌,湛冰似乎发现了什么,透过影子能看见萧致举手对着灯光屈指,在他的身影头上比了个小犄角。

湛冰没说话,也没回头。萧致玩得还来劲儿了,一直在他头顶的影子上比画着,半晌,轻轻笑了一声,特别幼稚。

湛冰直接当作没看到。

回教室时他俩一前一后隔着一段距离,这幅场景引起了文伟的惊恐:"你俩还吵架呢?"萧致偏头看了眼别的地方:"没有的事。"

陆为民端着茶杯过来了。他真以为这群小伙子去打篮球了,就很生气地训斥了几句,等他说完时差不多快下课了。

萧致拿起作业，走之前又用手指在谌冰头上弯了弯，这次是小兔子耳朵。谌冰推他："赶紧走。"

萧致到门口又回来："那我走了，明天要不要给你带早餐？"

"再说吧。"

谌冰拿着作业沿左手边的楼梯往下走，这边距离寝室更近。文伟还在为晚自习的事情操心："冰神，你听我跟你说，其实今晚打架萧哥也不想去，但主要那个张方很过分你知道吧，隔三岔五找碴儿跟萧哥作对，这次还想找陶老师的麻烦，必须打一架他心里才能服。"

谌冰应了一声。

晚自习后食堂还开半个小时，文伟跟杨飞鸿几个吃喝着吃东西去了，谌冰沿楼梯往上走，看到了背后两三步远的管坤。

管坤住他隔壁寝室，两只手插在兜里，一起走路不太自在。

谌冰停下脚步，眼神带点儿寒意："我有话想问你。"

管坤站了两秒："哦。"

他俩走到走廊尽头的窗口边，管坤歪着头看窗外，不跟他对视。

谌冰没把他的姿态放在心上，问："我对萧致的做法，你是不是有意见？"

等了半晌，管坤说："有啊。"

但又不说意见是什么，就侧着一张脸，非常不爽谌冰的模样。

"行，有。"谌冰耐心耗尽，"不过你现在可以放弃你的意见了，他以后的路该怎么走我来负责，和你们没有关系。"

管坤怔了两秒，好像没听懂似的，回头看谌冰。

这句话里的意思他真没明白。说实话，谌冰在他眼里一直离他很远，学习好，长得好，家里月末往校门口派的迈巴赫仿佛一道鸿沟直直将他们隔开，但他对谌冰本人的印象其实还可以。

谌冰安静，话少，虽然高傲，但没傲到让他看不惯的地步。

这句话说出来，只让他感觉到谌冰对萧致真的很关心。

半晌，管坤才说："萧哥是我朋友，我就想让他开心。至于你所谓他的路怎么走，跟我没关系。"

"这次机会对我很重要。"谌冰不期望他能理解，"你是他兄弟，你想让他开心，不那么憋屈，没问题。但我想让他变好，我也没错。"

谌冰早想过，也许高三以后自己还生病呢？自己的人生很短暂，他就想萧致能好好过下去。这是他心底的秘密，而且他不想让萧致知道，因为这只会徒增他的痛苦。阴云密布的路，他想自己走。但是，另一条阳光照耀的路，他必须把萧致推上去。

走廊顶部的灯坏了一个，时不时闪烁着，灯光微暗。谌冰的脸一半被阴影遮挡，嗓音也很冷："他要是出事了，你们能负责吗？所以，别再来打扰他学习。"不再等管坤回答，谌冰回了寝室。

拉开椅子坐下，谌冰有些心神不宁。

重生前的轨迹他都记得。谌重华一直对许蓉颇有微词，但碍于脸面不会跟她离婚。得癌症后自己走之前的几天，谌重华在他病床旁跟他承诺，说"你走了，爸爸会照顾她一辈子"。谌重华当时很痛苦，他跟许蓉结婚快20年，照顾生病的谌冰直到他病逝期间是他们夫妻俩感情最和睦的时候。

许蓉后来会多痛苦呢？如果自己走了，萧致又会怎么过接下来的半辈子？谌冰一直强迫自己不要想这些问题。不要想，不要想……谌冰不觉攥紧了手，用力跟自己说不要想，专心做好眼前的事。

文伟端着洗脸盆进来时，就看见谌冰坐在椅子上，手里拿着支笔，无意往下戳着，一副心不在焉的样子，居然把手背上弄了很多墨水。

文伟吓了一跳："冰神，你干什么呢？！"

谌冰的思考被他打断，才意识到自己把手弄脏了。

之前强迫自己排解负面情绪时稍加控制就行，现在却越来越难。

真的烦。谌冰在心里骂了好多声，站起来道："我出去逛一圈。"

卫生间在走廊尽头，谌冰进去对着大镜子，掬冷水用力冲脸，直到眼睛里充满红血丝。他心里空荡荡的。

等宿管阿姨查完寝，谌冰出了宿舍楼，在操场转了半圈，最后停在了那处翻墙点。晚上十一点过后的小树林有些瘆人，谌冰跳下去走了一圈，越绕越晕，不知道路该怎么走了，只能拿手机给萧致打了个电话。

那边有翻动书页的声音，萧致说："嗯？"

谌冰："在干什么？"

"背单词。"萧致语气悠闲，跟着说了下一句，"快，夸我。"

谌冰咬牙："别背了。"周围很安静，所以他声音特别小。

萧致有点儿没弄清楚状况，似乎起身走到了窗户边："怎么？寝室现在应该熄灯断电了吧，宿管阿姨也会查寝，你还给我打电话，有事儿？"

谌冰小声说："的确有事儿。"

谌冰现在想着干脆翻回去算了，但又找不到回去的路，所以心情很复杂，理解不了自己翻墙的举动。

半晌，他只能咬着牙道："我翻墙出学校了。"

对面很安静。

"小树林好黑，"谌冰左右看了一圈，"我好像迷路了。"

谌冰打完电话等了估计十分钟。萧致开着手机手电筒找进来时，高高瘦瘦、皮肤白净、穿件白T恤孤零零站墙根底下的谌冰，被光线一照，不像翻墙后迷路的学生，更像深夜丛林中的"幽魂"。

萧致举起手机朝他晃了下："你还好吗，我的朋友？"

谌冰手指搭着额头，感觉没脸见人，想着还是翻回学校比较好。

萧致两三步走过去，挑眉道："迷路了？"

谌冰的手挺冷，说实话，他大半夜在墙根下站着，着实瘆人。

九中有很多传闻，据说这小树林里有座精神病院，病人有时跑出来，但其实谁也没真见过。

谌冰现在倒并不害怕……但总觉得自己陷入这种境地很傻。

萧致垂头，左看看右看看，似乎在观察他有没有吓傻："你怎么回事儿？还学会翻墙了？"

谌冰不语。因为今天发生的事，于是在寝室里看谁都不顺眼，恰好在卫生间里正好听见几个男生说一会儿翻墙出去上网，谌冰一直比较有行动力，就跟着翻出来了。

"出来有事儿吗？"萧致问。

谌冰："没事儿，想出去逛逛。"

萧致看了看他，随即说道："行，现在出去看看。"

他应该是接到电话就出门，比较急，后脑勺头发凌乱，T恤皱巴巴的，勒出清瘦的腰身，完全不符合平时在教室里的冷酷帅哥形象，还垂眸轻轻打了个哈欠。

夜里风很凉，谌冰在寝室里的焦灼、不安、低落，慢慢被驱散了。

小树林外是一条公路，要往下走几分钟才能到学校正门大街。深夜路上没有什么人，只能偶尔看见几个学生鬼鬼祟祟奔跑，互相看见还打声招呼。

走到路边后，萧致骑上自行车，将自行车一歪，说："上来。"

谌冰："自行车？"

"对，代步工具换了。"

谌冰跟着上了自行车后座，车辆开始摇摇晃晃。从小树林旁的公路下去有一条大斜坡，萧致踩着脚蹬加速往下冲，吓得谌冰"啊"了一声，随后紧紧地抓着后座："能不能稳点？！"

萧致吹着风还挺凉快，闻言，捏紧了手刹："……行，我慢一点儿。"

路口夜市开着,萧致下自行车推着走,回头问:"要不要买点儿吃的?"

谌冰应了声。

他俩在楼底下的烧烤摊坐下等,萧致拿手机看了下,半身前倾,饶有兴致地递过手机:"给你看看这个。"

是个新拉的讨论组,名字叫"今天傅航直播洗头了吗?"

群里的消息正在疯狂刷屏。

伟子:"你洗不洗?你洗不洗?立了flag(旗帜)翻脸不认人?"

说不洗就不洗:"那我哪儿知道冰神就在旁边看呢?要怪就怪管坤这个笨蛋,连冰神都拦不住,白让他蹲在教室里通风报信了。"

管坤:"是,全怪我。"

说不洗就不洗:"滚滚滚!谁再来我直播间刷洗头呢现在?"

谌冰把手机递还给萧致。

烧烤做好了,萧致拎着东西回头喊他:"走吧。"

自行车被锁在楼下,谌冰跟着萧致上楼,刚推开门就见萧若坐在客厅沙发上,困得直揉眼睛,但一直等萧致回来。

放下烧烤萧致招呼她:"来一串?"

萧若摇头,对谌冰叫了声哥哥,转头回房间了。

谌冰看她关上门,才问:"你每次出门,她都起床等你?"

萧致:"嗯。"

谌冰又看了一眼门,想说什么。

萧致到冰箱拿了两瓶可乐,回来坐下,说:"准备从别墅搬走的前两天,我在外面,她自己在家里被一群催债的地痞流氓恐吓过。"

"萧若还小,肯定害怕。"萧致声音低了不少,"从那以后她就不愿意一个人待在家,怕被砸了门,有人进屋逼着还钱。他们还打算闹到学校,让所有人知道这事儿,让我们身败名裂。小老板这么做我不是不能理解,损失的几百万全是血汗钱,要不是公司面临破产,也不会……"

"钱只有还了才自在,但我拿什么还?"萧致笑了下,"你看看杨晚舟造的孽。"谌冰抬手缓慢地拍着他的肩。

萧致拆开了塑料包装,往嘴里塞了颗糖,声音很平静:"我有钱也想还,但是,一想到我以后半辈子挣钱都是替杨晚舟还债,就很没意思,你明白吧?"

谌冰当然明白,萧致不想逃避责任,想替老萧把钱还上,但明明这些事情都可以没有。现在呢,杨晚舟攥着钱过大富大贵的生活,不仅把老萧送了进去，还让自己儿女背上一辈子包袱。

杨晚舟不肯多给萧致钱的理由谌冰隐约猜到了，给了萧致怕他拿去替老萧还债。她不如不给，每个月固定几百元，除了维持基本生活什么都干不了，也逃不出她的手掌心。

谌冰拿了串鸡胗，送到萧致面前："给。"

萧致："干什么？"

"给你吃。"

萧致怔了下："你今天哪儿来的闲心？"

谌冰捅捅他手臂："叫你吃就吃。"

萧致应了声，俯身靠近，吃了一块鸡胗，吃完配合地说："香。"

谌冰笑了下，吃完烧烤洗漱完了回他房间，拿起桌上的书本翻了翻："我看看你的学习情况。"

萧致也洗漱完从门外进来，往床上一坐。

"今晚作业都写完了吗？"谌冰转头问，"数学还抄了两道题在黑板上，你写了没？"

萧致似乎才想起来："问题是现在都十二点了，该睡觉了吧？"

"你不写了？"

萧致："不想写。"

谌冰早给文伟发消息让他传一下题，对萧致说："还是写完再睡，不能纵容惰性。"

纵容惰性？萧致顿了两秒，似笑非笑："听你开口，像个老头似的。"

作业发过来后，萧致到桌前拉开椅子，转着笔写作业。

除了书桌上台灯较亮，其他地方灯光都暗。他坐姿不太老实，单脚踩在椅子上，屈着腿。

谌冰拿手机给他传了几个音频，再下载了一个背单词app，进去设置了一套单词。等萧致写完，谌冰把手机递给他："以后天天背单词吧。"

萧致看了眼手机，"嗯"了一声，到谌冰身旁坐下。

谌冰其实不太懂基础差应该怎么补，但他之前认识一些教育机构的老师，本来他们是想让谌冰去直播教学分享学习经验的，不过谌冰一直没理会，不知道现在再去找这些老师聊天，他们还理不理人。

谌冰胡思乱想着，身旁的萧致单手拽了下T恤的领口，用一种随便的语气问："今天为什么翻出来？"

之前他支支吾吾不肯说，萧致就不问。

这个年龄最大的礼貌就是——你不说，我就不问。

现在随口提起，谌冰要是还不肯说，他估计能假装谌冰根本没翻过墙。

气氛有些沉默，谌冰安静了两秒："不想住校了。"

谌冰想着什么，萧致看他没洗干净的墨迹，说："不会被人欺负了吧？"

谌冰不清楚晚上到底算自己欺负管坤，还是管坤欺负自己，可能前者更贴合。谌冰特别不自在："问题那么多。"

萧致抬了抬眉："你凶什么？不是你给我打电话让我来接你？"

谌冰掀开被子往床上躲，把头蒙住："我要睡了。"

萧致笑了声，掀开被子钻进去躺下，谌冰背过身，没想到刚转过去，小腿突然被踢了一下。

谌冰："你干什么？"

萧致语气毫无愧疚感："哦，不好意思，帅哥腿长。"

谌冰一整晚都没睡好，第二天被闹钟吵醒时他脑子里昏昏沉沉，关掉闹钟之后，继续合着眼皮养神。

萧致没着急，在旁边坐着等他，看看表不知道在说些什么："步行。"

谌冰又眯了几分钟，他改口："自行车。"

过了会儿又改成："出租车。"

再过三分钟，萧致直接宣布完蛋："现在打车也来不及，我们迟到了。不过还有备用方案，今早升旗仪式，迟到了没事儿。"

这就是学渣吗？谌冰赶紧起床洗漱往学校走。

本以为校门口会没人，他们到达后却发现迟到的人众多。傅航背着书包，手上拎满了早餐，边打呵欠边冲萧致打招呼："萧哥，你也是因为今天升旗故意迟到的吗？"

萧致看了眼谌冰，谌冰碰了下他手臂。

萧致面不改色："是这样，没错，真巧。"

傅航注意到谌冰："冰神，昨晚又去萧哥家了？"

萧致替他回答："昨天他迷路了……"

他还没说完就忍不住笑了，迈开长腿直跑，被谌冰追到校门口。进学校后有老师和同学盯着，萧致不想跟他大动干戈，赶紧把他往花坛后面拉，边拉边认输："行了行了，好面子也该适可而止，实话都不让人说了？"

他俩打打闹闹，傅航差不多想起了这段时间的传闻。大概就是萧致和谌冰关系变好的事情。他们几个关系好的都清楚，天天看他朋友圈点冰神的名，冰神连个点赞都没点过。傅航"啧"了声。

傅航决定就此事问一问，他问得不直白，不过意味深长："萧哥，最近很得意啊，友谊的小船航行很顺利？"

萧致小臂搭着谌冰肩膀，听了两秒，语气随意地道："没。"

"那你不打算拜个把子什么的？"

萧致看了会儿蓝天，似乎想到了什么，若无其事地道："不打算。"

谌冰意外地看了萧致一眼。

萧致走到了前面，似乎对一切都不在意："就这样也挺好的，保持距离，保持分寸。"

傅航重新看了眼谌冰，谌冰脸上没什么表情，好像事不关己。

"你说我以前怎么就这么不懂事呢？非要为一句话记仇，后来朋友也不当了。"萧致自我总结就一句话，"年轻不懂事。"

傅航附和："对，正常相处也挺好的，何必这么剑拔弩张的呢？"

"嗯。"

萧致表态完毕，回头重新看了看谌冰："走吧，好兄弟。"

谌冰被他拽得怔了下，什么意思？叫谁好兄弟？

傅航也聊开了："对了，萧哥，过几天生日，我把我几个关系特别好的朋友介绍给你，没啥人品问题，除了爱穿奇装异服。"

萧致回头朝他走了两步，提溜着他衣领，抬腿一顿踹："有多远滚多远。"

傅航赶紧认错："错了错了，萧哥，您交朋友的品位永远是一流！"

大家笑笑闹闹，傅航下一秒又补充："但我那几个朋友也是挺有特点的。"

"滚。"萧致直接开口道，今早这场谈话就离谱。

走到教室门口萧致才想起来，问："过几天你生日啊？"

傅航满脸惊讶："我生日在暑假啊，萧哥。"

萧致没当回事儿，往教室走："那谁生日？文伟？"

"你生日。"傅航缓缓说。

萧致想了好一会儿，重新看手机日期，应了声："对，我生日。"

傅航愁得直拍脑壳："萧哥，男人更要爱自己！你怎么连自己生日都忘了？"

"一年过一次，能不忘？"萧致没当回事儿，拉开凳子坐下。

他没当回事儿，但其他人显然当回事儿了。明明时间还有四五天，大家互相撞肩膀提醒："周六萧哥生日啊，别忘了，到时候给他准备惊喜。"

本来这事儿小，但有文伟这张嘴，不出半天感觉全校都知道了，连九中大群里也有相关的聊天话题。

萧致看到群消息的那一秒，差点把桌子都掀了。

这群"大嘴巴"不仅管不住嘴，还藏不住任何行动的迹象。周三中午自习回来，萧致就看到他们鬼鬼祟祟从门口进来，肩膀挤着肩膀，把礼物塞到了自己抽屉里，还拼命挡住萧致不让他看。

"萧哥，别看，别看！这个真的和你没关系！不关你的事！"

本来就没打算看的萧致："……"

晚自习文伟在那儿写贺卡，突然特别神秘地回过头："萧哥，你的人生梦想是什么？"

萧致："……"

"是发财，还是高考得高分，抑或是全家人幸福安康？不然我都写上吧……"说完他好像意识到自己说漏嘴了，疯狂找补，"没有，不是写给你的，我只是参考你的意见，以上祝福跟你没有任何关系！"

萧致眯着眼，咬了咬牙，没说话。

都不知道他们是怎么传的。总而言之，周五陆为民上课前来教室，硬是讲完题岔开问了句："萧致，明天你生日啊？"

萧致坐在椅子里往后靠着，说话很慢："是不是我生日不知道，但估计是某些'大嘴巴'的倒霉日。"

陆为民："你干什么呢，这么凶？人家还不是想给你庆祝生日，不要辜负同学们的好意。"

他说："我提议，不如明天早自习，大家给萧致唱首生日歌吧？"

萧致咬着牙，一字一顿地道："那我明天不来学校了。"

话说到这份儿上，陆为民只好打住："行，就这样没事儿了，你们该干什么干什么。"教室里全是哄笑声。

谌冰低头写字，不觉攥紧了笔。

下课后，萧致推着桌子猛地往前一靠，挤压着文伟的空间，他局促地回头，萧致面目狰狞，冲他勾了勾手指："你出来。"

旁边杨飞鸿怔了一秒："萧哥。"

萧致转向他："你也出来。"

傅航表示不清楚状况："怎么了？"

萧致瞥了他一眼："还有你，正好，全给我滚出来。"

文伟："……"

杨飞鸿："……"

傅航："……"

萧致满脸晦气，用手往后梳着头发推门出了教室，背后跟着三个推推搡搡互相埋怨的"大嘴巴"。

谌冰看了下表，之前邮寄的同城速递也到了，手机刚收到消息。

学校的快递柜在正门外，出学校还得专门给保卫老师打个报告。谌冰进去找了下自己的快递，找到三四个，抱起来还特别沉，拿着往回走。

从行政楼左边那条道回教室，距离要近一些，但这里平时走的人很少。

谌冰经过时，看见楼梯角落面对面站着四五个男生，还有一个高挑的女孩子。萧致咬着一根棒棒糖，正和那女生说话。

女生长卷发，穿着短裙，小腿笔直修长，背影非常窈窕。

刚才还以为他们出去打架呢，然而文伟几个男生全靠在萧致肩头，对这个漂亮女生特别有兴趣，笑嘻嘻地问东问西。

萧致把女生从头到尾瞟了一遍，似笑非笑。

"你穿这身衣服还可以。"

"这是一个'可以'能概括的？这是绝美，很适合你。"

"我也觉得好看。"

女生说的话谌冰一句没听清。看起来她性格很不错，时不时伸手捶一下文伟的肩膀，再拽一拽傅航的校服，显得特别亲近。

谌冰本来打算从这层楼梯上去，莫名其妙又转了回去。

等他回到教室开始拆快递，用小刀划开塑料袋和纸盒时，萧致也回来了。他拉开凳子坐下，看谌冰从盒子里取出一沓一沓的试卷、习题、复习百科大全，舔了下唇。

谌冰把这些都推到萧致桌子上："送你的生日礼物。"

萧致："谢谢你啊。"

谌冰把小刀收到文具盒里，又收拾了快递包装，扔掉垃圾后回来见萧致正翻着这几本书，不过只是翻了下，没细看。

谌冰停在他面前："你是不是不喜欢？"

萧致拿单词本翻了翻："还可以吧。"

"算了。"谌冰感觉自己脾气来得没道理，拿起笔漫无目的画了几笔，然后又放下。

感觉不是很开心呢。萧致观察他的神色之后，重新翻了这几本书，说："真的很喜欢。"边翻边形容，"这本英语语法书很适合我，'助动词自身没有词义，不可单独使用'，你看，就很通俗易懂，符合我目前的水平。"

萧致又拿起其中的数学练习题，修长的手指朝上托着颠了颠："哟，好厚重，我已经感觉到我在数学学习之路上将不再彷徨。"

他边说边总结："我能不喜欢吗？我喜欢得很，喜欢到我想跳起来，非常好，好极了。"

谌冰提醒他："戏，过了。"

"我还没表达我出百分之一的喜悦。"萧致试着收敛了点儿情绪,抬手在他肩膀上拍了拍,"虽然但是,该说不说,过生日送试卷,不愧是你。"

他快4年没给萧致过生日了。初二以前萧致生日时,他们都在萧致家吃饭,他爸妈一般不在家,就一群小孩儿跑来跑去。谌冰有一次给萧致买了榴梿千层蛋糕,他当时吃得神色复杂,边下咽边伸手弹了下谌冰的脑门,说:"小东西整我真有一套。"

谌冰确实没有挑选礼物的才能。

萧致把试卷、习题、复习大书摞得还算整齐,拍照后,靠回椅子里,修长手指在手机屏幕上飞快敲击,摆明了正在发朋友圈炫耀。

晚自习下课后,谌冰回寝室拿手机,看到了萧致的朋友圈。

"提前一天,收到了最好的礼物。"

但底下的评论就很"酸溜溜"。

杨飞鸿:"咦,你不是不收礼物吗?"

文伟:"我跑了半个商场买的荧光篮球被我退回去了,你不是不收礼吗?"

谌冰转回浏览器搜索"男孩子过生日,送什么礼物比较好"。

谌冰搜了半天,发现就一句话——"送礼物,真心就好"。

谌冰拿出笔记本,开了台灯开始写写画画。夜里空气变凉,察觉到宿管阿姨过来查寝,谌冰熄了台灯,等到人离开,又拧亮继续写。

等他写完已经过了十二点十分,谌冰拿起手机给萧致发了条消息。

CB:"生日快乐。"

对方马上回消息。

萧z:"终于等到你第一个祝福。"

刚退出去,上铺文伟突然骂了一声:"萧哥什么人啊?!给他发生日快乐半天不回,他发了朋友圈,还是不回我消息!"

说完啐了口"有毛病"。

谌冰垂眸看了看手机,果然,萧致只截了和谌冰聊天页面的图,那句孤零零的"生日快乐"。

底下评论炸了。

傅航:"我给你写的'三千字小作文'没看见呢?"

文伟:"我朋友圈艾特你半天了,至少也点个赞吧?不然让我很尴尬啊。"

谌冰往下滑动,果然,他的几位好兄弟都是在发朋友圈,照片是大家站在一块儿说笑的场景,文字全是:"我萧哥今天过生日,好兄弟们队形走一走,排面搞起来搞起来!"搞得特别"中二"。

湛冰替萧致尴尬了一秒。

果然没半分钟，底下评论刷新。

萧z:"半分钟，赶紧删了。"

萧z:"晚自习没揍你们，是不是在眷恋我的温柔？"

湛冰划着屏幕，在文伟朋友圈底下点了个赞，关掉手机睡觉。

因为萧致说不收礼物，第二天到教室，他桌子上果然没有礼物。不过生日贺卡还是有的，摆了半桌子，其中不乏粉色信笺，也不乏用草稿纸粗制滥造的生日寄语。萧致进来也没看，随手把贺卡拢成一沓，放到了抽屉里。周六下午上完课放假，教室比较喧嚣。萧致刚坐下，文伟转过来："萧哥，生日快乐！恭喜你又成熟了一岁。"

萧致应了声，指间转着笔，没当回事儿。

那边傅航特别热情地冲上来，满头大汗趴在萧致桌子面前道："萧哥，你伸手。"

"有事？"

"叫你伸手你就伸。"

萧致："我不收礼物。"

"不是礼物。"

傅航明显等烦了，一把将他的手拉到桌面上，重重往下一拍："我妈给你煮的两个红鸡蛋，萧哥，你自己看着吃吧哈哈哈哈。"

鸡蛋被他使劲一击，直接拍碎了，糊在塑料袋里，看着都恶心。

萧致忍了一会儿，恐怕是没忍住，一脚踢开凳子："我怎么遇到你们这群奇葩？"

萧致二话不说翻出桌子，两三步追到走廊拎住了傅航的衣领，边打边往卫生间走。门外鸡飞狗跳，陆为民正好端着茶杯路过，看见了使劲拍萧致的手："你又欺负同学，你又欺负同学……"

今天倒是难得的晴天，走廊上洒满阳光，天气不错。

湛冰偏头看着，莫名勾了下唇角。过了估计五分钟，萧致没事人似的推门进教室。背后傅航夹着腿跟个小媳妇似的，明显被教训了一通。

萧致坐下后懒洋洋地翻书，半晌，伸手将湛冰翻开的教科书掩上，动作特别嚣张："你是不是忘了什么？"

湛冰："？"

萧致微抬了抬眉，很暗示，但不明说："你自己想想。"

湛冰想了几秒："什么？"

萧致对他的迟钝很不满意："你烦不烦？"

湛冰一脸疑惑。

他们僵持了几秒钟。萧致看了会儿黑板，可能是没脾气了，直接将长腿伸到桌底下去："你还没跟我说，生日快乐。"

打了上课铃后，陆为民端着茶杯从教室头走到教室尾。

来来回回了几次，湛冰抓紧了书，避免被他抓到，一时不知道该怎么继续话题。

陆为民刚出教室，萧致立刻抬起长腿踩上了湛冰的凳子腿，圈住了不让他出去，催促似的："快说。"

湛冰闭了下眼，声音很轻："我十二点给你发过了。"

"不行，"萧致否认，"那个不算。"

"为什么不算？"

"不够正式。"

湛冰往后挪了挪。

"快说。"

他这么催着，湛冰喉间似乎哽住了，半响，才说："生日快乐。"

他说完，莫名有一种不爽的感觉，低头看着课本，耳边萧致轻轻"啧"了一声："怎么说句生日快乐，跟要你的命一样？"

湛冰没说话。

萧致本来以为他要跟自己打架，已经做好了应战的准备，但湛冰的脾气似乎没以前那么暴躁了，他白净的手指将书翻来翻去，神情若有所思。

萧致没看明白他的情绪状态，前面文伟拿着作业转过来："冰神，这道题怎么解？"湛冰放下捏着的笔，给他讲那道题。

下午四节课上完放一天假。正好萧致生日，刚打铃，大家吆五喝六地喊上了："走走走，出去吃饭，萧哥请客。"

萧致坐在位子里，收拾作业到书包里，拎着书包往外走，文伟回头："你是不是还得先回家一趟？"

"对，回去放东西。"

湛冰坐在位子里，暂时没动静。

萧致回头在他桌子上敲了敲："六点四十，集合吃饭。"湛冰应了声。

文伟远远喊他："冰神，你还回寝室吗？"

"我回去一趟。"

"行，那我跟小傅他们先走了，到时候给你发店里的定位，你自己过来。"

湛冰点头。

等他们推推搡搡离开，湛冰回了寝室，取出压在书下的四张生日贺卡。

他确实不知道该买什么礼物，现在距离六点四十还有半个小时，湛冰打车去了附近最繁华的商业街。他在各个商店间来来回回走了十几分钟，眼看时间快不够了，只能随便进个店看见什么买什么。

到服装专卖店买了件白T恤；旁边有家饰品店，项链看起来还可以；旁边的收纳在纸盒里的干花也不错。

…………

另一边，饭店外的长椅上，男生靠拢在一起。

"冰神怎么还没来啊？"

"估计快到了。"

萧致晃了晃手机，抬手指了下帘子内："你们先进去，我再等他几分钟。说不定他找不到地方了，我过去接一下。"

"好，那我们先进去了。"

萧致往前方人多的岔路口走，半响，看见湛冰手里拎着纸盒，站在红绿灯附近左右张望，明显有点儿找不着店。

萧致走近，拍了下他手臂。

湛冰转过来看见是他，递过手里的东西："给你的礼物。"

"我不都说不要礼物了吗？"萧致低头看了下袋子，"何况礼物昨天你已经给我了。"他指尖扒拉着袋子数了数，"为什么有4份？"

湛冰将东西直接塞到他手里，快步走到前面："你拿着就行了。"

背后的萧致似乎笑了声，从盒子里取出什么，念道："给19岁的——"

"有毛病？"湛冰转过去，一把将贺卡抢过塞回袋子，"你能不能回家再看？"萧致边往后退边应声，点头："好的好的，不好意思。"

两个人并肩走着，大概安静了半分钟，萧致问："为什么是19岁？你不会忘了我多大岁数吧？"

19岁是重生前的年龄，那时候湛冰还躺在病床上，而萧致已经出事了。湛冰就记得那天许蓉还在旁边的瓶子里插了一束白菊花。癌症后期时湛冰意识很模糊，但还记得跟许蓉说过，今天是萧致生日。

那时候湛冰很想给他送个礼物，说句生日快乐，但是没有机会了。

半响，萧致还是没忍住，手指在袋子里掏出张16岁的贺卡，明白了："搞半天，你想把之前错过的礼物补回来？"

湛冰暂时没说话。

周围人来人往，萧致一直跟他并肩走在一起，笑着说："还挺有心。"

湛冰白了他一眼。

等走到饭店楼底下时，湛冰先看见一道穿着短裙的婀娜多姿的背影。她正在楼底下跟傅航推推搡搡，湛冰看了几秒认出是昨天跟萧致待在一块儿的那个女生。

湛冰脚步停住，萧致在背后推了他一把："怎么不走了？"

那边文伟赶紧招手："萧哥！陈小美也来一起吃饭了，特意找你的。"

那边的女生转过来，说实话，她是一个漂亮女孩子。

湛冰怔了下："这谁啊？"

"隔壁 3 班的，"萧致推了推湛冰肩膀，"走了。"

湛冰站着没动，萧致拉着他的手腕往前走，陈小美凑上来冲湛冰道："学神，学神，久仰大名久仰大名！我是 3 班班长陈小美，咱俩以前没见过，不过现在可以认识一下。"说着要握湛冰的手。

湛冰往萧致背后走了一步。萧致抬手拦住湛冰，有意无意将他往背后挡了挡："算了，他比较内向，你隔四五米看看他就行了，也没必要握手。"

文伟跟着打圆场："对，冰有洁癖，我用一下他洗脸盆，他能端盆在池子边一言不发刷半个小时。"

"你没事儿用别人东西干什么？"

他们打打闹闹地上楼，服务员正好端着一个蛋糕过来。其实大家都不爱吃这玩意儿，只不过过生日还是要有仪式感。服务员笑道："可以许愿了。"

萧致站在桌子前，闭着眼睛几秒钟的工夫，旁边文伟猛地嘘声，手脚胡乱挥动，似乎在暗示什么。

"预备……"

"看我手势……"

湛冰大概猜到他们想干什么了，但觉得蛋糕弄到脸上很不干净，起身拉着萧致打算提醒一下。也就是这一瞬间，文伟抓起一块奶油蛋糕，跟玩泥巴一样，直接甩飞过来，都不是用抹的。

萧致偏头躲过去，湛冰脸上突然感觉到一阵凉意。

"哈哈哈……文伟你要倒大霉了，蛋糕甩冰神脸上去了！"

"等着承受冰神的怒火吧！"

"哈哈哈……"文伟边笑边打嗝边作揖，"冰神，我给你道歉，哈哈哈，我不是故意的，但太好笑了！"

"嗯？"

萧致转过身来看见，没忍住也笑了："你看看你。"

谌冰左脸冰凉，蛋糕似乎碰到了眼睛上，心里简直烦死了。

萧致起身："你们玩儿，我带他去清理一下。"

谌冰半闭着眼睛，看不清路，就被他带到了卫生间。

萧致帮他擦脸上的蛋糕，边擦边乐："哎，等等，我看看。"

他抹着奶油："你看看你像不像那个什么，小丑？"

谌冰："你才小丑！"

"别生气，哈哈。"萧致懒洋洋笑着，递给他纸巾让他擦去了奶油，又用湿纸巾帮他擦拭眼睛附近，嘴里一刻不停，"跟你开个玩笑，你情绪总是这么激动。"

半晌，他松手："好了。"

谌冰眼睛睁开一条缝，随即闭上，还有些不舒服。

萧致不着急，剥了颗糖塞嘴里，抬手又帮他擦了擦。

谌冰试着睁开眼睛，半晌，总算能仔细看清楚了。

明天放周假，所以大家这顿饭放得开，胡吃海喝。文伟以饮料代酒，和其他人一一碰杯："你喝不喝？不喝就是不给我面子。"

他无差别对待，不想喝的都被逼着跟他碰两杯。

吃完饭时间还早，大家商量着接下来的活动。

一群人出了饭店，走到了附近广场的夜市里。周围到处都是人，还有几个广场舞团队开着大音响跳广场舞，文伟指了指露天茶馆："去喝茶？"

有花茶、茉莉茶、柠檬茶，顾客坐着嗑瓜子，水没了再添，打发时间坐到人家停止营业都成。

七八个人，还坐了两桌。谌冰喝了浓茶有些晕，面色还正常，静静听他们聊天。

旁边"砰"地响了一声，似乎有人在放烟花。谌冰回头看了一眼。

夜市这种地方，卖什么的都有。

傅航缠着萧致聊天："今天就算了，明天我们去打游戏，李白那新皮肤特别好看。你要是想玩的话我今晚可以去你家睡，我给我妈打个电话就成。"

萧致懒洋洋地把他踹回椅子里："滚，不打。"

烟花明亮璀璨，有能冲上天的，也有在地上打着转儿燃的，还有甩起来像个风火轮那种拉风的。

谌冰停下脚步道："烟花。"

他声音很小，萧致没听清楚，于是靠近他身旁问道："怎么了？"

谌冰说："放烟花。"

萧致瞥了一眼："那不是过年给小学生玩的吗？"

谌冰面无表情，眼皮下垂。半晌，他说：“我想放烟花。”

吐字很模糊，萧致没太听清楚，凑得更近，谌冰开了口，一字一顿地说道：“想，放，烟花。”

萧致起身朝摆摊的地方走：“行啊，去放烟花。”谌冰也跟着起身。

文伟没听见他俩说话，问：“你们干什么呢？”萧致：“去转转。”

卖烟花的摊子在不远处，萧致随手拿起个盒子，边看边问："擦炮、摔炮我认识，那是什么？"

"蹿天猴。"老板说，"就是你把它举起来对着天上，点燃后它往天上冲，然后爆开这种。"

萧致问："安全吗？"

"你放心，肯定安全。"

"行。"萧致拿了根回头问谌冰，"玩不玩？"

谌冰站在阴影里，微微点了点头。

"这个我也给你推荐，捏在手里的，点燃了就能亮。"老板生怕东西卖不出去，一个劲地推荐，"这个也好玩儿啊！点燃了你可以转，转起来特别好看！"

萧致想了几秒："就那个'风火轮'？"

"对对对。"

"这个不行，太丢人了。"萧致回头看谌冰，"不玩这个行不行？"

谌冰自认不是不讲道理的人，"嗯"了一声："那不玩这个。"

但他们还是买了一大把，走到没有人的地方玩。一支一支的小仙女棒点起来方便，但燃放的时间不长，萧致面向谌冰舞了个圈："好看吗？"

烟花燃起，形成球形光束，嚓嚓爆裂开，火花四溅。

谌冰脸被照亮，小声说："好看。"

"你像个小孩儿……"萧致陪玩算是仁至义尽，从袋子里拿了另一根，"现在给冰冰放大烟花。"语气也是哄小朋友的语气。

萧致拿起那根"蹿天猴"，点了引线，等了两秒，管口猛地往上蹿出一个光球，到半空中蓦地散开，五彩斑斓，霎时映亮了夜幕。

谌冰抬头看了几秒。一根"蹿天猴"里面估计有20多发，时间很长，萧致静静地陪着谌冰观看："要不要我再给你放这个炮仗？"

谌冰抿了下唇："嗯。"

"好，放炮仗你不怕吧？"

谌冰没说话。

萧致记得谌冰小时候胆子小，性格也特别安静，每次一群男孩儿玩这些东西,他就挺茫然的,躲到自己背后偷偷地看。

"那我放了。"萧致将筒装烟花插在花坛里,让烟花自己一只一只蹿,然后拿着擦炮盒,点燃了一根小炮仗,丢到两三米远的位置。

丢完他走到谌冰身旁,将打火机和擦炮盒放进兜里。

"捂住耳朵。"萧致低声说。

谌冰听到很轻很轻的一声"砰",随即,漫天的烟花落入眼底。

烟花持续的时间很长,混着深夜的凉雾,萧致问谌冰:"现在看够了吗?"

谌冰指他手里的仙女棒:"再来一个。"

"行,继续点。"萧致挑了下眉,将仙女棒点好送到他手里,"拿着,自己玩儿。"

谌冰垂眸看着手里的烟花。

火花四溅,有一些溅到皮肤上,手背微暖。

高高瘦瘦的两道少年身影一前一后站着,在夜空下,面前是两团火光。

最后一支仙女棒燃到尽头,顶端冒着黑烟。

谌冰手里还捏着木棒,他松开手,木棒落到地上。

萧致低声问:"还玩吗?"

店里的仙女棒是捆绑成把卖的,一把十根,全部放完需要的时间太长。

谌冰垂眸,片刻后说道:"不玩了。"

另一头文伟他们等得无聊,到篮球场加入了路人的球赛。

谌冰喝了浓茶昏昏沉沉,心情却莫名地亢奋,转头跟萧致说:"我想去打球。"

萧致抬了抬下巴:"你去。"

谌冰进场,文伟跟其他人说了句:"我朋友也来一个,可以吧?"

"可以。"

一群人没废话,自觉分成两组,开始奔跑对线。

篮球场边灯泡忽闪忽闪,底下的气氛却很热闹,还围着一大堆看热闹的三四十岁的中年人。谌冰刚接到球那会儿,傅航怕了:"冰神!你不会就传我!传我!"在他眼里,谌冰是个脑力发达但运动细胞有所欠缺的学霸,学霸是不可能像狂野男孩儿那样疯狂蹦跶、来回横跳的,所以他表示担心。

不过他话音刚落,就看见谌冰手里运着球,用假动作晃过一众人,到篮筐底下抬手灌篮。

傅航:"?"

旁边那兄弟撞撞他胳膊:"救命,这是谁?好猛啊!"

傅航满脸震惊，文伟推了推他胳膊："见识短浅了吧？冰神只是不太爱动弹，蹦起来还是挺能跳的。"

傅航："我……"

比赛似乎这才真正开始。

谌冰本来被分配成中锋，硬是打成小前锋，抢着球就往对面篮筐里砸。

萧致咬着糖站在场外的观看区看着。

中场休息五分钟，一行人抹着额头上的汗回来了。文伟目视旁边的谌冰，给萧致使了个眼色。

"厉害。"

谌冰明显玩疯了，潮湿的发缕贴着额头，走到萧致身旁开始慢条斯理脱外套。谌冰性格一直都比较内敛，或许小时候也爱玩儿，但好像一直蔫巴巴、羞答答的，跟着萧致，在他背后探头探脑。今天不知道是不是喝茶喝兴奋了，彻底解放了天性。

谌冰脱完外套，没事似的转身去了球场。

一场球打完，对面吹了哨子。文伟推着谌冰的肩膀过来，人笑没了："他们不跟我们玩儿了，说冰神开'外挂'，搞得他们毫无游戏体验。"

"不玩就不玩了。"萧致淡漠地看了一眼球场的人，"谌冰还不乐意跟他们玩儿，输都输不起。"

文伟问："那现在干什么呢？"

他们还没玩儿够，对这种心比较野的男生来说，夜生活才刚开始。

萧致低头杵了下谌冰的脑袋："回寝室还是回我家？"

谌冰想了一秒："回你家。"

"那我们走了。"

文伟试图挽留："冰神也一起呗，反正明天也不上课，要不要去通宵？"

"算了。"萧致往路边走，准备拦车，"要早睡。"

文伟彻底没辙，说了声"拜拜"。

上了出租车后，他们坐在后排，打开了窗户，被风一吹，谌冰清醒了点儿。萧致坐在旁边，与他一座之隔，车厢内光线昏暗，气氛有些沉默。

谌冰回想自己刚才的一举一动，总感觉有些过了，不过萧致脸上没什么表情，还跟平常一样时不时刷刷手机，似乎没意识到自己的异常。

没意识到就好。谌冰喝茶也会醉，醉了比较放纵，但潜意识知道有些事情做得不好。谌冰想了会儿，打破安静："他们去哪儿了？"

"网吧，八九不离十。"

"嗯。"一阵安静。

萧致转过来，他放松地倒在座椅里，半闭着眼睛懒洋洋地道："今晚开心吗？"

"还可以。"

"好，以后经常带你过来放烟花。"

萧致应该是玩累了，说话声音很低。

回家后，萧致拿钥匙开门，进去看见家里的光景，突然"哎"了一声，随即笑出了声。萧若幽怨地坐在沙发里，茶几上放着碗面，明显是萧致刚发消息说回家了，她赶紧下的。

萧致走近看了看："这卖相，还可以啊。"

萧若把碗推到他面前："那你吃。"

"中午在王姨家吃的饭，晚上你也在那儿？"

萧若点头。

萧致拍拍她脑袋："行，就这么干，反正咱们兄妹讹上王姨就对了。"

萧若不跟他贫，说："你吃面啊，长寿面。"

"行，吃面。"萧致今天吃了快一下午的饭，晚上又喝了茶，看着这碗面感觉有点儿累。

他吃了两口，叫谌冰："你过来。"

谌冰："你有事？"

"冰箱里还有两瓶冰红茶，你拿一瓶喝，喝了我们聊几句。"

谌冰没太懂他的意思，不过萧致似乎只是吃面时想找个人聊天而已，谌冰闻言从冰箱里找出茶，拧开了瓶盖，坐在餐桌前。

面里放了西红柿和青菜，还有个煎蛋，萧致边吃边拍照发了个朋友圈。

"萧若煮的面。"

底下的评论全是——

"姑娘长大了啊。"

"看起来还可以，不错，煮面手艺出道即巅峰。"

总而言之，众人就是一顿夸。

萧致忙着吃面没说话，偶尔玩一下手机，飞快回复几个字。

谌冰以为萧致要跟自己交流谈心，结果萧致没说话，他只好抱着冰红茶慢慢地喝。萧致抓起旁边的一瓶，跟他碰了一下："喝完。"

谌冰思索两秒后拿着瓶子"咕噜咕噜"慢慢喝干净，喝见底后捏着瓶子推到了餐桌另一头。萧致抬起视线，放下了筷子，抽了张纸巾擦拭嘴角。

萧致似笑非笑，挑了下眉，冲着萧若说道："萧若，洗碗。"

"哦。"萧若趿拉着小拖鞋，端起碗，飞快去了厨房。

客厅安静了几秒，谌冰咳嗽了一声转移视线，电视里放着萧若刚才看的偶像剧。谌冰被偶像剧吸引了注意力，慢慢磨蹭到沙发坐下，半抬起眼皮盯着电视。萧致走过来，开口说道："去洗澡？"

谌冰脑子里有点儿晕，坐在沙发里懒得动："我想看电视。"

萧致"嗤"了声："那给你调到少儿频道？"

虽然谌冰现在懒得思考，但也能感觉出他在嘲讽自己。他冷冷看过去："再打岔把你挂到大风车上。"

萧致点头："行。"边说边自己去卫生间收拾去了。等他出来，电视节目大概放完了，谌冰把遥控器翻来覆去按了好几次。

萧致看着怪烦的，拎着他起身，不由分说把他推到卫生间："去洗澡。"

谌冰被推进去，刹那间碰到花洒喷出的水，"嘶"了声。

萧致以为太烫了，走近查看他的手："烫伤了？"

"没事儿。"谌冰轻描淡写。

萧致忍了好几秒，硬生生把笑意压回去："你真傻，真的。"

谌冰洗完澡后走进萧致房间，萧致坐在书桌前的椅子里单手拿着手机，另一只手把桌上的礼物盒翻开，正在看谌冰写给他的生日贺卡。

萧致洗完澡就穿了件短袖，大概在家也不觉得冷。他的头发落在耳旁，潮湿地贴着耳侧，耳颈线条利落干练，眉眼深刻冷峻。

谌冰走到他旁边："贺卡看完了吗？"

萧致晃着椅子，转过来，唇角带着笑："为什么到19岁？"

为什么到19岁？因为你上辈子只活到19岁。

谌冰不知道该怎么说，岔开话题："就想多写几张。以后给你写到100岁，每年都能陪你过生日，哪怕活不到100岁。"

"冰冰这么体贴啊？"

谌冰目光垂落，看到了旁边的礼物袋，抽出里面的白T恤。

"你试试这件衣服，我看看合不合身。"

萧致手指抓着身上的T恤领口往上一拉，又拿起崭新的白T恤从头往下套，边套边惋惜地道，"哎，冰冰什么时候能有腹肌呢？"

谌冰："……"

如果人物能添加备注，估计萧致头上会顶着"188，高中生，八块腹肌"的标签。真是自信得离谱。

谌冰想确认似的往他腰间瞟了一眼。

真有八块腹肌，不玩虚的。萧致不像其他高高瘦瘦的男生，脱了衣服就是骨头架子，他从小就爱动，之前甚至练过极限运动，身体素质一直比同龄人好很多。

萧致挑了下眉:"羡慕?"

谌冰怔了下,抬头:"你……"真自恋。

萧致想了会儿说:"要不要比一下,谁做的俯卧撑更多?"

谌冰:"……"真的不幼稚吗,萧致同学?

但男孩子总有点儿莫名其妙的好胜心理,谌冰只觉得他幼稚了一秒,热血便莫名其妙开始汹涌了,想跟他比一场。

谌冰拼尽全力克制住少年的胜负欲:"有本事,比做题。"

萧致:"比做俯卧撑。"

谌冰:"比做题。"

"俯卧撑。"

"做题。"

"撑。"

"题。"

两人顿时僵持起来了。

萧致沉吟了一会儿,道:"做题你肯定完胜我,没意思,但做俯卧撑我大概率会胜过你,也没意思。不如我们特别规定一下,比如一个小时你做十道题我做两道题,或者一分钟我做三十个俯卧撑你做二十个。"

谌冰听他认真地分析,有一瞬间觉得过生日的时候做题、做俯卧撑格外离谱,但脑子里只一秒钟闪过了这赌局的高胜率,他居然鬼使神差地点头:"不许反悔。"

萧致:"……"

时间到了凌晨三点钟。其间谌冰因为做俯卧撑太投入,嘴唇磕到了床沿,引发萧致一阵嘲笑。

"呼……"

谌冰揉着手臂从床上爬起来,雪白T恤下的肩头微微酸疼,而正前方橙黄的灯光下,萧致满脸凝重,单手拿着一支笔正在飞速旋转,同时笔走龙蛇在草稿纸上写着什么。气氛紧张,场面趋于白热化。

"你多少个了?"萧致问。

谌冰:"八十五个。你多少题了?"

萧致:"第六题。"

谌冰想也没想:"你还要垂死挣扎吗?"

萧致伸手示意他停止嘲讽:"住嘴,我还能写。"

就是嘴硬不服输是吧?谌冰觉得好笑,仰头倒回柔软的床上,半闭上眼睛。困意让他意识模糊起来,身体有着轻松的感觉。

谌冰半睡半醒中听到桌椅被拉开,萧致看着卷面:"谌冰,给我讲讲这道题?"

谌冰迷迷糊糊:"嗯?"

"三角函数——你困了吗?"

谌冰低声模糊地再应了应。

萧致意识到谌冰很困了,后半句话咽了下去,垂眸站了一会儿,坐回椅子里调整了灯光的亮度。

寂静的深夜中,他手指按压着雪白的卷面,脑子里不受控制地闪过一幅接一幅的画面。

"你都来九中了,还装什么装?"

"暑假啊?就在家里打游戏,哪儿也不去,再说也没什么好玩的。"

"我们都和朋友出去玩儿,没有人陪你吗,萧哥?"

没有人陪你吗?从前有,后来没有,至于现在……

萧致半闭着眼仰回椅子里,修长的手指抓了抓耳侧的头发,偏过头,看向做俯卧撑累得满头大汗躺在床上的谌冰。他这会儿睡得挺熟了,白净的额头埋在枕头中,睡相并不太好。

窗外寒风凛冽,而屋内温暖如春。

萧致轻轻吐出了几个字:"有人陪我了。"

前一天晚上做俯卧撑训练过度,醒来是一种什么样的体验?大概就是第二天起来脑子里昏昏沉沉,甚至分不清早晨傍晚,最近的记忆完全像是做梦一样。

谌冰听到闹钟醒来的时候是六点半。

但因为昨晚太累了,他现在好像被人一拳砸到头上,昏昏沉沉,艰难地扶着脑门爬起身,却在坐起来看到睡在旁边的萧致时怔了一秒。

猛地,谌冰轻轻"咝"了一声。

昨晚他睡得很熟时,似乎听到萧致在说话。少年半蹲在床前,声音清澈干净:"冰冰,你是我最好的朋友,要一直陪着我,知道吗?"

这是真的还是梦中的?

谌冰揉了揉发酸的额头,刚才还躺在床上睡觉的萧致已经起身了,坐在床沿,换了身干净的黑T恤,垂着视线看着脚下的地砖。

"呃……"谌冰脑子里空白了一瞬,"你昨晚……是不是,跟我说了什么?"他问得若无其事,就像朋友间随口一句话,尽量照顾酷哥脆弱的自尊心，但没想到刚说完这句话，萧致表情微微一僵："你听到了？"

谌冰故意漫不经心："听到了啊。"

"啪！"萧致的手心猛地打在额头，"该死。"

"中二"少年被朋友听见了心声觉得很丢人吧？

谌冰手指抓了下头发，反倒有些不自在了，说："那什么，我先回学校了啊。"

萧致虽然感觉丢脸但说话不客气："刚睡醒就走？"

谌冰："……"

"行吧。"萧致抓了下耳侧的头发，恹恹地垂着眼皮看表，"现在不到七点，就走？"

谌冰："嗯。"

"要不要先吃个早饭？"

"不用，"谌冰顿了两秒，"我去外面吃。"

萧致从床边起身，准备送他到门口。谌冰到门口了，觉得自己就这么走了不太好，回头看萧致："其实……我挺感动的。"

萧致左手手指卡着门锁，似乎准备随时关门往里走，因为谌冰这句话而维持着开门的状态。他视线垂落，略长的头发遮掩了清晰的下颌线，眉眼似乎蕴含着几分冷气，情绪看起来很平淡。

萧致看他，抬了下眉："记得吃早饭。"

早晨空气有些冷，谌冰走在路上感觉事情挺魔幻的。明明自己说的要走，但现在被冷风吹着，却有种被扫地出门的感觉。

大清早的街道上弥漫着薄薄的雾气，有几个环卫工人在清扫街道，除此之外几乎少有人影。

谌冰随便找了家早餐店坐下，点了半屉小笼包和稀饭。

夹着小笼包还没咬下去，昨晚的事情又冒了上心头。萧致或许真的孤单挺久了吧，自言自语了半晌，在他床边蹲了好久。

谌冰皱了下眉，手里的小笼包落到碟子里。

谌冰一直走神，旁边老板娘看了会儿，笑道："小笼包快凉了，趁热吃啊孩子，有什么事情吃了饭再想。"

"好。"谌冰心想算了不想了，小笼包就着稀饭吃完，临走还端了杯豆浆。

学校每周放一天假，住校生可以回家，也可以待在学校，只是食堂一般不运营。谌冰回寝室时整栋楼估计就他一个人，他回去补觉到中午，然后出校门吃饭，下午直接拿着课本和作业去了教室。

一下午教室都没人，只有他自己。

四点多的时候，谌冰听到一阵脚步声，陆为民从后门晃进来："我就说，才下午就看见我们班教室门开着，估计只有你一个人，可以啊谌冰，不要光想着学习，放假了也该去玩儿吧？"

谌冰订正笔记，应了声："玩够了。"

"行。"陆为民过来，"最近高一组第三次月考在出题了，要不要过去帮忙？"

谌冰停笔："我帮什么忙？"

"帮老师出题啊！你基础这么扎实，考点应该熟悉得很，晚上高一教研组开会，你也过去听听。"

谌冰站着没动。陆为民感觉已经说定了，吹着口哨回了办公室。

学生协助老师出题的例子有，谌冰实在没有这种闲心，但老陆既然已经叫了，只能跟着他一起过去。

六点半去开会的时候，萧致还没来教室。谌冰走之前没忍住往楼梯间望了望，远远看见几道高高瘦瘦的身影，推搡着往这边走，萧致最高，走在最前面，校服拉链拉在锁骨以下，吊儿郎当的。

谌冰跟着陆为民去了高一命题组的办公室。

去了之后谌冰算看明白了，陆为民美其名曰"协助老师出题"，其实是炫耀学生去了，进去就挨个介绍"这是王老师""这是吴老师""这是周老师"，感觉跟慈爱的老父亲过年带着儿子去亲戚家拜年没有区别。

谌冰应付了事，估计第三节课快结束、老师们又要开别的会的时候，陆为民招呼谌冰："那你先回去吧，教室现在估计吵翻天了，你就说我马上回来，让大家都安静。"

谌冰下楼回教室，果然，晚自习没有班主任看管，全班闹疯了。

看视频、玩游戏、聊语音，甚至打架的都有，要是教室地砖够干净，估计能有人躺在地上打滚儿。

萧致的桌子横放着，三四个男生脑袋搭在他肩膀上，萧致背靠窗户坐着，校服松松垮垮敞开，露出黑色的T恤，跷着二郎腿，手里拿了本一看封面就很恐怖的漫画。他举着漫画挡住了脸，时不时翻两页。

傅航说："这太恐怖了。"

"救命救命救命，别翻页！救命！我就知道这一页绝对有特写大镜头！"

"我先猜，凶手是……"

谌冰走近时，这群人注意力还在漫画上。

谌冰抬手拍了下傅航的肩膀，他猛地"嗷"了一声，一蹦三尺高，等看清是谌冰时露出被吓坏了的表情。

"冰神，你能不能别吓我？"

谌冰没废话："滚。"

傅航拍着胸膛溜走，其他围观看漫画的也很快作鸟兽散。谌冰拉开椅子，看了萧致一眼，随即在旁边坐下。

萧致把漫画书合上，丢到书桌上："还挺好看的。"

谌冰："作业写完了？"

"写完了。"

安静了几秒钟。

朱晓在讲台上拍尺子大声喊安静，说："现在是晚自习，你们不要再吵了！"教室里大概沉寂了不到半秒，随即大家跟没听见似的，继续吵吵闹闹。

朱晓气场不够，镇不住场，嚷嚷时反而像个小可怜："你们真的不要再吵了，陆老师马上就回来了！"

谌冰把漫画丢回萧致面前："你继续看，陆老师晚自习回不来。"

萧致欲言又止，他指尖搭着书页翻了翻，明显心不在焉。半晌，在嘈杂的声响中，他声音不高，但是非常清晰地说道："昨天听了我说的，有没有什么看法？"

他问昨晚的事。谌冰还没想出结果呢，怔了下，说："还没有。"

萧致好像是没话说了，目光落在纸页上，半晌低声道："行吧。"语气带着无所谓。

谌冰有些尴尬，他想想找了个话题："这漫画讲的什么啊？"

"就讲有两个女生是好朋友，两人都很怕狗，某一天她们遇到了狗，一个女生丢下好朋友一个人跑了。很多年后，依然怀恨在心的朋友养了只狼狗，放出来把朋友咬了一口。"

谌冰直直看着他："你在影射我？"

"没，"萧致真笑了，把漫画丢到桌上，"不信你自己看。"

谌冰随便翻了翻，正好翻到一个女生被狗咬的地方，皱眉说："太无聊了。"气氛莫名缓和了不少。

萧致斜眼看了他几秒，唇角微微下压："是啊，对你这种只想着学习连朋友都不顾的小孩儿来说，确实无聊。"

这下谌冰听懂了，萧致是真在内涵他。

谌冰转向他，想反驳，又把话压了下去。理亏，真反驳不了。

谌冰转过来："以后少看这些漫画，对你写作文没好处。"

萧致低声问:"那我该看什么?"

"作文素材、英语报纸,还有平时的时政新闻。"谌冰顿了几秒,说,"下次我带你去书店买些书。"

萧致好像来了点儿兴趣:"下次是什么时候?"

谌冰抓着笔转了两圈:"下周末吧。"

"好,下周末。"萧致轻描淡写地道,"要是放我鸽子,你就是小狗。"

教室前后非常吵闹,文伟刚才偷偷听到谌冰说"老陆晚自习回不来",另一头朱晓在讲台组织纪律,他就在底下故意挑事:"班长,别骗人了,陆老师今晚回不来。"他一说话,教室里安静了不少。

朱晓面朝教室,无意瞥了眼窗外,声音小了很多:"谁说陆老师回不来?"

文伟在座位上晃着腿:"谌冰说的,我们学神说的,他刚才就跟陆老师在一块儿呢。"他信誓旦旦,朱晓表情变得十分好看。

教室里陷入寂静,气氛跟普通的安静不一样,甚至有点诡异。

文伟心想不妙,一回头,陆为民似笑非笑站在门口:"谁说的?"

男人一人做事一人当,文伟秒改口:"我说的。"

陆为民屈指往他额头上一敲:"你啊你啊……"转头又看向谌冰,脸上表情复杂,快笑不出来了,"谌冰啊,我让你回教室管下纪律,你就是这么管的?"

不过学生跟学生一队很正常,陆为民看得很开了,在教室里来回走了两圈:"只要我没在教室啊,这教室比菜市场还乱,在校门口都能听到你们的嘶吼,吼的是什么,让我听听?"

教室里不说话。

陆为民开始内涵:"谌冰,你学习好,记性好,来复述一遍。"

谌冰:"……"

"不复述?行,那下次知道帮我管纪律了吧?"

谌冰丢脸死了,应了声:"嗯。"

陆为民显然心情很好,刚才跟谌冰开个玩笑,又说:"你们这样不爱学习以后怎么能考大学呢?幸好,学校没有放弃你们,刚才我们开会就在说这个事儿,学校特意花高价从附中那边请来了心理老师给大家开讲座,主题叫……"

陆为民到黑板上写"如何提高学习效率",说:"就这周六下午,你们都应该去听一听。"

谌冰对讲座就没什么好印象。

记得以前专门有人来学校开讲座，讲得特别催人泪下，等大家哭得声嘶力竭时就开始卖书，一卖一个准儿，但那书没有任何价值。

不过听说能不上课，教室里大家肉眼可见地兴奋。

陆为民很期待这些活动，他感觉学生们学习不好其实是思想和心理问题，因此老师疏通疏通，能让学生们爱学习就好了。

他招呼谌冰："到时候你上去跟附中那老师交流交流。"

谌冰："不了吧。"

陆为民："你不乐意？"

不只不乐意，谌冰连讲座都不想去。这种附加的兴趣课程，他以前在一中每学期都修，没什么意思，只不过九中教学资源不行，才显得讲座特别珍稀。他不去陆为民也不勉强："行，那到时候这个机会就让给朱晓。"

谌冰重新抓起了笔。

萧致从刚才说话就看着他，半响，在桌底用膝盖轻轻撞了他一下。

谌冰侧目："怎么了？"

"你伤口还疼吗？"

不提还好，一提谌冰又想起了昨晚的事情。

萧致问："要不要下晚自习了我陪你出去买药？"

这伤口的存在感说低也低，说高也高，吃得清淡就没事儿，但稍微抿一下唇又能感觉到。

谌冰问："买什么？"

"阿莫西林，"萧致说，"或者用冰硼散敷一下。"

他说得很自然笃定，谌冰莫名想嘲讽他："你这么懂？"

"不是。"萧致在书桌底下递过手机，谌冰接过来低头瞟了一眼。

万能网络，不过萧致在搜索框输入的问题是："和朋友熬夜做题做俯卧撑手臂酸怎么办？"

回答问题的是个中医，说："问题不大，不要慌，放松心情，只要不是肌肉拉伤都没有问题。如果你认为实在有必要，可以多按摩按摩手臂。"

谌冰递回了手机。

下晚自习后萧致起身，临走时扯了扯谌冰的校服："走了。"

谌冰本来还以为萧致因为好面子会跟他冷战个两三天，或者尴尬地相处，但没想到他们居然就这么若无其事一起出去买药了？

反正萧致不尴尬，自己为什么要尴尬？这才是正常心态。

谌冰跟着他一块儿出了校门，日常进药店，那医生乍一看见谌冰，大概想起了前段时间他也唇角破着来这儿拿药的事了，问："这次又是打架啊？"萧致站在他背后，吊儿郎当地说："这次是自己咬的。"

湛冰"扑哧"一声就笑了，又扯到了伤口，顿时手指掩唇，"嘶"的一声转向别的地方。

等出来后，到药店外的长椅上坐着，萧致偏头看他："你笑什么？"

湛冰摇头："没事儿。"

萧致用纸杯端了杯温水，从小药袋里拆出一片阿莫西林，放到他手心："吃。"

湛冰喝水，完了，拿出冰硼散。

刚准备敷上，萧致滑着手机，说："等等。网上有人说'用冰硼散把溃疡烧了个洞''用冰硼散把我疼哭了'，你考虑一下再用。"

"……"湛冰无言地看了他一会儿。

十字路口全是回家的学生，人潮涌动。萧致坐在长椅上偏头看他，轻声道："对不起，下次你运动要量力而行。"

气氛又开始安静。湛冰不太自在，说："我走了。"

"你现在吃东西方便吗？明早给你带早餐。"

湛冰应声："行。"

"校门口的早餐粥，要什么口味？"

湛冰随手指了下："海鲜口味，反正不要甜的。"

"好，海鲜口味，不要甜的。"萧致重复了一遍，明显是认真记下了。

湛冰说："那我走了。"他走了好几步，总感觉心里有话没说完，走了四五米又回头，萧致站在行道树底下的阴影里，静静地看着他。

湛冰准备走了，他又举着胳膊，说："来跟我告别。"

湛冰觉得有些好笑。

萧致声音抬高了点儿："击个掌。"

自己如果不过去，他不知道会站多久。湛冰往回走，直到距离他两三步，和他"啪"地重重击了一掌。

萧致笑着看他："既然昨晚的话都听到了，给个回复吧，好朋友。"

湛冰动了动唇："你快一点儿。"

给什么回复？给没安全感的忧郁少年交个底吗？湛冰陷入沉思中，对健康的不确定，对未来的不确定，让他不知道该说什么。

沉默这一会儿，他看见萧致双眼微弯，唇角微扬，满是笑容。

"我懂。"

湛冰心情有点儿沉重，突然又轻松了。他其实没太经历过萧致所背负的，但这一瞬间，他觉得自己跟萧致待在一块儿，不管怎么样都很快乐。

谌冰懒得再和他贫："我回寝室了。"

萧致懒洋洋的，一扫刚才的失落样，垂着眼皮看了他半晌，喊他："谌冰。"

谌冰本来准备走了，又停下来："你有事？"

"你嘴真硬啊。"

谌冰面无表情看他几秒："真走了。"

背后又喊："谌冰。"

萧致就跟玩儿似的，一直叫他的名字，不厌其烦。

"明天给你带早餐。"

"嗯。"

"谌冰。"他又喊。

谌冰："……"

谌冰的耐心在耗尽边缘了，目光直直盯着他。

萧致带了几本书，把其中一本薄薄的练习册卷成筒状，朝他勾了下手指："你过来，把耳朵靠在另一头。"

有病没病？小学生玩法。谌冰忍了两秒，还是走近了，站在道路旁的小榕树下。声音轻轻的，伴随着风刮过去的声音。

十七岁的少年站在街头，向他诉说，全世界的声音只有他能听见。

"谌冰，你是我最好的朋友。"

谌冰站了好半天没回过神儿。

萧致把书放平，屈指朝外往他这个方向轻轻掸了掸："好，你可以走了。"谌冰抿唇，心想不愧是你。

回到寝室时，文伟跟周放正脑袋凑在一块儿一起打游戏，看见他莫名其妙咧嘴笑了声："冰神，有喜事啊？"

谌冰："啊？"

文伟打量他："看你，心情挺好的。"

谌冰眯了下眼睛："我看起来心情很好吗？"

"对，"文伟想着形容词，"就是，喜上眉梢那种感觉。"

谌冰没头绪地站了会儿，拿了换洗衣服去楼道尽头的淋浴室冲澡。

他里面穿了一件长袖，脱掉之后，手腕戴着的崖柏手串沾到热水，变得潮湿光滑。上次在古镇萧致买了送他以后，谌冰一直都戴着。

手串被热水打湿，有些烫。但想着萧致那些话，谌冰脑中有些混乱。

这些年他没交到新的朋友，不爱说话，待人冷淡，独来独往，"高冷"傲娇不好相处……

他一直空着身旁的位置，或许是在等待，和萧致重逢的这一天。

想法莫名其妙，一会儿冒出这个，一会儿冒出那个。

被热水冲来冲去，想法还是不清晰，也抓不住。

谌冰洗澡洗得头都快晕了，出来时扶了下墙壁，站了好几秒才回寝室。

文伟抛来一个橘子："冰神，吃。"

谌冰拉开椅子坐下，抽了条毛巾擦拭头发，萧致的视频刚好打了过来。

萧致屈膝踩在椅子上，笔在指间飞快地转来转去，额前的发丝垂落了几缕，眸仁漆黑，说道："我问道题。"

谌冰翻出纸笔："你运气还可以，我刚洗完澡。"

萧致笑着摇头，示意他背后。

谌冰转过头去，文伟晃着手机面露无辜："我就随手一回，随手一回。"

谌冰回头，注意力转向萧致发过来的题目。

他最近上课算认真了，跟着老师的进度走，一般新知识都能学会了，但涉及他高一错过的知识点，又不会了。

谌冰只能一点点地给他查漏补缺，从最基础的定义讲起，不过宿舍亮灯的时间已经不多了，宿管阿姨从门外进来清点人数。

谌冰说了声"安静"，然后把手机压在桌面上。

等宿管阿姨走了，熄灯后，谌冰重新拿起手机。检查时间大概有半分钟，萧致一言未发，安静地看书上的笔记，攥紧了笔写写画画。

谌冰道："可以说话了。"

萧致眼皮抬起："你之前是不是说，不想住校了？"

谌冰想起来，是说过。谌冰不算很娇气，到什么地方都能过，但因为洁癖以及对人群的厌恶，不太适应住校。主要是没有私人空间了，被管来管去。总而言之，各方面都很不舒服。

萧致问："要不要搬出来在我家住？"

谌冰的笔用力在纸上画了下："你家只有两室一厅。"

萧致直接"嗯"了声："没错，我意思就是我俩上下铺。"

谌冰心想你想得挺美，要是待在一起，估计天天打架。

提议不成功，萧致并没有丝毫受挫，他有一搭没一搭地闲聊："不想住校就到校外租个房子，找你妈管你，每天给你做饭。"

谌冰没说话。许蓉可能愿意，但谌重华肯定一百个不愿意。本来他跑来九中读书的事儿就让谌重华很生气了，整这么一出，谌重华的怒气估计会直接爆发。到时候两人吵来吵去，谌冰想想就头疼。

谌冰转移话题："没事儿，这个学期都过去一大半了，其他事情再说。"

"行,"萧致应声,"你不想住校可以,反正随时欢迎你来我家。"

湛冰停下了手里的笔。他真的挺喜欢萧致家,房子不大,也没湛家的别墅那么豪华,但是就两个字——自由。特别自由,想干什么就能干什么。

湛冰想起了问:"今天英语单词背了吗?"

萧致:"背了。"

"好,明天默写。"

萧致倒向椅子背,垂着眼皮看了好几秒,本来应该是想吐槽的,不过酝酿了半天说了句:"好的。"湛冰莫名笑了笑,关掉台灯:"睡吧你。"

这几天学校都在组织听"如何提高学习效率"心理学宣讲。

九中过于破旧,总共就一个阶梯教室,高三听完了高一听,高一听完了才轮到高二听。阶梯教室每次只能容纳三个班,所以一来二去,一整周学校都在折腾。好不容易熬到了星期六中午,杨飞鸿从外面进来后,到教室前排疯狂拍桌子:"兄弟们,兄弟们!好消息!心理学宣讲终于轮到我们班了!就下午第一、二节课,午自习打下课铃我们就去阶梯教室等。"

傅航直接往教室外冲:"所以午休可以自由活动是吗?"

杨飞鸿:"你哪只耳朵听到我说可以自由活动?"

"反正下午都没课。"傅航举手,"对了,我对这个宣讲不感兴趣,可以直接放学回家吗?"

陆为民从他背后进来了,当场抓获:"你回个什么,全都给我去听讲座,然后写1000字听后感悟!"

教室里气氛顿时冷下来。

陆为民是真怕这群小兔崽子跑了。九中学生野得很,说听讲座,到时候跑去打篮球、厕所玩手机、隔壁教室串门的大有人在,陆为民难得有机会见识优秀学校的教学资源,讲座他已经听了一周,每次都做笔记。他打算按照这位老师的方法好好纠正学生的学习习惯,这次必须抓严。

"谁都别想缺席!要是被我逮住,下来给我写1000字检讨。班长!"

朱晓弱不禁风地站起身:"在。"

陆为民:"你就到后排清点人数,反正一个都不能少。"

朱晓:"好。"

陆为民端着茶杯准备去办公室,看到了正在做题的湛冰,敲了敲桌子:"作业也不要带过去,听讲座归听讲座,写作业归写作业,不能一心二用。"

湛冰本来打算带着作业去混两个小时,这下希望落空,在椅子上怔了两秒。下课铃响了,萧致碰碰他肩膀:"走了。"

阶梯教室在靠近操场的那边,人山人海,全是听讲座的学生。教室内空气闷热，陆为民站在教室门口指挥："4班坐这一列，5班坐这一列，6班坐靠近窗户那一列。"朱晓站在前排，踮着脚，挨个点名，等点完后告诉陆为民，陆为民就端着茶杯来来回回地走。

谌冰跟萧致挨着坐，萧致指了下陆为民："你看这小老头，在附中老师面前多出风头。"

谌冰心想，算了。

文伟转过来，满脸神秘地道："我带了几本课外书，你看不看？"

萧致向前倾身，靠近瞟了一眼。

书皮是言情、惊悚小说封面，标题叫什么《看不见的眼睛》《改嫁》。

萧致将书一把抽出来，饶有兴致地碰了碰谌冰："来，看看？"

陆为民还在前排呼来喝去，萧致翻书前思考了一秒："这应该不是地摊文学吧？"

谌冰用力拽他，本意是想阻止他翻开这种课外书，但萧致单手挡着他，转向另一头硬是翻开了这本崭新的书。

一看，他笑了，把书重新递到谌冰眼前。谌冰瞟了一眼，开头是："来自X星系的外星异族，长着硕大的头颅和身体，技能是散发出温度高达5000摄氏度的火焰焚烧一切，正义的铠甲奥特兄弟……"

文伟在前面看得特别起劲："这怪兽好炫酷。"

萧致把书藏在校服底下，露出一角，示意谌冰："一起看。"

谌冰没感觉出有什么好看的，他快被萧致烦死了。

萧致刚翻了两页，文伟转过来："萧哥，第一个怪兽技能你看了吧？你感觉他和主角打架，谁能打过谁？"

男生之间永远不缺这种"中二"问题，萧致重新瞟了眼技能，道："书里没交代技能能不能叠加，如果可以，光看攻击范围，这怪兽一个技能可以摧毁一座城市，所以我选怪兽。"

文伟："我怎么就选主角呢？"

谌冰面无表情盯着陆为民的位置，片刻后，一把拽过萧致的袖子："走了。"

萧致还打算跟文伟辩论辩论，被他拉着袖子，不明所以："什么？"

"翘讲座。"

谌冰跟萧致坐在班级后排，背后有几个空位置，跟其他班混合在一起，所以如果少人了，只要陆为民不特别观察应该看不出来。

谌冰挨着墙壁从里侧走，趁陆为民还在跟那老师聊天，从门口直接出去了。

谌冰没往教室走，反而沿路去了操场。操场空无一人，谌冰去前段时间翻墙的地点，发现石头不知道被谁给搬走了。

萧致在他背后问："干什么？"

谌冰："出去给你买几本书。"

石头估计是被老师搬走了，谌冰这会儿没有垫脚的东西，尝试扒着墙壁边缘翻上去，不过袖口被蹭上一块污渍。

萧致踩着墙面往下跳，理了理弄乱的头发："谌冰，你现在可以啊，什么都学会了。"谌冰想了想，只能说出几个字："入乡随俗。"

"书店？"萧致想了会儿说，"校门口就有。"

谌冰跟着他过去，确实，巷子深处的餐馆间居然隐藏着一家书店，进去后见书架上有很多书，不过大部分都是连载几千章的古早网络修仙小说。萧致随手抽出一本翻了翻，又放了回去。谌冰跟着走了一圈，总算理解文伟为什么能搞到那种封面和内文不是一回事的神奇读物了。

"算了，"谌冰低声说，"去区图书馆。"

萧致看了下手机："一会儿还回学校吗？"

"估计听完讲座也该放学了，"谌冰打定主意，"不回来。"

"行，"萧致笑了一声，"陆为民估计要气死了。"

他俩到路边扫了两辆共享单车，今天天气不错，骑着单车去区图书馆估计也就十几分钟。图书馆旁边是个广场，今天周末，出来晒太阳、遛狗的人特别多。

谌冰到图书馆先办了张借阅卡。书籍分门别类，萧致进去扫了一眼，准备往漫画区和网络小说区走，被谌冰拉着袖子拽了回来。

"有高中生必读书目，"谌冰到古文经典书架前找，翻出《古文观止》和《论语》，"你做古文阅读，就在这上面找。"

萧致垂眸看着他："好。"

"作文素材我每个月都买了一本，你拿去看，摘抄一些认为值得用的素材。《21世纪英文报》，我到时候给你订一份。"谌冰挑了一些书，图书馆门口还有卖教辅书籍的，不过他看了下这些书校门口都有，所以没买。

出图书馆后时间还早，将近五点，这个时间点回学校很尴尬。

但是，萧致拎着装书的袋子，偏头看他："今晚来我家吗？"

去他家吗？去了只怕又要陪他玩一晚上游戏。不去？但一般周假谌冰都是去他家住一晚的，如果拒绝，又显得很刻意。

谌冰没回复的间隙，萧致大概明白了，转移话题："还早，先玩一会儿再说。"

谌冰想想也是，就说："玩什么？"

图书馆旁边不远处就是电影院，萧致指了下："看电影。"

谌冰："又看电影？"

萧致："旁边有个游乐园，你去不去？"

游乐园一听就比较刺激，谌冰喜静，转身朝电影院走："看电影吧。"

萧致买的票，买完了把手机递到谌冰面前，谌冰看了眼标题和剧情介绍愣了下。这是一部关于重生题材的电影，名字叫《重返18岁》。

谌冰盯着手机走神了几秒，萧致低眉看他，问："怎么了？"

谌冰摇头。

他们刚进电影院坐下，灯光霎时熄灭。谌冰刚端起可乐喝了一口，右手边递来了爆米花："来点儿？"

电影开始放映。电影主题是亲情，叛逆期的男生成长到30多岁有了孩子，才懂得曾经唠唠叨叨的母亲的爱，但妈妈在他20岁时因病去世了。男人重返18岁，陪伴着妈妈度过每一天，同时默数着妈妈生命的倒计时。

主角长着张18岁的少年脸，但内心的独白却是成熟中年人："上天对每个人最公平的事就是死亡。但死亡并不可怕，每个人都会消失，留在脑海中的那段回忆，才是生命曾经存在过的证明。"

说实话，电影细节一般，但是主题升华得很好。男人对着大海激情独白："泰戈尔曾经说：'天空没有翅膀的痕迹，但我已飞过。'地球最终不会留下任何人的痕迹，但我们存在过，感受过，爱过。妈妈已经走了，但院子里的花依然开得很好。"这煽情煽得，电影院里一片哭声。

萧致回头看了一眼，哭的全是感性的女孩子，怔了下："有这么感动？"谌冰把他拽回来："你少说话。"

萧致："我还以为是悬疑片，没想到是催泪大片。"

旁座的女生哭得一张脸全是泪，抽泣着问："小哥哥有纸吗？"

"有。"萧致探到口袋里掏了掏，取出小包的纸巾递给她，"给你，不用还了。"

女生："谢谢，呜呜呜，呜呜呜呜，太感人了……"

萧致递完纸，看了她两秒确定人没哭抽过去后，重新捧起了爆米花。

谌冰手垂在椅子间，他的指尖很冷，手指微微蜷曲着，萧致轻轻碰了下他。谌冰动了下："你别捣乱。"

"行。"萧致还盯着电影屏幕，"想好了没啊？"

大家都沉浸在电影里，谌冰眼前闪过凌乱的画面，脑海中是那天萧致那句："你是我最好的朋友，要一直陪着我，知道吗？"

可是，谌冰脑子里还有曾经日日夜夜被病痛折磨时的场景。耳边又响起催促："快说话。"

电影已经放到最后，黑幕骤然降临，灯光暗下去，谌冰俊美的眉眼隐入黑暗时，轻轻说道："知道了。"

静了两秒，谌冰又说："不会走的。"

灯光大亮，晃得人眼睛发花，电影结束了。

恍如做梦似的，萧致搭着谌冰的肩膀，轻轻往外推："出去吧。"

周围安静后，谌冰走路有些飘，时不时跟萧致撞上。他们沿着楼梯往下走，出来时已经快八点了，路旁灯火亮起，周围人影叠着人影。

街上很吵，萧致说话声音很大："饿不饿？要不要先去吃饭？"

他往商业街里侧走，商业街上这时候全是人，走路稍微不注意就能被挤散。他就往前走了几步，回头找人时谌冰就被挤出去了，他回头，谌冰站在路口边没动，似乎准备打车。

萧致又走了回来道："饿不饿？"

谌冰摇头，抬头看他："萧致，能不能陪我去趟医院？"

萧致眼神变深，看了他几秒："怎么了？"

谌冰脸上没什么表情："我就突然想检查一下身体。"

萧致站了好几秒。说实话，谌冰这个要求确实挺无厘头的，任谁好端端的突然说去医院，还是在晚上八九点，都不合适。

萧致垂目光，身影在灯光下被拉得很长，他微抬了抬眉："去去去，你想去什么地方都行。"他走近问道，"是不是不舒服？"边说，边抬手在谌冰额头上摸了摸。谌冰摇头："不是不舒服。"

周围的吵闹显得他声音很小，萧致极力想听清他说了什么。

谌冰气息冷冷的，轻声开口："去检查一次，我跟你好好说。"

晚上的医院大厅冷冷清清，灯光白得晃眼睛。萧致坐在等候椅上，看谌冰拿着片子进了医师的会谈室，片刻后又出来。

谌冰说："走吧。"

一起出了医院后，到黑漆漆的广场处，萧致拉着谌冰问："你检查的什么？"

谌冰还是检查的脑部，医生说没发现异常。

他捏着装片子的袋子看了会儿别的地方，心里的不确定性没消去。现在他才高二，或许高三，或许毕业，总有一天会患病呢？手里东西被萧致夺过，他打开袋子，借着手机电筒垂眸看了会儿，发出一声嗤笑。

"检查脑子的啊？我还以为你要告诉我，你其实是女扮男装。"

谌冰："什么东西？"

萧致低头看他，随即并肩往外走，到医院大门口他问："为什么要检查？"

谌冰说不清楚，可能就是给自己一个安慰吧。这件事情谌冰不打算告诉萧致，如果告诉他，除了给他压力以外，似乎没什么用。

谌冰懒得找借口："我就是闲的。"

萧致往前一步跨过台阶，偏头看他，笑了一声："行，你就是闲的。好理直气壮的说法。"他意识到谌冰肯定有事儿瞒着，但出于这个年龄的礼貌，或者是此时此刻不想破坏气氛，他非常识趣地没有问。

萧致看了下时间："今天还是回我家？"

"可以吗？"

"好，"萧致重复了一遍，像是说给自己听的，"今天来我家。"

过了会儿，他又问："打车回去还是走路？"

走路估计要二十多分钟，但说实话，现在他俩都有走走的想法。

谌冰说："走路。"

"好，"萧致重复，"走路。"

晚上这条街附近人还挺多的，灯光下熙熙攘攘。突然两个人一句话都没说，谌冰走到大概十字路口尽头的位置，停住脚步，转身进了旁边偏僻的小巷。这几条街从来没这么漫长，又这么有意思。

萧致没走多久就停下来："你等我一会儿。"

他转头去了旁边的商店，一会儿后递过一包粉红色包装的糖，包装上绘制着漂亮的图案，他拆开后递给谌冰。

谌冰拒绝："我不吃糖。"

"这个必须吃。"

谌冰看了看，见是什么甜蜜草莓味儿。

萧致手里还有几包："薄荷、青柠、橘子，你喜欢什么口味？"

谌冰："我感觉都一般。"

萧致低眉看他，笑了："算了，你不懂。"谌冰确实没懂。

手机上文伟他们发来了消息。

伟子："冰神，你们这一下午去哪儿了？我给萧哥发的消息他一条都没回。"

伟子："去哪儿浪了？能不能带带我？"

萧致说："到了。"

谌冰手心抖了一下，手机熄屏后，周围全黑了下来。

谌冰以为他想干什么："怎么了？"

"伸手。"萧致说。萧致神神秘秘的，但谌冰还是依言伸出了手。

萧致伸出小指："拉钩。"

谌冰心情复杂地收回了手。

萧致拍着脑袋说道："突然想起我还有个妹妹。"

谌冰看了下表："她吃晚饭没？"

蓦地，萧致骂了句，接着看手机，手机显示有来自萧若的十几个未接来电。他神色阴晴不定："回去要看这小疯子生气了。"

谌冰一时也不知道该说什么："你应该回她消息。"

"我忘了。"萧致走下台阶，看到旁边有卖切糕的，走过去，"我先给她买点零食，到时候好哄。"

晚上的广场还是挺热闹的，夜市摆摊的特别多，萧致边给萧若打电话，边左右张望："给你买气球要不要？"

对面说话听不清楚。

"还是买棉花糖？萧若，我劝你尊重你唯一的哥哥，不要得寸进尺。

"旁边还有那种糖画，鸡鸭鱼狗，特别好看，你要不要？"

萧致过了会儿拿着手机回头，说："小丫头挂我电话。"

谌冰看了他片刻，拉着袖口往回走："她现在心情就不好，先买吧。"

路边有那种摆一块塑料布，上面放些劣质玩具的地摊，还有卖小仓鼠、小白兔和小金鱼的商家。萧致到旁边蹲下，重新给萧若发了条消息。

不到三秒钟，对面打来了视频电话。

萧若板着脸说："我不想看你，你把镜头对着小白兔。"

"你还不想看我？"萧致指尖在屏幕上点了下，"行，你看看要哪只。"

谌冰跟着在旁边站着。萧若最初还有点儿不情不愿，看见兔子慢慢地声音都变甜了："兔兔好可爱。"

萧致摸了摸小兔子的颈毛："这个比较小，这个胖一点，这个性格安静，你喜欢哪只？"萧若说："我要胖的。"

"好。"萧致准备买了，萧若突然又说："兔兔会不会养起来很麻烦？比如屎很臭。"

萧致懒洋洋笑了声："我怎么知道？"

萧若开始犹豫："我最讨厌臭臭的东西了。"

她想了想，说："那你给我换旁边的小仓鼠。"

萧致伸出两只手指，随手夹了一只，那动作之随意看得老板都皱眉：

"帅哥，能不能爱护一下小动物？"

"不好意思。"萧致把仓鼠捧在掌心，对着灯光找角度，"这个毛色还可以。"萧若："那就它吧。"

把仓鼠放到笼子里，萧致拎着笼子起身，萧若甜甜地喊："哥哥和谌冰哥哥要早点回家。"

萧致笑了声："你刚才不是说不想见我吗？"

萧若："哪有？亲兄妹怎么会说这种伤感情的话，我最喜欢哥哥了！"

萧致："别，再说你哥我要吐了。"他低头挂了电话。

谌冰看得好笑，走近后，帮萧致拿过了手里的气球、糖画和仓鼠笼子，他另一只手还提着仓鼠的零食袋和大大的棉花糖。

谌冰靠近时，萧致莫名其妙把他手里的糖抢了过去，握着不放。

谌冰尝试抢过棉花糖，但抢夺无效。

谌冰本来挺生气，但萧致带着笑，就摆明了故意惹他。

谌冰："你松不松手？"

萧致抬了抬眉："叫哥哥。"

说完顿了一秒，他似乎想到什么："算了，别叫哥哥，显得你年幼。"

思考后他改口："叫大哥？"

谌冰："叫什么叫！"

谌冰硬是拽了半分钟才把棉花糖拽过来，现在已经没心情走路了，打车回家。刚想拿钥匙开门，萧若就直接把门开了，她尖叫一声，从谌冰手里飞快地接过了仓鼠笼子。她抱着笼子冲到旁边打开，把小仓鼠放到掌心，小心翼翼叫了好几声"宝宝"。

萧致看了两眼，走过去道："你干什么你？不要叫这么恶心。"

萧若继续摸仓鼠的小脑袋："宝宝，宝宝，宝宝。"

谌冰到沙发坐下了，感觉有点儿累，就看着这兄妹俩斗嘴。

萧致指了指桌上："还给你买了切糕、棉花糖，你还吃不吃？"

"棉花糖我不吃，其他的放着吧。"萧若注意力没在他身上，拎着小笼子飞快地到阳台去了。

萧致撑着腿起身，也坐到沙发上，说："小朋友就是这么好哄。"

谌冰："那还挺好的。"挺好的，待在萧致家真的轻松。

萧致拿了旁边被萧若抛弃掉的棉花糖，蓬蓬松松一大团，表面因为长时间没吃有了层潮湿的糖衣。他拿筷子卷下来一小团，放到唇边抿了抿："很甜，吃起来化得特别快。"

谌冰："你几岁了？"

"我就尝一下味道,好多年没吃过了。"他拿着棉花糖递向谌冰,"你要不要试试?"

谌冰烦得很:"不试。"

"真的甜。"萧致偏头看了眼阳台,那里有一堵矮墙遮挡,能看见萧若弓起的后背,但看不见脸。他抬了抬手,这就要往谌冰手中递棉花糖,萧若正好探出脑袋:"哥哥,有没有小仓鼠饲料?"

萧致只好停下:"有,我给你拆一袋。"

谌冰坐在沙发里等他拆饲料等了半分钟,喂完小仓鼠,萧致忘了棉花糖的事,和谌冰到自己房间。

"给你找件衣服,去洗漱收拾一下。"萧致说。

谌冰洗漱完出来,萧致正坐在床头玩手机。

他躺在枕头上,抬头看了眼谌冰后说:"那个心理学老师果然开始卖书了。"

谌冰:"嗯?"

萧致走近,晃了晃手机,上面是跟文伟的聊天记录。

伟子:"呜呜呜……萧哥你今下午为什么逃讲座了?呜呜呜,我告诉你我好感动,我突然好想考 A 大,虽然平时考试只有 300 多分,但我觉得我也不是不可以!"

伟子:"老师说了,我不是不聪明,只是不肯学,你说我现在学起来的话有机会跟冰神一决高下吗?"

伟子:"我今晚就要挑灯奋战,萧哥,以后你学习时带我一个。放心,我不占地方。"

伟子:"稍微把冰神分给我一些,求求了,我以后也要每天被他监督学习,打卡背单词,接受批评的教育!"

萧z:"没必要,我觉得你有必要认清自己的内心,是学渣也不用自卑。你看看我,虽然学习不好,但是我每天过得很快乐。"

萧z:"千言万语汇成一句话——你别想抢我同桌。"

谌冰真觉得够够的。

不过文伟只能算是被一针鸡血打得暂时有了上进心,能不能坚持下去,还说不定。

萧致放下手机后,认真地看谌冰:"你帮我还是帮他?"

谌冰又气又好笑:"你认真的?"

第七章

卷 笔 刀

手机还在"嘀嘀嘀嘀"响着消息提示,但萧致完全没听进去。

接下来这段时间谌冰耳朵边手机吵得像过年似的,最后萧致拿着手机直接按关机,骂了句"有病"。谌冰转过目光,有些无话可说。他坐了会儿起身,才想起一晚上还没吃饭。

萧致问:"饿了?"

谌冰有些懒得动,就"嗯"了声:"饿了。"

萧致说:"点外卖吧。"

他坐在床边,拿出手机开始划拉屏幕,谌冰看了会儿想起来:"你今天用了多少钱了?"萧致没太仔细算,说:"估计两百多。"

安静了一会儿。谌冰感觉直接问不太好,可能伤害他的自尊心,不过想了想还是开口:"你还有多少钱?"

萧致滑动手机的动作顿住,回头看着他不怎么正经地道:"这么快开始查户头了?"

谌冰喉头滚了滚,话硬是没说出来。

他想的是,萧致妈每个月就给那么点儿钱,供两个人的花销肯定不够。萧致以前家里都不怎么管他,老萧就是个自动提款机,萧致要什么有什么,养成了花钱大手大脚的习惯,不知道现在日子怎么过。

萧致手机搭在指间转了几转,安静了会儿说:"还有一些钱。当时搬出来,那些鞋和包我买了也没用过几次,都卖二手了。卖完王姨叫我自己拿着,说以后当生活费。"

谌冰初中和他读的学校是市里很好的私立学校，一般能进去的学生，父母要么有钱，要么有身份、地位。总之，入学前考核异常严格。学校里有家境普通的同学，大家一眼能看出来。可能因为年纪小不懂事，那些学生追捧时髦的同龄人。萧致那时候就一直被追捧。

他其实什么都没做，也没有炫耀，只是按照自己的家庭水平过日子。但对其他人来说他就很耀眼，什么最新款、限量版，想要，伸手就拿了。

初三老萧破产，追债的闹到学校里来。这事情传遍全班之后，萧致每天还是该打球打球，该学习学习，该玩玩。不过好几次他在篮筐底下投篮，背后站了一群人，就他孤零零站在阳光里。

人情冷暖。谌冰心里突然酸了一下。

萧致拿着手机递到他面前，他考虑到谌冰口味清淡，点开了一家炒菜馆子："点哪几个菜？"

谌冰没回答这个问题，反而问："我以前是不是很过分？"

萧致抬起视线："嗯？"

"初中的时候，"谌冰说，"你走了，我都没有管你。"

说实话，谌冰感觉他一定恨过自己。所以自己重新来找他，他爱答不理。在小号发那么多东西，但是大号从来不提自己。谌冰看着是感觉挺好笑，但是不知道他心里是怎么度过那段时间的。

很难受吧，连最好的朋友都不理他。

萧致应了声，垂着头时额发遮住了眉眼，半响，无所谓地道："你那时候才多大？比我矮大半个身，还是个小朋友。"

谌冰手指攥紧了被单。

"就算你管我，我还是要走，还不如就这么散了。"萧致继续说完。

他语调上扬："怎么？你现在知道愧疚了？"

被他这么说两三句，谌冰酝酿的那点愧疚情绪，顿时变成了争辩的想法。虽然知道自己有错，但他说话这劲儿，真够让人生气的。

"好了，"萧致说，"我早就不怪你了。"

谌冰因为理亏暂时没说话，垂着眼皮坐在床上，气质虽然还是冷漠疏远，拒人于千里之外，但跟以前的样子完全不同。

萧致看得想笑，他舔了舔唇，想想又说："其实还是有点儿气，你多跟我玩会儿，气就消了。"

说了半天，还是萧致顾着谌冰的自尊心，安慰了他。

外卖送到家后，萧致到门口接过，顺便到萧若门口敲了敲："饿不饿？吃不吃东西？"

萧若半晌才开口，冒出个脑袋，怀里抱着她的仓鼠宝宝："不吃。"

萧致看了她一会儿："你别把这东西抱到床上。"

萧若瞪大眼："我没有。"

"懒得管你，"萧致转头往餐桌走，"反正被子脏了是你自己洗。"

萧若直接把门关上了。

谌冰拉开凳子坐下，顺便看了眼手机，群里突然吵得特别凶，消息飞快刷新。

朱晓："陆老师这次生气了，说听讲座中途跑了的全都要写检讨，等明天晚自习回校了再收拾。"

九中天才战神："我们班走的人好像挺多啊？"

傅航航航："反正我看冰神和萧哥走了我就走了，就不想听，有问题？"

朱晓："陆老师还挺生气的。"

谌冰想起来，问："明天怎么去见陆为民？"

萧致把外卖盒子拆开，想了会儿说："陆为民挺好哄的，他之前规定的听后感字数不是1000吗？你明天交一个2000的，他心情绝对好，说不定还夸你自觉。"谌冰都不知道他哪儿来这么多经验。

今晚注定是不平凡的一夜。

他俩熬夜学到两三点，但晚睡的结果是第二天谌冰按照六点半生物钟起床，脑子里昏沉了起码十分钟，但还是得摸索着找手机重复播放一首快节奏歌曲。在这种音乐的狂轰滥炸之下，萧致揉着眉心，撑起身时面无表情，浑身被低气压笼罩。要是换个人，估计直接被他掐着脖子赶出去了，但萧致看了看谌冰，说："以后周末能不能七点半起？"

"不能。"

萧致到嘴边的话咽了下去，起身，拿起衣服去了外面的卫生间。等谌冰洗完澡出来，萧致坐在沙发里，眼皮垂着，感觉似乎又要睡过去了。

谌冰靠近，拉了拉他手腕："走，下楼买早餐，走一圈回来就不困了。"

他应了声，拿上一件外套，跟谌冰出了门。

清晨将近七点的时候，大街上都没人，蒙了层薄薄的雾。

谌冰出来时感觉有点儿冷，回头看萧致："去哪儿吃饭？"

萧致说："带你去一家羊肉粉店，味道还可以。"

谌冰跟着他，走了没多远拿出手机："昨天百词斩的任务完成了吗？"

萧致偏头看他："你好绝。"

谌冰晃了晃手机，眯着眼睛："怎么说，又没完成？"

萧致："什么时候都不能放松？谌冰，你这种唯成绩论的理念，我告诉你，不好。"

谌冰走近抓他的袖子："天天都有借口，那不如不背了。"

"好，背，现在就背？"

谌冰"嗯"了声，把他手机拿过来，抽背昨天的单词。

店里刚开门，萧致到柜台边点了羊肉粉，回来坐在了谌冰这一头。店铺挺小，那个老板娘认识萧致，明明店里忙得很，看见他还特别出来多说了几句话。

谌冰垂着眼皮，把手机页面滑了两下，问："adequate（充足）。"

萧致偏头跟那阿姨有一搭没一搭扯淡，似乎没听见，所以也没回答。谌冰等了几秒拽了他一下，咬着重音重复："adequate."

"足够，合格，合乎需求。"萧致回头看他，"跟阿姨说会儿话也等不及？"

谌冰没理他，关了手机。那边羊肉粉刚好端上来，萧致揭开筷筒边的小白瓷盖，往谌冰碗里舀了几勺青椒辣酱："这个辣酱最好吃，羊肉和粉的味道其实一般，但加上酱就不一样了。"

谌冰吃了两口，觉得辣，跟萧致换了一碗。

不过可能确实是萧致跟老板娘聊天聊这两句聊出效果了，他碗里的羊肉片又多又肥，谌冰边笑边给他挑回去："你还挺厉害。"

只要他不惹事，谁都喜欢他。

萧致又往他碗里夹："你吃你吃。"

谌冰："我不要。"

两个人本来是夹羊肉，慢慢筷子开始打架，打了半分钟谌冰突然回过神，没想到自己这么大了居然还干这种事。

萧致低头笑了两声："谌冰，你好幼稚。"

旁边还有一个老爷爷吃早餐无聊放广播，那声音大得整条街都能听见："春节是我国的传统节日，每到这天，家家户户挂上灯笼，贴起春联……"注意到他俩的举止，老爷爷转头朝这边笑。

谌冰赶紧吃完拉着萧致就走。

"出来了就逛一圈吧，萧若快八点才醒，饭带早了她也不吃。"萧致说。

"行，"谌冰拿出手机，"我继续抽背单词了。"

萧致边走边背，按照习惯走了上学的路，不知不觉逛到九中校门外了。谌冰看到旁边的书店，进去了："你过来。"

萧致跟在他背后进去，书店里差不多全是卖辅导书的，分门别类摆放得特别齐全。谌冰走了一圈停在一个筐子旁边，翻出几本巴掌大小的书。回头看见萧致百无聊赖地站在旁边，一把扯着他衣角，把人拽回去。

"这个是语文诗词名句积累，你平时没事儿揣在兜里，有空了就拿出来背两句。"

萧致："……"

谌冰指尖在筐里翻了翻，又取出一本很小的百宝书："这里面有数理化的全部公式，字比较小，你平时一个人走路反正也闲着，可以拿出来边走边背，正好时间利用率最大化。"

萧致眼皮跳了下，接过了谌冰递给他的书："嗯。"

谌冰到店门口，买了几本很小的英语单词本，说："以后上课听到不认识的单词就记下来，闲着没事儿翻翻，很好背的。"

萧致舔了下唇，说："谌冰，你还真是一条活路都不给。"

谌冰也没办法。萧致高中基础不行，一下子给他那么重的任务肯定会有逆反情绪，而且冰冻三尺，非一日之寒，养成好的学习习惯也很难但很重要。

结账出店，萧致走在了他前面。

谌冰从小学习习惯好，初中就在学高中的内容，但萧致一般更爱玩儿，所以他的基础跟自己不一样。

有些东西谌冰看一眼就懂，一秒就能记住，但萧致没有基础，学得会比他更困难。努力其实不难，但意识到自己的差距，夜以继日拼命追赶，可能短期内还看不到回报，这个过程很折磨人。

早上路旁没什么人，萧致拿着几本书，一直走在他身前两三步，但话明显变少了。谌冰猜到他可能情绪不是很好。

半晌，谌冰拽了下他衣角："没事儿，有我在。"

谌冰重生前经历过从高一到高三的过程，一中学习压力特别大，高三时好多个晚自习总是有人做题做着做着就哭了，但哭完还是擦干眼泪继续写。这个世界就是这样，必须努力奋斗，才有可能实现愿望。

谌冰说："以后，都有我陪你。"

往回走的路上，谌冰看了会儿群里的视频："陆老师发录屏了，昨天那个讲座。"

萧致靠近看了估计三四分钟："他说的跟你刚才说的一模一样。"

谌冰想笑："本来就是，前人的经验摆在面前，唯一要做的是坚持下去。"

萧致看了会儿手机："昨天的作业就是这个，一会儿回去写2000字心得体会。"

陆为民还专门在群里发了一份类似"你的未来人生规划书"的表格，昨天下午一人发了一份，现在特意发在群里，让昨天没领的人去打印了填写好，晚自习交上去。萧致往旁边的打印店走。店里油墨味很重。谌冰说："我再印几份资料。"

谌冰复印的全是一中的资料，厚厚的好几沓，等了十几分钟的工夫。萧致闲得无聊随手拿了支笔，站在复印机旁的桌子边对着纸页写写画画。

复印完将书装订整理成册，谌冰说了"谢谢"，回头看见萧致指尖沿着叠层抽出一张纸，随意递给他。

表格上问："你的姓名？"

萧致的回答："萧致。"

"你的学习动力是什么？"

"好朋友的鼓励。"

"你高中三年的目标是什么？"

"和谌冰一起考个好大学。"

"未来想实现什么愿望？"

"和朋友一起。"

回答得乱七八糟，摆明了这一张会作废。

萧致出了店门："现在差不多该给萧若买早饭了。"

"好。"谌冰把纸折叠好，放到了外套的兜里。

路旁有蛋糕店，萧致进去挑选了一盒肉松蛋糕，还拿了瓶酸奶，出来时手上的东西已经很多了。

不过谌冰看着他腾手，把书和东西都放到了右手。

等走到楼道内谌冰才懂他的意思。

萧致自然地伸出了空着的左手，说："来，你哥牵。"跟牵小孩儿似的。

谌冰好笑，被他拉住了校服的袖子，特意调换了上楼的顺序。

萧致家楼层不高，所以他走得很慢，还提醒谌冰："你再慢点儿。"

谌冰抱着东西还挺累，直接甩开手，往楼上跑了。

"你……"萧致似乎想说什么，但又忍了。

萧致追到门口，趁着谌冰站在门前，往他头上用力摁了一把。

谌冰："你烦不烦？"

萧致语气感慨："开了这扇门，我们又要开始为学习拼命。"

"……"

"不觉得很刺激吗？"

"……"

湛冰真没懂他到底哪儿来这么多人生感慨。

等开了门，萧致立刻站得笔直，收敛了刚才的笑意，显得还挺像个规规矩矩的酷哥。

萧若坐在茶几边，头发梳成了很漂亮的盘髻，正在吃一盒冰淇淋。

她看见萧致似乎呆愣了一秒，站起来："哥哥。"

萧致应了声，把手里的蛋糕和酸奶丢过去："跟你湛冰哥哥逛街，顺路给你买的。"

萧若似乎有点儿不自在，等到萧致放下书，看到了茶几上一大袋的零食。

萧致看了两秒："你自己下去买的？"

"不是。"

萧致没在意："王姨来了？"

萧若似乎鼓起勇气，说："不是。"

萧致转头，垂着目光看她。

萧若有些茫然，说："妈妈刚才来了。"

萧致抬腿踢了踢沙发："她来干什么？"

萧致问得平静，视线扫了一圈零食袋，有几包零食的封口打开了，明显萧若拆开吃了。

萧若怯怯地道："她来看我。"

萧致："来看你，给你买吃的，还给你梳了好看的头发，逗你开心是不是？"

萧若眨了眨眼睛，有些害怕地缩了缩手指。她知道萧致跟杨晚舟之间几乎针锋相对，也知道他特别不想看见杨晚舟，平时收到非800块以外的东西都是直接丢垃圾桶，甚至还踹两脚。

见她害怕，萧致摸她脑袋："你吃你的。"说完回了房间。

湛冰跟进来，萧致坐在书桌前把电脑上陆为民传的视频打开，边看边准备写感悟："2000字？"

湛冰跟着坐下，问起刚才的事："没事儿吧？"

萧致低声说了句"没事儿"，然后看起了视频。

他不愿意说，湛冰也不问。萧致为什么跟杨晚舟闹成现在这种局面，湛冰不太清楚，反正记得他们之前的关系并不亲密。

萧致拉动进度条，偏头："看着一起写？"

2000字对未来的规划，对湛冰来说很容易。

书桌是一张橡木白的长方形桌，自从摆上书后，空闲的位置就变少了。谌冰写字时，手臂时不时跟他撞两下。

萧致看他："你又惹我？"

谌冰没心情再写，索性把他填好的表拿过来看。

萧致这次没再胡乱填写，按照学年划分了清晰的阶段性目标。

高二上学期期末考到班上前五，高二下学期期末考到年级第二，高考争取能考上双一流大学。最后的大学名字栏是空白，暂时没有目标。

谌冰拍照留存："你最好说到做到。"

萧致抬了下眉："你在小看我的决心？"

谌冰垂着眼皮，嗤了声："成绩难看，说得挺美。"

"我就先约定。"

"你约定个什么。"谌冰推开他拿出了生物三维设计。

萧致看表："我俩都学习多长时间了？不能休息休息吗？"

谌冰一看表，从八点半学习到现在十一点确实很久了，已经到了休息准备吃午饭的时间。

谌冰合上了书，准备到窗边远眺休息下眼睛，刚起身就被萧致按着肩膀重新往椅子里按，按住之后拿出一根项链在他眼前晃动。

谌冰感觉莫名其妙："你有病啊！"

萧致轻轻地笑了一声："对不起。"他没什么诚意地道歉，"就是想试试催眠术管不管用。"

谌冰忍了一会儿，抬手拽住他衣领，用力往他腹部抡了一拳。

萧致"咝"了声，退回去，撑着椅背，脸色异样："你是鲁智深吗？"

谌冰觉得好笑，背后门突然被敲响了。

敲门声响特别大，跟打雷似的，伴随着一阵叫声："噢噢噢，萧哥！萧哥！玛卡巴卡！还没睡醒吗？这可不是青少年的作风哦，再不起来太阳晒屁股了！"是文伟的声音。

萧致沉着脸，目光转向了谌冰。

谌冰心里也觉得挺烦，转身合拢了教辅资料。

萧致拧开门，门外的文伟抱着两摞书，精神状态相当兴奋。

"没睡啊？你们是在学习吗？我来加入你们了。"

萧致皱了下眉。

"萧哥，中午我就在你这儿吃饭了，下午跟着学习学习。"他斜着目光，毫无畏惧地直面萧致嘲讽的表情，说，"你别不信，昨天下午那节号召我们热爱学习的讲座让我获益匪浅。"

萧致还握着门把手，想了几秒才从意难平状态冷静下来，示意他："去做饭。"文伟："好，我这就去。"他熟门熟路到厨房拿了围裙，旁边还有个拎着保温杯的傅航，说："我妈炖的牛肉，让我带过来一起吃。"

这两个人挨在一块儿，萧致看了一圈问："小坤呢？"

文伟神色微妙起来。

大概半个小时前，他发消息叫管坤一起来萧哥家吃午饭，管坤只回了句"不来"就没了消息。很明显，他估计是跟谌冰较上劲了，不肯来。

萧致没当回事儿，坐在沙发里，拿手机给他发消息。

旁边萧若像个小跑腿的，本来蹲在小马扎上看偶像剧，非常志忑地递过一包瓜子："哥，嗑吗？"

萧致没抬头："不吃。"

萧若又递过一把葡萄干，在掌心堆成小小一堆，摆明了献殷勤："哥，来两颗？"

萧致抬起眼皮："你有事？"

萧若顿时悻悻地瘪了下嘴，回头看小仓鼠。

她这么小心翼翼，萧致明白她可能担心今早收杨晚舟零食的事儿让萧致生气，抬手把她的小盘髻揉出几根毛发："跟你说没事儿了。"

萧若还瘪嘴，她眼睛圆溜溜的，显得不怎么放心。

"行啊，你这个人，敬酒不吃吃罚酒，"萧致偏头，"罚你洗一天碗，现在就去。"

萧若磨磨蹭蹭的，在他手背上拍了一下，转头蹦蹦跳跳去了厨房。

文伟炒菜时就一直跃跃欲试，等做完了菜上桌，特意坐到谌冰的身旁。

他整了整外套，指着自己脸，满脸殷勤地问："冰神，你看我怎么样？"

谌冰冷眼看着他。

文伟本意是想让谌冰看看自己有没有学习的天赋，毕竟学霸比较有经验，他从昨晚起激动得睡不着了，甚至想好了自己以后考上状元的励志演讲主题，就叫——"从九中到A大的逆袭"。

谌冰想了想说："不帅，但很特别。"

文伟纠正他："我说的不是长相，是学习，你看我是否有成为学霸的潜质？"

谌冰咬牙，一字一顿地道："我真看不出来。"

文伟比画着，开始解释："反正，从今天起我要好好学习了，以后打游戏什么的都别叫我。"他拿出手机，为了表示决心，把自己的昵称改成了"九中天才学神"。昨晚的一场演讲对热血少年的影响力还挺大,湛冰不好打击他的梦想,就说:"那你加油。"

"好,向你看齐。"

文伟一直属于戏比较多那种,各种学习材料都备齐了,边吃饭边在背单词。

桌上荤的、素的都有,萧致往湛冰碗里夹了一筷子牛肉:"你多吃点,补一补。"

湛冰:"补什么?"

"补身体,"萧致笑了下,"别再俯卧撑做不了几十个又头晕。"

湛冰怔了两秒才明白他说什么。

吃完饭开始补作业,文伟非要往萧致房里挤,被推出来几次还往里挤,最后萧致没办法,给他支了个小板凳,坐在旁边一起写作业。

傅航在旁边看着挺感慨的。萧致以前在他眼里真就是九中一霸,谁都管不住,陆为民训他都是自己哭天抹泪,萧致面无表情,甚至还有一点点烦躁;而文伟,老油条了,现在居然乖乖坐在凳子上把试卷翻来翻去。

湛冰作业写完了,正趴在书桌上睡午觉。

傅航站了一会儿说:"我这种不怕开水烫的死猪,处于现在的学习氛围中,是不是有点儿格格不入?"

文伟有道题不会,正准备晃醒湛冰仔细问一问,被萧致摁着肩膀制止了。萧致咬牙:"这个没眼色的家伙才叫格格不入。"

格格不入的文伟:"……"

傅航:"……"他转身去了客厅打游戏。

差不多五点半,大家起身,收拾东西去学校。

教室里人来人往,吵吵闹闹。为了预防有人到教室来抄作业,陆为民特地要求朱晓刚打铃就收作业。矮矮瘦瘦的朱晓在讲台拍尺子,声音很小:"听后感,赶快交,赶快交!不许互相抄!"

湛冰拉开书包,从里面抽出听后感,递给萧致:"你去交。"

萧致:"嗯?"

"没事儿,就让你体会一下按时交作业的成就感。"

萧致将打印纸卷成筒状,轻轻往湛冰头上敲了敲。

"我最近明明在认真完成作业。"

又敲了敲。

"你就编派我。"

还想敲时被湛冰挡住,改为攻心:"你有没有心?"

萧致挑了挑眉，自觉转身往讲台上走。

他把听后感放到讲台，特别认真地叮嘱朱晓："一份是我的，一份是我同桌的，都是2000字。你记得跟陆为民争取一下，我和谌冰虽然翘了讲座，但我们昨晚把这个视频反复看了十遍，很有心得体会。"

朱晓："哦，好的。"

身后傅航猛蹿上来搂住萧致的脖颈，萧致被压得后退两步，站稳后慢条斯理推开他，继续跟朱晓说话："一会儿给你一颗糖，班长。"

朱晓对校霸如此温和感到疑惑："啊？"

"没什么大事，"萧致轻描淡写地道，"就是心情好。"

傅航比萧致要矮一点，搭着他肩膀，笑笑闹闹就往门外冲："买糖买糖买糖！"

打铃之后，几个男生还没回来。估计过了快十几分钟，萧致总算从门口进来，校服脱下搭在手臂上，里面穿了件黑色的长袖。这个时候明明已经初冬，但少年体热，似乎完全感觉不到冷意。

萧致满脸神秘地拉开椅子坐下，将校服脱下团在一起，让谌冰将手伸进了自己的校服。

谌冰偏着头，摸到了塑料纸，随即，响起"咔嚓咔嚓"的动静。

谌冰："这什么东西？"

萧致："你掀开看看？"

"你直说是不是会死？"

"惊喜，"萧致低声重复了一遍，"惊喜。"

谌冰掀开了校服。一只玩具小熊扎着礼花，裹在校服当中。包裹应该算很精致，塑料纸烙着金粉，绒毛的顶端也涂着金粉，颜色很深。

萧致说："我刚去校门外抓娃娃抓的，送给你了。"

谌冰看了一会儿，拿出小熊丢到抽屉里。

"你校服穿好。"

萧致问："好看吗？"

谌冰想了想说："好看。"

背后响起皮鞋敲击地面的声音，果不其然，陆为民的声音响起："谌冰、萧致、傅航，我看看，还有那天翘讲座、翻墙出校门的，全部给我来一趟办公室。"

教室里稀稀拉拉站起了七八个。陆为民神色凝重："全过来。"

刚出教室门口，萧致肩膀被傅航撞了下："陆老头看起来心情不好啊？"

"翻墙了他心情能好？"

"不是，"傅航形容着说，"是那种地狱级别的心情不好。"

办公室藤椅里坐着别的老师和一位校领导，透着来者不善的气息，陆为民招手："你们过来。"

湛冰站到中间。坐着的那个戴细框眼镜显得很斯文的中年男老师看到他，挑眉道："哎呀，怎么你也在？"

湛冰认出这是1班的班主任，姓许，叫许铮。

九中唯独理科1班还看得过去，差不多是能出十几个二本生的水平，偶尔撞大运还能出几个一本生。

许铮当时想把湛冰转到1班去，湛冰没同意。

"你们不听讲座就算了，回教室学习啊。还翻出学校，这种行为你们觉得对不对？自己反省反省。"陆为民语气比起平时训话更严肃，明显训给别人听的。

几个人都没说话，暂时没弄清情况。

许老师指尖搭着试卷翻了翻，说："你们是学生，学校制定了不得出校的规定，你们却不遵守。你们翻出校门，要是出事故怎么办？学校还要给你们负责。"他话锋一转，"但你们当中，除了湛冰，其他人我看根本也没有什么想学习的念头吧？"

湛冰站着，没说话。

许老师拿起了桌上的学习计划表，挨个点名，把计划表抽出来一个一个地念。念了几个之后，许铮翻出了最后一张表。他抬头瞥向萧致，第一句话就是："校霸，校草，大帅哥，久仰大名啊。"阴阳怪气。

萧致垂着眼皮，抿了下唇，没什么好说的。

许铮把他的表格展开，看第一眼就捧腹大笑："就你，萧致，你怎么敢在这张表上填，你想考985、211、'双一流'大学？"

许铮把表格放下，说："我简直看着都想笑，你懂吗？你们这群人，除了湛冰稍微好一点儿，其他人就是混日子，惹是生非，真的让老师很失望！"

许铮边喝茶边训，训完，将矛头对准了湛冰："你说你，好端端的，跟这群人混干什么？"

湛冰面向他。

"他们翻墙，你也翻墙，他们考0分，你也考0分？湛冰，你明明学习这么好，为什么不珍惜自己！"

湛冰："我没有不珍惜自己。"

许铮十分痛心，抬起手指，从谌冰的头上画了一个圈，最后又指回了萧致的头顶："那你为什么要跟他混在一起？"

这句话，无异于晴空霹雳，萧致眼皮抬起看了他一眼，嘴唇微动。

也不怪许铮说这句话，成绩这条分水岭隔开了谌冰和萧致，在老师的眼里，他们本来就有区别。可硬生生对少年说出这句话，未免会伤害他的自尊心。萧致好像没听懂似的，抬眼，声音轻轻的："老师，他跟我混在一起怎么了？"

谌冰也说："请老师说清楚，我和他混在一起怎么了？"

空气中泛起淡淡的硝烟味。陆为民意识到少年的倔强，抓住胳膊拽回萧致和谌冰："你俩在干什么！"

许铮深呼吸镇定了好几秒，恶狠狠瞪一眼萧致，再瞪一眼谌冰，开始打电话："喂，谌冰的家长吗？你家孩子最近在学校思想有些滑坡，有时间来趟学校好吗？嗯，我不是班主任，我是年级主任。"

陆为民声音很小地说："都晚上八点多了，家长可能在忙。"

"再忙也要注重孩子的教育吧？"许铮说完转向萧致，"你要不要请家长？"

陆为民的嘴皮子动了动，想说话。萧致直接说了："我没家长。"

"什么？"许铮表情微微变了变。

"就有个妹妹，读初一，不然叫她过来？"

许铮刚才的话好像卡进了喉咙，半响没吭声。陆为民总算打岔了："萧致，你说你一天天为了什么义气，帮着同学跟老师顶嘴，幼稚！现在自己去教室写检讨，没你的事儿。"陆为民总算把萧致哄了出去。

谌重华跟许蓉赶来学校后，许铮看见他俩，说话客气了很多。

训斥的话还是老生常谈，许铮说了半响招呼谌冰："你先出去，有些话我单独跟你爸妈聊。"

谌冰瞟了他一眼，转头去了教室外的走廊。晚上的凉意沿着瓷砖传递到皮肤上，谌冰手腕搭着走廊瓷砖等了十几分钟，谌重华终于从办公室走了出来。他抬了下金丝眼镜，说："你怎么跟老师顶嘴？"

"他先数落我们。"

谌重华偏头看谌冰，他眉眼跟谌冰有相似之处，但更斯文儒雅，他皱了下眉："那你到底干了什么错事？"

谌冰本来朝向另一头，没看他，听见这句话，谌冰视线才动了动："我觉得自己没做错什么。"

"嗯，我自己的儿子我心里有数，你做事有分寸，你长这么大，我还是第一次被叫到学校。这里的老师也有问题。"

晚自习下课了,不少同学涌出教室。谌重华西装笔挺,站在走廊上与周围的环境格格不入,引来了其他人打量的目光。

谌冰打了个响指,突然觉得有些烦躁。

"你别拿你的本事来压人,至少在学校。"

谌重华目光微讶:"爸爸是关心你。"

关心?谌冰不想说他平时在家庭教育上的缺席,大部分时间只是给钱把自己送到好学校接受优质教育资源的培养,从来没有陪伴,没有温情,还对妻子不负责任,现在却在说什么关心。

谌冰声音很轻:"难道不是为了你的面子?"

谌重华怔了一秒,直直看他。谌冰看向别的地方,他长得很高了,跟谌重华差不多高,但穿着校服还是自然而然透出少年气。

他这么清澈,但不知道从何时起,跟谌重华的对话只有锋芒。

"反正我只是你装点门面的东西。"谌冰说。

谌重华竟然无言以对。大概没想到会被这么明显地戳穿,又或许其实连谌重华自己都没意识到。

沉默两三秒后,被顶撞后的怒气涌来,谌重华面色狰狞。

"你不要什么都跟我作对。"

周围很吵闹,谌冰没再说话。

"我现在已经一句话都和你聊不下去了。"谌重华离开之前丢下一句,"行,既然知道,就别给我丢脸。"

别给我丢脸。谌冰深呼吸,感觉心口好像被烧了一下,有种刺痛感。

一身贵妇打扮的许蓉从走廊尽头走过来,教室门口蜂拥着一群男生,点头哈腰地喊:"阿姨好!"

许蓉笑着打招呼,单独跟萧致说了两句,回到了谌冰身旁。

她埋怨地道:"你今晚脾气也太大了。"

谌冰在以前的学校没遇到过这样的老师,今天是头一次。听他那样评价萧致,但凡萧致心态差说不定就不肯再学了,所以谌冰有些上头。

谌冰抬手搂了搂许蓉的肩膀,轻描淡写说:"我当时就是太生气了。"

他一直是老师眼里的好孩子,规矩得像个没有感情的高级智能生物,偶尔叛逆,许蓉反而觉得新鲜可爱。

她边偷笑,边蹭了蹭谌冰的头发:"以后不许这样了。"

"知道。"

"那妈妈先走了,你爸还在车上等。"

湛冰往前走:"那我送你。"

许蓉挽着他胳膊下楼,左右的人都看过来。许蓉骄傲地在众人面前展示自己优秀的儿子,同时用力捏了捏湛冰的手指。

许蓉到校门口回头再抱抱湛冰,她已经比湛冰矮一个头了:"妈妈先走了,你月假回来前给我打电话。"

湛冰看着她,应了声。

等湛冰送完人从楼梯口回来,拐了一个弯儿,先看见亚麻色长裤的裤脚,接着抬头看见许铮那张下巴尖尖的脸。

许铮瞥了眼湛冰,就跟没看见似的,目不斜视走过去。

湛冰也当没看见他,进了教室。教室里面打打闹闹,平时安静的那部分人特别闹,闹的那部分人特别安静,全趴在位子上在写检讨。

萧致把笔帽在桌面上反压着用力杵了下,抬头:"你回来了?"随即撕了张草稿纸递给他,"来,一起写。"

文伟转身过来,满脸鄙夷:"冰神,知道那姓许的为什么突然抓翻墙?还不是他们班有个男生半夜出去上网,一整天没回学校,差点出事儿。说白了,许铮自己带的学生不听话,把气撒到我们头上。"

湛冰抓着草稿纸一角抽过来,先把"检讨书"三个字写得龙飞凤舞,然后抽过萧致的检讨书瞟了眼内容。

萧致靠近他耳边,轻声问:"你爸妈骂你了?"

"没有。"

"那还好。"过了两秒,萧致补充,"打你了?"

湛冰没抬头:"你就盼着我不好,是不是?"

"没有,"萧致笑了一阵,"我真担心他们训你。"

湛冰手指摩挲笔盖,没来由怔了两秒。刚准备继续写下去,桌面落下阴影,陆为民敲了敲桌子:"你俩到我办公室来。"

气氛莫名紧张。湛冰看了萧致一眼,萧致不明所以,不过还是站起身。

办公室没别的人,其他老师都走了。自从陆为民说出"把门关上"这句话,湛冰心里就松了口气。

陆为民看了他们起码五秒,表情变了变,似乎本来想板着脸,但莫名其妙又笑了。他拧开茶杯喝了口,歪在椅子里:"你俩胆子不小啊。"听语气不是训斥。

他作为一个带普通班的老师,年纪比许铮大,但总是被许铮毫不留情地劈头盖脸批评,心里不能说没有怨气。不过他不敢跟同事起矛盾,两个少年什么都不懂,说顶撞竟然就顶撞了。

萧致拉开旁边的椅子坐下:"他不是自找的吗？"

陆为民想了想又说:"其实不管怎么样你们都不能顶撞老师，要尊师重道，老师都是为你好。"

多说无益，谌冰直接认错:"好。"

速度之快让陆为民不敢置信:"你。"

他想了想认真说:"以后做事不能这么冲动，老师是过来人，告诉你们，脾气太硬只会吃亏。"

萧致指间夹着学习计划表翻了翻，无所谓地道:"那就吃了亏再说。"

陆为民无奈了:"你啊你啊。"

他抽过萧致拿着的成绩表，敲了敲:"在学校脾气再强硬都没用，唯一能说话的是成绩。萧致，你要是真跟这个老师较上劲了，就拿成绩来说话。"

萧致没什么大的反应，反而把手揣进了校服兜里。

半晌，他似乎摸到了什么，展开五指，掌心放着一颗包装精美的糖，他递给陆为民:"老师，吃糖。"

陆为民疑惑地道:"你不要打岔。"

"知道了。"萧致拉住他的手，把糖放上去，"学习，学习，超过1班。吃颗糖，吃颗定心丸。"陆为民攥着糖莫名其妙。

陆为民也不逼他立目标，有心的人说做到就能做到。

不再废话，陆为民把糖揣进了兜里:"行了，你们回去学习，今晚已经耽误不少时间了。"

萧致转身拉着谌冰的校服袖口往办公室门口走，下一秒，陆为民看见谌冰抬手拽住萧致的衣领。

陆为民想训斥，想了想，又作罢，回头重新看桌面上那堆学习计划表。

他小心捧着，抚平了之前许铮乱抓留下的折痕。

谌冰回教室继续写检讨，打下课铃后，他收拾东西准备回寝室，萧致"哎"了声:"我能不能，去你寝室坐坐？"

谌冰继续从抽屉里往外掏书，看见萧致重新翻了张草稿纸，写下一行字。

"一个人在家也挺无聊，理解一下？"

谌冰:"……"

文伟听见前半句转过来:"萧哥，你要来我们寝室啊？热烈欢迎，热烈欢迎。"

萧致搭着谌冰肩膀往外走，话说得像个大爷:"我就坐坐，低调，不用太热情。"

湛冰宿舍在三楼,他进去后拧开台灯,把旁边一直空着的椅子抽出来放在自己书桌前。湛冰继续写检讨,周放殷勤地招呼萧致:"萧哥,难得你过来一趟,我不得不认真招待你了。"他从抽屉里翻出水果和零食,照顾得面面俱到,"你随便吃。"

萧致写了会儿作业。

文伟一般回寝室就洗漱去,临走前跟周放打招呼:"来给我搓个背?"

"不搓,我陪萧哥坐会儿,等他走了我再去洗漱。"

萧致从练习册中抬头,看向他:"我建议你还是去帮他搓背。"

周放:"我不好放着你一个人坐吧?"

萧致:"听我的,没问题。"

文伟用力拽了周放一把:"走咯。"

寝室里这下没别人了,气氛变得安静。

湛冰落笔,目光微冷,冷声问:"百词斩今天的任务背完了吗?"

萧致动作顿住:"你是魔鬼吗?"

湛冰不觉好笑:"我不提醒你就记不住?"

萧致拉着椅子退身,拿出手机划拉了下屏幕:"行,以后就把百词斩当成游戏软件,有空就点进去,能记不住吗?"

到了时间,萧致拉开椅子:"我得走了。"湛冰放下笔,起身送他到楼底下。

萧致走路很急,管坤一下子冒出来时,被他一下逮住了衣袖:"喂,跑什么?"

管坤最初没看见他,看见后才说:"萧哥,你来寝室了?"

管坤站在拐角,抬起下巴示意背后一群人。

四五个男生嘻嘻哈哈从楼下上来,他们都是1班的,只有他们班单独把晚自习加到十点三十分,说是为了区别其他不努力的班级。

"许铮那恶魔,又布置这么多作业!"

"有本事你也跟他顶嘴,像4班那个男生,哈哈哈……"

笑着笑着,声音就收了,而且连脚步都不敢往上挪。

萧致倚着楼梯,跟着笑了下:"好笑吗?"

全体男生沉默,他们无声地对峙了两三秒。

就在他们以为惹怒了校霸时,萧致让开一条道,转向管坤:"这事儿怎么全都知道了?"

管坤明显挺烦的:"还不是许铮在他们班乱说,还把我们定的成绩目标拿出来嘲讽,反正就是,嘲讽了半节课,另半节课在骂人。"

萧致其实不太在意这种事儿,但自己被拿到其他班当谈资,真还挺恶心。

"这许铮到底想干什么啊?"

"不干什么,估计就是想嘲讽我们。"

"他们班第一名上次考试多少分?"

"也就五百多一点儿。"

"就这么点儿分,他有什么好狂的?"

管坤安静了好几秒:"萧哥,你上次四百多,在你面前狂应该是绰绰有余的。"

萧致拽了拽谌冰:"嘲讽我,那先问问他。"

考七百多但并不想介入这种纷争的谌冰:"……"

被老师特别关照的情况不是没有,管坤说正事:"估计咱们班要被他针对了。"

九中不是好学校,但这种学校一般为了集中稍微优秀的学生,会设置一个涵盖年级排名靠前学生的班级。这个班往往会采取一些比较极端的管理方式,同时班主任也会有凌驾于其他班级之上的优越感。

4班最初还没懂"特别关照"是什么意思,不过很快就懂了。

上物理课的时候,杨德旺在黑板上写了加速度公式,回头时,走廊上突然响起一阵哄闹。走廊声音特别吵,杨德旺探头看了看:"这是干什么?"

他认出了1班班长,走近问:"你们干什么呢?"

1班班长是个女生,挺伶牙俐齿的,说:"老师,我们班上心理课,有个小游戏教室里活动不开,老师让我们到走廊上来。"

杨德旺皱眉:"现在是上课时间,你们做游戏吵到我们班上课了。"

1班班长抬了抬眉,没打算撤退:"老师让我们来这里的啊。"

许铮,年级主任,其他老师都得给他三分薄面。杨德旺攥着粉笔怔了两秒,他还不知道前段时间4班和1班的恩怨,回头招呼朱晓:"你去办公室找许老师,说一下,我们班被吵到没办法上课了。"

朱晓跑出去,半晌又回来了,脸挺白的:"许老师在看电脑,跟他说话,他好像没看见我一样,不理我。"

杨德旺怔住了。他就是个脾气温和的小老头,一时竟然不知道该怎么办。教室里一片寂静,门外欢声笑语。学校只有两位心理老师,他们只给三个年级的重点班上课,所以4班根本就不知道他们到底在玩什么。

虽然大家在教室也不听课,但起码得尊重老师,这么不把老师放在眼里的,还是头一回遇到。杨飞鸿踹开凳子走到门口,挥手道:"干什么呢?别在我们教室门口吵。"

没人理他,那心理老师出来拉偏架:"我们就活动十几分钟,稍等啊,十几分钟后你们就能好好上课了。"

杨德旺唇角抽搐了下,回头无奈地道:"你们看会儿书吧。"

大家安静看书。门外完全没有收敛的意思,笑声整栋楼都能听见。

过了快二十分钟,门外依旧如故。杨德旺到门口小声问:"你们还要多久啊?"1班班长说:"估计还有一会儿!我们班人太多了!"

杨德旺只好回来,站在讲台边,脸色微白,把一截粉笔碾得稀碎。

管坤挑眉,回头看看萧致却没说话,但意思很明白。

看吧?这地方,庙小妖风大,有个性的人特别多。

萧致指间夹着支笔,脊背往后靠在后排的桌沿上,一直等着杨德旺讲讲题。等全班都觉得很过分的时候,目光不约而同转到了萧致身上。

萧致手指搭着笔敲了几下,踢开凳子起身,脸上没什么表情,往门口走。

心理老师还在说话:"后面的同学与前面的同学交换顺序,现在,说出你对对方的第一印象!"后排一个嗓门大的男生重复着这句话。

萧致肩膀靠在门上,垂着眼看他两秒,开口:"别说了吧。"

走廊上安静下来。

萧致往外迈了一步,嘴里没好话:"都赶紧走,别让我请。"

"再稍等五分钟,我们游戏马上完成了。"那男生见状不妙,想打个商量。

"要不我们也到你们教室吵五分钟?"萧致话里没得商量,小臂搭着门口,语气特别不善,"走。"

场面一度陷入尴尬。1班班长决定息事宁人,站出来说:"行行行,那就不玩游戏了,我们回教室继续。"

匆忙的移动间,不知道哪个男生突然冒了句:"好厉害,不愧是要考年级前二的男人。"周围安静了几秒,接着是一阵哄笑。

这个声音虽然不大,混杂在一堆声音中甚至显得有些窝囊,但萧致却听见了,说道:"你说的?"

他指着站在人群中的一个矮壮男生。对方头发奓着,穿着破洞牛仔裤,脸挺方的,看起来很是结实。对方被指出后神色流露出尴尬,跟萧致目光相交几秒。萧致眸仁漆黑,看不清情绪,男生隐约感觉怕是要挨打,索性一拍胸脯恶人先告状:"我说的。你打我啊!"

萧致就问了一句话，没想到对方先碰瓷上了，不觉好笑。倒是背后响起一声动静。"真的有病。"傅航不知道什么时候走过来，抬腿，一脚把男生踹到地上趴着，面露狰狞，"自己先来我们班捣乱，现在还委屈上了？"

本来两个班级就在对峙，他一打人，气氛顿时爆炸。

4班男生全推开凳子往门口挤，水泄不通堵在走廊上，跟1班对峙。

谌冰单手捏笔，偏头往门外看了一会儿，他没想到萧致在这群男生中有这么大的威信力，也没想到4班居然这么齐心。

萧致抬手拦着，轻声道："都冷静冷静。"

4班男生大部分都人高马大，光看身高差就能想象到战斗力的差距。1班不少女孩子尖叫着往教室旁边跑了，唯独刚才叫嚣的男生和班长腿软跑不掉，站在原地没动。

心理老师眼看事态恶化，强行镇定地呵斥："你们干什么？！"

"不干什么，"萧致示意教室内，"就想让你给我们杨老师道个歉，给全班同学道个歉。"

心理老师脸色青一阵白一阵，僵持了半分钟，似乎没有别的退路了，满脸假笑站上4班教室讲台道："同学们不好意思，由于我安排的错误，影响到了你们正常上课。杨老师，跟你说句对不起。同学们，真是不好意思了。"

"早道歉不就完了？"

"下次不要这样。"

"我们勉为其难接受你的歉意。"

心理老师退到教室门口时，在背后女生的簇拥之间，许铮快步走过来。

"就上个课，闹出这么大的事端？萧致，又是你起的头！"

幕后总指挥来了。

萧致瞥他一眼，说话尽量心平气和，以免给陆为民添麻烦："许老师，我们班上课，你们班到走廊吵。我出来提醒他们离开，突然这位兄弟说我要揍他，我觉得不太合适。"

那个男生校服上一个硕大的四十五码脚印，是傅航踹的，但许铮不知道，他气得拿茶杯的手开始颤抖："这叫自己躺地上碰瓷！"

他的怒吼带着混响，震得人耳朵都疼："萧致，你简直欺人太甚！作为一个学生不知道好好学习，成天带着同学鬼混！我都不想说你，我说你说烦了我！你是不是觉得我们班的人影响你们上课！我今天就这么告诉你，你要是能考到年级前五，我再也不说你一句不好，给你想要的自由，行不行？我就是唯成绩是论！你有本事就拿成绩跟我说话，不要在这里煽动同学搞花里胡哨的东西！你看不惯我们班的同学，就拿出成绩来，而不是打人！"

"啪嗒"，萧致打了个响指，额上垂下几缕发丝，半眯着眼睛看他。

明明1班最先挑事，许铮一通教育后，反而逼得其他人不敢张嘴。

许铮面目狰狞，胸膛起伏不定，鼻翼微微翕动，感觉身上快蹿出一股火气。

"你骂萧哥干什么？"傅航站出来，上次在办公室攒的火还没消，"人是我打的……"

"老师。"萧致抬手把他摁回去，慢条斯理地说，"等我考到年级前五，也不说要什么自由，就想听你道歉，并且看你绕操场跑十圈，可以吗？"

许铮没想到他敢接这句话，同时意识到自己刚才话说得太满："你先考到再说。"

"好，我考到再说。希望许老师不要言而无信。"

经过这么一场闹剧后，下课铃打响。

人群散尽，萧致看了眼傅航："这么冲动？"

"那我不是忍不住？太气了。"傅航快恶心死了，"大不了被开除，我回家自寻出路。"

"行了，走了。"萧致拍了拍他肩膀。

文伟跟在旁边问："你打算什么时候考到年级前五？"

"按照计划，下个学期期中考试。"

"这么久啊？我等他道歉的心已经按捺不住了！"

萧致声音冷静："循序渐进，不能操之过急。"他分数就这么点儿，想一步登天也难。

回座位时，湛冰在看试卷，他把手里没墨的笔甩了一下，问："吵完了？"

"吵完了，这群浑蛋。"文伟说，"冰神，你就好好监督一下萧哥吧，争取让他早点考上年级前五！让我们出口气。"

湛冰不知道外面的事："怎么了？"

听文伟添油加醋说完来龙去脉，湛冰说："这个期末到前五也行。"

大家安静了几秒钟。

"真的假的？"文伟最先发难。

"九中的年级前五，考520分差不多稳了，不难。"

"520分，不难？冰神，你说的520分可能跟我们的520分不是同一个概念。"

萧致拉开凳子坐下，跟湛冰打岔："你别闹。"

"没跟你闹。"谌冰心里算得很清楚,"高三以前的期末考试大部分考本学期知识点,这个学期,你至少认真学习了两个月吧?"

"所以?"萧致问,"两个月,到520分?"

"又不是不行。"

萧致没有谌冰那么自信:"你的好朋友我,应该是不行。"

谌冰理解萧致的担心,他这段时间补高一的内容,每天学得其实挺累的。养成良好习惯规规矩矩学习对谌冰如同呼吸一般轻松自如,但对萧致来说,就是一场地狱级磨难,说不定现在萧致已经进入疲怠期了。

"我有办法,"谌冰说,"你跟着我学就行了。"

文伟率先疑惑:"你不会给他传答案吧?"

萧致:"我考0分都不抄答案,谢谢。"

"谁给你抄答案?"

正说话,陆为民满头大汗跑进了教室:"你们又吵架了?来,谁给我说说又发生了什么?"

谌冰丢下句"等着吧",起身朝陆为民过去。

"谌冰,行,你来说,"陆为民回到办公室的椅子上坐下,擦着一额头的汗,"刚才老杨给我打电话,我听说跟1班的同学是吵架了还是?"

"什么都没发生。"

陆为民叹了口气:"校长把我们几个老师都批评了一顿。"

谌冰还是不说话。

陆为民看了他好一会儿:"那你到我这里干什么来了?"

"我想找这几年高二上学期的期末考试卷,各科都要。"

"哦,又琢磨题?"陆为民知道他爱学习,在自己柜子里翻找半响,"这是语文,其他各科试卷你去问科任老师要。"

谌冰接过,试卷还是崭新的。他说了声"谢谢",去了其他办公室。

等他回来时,萧致正翻开英语课本背单词,看见他手里几摞试卷,挑眉道:"CD时间(游戏术语,指技能冷却时间)到,要开大招了?"

谌冰坐下,懒得跟他贫。他现在忙着一件事。

还有一个多月的时间,让萧致短期内把成绩提到520分不是不可能。先把这几年期末的试卷找出来,找出必考题型,把大方向的基础分数全部抓住。一般来说,试卷简单题和中档题的占比能到70%~80%,只要把握好中低档题目,按照语文105分、数学115分、英语110分、各单科63分左右来计算,就能达到这个分数。

何况这学期只考高二上的内容,学习任务不算很重。把这一个多月好好利用起来,下苦功夫打牢基础知识,分数能短时间提高很多。

200 分到 500 分很容易,600 分以后往上提分才不容易。

湛冰先把这几年的数学卷子找出来,找重合部分,也就是核心考点。

萧致指尖转着笔,背靠后桌打量他:"认真的?"

"认真的,"湛冰眼皮没抬,"为了向他展示你高贵的自尊心。"

萧致动了下唇,似乎还有意见。

但湛冰做事一直非常认真,有条理,决定了短期内就不会回头。

萧致心里有种难以言喻的安心感。以前湛冰还是小朋友,老躲在他背后叫哥哥,但现在这个小朋友已经长大了,冷静聪明。

湛冰虽然没说,但是他相信,只要努力,萧致什么都能办到。

冬天降温降得很快,出门冷得直哆嗦。圣诞节前夜陆为民在晚自习讲了一节课的"中国人不许过洋节,中国人要有气节",所以第二天教室里安安静静。有几个女孩子互相送苹果,文伟跟在她们背后唠叨了半节课"不许过洋节,不许过洋节",然后顺手薅走人家的东西。

窗外阴沉,隐隐有下雨的迹象,厚厚的铅云连绵到天边。

湛冰的手蜷在袖子里,他在试卷上画了几道后说:"虚实相生,又学了一种表现手法,记在笔记本上。"

"嗯。"

萧致写完,注意到湛冰发白的指尖:"这么冷?"

"体寒吧。"

"晚上出校门给你买个暖手袋?"

湛冰回头看了看其他同学,要么在追逐打闹,要么坐在位子上聊天。

萧致说:"今天毕竟过节,晚自习出去给你买个礼物?"

湛冰半闭着眼睛:"没必要来这些虚的,我们多写几道题吧。"

"写题跟过节两不误。"

湛冰讲完题有点儿困,眼睛有些睁不开。

萧致看了看他头发:"像你这么用脑,天天学,到中年会不会秃?"

湛冰觉得聊不下去了,他想了想说:"我爸没秃,我应该秃不了。"

"秃顶是伴性染色体隐性遗传,"萧致想了会儿,又问,"你外公秃不秃?"

湛冰回头一脚踹到他凳子腿上,抬手拨了拨萧致的头发。

"你基因还可以,头发浓密。"

这时教室门口响起陆为民的声音:"哎,大家都在教室?虽然不许过节，但气氛也没必要这么沉闷。"他进来，打开了多媒体。

最近晚自习前陆为民总花个十分钟放一些大学的宣传视频，试图以直接的视觉冲击激发大家对名校的向往。他拿着鼠标："今天该看什么学校了？"

"A大！"杨飞鸿边啃苹果边喊。

"对，A大，我们每个读书人小时候都纠结过读A大还是B大，儿时梦想了。"陆为民说，"今天大家都看看A大是什么样子。"

周围同学吵吵闹闹，谌冰听陆为民感慨地说了句："我多希望你们有一天能站在这所学校。"

谌冰心中微微触动，扭头看过去，萧致把桌上的笔夹在指间，偶尔转一转，偏着头，不知道听没听进去这番话。

谌冰想了想，拉着萧致的袖口："你寒假打算干什么？在家待着？"

萧致指间的笔掉了下去，他弯腰捡起来，说："萧若在家，我也跑不远，顶多出去爬个山。"

"倒也是。"谌冰若有所思。

萧致问："你有事儿？想找我出去玩？"萧致抬了下眉。

谌冰应了声："嗯。"

"去哪儿？我到时候看看时间。"

谌冰目视视频里放的学校："寒假，去A大参观参观。"

萧致微微抬眉，意外他这突如其来的想法："不知道这学校多远啊？"

谌冰无所谓："坐车，就当出门旅行了。"

萧致安静了几秒，舔了舔唇，不知道怎么反驳，问起别的："去几天？不觉得很突然吗？"

这个想法确实突然。谌冰觉得九中部分学生可能一辈子都没机会踏入顶级大学，他就想带萧致去看看真正的好大学是什么样子，最好心里能留下念想。

"去几天？我想想。"

谌冰重生前单独去过国外的夏令营，也参加过不少名校集训，心里大概算了一算："两三天就回来。"算得这么精确，还真不像开玩笑。

萧致有一会儿没说话。他来九中后很少再去别的地方，有一段时间甚至再不想踏出这片领域。九中是小地方，出门就是大街小巷柴米油盐，让人安心的同时却有些封闭狭窄。他以前家境好，在这儿待久了，慢慢也会觉得这小破地方是世界的全部。

萧致想了半分钟："就我们俩？"

湛冰微微眯眼:"你还想带萧若?"

萧致笑了下:"没,萧若放到王姨家就行。总之,就我们俩的话,去一趟也行。"

湛冰从兜里拿出手机,瞟了眼陆为民的位置,点击屏幕开始搜索:"飞机三个小时,一个人快两千了,我们两个来回机票六千多。"湛冰换了个思路,"坐动车、火车、高铁?"

萧致:"你坐过吗?"

湛冰指尖点击屏幕,切换出行方式:"可以试试。"

"有九个多小时的,也有一天多的,"湛冰把手机递给他,"你看看坐什么车。"

萧致低声问:"真的要去?"

"去。这几天就买票,不然到时候没票了,要抢。"

"行。"萧致答应了。

"那我买了。"湛冰综合考虑后订了两张硬卧的票。

订完后,湛冰下载了另一个旅行软件:"现在订酒店。"

萧致垂眸看着他,湛冰认真地筹划这一次出行。

不是不明白他的用心,萧致也觉得不能错过跟他单独出去旅行的机会,于是跟着看酒店的房间。

手机的荧光照着,湛冰眉眼蒙了层薄薄的阴影。他手指在屏幕上划着,念给萧致听:"这家很多学生住过,你看看,怎么样?"

萧致:"再看看。"

周围很安静。同学们大部分被视频吸引,他俩躲在书堆后窃窃私语。湛冰把卫衣的袖口往小臂捋了捋,露出戴着沉棕色崖柏手串的清瘦手腕。

他俩继续看酒店,半响,湛冰找到了喜欢的一家:"环境看起来不错。"

湛冰手指按动屏幕,提交订单的速度很快。

晚自习后萧致又跟着来寝室坐了会儿。

文伟洗完澡端着盆站在门口,听见外面特别热闹。文伟说:"杨飞鸿他们寝室刚去校门外买了一箱可乐,还有鸡爪、鸡翅、鸡腿,过圣诞节,萧哥,冰神,你俩来不来?"

湛冰:"我不去。"

萧致把书翻了两页:"我一会儿来。"

文伟"嘿嘿"笑了两声:"行,那我跟周放先过去了。"

寝室里很安静,湛冰有点儿冷,到床上找了件羽绒服,穿好继续看书写作业。

萧致拿他桌上的倒计时钟表:"这还挺好看。"

"给你买一个。"

"我要兄弟款。"萧致也没客气,打量了一圈,"你们寝室只有你的书桌像在学习的学生的书桌,这两个人的书桌跟猪窝一样。"

萧致到他床坐下,长腿有一搭没一搭地晃来晃去。

谌冰感觉他就闲不下来:"你别烦。"

萧致说:"你的床看着真舒服。"

谌冰的床比文伟和周放两个糙汉子的收拾得干净,枕头边放了两本书,除此之外没什么杂乱的东西。由于谌冰隔三岔五把被子送到店里换洗,枕头里还散发着洗衣液的香气。

谌冰干脆打开了手机保存的学习视频,耳机另一头塞到萧致耳中。刚塞进去,顿时传出字正腔圆的声音:"The price of the shirt is nine pounds and fifteen pence.(衬衫的价格是九镑十五便士。)"

"我……"萧致小臂撑床准备起来,"我先走了。"

谌冰冷冰冰看着他,抓着他衣领往回带:"现在走?晚了,一起听。"

"萧哥,狼人杀——"文伟被催促再来喊萧致,谁知道一进门就看见他俩认真看学习视频的场面。

"我本来想问你要不要玩狼人杀,"文伟很有自知之明,"现在想来你俩肯定选择学习,所以,那没事了。"说着带上门,"我走了。"

谌冰重新把耳机塞到他耳朵里:"正确率多少?"

"不太高,但在努力。"

耳机里放着英语听力的段落,从刚开始逐字逐句的清晰解读,到后面听多了走神,萧致连一个简单的单词都无力去辨认。

他站起身:"要不要去隔壁看看?"

"不去。"

萧致拿起谌冰桌上的镜子照了照,说道:"走了,就去看看。"

杨飞鸿寝室现在格外热闹。地上全是喝空的可乐罐、啃完的鸡骨架,七八个男生蜷着腿坐地玩狼人杀:"天黑请闭眼,狼人请睁眼。"

接着,响起周放清脆的嗓音:"萧哥,来了?"

喊完,周放顿时恨不得抽自己两嘴巴:"我这算不算自爆?"

"哈哈哈……狼人自爆了。"

"感谢萧哥感谢萧哥!"

寝室里爆笑成一团,纷纷睁眼,把牌丢到地上。

杨飞鸿回头到纸箱里掏摸:"萧哥,请你喝可乐。"过了两秒,"哎,怎么就没了？"

"还不是李旭，喝了起码五六罐吧。"

"那算了，"杨飞鸿从桌上拎起塑料袋，"萧哥，请你吃烧鸡。"

萧致看着那堆骨头，干脆道："谢谢，不用。"

"那你要跟冰神玩游戏吗？我们这里还能挪出一个位置。"他艰难地往旁边挤。

湛冰刚进来就闻到食物饮料等混杂的味道，皱眉，转头就出去了。

萧致："算了，我也走了，你们吃好喝好。"

背后哗啦哗啦全是整齐划一的"再见"。

走廊气氛有些清冷，来往的学生说说笑笑，萧致嘴角弧度压下去，说："你走什么？"

男生寝室，很容易充斥着脚臭和汗臭的混合气味，尤其刚才一堆男生。

湛冰："你没感觉？"

萧致好笑："对，你有洁癖。"

抬胳膊看了看表，萧致说："那我先回去了。"

湛冰说："回去给我打卡。"

萧致："知道了，不觉得自己很冷漠吗，好朋友？"

湛冰冷漠地没有说话。看着萧致从楼梯下去，湛冰在左转和右转间犹豫了几秒，慢慢走到走廊尽头。

那边有一扇小小的窗户已经积了灰，不过能看到寝室楼入口的台阶。

萧致的身影出现在台阶附近。

湛冰看着他消失在小道尽头，才转过身。旁边杨飞鸿寝室的门"哐当"一声开了，只见一道身影似箭般迅速奔出，疯狂朝洗手间跑。

湛冰看清楚这是文伟。

男生疯起来没什么节制，反正跟萧致没关系，湛冰也不爱管，回了寝室。

十一点半，这群还没玩够的男生总算被阿姨驱逐回了各自寝室，文伟还在寝室门口转圈圈："让我们一起摇摆！尽情摇摆！旋转，跳跃，我闭着眼！"

"你能不能别唱了！"周放扶着他往寝室走，两个人在门口互相拉扯，一扇门"哐当哐当"响了好几次。

湛冰丢了作业过去帮忙，还没挨着文伟，他缩了下手："你别碰我！"

湛冰眼皮跳了下。

文伟说："你娇气，我怕把你碰伤了，不好给萧哥交代。"

湛冰忍无可忍，拽着他胳膊直接往寝室拖。湛冰本来打算睡觉，就穿了件薄睡衣，晚上这会儿特别冷，他扶着文伟往床边走。

"没事，我没事，你扶好伟子就好。"周放说。

说完他想拉开椅子坐下，结果膝盖微屈，一屁股墩坐在了地上，接着杀猪似的号叫起来："我尾椎是不是裂了！是不是裂了！"

号得谌冰耳膜都疼，他今晚总算理解了什么叫室友之情。

等他筋疲力尽、好言相劝之后，总算把文伟弄到了上铺。

完成后谌冰感觉睡衣都被汗浸湿了。

他看了下手机，萧致今天的打卡消息已经发了过来。

谌冰站在风口，没到半分钟手指都快冻僵了，他换了件衣服上床睡下。上铺不安宁，他睡得也特别不安静。

第二天谌冰醒的时候，觉得头有些晕。

文伟也醒了，头发乱如鸡窝地坐在上铺，维持着没彻底睡醒时的迷茫："你好，请问这里是地球吗？"

谌冰说："这里不仅是地球，还是学校，而且你还要迟到了。"

"救命！"文伟一个鲤鱼打挺往床下翻。

谌冰没来得及吃早餐，直接去了教室。他实在是头晕，上楼梯那会儿差点一脚踩空掉下去，到楼下时收到了萧致发的消息。

萧z："要不要给你带早餐？"

谌冰没什么胃口，不过想想，还是决定吃一点。

CB："要一杯海鲜粥。"

谌冰打完字还困，趴在桌子上睡觉。听到上课铃响，谌冰模模糊糊醒了，但身子重起不来，不知道过了多久，耳边响起陆为民的声音。

"怎么还睡呢？早自习都开始十分钟了。"

萧致："估计人不舒服。他想睡你就让他睡，能别叫他吗？"

陆为民："你……"

谌冰手指抵着太阳穴用力按了一下，随即直起腰，随便抽了本书翻开。

陆为民推着眼镜："谌冰，不舒服啊？"

"没事。"

"没什么大事就好，最近天气降温，你们要小心感冒。"陆为民絮絮叨叨，背着手转去巡视其他组。

谌冰不确定自己是不是感冒了，但头很昏沉，眼睛睁都睁不开，刚把书随便翻了两页，额头就被一只手掌轻轻覆盖。

萧致偏头看着他的眼睛道："有点儿烫，发烧了？"

"可能是。"可能性很大。昨晚他不得不照顾两个兴奋过头的室友，可能自己不小心冻到了。

"现在很困？能不能学下去？"萧致抽出凳子往谌冰这边靠近。谌冰属于平时不生病还好，一生病特别难受的类型。

谌冰没说话。萧致问："要不然请假去医务室拿药？"

确实一个字都看不进去，谌冰应声："好。"

萧致陪他一起过去。谌冰能走路，但感觉脑袋不太舒服。重生前有一段时间脑癌导致他经常性晕厥，坐着坐着突然就晕倒了，那昏沉的状态和现在有些类似，连带着他心情都不太好。

谌冰到医务室测体温，测完后，医师看了看："38.6℃，温度有些高，先吃退烧药观察一下。"最近感冒的学生很多，医师转头去了里侧给另一位病人打针输液。

萧致去旁边饮水机接水，过了一会儿端着纸杯过来，坐下说话："怎么回事儿？这么大了还踢被子？"谌冰没理他。

萧致指指谌冰掌心的药："以后还是得我照顾你。"

谌冰觉得好笑，然后说了昨晚的事。

萧致冷笑："你看我回去怎么收拾他们。"

坐了没多久，吃完药加上本身的昏沉，谌冰困得睁不开眼，但长椅不太方便睡，谌冰不自觉靠向萧致。

"我眯一会儿。"谌冰说。

萧致见谌冰靠过来，拍了拍他的肩膀。随后萧致安静下来，不再说话。

谌冰想睡，却睡不着。他觉得头晕，太阳穴一带升起隐隐的刺痛感，不少事情不受控制地涌入脑海。闻到消毒水味儿，眼前白光乱晃，谌冰的感观开始与重生前重合。

据说人受到伤害后，大脑会采取自动防御机制，遗忘有关的记忆，避免重复性的创伤，所以谌冰重生后除了记得萧致的死讯、自己患癌，中间很多疼痛的细节大部分都忘记了。

但现在因为感冒发烧，那些不确定的记忆却潮水似的涌入。

他记起那时候自己颅内肿瘤压迫血管的剧痛。

记得自己站在病床旁，突然栽倒在地，许蓉放声尖叫。

记得自己疼痛后陷入失明，世界变得一片黑暗，他手指不安地摸索。

记得自己喉头嘶哑，临死前几天已经发不出任何声音，连妈妈都不能叫。

谌冰慢慢地想着，他一直觉得自己足够冷静能直面以前的一切，但喉头好像被一双手用力握紧，他想挣扎，身体开始剧烈地颤抖。

"湛冰？"萧致紧紧攥着他。

湛冰的意识开始收拢，但脸色苍白，额头渗出了一层薄薄的冷汗。

一般的感冒伴随着发烧并不是大病，但湛冰反应居然这么强烈。

萧致回头说："医生，麻烦你过来一下。"医师拿着一瓶葡萄糖过来。

"他好像症状比较严重。"萧致说。

医师重新给湛冰测体温："温度没有下降趋势，那现在去病床输液。"

湛冰去了里侧的病床，重生前无数次被针扎的经历让他缩了缩手，针扎偏了，沁出鲜红的血滴。

"哎，你别动啊，别动，马上就扎好了。"医师重新捉住他手臂。

湛冰声音很低，像用气送出的音节："痛。"

医师没听见，萧致却听得一清二楚。床上的少年清瘦，手腕瘦削，肤色原本白白净净，现在更多蒙了一层淡淡的阴影。

湛冰小时候打针，会跑到萧致跟前哭半天，有时候明明不痛了，看见萧致也得硬挤几滴眼泪，看得萧致不知道说什么好。此时此刻，他的心情也差不多。

医师出去后，萧致轻声安抚："不痛了。"

湛冰一直比较怕痛，以前一起去打疫苗，护士把湛冰衣服拉到露出半截肩膀处，针还没扎下去他就开始发抖，必须要萧致在旁边吸引他注意力，逗着他才能咬着嘴唇忍住不哭。现在……还这么怕痛？湛冰动作安静下来了。

萧致拿纸巾帮湛冰擦了擦鼻尖上的汗，侧身屈膝，坐到了湛冰的身旁。

萧致一直帮他举着输液瓶："还疼吗？"

湛冰没说话，眉间一层阴影。

"我们湛冰现在真可怜。"萧致安慰地道，"不疼了，输液估计也就几个小时，退烧就没事了。"

湛冰还是没说话，思绪有些没能拔出来。

湛冰上辈子患癌的过程虽然满含痛苦，但遗忘这段回忆很容易，一般湛冰不会想起来。刚才，他思绪混乱，记忆从死亡前夜回溯到刚开始查出患病那天——那时距离他得知萧致去世的消息不到半个月。

很奇怪，或许是萧致的死亡占据了他全部的心绪，得知自己患癌，湛冰心里无波无澜。即使后来在医院直面从生到死的过程，疼痛难忍，湛冰也一直很安静、平和，没有丝毫觉得命运不公平。

湛冰一直以为自己重生前死得很痛苦，现在发现，好像不是这样。

他总感觉自己忘了什么，就像考试前着重背过的公式正好考到，却因为太过激动导致脑内一片空白，把公式忘了。

谌冰想揉太阳穴，输液的右手冰冷沉重，想抬左手，才发现萧致一直待在旁边。萧致垂下目光，居然比谌冰自己还紧张。

谌冰反而安慰他："没事儿了。"

"没事儿就好，"萧致很执着于他刚才喊疼，"不疼。等你退烧，带你去玩儿。"哄小孩儿似的。

以前哄自己，后来哄萧若，这哥当得真不容易。谌冰唇角有了点笑意，说："好，带我去玩儿。"

说到玩，谌冰脑子里突然警醒，问："现在几点了？"

"九点。"

谌冰侧目看他："你没去上课，就在这儿守着我？"

萧致："我不该在这儿守着你？"

谌冰张了下嘴，问起别的："我输液还要多久？"

"估计还有一个多小时。"

谌冰应了声后，冷漠地道："那你可以回去上课了。"

大概没想到是这种发展，萧致眯着眼睛看了他一会儿，隐忍着道："我就想在这里陪你输液。"场面顿时僵持起来。

谌冰和他对视了十几秒，萧致微抬了下眉，没有任何要离开的意思。

谌冰维持着和他的对峙，强撑着用发烧的大脑思考。在平时少不了又得一番口角，但这个时候他没精力跟萧致斗，说不定太过刻意，这"中二"少年逆反心理又上来了。

谌冰想想只好采取另一种比较符合自己身体状态的方式来跟他商谈。

谌冰垂下视线，轻轻拉了下被子："我现在不想跟你闹，我发烧，头痛。"

萧致坐在床铺上，目光落在谌冰的脸上。谌冰刚才的样子他放心不下，现在就想待在这儿，好好照顾他而已。

本来以为谌冰要发脾气，但他现在轻言细语，好像真的很没精神。

谌冰说："都没力气跟你说话了。"

萧致探出指尖想看看他的温度降下来没，但谌冰合着眼皮，偏头抗拒似的躲开。谌冰声音很低，低到快听不清："好好听我的话，行吗？"

医务室内安静了好一段时间。萧致伸手重新搭上他额头，说道："行，我下课来看你。"他的背影消失在医务室门口。

过了一个小时，输液袋空了，医生过来拔针："现在差不多没问题了，拿药回去吃两次，不舒服再来看看。"

湛冰往教室里走。上课时间楼道里没别的人，冬天风很烈，湛冰在医务室脱掉了外套，到现在才感觉冷，走了没几步，呼吸了冷风，感到口渴，脑子里又一抽一抽地痛。

陆为民在讲大题，看见他问："湛冰，好点了没？"

湛冰摇头。

"先进来坐下吧，你要是不舒服就趴着。"陆为民叮嘱后继续讲题，"我们来看这道题……"

湛冰没听进去，拉开凳子，趴了下去。耳边萧致声音很轻地说道："还是不舒服？"不舒服，吹了风感觉想吐，浑身没劲儿。湛冰觉得脑子里被搅和成一团糨糊，维持着一动不动安静趴着的姿势，一觉睡到下课。

教室里很热闹，旁边两个男生从教室前面打到教室后面，跑过时带起一阵风，推搡中一个男生撞向文伟的课桌，发出"砰"一声巨响。

湛冰似乎被惊动了。萧致抄了本书向那两人砸过去："滚。"

犯困的时间太长，湛冰一连睡到了中午放学。教室里空荡荡的，萧致一直坐在旁边看着他："吃饭的时间到了。"

湛冰虚弱地应了声，他指尖搭着额头起身，感觉自己特别像头脑子里生锈的旧机器，迟钝、沉重，等他面向萧致时，听到了一声："嗯？"

萧致声音急促："你流鼻血了？"

湛冰在兜里翻找纸巾，掏半天没掏到，一把被萧致拽了过去，用湿纸巾给他擦了下。萧致声音有些着急："感觉不到疼吗？"

湛冰想摇头，但摇不动。

"血都结痂了，校服袖口上也有。"萧致把擦完血的纸巾丢进了垃圾袋，手指重新放到湛冰的额头上，"我还是第一次见发烧流鼻血的，真的不疼？"

湛冰晕晕乎乎地说道："我，想回寝室，睡觉。"

"不回寝室了，"萧致扶他站起身，往外走，"去医院。"

湛冰身上几乎使不出什么力气，站着都要倒，萧致扶了两步问："我背你？"

他说的话湛冰没听进去。医院很远——冒出这个想法后湛冰只想抗拒，往前一趴，没什么精神地说："就想……睡觉。"

"去医院了也一样睡。你看你现在这样，还有心思睡啊，烧得满脸通红。"湛冰体温很高，额发潮湿，视线模糊，眼睛和耳朵烧得通红。湛冰还是想推开萧致，但是被紧紧地架住了胳膊。萧致扶着他往教室外走，湛冰腿很软，往前迈了一步，差点摔到对面的桌椅上。

"能走吗？"萧致吓了一跳。谌冰能走，不过他只想回寝室睡觉。

他俩在教室门口僵持了一会儿，谌冰不配合，手搭着栏杆往另一头走，就这么拧巴了半晌，萧致眼看要生气了，眉头轻轻皱起："听我的，行不行？"萧致平时说话声音冷淡低沉，但从来没低声下气到这个地步。

谌冰发烧了，没精神再和他东拉西扯，听见这句话怔了下，只好跟他走。但他走得不情不愿，卫衣底下的颈侧从原来的白净变为淡红，长睫下垂，模样不觉透露出了一点点的委屈。

生病的人总是容易委屈，可能因为身体难受。

萧致情绪复杂地道："你别倔，谌冰。"

谌冰心跳得很快，虽然一直没说话，但明显是安静地听他的话了。

萧致总算感觉松了口气。谌冰小时候也总是这样，小小的，虽然平时上课聪明又机灵，但一生病了就秒变娇弱小少爷。以前送他去医院，许蓉在后面抱着他，萧致还得在前面拿玩具逗他玩儿。

哄开心了他才乖，哄不开心那白眼翻的。

医院大厅没别的人，医生护士可能忙，给谌冰拿药挂水之后安排他在医生办公室外面的长椅上坐着，待遇和九中的医务室差不多。

萧致皱眉，特别不爽。谌冰横着手臂，就看萧致不知跟护士说了什么，回来把他送到了一间病房的床上。

"饿不饿？"萧致问。

谌冰没什么感觉，说："不饿。"

"早上就没吃饭，"萧致低头摆弄手机，片刻站起身，"我现在出去给你买点粥。"

谌冰怔了一下："你要走？"

他以前在医院一个人待着也不觉得什么，现在觉得周围好冷清，旁边穿白大褂过去的医生都这么冷漠无情。谌冰不知道这是感冒带来的脆弱，一把拽住了萧致的袖子："别走。"

萧致的衣服被他拽住，脚停在一两步外，垂头看了他一会儿。谌冰手背发烫，明明看起来很虚弱，攥他的劲儿却不小。

萧致半弯下腰，轻声问："你不饿？"

"我不饿。"谌冰坚持说。

萧致其实深谙怎么哄他，但那都是小时候的招数了，现在说出来不怎么合适。他思索了半晌，不太确定能不能奏效，但还是轻声道："没关系啊，哥哥一会儿就回来了。"

虽然谌冰现在不再叫他哥哥了，但小时候一直跟在他屁股后面叫，一听哥哥说话就还挺乖的。现在似乎还能有效果。谌冰维持着面无表情,但拉他的手却松了,扭头望向别处,像是在赌气。

"十分钟就回来了,不吃东西怎么行?"萧致无奈,说着都觉得好笑,"你怎么这么大脾气呢?"

萧致都低声下气到这份儿上了,再任性谌冰都怪不好意思的,可能是被哄好了,盯了几秒地面后说:"那你去吧。"

萧致走到门口,他还看着,好像生怕他跑了似的。

没十分钟萧致就拎着粥回来了。

病人一般很难照顾,不过萧致把粥杯放到谌冰手里时确实没想到他能这么难伺候。谌冰就两句话:"不想吃,想睡觉。"

萧致不太会照顾人,但照顾小孩子的经验很足。然而确实没想到谌冰都这么大了,自己还得跟哄小孩儿似的轻言细语说话。

萧致握着粥杯往上托:"喝一口。"

谌冰摇头:"不喝。"

"就喝一口啊。"萧致捏了下塑料杯的杯身,杯里装的是青菜粥,据说清热祛火。买的人很多,萧致为了早点回来还特意插了队。

"喝一口咱们就不喝了,我就再也不催你了。"

谌冰觉得他一直纠缠怪烦的,低头啜了一口。

萧致盯着杯管道:"等等,你这口不算,喝得太少了。"

谌冰觉得很烦,用力吸了一口。

萧致还是摇头:"不算,还是少,而且你喝的好像全是上层的粥皮,这不能算一口吧?"

谌冰忍着生气,非常配合地再次喝了一大口。

"不行,还是不算……"萧致话没说完,谌冰算看清他的把戏了,直接把粥杯扔到了他怀里,粥差点溢出来弄脏被子。

"哈。"萧致一伸手接过,觉得好笑,"怎么了啊,说你没好好吃东西还发脾气?"他往病床前靠近了一点,晃了晃手里的粥,问,"还喝吗?"

"不喝。"谌冰回答干脆。

得,生气了。萧致往前坐了坐,觉得谌冰这脾气确实过分,既好气又好笑:"你说你啊,光是发烧就这么折腾人,那要是生了重病,不得折腾死我?"萧致低头瞟了眼手里的粥,似乎对他一点儿办法都没有,既不能打又不能逼,只能拿好话哄着。

他也就随口一吐槽,谌冰心思却动了动。重生前患癌时,谌冰面对许蓉没表现出病人的样子,因为他稍微表现出痛苦的样子,许蓉似乎比他更痛苦，所以谌冰一直装作安静平和，若无其事，以免加重许蓉的难过。

可能唯独在萧致面前，他才能肆无忌惮展现出内心的难受和疼痛。

感冒倒也算了，如果又患癌了呢？生病的人往往很凄凉，谌冰一直记得重生前那段痛苦的经历，为了不让许蓉难过，他一直没表现出痛苦，但心里隐隐却有另一个想法：明知道萧致不可能再回来，但谌冰还是妄想着能把自己的痛苦说给他听。

谌冰安静了一会儿，说道："头疼。"不知道是不是真的很疼，但谌冰突然喊疼已经不是第一次了，萧致看着他，一时竟然觉得不知所措。

他不知道谌冰到底承受着什么，不由得一阵心疼。

谌冰说话费力："离……我……远点。"万一感冒传给你了。

但萧致却好像听懂了他的心思："没事，病传给我，你就没事了。"

谌冰手指缩紧，想往后退。他俩好一会儿没说话。输液袋里的药通过输液管逐渐流入血管，热度似乎在一点点地退下去，等谌冰意识逐渐恢复时，耳边听到萧致和护士的对话声。

护士进来调整点滴速度，见两个少年安安静静地待在一起，心里"啧"了声。萧致瞥了她一眼，没说话，任由护士检查。

护士安慰地道："其实不用这么紧张，没事的。你俩是同学吗？"

萧致站起身，唇轻轻动了动："他是我弟弟。"

护士："明白了。"

谌冰烧退了一些，听见这话感觉温度又快升上来了。萧致微微抬了抬眉，唇角牵了一个很浅的弧度："说你是弟弟怎么了？"

嘲讽生病的人，罪加一等，先记到小本本上。虽然谌冰现在行动不便，但决定病好了就找他算账。

谌冰的烧退了一些，精神头比起刚才好一些了，但还是处于难受焦渴的状态。现在也睡不着了，无聊地坐了四五分钟，刻在学神骨髓里的时间观念开始无形地鞭策他。

谌冰问："现在几点了？"

萧致看表，无语地道："三点多。"

谌冰："那课……"

"那课不上也罢。"萧致语气强硬，话里没有任何商量的余地，"我必须在这儿待到你退烧为止。"

要不要你多事？虽然知道他关心自己，但谌冰隐忍了几秒，还是没忍住，眯眼看他。

萧致挑眉："你看什么看？"不等谌冰说话，萧致坐回凳子上，长腿横着，摆明自己现在坐得很稳，"你眼珠子瞪出来我也不走。"

湛冰气死了。他现在耳朵红红的，烧久了感觉眼睛都不太能睁开，白净的肤色变得绯红，看上去很可怜。萧致莫名感觉跟逗猫似的，小猫现在凶巴巴地向他挥爪子，但其实毫无反抗能力。

萧致看着都好笑："你看你，跟我吵架都没力气。好了，不生气。"

湛冰听出他逗人的语气怪怪的。湛冰认清形势，自己现在确实不是他的对手，于是重新靠回了床沿，思索方法后本能地说："你拿一下我手机。"

萧致从兜里翻出来："怎么了？"

"有英语教材电子版，你课文还没背完，趁着有时间背背。"

萧致似笑非笑："湛冰，真有你的，烧成这样还能催我学。"

湛冰没工夫跟他吵："我现在不舒服，你读段英语，让我轻松一下。"

学神靠听英语文段放松，确实是他的作风。

萧致打开手机里的电子版教材。

这段时间湛冰为了让他恶补英语，除了背单词，每天还得背英语课文增强语感。萧致拉开椅子坐下，在旁边扫了眼手机，漫不经心开始背诵。

应该还是感冒发烧的原因，湛冰浑身没力气，脑子里却高速运转，逐渐升起一种刺痛感。"啧……"湛冰抬手攥紧了被角。

萧致问道："哪儿疼？"

感冒头疼，属于吃了药只能等着它慢慢挨过去的折磨过程，湛冰说："没事儿，你背你的。"

萧致没忍住："真有你的。"

湛冰闭上了眼睛没理他。他没那么心疼自己。湛冰对自己身体健康一直采取最消极的心态，至少以后不管发生什么事，只能算意料之中或者更好。

就像现在，湛冰不确定这场感冒发烧会不会成为其他疾病的开端，所以，矫正萧致的行为习惯反而成了他在拥有的时间里唯一应该做的事。

湛冰疼得唇色苍白，却很安静，垂眼听萧致背课文。

萧致背得不走心，属于上一秒刚把这句话完整复述下来，下一秒又忘记的水平。湛冰烦了："背什么呢？！"

萧致直接把手机关了："那正好，我还懒得背了。"

湛冰："……"

萧致用手撑着床铺，俯身到枕头前，有些烦躁，查看了输液袋里的剩余药量："还疼吗？"

"你忙你的，我没事儿。"

"什么没事儿，你看看你……"萧致似乎忍了好久。

湛冰突然有些恍惚。他本来想，何必呢？说不定他以后还会生病，他现在就抱着能活一天是一天的想法，能拖着萧致走几步就走几步，倒没想到萧致比他更珍重自己。

湛冰心情好了很多，挑眉问："知道我疼了？"

萧致喉头滚了滚，唇抿得平直，一句话都没说出口。

越看他这样，湛冰就越有心逗他："那去学习？这样我就开心了。"

萧致表情有了小幅度的变动，垂头看他的眼神开始复杂。

湛冰觉得好笑，心里又暖暖的，半开玩笑半认真地说："以后有出息了，送我去最好的医院。"

"你说什么呢？"萧致当然不懂湛冰心里想的，似笑非笑，"到时候还得给你买个贵的盒子，一块好地皮，对吧？"

湛冰也笑："对。"

湛冰觉得有些神奇，要不是萧致这么说，他还真想过死了之后的事情，到时候自己埋在墓地里，萧致就在外面站着，说开了好像也没那么沉重。湛冰正觉得好笑，眼前萧致的脸色突然冷下去了。

萧致正色说："感冒好了就出院，说这些有的没的。"

萧致接着说道："你身体不行，发个烧居然这么严重。以后我照顾你，不让你再生病。"不让你再生病。这几个字让湛冰心里有些感触，他偏头看萧致，语带挑衅："你？"

"我不行吗？那句话怎么说，莫欺少年穷。"湛冰"扑哧"一声笑出来了。

萧致低头笑了一声，说："好了，知道了，我努力学习。"

说到这儿，未来好像可以想象，虽然感觉渺茫，湛冰还是想象了一下："大学至少要在一座城市上吧？"

萧致："嗯。"

"就算不在，每个月都要见一面，对吧？"

"对。"

湛冰："可我俩学习差距这么大，那你说该怎么办？"

萧致就笑着摇头，还没说话，手机突然响了。他低头看了眼："陆老师打来的，估计问你病情。"

扬声器里陆为民的声音传出来："萧致，湛冰现在怎么样了？"

"挺好的，"萧致看湛冰一眼，"又有力气催我学习了。"

"啊，正好，你今天一天都没怎么上课，晚上要是能回来就去找朱晓要作业，补笔记。湛冰现在好多了？"

谌冰哑着嗓子应声:"好,现在没事儿。"

"行,在哪家医院?要不要我过来?"

萧致赶紧说:"别,你别来了,我能照顾好他。"

陆为民被拒绝,也没多问:"那行吧。"

挂断电话后,谌冰输的药也快没了。萧致起身:"我出去叫一下护士。"

护士很快进门照看谌冰,萧致准备跟着进来,医生挥手说:"那位帅哥,你过来拿一下药。"

医生写单子时,萧致坐在旁边等,顺便问:"为什么他发烧这么严重?上午输液了不管用,到现在还没退烧。"

"体质问题。"医生说,"有些人身体抵抗力可能比较强,有些人身体素质要差一些。"

医生写完后把单子递给他:"药房在一楼,递进去就能拿药了。"

"谢谢。"萧致把单子折叠起来准备出办公室,突然想起什么,回头重新拉开椅子坐下。

医生端着茶杯:"怎么了?"

"我想问一件事。"

谌冰身高腿长,白白净净,看起来身体不错,之前他说自己身体不好萧致还没当回事儿,但陪他来医院的过程中听见过好几次他喊疼。萧致虽然不太明白,但想搞清楚这是怎么回事儿。

萧致说:"我有个朋友平时看起来身体不错,但一生病,或者进医院,就喊疼,但也没具体说出哪儿疼。"

"是吗?"医生思索后说,"他身体没有病痛的痕迹?拍片看过没?"

萧致垂眸想了几秒:"应该没有。"

医生放下手里的茶杯。

"那可能是心理创伤吧。"医生说,"我在这方面不专业,不过以前有病例,幼年因地震被埋在水泥板下两天两夜,中年了还时常犯头疼,感觉有人用钉子钉脑袋。这种情况属于精神创伤,可能你朋友以前罹患过严重的疾病,出现了一些心理问题。"

旁边有人找医生开会,他临走前丢下一句:"不少重症病人康复后就是这样,有条件带他去看看心理医生,注意检查身体。"

萧致回病房时,谌冰正就着热水喝药。他看起来病恹恹的,衣服底下身子显得有些单薄,脸色也苍白。

谌冰待在这里不舒服了:"什么时候能走?"

"快了,"萧致说,"等这半袋输完你烧退一些了,我们就走。"

"回学校?"

"你回学校了应该也是回寝室睡觉,没人照顾你,不然跟陆老师请假到我家来。"

谌冰现在人不舒服,没有太大的意见。

谌冰感冒了容易冷,重新坐回床上,拉着被子搭住了膝盖及腰身。

萧致坐在旁边,想了会儿问:"你高一过得怎么样?"

谌冰没明白他为什么突然问这个,说:"还行。"

"每天跑跑跳跳,学习玩耍,没生病吧?"

"没生病。"

萧致挑了下眉,目光落在他脸上,仔细打量后说:"真没生病?"

萧致问完觉得自问,照医生的说法,一般经历大病才会留下心理创伤,谌冰现在看起来好端端的,怎么都不像生过大病会有的样子。

谌冰看了他一会儿,若无其事将话题转向了别处:"怎么了?"

萧致想了想到他身旁坐下,左右打量他:"你今天不还说疼吗?哪儿疼?"

谌冰怔了下:"不疼。"

"还没疼?打针都喊疼。"萧致抽出他的手。

谌冰的手长得好看,又白又瘦,手指修长匀称,仔细看,除了今天的输液没有任何做手术留下的痕迹,袖口被挽到小臂处,青色血管在白净皮肤的映衬下异常明显,也没有多余的痕迹。

"什么都没有啊。"萧致想了会儿说,"那就是单纯怕疼对吧?"

"……"

"小病号。"萧致给他确定了新称呼。

谌冰懒得理这话,静静地看了他一会儿,不确定他是不是猜到什么,问道:"怎么了?"萧致一五一十说出了刚才的疑惑。

谌冰听完有些惊讶,没想到自己被重生前的事影响得这么深,过了会儿,他装作漫不经心的样子问:"假如以后,我患癌了,你怎么办?"

萧致看了他两秒:"不可能。"

谌冰尽量客气地道:"我说假如。"

"你可以假设我俩以后一起走向人生巅峰。"

谌冰忍了两三秒没忍住,抬腿往他这个方向踹,不过萧致侧身躲过后,不是像以前似的跑远,而是停在病床边两三步远谌冰够不着的地方,似笑非笑看着他。

"行了啊,"萧致说,"我劝你不要和我动手动脚,你打不过我。"

湛冰没忍住也笑了。

"行,别闹了,护士看见我俩打架不好,学霸和帅哥的'人设'都要崩。"萧致看了看门口的位置,补充,"再说,你现在的身份是我弟弟,对哥哥应该言听计从。"

湛冰靠近他耳侧:"哥。"他喊的声音很轻。

萧致有一段时间没听到这称呼了,垂眸道:"嗯?"

"哥,你过来,给我倒杯水。"湛冰说完这句话,在萧致信以为真走近时,抬手在他胳膊上用力掐了一把。

"哟。"萧致好气又好笑,"湛冰,你可以的。"

湛冰直笑。

湛冰故伎重演,重新喊了声"哥"。

萧致:"嗯。"

湛冰想着怎么下手时,头发已经被他揿住。

萧致:"还来?"

门外响起护士的声音:"输液输完了吧?"

一月下旬,窗外落了层薄薄的雪,李旭进门时带着一阵寒气,往萧致这边跑。"萧哥,出来。"他抬了抬下巴。

此时是下课时间,教室后排几个男生围在一起玩闹,书堆底下的萧致待了估计半分钟,直到再被催促,才盖上笔帽。

萧致:"你有事儿?"

"你出来啊。"李旭左右扫了眼,一副有秘密要说的样子,同时一脚踹翻了管坤的凳子,"兄弟,动起来!"

湛冰停笔,瞟了他一眼。李旭和湛冰打招呼:"冰神,我们就出去聊几句。"

湛冰淡淡地道:"萧致现在处于学习上升期,废话少聊。"非常冷漠无情。

李旭应了声,到走廊他才说出怎么回事儿。

"前几天我们学校一男生到他们铁路运输职高找人,正好被张方逮住,说要跟我们打群架。你就说去不去?"

张方这个人很有江湖气息,在职高是"校霸"。

萧致听完,转头准备回教室:"不去,叫他滚。"

李旭赶紧说:"不是啊,上次我们打架已经食言了,这次又不去,那我们九中就被人看扁了萧哥!江湖规矩你全忘了吗?!"

"还有几天期末考试，"萧致注意力在刚才教室里那道题上，说，"要打你们打。"

李旭比较争强好胜："不是啊，萧哥，张方指名要和你打，你不打也去见一面，争取商量下这事儿呗？"

萧致也不知道听没听进去，转头回了教室。

考试前的周六晚自习，校门口外的十字路口有五六个男生，门神似的在那儿站着，一看就不是什么好惹的货。

李旭背着书包一指："萧哥，就是他们。"

萧致低头走到树荫里，瞟了眼手里举着的《诗词名句掌中宝》，确定天太黑再也看不清字后收到外套兜里，左右扫了一眼。

张方那张方脸凑到他面前："老萧，好久不见。你们学校的人到我们学校闹事，你管不管？"

李旭大吼一声："你胡说！明明是你们学生先挑的事！"

"瞎扯什么！"张方回吼。

萧致听他们吵了半分钟，抬手准备拍张方的肩膀："我说……"

张方猛地往后退了一步："别搞偷袭！"

萧致快笑了："我是想问，你们什么时候期末考？"

张方以为他要跟自己打架来着，没想到他反而问这个，愣了几秒："过两天吧。"

"我也过两天，"萧致说，"我现在忙着考试，你别闹，回去准备学习吧。"

张方万万没想到他说出这种话，怒目圆瞪："你别忘了你当初是怎么逃考试出来跟我打架的！笑话！你现在居然说你要为了期末考试放弃打架？！"

萧致平静地"嗯"了一声："学习比较重要。你也好好学习吧，不要总想着打打杀杀。"他顿了几秒，"本来想说你有了目标就懂了，但你没有，那你可以想想你家中白发苍苍的老母亲，以此激发学习热情。"

萧致指了下校门口，那里光线模糊，隐隐约约站着一道高高的身影："我同桌在那儿计时，三分钟，没时间跟你说了。"

张方瞪大眼睛："你是不是从此学习去了？"

虽然他用词很好笑，但萧致没心情计较："嗯。"

张方："我们不是一辈子的对手吗？！"他瞬间感受到寂寞。

萧致指了下旁边的文伟："以后你去找他。"

文伟趴在管坤肩膀上傻笑，他本来是跟过来看戏的，此时突然警觉。

怎么回事？

萧致摸出兜里的名句小读本，抬手挥了挥以示道别，头也不回走向校门口："走了。"

湛冰把手机揣回校服兜里，他俩一起沿着街道里边走。

"吃点东西？"

"吃什么？"

"先随便看看。"湛冰指了下旁边的甜品店，"我买明天的早餐。"

萧致应声，跟他一起进了店里。湛冰打算买个面包再买瓶酸奶，刚逛了一圈儿，抬手拿货架顶部的瓶装奶时，另一只戴着手表的手伸了过来。

手的主人没有任何犹豫，直接将奶拿了过来。湛冰抬起视线，许铮正好整以暇地站着，满脸假笑："湛冰，出校门买零食啊？"

湛冰说："许老师。"

许铮瞟了眼站在门口的萧致，他身材高大，影子被拉得很长。许铮说："过两天期末考试了，准备得怎么样了？"

湛冰说："还可以。"

许铮抬高声音："萧致准备得怎么样了？"他摆明了故意让萧致听见。

萧致瞥了他一眼，手揣在外套兜里，懒洋洋地眯着眼睛，根本懒得和他说话。

许铮碰了软钉子，不过也就笑了笑："考试要加油哦。"说完，他将原味酸奶放回货架，拿起旁边的乳酸菌，到柜台结账后走了。

湛冰转头看着他越走越远的背影。对他的阴阳怪气，萧致也就一句话："闲的。"湛冰低头看了眼酸奶，本来还打算散散步，想了想说："回去了，一会儿开视频做套试卷。"

萧致也没别的话："行吧。"不过临走前他却抬起长腿往前迈了一步，"这次进步了有什么好处？"

湛冰："你先考。"

"知道，我小本本上都记着啊，"萧致尾调上扬，"你得陪我玩儿。"

湛冰好笑。这段时间萧致确实收心了。

萧致："我走了。"

他到路边推自行车，腿踩在踏板上，一会儿又回头说："来，给点掌声，我先感受感受。"

湛冰说："你赶紧走。"萧致手指捏着刹车："哎，不行，没动力走不了。"

湛冰上前两步，准备一脚把他自行车踹出去。萧致笑道："我真走了。"

谌冰没忍住踢他，灯光下，他的唇角扬着弧度："赶紧走啊你。"

萧致："真走了？"

谌冰想摸块石头砸过去："赶紧走。"

等萧致的身影渐渐走远，在路灯下看不见了，谌冰心里有股凉意，一点一点沉下去。他站了快半分钟，掉头回了寝室。

大家平时上课摸鱼，到期末这几天还是很紧张的。文伟不出谌冰所料，决定认真学习没超过一周，又恢复了整天在闲鱼上倒卖学霸笔记的忙碌生活，不过此时却捧出一盏小台灯："我决定挑灯夜读。"

谌冰瞟了眼他翻开的物理练习册，他正在看序，上面标记了一句马克思的科学世界观和方法论，还用三支笔和一个文具盒制作了一个简易的"迎考神"牌位。谌冰接了杯水，边喝边无情嘲讽："马克思是无神论者，不会允许你临时抱佛脚。"

文伟打倒牌位，把"考神"改成了"冰神"。

谌冰好笑："学吧，能补多少是多少。"

不过文伟的心情并没有多沮丧，学了不到十分钟又开始走神。

"冰神，你放寒假了真跟萧哥去外地看大学？"

这事儿全怪萧致，一副风轻云淡的表情到处说放寒假了要跟谌冰上外地旅游。

谌冰"嗯"了声，开了手机视频。萧致正写试卷，谌冰把这边开了静音。

宿管阿姨这几天不太管学生，到了凌晨两点会特别催一催，免得学生作息特别不规律，反而影响学习质量。

谌冰心态一直稳稳当当，不过偶尔去淋浴间的一路上，看见大伙儿不管平时学不学，这时都装模作样地拿书看，心里突然有些焦灼。

考试当天到教室上早自习，萧致坐在椅子里拿了本书顶在指尖上转，若无其事，倒是谌冰有些紧张。谌冰觉得好烦。他考这么多年的试没紧张过，居然为了萧致的考试紧张成这样。

旁边文伟拼命拽他的校服，说："冰神，萧哥，我先申明一下我没有别的意思，我只是单纯地迷信玄学，想摸一摸你的校服。尽人事，听天命。我就摸一摸，后续考得怎么样我都不管了……"

谌冰捏着校服一角，还没使劲儿，萧致就直接拽回来："滚。"

文伟好委屈："萧哥，我就摸摸，你不会眼睁睁看着你兄弟错失最后一根救命稻草吧？"僵持了四五秒钟，萧致把自己校服从抽屉里抽出来，丢他脸上："摸他好朋友的，效果应该差不多。"

文伟一秒变脸。不过，目前似乎想不到更好的办法，死马当活马医了,文伟接过萧致校服,问:"我能穿吗?"

萧致盯着他。

文伟必须辩解一下:"我本来还想抱抱冰神的。你要是不想校服给我穿,那你就让我抱一下,传递考运。"

"想都别想,"萧致干脆连校服都收回来了,"你考0分吧。"

他们打打闹闹,陆为民站在讲台上千叮咛万嘱咐:"记得填机读卡,下笔要重一点免得机器读不出来,学号不要忘了写啊。我看这次谁再不写名字,我就把他试卷贴到校门口让所有人看!"

谌冰坐着,指尖发凉。半晌,铃声响起,全班开始往教室外面涌动。

萧致的考场在楼下,他拿着笔和草稿纸准备走,谌冰突然叫住他:"萧致。"楼梯口人流匆匆,萧致高瘦的身影转回道:"怎么了?"

谌冰往前走了好几步,接着,抬手在他额头轻轻一敲,"啪嗒"一声脆响。

谌冰镇定地道:"给你考运。"

第八章

烟花夜

　　萧致抬手在谌冰肩头拍了拍,说:"走了。"非常风轻云淡。
　　谌冰看着他背影消失,去了第一考场。
　　这几场考试萧致都采取闭口不谈的态度,考完了就丢下,转而准备接下来要考的一科。谌冰也没在中途问他考得怎么样,担心影响他情绪。
　　几科全考完后他们在校门口集合。
　　萧致还是不想多提,一副稳操胜券的模样:"你放心。"
　　谌冰真放不下心。谌冰考完得回家了,回寝室收衣服,萧致撑着膝盖在他旁边蹲下,打开行李箱帮他整理衣服。
　　"这件外套,去玩的时候带上。"
　　"嗯。"谌冰收出来。
　　"还有这件,这件……"萧致随手指了指,"你再去买顶帽子,那边冷。"
　　等拿了成绩通知书,他俩就走。
　　文伟也在边上收衣服,他手法比较粗鲁,直接把衣服卷成一团往行李箱里塞,看见谌冰亲力亲为叠衣裳,问:"冰神,你家保姆呢?"
　　萧致瞥他:"滚。"
　　收拾好东西,萧致帮忙拎了只箱子到校门口,跟站在门口的许蓉打了声招呼:"许姨。"许蓉让司机接过东西,满脸笑容地应声。
　　眼看没什么事儿,萧致沿着街道后退:"那我走了。"但他走得很慢,朝谌冰挑了下眉,似乎有话要说。谌冰故意磨蹭了几分钟。
　　许蓉上车后,萧致朝谌冰做了个鬼脸。谌冰懒得说话,直接上车了。

九中出成绩的时间在五天后，得专门回趟学校，谌冰早上六点起床，车到学校时是八点半，下车前他先给萧致发了条消息。

CB："看成绩了。"

萧z："你在哪儿了？"

CB："校门外的十字路口。"

萧z："我也在这儿附近。"

谌冰停了一会儿，他四处张望时，手机收到消息。

萧z："回头。"

他背后是一间奶茶店，等了几秒，店里钻出来两三道高高瘦瘦的身影，穿着黑色羽绒服的萧致走在前面，气质有些冷峻，把手里拿着的奶茶递到谌冰手里："给你喝。"

谌冰接过："看见自己成绩没？"

萧致本来挺正常的，闻言，神色突然变得不可捉摸。

旁边文伟直笑，笑得脸都抽了："没看没看！一会儿去找陆为民看。"

越刻意反而越蹊跷，谌冰莫名有种预感："考得不错？"

萧致没说是，也没说不是。他单手揣在羽绒服的兜里，还围着围巾，眉眼在风雪中染了层薄薄的凉意，不过唇角却带着弧度。

谌冰看着他，笑了："真考得不错？"

文伟开始装神弄鬼："我们也不知道啊。去办公室看了再说，冰神，不要一直问了。"他们越这样，谌冰心里的感觉越强烈，拉着萧致的袖口使劲拽："你说。"

"着什么急？"萧致眉眼间难掩光彩和意气，语气悠闲，"着什么急？该考得好就考得好，考得不好，再催也没用。"

谌冰懂了，萧致的成绩绝对不会差，他这姿态，多么像考了第一名的小朋友。谌冰忍了一会儿，安静闭嘴。

他不问，旁边文伟又开始不甘心，开始撺掇："冰神，你倒是猜啊！"

"关我什么事。"谌冰置之不理。

文伟属实没想到谌冰这么干脆。

"你……"萧致将手搭在他肩头，言语特别诚恳，明显要开始给自己加戏了，"谌冰，这么跟你说吧，我考得不太好。"

文伟立刻附和："确实，考得可太差了！"

傅航也点头："跟年级第四就差了十几分吧。"

谌冰本来想把萧致的手推开，听到这话怔了一秒，反问："跟第四差了十几分，是第几？"

文伟笑得很开心："你猜。"

湛冰忍住胸口汹涌的怒火，为了避免失望，尽量将排名往低了试探："第八？"

"嘁，"文伟眉飞色舞，"猜错了。"

"来来来，不着急，喝奶茶，慢慢猜。"

萧致把湛冰手里拎的奶茶戳开，插进吸管递给湛冰。他视线下垂，语气漫不经心："你猜这么低也情有可原，毕竟我只是一个平平无奇的帅哥。这事儿换成我也不会相信，当初那个一点儿不惹人注目的男孩，进步会这么大。"

湛冰心想，你还不惹人注目？戏真的过了。湛冰低头含着吸管吸了一口，调整心情重新开口，觉得自己甚至赌上了名为勇敢的品质："前三？"

空气安静了几秒。萧致似乎还想逗他，不过停了下来，莞尔："差不多，好几道大题，你给我的那本书上都有。"

湛冰真怔住了。虽然九中学校不怎么样，考前三只需要 520 分左右就稳了，同时自己押题还花了心思，但乍一听到他给出肯定的回答，湛冰突然有种类似"学生出息了"的感动。

湛冰看了他一会儿，唇动几次，竟然不知道该说什么。

旁边嘘声四起，文伟起哄："来，夸一个，夸一个。"

湛冰再次确认："真的？你骗我你是小狗。"

"真的。"萧致笑了起来。

湛冰脑子里好像炸开了，他很想矜持，但没忍住，后退几步再朝萧致狂奔过去。萧致大概没想到湛冰突如其来的动作，被他推得后退两步，他意外地看湛冰："你到底在干什么？"

大概缓冲了两三秒湛冰才站稳，随后，双手揪住萧致的领口郑重地说了三个字："你真棒。"

萧致："棒吧？"

太棒了。湛冰都不知道该说什么好，他手里的奶茶盒都快被自己挤瘪了，他把奶茶重新拎在指间，轻轻地呼出了一口气。

萧致平时吊儿郎当，做事不长久，这一个多月却经常熬到一两点睡，规规矩矩学，湛冰让干什么就干什么。他的手指本来修长匀称，因为写字下笔重，这段时间中指第一关节都磨出了一层薄薄的茧。

湛冰："我都不知道怎么夸你了。"

"别夸。"萧致倒是毫无风雨后见彩虹的自觉，淡淡地道，"我也就稍微努力了一会儿吧，大部分时间还是在玩儿。"

文伟很懂少年的骄傲心:"是的,那萧哥要是马力全开,国内顶级都不算啥,应该直接去外太空上学!"

"外太空也不够吧?"傅航戏瘾也犯了。

他们吵吵闹闹,萧致觉得有些夸张,招手:"过了过了。"

谌冰好笑。一回教室,看见大家全都坐椅子里等着呢,他用拳头撞撞萧致的肩膀。萧致还没发表感言,文伟说道:"哎哎,看着点儿啊,年级前三的肩膀是你能碰的吗?"

管坤一胳膊直接把文伟推到门口,差点揍他。

教室里的气氛很热闹。

萧致到椅子上坐了不到半分钟,起身问:"陆为民呢?"

"还在办公室,不是说九点开会吗?"

萧致起身,在办公室门口碰到了朱晓,他推着眼镜似乎意有所指,小声道:"许铮在里面。"

萧致听了一秒,语气散漫:"正好。"

他屈着修长的手指在深色门板上叩了叩,随后打开门,陆为民正拿红笔画成绩区间,抬头看见他,"扑哧"一声笑了:"哎哟,我们的黑马选手来了。"许铮原本正跟旁边老师说话,转头过来时,脸上维持着僵笑。

萧致说:"许老师好。"说完边往办公桌前走,边问,"陆老师,我考多少?"陆为民声音感慨:"班上第二,年级第三。"

许铮端着茶杯似乎准备走了,被萧致杵了杵胳膊,问:"许老师听见了吗?"许铮直勾勾盯着他:"听见了。你成功了,老师祝贺你。所以,现在要不要我去操场跑十圈?"愿赌服输,许铮憋着这口气。

"那倒没必要,我考前五已经向你证明我赢了,后续的处罚对我来说没有意义。许老师,我只有一个请求,以后我们班上我们的课,希望你不要再针对我们了。"

许铮喉头噎住,一时说不出话。

萧致指了指门外:"我走了,老师再见。"他的身影消失在门口。

许铮一方面佩服这学生的劲头,但另一方面当着全办公室丢了脸,觉得有些没面子,回头冲陆为民笑:"陆老师,你们班这个萧致,有点意思啊。"

陆为民淡淡喝茶:"年轻人嘛,是这样的。"

许铮一脸不爽回自己的1班教室,听见一阵嬉笑。

"哎,就贴这个地方,显眼!醒目!"

"不过你真的好损啊。"

"快贴,一会儿许铮回来了。"

许铮仔细看,这几个男生都高高瘦瘦的,当中起头的就是4班那个叫傅航的——当初死命瞪他那个。

傅航手里拿着一张字条,目不转睛地在布告栏找位置,没注意到许铮的存在。他平平整整地贴完,歪头冲教室里扬扬得意:"这是萧哥的期末成绩,贴在你们1班门口,都看看,学会敬畏。"

他说:"大家都是好朋友,以前的事就算了,以后不要再装了好兄弟们,多考几分不是你骄傲的动力。"他拳头顶了顶胸口,"我为我萧哥骄傲。"

他话说得比较逗,1班教室里的学生明显在忍笑,但余光注意到端着茶杯尴尬地站在门外的许铮,纷纷面无表情掐大腿。

第一桌那男生,忍得很是辛苦。

许铮没忍住,冷声冲傅航吼:"你干什么你?"

傅航看见他就惊讶了一秒,随后若无其事:"没事儿,许老师,萧致期末考年级第三,你知道吧?"

这事许铮耳朵都快听出茧子了,忍着怒意,假笑地看他:"知道啊,一匹黑马。你们上我这儿来有什么诉求?"

"没什么诉求,就是给您报个喜。"傅航从包里掏出个东西,塑料的小玩意儿,摁在1班墙壁后掉头走出去。许铮僵硬地站着,没多久就听见那墙上的东西开始机械发音:"年级第三,年级第三,年级第三……"

全教室哄堂大笑。许铮气得脸都发青了,但站了半天,竟然笑了。

许铮把墙上的小玩具拽下来,丢到垃圾桶之前重新看了看,心里冒出句话——时代变了。

4班教室里载歌载舞。陆为民在讲台上捏着成绩单就萧致这个成绩说了半天知心话,中途忍不住抬头望天:"看到现在的你们,我突然为我的学生时代后悔,如果当初更努力一些,是不是会有更好的人生呢?"

陆为民开始抹眼泪,底下震惊了两秒,随即习以为常。

小老头是这样,有些伤春悲秋。

"凡事只要肯拼搏,没有什么不能改变。我告诉你们!你们都要向萧致同学学习!现状如此,不动起来只会沉沦越陷越深,但动起来,就有变好的可能!"

萧致倚在窗户边,指间转着支笔,看了陆为民儿眼:"这夸得我都不好意思了。"

谌冰好笑:"你还会不好意思?"

"怎么了？褪去华丽的外表，我只是个普通人。"这人，能承认自己的一切普通，但绝不会承认外貌普通，虽然确实不普通。

后面陆为民的话教室里没几个人听，全等着他说完放假。萧致问谌冰："中午一起吃饭？"

"行，庆功宴。"

文伟像只猫似的，闻着腥味就上了："什么庆功宴？是不是有人请客？"

萧致转头看他："你随份子？"

"我可以贡献出我浑身上下仅存的五毛钱。"文伟伸到校服兜里摸索，把破了个洞的内兜翻出来了，"看见没？穷得叮当响。"

谌冰叹了声气，说："中午我请客，一起吃饭。"

文伟："您请吗?！"

谌冰说："对，我请。"

"行行行，反正是蹭饭，谁请都行。中午好好吃，吃完了说不定这个寒假就见不到了，我得回我妈娘家过年。"

周围叽叽喳喳吵起来。

他们说话，谌冰没再插嘴，萧致问："我们车票是哪天？"

"明天。"

"这么快？"萧致问，"拿了成绩单就走？"

"嗯。"谌冰当时买票买得急，随便估算了下时间就买了。

萧致安静了会儿说："行吧。"

陆为民通知放假，教室里人"呼啦"散了。

萧致到楼底下拿出手机："我给萧若打个电话，中午过来吃饭。"

"行。"楼道底下有些挤，谌冰准备走，却被萧致拉住了衣服。

"一会儿萧若估计要冲你发火。"

过了两秒，谌冰勉强明白怎么回事儿了："她不让你走？"

萧致神色复杂。很明显，作为一个即将18岁的男生，一直被妹妹缠着，说出去本来就比较丢脸，但这居然是现实。

谌冰不知道该同情他还是同情自己："那怎么办？"

萧致的回答很诚实："不知道。"过了一会儿又说，"我有些心累。"

中午到巷子拐角那家火锅店吃饭。

萧致打完电话估计半个小时后，萧若来了，她背着个小包，走路带风，英姿飒爽地直接走到了谌冰跟前，和他对视。萧若还挺小孩儿气的，但感觉两个月不见人长大不少，眼底的幽怨几乎能溢出。

湛冰给她抽了张椅子："坐。"

"哼。"萧若冷笑。她刚哼完，萧致偏头，手探过去准备挠她头发："不说谢谢，再冲你湛冰哥哥冷笑一声试试？"

萧若气势顿时弱了几分，隐忍半晌，冲湛冰抬了抬下巴："我最近听到一个故事，你想听听吗？"

湛冰淡淡地道："你说。"

"有个可怜的人，被认识十几年的好朋友骗去外地，血本无归。"萧若一本正经地问，"知道他用的什么借口吗？"

"什么？"

"去外地看大学。"

"……"

"你不会也要骗我哥吧？"

湛冰没笑，萧致笑了，他边笑边伸手拉萧若的胳膊："行了，若姐，在哪儿学来的乱七八糟的东西。"

萧若甩开他："你管我？"

"还学会叛逆了，不错，"萧致递过菜单，"不过你可以试试，我叛逆，还是你叛逆。"

萧若气鼓鼓地接过去。等水果上了桌子，她拿起一颗小草莓，慢慢往湛冰手里塞，塞了半天才说了一句话："给你吃。"

虽然有些别扭，但这姑娘总算冷静下来了。

菜上了满桌子，大家吃了一会儿，纷纷开始唠嗑。

气氛很热闹，湛冰本来不想多说，不过考虑到现在放寒假了，大家又纷纷递话题给他，于是很给面子地多聊了几句。过了一阵，湛冰有点困了，静静听他们说话，等萧致意识到时，发现湛冰撑着下颌，眼睛微眯。

萧致靠近，询问："困了？"

湛冰觉得很丢脸，但还是"嗯"了声："困了。"

"要不要回家？"

"回家。"

萧致笑了声，随后挪开椅子，走之前先跟大家解释了下："我明天还得跟湛冰去车站，今天先走了，回家收拾东西。"

到柜台附近时，湛冰停下脚步，手伸到兜里摸索了一会儿，拿出手机："我请客。"

萧致接过，往柜台旁边走，过了一会儿递回他的手机："行，你请客。"

湛冰没接，就让萧致拿着，深一脚浅一脚地走着。

门一打开,谌冰立刻往房间冲:"我要睡了。"
"你睡。"
谌冰见了床就倒下去,先感受到床铺的松软,接着是"哐当"一声巨响,随后脑袋泛起阵阵钝痛。
"没事儿吧?"萧致在背后都惊着了,三两步跑过来,"没事儿吧?疼不疼啊?我听这床栏都快被你砸裂了。"
谌冰确实没想到自己如此失态,痛还是其次,主要是觉得非常丢脸。
谌冰保持着镇定,若无其事地道:"没事儿,没问题。"
萧致边笑边说:"哎呀你,你说你,你是不是猪啊你?"
谌冰推他:"行了,我困了,别烦我。"
"真的不痛?"
谌冰倒回了枕头里,萧致笑道:"这么困?我感觉这床以后哪天裂了,论原因,绝对少不了你今天这头槌。"
有病。谌冰心里骂了句,但是他很困,躺在枕头里,稀里糊涂睡着了。
谌冰差不多快醒过来时,听到耳边行李箱拖动的声音。他坐起来,萧致高高的身影站在衣柜旁,正找东西,衣服丢了半张床,估计是找明天出行的衣服。
谌冰懒洋洋躺着没动,侧目能看见萧致的那些外套、T恤、裤子、睡衣。
他问:"你找衣服啊?"
"嗯。"萧致回头,"醒了?"
"醒了。"
萧致塞了件羽绒服:"我们去几天?"
"不算来回车程,三天。"
"行。"萧致拿起一条围巾,"就三天,还得玩玩吧?"
谌冰没意见。
萧致拿了件黑色毛衣问他:"这件衣服怎么样?"
"感觉很薄,"谌冰在旁边坐下,"你带那件灰色的高领衣服,比较厚……"
"也比较帅是不是?"萧致低头笑了声。
谌冰忍了忍,伸出长腿踢他:"你别太自恋。"
"说两句你又要动手?"
萧致往后躲,听到了一声门响。
萧若站在门口,撇着嘴不情不愿地看着萧致:"你收拾好了吗?"
萧致挪开挡着腿的行李箱,走到她跟前,弯腰捏捏她的鬏鬏:"差不多了。"

萧若不愿意他走,想半天憋出句话:"你太坏了。"

说完又过了十几秒,补充:"记得带半只北京烤鸭。"

萧致笑了:"行,给你带烤鸭。"

萧若泪水涟涟:"你不要忘了我是你唯一的妹妹,你不许丢下我一个人。"

萧致摸摸她头发:"你想什么呢?"

萧致继续收衣服,萧若在旁边蹲着,特别乖巧地帮忙叠衣服,但还没叠多久就立刻开始邀功:"你看,我是不是很乖?"

萧致:"……"

"一定要早点回来哦,我刚学会炒菜,回来给你做好吃的。"

谌冰莫名觉得这两个人不愧是亲兄妹,萧若的戏比起他亲哥是一点儿都不少。收拾好东西,谌冰看了下表,已经五点多。他从沙发上起身说:"我先回家了,明天上午车站会合。"

萧致起身送他:"八点半的车票?"

"对,我明天六点打电话喊你起床。"

萧致笑了下:"你不信我能起得来?"

"怎么不信?信。"谌冰开门走到楼梯下,王月秋正往家里赶,看见萧致满脸喜色:"听说你这次期末考得很好?"

萧致接过她手里的东西:"也就还行,没多好。"

王月秋高兴坏了。萧致一直比较我行我素,之前他厌学,谁的话都不听,现在遇上谌冰后成绩突飞猛进,她说:"我早就知道你聪明。"

她转头招呼谌冰:"晚上一起吃饭?"

"我要走了,"谌冰指了下,"行李都在家里,明天跟萧致坐车。"

"哦哦哦,对,也好,带他去看看好学校是什么样子,心里有个梦想。"王月秋此行是特意来接萧若的,这小丫头比较黏哥哥,就怕萧致出门几天她会蹲家里大哭。

谌冰看了下萧致:"那你别送了。"

萧致站在楼梯口,影子垂落在地上,手里拎着王月秋递来的一大堆水果零食,挑眉道:"行,到家了给我发个消息。"

谌冰走出楼层。

这段时间估计是在九中这边待惯了,出租车驶入中心城区谌冰还觉得有点儿陌生。出租车到别墅区停下,谌冰进门前瞟了眼车库。

车库前停着一辆黑色迈巴赫。谌重华平时出行都开这辆车,奢华神秘，一般这辆车在哪儿他人就在哪儿。

湛冰心情开始压抑，进门后他看见西装革履的湛重华坐在前厅的沙发上，被西裤包裹的长腿交叠，漆黑的皮鞋锃亮，眉眼阴沉地端着一杯咖啡。

他看了眼湛冰："这么晚才回来？"

"跟同学在外面吃饭。"湛冰说。

"你跟那帮同学没有深交的必要。虽然现在坐在同一间教室，但高中一毕业，你们根本不是同一个世界的人。"湛重华语气冷淡，"不要和他们浪费时间。"

关你什么事？这句话在喉头打转，湛冰被许蓉的目光制止，冷着脸没说出口。

"考试成绩别总跟九中的人比，找一中要期末考卷，自己做了对答案。"他说什么话跟念经似的，湛冰都没听进去，倒是想起自己还没跟萧致发消息。

"你上楼吧。"湛重华说。

湛冰手指搭着楼梯往上走，能听见许蓉很低的声音："我妈最近身体不太好，我想回去照顾她几天。"

湛重华不喜欢许蓉的那些亲戚，结婚以后就知道来找他借钱，请他帮忙安排工作，之后索性禁止许蓉和他们来往，连许蓉父母也不见。湛冰对外公外婆印象不深，唯一去过一次，那时外婆在广场和一群阿姨跳舞，累了回来给他买了根五角钱的冰棍，被湛重华知道后面色铁青。

不过许蓉确实跟家里关系变得很淡漠。

湛重华侧目看她，说："打钱，请护工，你去有什么用？"

许蓉苦笑："我妈想我了。"

湛重华明显不乐意，阴沉着脸，没继续说话。

湛冰看了一会儿，转头，心底压抑的感觉往上蹿。一切都不会有任何变化，湛重华碍于面子不会许蓉离婚，许蓉为了荣华富贵也一直得委曲求全。他俩之间似乎并不是没有爱情，但两人之间的关系却令人窒息。

湛冰回房间关上了门。萧致先发来了消息。

萧z："到家了？"

CB："到家了。"

萧致的视频打了过来。

"今晚干什么呢？"

湛冰挑眉："不知道啊。"

"刚考完又要开始学习？能不能休息几天？"

湛冰无所谓："你想休息就休息。"

萧致刚吃完躺上了床，坐没坐相，懒洋洋说："下五子棋？"

对面分享了一个游戏小程序链接。湛冰点进去，是一个小型棋牌游戏，不需要注册，很轻松就能玩。这种游戏的优点是制作精简，缺点也是过于精简。湛冰以前玩过这种游戏，摸清套路后跟萧致在纵横的棋盘上切磋，玩了二十多分钟，棋盘填满了都没出成果。

萧致盯着手机："我今天遇到对手了。"

湛冰指尖戳着屏幕，严防死守："你玩得也不错。"

一局下来，最后游戏时间截止才分出胜负，萧致转头分享了另一个APP。

"不然下象棋？"象棋比五子棋难得多，据说有人终生不能参悟一本棋谱。湛冰下象棋不如五子棋熟练，一步思考了两分钟后，按着"炮"落到了对方象的攻击范围中。

萧致瞟了眼："你不会啊？"

湛冰下完立刻意识到了自己的失误，不过落子无悔，面无表情地道："会，就是下得烂。"他还以为萧致会毫不留情吃了自己的棋子，不过萧致并没动他的兵卒，转而走了一步废棋，无所谓地道："看你弱小，不杀你，快跑。"

湛冰下棋也比较硬气，萧致不杀他，他也没跑，走了棋盘另一头的子儿。萧致笑了起来："很好。不过我今天就不杀你，让你求生不得，求死不能。"

萧致跟其他人玩游戏时胜负欲非常强，属于你碰我一下，我灭你全队的狠角色，但跟湛冰玩却特别善良，要是实在没办法不得已吃掉湛冰一个子，立刻就卖个破绽让湛冰杀回来，煞费苦心地维持着棋盘上的势均力敌。而且他放水放得非常有水平，一般还得沉思片刻，装作无路可退，给足了湛冰成就感。最后，棋盘上就两个将帅和一兵一卒。

萧致："这局谁赢？"

湛冰："再下会儿。"

"还下？再下十天半个月也不会有结果。"他指尖动了动，把自己的主将暴露在了对方主将面前。

下一秒，系统自动判定，湛冰所持的黑方胜利。

"还玩吗？"

湛冰看了看时间："准备睡了，明早坐车。"

"好，"萧致凑近屏幕，"晚安。"

湛冰还没来得及做出反应，萧致已经干脆地挂断了视频。

萧致拉着拉杆行李箱，黑色卫衣外套着浅色牛仔外套，棒球帽帽檐压得很低，修长的手指敲击着屏幕。

他就这么站着，路过的人全回头看他。还有两个女生站在他身前，似乎想加微信，不过很快又转身离开。

湛冰走近取过他手机瞟了眼，递回去："走了。"

他俩买的是下铺，进去后萧致左右扫了眼，把他的箱子放好后，脱鞋上了床。

"你过来。"

湛冰这边待着没意思，也到他那边坐下。

湛冰头一回坐火车，还是卧铺，到窗户边看了会儿，回头看见萧致正拎了个纸袋往外拿东西。

"什么？"湛冰靠近。

"坐车时间长，还无聊，王姨买的东西。"萧致往外拿，"薯片、饼干、牛奶、寿司，还有一副扑克牌。"

湛冰笑了："这么丰富？"

萧致随手拆了袋薯片递过来："早饭吃了吗？"

湛冰早上起得急，说："没吃。"

"你等着，"萧致低头翻了会儿，找出一瓶酸奶和燕麦倒在一起搅拌，递给湛冰，"这儿什么都有。"

湛冰笑死了："王姨，厉害。"

他们的隔间里暂时没有人，就他俩，门关上后很安静。

湛冰吃萧致拌好的东西，感觉衣服被萧致扯了下。

萧致："之前约好了进步一名，你给奖励，现在欠多少了？"

湛冰想了下，确定地道："我当时好像没同意吧？"

萧致不怎么乐意，反而笑了一声："你怎么这样？有没有心啊？"

吃完后他俩继续下象棋，下完象棋斗地主，车程 27 个小时，两三个小时过去后到了下一站，卧铺里来了一对中年夫妇，人挺热情，一进来就分东西给他俩吃。萧致能接话，跟着聊了半响，但湛冰不爱跟陌生人说话，到窗口看窗外的风景去了。

背后是热情自然的话语："你俩是去哪儿的？"

"首都。"

"放寒假了过去玩儿啊？"那个阿姨似乎特别喜欢湛冰，看了好几眼，

"这年轻人长得真好看，咱儿子长大有他这么好看就好了。"

"这话说得，"萧致瞟了一眼，"你儿子长得像我这样的话也行。"

卧铺间里全是笑声。湛冰听了会儿，突然觉得在这样的旅途中，遇到陌生人交流几句，其实挺不错。

旅途从刚开始的新鲜刺激到后期的无聊与困倦，那对夫妻说了一两个小时就累了，各自爬上床铺开始睡觉。

窗外的风景失去了新鲜感，变得千篇一律，湛冰回到自己的床。

湛冰说："我睡会儿。"

萧致摆弄着手机，抬头看他："行，你睡。火车上信号不好，发消息半天发不出去。"

湛冰睡下，萧致坐在床尾，轻轻打了个哈欠："睡吧，我看东西。"

湛冰慢慢睡着了，中途醒了几次，慢慢感觉有些头晕，估计是坐车不舒服吧，晚饭也没吃。

再醒来都是深夜了，火车正在隧道中穿行，周围漆黑一片。

湛冰撑起身，没忍住说："这是隧道？"

萧致直笑："对啊，隧道。"

他精神看起来还不错，湛冰从袋子里翻出湿巾纸擦完脸，问："你不困？"

"我还行，"萧致低头看表，"现在十点左右，没到睡觉的时候。"

那对夫妻也醒了，躺在床铺上看视频。

湛冰到萧致床边坐下，萧致也下了个视频软件，跟那夫妻俩聊天："要不然互相关注下？"

湛冰下意识觉得这种软件比较无聊，忍了两秒："你玩这个？"

"文伟他们，决定寒假整活儿，下了视频软件估计要开始上传视频吧，我只是帮忙点个关注而已。"

湛冰想了想，只能说："文伟这人，一看以后就是干大事的。"

萧致示意湛冰："一起看。"

文伟现在处于刚开始阶段，只能靠追逐视频热点蹭流量，所以模仿的都是一些有些无聊的东西。湛冰看了几秒钟，感觉眼睛有点儿疼："算了，我可能对他的事业没什么帮助。"

萧致的容忍度是真高，面不改色看完了还给写了评论。

旅途过于漫长。后期，湛冰由于过于无聊，还是下载了这个软件，给文伟的作品挨个点小爱心。

那对夫妻在中途下车了。

湛冰身体虚得很，在卧铺待了这么一天左右，头晕恶心还胃痛，最后蜷在被子里卧床不起，脸都有点儿白。

饭点到了，列车员推着饭过来，问："青椒肉丝套餐、泡椒牛肉套餐、豇豆肉末套餐，有需要的吗？"

萧致拉了下湛冰的手："吃什么？"

湛冰说话都觉得恶心："我不吃。"

萧致点了份泡椒牛肉。套餐放在餐桌上，萧致回头拍了拍湛冰说："快下车了，到酒店我们就休息。"

本来就是湛冰主动要坐火车，这会儿不好冲萧致发脾气，又很烦自己这副身体，说："你吃饭，别理我，我睡会儿就好了。"

他脸色苍白，说话有气无力，看起来特别惨。

萧致轻轻"啧"了一声，被他督促着拆开了快餐盒子。

泡椒牛肉的香气弥漫了整个卧铺间，萧致没吃两口，端到他面前："尝尝？这个味道开胃。"

湛冰摇头："不想吃。"

"真的，"萧致坐到他面前，声音很低，"真的特别好吃，你千万要尝尝。"湛冰心情不好，被他说半天才勉强吃了一口。

"味道还可以吧？"

辛辣在味蕾间绽放，虽然刺激，但湛冰确实精神好了一些："还行。"

萧致笑了下，手指捏紧一次性勺子专心地搅拌牛肉和米饭，舀起后递到湛冰手里："再来一口。"

湛冰吃完，萧致轻声说："没事儿，还有四五个小时就到了。"

湛冰想了一会儿，说："你吃，我重新点一份。"

"那你吃，一会儿列车员过来，我重新点。"

被他催促，湛冰接过快餐盒子："那我自己吃。"

吃完饭，湛冰确实精神好多了，窗外厚厚的积雪，典型的北方风貌。

下车出车站踏上街道那一瞬间，周围一片喧嚣，全是车流和来往的行人。温度太低了，湛冰刚走上街脸就冻白了，说："怎么这么冷？"

萧致摘下棒球帽往他头上戴，打开行李箱取出条围巾，拉着湛冰一圈一圈给他围上："行了。"总算回暖。

湛冰现在还处于没什么劲儿的状态，萧致将湛冰拽回了斑马线，开始打车："先去酒店。"

绕了没多久，湛冰进去看见床那一瞬间，感觉整个人都活过来了："硬卧的床铺不能算床，硌得我骨头痛。"

房间还好，干净又简洁，两张床确实都不太宽。谌冰直接躺下："让我睡会儿。"

"你先把衣服脱了，房间里有暖气。"萧致放下行李箱，脱了羽绒服挂在拉钩上，到床边拉起了谌冰。

谌冰半闭着眼睛，享受着这番伺候，不觉笑了："谢谢萧哥。"

"什么？"萧致挑眉，"再喊一遍。"

谌冰没力气跟他吵。萧致也没再说废话，脱下衣服摘了围巾，把被子拉到他身上："你睡吧，我点外卖，现在想吃什么？"

"随便。"谌冰说完就睡着了。

他一头晕就容易困，这一天多的火车快把他折磨死了，急需睡觉养足精神。不知道睡了多久，他听到卫生间开关的动静。

谌冰起身的动静惊动了当事人，萧致转过来，手里抓着卫生间的吹风机，吹了下头发偏头看他。

"嗡嗡嗡"的声音传来，不过下一秒，萧致把电源掐断了。

他往谌冰这边走。

"我先洗个澡，在车上一天多没洗澡，觉得不舒服。"做帅哥的第一要义就是保持干净整洁。

谌冰说："我一会儿洗。"

"你不舒服就再睡会儿，今天应该没计划吧？"萧致拉开行李箱找了件白T恤穿上。

谌冰："没计划，怎么了？"

萧致笑了下："我们的账，是不是该算算了？"

他看起来特别气定神闲，要是没回过神儿，谌冰还以为自己欠了他百八十万。

谌冰："什么账？"

"我上次月考快到年级前50，这次第3，你总得夸我几句吧？"

萧致说得理直气壮。谌冰一时没说话。

谌冰偏头看别的地方，半响才说："我就没遇到过这种事。我累死累活带你学习，你考好了我还要主动奖励你……"挺凶，看得出来怨气很重。

萧致垂眸看了他一会儿，自己笑了："行行行，你辛苦了，是我不识抬举。"

"本来就是你不识抬举。"

"我的意思就是，你陪我去欢乐谷玩玩，寒假到我这儿住几天，除此之外也没别的要求。"

谌冰推开他往卫生间走去:"你别烦我。"

萧致倒还吊儿郎当地站着:"那你先忙你的。"

卫生间狭窄,墙壁上挂着淋浴的喷头,谌冰看了会儿镜子旁,发现那里还放着萧致的洗面奶、洗发水,洗漱用品是崭新的——倒是很细心。

谌冰刷牙时开了卫生间门,听到外面一阵歌声,最初以为是萧致在放歌,听了几秒才辨认出是他在哼唱。萧致当初要是没荒废,艺术、体育、学习估计都很好。他的嗓音好听,唱歌时带着清朗的少年感。平时下课写作业嘴也不闲着,常常清唱,特别悦耳。

谌冰觉得好笑,洗漱完出来问:"心情不错?"

"对,就是没吃晚饭,有点儿累了。"

谌冰:"刚才没点外卖,不知道什么东西好吃。"

萧致问:"出门吃还是就在这儿吃?"

"就在这儿吃。"

"好。"萧致坐近,递过手机,谌冰开始看。

谌冰点完外卖后睡了一会儿,再睡醒起来时快九点,萧致坐在床头:"外卖估计快到了。"

谌冰拿出手机看了下明天的行程:"有点儿远,早上去还是下午去?"

"不会堵车?估计早上出门,下午才到。"

萧致这话损,但是有些道理。第二天早晨确实是堵,不仅仅是车多,人也多,顶级名校的参观者还挺多的,尤其是刚放寒假这段时间。

进校门还得出示预约码,萧致戴着口罩,把谌冰往自己这边扯了下:"走吧。"谌冰主要是让萧致看看,激发他的学习热情,步入校园后拿着介绍册左右参照。

"学校很大吧?比九中大太多了。"

萧致好笑:"九中能跟它比吗?"

"你知道啊?"谌冰手指扣住帽檐往上抬了抬,"你加油,争取以后能来这儿上学。"

萧致听了一会儿,说:"希望比较渺茫,还是你加油比较靠谱,以后我就有个在顶级学校上学的好朋友了。"

谌冰笑了一下,莫名其妙地道:"我还说不准呢。"

"什么准不准?"

谌冰转头看他,半认真半开玩笑:"我怕我活不到那个时候。"

萧致手里也拿着一份宣传册,走到树荫底下,回头看他,好像没听懂谌冰在说什么。

"什么意思?"

"就说不定,我走在路上,旁边来辆车……"

萧致似乎还是没听懂,直直看着他:"啊?"

漫天的落雪中,谌冰摇了摇头。

萧致心思没在这种话题上,抬手用力抓了把他头发:"说什么呢你?"

他目光被旁边的高楼吸引了。谌冰跟在他背后几步,看着萧致的背影,手指不自觉攥紧。他真的很希望这个人以后能在这里学习。

跟他们一同进校的有一队特别健谈的学生队伍,他们老师在前面介绍,萧致拉着谌冰跟着队尾,听了一会儿。

那老师说得激情昂扬:"你们看见了没有?顶级学校拥有全国最优秀的教育资源,我特意趁寒假带你们过来看,就是想让你们记住这所学校的样子,以梦为马,距离高考还有两年多,你们加把劲,向着梦里这所学校进发。'知识改变命运'这句话我已经说倦了,有些同学不要开始丧气,觉得梦想很难实现。你们现在努力,就算以后考不上这所学校,你们也会感激曾经拼搏过的自己。"

萧致看了他一会儿,杵杵谌冰:"是不是说出了你的心声?"

谌冰忍着没说话。

那老师继续激昂陈词:"我鼓励你们考这所学校,考这所学校是重点吗?其实你们能不能考上不是重点,高中坚持学习,考上好的大学。大学学习之余寻找自己的兴趣爱好,认识更好的人,见识更大的世界,你的人生才有更多的选择。"

"高中几年,我希望你们自己鞭策自己,要一点一点向自己的理想靠近。

"因为人生不会从头再来,要且行且珍惜……"

"这是语文老师吧?"萧致说,"开口就是作文范本。"

谌冰看了他一会儿,重复上句话:"听到没有,自己鞭策自己,站在更好的平台上人生才有更多的选择。"

后续的话谌冰不想说。

——而不是待在九中那边的大街小巷中,跟不良的人交朋友,最后走上绝路,没有任何人能救你。

老师说的上半句让谌冰有些触动。

——希望萧致以后能自己鞭策自己。

自己也许只能陪伴他几年,接下来的路,还要他一个人走。

萧致一直跟在那个带队老师后面,听老师介绍:"这是他们平时听讲座的地方,老师上的普通大学中平时请来的最厉害的教授,在这所学校随处可见。"

"这是科技孵化园，国内顶尖的公司都会选择跟学校的实验室合作，普通学校根本没有这个机会。

"这是礼堂，隔三岔五，你们最喜欢的明星会来这里演出。

"这都是普通大学无法感受到的。

"这里的学生，可能有缺点，但要么脑子聪明，要么勤奋努力，我希望你们能成为他们当中的一员……"

谌冰走不动了，在旁边长椅上坐下，拧开矿泉水瓶喝了两口。

萧致回来，挨着他坐下。

"怎么样？"谌冰问，"有没有心动的感觉？"

萧致好笑："我承认学校很好，但心动的感觉也不是什么时候都有。"

谌冰递过手里的水，萧致摘下口罩，边喝边打量周围的建筑。

那带队老师和学生们渐渐走远了，接下来的时间他俩闲着没事儿到处走走停停。隔了一会儿萧致问："你以后考这里？"

谌冰手指攥紧了瓶身，心不在焉："或许吧。"

"你要是考这里，我就努力一下，争取离你更近一点儿。"

谌冰突然不知道该说什么，觉得好笑："你能不能有点儿出息？"

寒意通过手套传递到掌心，谌冰转头看了他一会儿，想了半天尽量用一种开玩笑的语气道："那我要是不幸英年早逝了，你怎么办？你就没人生目标了？"

"怎么没目标？"萧致想了一下，"我还有个妹妹呢，"他声音低下去，"不过估计会过得很不快乐。"

谌冰想了半天，只说出一句话："你要快乐。"你一定要快乐。

他说这话时表情很平静，刻意维持的冷静反而显得虚假，这句话超越了开玩笑的范畴。萧致看了他一会儿，眼神微动，半晌问："你是不是有事儿瞒着我？"

"我……"有那么一瞬间，谌冰特别想说出答案，但他预料不到萧致得知真相的后果。说出来，这一切说不定会半途而废，说不定会功亏一篑。毕竟他真的很叛逆。

说不定到最后关头为了不刺激他，谌冰还得演一出戏假装自己去了别的地方，就像电视剧里演的那样。想来想去，反而有些好笑。

谌冰一直只想着萧致能好起来，但他现在发现可能自己也想继续活下去。虽然存在这种奢望说不定只会徒增痛苦。他想健健康康、好好地生活下去。

谌冰不知道该怎么应对，半晌，只能岔开话题："我可能有被害妄想症。"
　　萧致直直看着他。
　　萧致站在积雪的松树底下，面色灰暗，似乎猜不出谌冰的答案，再逼问又感觉不合适，眉头隐忍地动了半天。
　　他顺手抄起路边一把雪，朝谌冰脸上丢过来。
　　谌冰没来得及躲，头发到颈间被撒满了白雪。
　　刚才还有点哀伤的情绪一瞬间被砸没了，谌冰只想尽快离开。
　　也就等了一会儿，萧致若无其事转过身，恢复了漫不经心："逛完了，该走了。"
　　谌冰长这么大不是第一次见萧致生气。表面上好像没什么，但是回避着谌冰的视线。如果给萧致的愤怒值从1到10排个等级，他现在估计属于4级。不算特别生气，但是自愈的时间估计需要长一点点。
　　如果想让他赶紧消气，稍微哄着点就好了。但谌冰现在不是很有心情。
　　本来下午约定去一所比较普通的大学看看，两所大学对比看看，不过现在谌冰不是很有心情去了。
　　上了出租车，谌冰问："你还去那大学吗？"
　　"去吧。"萧致看窗外的雪。
　　谌冰说："那你去，我不去了，我回去睡觉。"
　　萧致的手本来揣在羽绒服的兜里，这时候又伸出来了。前面出租车司机的手机导航一直播报："右行500米进入……"
　　"别右行了！"萧致声音急躁，"我跟你一起回去。"
　　司机都吓一跳："年轻人火气这么大？"
　　谌冰"嗯"了声："对啊，就脾气大。"
　　萧致笑了声："嗯，不像你。"
　　谌冰隐忍地咬了咬牙，偏头看窗外。
　　那司机估计这两个人吵架了，还挺乐呵："你俩外地人来旅游的？吵什么啊，都说旅途中最容易爆发矛盾，还真是。你俩有事儿好好商量呗。"
　　萧致说："商量不通，绝交吧。"
　　"对，"谌冰说，"我回去拎东西就走。"
　　他俩越吵，司机在前面越开心，哈哈直笑。
　　回到酒店，谌冰走得很快，快进门了摸口袋里发现没卡，又只能站住等萧致。等了四五分钟才等到萧致买糖回来，他半眯着眼，跟谌冰冷漠的视线对了个正着。

萧致唇角微微挑了点儿弧度,刷卡进房。

湛冰往里走,刚过玄关就被萧致逮着一把拽了回来。

"滚。"湛冰骂完,甩开手想走。

其实湛冰也说不清自己为什么生气,本来自己有事瞒着他,他生气是应该的,但湛冰看着他生气自己心里又憋着股劲儿。

虽然也不该道德绑架他对自己的好意感同身受,毕竟重生后选择来找他都是自己一厢情愿……说因为被他凶了生气又显得矫情,湛冰现在心里乱七八糟的,各种情绪搅和在一起,感觉真的烦死了。

"你哪儿来这么大脾气?"萧致把手里的糖放下,走近想挨着湛冰坐下。湛冰跟见了仇人似的:"这是我的床,要坐坐旁边你自己的。"

"好了好了。"萧致说,"我最烦记仇的人了。"

脾气发到这里湛冰也冷静下来了,坐在床上,一时不知道该如何是好。

晚上按照约定,去最热闹的美食街吃烧烤。刚下车他俩就被冷风扑了满脸,听说店里的新疆羊肉串很正宗,刚进去就点了几把烤串。

饭店附近氛围热闹,店铺门口支着棚子。

萧致看菜单,说:"羊杂,要不要来一份?"

"羊杂?"湛冰怔了两秒,"羊内脏吗?"

"应该是。"

"这能吃吗?"湛冰不吃内脏,不太想尝试。萧致就点了一份,端上来的羊杂里面羊肚、羊肠、羊肺混合。

萧致递过去:"尝尝。"

"你先吃,吃了我再吃。"湛冰说。

"行,"萧致吃了块羊肚,"感觉还可以。"

湛冰夹着一薄片放进嘴里,眉头微皱,含着不知道该吐不该吐:"这是肺?"

萧致抿唇,直接笑了:"怎么样?"味道很好吃,但心理上可能有抵触,湛冰吐到纸巾上,转头丢进了垃圾桶。

这条街大部分是西北特色,大概快过年了,街道上空拉着通红的横幅,到处张灯结彩。他们一路走过去,不断有人招呼买东西。

湛冰呵出热气,看着萧致混入人群买了杯甜胚子过来,递给他:"你喝一口。"湛冰凑近抿了一口,饮料很甜。这地方离酒店不远,两个人一路走回去。

晚上十点街上快没人了,萧致边走边说:"海岛也挺好玩的,高考之后一起去？"湛冰的手揣在兜里，心不在焉："都行吧。"
"去吃椰子，游泳，晒太阳。"萧致看他，"你现在学会游泳了？"
湛冰沉默了两秒："你很烦。"
"没事儿，"萧致笑了起来，"我教你。"
街道漆黑，行人稀少。
湛冰很少大晚上到处走，尤其在陌生的他乡，有一种奇特的感觉。
萧致问："回去之后寒假干什么？"
湛冰说："你高一的课程落下了，要补，到时候天天给我打卡。"
"是吗？"萧致轻轻叹了声，"朋友像个老师怎么办？"
湛冰偏头看他。
"让人生不起气。"萧致笑着说。
湛冰抿了下唇。

转眼坐车回了成市。旅行的感觉很玄妙，刚离开一个地方，就感觉好像已经将旅游的感觉全忘了。从车上下来时湛冰人都是晕的，只想回去睡觉。
"你直接回家？"萧致问。
湛冰眯了下眼："我要回去睡觉了，很累。"
萧致安静了几秒："要不然来我家休息下，你现在这个样子，我不放心你回去。"湛冰唇色发白："我感觉我还行。"
"来吧，"萧致笑了一下，"你放不下的衣服在我行李箱里。"
"不来我家，"萧致笑了起来，"那就现在开行李箱，我把东西还你？"
周围人来人往，湛冰想了几秒后率先去了自助机旁买地铁车票。
地铁里很挤，湛冰倚着柱子，萧致就站在他身旁。
萧致换了只手拎行李箱，说："一会儿提醒我买点儿水果。"
湛冰："好。"
萧致表示接受他的指责："好了，好了，别蹦蹦跳跳的，走路就看路。"
路中央驶过一辆面包车。
湛冰还想杵他，被拉着衣服一把拽到他背后，力道很重，湛冰踉跄后准备骂他，萧致先不爽了："叫你看路。"
湛冰："你吼什么？"
萧致："……"
他们俩往家里走。到十字路口前萧致转了个方向："我去接萧若。"
萧致到店里看了一圈，发现没人，王月秋也没在，估计逛超市去了。

只有王月秋老公站在柜台旁。萧致客气地叫了声"叔",问出萧若没在后又说:"那我先走了。"

王月秋老公全程反应冷淡,低头看视频,就没怎么抬眼皮。

走了一段路湛冰才说:"他怎么这样?"

"那不很正常?"萧致摇头,若无其事,"王姨平白无故给我和萧若这么多照顾,他呢,肯定就觉得我和萧若是两个吃白食的,懂吧?所以对我们没好脸色。"

"是吗?"湛冰回头看了一眼。

王月秋老公没多大出息,戴着一副眼镜,骨瘦如柴,平时卸货都是王月秋扛,他就在旁边看着。湛冰对他印象很淡,一时不知道该说什么。

上楼梯了萧致才想起件事:"刚才不让你提醒我买水果吗?"

湛冰刚才光想着王月秋老公的事了,说:"我没记住。"

"你记性不是挺好的吗?"萧致笑着说,"这么粗心,以后怎么生活?"

湛冰被这句话噎到了。

萧致推开门,湛冰在背后推着行李箱顶了顶他的小腿,不过萧致却没像平时那么配合地往前走,而是叫了声:"曾阳?"

湛冰从他背后出来,才发现沙发上坐着个男生。

男生穿件很普通的长风衣,头发修剪得较短,体形微胖,脸上有几颗肿胀的痘。他看见萧致,站起身:"你回来了?"

"回来了。"萧致把行李箱推进来,拉着湛冰说,"他是王姨的儿子。"

曾阳笑了下:"我们大学也放寒假了。"

"这是湛冰,我朋友。"萧致说。

曾阳点头:"你好你好。"

"你好……"湛冰没想到王月秋还有个儿子。

萧致转头喊了声萧若,她打开房门,跑出来:"哥!"

萧致:"你在干什么?"

"写作业!"萧若声音脆脆的。

萧致转身时背对着曾阳,眉毛朝萧若轻挑了下,是一个兄妹间心照不宣的小表情。萧若面不改色,说:"那我继续写作业了哦。"

"去。"

萧致回头,坐上沙发,大概安静了几秒问:"你们放寒假了啊?"

曾阳:"对对对,你们也放了吧?"

典型的尬聊。似乎都不知道该说什么了,萧致说:"我现在做晚饭,你要不要留下一起吃?"

"没事没事，我不吃，"曾阳摆手，"我就过来看看房子。"

"嗯。"萧致说，"房子还行吧？"

"是，保持得还行。"曾阳想了几秒，说，"不过你们养宠物了吗？我闻到阳台上有一股味道，那地方好几块地砖都弄脏了，你过来看看？"

"好。"萧致跟着过去。

他俩在阳台上看地砖，湛冰站着不知道该干什么，萧若把门推开一道缝，探头探脑。她张大嘴冲湛冰暗示，挤眉弄眼，感觉不像好话。但湛冰费力辨认了片刻，没看懂。

"差不多就这些，厨房的墙上也沾了些油，还有萧若的房间，她在墙上乱涂乱画，衣服也……"

萧致一直配合，听到这句话看向他："你进了萧若房间？"

曾阳："对，我就看看。"

"她一个女孩子，房间最好还是别随便进。"萧致声音很轻，但足以让曾阳听得一清二楚。

他怔了下，说："好。"然后往门外走，到楼梯口又转头道，"萧致，我跟你说件事啊。"

"好。"萧致跟着走到楼梯附近。

门遮掩了，看不见人，但声音清晰地传过来。

"你妈妈每个月还给你那么点钱吗？"

"嗯。"

"唉，本来你在我们家住了快两年了，我这么说不太好，不过现在我也快大学毕业了，就业压力大，又谈了恋爱。我想的是，如果你手里的钱有富余，房租之类的尽量付一下。"

安静了一会儿。

"我看你好像还有钱出去旅游，你也快18岁了，这房子一直给你们住……怎么说呢，当然我只是一个想法啊，你有钱尽量付一下房租，没有的话……"

楼梯内的冷风吹得人打战。安静后，萧致说："我给你付房租。"

"嗯嗯，也不是我强求你啊。我们这房子两室一厅，租出去一年也要八九千，给你打个对折，四千，你住了两年，就付一年吧。"

"我付两年。"萧致声音低下去，"以后别随便进萧若房间。"

半分钟后，楼梯响起下楼的脚步声。门重新打开，萧致站在门口。

湛冰看了他一会儿，一时没什么话好说。

见曾阳走了，萧若立刻跑出来，刚才还蔫蔫的，现在恢复了生气。

"他来多久了？"萧致问。

萧若："一下午。"

"烦死了吧？"萧致挑眉。

萧若撇嘴："烦死了，还训我不该养小仓鼠。"

萧致拍拍她脑袋："晚饭想吃什么？"

"西红柿鸡蛋面。"萧若撑着椅子，萧致走哪儿她跟到哪儿，拽拽他袖子，"哥哥，外地好不好玩儿？"

"还可以。"

"下次也要带我去！"

"好。"

"耶耶耶！"萧若跑到冰箱边，高兴地拿西红柿和鸡蛋，拿完还恋恋不舍地跟着他问了好几句话，才跑到客厅看电视。

萧致站在厨房，围着围裙，额发垂下几缕，一言不发地切西红柿。

谌冰想了会儿走近："房子不是王姨让你住的吗？"

"嗯？"

"他干这种事，王姨知不知道？"

"应该不知道。"

谌冰有些意外，但不知道该怎么说，舔了下唇："那要不要告诉……她？"

"算了。"萧致说，"曾阳早就想把房子收回去，是我跟萧若无家可归，在这里占着地方，他要房租也应该。"

谌冰沉默了一会儿。

萧致低头切西红柿。他以前过惯了少爷生活，衣来伸手，饭来张口，到这地方这么久了也就只学会了煮面。

厨房开着窗户，冷风吹进来，有点冷。

谌冰想了半天，玩着手机掩饰无措，半晌说："其实，我有钱。"

萧致笑了一声："是，你有钱。"

谌冰在有没有必要维护他自尊心之间纠结了半晌，最后选择放弃："你，要不要？"

萧致斜眼看他。

谌冰不怎么好意思，直直看着萧致，浅色眸底倒映着灯光，没有了平时的冷意，他轻声说："可以全给你。"

切西红柿的手停下了，萧致垂眸看他，低声说："你的钱不是你爸给的吗？"

谌冰点头。

"你还没到18岁,他有养你的义务,所以这钱你用。"萧致摇头,"但我不要,我不喜欢让你不快乐的人。"

谌冰拿着手机,手心有些冷,递出的手势开始僵硬。

萧致吊儿郎当地道:"知道心疼你好兄弟了?"

谌冰:"……"

谌冰抬头看着他,还没说出句完整的话,见萧致双目望着他,扬起一个明快的笑。

他说:"谢谢。"下一句是,"有你这个朋友在,就已经很好了。"

吃过晚饭后,谌冰洗漱完先上床。

萧致在客厅陪萧若看礼物,他给她买了个包装完好的糖画,不过现在化了一半,萧若看得直皱眉。但她还是很开心地发了个QQ空间,配图。

"哥哥买的。"

萧致应付完回卧室,到谌冰旁边坐下,谌冰捂在被子里看了他一会儿:"你是不是初一跟我关系好的?"

"不是。"萧致果断否定。

否定之后,他脸上没什么表情,认真地纠正:"应该是小学五年级。"

谌冰笑了,拍拍身旁的空位:"来坐。"

从刚才起谌冰就想问,现在感觉是问话的好时候:"你还有多少钱?"

萧致点开软件,递给他:"自己看。"

谌冰接过去。萧致现在的存款还买不起以前随便穿的一双鞋,尤其晚上被曾阳宰去了八千元。谌冰看到这笔钱第一反应是不够用:"这么少?"

萧致:"我好累。"

谌冰偏头:"这钱就是给文伟用,他也用不出这两年。"

"对,文伟是出了名的省吃俭用。"

谌冰从来没考虑过钱的问题,对他来说,钱包里的余额就像泉水,永远存在,永不枯竭。他甚至都没有挣钱的概念,但现在,突然很现实地认识到了这个问题。该怎么挣钱?怎么来钱快?怎么才能保证学习时间的同时,养活一家人?

谌冰想了好一会儿,回头拉住了萧致的手腕:"你的陪玩账号呢?"

萧致没太明白:"丢垃圾桶里吃灰,软件早卸载了。"

"现在还能不能继续?"

"能倒是能,"萧致好笑,"你不是不让我玩游戏吗?"

谌冰："你现在可以玩了。"他又加了限定，"就寒假这段时间。"

萧致下载了兼职软件，他跟工会聊几句后，对谌冰说："现在不行，两个赛季没打，没有国标，不值钱了。"

谌冰怔了怔："还有这种？"

"不过，"萧致说，"有别的办法，可以当代练，帮别人上分。"

之前谌冰不太喜欢他打游戏，不过查看了代练的价目表还挺惊讶，段位高价格也高，谌冰想了好一会儿，为生活所迫，说："这也是门手艺。"

萧致偏头看着他，莫名地道："怎么这么搞笑啊你，谌小冰？"

谌冰："？"又开始了是吗？

谌冰催促他："你把游戏下回来。"

萧致打了个呵欠，到应用商店下游戏。他之前在国服的时候认识一些老板，现在上岗当代练，发出消息后很快有人回复。

糖果很甜："真的假的，萧哥，你的职业操守呢？"

糖果很甜有个单子：她卡在高段位48星上不去了，让他帮忙上两颗。

萧致没急着接，打字。

萧z："有段时间没玩了，手生，我先上去练练。"

他登自己的号，进了训练营。后续谌冰不太能看懂，萧致手指在屏幕上很轻地点击，打游戏时很冷静。

谌冰掐着表，等他玩了二十分钟从训练营出来，拿过手机进行设置："我没时间天天监督你玩游戏，在这里设置防沉迷，你不能玩太长时间。"

"好哦。"萧致配合地应了声。

萧致平时脾气不好，但谌冰稍微温和一点，他就很听话。

萧致顿了两秒，说："萧若手机我设置好几个月了，看她聊QQ时间长就关机，免得遇到坏人。你懂的，这个世界很险恶。"

"哈哈哈……"谌冰没忍住笑，"你损不损？"

"我损？你不损？"萧致觉得好笑，用手臂拦住谌冰，免得人太激动滚到床底下去。谌冰平时情绪不怎么波动，但他兴致来了还是笑得肚子都疼。

"好笑吗？好笑吗？！"萧致说，"你别笑了行不行？"

谌冰拒绝地道："不行。"

太好笑了。虽然谌冰也说不出哪里好笑，但就止不住。

"看你笑我也想笑。"萧致抿唇，他还不想失去酷哥这个人设。

谌冰止不住地继续笑。

萧致不觉莞尔，心想这个人吧，生气要哄，太开心了也要哄。

旅行回来的第一晚睡得特别沉，可能是因为旅途疲惫。

谌冰第二天听见闹钟时抬手关掉，身旁萧致已经被惊醒了。

谌冰说："我现在回家。"

"这么早？"萧致说了声，拿起床头的衣服，"我送你。"

谌冰想叫出租车，但这儿附近的司机差不多也就在这块区域转悠，不接目的地太远的单，谌冰转而拎着行李箱去了公交车站台。

大清早有些冷清，去最近的地铁站大概要一个小时。公交车上全是早起去超市抢购的爷爷奶奶，谌冰靠着窗户站稳，看见窗外的萧致穿着件黑色连帽卫衣，在站牌底下寻找他的位置。

谌冰朝他挥了下手："拜拜……"刚要关门那阵，萧致突然往前跨了一步，他手抓着公交车的扶手上来，动作太快，一进来背后车门就"哐"地关上了。

司机吓了一跳："帅哥，注意安全啊！"

"不好意思。"萧致摸出两块钱投进箱子里，目光在车中扫视，最后落到谌冰身上，快步走过来。

公交车摇摇晃晃发动了。谌冰看着他："你干什么？"

"没事儿，"萧致笑了一下，"我想再送送你。"

没等谌冰说出下句话，萧致看向他，目光微动："你行李太沉送送你，而且总觉得让你一个人坐这么久的车，没人陪，会很孤单。"

"什么？"谌冰平时独来独往惯了，乍听见"孤单"这种词还有点儿莫名其妙。

到了地铁站，谌冰拎着行李箱准备下电梯了，萧致站在入口附近，注视他道："你走了？"

"我走了。"

"地铁一路不远吧，"萧致想了几秒，清了清嗓子，"要不……"

谌冰忍着笑："有空我来看你。"

萧致冷冷地道："你最好有空。"

"肯定有的，"谌冰挥手，"拜拜。"

"拜拜。"

萧致也抬起手臂冲他挥了一挥。谌冰看着他直笑，下楼梯时差点被绊倒，随即他感觉萧致脚步往前挪动，似乎打算下来扶他。

隔着很远，谌冰也能看清萧致的表情——"你怕不是有点傻"。

谌冰也觉得自己过于高兴了，脚步都轻飘飘的。

回家途中还不自觉微笑，但他愉快的心情，在到别墅门前时跌入冰点。

车库停着迈巴赫。谌冰下意识攥紧行李箱的拖杆,进门时没看见许蓉的身影,倒是看到了谌重华。他平时公司事情忙碌,其实很少回家,大部分时间在酒店和公司留宿。

谌重华忙着打电话,没对谌冰说话,却做手势让他停着别动。

谌冰站好,谌重华聊完了工作才对他说:"你妈回娘家去了,你外婆生病了。"

好像前几天确实说过这个话题。谌冰对外婆的印象很淡,但有种天然的亲切感,说:"我下午去看外婆。"

"没什么好看的,"谌重华坐回沙发,"那么远,去了你不嫌麻烦?"

谌冰感觉跟他没什么话好说了。

"晚上想吃什么?找厨子给你做。"

"好。"

"你最近要是有空……"谌重华想了好一会儿,皱着眉,话里有几分犹豫,但还是说,"有空,我带你去跟那边阿姨吃个饭。"

谌冰看了他一会儿,说:"算了,我怕跟她当场吵起来。"

"你!"谌重华露出烦躁的表情。

"我上楼了。"谌冰说。

等他走到二楼的走廊,谌重华单手搭着腰,仰头冲他吼:"你别跟你妈学那一套!""砰——"回应谌重华的是一记声音很大的砸门声。

谌重华好像被惊到了,站在原地好一会儿没说话,脸色逐渐变青,嘴唇微微颤动。

谌冰给妈妈打了个电话。

许蓉说:"你也想来看外婆啊?坐车要很久,真的想来吗?"

谌冰说:"想。"

许蓉声音似乎带笑,另一头还有略微苍老的嗓音:"好,外婆跟你说两句。"声音换成了另一个人。

谌冰跟外婆关系不太熟,大部分时间就听她说话,礼貌地回答几句。

"学习好不好?"

"还可以吧。"

"现在长多高了?"

"很高。"

"有没有好好吃饭?"

"有。"

…………

不过外婆最后却说不要他过去探望，怕路途太远，他会辛苦。这让谌冰很不解，为什么大人都这样，想见面却惧路遥，家庭貌合神离却不离婚，宁愿承受痛苦也不愿走出去？

坐车也就几个小时，能够见一面，旅途劳顿算什么？

谌冰躺在床上补了几个小时的觉，醒来时看了下钟表。

下楼时谌重华已经走了。吃完饭，谌冰让司机开车去了外婆的医院。

医院在城市近郊区，发展要落后一些，跟九中附近的环境差不多。谌冰进病房那一瞬间，感觉床上的外婆眼睛都亮了起来。

"乖乖来了。"她很高兴，抓着谌冰的手不住地摩挲。

谌冰犹豫着伸手，也牵了牵外婆。

外婆蓦地笑了，张开双臂："外婆抱一下。"谌冰轻轻抱住她苍老的身躯。

病房里母亲和外婆聊些家长里短。外婆家里都是普通职员，就许蓉一个闺女，许蓉嫁出去后他们可能有些寂寞，转而对邻里的八卦了如指掌。

待到下午七点多，许蓉转头看谌冰："司机还在外面吧？你自己回去。"

"你不回？"

"我照顾你外婆，估计要在这边待一段时间。"

他俩起身走到了病房外。谌冰问："外婆得的什么病？"

许蓉面露苦笑，压低声生怕被外婆听见："食道癌，幸好是早期，这几天要动手术。"

癌症。

"能治好吗？"谌冰问。

"不知道，医生说看情况，恶性的治不好，良性的说不定能拖个十年八年。"

谌冰安静了几秒："是吗？"

"不说了，不说了，"许蓉催促他，"你自己回家吧，你爸最近公司不忙，经常在家，你不要跟他吵架。"

随后的叮咛谌冰一句话都没听进去。

谌冰思绪漫无目的，顺着"癌症"两个字发散，他突然想起，重生前没听说过外婆生病，也没听说她得过什么癌症。

谌冰怔在原地。他甚至清晰地记得高三毕业的升学宴上，外婆穿着件绿色绸衫，逢人就说："这是我外孙，对，我外孙，我的乖乖，九月就去A大读书！厉不厉害？全靠他自己努力，跟我们家长没有任何关系！"

重生前那一世，外婆没生病，但现在，她生病了。

竞赛题目也跟重生前那一世不同，谌冰就隐隐有感觉，好比指在十二点的时针重新调回九点钟，而之前九点到十二点的经历全都被扭曲了。

谌冰轻声说："妈妈。"

许蓉本来打算回病房，又转头道："怎么了？"

谌冰："外婆怎么会生病？"

时间回溯，为什么生病的人会变成外婆呢？

"外婆老了，快70岁了，老了就很容易生病。"许蓉没听懂他的不解，轻轻拉了拉他手腕，"你回家吧。"

谌冰出了医院。

司机吃完饭回到车上，发动引擎。

路上谌冰听到手机响了一声，许蓉发来了一段话："外婆运气很好，医生说她是早期良性，只要通过手术切掉癌变部分，注意护理，说不定还能好好地过十几二十年。不过外婆她身体还有其他的病症，高血压、高血糖，一身的病。像你们现在的年轻人，千万不要熬夜、酗酒、抽烟，你平时学习也不要太累，注意休息。"谌冰心里的阴云散去了不少。

谌冰翻看着朋友圈，看到了谌重华的消息。他似乎在参加酒会，短短几个小时，飞去了祖国的另一端。

谌冰想了一会儿，跟司机说："叔叔，今天不回家了。"

司机："啊？"

车重新停在了街区的楼底下。谌冰看了看表，深夜十点半。

他敲了敲门，门被打开，穿着白色T恤的萧致站在门内，他唇角叼了根棒棒糖，看见谌冰后慢慢开口："这么快就回来了？"

谌冰径直进了房间。

萧若在看电视，是那种古装偶像剧，她不仅自己看还要拉着萧致看，边看边说："哎哎哎，哥哥你错过了刚才的镜头，特别甜特别甜……"

萧致："哦，错过就错过吧。"

"不行，我倒回去给你重新看一遍！你、必、须、看！"她拿遥控器对着屏幕激动地快退。

萧致站在沙发旁，面无表情看主角两人之间互相捏鼻子，敷衍地说："好看。"萧若说："真的好甜呢。"说完，她注意力转回电视，晃着小腿，往嘴里塞了片薯片。

萧致关上门，拉开书桌前的椅子，坐下拈了支笔转着："你说她烦不烦？""还好。"谌冰想了会儿，说，"像极了你逼着别人看你游戏五杀回放的样子。"

安静了几秒，萧致脱口而出："你这张嘴，是不是欠啊你？"

湛冰懒得和他吵，估计吵也吵不过。他俩嘴毒起来都毒。

暂时没有互相伤害的想法，湛冰坐到他旁边的椅子上，想起今晚的事："我外婆生病了。"

"那挺难受，你有空可以去看看她。"

"知道。"

湛冰感觉没什么好说的了，看了眼萧致写的作业："你忙你的。"

他往外走，萧致在背后问："你干什么？"

"我去挑战一下萧若追的电视剧。"

萧致："……"

第二天清早。

萧致还在被窝里，被湛冰的闹钟吵醒，闭着眼睛骂了句。

湛冰拽他衣领："起床了。"

"六点半？"萧致抓他的手，"拜托，现在寒假。"

"起来，出去晨跑一圈就没那么困。"

萧致忍了几秒，特别烦躁："好想跟你断绝兄弟关系。"

湛冰往外走："那我走了。"

萧致："别。"

等湛冰洗漱完了，看见萧致头发略微凌乱，站在门口看他，似乎有很多话想说，但半天只说出一句："没跑啊？"

湛冰："……"

冬天的凌晨六点半，街道上一片冷清。

湛冰说："去那边公园吧，爬到山顶说不定还能看见日出。"

他俩没跑步，而是选择了在清晨散步，越被风吹越精神。

湛冰说的公园离这儿不远，走了十几分钟就到了，但进去后爬山却爬了二三十分钟。站在公园最高处的风雨亭，萧致低头看手机天气："今天阴雨天，没太阳。"

湛冰撑着膝盖盯着城市远处，目光沉沉，听到他这句话后转头看他。

"阴雨天？"

"对，阴雨天。"

湛冰："……"

萧致笑着说："你有病吧，你有病吧，你有病吧。"

湛冰让他说烦了："滚。"

谌冰准备出公园，走了没两步背后响起笑声，萧致半蹲在地上道："谌冰，我怎么就听你话来这儿啊。"

谌冰没想那么多，反正得拉着萧致早起，顺便来公园看日出，不过今天居然下雨，确实很烦人。

不想听他的无情嘲笑，谌冰沿着公园的柏油路往山下走，附近全是高大乔木，树冠垂下浓密的黑影，一个人走在这地方其实有点怕。

谌冰被风吹得有点儿冷，旁边萧致跟上来，拍了拍他肩膀，突然说："谌冰，你看前面是什么？"

谌冰："？"

"那人走路好奇怪，蹦蹦跳跳的，你看见了？"萧致低沉的声音在谌冰耳侧响起。谌冰看了眼他指的地方："没人。"

"有人，他过来了。"

谌冰以为自己没看清，仔细辨认他指的路旁附近，还是一无所有。

但萧致的声音特别真切，还怕被那个人听见似的，说："戴着一顶红帽子。"谌冰："你怎么不说戴着一顶绿帽子？"

萧致还在认真演绎恐怖故事："他的脸很长，类似驴脸，下颌部分全腐烂掉了，露出舌根。好可怕。"

说着好可怕的同时，萧致躲在谌冰身后："谌冰，保护我。"

但他气息丝毫不乱，完全不显得害怕。

谌冰甩开他："我以后要是被你气死了，就穿着红衣服来找你。"

"行。"萧致气定神闲。

"……"

"你可以天天晚上找我做题，我会继承你的遗志。"

谌冰看了他一会儿，眼也不眨："你写作文要是有这种胡编滥造的能力，也不至于就得27分。"

"……"

天刚蒙蒙亮，回家稍微收拾后，萧致到阳台背单词，谌冰拿了本笔记本按时间给他写寒假规划。

一早上过得安静平和，十一点进入午休时间，萧致垂眸看了会儿手机。

"有单子。"

谌冰："你的代练单？"

"对。"他昨天那单没接，现在有空才开始打，谌冰为了不影响他发挥，就坐在旁边陪萧若看电视。

萧若爱好"二次元",感觉是个小宅女,从迪士尼公主到奥特曼她无一不看,无一不了解,谌冰刚被萧若强力推荐了一部古风仙侠剧,正在试图理解男女主修炼的"筑基""辟谷"等级,耳边响起一声暴躁的骂声。

萧致手指敲击屏幕,眉头紧锁,看架势快把手机砸了:"这么菜,你用脚指头打的?"

打游戏这种事情一般来说要经常打才能提高对挫折的耐受性,萧致有一段时间没玩了,现在脾气比较暴躁,一点就炸。

看得出来他为了上星简直使出了看家本领,手速相当快,打完一场队友全是负战绩,他不仅赢了,还硬生生打出60%的伤害。

见萧致直接把手机丢茶几上,谌冰担心他的心理健康:"你没事吧?"

"没事儿,"萧致打完就冷静下来了,"钱难赚。"

谌冰:"……"

萧致接的这个单主是个有名的老板,估计号被制裁了,每一把匹配到的对手都是高手,但队友都相当不靠谱。

萧致打得冒火,扬声器里冒出个男声,对他的急躁很不理解:"啊兄弟,玩游戏,能不能享受一点?"萧致只想快点上分,快打完。

时间接近十一点半,谌冰打开冰箱,里面差不多又空了。

萧致瞥了眼:"点外卖吗?"

"算了,"因为外卖比较贵,谌冰说,"我出去买菜。"

谌冰是个大少爷,说完,果不其然被萧致投以不信任的目光:"买了谁做?"谌冰语气不太确定:"我学一学。"不管办不办得到,先试试。

谌冰准备出门,萧若因刚才他安安静静听自己分享电视剧情而对他好感倍增,急忙穿鞋道:"我陪你去!"

外面下着大雨。谌冰打了把伞,萧若也打着伞,一前一后往超市走。

萧若偏头看他:"中午吃什么?"

"我下软件,搜几个菜。"谌冰滑手机,"一会儿都买点。"

萧若"哦"了一声,随后笑了:"你好好哦。"

谌冰被这句话夸得,一时觉得好笑。

萧若边走边偏头看他,看了好几眼。

谌冰:"你有事?"

萧若挠挠头发,抬头直视他:"你是不是跟我哥彻底和好了?"

谌冰有点儿意外。不过他跟萧致平时就不算很有距离,和萧若离得这么近,她能看出来不稀奇。

谌冰应了声，问："你看出来了？"

"不是，"萧若说，"我哥说的。"

谌冰："……"

萧若叉着腰："我之前还不信，毕竟你一看——"她上下打量了一圈谌冰，"跟我哥不是一路人。"

谌冰听烦了，说："走了，上楼。"

萧若不依不饶地在他身旁蹦跶："是不是我哥先道歉的？"

"……"

"他怎么跟你和好的？"

"……"

谌冰按照菜单挑选食材，萧若跟他背后转来转去："你觉得我哥有什么优点？"

"他除了长得帅还有什么？你不会是同情他，才和他一起玩的吧？"

谌冰："……"这是萧致亲妹妹？

不知道平时萧致在萧若面前是个什么样的形象。

谌冰往筐里丢了大葱，说："不是。你哥人很不错。"

"哦。"

萧若安静了几秒钟，杏眼滴溜溜转："你俩关系有多好啊？"

"……"

"你和他结拜兄弟了吗？"

"……"

谌冰很想说结拜兄弟是不是太"中二"了。

不过萧若真的挺可爱，瞎问了一大堆也没指望谌冰回答，等结账出柜台后，她把谌冰当成了好兄弟："重不重？我帮你提东西。"

她力气小，就拿了一个小袋子。

萧若叽叽喳喳说个没完没了，完了还说："你话好少啊。"

谌冰心想，是吗，难道不是你话太多吗？

萧若探头探脑："平时是不是我哥说话比较多啊？"

不等谌冰回答，萧若已经猜到了答案，幽怨地道："他平时还嫌我话多。"

回家时，萧致正坐在沙发里玩游戏，萧若把手里的蒜丢到他怀里，用力地"呸"了一声，随后转身跑去了自己房间。

萧致目光追逐她的背影："她怎么了？"

"没事。"谌冰转身。

他是第一次做饭，刚到厨房，就看见萧致拿着手机倚在了门口，边手指敲击着边抬眸看他："来真的？"

"真。"

萧致顺手抄起旁边的围裙："给你。"

谌冰系上，尝试着拿起刀具。

萧致心思没在游戏上了，肩膀抵着门，按两下屏幕就抬头看他。

"现在不怕输了？"谌冰问。

萧致笑了起来："不怕，多输几把，你好天天给我做饭。"

谌冰拿手机看教程，边看边学。

萧致打完这把关了手机进厨房帮忙，谌冰动作比较慢，但慢工出细活，切得格外好。

看他平时应该就不像会做菜的，但跟着教程一步不落地起锅烧油、翻炒、放盐，菜出锅时竟然意外地色香味俱全。萧致拿筷子夹了一口，意外地道："真的不错，冰大聪明，干什么都行！"

谌冰没忍住抿了下嘴，停下动作。虽然不会，但教程上什么都有，他要做的只是估计分量，定时翻炒，严格按照流程走而已。

谌冰看他："专心，就算做不好，也不会差太远。"

"那这一道我来。"萧致放下筷子到水龙头下洗手。

换了谌冰在旁边看，萧致做的是一道姜丝瘦肉，刚才菜已经切好了，放油翻炒就行。萧致边看谌冰手里的教程边动手，锅里青烟散尽，盛上来的成品看起来真的很不错，就是尝起来淡了一点点。

虽然他俩取得了不错的成果，但因为动作太慢，吃饭时都快两点钟了。

菜上桌后萧致第一件事是拿手机拍照："我发个朋友圈。"

他刚发完，电话来了。文伟的声音："萧哥，吃饭呢？晚上出来喝茶。"

萧致："没时间。"

"别啊，东街广场特别好玩。"

萧致把手机开了免提放桌上："我忙。"

"忙什么？"文伟打了个呵欠后突然惊慌失措，"你等等啊，我刚起床，我妈砸门了。"

刚起床？萧致看了下时间，确定是下午两点半。

电话没挂，能听见文伟的鬼哭狼嚎："妈！妈！其实我上午就醒了！刚才在睡午觉！"接着是一阵高昂的叫骂声。萧致听得好笑，听到了文伟的窘迫处不仅没挂电话，还把音量调高了一些。

女声大概骂了四五分钟。

声音消失后，响起关门的动静，文伟潇洒不羁的声音与刚才的唯唯诺诺判若两人："好了，不废话，晚上八点钟，等我给你打电话！"电话挂了。

饭快吃完了，傅航电话又来了，第一句话就是幽幽叹气："萧哥，我跟小许天天吵架，感觉快绝交了。真烦啊，我跟你说，就因为昨天晚上打游戏我有个治疗技能没给她，正好我旁边有个队友，她就说我为什么救队友不救她……"

萧致直接挂了电话。

寒假差不多就这样，打游戏的打游戏，社交的社交，睡觉的睡觉，四处玩的四处玩，只有他和湛冰下午做了套物理基础题试卷。

写完开始做晚饭，中午的菜没吃完，重新煮了米饭。

差不多七点以后，湛冰和萧致的手机开始挨个响。

有人打电话催萧致出去喝茶，萧致说："那不行，那不行，我不能去。"但同时又显得比较纠结，透露出一种只要你再努力求求我说不定会答应的姿态。

另一边，湛冰接到文伟的电话："冰神，能不能放萧哥出来玩一会儿？"

湛冰："……"

"前几天你俩不是上外地去了？我们几个兄弟一直想聚一聚，但找不到时间，这不今天有空，你放心啊，我们就喝一会儿茶，保证完好无损把他送回来。"

湛冰握着手机，没说话，视线冷冷地瞥向萧致。

萧致假装事不关己地夹菜。

听出湛冰没有松动的迹象，文伟口干舌燥，继续鼓动："真的，我们就是单纯地唱歌、喝茶，喝点清淡的花茶，要不是看你不爱喝也找你了。绝对把萧哥好好送回来。"

背后响起此起彼伏附和的声音："对啊对啊对啊！"

看来全都等着萧致呢。

湛冰不喜欢这种聚会，主要还是不太喜欢动，说："那你去吧。"

萧致磨蹭了一会儿，说："那我去了。"

他不紧不慢下楼，湛冰还以为这群人在广场上等他，没想到楼底那阵欢呼声都传到楼上来了。

湛冰到窗户看了一眼。萧致慢条斯理下楼，五六个男生蜂拥上来围着他。

文伟吹了声口哨试图拥抱，被萧致抬腿一脚，直接踢得倒退两步。

一群人勾肩搭背沿街道越走越远。

谌冰回了沙发。

萧若转头看他:"你怎么不去玩儿?"

谌冰简单地道:"我不爱动。"

萧若懂得了:"哦。"

过了几分钟,萧若打开了电视机,说:"我再给你讲一下公主和王子的爱情故事好不好?"

谌冰:"……"

这个故事,她中午吃饭时声情并茂讲了一个小时,现在居然还没讲完。

谌冰突然有种应该出门的感觉。

萧若的表达欲极强,尤其在她认定的自家人面前。她桌上放了一堆零食,边嗑瓜子边讲,说话不停嗑瓜子不停,一会儿就嗑了一大堆。

谌冰脸上没什么情绪,背地里,抬手看了无数次表。

"所以,他们最后在一起了。"萧若发出笑声。

"真好。"谌冰干脆利落地起身,"我出去找你哥。"

萧若呆呆地看着他:"我还有个女总裁和小帅哥的故事没讲。"

"回来再听。"谌冰开门径直出去。

快十一点了。

深夜风有些冷,谌冰给萧致发了条消息,萧致没回,只好给文伟发。

他很快回复了地址:"冰神快来!一起摇摆!"

地址不远,谌冰打了辆车过去。越晚这些地方越热闹,KTV的走廊漆黑,谌冰打开了手机手电筒,刚打开门,先听到一阵强劲的音浪。

谌冰用手机往里面照了照,就看见文伟单腿踩在沙发上狂吼,背后还有个兄弟在跳舞。谌冰的光线照得他歌声顿时停止,拿着话筒,发出惊恐的声音:"我以为寻仇的来了……"

背后一阵哄笑。

光线昏暗,陆离的特效灯光照得人脸上花花绿绿。另一边聚着几个人头在斗地主,傅航喊了声:"炸!"

随后,他看见了谌冰,往里侧挪了挪:"萧哥,你同桌来了。"

谌冰正往那边走,虽然闹哄哄的,但他听得一清二楚。

沙发里人影散乱,萧致靠在沙发背上,指间抓着副牌。

看见谌冰,萧致拉了拉谌冰的胳膊,脚步不稳,谌冰坐到了他旁边的位置。萧致丢了牌,凑近他耳侧,迟钝的思绪停留在上一句话。

"老弟?"

谌冰后背出了冷汗:"你清醒一点。"

萧致笑了一声,低头看手里的牌,明明有点儿困倦,出牌却相当清醒:"我也炸了。"

傅航:"你还有炸?"

"我的三个7一直在等你的三个6。"

"这么巧。"

傅航摊牌了:"我还剩一对3,一个Q。"同样剩一对4和一堆废牌的管坤,直接敲他脑壳:"那你怎么敢炸的,你怎么敢的?!"

傅航感觉这游戏没意思:"我不奉陪了。"说完,干脆找文伟合唱。刚才文伟一个人唱歌,就很让人头疼,现在两个人一起唱,耳朵都要爆炸。

谌冰待了一会儿说:"我出去透透气。"

看他不舒服,萧致起身:"那走了吧?"

音乐骤停,文伟回头:"这就走了?你点的歌还没唱。"

"不唱了。"玩游戏玩得太晚,萧致早就困了。

眼看他似乎有点儿发飘,谌冰看了他一眼问:"你没事吧?"

包厢外的走廊漆黑一片,萧致刚说"没事"就踩在了松软的地毯上,往旁边歪歪斜斜地倒过去:"老弟,扶一下。"

"烦不烦?"谌冰往外走,"你自己扶墙。"

萧致只是刚开始腿麻了走路不太稳当,现在调整过来,跟在谌冰身后一两步的距离。虽然感觉他问题不大,但谌冰没忍住,走一会儿又回头看他,看这人是不是还好好地跟在背后。

谌冰打了车。一路上都很安静,萧致变得话少了很多。

上楼梯时,谌冰走在前面,楼道光线昏暗。

他回头,看见萧致站在下面没动,抬起眼皮看他,轻声说:"老弟啊。"

谌冰没理他的发疯,直接回家。

客厅里静悄悄的,萧若已经睡了。

谌冰把萧致拽到房间,关上门,直接往卫生间里牵,拿起莲蓬头:"你给我清醒一点。"

萧致点头接过了莲蓬头,对着脸想也没想"哗啦"冲了起来。

"你不冷吗?"谌冰问。

萧致抬起指尖轻轻擦了下眼角,说:"不冷。"

冲完,萧致往回走,顺便道:"老弟,帮忙接杯水。"

谌冰跟在他背后,怀着惊讶的心情,到客厅倒了杯开水兑了凉水变温后送到萧致面前。萧致喝完重新卧回床上,头发散乱地垂到枕头上,脊背微微弯着,就这么睡了过去。

这几天许蓉陪谌冰的外婆动手术,照顾老人的起居,谌重华也不在家,所以谌冰都待在萧致的家里。大部分时间上午学习,下午学习,晚上一起玩耍和看电影。

转眼临近年关,外婆预计过年后才出院,但不想耽误新春佳节,一定要提前走,许蓉跟她生气,气得掉头收拾包包回了家。

谌冰跟萧致讨论一道题时,突然接到了许蓉的电话。

她先问了问谌冰这段时间在萧致家过得开不开心,有没有给人家添麻烦,然后才说出重点,想谌冰赶紧回家了。

谌冰答应:"那我下午回去。"

距离过年就剩两天了,萧致放下笔瞥他一眼:"你要走了?"

"对。"说实话,在萧致家这段时间过得轻松且快乐,虽然他跟萧致关系好,但总不回去许蓉也该生气了。

萧致没强求:"行,等过了年再说。"

谌冰说:"那我收拾收拾东西。"

谌冰本来以为只有三四件衣服,没想到开了衣柜后发现东西又多又杂,好几件衣服跟萧致的分不清了。

萧致站在门口,看了会儿:"那别带了,反正以后还要带回来。"

谌冰想想也是,放回衣服,就拿了作业回去。

回家的一路上,沿街的树上全挂了彩灯、灯笼、大红横幅,新年的气氛很浓。路面积着一层薄薄的冰雪,混杂着黑灰,车轮轧过去留下一道一道的辙痕。

谌冰回家那会儿,许蓉也开始到处贴红纸、挂灯笼,看见谌冰,她下了折叠梯,语带埋怨:"你还知道回来?"

"他爸妈不在,我没添麻烦。"谌冰下意识辩解。

"不是添不添麻烦的问题,那始终是别人家,住时间长了不好。"

谌冰戴着耳机,许蓉不知道他还跟萧致开着语音,她没听到萧致笑了一声:"也不算别人家。"

谌冰重新摁了下耳机,虽然没明说,但在示意他闭嘴。

许蓉开始闲聊:"他现在住在哪儿?"

谌冰大概说了萧致的情况。

"是吗?"许蓉应声,"他那个妈还真不管啊?"其实她也不是不能理解,为了钱,人能做的坏事可太多了。

谌冰准备上楼,听到许蓉自言自语:"那老萧呢?"

她单纯疑惑,没指望谌冰能知道答案。

谌冰站着,却感觉耳机内没有了声音。

他往楼上走,拧开门,关门,久久没听到萧致说话。

也许在萧致的心里,这是件难以启齿的事情。

谌冰拉开窗帘,转移话题:"回家还有点儿不习惯。"

"那你回来?"

"回不来。"

"……"萧致安静了一会儿,叹气,"你能不能快点儿长大,谌小冰?"

谌冰好笑。

不知他想到什么,声音却迟缓了几秒:"我倒是希望时间过得慢一点。"

和萧致聊完天,谌冰下楼帮许蓉贴东西。

许蓉喜欢热闹,尤其是大红大紫的装饰品,显得异常生动鲜活,虽然经常被谌重华斥为俗气。她大事上不跟他吵架,不过在这些家务事上,却坚持着自己的喜好。

贴完东西快晚上了,谌冰回到房间,手机里大家聊天特别欢腾。

快过年了,班上组建了个小群,在里面发红包,大家为1分钱抢得头破血流,感觉能随时原地约架。萧致也在发红包,谌冰点了点他发的红包,折腾出答案后一看——两毛五。居然还是运气王!

群里开始热烈鼓动。

"运气王发红包!"

谌冰想想发了个200元,没到十秒钟被抢完,底下居然全是一排问号。

"发这么多?"

谌冰随手一发,发完后萧致语音电话就来了。

"你干什么你?"

"我就发个红包。"

"不能这么发,破坏游戏环境了。"

谌冰刚才只是点了萧致的红包,不然不会参与这种无聊的活动,听萧致一席话后问:"那我应该发多少?"

"发个两块吧。"

他们男生那边开始约萧致打游戏,今天的学习任务完成了,谌冰也没拦着:"你去玩儿。"

"算了,"萧致说:"我最近打游戏打得快吐了,登游戏就烦。"他指的恐怕是上分这件事。任何兴趣变成了强制性活动,都会热情减半。

萧致没玩游戏，转而给谌冰打来了视频通话："我俩大眼对小眼吧。"
谌冰好笑："你有病啊？"
"没，"萧致说，"你转个方向，让我看看我好朋友的卧室。"
谌冰忍了几秒，挑眉道："你没睡醒？"
"怎么跟醒不醒扯上关系了，你不是我好朋友？"
谌冰说："不是。"
萧致笑了一声："我发现你这人最近越来越刻薄了。"
"那不是你越来越损了？"
"我就是个正常水平，"萧致看他背后的床铺，"你以前床上不是还有个粉娃娃吗？"
谌冰想了一会儿："你床上才有个粉娃娃。"
"哦，那我记错了。"萧致若无其事，边看他房间边聊东聊西。
过了会儿，他说："明天我要早起，去王姨家帮忙做年夜饭。"
谌冰："嗯？"
"早晨去超市买新鲜的鱼，过年时候超市一般很挤。你知道吧，王姨得忙着在家做菜，曾叔那小身板，还挤不过年过八旬的老太太。"
谌冰好笑："你别损了。"
"没损，就陈述一下客观事实。"
"好，陈述客观事实。"谌冰说，"你明天吃年夜饭了，拍照让我看看。"
"好。"
"明天百词斩也要打卡。"
"过年都要打卡？"
"你一条腿踏进棺材也要打卡。"
萧致安静了一会儿，说："大过年的，你说话还这么缺德？"
谌冰真快被他乐死，看时间不早了，没工夫再闹下去了，说："该睡了，你明天还要早起。"
"行，我睡了，"萧致说，"冰冰晚安。"
听到这个称呼谌冰一秒都忍不了，但萧致很干脆地挂断。
谌冰盯着手机，好笑之余，又有些走神儿。

每家每户吃年夜饭的时间有些不一样，谌冰家里一般晚上吃，萧致随王月秋却是中午吃。
还没到十二点，萧致发了视频过来。
桌上鸡鸭鱼肉俱全，还露了萧若的身影，她正在偷偷吃桌上的炸酥肉。她大概没想到偷吃会被发现，鼓着腮帮子，一脸震惊地跟萧致对视。

谌冰好笑："看来不错？"

萧致说："还行吧。"

随即他又发来一张照片，香菇炖鸡、炸虾、清蒸草鱼，荤的、素的摆了一桌子。王月秋手艺特别好，每一道菜都很精致。照片角落露出王月秋家的窗，贴着红彤彤的"福"字，显得温馨又热闹。

谌冰拿手机打了几个字，想了想，删掉。打字，又删掉。

萧致这边提示"对方正在输入中"，但半天看不到消息，于是发了个问号。谌冰打出了完整的话："我以为过年只有你跟萧若在家煮速冻水饺，过得很凄凉，没想到现在看来还不错。"

如果不是萧致提前说去王月秋家过年，谌冰真就这么认为了。毕竟萧致手艺也不好，菜也做不了几个。他这种家道中落的大少爷，除了维持个人形象的整洁体面，生活上其实没有多少经验。不过幸好，有王月秋在。

谌冰发完这段话等了一会儿，萧致才回复消息。

萧z："还行，除王姨外，感觉两父子对我和萧若没什么好脸色了。"

谌冰打了个问号，打完看到了萧致发的消息。

刚开始接济萧致跟萧若时，面对两个小孩儿，曾叔和曾阳还有恻隐之心，不过慢慢时间长了，发现王月秋总给他俩买东西、送钱，心里开始不舒服。平时见面表面笑，但私底下总说几句风言风语。这些话较真没必要，但听起来又很难受。人情冷暖，萧致算是尝了出来。

谌冰倒是能理解这种情况，打字："那就少来往。"

萧z："不太好，王姨会伤心。"有时候接受别人的好意也很痛苦。

谌冰不知道该说什么，想到萧致在他家强颜欢笑，心里莫名紧绷，非常不舒服。

重生前那一世，谌冰的高中三年里，除了学习很少考虑其他事情，衣食无忧，爸妈吵架一般也会避开他，只要不在家里久住，过得还算是无忧无虑。不止他，他在一中的任何一名同学，高中几年都是被家里竭尽全力支持，尽量让他们全心全意读书。但萧致不一样，让他分心的事情太多了。都是十几岁，为什么他要承受这么多？

谌冰心情低落，一时不知道该说什么。

萧致一会儿又发消息过来："我陪王姨逛街去了。"

吃完年夜饭，一家人再一起出门走走转转。

这个下午萧致转的时间很长，陪王姨逛遍了附近的商场，他审美比王姨的老公、儿子好得多，把她打扮得漂漂亮亮，还带她去理发店烫了个头发。

"笑死了，"萧致发了一段语音过来，"王姨头发硬，烫了后跟那个弯弯曲曲的黑铁丝一样，还是爆炸头效果，烫发板都快烧起来了。"

他这句话声音特别小，明显是背着王月秋吐槽，吐槽完回头若无其事地道："好看，王姨，这个发型特别配你的头型。"

谌冰："你快别损了。"

一下午谌冰就看萧致边逛边直播，什么都能说两句，他懒懒散散卧在沙发里拿着手机看，许蓉直皱眉："你看看你。"

谌冰收了手机，起身。饭菜都好了，谌冰上桌子吃饭。

餐桌上比较安静，因为他们家有个传统，但凡开始说话，不出三句心里就得开始积火。过年有仪式感，大家都很默契地除了吃饭没多废话。

谌冰吃完，和许蓉跟谌重华一块儿去看春晚。

谌冰盯着电视看了十来分钟，频频拿起手机看消息。一条新消息都没有。

谌冰想不到话题，打开了表情包的框。谌冰平时很少用这些东西，今天闲得慌，从上到下全看了一遍，挑出了一个可爱的表情包，点击，发送。

CB："开心。"屏幕上出现一个表情包。

看清楚居然这么可爱后，谌冰想赶快点击撤回。

这时，萧致的消息跳出。

萧z："嗯？"他也发了个表情包。

谌冰没想好该回复什么，萧致消息接二连三发了过来。

萧z："有事吗？"附着一个呆呆的表情包。

萧z："怎么不说话？"附茫然表情包。

谌冰指尖点击键盘，思索后敲下几个字。

CB："萧若，把手机还给你哥。"

萧z："就是我本人，谢谢！"附愤怒表情包。

谌冰怔了一秒，随即不可抑止开始发笑，想打字问他能不能正常点儿，但鬼使神差，又点出了一个表情包。

CB："打你。"这个表情包是一个小人伸出手，往另一个小人头上一敲。

萧z："我错了。"表情包变成了小人哭。

CB："鄙视你！"小人戳头表情包。

萧z："狂晕！"小人两眼发花表情包。

谌冰笑得直接趴到沙发里，指甲差点在布艺沙发上刮出几道痕。

"……"许蓉担心地看向他。

谌重华也没懂平时面无表情、不爱说话的儿子怎么会开心到这种地步。

他俩看谌冰的目光甚是不解。

谌冰轻声咳嗽，调整神色后继续打字。

CB："你现在在干什么？"表情包小人问号。

萧z："刚吃过晚饭。"表情包小人开心。

CB："准备跨年了？"表情包小人期待。

萧z："还早。"表情包小人失落。

CB："哈哈哈……这也太绝了！"

谌冰演不下去了，如果他跟萧致再小几岁，聊天估计就成这样吧。

谌冰起身准备上楼，刚走到楼梯附近，萧致的消息又发了过来。

萧z："冰冰，要不要出来玩？"表情包小人期待。

谌冰看了下时间，现在八点多，一般这种时间许蓉不会允许他出门。

CB："有事？"

萧z："没事，在家待着不无聊吗？"表情包小人兴奋跺脚！

CB："不玩这个了，咱俩好好说话。"

萧z："好哦。"表情包小人样子很乖巧。

CB："你戏瘾是不是止不住？"

反正闲着没事儿，谌冰转头问许蓉："妈，我能不能出去玩？"

果不其然，许蓉皱眉："这么晚了，不安全吧。"

谌重华倒是没意见："他这么大一个男生，没事儿出去走走也行，让司机陪他一起。"许蓉明显不赞成："司机回家过年了。"

谌冰说："没事，我不走多远，一会儿就回来。"

许蓉无奈："是不是又去找萧致？"

谌冰怔了怔，站在原地，手指捏紧了手机。

许蓉一时兴起，收起围裙："你们去河边看烟花吗？要不然妈妈和你一起去？"

"嗯……"谌冰一时不知道怎么拒绝。

"走吧，开车去河边看烟花，当跨年了。"许蓉提议。

谌重华难得心情不错，起身："那我开车。"

谌冰没想到事情会变成这样。他穿好外套，手机消息还在响。

萧z："你出门了吗？"表情包小人跺脚。

萧z："你需要我来接吗？"表情包小人急迫。

萧z："谌冰！"表情包小人大吼。

谌冰找了耳机往门外走，到车库旁时拿手机凑近唇边骂了句："我现在跟我爸妈出去看烟花。再喊，把你放到天上当成烟花。"

好凶。萧致总算决定好好说话了。
萧z:"你爸妈跟你出去看烟花?"
CB:"我也不知道为什么变成这样,可能是新年的仪式感。"
萧z:"地址,发我。"
CB:"你来找我?"
萧z:"嗯。"
从九中那边到这儿远得很,谌冰实在想不到他要花多长时间过来。
他拿着手机不知所措,背后许蓉搭着他肩膀催促:"走吧。"
谌重华发动了汽车,驶出了别墅区。
中心城区注重环境保护,禁止私自鸣放烟花爆竹,但过年时会在公园的河边统一鸣放,彰显节日传统。过年这段时间大概是闲的,晚上出来逛街的人特别多,几乎都是一家人成群结队。公园到处灯火通明,挂满灯笼,张贴红纸,还有卖各种美食的商摊。

天气阴沉,落着碎雪。许蓉跟谌重华两个人走在一起,许蓉一边承受着他的苛责,一边笑着看周围明亮的灯火。

人山人海,空气中飘浮着躁动的热气。谌冰跟在他们身后,左右张望,直到十点钟岸边突然一声爆鸣,飞出绚丽的烟花。

谌冰手指往袖口里缩了缩,垂眸看手机,萧致说要过来后消息就回得很少了,到这一瞬间,突然跳出了新消息。

萧z:"我来了。"
谌冰回头看,在攒动的人影中寻找了半响,没看见人。
他被看烟花的人推挤着往里走,走着走着,就感觉似乎有人跟随着,但暂时却没叫他。

谌冰没回头。直到走到河边时,正前方有人拿着打火机跑到河岸,火光亮起时,伴随着漫天的烟花,萧致话语中带着笑意。

"找到你了。"

第九章
一寸照

谌冰回头看他:"你自己来的?"

萧致示意别的地方。灯光阴影处站着两道高瘦的身影,管坤嘴里咬着根棒棒糖,跟旁边结实的男人说话。

谌冰跟萧致过去,听清了这两个人的聊天内容。

"什么啊?不是说过来看美女吗?怎么是个帅哥?"

管坤搂他肩膀,岔开话题:"一样看,一样看。"

"啥一样看!我驱车两三个小时就是为了看美女。你这种欺骗行为,大过年的确实有些过分。"

管坤直乐。

谌冰看向萧致,他挑了下眉,说:"管坤他表哥,开车载我们过来的。"

联想他说的内容,谌冰愣了愣:"所以你俩……"

"没,"萧致说,"我答应他一件事,看到好看的小姐姐,我去帮他要微信。"

真损啊。谌冰无奈地道:"我跟我爸妈说一声。"

谌重华与许蓉站得比较远,隔着一段距离看烟花。谌冰走近时,他们也看到了萧致。萧致身材本来就高,黑色的羽绒服下摆很长,身形显得更加高挑挺拔。深夜里,他眉眼被灯火映亮,添了一点儿冷峻,似乎要把他仅有的少年气都遮掩过去。

许蓉看怔了,随即回过神。谌重华也有些意外:"这是小致?"

许蓉说:"对啊,帅得认不出来了。"

萧致喊:"谌叔,许姨,新年好。"

"新年好。"谌重华说着,目光打量他,露出惊讶的笑意。

谌冰示意说:"我想跟他去玩一会儿。"

许蓉迟疑地道:"现在这么晚了……"

话里的意思萧致明白,他接过话:"我跟谌冰就在这儿附近,不走远,半个小时就送他回来。"

谌冰扭头看他,萧致轻轻碰了碰他,似乎在说没事。

许蓉放心了,说:"那你们去吧。"

周围人潮拥挤,走出人群后谌冰说:"来回这么久,就出来玩半个小时?""没事儿,"萧致不在意,"反正闲着也无聊。"

他旁边有一棵很大的黄果树,广场附近全是小吃摊、烧烤店。管坤跟他表哥坐在露天的塑料椅上,正点着饮料和零食。

店里有种热饮,喝起来很甜,萧致点了一杯递到他手里。

谌冰捧在手心,问:"你妹妹呢?"

"在家看春晚。"

"放她一个人在家,她不跟你吵架?"

萧致笑着说:"没烦我,让我帮她美言几句,以后好找你辅导作业。"

谌冰笑了:"行吧。"

"还有你的厨艺,也深深打动了她。"萧致说。

谌冰哑口无言,没想到前段时间天天在萧致家煮饭还有这种效果,他笑了:"那我还挺努力。"

"你要是觉得辛苦,"萧致提了个建议,"可以现在翻脸不认可她,她就不得不开始努力讨好你。"

没想到他能说出这种话,谌冰笑了一下:"真是你亲妹妹?"

萧致将中指伸进听装可乐的拉环内,屈指,"砰——"地揭开了罐口,端着可乐喝了两口:"也就一报还一报。"

他俩有一搭没一搭闲扯,旁边管坤那表哥皱着眉。

"我不是过来看美女的吗?"

管坤被他念烦了,递过可乐:"烟花不好看?"

"不是——烟花和美女这两码事啊!"

"那你想怎么样?"

表哥诉求明确:"我要看美女。"

夜出的人不少,隔壁桌正好坐了三个女孩子,都特别漂亮。管坤起身说:"那我帮你去要微信。"

"站住，你去要？"表哥再三确认，表情带着怀疑，"你去要，不直接把她们吓跑吗？"

管坤回头直勾勾看他："我有这么丑？"

"你不是丑。"表哥比画着，解释了下，"你长着一张恶人脸，凶。"

他的暗示很清楚了。

萧致转向他，问："你看我怎么样？"

"你就很合适，长了一张具有迷惑性的脸，没有人能拒绝你。"

萧致抬手，先在谌冰手背上轻轻按了按示意没事，随即拉开座椅起身。

"我帮你问。"

旁桌的女生刚点完东西，冬天穿着及踝的长裙显得很美，她们似乎早就注意到了萧致这边。现在看见他朝这边过来，她们隐约有些兴奋，目光不约而同地乱瞟。萧致走近，视线低垂，不知说了些什么。

女生拿出手机，听到某句话时，视线重新转向了这边，随即收回手机。

萧致往回走。

表哥兴奋不已："怎么样！怎么样！你要了一个，还是三个都要了？"

萧致轻描淡写："一个都没要到。"

表哥："怎么回事？"

表哥："这不是你一个帅哥该说出的话。"

不仅他疑惑，谌冰也意外，他本来觉得几个女孩子可能会给微信，毕竟萧致好看得很，但她们都没给。

"不是。"萧致吊儿郎当地道，"本来她们要给的，但我特意表示不是我要，是替朋友要……"他适当地停顿了下，接着说，"得知那个朋友是你，就不肯给了。"

表哥："……"他足足沉默了半分钟，清醒意识到论帅绝对比不过眼前这位时，抬手指了下谌冰。

谌冰不明所以。

表哥说："要微信的那位朋友其实是他，一会儿别指错了。"

萧致垂眸看了表哥一会儿，摇头："恐怕不太好。"

"我就借力打力，并没有替他要微信的意思。"

"那也不行。"萧致拒绝得很干脆。

他重新坐回椅子里，指尖在谌冰手背上敲了敲："这位兄弟有个哥哥管着，家教也严格，父母不允许早恋。"

"没事儿，我们只要不被他哥哥知道就行，反正哥哥又没在这里。"表哥充满煽动地说。

不过诡异的是,他说完这句话,没有任何人理他。管坤冷漠地看了他两眼,拿起可乐,自顾自喝了起来。

"真的不会让他哥哥知道啊!"表哥大吼。

周围安静,还是没有人理他。

谌冰手里的饮料只喝了寥寥几口,还不到半个小时,手机屏幕亮了,显示许蓉打来了电话,还没接通对面已经挂断。

谌冰看向萧致:"我该回去了。"

"好,我送你。"萧致起身,旁边服务员刚刚才将夜宵上齐。

谌冰问:"你什么时候回去?"

"还早,跟他们坐会儿。"萧致示意河岸边,眼底倒映着幢幢灯火,"十二点整这儿还有烟花,估计看完了再走。"

谌冰"哦"了声,说:"你早点回去。"

"我知道。"他俩一起朝着公园的出口走,这一带他俩小时候经常来玩儿,萧致比他熟。边走,边有一搭没一搭闲聊。

谌冰问:"你过年走亲戚吗?"萧致笑了声:"没什么可走的亲戚。"

倒也是。谌冰突然想起来:"你爸……"他后半截话没继续说。

沿路走了好一会儿,萧致才出声:"我很久没去看他了。"

不知是不是这个话题过于尖锐,谌冰耳后竟然有些烫。

半晌,萧致自言自语似的:"我感觉我有些冷血。"

"为什么?"谌冰偏头看他。

"我知道不是他的错,但我却恨他。"萧致声线很平,"我也不想带萧若看他,觉得去看他除了让萧若自卑、难受之外,没任何意义。"

谌冰不知道该说什么,半晌,摇头:"这不是冷血。"

"不是冷血是什么?"萧致说,"或许我妈也这么觉得。"

不是冷血。谌冰在心里说了几次,他不会安慰人,缩了下手,不知道该怎么说。

深冬的风吹着颈侧,冷飕飕的。

谌冰记起萧致说过的那件事。

燥热的夏天傍晚,别墅里没开冷气,穿着一身厚重裙装的杨晚舟在老萧书房翻找公司印章。她最近太忙了,费老大工夫解决了和老萧的竞争纠纷,如今公司大权在握,她忙着处理一些证据,每天忙得颠三倒四。

萧致考完期末考试回家,将书包丢到沙发里,第一件事不是休息,而是继续和她这段时间的争吵。杨晚舟烦得直接吼他:"你这么恨我就滚!滚出我这里！别当吃里爬外的东西！"

天气炎热，温度却仿佛跌到冰点，寒意森然。

搬走那天，萧致牵着妹妹站在楼底，烈日将路面晒得发软发亮，而接他俩去新家的车辆迟迟没到。家里的用人全被辞退，只有王月秋陪他们等到中午，留下一张写着地址的字条后被丈夫开车接走。

萧致给杨晚舟打电话，打不通。

天气很热，萧若热得脸色苍白："哥哥，我们要不要去谌冰哥哥家里等？"隔壁大门紧闭，萧致说："算了。"

萧若问："那你不和他说再见吗？"

"他在集训，没在家。"

萧致过了一会儿，开口道："也说过再见了。"

萧若站不住，坐到了地上，裙子被弄得很脏。她不敢离开，也不敢去吃饭，怕错过车。萧致频频向隔壁谌冰的房间张望，向道路尽头张望，这段时间他跟杨晚舟的关系破裂，期待慢慢被时间消磨殆尽。

直到深夜，满天星辰。

"妈妈是不是不会来了？"萧若问。

"不知道。"萧致想了会儿，说，"我们走吧。"

"去哪儿？"

"不知道。"

他拎着和萧若的两箱子衣服，吃完饭付钱时，从兜里摸出了王月秋留的字条。到达时已经是凌晨，萧若靠着他睡着，被王月秋抱下了车。

这个地方非常破。萧致说不清自己待了多久才适应这里阴暗蒙尘的环境、大街小巷的喧嚣、隔壁夫妻的争吵、深夜摩托车驶过时急躁的鸣笛，但他慢慢习惯了下来。

王月秋也劝过，跟妈妈能有多大的仇呢，去道歉、服软，说不定就好了。但萧致不知道什么叫服软，他倔，骨头硬。

可能是过年阖家团聚的热闹，让萧致开始怀疑自己，当时为什么非要去指责杨晚舟做的错事，而他本身，到现在对父亲的感情也很淡薄。

萧致冰凉的手指微微蜷缩了一下，不远处，许蓉和谌重华招手呼唤谌冰。萧致冲谌冰抬了抬下颔："你回家吧。"

谌冰没走，重新看了看萧致。

"怎么了？"萧致问。

谌冰想了一会儿，抬手，拍了拍他肩膀。

萧致觉得好笑，垂眸看着他。谌冰说："我走了。"

萧致往回走，回到管坤和他表哥坐着的烧烤摊面前。眼前烟花绽放，眼底五彩缤纷，身旁走过笑逐颜开的路人。

每到这个时候萧致就开始思考人生，把以前到现在的事儿再过一遍，想想自己哪儿错了，想想为什么走到这种地步。

到现在，萧致已经分不清自己对家庭和父辈是个什么观念，有时候恨，觉得就自己跟萧若相依为命就好，有时候又羡慕其他人一家团团圆圆。

他坐在椅子里，把可乐换成了茉莉花茶。

管坤表哥要开车，一点酒都碰不了，也只喝饮料。

旁边，不知道从什么时候起，突然有个播音喇叭在进行新年倒数，音浪回彻整个广场。

"新年倒计时59，58，57，56……"人潮拥挤，整个广场的声音逐渐开始汇集，形成越发统一强劲的音浪，铺天盖地，和着爆竹和烟花的喜庆声响，吵得人耳朵疼，能掩盖一切的悲伤和脆弱。

"10，9，8，7……"耳朵里是倒计时的声音。

"3，2，1。"萧致心里默数。

最后一声。"砰——"烟花爆鸣声比刚才响了一倍，萧致没听见手机的铃声，却感觉到了贴着身侧的振动。

他拿出来看，是谌冰发来的消息。

"愿新年胜旧年。"

"未来一定越来越好。"

"撒花！撒花！撒花！"

"萧哥最棒！"

手机屏幕上的小人表情包疯狂舞动着。萧致眉眼被手机屏幕的荧光映亮，唇角的笑意削弱了脸上自带的那份寒意。

萧致觉得好笑，半响，给谌冰回了条消息。

"新年快乐！"他发了个小人泪目的表情包。

谌冰直接打电话来了，但他这边烟花太响听不清，只能听到断断续续的喊声："能不能别叫……幼稚……语录？"

幼稚吗？萧致不这样觉得。

他配合地问："那我该叫什么？"

等了半响，对面发来张截图，是他俩刚才的聊天记录，粗略一看并没有什么奇特，仔细看才发现端倪：谌冰给自己的备注是"萧坚强"。

萧致愣了一秒，直接打字："什么东西？！"

这个昵称也太土了！萧致眉头微皱，不太清楚是不是这段时间谌冰跟自己、同学相处，性格中最"高冷"的部分变少了，开始接地气了。

不过下一瞬间，谌冰消息又发来了。

CB："这个备注，蕴含着我对你的美好祝愿。"

萧致马上回复："不如我也祝愿你一个？"

谌冰："……"

他倒是很不客气地回了。

CB："行啊。"

萧z："那你有什么愿望？"

问完，萧致等了一会儿。

旁边管坤表哥要大喝一杯庆祝新年，拿起可乐喝出了拉菲的意思，单腿踩上椅子，冲萧致豪气干云吼了一声："希望新年我能找到女朋友！"

茶水倒入喉咙，萧致放下水杯，指尖蹭了下嘴边，重新看向手机发来的那条消息。

CB："你可以把我的备注改为……"

CB："谌健康。"

萧致："……"

萧致拨了电话过去："谌健康？"

"谌健康要规律作息，现在准备睡觉了。"谌冰说。

萧致笑了会儿："行，你睡。"

"萧坚强呢？"谌冰问。

"萧坚强再玩儿一会儿就回家，"萧致低声回复，"报告完毕。"

"行，"谌冰不跟他闹了，"那我先挂电话，你回家了给我发个视频，我检查。"

"好。"

电话挂断。

凌晨的公园热闹了很长一段时间，渐渐等到人烟散去，萧致起身："走吧。"

"行，等等，我去开车。"表哥直叹气，"今天看来是无功而返。"

"你——"管坤看他那副德行，"没出息。"

"你懂什么。"表哥回了他一句。

管坤笑了声："上次你妈不是安排你相亲了？"

"那不行，现在婚姻自由，我不能接受父母的安排。"表哥上车，打着方向盘，开始沿路倒车出去。

管坤坐副驾驶，萧致坐后排，半垂着眼皮听他们聊天，直打瞌睡。

表哥心态还可以，一路哼着小曲儿，把车窗开到最低，音响里放出一首首响彻大街的动感歌曲，音乐相当有韵律感。

萧致都笑了："表哥品位可以啊。"

"还行吧，"表哥瞟了眼，肩膀抖起来了，"经典抖腿神曲，妈妈问我为什么我的腿会自己跳舞。"表哥边说边左右动起来，管坤配合伸缩脖子，跟搞笑电影里的甩头二人组差不多。

萧致往后靠了靠，免得自己被误以为跟他俩一伙儿。

一路一边走一边闲聊，晚上车辆不少，驶出主城区的大道上堵得水泄不通，表哥探出脑袋往前后看了看："这么堵？这群人都不回家过年的吗？"

"不知道怎么回事儿。"管坤也说。

"前面是撞车了吧？大年初一，开门红啊这是。"

表哥放慢了车速，等看看前面到底是堵车还是出了事故，没留神背后一阵闪光，回头看见疾驰而来的车辆，嘴里一声"我……"话还没说完，"砰"的一声巨响之后车辆猛烈地晃了晃。

萧致视线陷入模糊，身体前倾，膝盖抵上了前座后的针织盖布，额头好像被什么东西狠狠打了一下。"砰！"汽车轮胎在旁边花坛里陷进去一大截，后轮还在旋转，萧致很快回过神儿，听到前座的痛叫。

"哐……"管坤的脑袋几乎撞破了旁边的车窗玻璃，怒吼，"有病啊！"

他情况比较严重，表哥"哐"了声，打开车门要看看是谁追尾。

表哥身强体壮，跟管坤一个模子刻出来的凶神恶煞。后备厢陷进去半截，追尾的是一辆酒红色的宝马。表哥骂骂咧咧敲开车门，拽着衣领直接把那个中年胖男人拽了出来："你会不会开车！"

"不好意思。"对方说话时酒气扑面而来。

萧致缓了三四秒从车上下来，到前座查看管坤的伤势。车玻璃被撞得龟裂，萧致吓了一跳："没事儿吧？"

管坤形容不出自己的感觉："我头铁，也没这么铁吧？"

他还能说笑话，萧致松了口气，拿手机开始打电话。他这边跟医院说一句，背后表哥就粗声粗气地骂一句："会不会开车？！"

"你眼睛没用是吧？路边找颗灯泡塞进去都比你眼睛看得清楚！"

"……"

吵吵嚷嚷，那司机显然是吃年夜饭时喝高了酒驾，被管坤表哥吓得一句话都不敢说，连连道歉。

"你驾照今天必须吊销了，不吊销我以后再也不开车。"表哥抬腿用力踢了脚车盖，回到前座查看管坤的伤势。

大过年的，都没想到能这样。管坤捂着额头上的包，问："见血了吗，萧哥？"

"没血。"

管坤扭曲地笑了："车玻璃都撞裂了，还没流血？"

萧致看着，给他比画了下："青肿的地方鸡蛋那么大一块。"

管坤疼得都没力气冲司机吼，抬手向他竖了个大拇指。

救护车跟交警队都到了，表哥不愧是老江湖，换了凄苦的表情在交警面前一把鼻涕一把泪地诉说。萧致说："那我先带他去医院。"

管坤也没多大的事儿，就额头肿了个包要检查，刚到路上表哥消息就来了："你顺便做个全身检查，免得落下病根。"

管坤上一秒还在护士姐姐面前拗硬汉造型，下一秒顿时浑身不舒服、要检查、要吃药，把萧致看得直乐。

"真有你的。"

男生都比较没心没肺，不太在意伤口的疼痛。

趁着排队，管坤特意对额头的大包拍了照，换作文伟估计得写300字小作文叙述今晚惊险经历，但管坤嘴比较笨，又特别想装出一副大难不死后风轻云淡的模样，只简单发了几个字。

"新年第一个'惊喜'居然是车祸。"配图是他额头的青肿大包。

萧致坐在他旁边，也感觉今晚的经历挺奇特。

闹到凌晨三四点管坤表哥才处理了车的事情过来，边走边骂："真不要命，他不要命我还要命，喝了一瓶啤酒敢到大马路上开车！怎么胆子这么大呢？"

管坤还在做检查，他坐下刚想点根烟，就被旁边护士斥责了。

他点头哈腰说"对不起"，看了下萧致道："今晚估计回不去了。"

"没事儿。"

"你困不困啊？"

"我不困。"

"你要是困就眯会儿，我有事叫你。"

萧致本来还觉得不困，不过跟到凌晨后感觉脑子里晕得很，就在等候椅旁边坐下了。旁边电视机在放春晚的重播，喜气洋洋，不过他现在却在医院连觉都睡不了。手机只剩20%的电，一觉睡过去醒来是七点多，刚点进去就显示电量过低。

微信上，谌冰6：30发了条消息。

CB："我醒了。"

6:35，一条消息。

CB："起床。"

6:50，三条消息。

CB："估计你还没醒。"

CB："昨天几点到家的？"

CB："你的视频呢？"

萧致刚打算回消息，手机屏幕一黑，直接没电关机。

萧致把手机揣进了兜里。

管坤额头上缠着纱布，满脸困倦地坐到萧致身旁："我困死了。"

"事儿完了？"

"没完，"管坤示意旁边，"我哥在做检查，你要不要也做一个？"

萧致眼皮跳了下："算了。"

"别客气啊。"

"你替谁说别客气？"

"这人，给他提个醒吧。"管坤抓了抓头发，无所谓地道，"亏得我们福大命大，要是我的头再脆弱一点儿，他这次就不止赔几千了。"

"行，还得感谢你。"

管坤"嘿嘿"笑了两声。他拿手机刷消息，昨天的朋友圈底下果然一派惊讶担忧，点赞数比以前多了好多。

"小坤哥，人没事儿吧？"

"你这个包很别致……"

"天啊天啊天啊，太惊险了，你们在哪家医院？"

管坤这种年轻人有虚荣心，明明没多大屁事，却专门挑了其中问候最迫切的那条评论回复："唉，不说了。"

模棱两可的回复。伤情可重可不重，全凭看客理解。

萧致起身："饿不饿？我去给你买点儿吃的。"

"不用。"

"你不饿我还饿。"

萧致往大厅外走："走了。"

医院门外的早餐店很多，萧致随便找了家店，吃完习惯性摸手机看时间，才想起早就没电了。幸好衣兜里还有十几块钱。

萧致结账后回医院，看见大厅里一道高挑的身影。

湛冰不知道什么时候来的，棕色羽绒服领口遮着他尖尖的下颌，脸色有点儿白，感觉是匆忙赶过来的，在那儿直喘气。

看到萧致，谌冰眼中带着些慌张，不过仅仅是为这事儿感到害怕吗？

他挑眉道："你怎么来了？"

"……"谌冰说不出话。

谌冰真的快吓死了。早上给萧致发消息不回，谌冰无聊看了下朋友圈，刷到管坤那条似是而非的言论——"新年第一个'惊喜'居然是车祸""唉，不说了"和额头上罕见的大包。

谌冰看见"车祸"两个字就紧张，何况给萧致打电话还打不通，赶紧问了管坤在哪家医院后就打车过来。萧致没在，他还以为人在重症监护室，没想到管坤轻飘飘一句："萧哥？他吃饭去了。"

谌冰等了一会儿，直等到萧致回来。

萧致没当回事儿，拉着谌冰坐下："我没事儿，除了膝盖有点儿疼，现在早好了。"谌冰坐在原地，脸色没从苍白中恢复血色，而是直勾勾看着萧致，像丢魂似的。

旁边表哥拿着检查单过来，还打算去查查谢顶的原因，过来跟萧致和管坤说话："你俩急着回家就先走吧，我再想想哪儿没检查。"

管坤直笑："你积点德。"

萧致准备起身，察觉小腿被轻轻踢了踢。

萧致偏头，见谌冰有些执拗地看着他，唇色发白："为什么会这样？"

谌冰手指的温度很低，冷得像冰块。一阵沉默。

萧致莫名笑了下："吓坏了？"

谌冰："嗯。"

"胆子这么小？"不经意的一句话。

谌冰眸底蒙了层寒意，看着他，眼皮轻轻跳了下，随即转身看向别的地方。他没说话，也没多大的动静，只是位置朝旁边挪了挪。

不过萧致看出了端倪，谌冰可能被这句话气到了。

萧致问："生气了？"

"没生气。"谌冰吐字清晰利落，"我就是吃饱了撑的，故意在你面前拉着脸。"他转过来，认真说，"你看我脸拉得长不长？"

谌冰这句话本来的意思是：我就生气了，你少说显而易见的废话。

但由于过于阴阳怪气，萧致偏头看了他一会儿，唇角不觉挑了点儿弧度，刚露出笑意，谌冰"眼刀"就出来了："你还笑？"

他直直看着萧致时带着一点儿寒气，看起来挺冷淡的，但萧致太清楚谌冰这小脾气的威力，只要生气不是太严重，其实都挺容易和好。

医院早晨人多，萧致不敢再招惹他，懒洋洋问起别的话题："什么时候回家？"

"关你什么事？"

"我就问问。"萧致息事宁人。

谌冰等了一会儿，大概不想计较了，说："不知道，我爸妈出去应酬，我不想去。"

"所以，有空？"

谌冰："有事儿？"

"没事儿。"萧致回答得轻描淡写。

过了一会儿，他说："就想着你有空可以来我家，如果我出现了什么问题，你可以照顾我。"

谌冰："……"

萧致安静了几秒钟，没当回事儿，继续刚才的话题："你来不来？"

谌冰垂着视线，感觉跟这人说话都来气。

下一秒，椅腿被踹了踹，萧致轻轻笑了声："问你呢？"

谌冰脸上浮动着焦躁，不知道怎么拒绝他。

半响，他视线平直，声音冷淡："你早晚气死我。"

因为昨晚熬夜睡得少，萧致一上地铁就闭上了双眼。

"你睡，到地方了我叫你。"谌冰说。

地铁内人不少，幸好找到了座位。

萧致眼睛合拢，能看清双眼皮的褶皱，平时他的眼神会略显得冷厉，不过此时闭上双眼冷意却褪去了。谌冰看着他，不得不承认萧致这脸长得是真不错，走在大街上回头率很高。

地铁有轻微的摇晃，萧致坐着不太稳，脑袋搁在了他肩膀上。

谌冰："……"

出地铁后还要坐出租车。萧致上出租车还接着睡，不过到家后第一件事不是倒到床上，而是拉开衣柜："我洗个澡，头发被压乱了。"

谌冰看他："帅哥的自我修养？"

"对，"萧致笑了一声，"校内读书人，校外都市靓仔。"

他去洗澡，谌冰待了会儿，发现萧若没在。

谌冰开电视随便挑了个节目看，没多久听到敲门声。打开门，他看见王月秋站在外面。

她左手牵着萧若，右手提了个很大的袋子，里面全装着蔬菜、水果、肉类，看见谌冰后有些意外，随即笑起来："冰少爷，大过年就来了？"

按理说，大年初一就往人家里跑，确实不太好。

谌冰应了声，萧若绕过他往里走，一边开心地问："我哥是不是回来了？"

"回来了。"

萧若心情不错的样子，蹦蹦跳跳往他卧室里跑，随后猜到在卫生间，抬手直捶门："哥哥哥！"

"怎么了？"萧致的声音夹杂在水声中，很模糊。

"没事儿，"萧若叉腰，镇定地说，"我敲着玩儿呢。"

门内安静了两秒，传出一声——"滚！"

萧若掉头出来了。

谌冰没有兄弟姐妹，看着他俩日常互相斗嘴真的觉得好笑，王月秋正朝冰箱里塞东西："我明天开始走亲戚，要回娘家住几天，先买点东西过来，免得这两兄妹不好好吃东西。"

谌冰应声，站在一旁。

王月秋回头问萧若："若若，要不要跟王姨走亲戚，去看看外婆？"

萧若放下了手里的电视遥控器。

她似乎有兴趣，不过想了想说："哥哥去我就去。"

"那算了，"王月秋笑道，"你哥肯定不去，他最烦走亲戚。"

王月秋去阳台收了衣服，坐在沙发上一件一件叠好，又收拾了屋子。

谌冰看着她忙，想起前两天的事情。

曾阳找萧致要8000块钱，可能没告诉她，她现在还蒙在鼓里。

谌冰不太能理解这种家庭关系，不过自己家的关系也不太好，既然不解，就当不知道吧。

萧致洗完澡开门出来了。他早听见了王姨的声音，穿着件白色短袖T恤走过来，坐在沙发上挨着她，懒洋洋地说："姨，给你拜年。"

"你这么大，我就不给你红包了。"不过王月秋边笑，边从兜里摸出了一封红包。

萧致："我不要。"

"拿着吧，"王姨说，"你上学期期末成绩不错，我还没给你发红包。"

"行，谢谢王姨。"

萧致收了红包，转向谌冰："你呢？"

谌冰："？"

"拜年。"

谌冰平时跟亲戚关系冷淡，听到这句话，才略有些无措地转向王月秋：

"王姨,给你拜年。"

王月秋将红包放到他手里:"拿着吧。"

轻飘飘的一封红包。谌冰接过去,手有些不知道该怎么放:"谢谢。"

"今天来对了。"萧致总算找到机会,"得了红包。"

本来就是调侃,王月秋笑着,回头打量他见他只穿了一件T恤,问:"你不冷?"

"我不冷。"

"你是火娃吗?"王月秋絮絮叨叨的,去找了件羽绒服过来,"快穿上。"

坐着聊了没多久,王月秋要忙店里的事情,很快就走了。

萧若把红包拿出来,拆开,开心地道:"300!"

说完分成两份,自己留100,递给萧致200:"给你,补贴家用!"

萧致眸光闪动,笑了一下。

他接过来,指间摩挲着钞票,声音很低:"行,补贴家用。"

他过了一会儿又说:"算我借你的。"

萧若:"啊?"

萧致声音里含着别的情绪:"等高中毕业,我就还给你。"

"好。"虽然不懂为什么是高中毕业,但萧若还是点了点头。一会儿她手机响了,神色似乎有些紧张,飞快溜进了卧室。

很快她换了身衣服出来,冲萧致报备,眼眸转了转:"哥,我朋友找我,我出去玩一会儿。"

萧致瞥她一眼:"是女同学?"

萧若觉得索然无味:"我先走了。"她关门出去。

谌冰撕开红包的封条,取出钞票,发现里面是1000元。

而萧致红包里的金额是300元,谌冰不解:"为什么我这么多?"

萧致不假思索,来了句:"估计第一次给你红包。"

谌冰把钱拍到他怀里:"我不要,给你。"

"我也不要。"萧致说。

谌冰就硬往他怀里塞,萧致边说"别啊",边用手撑着沙发后退,谌冰有些不耐烦,直接伸手拉着他的T恤把人拽了回来。

萧致T恤领口偏圆,被扯开后露出一截瘦削的锁骨,谌冰折起1000元现钞塞进了他的领子。塞完,还在他胸口拍了拍。这个动作谌冰一气呵成。

"你……"

谌冰抬头,见萧致喉头滚了滚,似乎有话要说。他手指先钩着领口拽了拽,抖出塞进去的10张钞票,接着皱起眉,看着自己的神色十分复杂。

谌冰："？"

"你有没有听过一句话，"萧致想了一会儿，"蹴尔而与之，乞人不屑也？"

"你往我衣服里塞，"适时停顿后，萧致唇角扯起，"是不是太不尊重我了？"

谌冰："意思我给你钱还得求你是吧。"

萧致点头："嗯，对，更何况无事献殷勤，非奸即盗。"

谌冰在继续忍受萧致的胡言乱语和收回好心之间思索几秒后，齿间溢出句"那我不给了"，试图取回自己的钱。

不过他手刚伸向萧致，萧致就躲开了。

萧致声音漫不经心："不行，给了不退。"

谌冰真被他逗得没脾气，没忍住笑了："你厉害。"

谌冰在萧致家待的时间不长。萧致去补觉了，谌冰本来打算等他醒了再走，不过临时接到许蓉的电话，通知他回去见亲戚。

谌冰走到萧致床边，见他睡得熟，手臂放在被子上，谌冰将被子小心地给他重新盖上。好笑之余，谌冰把放在桌上的1000元钱拿过来，放在他枕头边。谌冰转身开门出去。

以前离开都有萧致送，今天自己走，感觉确实有点儿冷清。谌冰打算到车流量大的十字路口打车，突然看见街道另一头停着一辆豪车。

这辆豪车几乎与周围环境格格不入，车窗半开，前座是女性的侧脸。谌冰打算走，突然这张脸跟记忆里的杨晚舟开始重合。谌冰站在了原地，也就是这一瞬间，后车门打开了。萧若从车上下来，杨晚舟也从车上下来。

她往萧若手里递东西，萧若背着手后退，明显不肯要。

杨晚舟没强求，笑了笑，摸她的额头。

她们说了会儿话，萧若抬手说"拜拜"，往家那边走了过去。

直到萧若的身影消失在尽头，杨晚舟才重新上车。

谌冰看着眼前川流不息的车辆，抿唇，一时不知道怎样看待这件事。

萧若跟杨晚舟见面，看样子应该没让萧致知道。为什么不让他知道？

谌冰清楚萧致跟杨晚舟之间的矛盾，他和萧若得不容易，他懂事早，所以恨她。他要是知道的话可能会生气。

但是，现在自己看见了，应不应该告诉萧致？

谌冰第一反应是给萧致发消息。不过他想了会儿，冷静下来。萧若为什么不能跟妈妈见面呢？没有理由阻止她。谌冰打算找时间先问问萧若。

不过直到大年初七，谌冰才有空出来。

这时候亲戚都走完了,同学们在班级小群里约饭,文伟是最踊跃的发起者:"兄弟们!兄弟们!聚餐,聚餐,聚餐!干饭,干饭,干饭!"

谌冰早晨出发,上午到萧致家里,刚抬手敲门,门打开后对面是管坤。管坤额头伤好了,不过留下一道疤痕,看见谌冰点了下头。

谌冰也点头,进去后先听见一阵叫声:"冲冲冲!放技能!"

一声比一声激昂,不知道的以为在干什么,其实在打游戏。

萧致坐在稍远的位置,看书也看不进去,就坐在那儿背单词。

谌冰走过去,坐下:"这么热闹?"

"还行。"

谌冰想起什么,左右看了一圈:"萧若呢?"

"王姨店里。"

"是吗?"

"你找她?"

"嗯。"虽然如此,谌冰也没说有什么事儿。

萧致偏头:"那要不要现在下去?"

眼看他准备动身,谌冰摇头:"没必要。"

中午一群大男生出去吃饭,萧若肯定不来,路过超市时谌冰往里望了一眼,萧若笑嘻嘻跑出来拽萧致的衣服,完全不理其他"大哥哥"的盛情邀请,拽完萧致衣服转身就跑了。

文伟看着她背影,说道:"萧哥,你妹长得挺好看的。"

萧致:"滚。"

"你这个人对妹妹的保护欲超级强!"文伟晃着手指萧致,就这么十来天不见吧,感觉他过年吃肥了十多斤,手指都比以前圆润。

萧致没理他。

大家一起往饭店里走,许久不见,很热闹,边走边互相推打。

谌冰走得靠后,思来想去碰了下萧致的胳膊:"我能不能要萧若的QQ?"

萧致给他看了一眼萧若的QQ号,谌冰扫了眼号码记住,开始搜索。萧若的头像是一个动漫小猪,特别可爱,背景图顶着萧致猫沙发里玩手机的照片,似乎还精心加了个滤镜。

照片头上打了一排大字"长得没我哥帅,就别来烦我"。

这种感觉隐约让谌冰产生熟悉感,他瞥了眼萧致:"萧若自己修的图?"

萧致坦然承认自己的行为:"我修的,还是我挂的。"

算了。谌冰想想萧致说得不无道理,决定暂时不评价他的离谱操作。

谌冰重回页面,点击申请加好友,屏幕切换后跳出三个问题——

"你是谁？"

"从哪里得知我的联系方式？"

"找我什么事？"

谌冰指尖点击屏幕，萧致在旁边看着，一时不知道怎么回答，先把手机揣进了兜里："算了，过会儿再加。"

他们一起到了店里。大家好久不见，边喝可乐边唠嗑，对着管坤额头上的伤痕没有表达关怀，而是发出一阵嘲笑："哈哈哈，我坤哥厉害，车撞成那样，人居然还没事儿。这疤很有个性，我先敬你一杯！"

他们喝饮料，谌冰低头摁亮了手机，又熄灭。

大家三句话不离调侃，调侃完管坤开始调侃萧致，虽然谌冰朋友一直比较少，但也能看出来，萧致跟这群"中二"少年在一起玩得挺开心。

偶尔有一些庸俗的话题，文伟也很快示意大家打住："好了，冰神还在这儿坐着呢。不要带坏我们的'学神'。"

虽然如此，谌冰也不知道该怎么开口，慢慢觉得有些好笑。

他们吃完了还要去 KTV 里疯，文伟直接在班级群里开启群通话，挨个邀请，后面来了几个女生后那气氛顿时都不一样了。

本来 KTV 里鬼哭狼嚎，人家女生一过来，男生个个开始装内敛、装稳重，话筒递到嘴边都得谦虚地挪开："罢了，罢了，歌艺不佳，就不丢人现眼了。"就连文伟这种脸皮厚的家伙，厚着脸皮接过话筒，一发现是跟女生对唱，吓得直接往包间外跑："我不行，不可以！"

女生们唱歌时，文伟和管坤跟着拍手打节奏，完全没有了最开始唱歌的样子。唱到后面几个女生不好意思唱了，话筒递回来，中间一直空着。

文伟在那儿点歌，使劲儿撺掇："傅航，你来一首？"

"我不行我不行。"

"班长，你呢？"

"啊这，我就算了吧？"

大家吵来吵去。文伟像个主持人，正在努力活跃气氛。谌冰一直坐在旁边看戏，倒是突然想起初中时的萧致多才多艺，于是撞了撞他小臂。

"你来一首？"

萧致本来没什么兴趣，被他催促，打起精神拿起了桌上的另一个话筒："想听什么？"

他话音未落，场面瞬间爆炸！众所周知，酷哥从不唱歌，如果唱歌还很好听，就会损害酷哥的冷漠感。

文伟直接呼喊："您就来一首'正月里来迎春花儿开'吧？"

KTV 里光线昏暗，彩灯变幻着颜色。

萧致抿唇，想等包厢里安静下来，但不仅没等到，耳边还越来越吵，他拿稳了话筒："闭嘴，蹬鼻子上脸了？"

他又说："没问你们。"目光转向湛冰，重复一次，"你想听什么？"

湛冰没想到话头重新回到自己身上，他平时听歌不太多，想了会儿："你自己唱。"

萧致到点歌台边，低头操作了半晌。

伴奏响起那一瞬间，几个女生发出了轻呼。

文伟皱眉："萧哥，你难道不应该唱那种很有节奏感的 rap（说唱）之类的快歌吗？怎么是慢节奏的歌？"他刚说完就被后面的女生捂嘴拽了回去。

萧致选的这首歌前奏很温和，让人联想到夏天傍晚天空尽头的晚霞，燥热的风吹拂着。萧致音色是真好，学过声乐知道怎么运用技巧，比起其他男生扯开喉咙一阵嘶吼，他唱得有层次感，也更有感情。

等唱完，萧致没回头听欢呼，而是若无其事坐回沙发上。

萧致自己先问了："还行？"

"倒不是还行……"湛冰说着，故意停顿了一秒。

萧致怔了怔，没想到是这个回答，意外地抬了抬眉："我的歌技居然退步了？"湛冰好笑，纠正："不是还行，是很棒。帅气的外表下隐藏着能歌善舞的灵魂。"

"谬赞了，"萧致还假装谦虚起来，"这只不过是让大家开心的小手段罢了。"湛冰直接笑了："土死了。"

好神奇，这种"土味梗"湛冰发现自己竟然能懂。

笑着笑着，萧致心里也开心了起来。

唱完歌已经晚上八九点，得赶快回家了。

服务员在门口敲门提醒了时间，文伟起身说："那我们走吧。对了……"他到现在才想起一个严肃的问题，"你们寒假作业写完没有？"全场安静了两三秒。接着，所有人当没听见似的纷纷摇头："走了走了。"

"不要在开开心心的时候说败兴的话。"

"你应该很清楚我们不是写作业那种人。"

文伟直接竖大拇指："牛还是你们牛，我这几天回家尽量赶点儿吧，不然陆老头收不齐作业又要生气了。"

他们调笑后注意力转向萧致："萧哥，作业写完了？"

摆明了是调侃，毕竟萧致以前别说写作业，直接把作业本丢垃圾桶的事情都干过，不过萧致无所谓地应了声："年级第三，怎么能不写作业？"

"哈哈哈哈，膨胀了！"

萧致抬手往文伟后脑一拍："走吧你。"

"等等，我去下卫生间。"文伟往里侧走。

KTV外面是一条大街，围着蓝色的铁皮，萧致等了几分钟，没等到文伟，倒是看到前面过来五六个穿小西装、紧身裤的青年。

KTV这一带，时常盘踞着无业青年，发生过好几起盗窃、伤人的案子。看到这伙人，大伙儿下意识往旁边让了让。

这群人后面，张自鸣露出一张脸，额头中间还长着那几颗似乎永远不会消退的青春痘，喊了声："哎哟，我萧哥！"

那几个"紧身裤"全回头看，他们全是一副玩世不恭的神色，头发五颜六色，长得较为干瘦，有些发育不良，但眉眼又特别凶。

萧致有段时间没跟张自鸣相处了，就"嗯"了声。

张自鸣在班上不被待见的原因相当简单——暴力倾向、情绪不稳定、做事出格、有点儿癫狂，从之前考试作弊那事儿后萧致就没理过他。

张自鸣瞪大眼，不记仇似的，热情地招呼："玩儿去？"

"我要走了。"

"好，"张自鸣笑了，"那以后一起玩儿。"

萧致脸偏向了另一侧。

他冷言冷语，张自鸣还不介意，笑嘻嘻揽着他几个兄弟往里走。文伟正好从走廊出来，走廊空间狭窄，他还没来得及往旁边让，张自鸣一抬胳膊把他掀到了墙上。

后背撞到墙上发出"砰"的一声，文伟当场怔住："你有病啊？"

张自鸣嬉皮笑脸："你挡我哥路了，不好意思。"

"……"文伟满脸莫名其妙。

文伟性格一直比较谨慎，看对方的架势不好惹，保持着迷茫又警惕的表情出来，回头道："这人感觉脑子不正常。"

"人没事儿吧？"管坤问。

"没事儿。"

管坤摇头，说："别理他了，这种疯子离得越远越好，那群人……"他瘪了下嘴，"我表哥认识，说了不是什么好东西。"话里有些唏嘘。

文伟边走边回头，挠着头发："我也觉得一个学生跟社会人走太近不好。那些社会不良人士，成天打架惹是生非。"

"你管他？"管坤没当回事儿，"管好你自己。"

"我知道，就随口说几句。"

他俩你一句我一句，谌冰心念微动，回头朝里遥遥看去。

初冬地面积了层薄雪，踩上去咯吱咯吱响。

他走神儿，萧致走了两三步又回头，探手拉他："走了。"

谌冰加快了脚步。他本来还在想，按照重生前的人生轨迹，萧致差不多就跟现在的张自鸣一样，一步一步往黑暗里走，直到令所有人避之不及。

不过，现在萧致的轨迹已经开始改变了。

谌冰指尖有点儿冷，心口却发烫。

一群人走到十字路口的商店旁停下，同班女生闹着进去买糖，买了长条的水果味软糖，糖身包裹着雪一样的糖霜，拆开了就递过去一人吃一颗。

他们男生都不吃，站在街口等人，谌冰想了想转头进了店里，也买了一条水果糖。

其他人正忙着聊天，萧致单手搭着文伟的肩膀："兄弟，以后再受欺负我可帮不了你了。你知道，我现在已经专心学业了。"

"知道，知道，"文伟说，"您专心文体两开花就成。"

谌冰指间夹着糖果的长条，手蹭到萧致外套的口袋上慢慢把东西塞了进去。萧致偏头，把东西拿出来，笑了："干什么你？"

"给你的奖励。"

"嗯？"

谌冰："你拿着。""好。"萧致接过，拆开，"那谢谢你。"

他俩稍微往靠近楼底的阴影里走，萧致从袋子里拿出一颗，捏在指间："给你。"谌冰疑惑，说："我不吃。"

"干什么啊你，烦不烦？必须吃。"萧致说着又要拉扯他，谌冰被他纠缠得没办法，试探性地伸手。

他本来等着萧致递到他手里，没想到下一秒，这人抬头往上一抛。

谌冰揪着他外套把人拽到面前："你再这样试试？"

"好了好了，"萧致笑了起来，"不开玩笑了，你伸手。"

再三催促，谌冰才勉为其难伸手，将糖放进去了嘴里。糖粉化在舌尖，凉丝丝的。

谌冰眼皮跳了下，回头看，旁边那几个同学都莫名其妙低声笑，视线转向这边，看戏似的。

谌冰吸了口气，掉头走进了人堆里。

没一会儿，萧致也若无其事地混入了人堆。

作为学生，现在虽然人在校外晃荡着，但临近开学的使命感早已在内心激荡起来。文伟继续刚才伤人的话题："兄弟们，到底写不写作业啊？"

"我写了估计老师也不检查。"

"不然都别写了？"

文伟比较保守："我觉得还是写一写吧，抄答案就成。话说回来……"他转向谌冰，"冰神，你答案能借我复印吗？"

写不完，只能开局一支笔答案全靠抄。谌冰以前在一中时，同学们几乎不为写作业发愁，他还是第一次遇到这种情况。借也不是，不借也不是。

他没说出句整话，萧致走到了他身旁，伸手推开文伟："抱歉，那必不能借。自己写，或者写都别写。不要浪费大家的时间。"萧致垂眸看他，话说得漫不经心又直截了当，他不觉得有什么不妥，毕竟以前都是这样混日子的。

文伟怔了两秒，觉得萧致是真坦然，这种不给自己和老师添麻烦的品质极其难得，不过他比较胆小，没萧致这么直接，只能竖起大拇指："牛啊。"

不放心让班上的几个女生单独回家，萧致跟杨飞鸿说了两句，他道："那我们男生顺路的送送，免得这么晚女生回家路上不安全。"

跟萧致走一块儿的是班上一个学习不错的女生，叫徐露，挺活泼的，边走边问谌冰寒假作业的问题。

送到小区楼底，徐露挥手："谢谢两位帅哥啊，那我走了，开学见。"

"拜拜。"萧致说完，回头跟谌冰往家这边走。

这条路到萧致家要四五分钟，中途很热闹，有不少人摆摊卖烧烤。萧致停在摊前，给萧若打了个电话，问她想吃什么。

萧致问好后挑了不少菜，包括一些很油腻的鱼肉，谌冰挑眉："大晚上，给她买这么多吃的？"

"啊，她喜欢。"

"喜欢就买？有点儿惯着。"

"不是，"萧致转头看他，笑了起来，"之前我看她写语文作文，题目《我的哥哥》，你知道她怎么写？她说很期待每晚哥哥回家，因为哥哥总给她带吃的，让她觉得家里热闹又温暖，自己还有亲人，而不是无依无靠全世界只有她一个人。"安静了片刻。谌冰差不多理解了，半响才说："这样啊。"

萧致买完，拎着包装盒转身："走吧。"

沿街是一条下坡路，灯光较为暗淡，身旁偶尔走过几位行人。

过一会儿到十字路口转角，萧致问："你明天回去？"

"不一定。"

"怎么还不一定？"

"我妈照顾我外婆，我爸说不定这几天就走了。"湛冰说，"那就没必要回去。"

"嗯。"萧致垂眸想了几秒，半开玩笑半认真地道，"你家庭关系的不幸，正好是我的幸运。"

湛冰："……"

湛冰冷冷地问他："会不会说话？"

"不好意思。"萧致确实觉得自己这话说得不合适，找补道，"我是感叹。"湛冰抿唇，把手揣到了外套的兜里。

夜深了，大街上人烟稀少，偶尔有少男少女三五成群走过去。

湛冰心里的情绪不是自怨自艾，而是又联想到了其他。全世界这么多年轻的男孩儿女孩儿，他们怎么长大的？可能有人比较幸运，也可能有人比萧致还倒霉。他们表面什么都看不出来，但心里可能藏着无数的事儿。这些人在人群里，安静又倔强地长大。

湛冰每每想到这儿，就感觉自己经历的事儿什么都不算事儿。能解决，能变好，能熬过去。他跟萧致，都能倔强地往上长，倔强地往上蹿。

车道驶过一辆汽车，大灯耀眼。萧致探手抓了他一把："过来。"

"再聊烧烤凉了。"

他们推门进去，还没开锁就听到了"啪嗒啪嗒"跑来的脚步声，萧致将手放在背后，萧若立刻绕到他身后，开始拽他："哥哥哥！"

萧致抬手，正好举到萧若够不到的位置："想吃啊？"

"嗯嗯嗯！"

"那你……"

萧若可不想被他逗着玩儿，抓着他衣服往上够。

"啧。"萧致招架不住，把烧烤放到她手里，"赶紧走。"

萧若回到沙发，边吃东西，边专心致志看她的动画片。

湛冰想起中午没做完的事儿，不过萧致还在，湛冰没急着问，等他去洗澡了才坐到萧若身旁。萧若偏头："你也爱看这个动画片吗？"

湛冰看了看屏幕，否认了："不是。"

他没想好该怎么问，毕竟这是萧若的私事，她一个小女孩儿，跟妈妈见个面都要被盘东问西，湛冰觉得自己有点儿多事。

不过，她和萧致有冲突，现在不解决，到时候被发现可能还会吵起来。

萧若眨巴着眼睛看了湛冰好几次，不太懂这个"高冷"话少的哥哥突然靠近的原因，她递过烧烤："你想吃？"

谌冰说:"我不吃。"

"哦。"萧若放下了烧烤。她挺乖的,头发垂在耳侧,穿了件特别厚的毛绒睡衣,缩着下颌吃烧烤,还倒了杯可乐。

过了会儿,谌冰说:"初一那天,我看到你和妈妈见面了。"

萧若动作顿住,错愕地看着他。不到一秒钟,她眼珠子滴溜溜看向了萧致的卧室,眼睛里瞬间湿润,号啕起来:"哥哥,我不是故意的……"

"……"谌冰头疼,说,"不是指责你,你哥不知道。"

萧若的哭喊声戛然而止。

她似乎不太懂谌冰的意思,放下了手里的烧烤,不知所措地坐着。

谌冰不知道怎么继续往下谈,他平时说话就比较少,更不擅长解决这种问题。他抿唇,视线转向萧若:"她经常来找你吗?"

萧若摇头:"没有。"

"她……"谌冰想了一会儿,不知道该问什么。

萧若眼巴巴地盯着他,像个被盘问的小犯人。

谌冰想了一会儿道:"你自己说,我不告诉你哥。"

"哦。"萧若松了口气,手拍了拍膝盖,轻松下来后自顾自地道,"她就是偶尔带我出去玩儿。"

谌冰:"嗯?"

"然后……"萧若不太敢说,低头想了好一会儿才道,"妈妈想带我回家。"她声音小小的,好像做错了事情。或许对她来说,接受妈妈,意味着是对哥哥的背叛。

听到这个回答,谌冰一时不知道该说什么。

果然是这种家庭矛盾。谌冰对人际关系的敏感度本来就低,缺乏处理能力,换作其他人谌冰根本懒得管,但这时候,他不得不装作知心大哥哥:"那你,怎么想的?"

"我不走,我要跟我哥在一起。"萧若回答得很干脆。

"是吗?"

安静了好一会儿。谌冰手指敲击着沙发,从话里抓住了另一个重点:"她,只想带你走?"

萧若的手指开始无意识地抠沙发,似乎很疑惑:"对。"

仔细一想,不无可能。杨晚舟至今为止没有再婚,只有萧致和萧若一对儿女,哪怕当初再冲动,时间长了情绪冲淡,有着血脉亲情的杨晚舟还得把这两个人接回去。不过,谌冰想不明白她为什么这样对萧致。

萧若晃着腿,挠头发:"妈妈说,哥哥知道错了就让他回去。"

谌冰："嗯？"

"但我哥会知错吗？"萧若一脸严肃认真，"我哥不会。他没做错，就永远不会认错。"这句话倒说到点子上了。

谌冰心情复杂。萧致这种叛逆的少年，固执又倔强，谁的话都不听。

他的情感过于炽烈，会灼伤别人，也会灼伤自己，如果不能好好引导他，他再走向自我毁灭的道路也不无可能。

得到了萧若的回答，谌冰心里还有个问题没问，但觉得不太适合他来问。萧若她会不会觉得跟萧致在这个地方，吃苦了？

谌冰还记得她那时候在萧致背上号啕大哭，说着想妈妈了。他还没问出口，而身旁萧若确定谌冰不是言而无信的人之后，就放心大胆继续倒在沙发里看动画片、吃烧烤、喝可乐了。

萧致洗完澡，穿件T恤出来。

萧若回头大喊了一声："哥哥！"

萧致看向萧若，立刻明白这是一句毫无意义的废话，没搭理她，直接去了窗边拿吹风机。果然，萧若喊完后继续看动画片。

——这两个人的默契真不是一点点。

谌冰看着，无意中绞在一起的细长手指重新松开。

那个问题不用再问，答案显而易见。

洗漱完，谌冰拿着浴巾推门出了卫生间，窗外台灯亮着，投下一圈橘色的光。萧致白T恤下的脊背微微弯着，屈着长腿踩在椅面上，指间夹着的笔无意识地划拉了几下，旁边手机里响着单词听写。

萧致没出声，不过应该在记，时不时握笔往草稿纸上写两下。

他乱写字时那字很丑，线条搅和在一起。谌冰走近拿起草稿纸瞟了一眼，仔细辨认，只能从单词的字母数来大概辨别他有没有默写错。

谌冰没忍住："你写字工整点儿。"

"我觉得还可以吧。"萧致还对他的字相当自信，"花体英文，就这么写。"

这？还花体？晃得阅卷老师眼睛花的字体吧！

谌冰不知道他哪儿来的自信："你不要你觉得。"他把草稿纸抽出来，接着拿笔"唰唰"画了个全盘否定的大叉，"人长这么帅，字写这么丑。"

这话说得。萧致神色复杂看着他，似乎一时辨认不出谌冰这句话的对错。

"可以现在开始练英文书写。"谌冰拉开旁边的椅子。

他的英语作文是标准书法体，写出来非常好看，使卷面看起来整洁一些，一中英语老师会专门要求学生进行相关训练。

湛冰展开草稿纸，一个字母一个字母往上写。

灯光被手指微微遮挡，投下微微阴影。

萧致在旁边看着他写字，灯光晃眼，竟然升起微微的炫目感。

湛冰注意到他了，好像被冒犯似的："你不背单词看着我写字干什么？"

没等萧致说话，他持续烦躁："字写完了吗？"

这么凶？萧致被他连着训斥两句，有点儿莫名其妙，虽然自己的确懒散了点儿，但也不至于……

要不要这么爱学习？萧致笑了一下："你至不至于？"

"还真就至于。"湛冰的回话相当利落。

萧致无话可说。就见湛冰好像刚才的事儿完全没发生一样，继续写他的英文。萧致心里觉得好笑，拉着椅子往前靠了靠，湛冰停笔，白净的指尖按着草稿纸："你比照着一行一行地练。"

"行，练字，"萧致转笔，把椅子往前挪了点儿，"练好了有奖励吗？"

这可真是个道德绑架的问题。

湛冰神情隐忍，和萧致对视，在说出那句"为什么要奖励你"前，萧致了然，挑眉道："行，我知道答案了。"倒是很识趣。

湛冰找了条毛巾擦潮湿的头发。灯光下，萧致指间转着笔，在纸上随意画了几条线后开始一笔一笔地摹写。学习态度倒是还行。

萧致写字落笔重，笔尖掠过纸页几乎戳穿纸面。后面熟悉之后，笔触倒是更加自然。

湛冰擦完头发，看他写得不错，想到了刚才他的话。

要不要给奖励？湛冰不太确定。

字母只练了前几行，萧致在椅子里放松地仰躺着，把草稿纸递给湛冰检查："写得怎么样？"

湛冰粗略一扫，觉得不怎么样，但胜在态度好，写得认真，再稍微纠正练习后能变得更好。"'g'下面的钩要稍微写圆润点儿。"湛冰握笔按压在桌前描绘弧线，重写了一次。

"嗯。"萧致重写了一遍。

"好多了。"湛冰说，"你真棒。"

萧致大概没料到他突如其来的夸奖，抬眼看他半响，唇角慢慢扬起笑意："你干什么你？字还没写完呢，就夸我。"

这该死的报复心。

过了年以后,离开学越来越近。两三天前,朋友圈开始弥漫着一股恐慌的气息。尤其到了开学前一天,恐慌气氛更浓。

伟子:"一杯茶,一包薯片,一本寒假作业写一天。"

杨飞鸿:"我今天就要挑战极限,仅用一天时间赶完寒假一个月的作业!朋友们,你说我能行吗?——发布于凌晨四点。"

谌冰把行李箱放到寝室后去教室报到,边走边低头看手机。

教室里还有人在赶作业,感觉笔都快赶得飞起了,嘴上响着颤抖的"妈妈我写不完了!"的抽泣声,手上填着"ABCD"。

谌冰座位上也有人。

文伟边赶边撕,写一页往后撕一页,说:"这样就能少写一点儿了。"

谌冰沉默了两秒,说:"你真是个人才。"

教室里鸡飞狗跳,大家一个寒假不见,全聚在一堆闲聊。朱晓挺坏的,写完了作业就挺起胸脯站他们面前,轻言细语说:"不要抄了嘛。"

文伟直接推开椅子给他作揖,吼到声嘶力竭:"班长,我求你滚!滚啊!"

谌冰没忍住唇角挑了点儿弧度。文伟回头看见他,改变了作揖的方向,对他道:"冰神,你也滚,求你了!"

谌冰后退,抬手扶了扶他胳膊:"不至于,不至于。"

他们吵吵闹闹,管坤突然朝文伟使了个眼色。

文伟没发现,还沉浸在自己作业没写完的悲痛中,感觉他精神状态极其不稳定:"你们这些作业写完的人,能不能谦虚一点儿!去别的地方!不要打扰我赶作业!"他模糊的视线中,看到了谌冰身后高挑的身影。

萧致把挂在手臂上的黑色书包丢到桌子上,回头时用舌尖抵了下腮,明显含着一颗糖。他垂眼看着朝谌冰作揖的文伟,眼睛眯着,话里意味深长:"你干什么?"

文伟起身:"没事儿,好久没见冰神,行个大礼。"

他速度极快地转移话题:"我继续赶作业。"

萧致侧头看了眼桌上零乱的书册和答案:"还没写完?"

过于伤人。文伟直勾勾看了他一会儿:"是的呢。"

"加油。"萧致抬手拍了拍他肩膀。

文伟继续赶作业,他赶着赶着发现萧致没走,高挑的身影倚桌而立,垂眼看他继续写,一副闲着无聊想要故意找事的样子。

文伟张了张嘴,只能忍气吞声。过了会儿,耳边响起萧致漫不经心的声音:"看到现在赶作业的你,我想起了曾经的我,当时也是没写完作业,空手坐在教室里,等着接受陆老师的雷霆怒火。"

"不过现在,时代变了。"萧致语气慢悠悠的,话锋一转,"学习好,就是这么安心。"

文伟心想够了够了,您玩够了就赶紧走,赶紧走。

文伟起身做出"您请"的动作:"萧哥,刚才是我年轻不懂事,非常不好意思。您也做做好人,赶紧走吧。"

听到这话萧致才罢休,朝自己座位过去:"那你加油。"

文伟拿着笔刚打开书册,前方萧致打开书包拿出全部的作业,清点书目后一部分先给谌冰检查,一部分递给朱晓。

窗边光线昏暗,玻璃倒映着教室里晃动的人影。

光影交错,文伟莫名想起了以前的萧致,和现在完全不一样。

文伟还记得高一下学期开学的时候,全班人数齐了就剩他一个人没来报到,打电话一问,人在网吧。文伟过去找他,乌烟瘴气的角落里,萧致窝在游戏椅里,光线暗淡,看不清晰眉眼,他身上笼着层阴郁颓丧的气息。

那时候萧致完全没把开学放在眼里,从网吧出来又去烧烤店里,第二天自然免不了迟到。

到教室时都快十点了,他穿着黑色卫衣,颈上挂着条十字架银链子,气色极差。眼神乖戾,眼中还布满红血丝,他往教室门上"哐当"一靠,旁若无人说了句"报告",生物老师看见他都不想多说话。

当时文伟觉得,这位哥怎么能这么帅,又这么叛逆。

他走到哪儿背后全是聚集的视线,当时文伟跟他还不熟,也感觉这人特别"高冷"。但其实走近了发现他还挺好说话,性格直爽,但就是心里好像藏着什么,有一块别人不能抵达的阴暗角落。

"哐当"一声响,萧致向朱晓丢书的声音把文伟的思绪拉回现实。文伟摇了摇头,发现旁边管坤看了自己好一会儿:"你翻着英语答案抄在数学题上。"

文伟:"哎呀,不管了。"

管坤舔了下唇,继续说:"这是填空题,你写的 ABC。"

文伟安静了好几秒,他淡定地扫了一眼卷面,决定继续采用无视原则:"你不要管我的闲事。"

管坤嗤笑了一声:"行吧,你爱咋咋。"

陆为民七点钟准时到教室,一个多月不见,他留了一头长发,堪堪遮住秃顶。他边说话,边拨拉他汗湿的几缕头发:"又见面了又见面了,感觉过个年,一个个都胖了不少。"底下人撑着脑袋看他。

文伟还在赶作业,作业藏在抽屉底下,手指飞快挪动。

他这些小动作陆为民看得相当清楚,碍于刚开学,聊起别的:"知道你们不乐意开学,我也不乐意,不过大家都快高三了,应该紧张起来,以后考上了大学有你们好玩儿的。就不要在我面前拉着张脸,不开心了。"

文伟还在抄作业。陆为民看了他好几眼,但文伟头也没抬,陆为民只能严肃地道:"文伟,哎,你不要抄了……"

文伟抬头看他。

寒假作业这种东西,知道学生不会认真做,老师们也懒得检查,睁一只眼,闭一只眼,但陆为民反而被他吸引了注意力,来回走走停停:"你们把语文试卷放在桌边,我随便看看。"

教室里猛然爆发出一阵"妈啊!"大家仇恨的目光纷纷转向文伟。

文伟:"……"

陆为民搓着手来来回回走,边看边皱眉,但又很温柔:"哎呀你们呀,真的是,写的什么东西。"他走了一圈,拿起朱晓的试卷说:"看,班长就写完了。女生也比较认真,大部分完成了。"

萧致跟谌冰座位比较靠后,陆为民特意走过去,先把谌冰的试卷拿起来,张开后转向全班:"看见没有?看见没有?谌冰的试卷,看看人家的版面,字迹工整,老师看着心情好,能不多给几分吗?"检查完,就地拿了支红笔给他打了个大大的"优",然后,注意到旁边的萧致。

萧致的试卷摊在桌面上,他散漫地靠向后桌,手上转着笔,然后用笔往试卷上点了点,摆明等着陆为民检查,相当自信。

陆为民乐了:"你也好好写作业了?"

"是的。"

陆为民检查他的试卷,脸上的惊喜逐渐演变成感动,他以前一直以为让萧致好好写作业、乖乖上课是有生之年的奢望,没想到现在居然成了现实。陆为民相当感慨,回头煽情地道:"同学们,都要向萧致学习!你看上个学期,他学习本来不好,后期靠着努力,仅仅用了一个学期就从倒数考到班上第二,年级前三!这是多么不容易的事情!"

满教室寂静。圆珠笔滑落到桌面上发出"咔嚓"一声响,萧致轻轻"啧"了声,侧头跟谌冰说:"给我夸得还不好意思了。"

谌冰想你也会不好意思?

陆为民突然来了兴致:"哎,正好,过几天开班会,我们请萧致同学讲一下他上学期的学习经验,大家都听听,争取一起进步。"

萧致："？"他看向陆为民，"说什么？"

"就你自己准备份 1000 字左右的稿子吧，讲讲你的学习方法、学习经验，如何从倒数一跃到年级前列……这些内容。"

因为过于尴尬，萧致不乐意，但一时没来得及推拒，陆为民已经美滋滋出了教室。

萧致重新捡起桌上的笔开始转，但转得不怎么稳。

傅航回头看见他，发出"噗"一声笑，显而易见在看好戏。

萧致抬手，轻轻撞了撞谌冰的手臂，说："这东西怎么写？"

谌冰正在翻新学期的课本内容，瞥他一眼："我怎么知道？"

"你学习经验丰富。"

谌冰"啪嗒"把书合上，懒得理他："但我没考过倒数。"

这活儿萧致就这么揽下了。

转眼到了周二班会，陆为民端着茶杯笑眯眯进了教室，还特意抄了把小凳子坐在教室后排，像模像样拿了一册笔记本，随时准备记录。

"上去讲吧。"陆为民满脸期待。

教室里顿时一片掌声："萧哥冲呀！"

"你是最棒的！"

大家全都在期待这位从班级倒数华丽转身为好学生的帅哥能讲出个什么。

萧致指间夹着笔记本，踢开凳子起身，在掌声中走上了讲台。他把笔记本放到讲台上，低头看了好几秒，似乎在熟悉词。

萧致今天还穿了校服，里面是件长袖的白 T 恤，袖口挽到小臂，露出的瘦削手腕上青筋凸出。

比起以前懒得穿校服的狂放，现在可以说相当规矩了。

萧致拿支粉笔，折断一半后在黑板上画了个圈，中间写上"1"。

"从年级倒数逆袭到年级前列，基于我自己的经验，第一点是……"经过这几天的深思熟虑，萧致觉得答案显而易见。

"你要有一个能考年级第一的同桌，他必须熟练掌握语数外理化生的所有基础知识和重难点知识以及考点。"

教室里安静了几秒，随即爆发出笑声。

"哈哈哈……我就知道他要这么说！"

"不过仔细一想，倒也是这么一回事对吧？"

"必须有大神带，对，没错，是这样。"

陆为民歪头听了几秒，感觉有点儿道理。

湛冰放下了手里的笔。

"第二点,"萧致在黑板又画了个圈,"你的年级第一同桌必须有一颗强烈的带你上进的奋斗心,你学习不好他比你还焦虑痛苦,学好了他比你还开心。"

湛冰:"……"这么说话就有点儿没意思了。

"然后第三点。"

萧致停顿了几秒,指间夹着书页翻了翻:"这一点是最重要的。"

底下屏息以待。萧致笑了一声,字吐得清晰:"第三点,他说的话,要照听,照做。"

萧致说这话时还吊儿郎当的,手撑在讲桌上微微倾身,俯视全班的动作居高临下,还带着他以前混日子时的野性。

教室里分不清哄笑声更响还是尖叫声更响,所有目光全部汇向九中的年级第一,也就是湛冰。

湛冰目光一直落在书上,此时终于抬头,淡淡地对上了全班的视线。

有毛病?

"不过,"萧致指尖夹着书页翻了翻,"现在我决定给大家分享分享我同桌给我制订的学习计划,包括日课表、周课表和月课表。"

接下来的时间萧致就差不多站在讲台上,单手插在校服裤兜里,拿着笔记本念台词。

"有什么不清楚,可以去问我同桌。"念完,萧致抬眼示意湛冰,发现他座位空着。

"我同桌呢?"

"萧哥,"文伟举手道,"你的好同桌刚才一脸嫌弃地出去了。"

萧致这场学习分享会引起了轩然大波。

班会结束,陆为民临走时说了句:"湛冰,萧致,你俩一会儿去教务处把照片补了,照片要贴在荣誉墙上。"

学校每学期都会专门把年级前十的照片贴在布告栏上,以供同学们学习。湛冰上学期开学后才来,所以没他的事儿;而萧致这次是从倒数名次中杀出来的黑马,他俩光荣挤进前十,得去教务处补照片。

这种前十贴照片的办法据说是许铮建议的,说要利用学生们的自尊和骄傲,激励他们不断向前。

萧致撞撞湛冰的胳膊,说:"走了。"

高一、高三年级都在补,队伍倒是不长。中间墙壁上挂着块蓝布,那摄影师看见湛冰和萧致,怔住了:"你们是?"

"高二补照片。"

摄影师闲聊，问萧致："你考多少啊？"

"532，年级第三。"

摄影师转向谌冰："这位帅哥考五百多少啊？"

萧致看了他一眼，说："732，年级第一。"

九中学校差是出了名的，但没想到还有这么一尊大神，摄影师怔了好几秒才笑道："那你们这分数断层还挺厉害。"

她调整姿势，对着镜头看了一眼："说实话，你俩这照片出来会吸引大多数同学的目光。"

过了会儿，她突然想起来："你俩是第一和第三？"

"对，第一和第三。"

摄影师笑死："那第二倒霉了。"

本来她不说还好，一说，萧致想起还有这么个人。第二是1班的男生，他觉得自己寒假健身很有成效，一定要重新拍照片，所以这会儿也待在拍照的教室。他缩在角落，从第一眼看见这两个帅哥进来就很尴尬了，这时候，不得已举了举手："幸会，幸会。"他叫杨清风，是以前的年级第一，在九中抬头不见低头见，彼此都眼熟。

萧致走近："你第二啊？"

"对，"杨清风性格还不错，笑着说，"本来第一的，但自从谌冰同学来了以后，我已经记不得考年级第一名是什么感觉了。"

"可惜，"萧致挑眉，声音不带任何惋惜，"你很快也要忘记年级第二是什么感觉了。"

杨清风："……"

他表情复杂，想想还是继续刚才的事儿，指导修图师修图。杨清风仔细看过谌冰和萧致的脸后，本来长相清朗一小伙儿，瞬间不自信了："姐姐，麻烦脸再修小、修白一点儿，发际线也往前挪挪，垫垫鼻子。"

修图师："……"

谌冰拍完准备走，被萧致钩着袖口拉过来，说："看看。"

照片按名次排序，谌冰首位，杨清风第二位，萧致第三位。

修图小姐姐已经在尽量修了，但杨清风还是很是为自己的外貌担忧："我以为我长得还可以，但这真不至于吧？我不至于这么看不下去吧？"他又问，"听说两位大佬关系很好？"

他们高一时学习的学习，混日子的混日子。萧致属于成天睡觉混日子、别人惹都不敢惹的那类人，但谁知道高二之后谌冰横空出世，据说天天跟他互损。

而且校霸硬生生被他感化成了九中的学霸，或许这就是友情的力量吧。

萧致从照片上挪开视线，淡淡说了句："也就是区区发小而已，光屁股就认识，他本来在一中当年级第一，非要转来找我，想跟我待一块儿。"

萧致话里在不经意中刻意地暗示他俩友谊宝贵。

谌冰抿唇，侧头看他，就想看看他想怎么炫耀。

杨清风没想到他俩从小就认识，恍然大悟："原来如此。"

"没办法，"萧致笑了一下，"我跟他，注定是一辈子的朋友。"

谌冰："……"

杨清风："……"

第二周举行升旗仪式。校园内回荡着集结铃声，这一次是全校三个年级一起举行，学生穿过教学楼，慢慢往操场汇集。

傅航进校门时手里拎着包子、馒头、粥，跟端着米饭边走边吃的文伟撞上了："哟，早。"

"你早。"文伟看他手里拎的东西，"你能不能有点儿出息？别给许蔚那群兄弟姐妹带早饭了，看你这么活着，累不累啊？"

傅航直摇头："你不懂。"

"那还说自己不是没出息。"文伟话音刚落，被傅航一脚踹在屁股上。

打打闹闹到了教室，刚到门口萧致从里面出来了，他看了傅航一眼："走了，还有五分钟。"

"等等！"傅航溜达进教室先把早餐分配完毕，才拿了个馒头塞到嘴里，往操场走。

举行升旗仪式总比上早自习好，至少不用闷在教室里看书，但他们还没走近就听见一声呵斥："那是哪个班？到现在了队列还没站整齐！"

是许铮的声音。谌冰往讲台瞟了一眼，他拿着话筒站在旗台边俯视底下，单手背在背后，两腿分开，看起来特别凶。

"叫你们走快点儿！升旗了！每次都有人迟到！迟到！"

靠近操场入口那一群人小跑起来，文伟疑惑看表："不是还有三分钟吗？催啥？"但也不得不加快了脚步。

他们进了4班的队伍，排好队，许铮声音跟打雷似的："高三年级的队伍还可以，站得比较整齐；高一年级那边看起来也不错；只有你们高二，看看自己怎么站的！"

陆为民在前面招手："大家注意排整齐，不要交头接耳。"

"我们很整齐了啊!"

"莫名其妙。"傅航翻了个白眼。

许铮开始按照班级顺序检查队伍是否整齐,走近4班时,不知道为什么特意停了好几秒,瞪了好几眼。

他抬手往后面指了指:"那个长得高的,怎么站的?"

长得高的?前排同学纷纷回头。谌冰察觉到目光,顿时感觉被针对,随即看见杨飞鸿往内靠了靠,萧致问:"你说谁?"

但许铮没开口,只是保持着一张臭脸,转头去看其他班级了。

莫名其妙,搞得4班全体不爽。文伟悻悻地道:"好大的架子。"

谌冰不确定是不是自己没站在队伍内,感觉后排几个高个子全被说了,大清早心情有一点点受损。

三分钟过后,操场上各个班站得整整齐齐,准备升国旗,没想到入口处传来骚动,这时候1班的同学才姗姗来迟。

这群人不仅姗姗来迟,还几乎人手一本单词本,好像学业很繁忙,参加升旗仪式是不得已的行为,不得不浪费时间。

文伟刚才就不爽了,现在有些疑惑:"有这样的吗?我们全年级都来了,就等他们高二1班?年级主任是班主任就能享受这种待遇?"

"怎么区别对待啊。"

"他刚才怎么瞪我们班来着?"

微微起了骚乱,陆为民在前排说:"安静。"

直到1班进了队伍,许铮才宣布升旗仪式正式开始。

结束后,许铮组织班级解散,站在旗台上看了半天,说:"高二1班先走。"不用说,底下又开始骚动。

人们纷纷走开,4班人冷眼旁观,过了会儿朱晓才回头说:"他们拿的是英语单词本,刚才领导讲话他们就在背单词。上学期期末考试,我们班英语平均分比1班高0.3,估计许铮很不爽。"

许铮肯定不爽,因为他是英语老师,资历老,以前带过英语得奖的学生,而4班英语老师陶梦,只是个入职两三年的年轻老师。

许铮从开学起就没给过1班学生好脸色,进教室把成绩表朝桌上一砸:"你们现在真是了不起了!英语平均分居然比4班还低,低得多我还不说什么,就低0.3!从现在开始给我背单词!天天背,下课都给我背,每天晚自习前十分钟我来听写!我就不信你们这0.3分拿不回来!"

总之,特别严厉。1班怨声载道。

1班学生的怨气只能转移到4班同学身上。本来上学期就有点儿小摩擦，这学期矛盾升级，演变成见面都得龇牙，互相鄙视。

开学没多久，班上弥漫着火药味。起因是1班班长发了一条动态，转来转去，4班人就看见了，现在正在QQ上互相攻击。

教室门口打打闹闹，朱晓拿着一张纸从外面进来，折断了支粉笔写着什么。朱晓写完后，回头示意大家安静："看见我写的东西没有？有个春季校园十佳歌手大赛，我们班有人参加吗？"

杨飞鸿一把抽过他手里的单子，低头看了几眼，随即揉成一团："别去，许铮是评委，肯定给我们班的同学打低分。"

班上想参加的同学听到这话，本来可能有点儿兴趣也立马没有兴趣了。

倒是朱晓看见杨飞鸿直接把宣传单揉了，轻轻"哎"了声，重新拿回来："别扔啊。"

"你要去啊，班长？"杨飞鸿问。

朱晓个头比较小，其貌不扬，说话也总是温柔斯文，他好像被杨飞鸿这句话吓到了："我……我不去啊……"

"哦。"

朱晓镇定地反问："你去不去？"

"我不去。"杨飞鸿摇头，没当回事儿，转头走了。

留下朱晓攥紧手指，盯着揉乱的宣传单半晌，把东西收到了校服兜里。

文伟见状用手指杵了杵管坤的胳膊："班长喜欢唱歌吗？"

"不知道。"管坤对班长印象挺一般，班长心里只有学习，一般不怎么跟他们这种人接触，但学习又始终不算很好，而且是每次看到自己成绩排名先被谌冰挤下了一名，又被萧致挤下了一名，会默默叹气那种男人。

这事儿大家都没放在心里。

中午打铃之后，文伟一跃而起："我先去点菜了，你们慢慢来。"

说完狂奔出了教室。

他所说的"你们"，仅仅指谌冰和萧致。

谌冰到九中很快适应，但唯一到现在还没有变化的地方是，他永远不会为去吃饭而奔跑。他走路慢，萧致就得陪他慢。

一般这种情况都是其他人先去占座位点好菜，差不多一切准备就绪，这两个人不慌不忙来了，坐享其成。

校门外很热闹，天气也不错，阳光透过树叶间的缝隙落到地面，洒下一层淡淡的光影。早春时节，路边居然有卖冰淇淋的车子，里面放满五颜六色的果汁瓶罐，还有冰淇淋。

那地方围了不少的人，萧致瞟了眼，问："要不要试试？"

难得出趟教室，谌冰点头："行。"

谌冰跟萧致过去排队。

"要不要给他们带？"谌冰想起来问。

"谁？"

"文伟他们。"谌冰总觉得不能吃独食。

冰淇淋不好拿，萧致想了会儿，无所谓地道："万一不好吃呢？我们先尝，帮他们试试味道。"

谌冰回道："行。"

冰淇淋有草莓、抹茶和酸奶三种口味，可以混合，谌冰只要了白色的酸奶口味，接过咬了一口。

"这么冰。"凉意顺着牙齿传到舌尖，直接让谌冰皱了下眉。

萧致要的抹茶和草莓口味混合，跟谌冰往巷子里走，也尝了一下："还行。"

其实谌冰有点儿不好意思，总感觉拿着冰淇淋在大马路上吃，非常不好意思。他左右看了下，确认没人盯着自己，默默地又尝了一口。

这次吃得很慢，尝到了酸奶融化时很香的奶味儿。

"这个味道不错。"谌冰说。

萧致："再试试抹茶和草莓的？"

这两种口味是萧致选的，谌冰下意识否定："算了。"

萧致笑了笑，示意前方："走了。"

谌冰应了声，回味着嘴里的味道，觉得还不错。

到傅航家的店里时，果不其然，他俩点的菜才做好。

三四个男生，似乎在闲聊，讨论今天朱晓提的校园十佳歌手。对他们来说，学校难得就这么点儿乐子。

文伟用手指杵杵傅航："你去不去？我觉得你唱歌挺好听的。"

傅航："你去不去？我觉得你唱歌也不错。"

"我那叫好听？你随便找个能发声的物体，随便敲两下，声音都比我悦耳。"文伟说。

管坤一直闷着头没开腔，这时候看向他："既然有自知之明，平时去KTV还老霸着麦？"

文伟当即跟他吵了起来："你唱歌也并非很动人。"

管坤愣了下："是啊，但我又不像你，整天吹得厉害。"

"我没吹，我就是喜欢唱歌。你不也喜欢唱歌吗？你那个K歌软件上每天更新一首，我刷到直接跳过，生怕一不小心点了播放，伤害耳朵。"

他俩吵架的同时,神色又很尴尬,好像生怕被揭穿什么。

萧致看了一会儿,思索着,挑眉道:"你俩,不会想参加吧?"

短暂的冷场后,文伟直接从椅子里跳起来:"哥哥,不至于不至于,我只是业余爱好,怎么可能去参加这种任由别人点评的歌唱比赛呢?真不至于。"

管坤表情也相当微妙:"我不去!"

这群男生其实就这样,对出风头的事情口是心非,哪怕心里激动万分了也要一本正经说我没那个意思,你不要凭空污人清白。

萧致抬了抬眉,意味深长"哦"了声,没再说话。

安静了几秒。文伟舔了舔唇,继续补充:"我真的不想去,你想想,那种大赛,还要跟人家竞争名次,想想压力就很大。我不去,我真的不去。"

旁边傅航妈上菜,萧致顺手把张牙舞爪的文伟拽下来,说:"没人问你去不去。别废话,吃饭了。"成功转移话题。

谌冰吃完饭没回寝室,而是直接去了教室。大部分住校的同学一般在寝室里睡午觉,教室里空荡荡没什么人。谌冰到一点就得睡午觉,摊开校服,手臂撑着下颌趴在桌面上,萧致坐下后,也面向他趴了下来。

"你睡了?"萧致问。

谌冰点头:"睡了。"

萧致说:"睡吧,我也睡会儿。"

谌冰闭眼,他睡觉时畏光,萧致刚才把教室里的灯暂时关掉了。

周围很安静。窗外还有同学们的笑声和说话声,像催眠曲。

教室后面挂钟的"嘀嗒"声让谌冰想起医院的点滴,那些以前清晰的记忆,现在莫名变得很遥远了。

谌冰生物钟比较准时,到半个小时几乎能自然醒。他睁开眼睛,旁边的萧致还在沉睡中,头发微微凌乱,薄薄的眼睑紧闭着。

谌冰想了几秒,还是用笔轻轻点了点他手背:"起了。"

萧致的呼吸有些沉,他好像经历了一场漫长的挣扎才醒,手指抵着太阳穴摁了两三秒,才勉强睁开眼睛。他起床气比较大,每次谌冰都感觉如果换个人催他起床,估计会被他凶一顿。

"几点了?"

"一点三十五分。"

萧致安静了几秒,伸手拿过谌冰的一本书垫着下巴,道:"我充充电。"

等谌冰抽回书时，摸了一手的汗，起身去卫生间洗手。

回来正巧看见陶梦站在走廊尽头叫他："来了？去抱下早上的作业。"

谌冰应声，推开旁边办公室的门，这时候办公室里除了老师一般没别人，但谌冰刚进去，就发现里面站着个高大的身影。

管坤直直看着他，明显是听到谌冰的声音想跑，但跑不掉了，现在表情相当精彩。

谌冰没想到能在办公室碰见他，他俩关系很普通，因为之前的过节，现在差不多是点头之交。

管坤率先打破尴尬："你抱作业？"

谌冰："嗯。"

"那冰神，你忙你的。"

谌冰往陶梦办公桌走，不经意间看到了陆为民桌上压着的两张表——校园十佳歌手大赛报名表。一份写着"朱晓"，另一份写着"管坤"。

明显是两人想趁着中午没人偷偷放进来。

谌冰没忍住，侧头看了他一眼。

管坤神色极其尴尬，简直身处"社死"现场，连额头都迸出青筋。就在两个人都不知道该说什么好时，门外响起一声热情的呼喊："陶老师好。"

是文伟的声音。下一秒，办公室门被推开，他的身影出现在门口，同时，谌冰和管坤看见，他手里也捏着一张报名表。

文伟的声音戛然而止："……"

第十章
冰冰长大了

背后陶梦进来了,扬眉道:"哟,还挺热闹。"

并不热闹,办公室内弥漫着难以言喻的尴尬,尤其文伟和管坤对视后,神色类似于互相遭到了对方的背叛。

这种"社死"现场谌冰不想参与,抱着本子准备出门,被文伟一把拽了回来。

他的力道,类似于垂死挣扎:"冰神,求你件事儿。"

谌冰:"?"

文伟恳请地道:"不要把我参赛的事情说出去。"

为什么不要说出去,很好理解。班上全是一群看热闹不嫌事大的"吃瓜群众",这几个人参赛的时候,没准全班都会敲锣打鼓恭送他们前去。得奖了还好,不得奖就很丢脸。

文伟卑微地说:"我只想默默地参赛,默默地被淘汰。"

旁边管坤附和:"我也是。"

两个人的口气都相当悲壮。

他俩没自信,谌冰不多说:"加油。"

他回教室发作业,看见门外文伟搂着管坤的肩膀往别处走,明显要就"说好了不去却在办公室相遇"的事情讨个说法。

没多久,两个人若无其事回来了,到座位还互相"您请坐""您坐",然后坐下开始转笔。他俩不愿丢脸,谌冰也懒得说。陶梦进来布置了一套试卷,晚自习没写完,说让他们回寝室继续写。

题目比较难，谌冰开着视频监督萧致做，丢下句"我去洗漱，回来检查"，去了卫生间。

九中男寝的卫生间统一在楼道尽头，谌冰去的时候人多，他赶时间，到了最后那一排淋浴间。每个学校都有一些宿舍传说，九中男寝也不例外。

谌冰去的那排就是九中男寝有名的"不可说区"，这一排除了淋浴间人多十分拥挤的时候，平时很少有人来。

但谌冰不在意，他到隔间里拉上帘子脱了衣服。

周围安静，他把水卡插到卡槽里，等了几秒后流出了热水。

热水流到颈后，响起淅淅沥沥的声音。谌冰就冲了一会儿，不知道是不是错觉，隐隐约约听到一些声音。

那声音比较轻，隔了几间隔间，并非近在耳侧。

本来听见声音没什么，但实在过于难听，谌冰无意中留了个神儿。

"呜啊——"突然拔高的音量，确实有人没错。

谌冰抽出水卡，他想听听这人是谁，但随着蓬头停止出水周围陷入安静，那阵奇怪的声音也消失了。

谌冰等了几秒，门外响起新的声音，三四个男生说说笑笑各自找了位置刷卡洗澡，然后谌冰没再听见那个声音。

有点儿奇怪的体验。但谌冰没太当回事儿，洗完澡回寝室，随便找了件外套披上，坐回椅子。

视频一直开着，里面是萧致的半张脸，他握着笔在试卷上勾勾画画，不过手机里却出现一种诡异的声音。那声音，说不清是不是在唱，听得出来是文伟的音色，起伏不定，偶尔还来个效果极佳的低音炮。

谌冰眉头直拧起来："听什么呢？"

萧致抬眸，表情跟谌冰差不多。

"完形填空写完了？"谌冰问。

萧致说："没有。"

谌冰刚想问两句，萧致承受着扬声器里的歌喉，舔了下唇，说："我现在什么都干不了，被刺激到了。"

谌冰："？"

"文伟不知道抽什么风，刚才把他唱歌软件里的私密歌曲全翻出来，一口气分享给我十几首，让我听听好不好听。"

谌冰心里明白了，估计还是文伟参加校园十佳歌手大赛的事儿，萧致唱歌好听，文伟正在疯狂寻求他的认同感。

谌冰问："那你觉得怎么样？"

萧致的回答言简意赅："难听。"

谌冰拿笔转了会儿，对这种事不知道怎么评价，说："写作业吧。"

第二天一早去教室。

教室里同学们东奔西跑，吵吵嚷嚷，谌冰清点试卷发现少了几张，记下名字转头去了办公室。他不像其他课代表那么心软且话多，谁不交他也不等，到了时间就走，所以到他收作业时大家的作业总交得特别快。

谌冰回来时听见几个男生凑在一块儿聊天。

"知道吗？昨天402有人说出现不明生物了。"

"什么不明生物？"

"就外星来的那种，长得很丑，声音吓人的生物啊。"

"你说具体点儿。"

"具体我也不知道！就早自习在楼梯间听见说。"

谌冰侧头看了一眼，回到座位上，抬腿钩出凳子。萧致斜身靠在墙壁上，单手撑着耳侧睡觉，看起来精神不太好。

"怎么了？"谌冰问。

"没事儿。"萧致稍微坐正，半垂着眼皮，还没彻底清醒，"昨晚没睡好。"

以前萧致是熬夜选手，属于作息相当不规律、第二天能不能正常上学全看缘分那种，不过跟着谌冰开始朝六晚十二的生活后，睡眠基本充足，每天上课精神都不错，现在居然说没睡好。

谌冰挑了下眉："怎么回事儿？"

"真的没事，"萧致舔了下唇，"昨晚听文伟唱的歌，睡觉做噩梦了。"

谌冰："……"

昨晚接受他"难听"评价的文伟转身，明显昨晚不服，现在也很不服："萧哥，你做噩梦不能怪到我头上，没有这个道理。"

萧致瞟了他一眼，轻描淡写地道："哦。伤害了你，真不好意思啊。"

"……"文伟憋着气，欲言又止。他隐隐想说什么，但又闭嘴，相当委屈地"哼"了一声，回头继续背单词。

谌冰心想这都什么事儿。

刚开学比较清闲，晚自习课后教室里鸡飞狗跳，大家互相吵吵嚷嚷着回寝室，萧致抬手拉住谌冰："出门吃点儿东西。"

"好。"

之前萧致约谌冰单独出去时，管坤总跟怨妇似的盯着他，好像被抛弃了，不过现在懂事以后就很自觉地跟文伟回寝室。

校门外热热闹闹，靠近十字路口的奶茶店也开张了，他们俩进去后，一人点了一杯果汁。

谌冰一般会陪萧致走一会儿，因为他住校，两个人在一起待不了多久。

萧致问："要不要去我家？"

"算了，"谌冰说，"一个寒假的工夫，学校的墙上被人用水泥插了玻璃片，翻不出去。"

"……"萧致笑了，声音懒懒的，"是吗？"

他俩走到下一个十字路口时又回来，以前谌冰不理解女孩子为什么总爱一起轧马路，现在才觉得，放学了能跟朋友多待一会儿就很快乐。

重新回到校门口时差不多十点半，萧致把手里的空纸杯丢进了垃圾桶，说："走了，明天见。"最后一班公交车准点而来。

"明天见。"谌冰看着他上车，转身回了寝室。

学校里十点半的时候洗澡的人特别多，洗澡还要排队，谌冰一般赶在断热水前十分钟的十一点二十分过去。

这次，谌冰走进最里侧的淋浴间时，想起了昨天晚上那阵诡异的声音。

淋浴间一共有十排，依然没有几个人，不过最里侧的一间帘布放了下来，似乎有人，却没听见水声。

谌冰取出水卡，放到卡槽。热水的声音淅淅沥沥的，谌冰隐隐约约又听到了那阵断断续续的哑声。不过等谌冰停了水，那声音也适时地停止。

确认自己没听错，应该也不是哪个歌神边洗澡边唱歌后，谌冰问："谁？"周围寂静，没人回答。

谌冰拿起放在挂钩上的衣服，套上后掀开帘子出了隔间。

左手边也有个男生出来了，应该是隔壁班的，听到了那阵声音，跟谌冰面面相觑："兄弟，你也听到了？"

声音是从右边传来的，谌冰上前两步，发现帘子不知何时被拉开，里面空无一物。

那男生瘦瘦的，吓坏了，脸有点儿白："我没听见有人出去啊？"

莫名其妙。谌冰抓着帘子，攥紧，随即又放下去。

他回寝室时，文伟跟周放在那儿打游戏，谌冰刚进去他们游戏里水晶就爆了，一阵号啕。

"你技术好差啊！"周放心态崩溃，"三连败，能不能给条活路？我就不该和你一起玩。"

"……"文伟感觉自己怪冤的，"是不是输不起？"

他俩吵吵闹闹后，又开了一局。

谌冰刚洗完澡头发潮湿，颈上随便搭了条干燥的毛巾，一边擦拭着头发，一边跟萧致打字。
　　CB："知道男寝走廊尽头的淋浴室吗？"
　　萧z："嗯？"
　　CB："里面好像有个神经病。"
　　萧z："……"
　　仔细想感觉有点儿幼稚，何况比起鬼神，谌冰还是更相信科学。
　　他思索这一会儿，对面萧致被他挑起了兴趣。
　　萧z："会不会是藏在淋浴间的猥琐男？有一个类似的电影，比如，你正洗澡，洗着洗着，突然发现门板上头有个秃头男人一直盯着你。"
　　萧z："那人长什么样子？"
　　萧致反而聊开了。
　　"……"看了几秒他发的话，谌冰感觉特别没意思，擦着头发继续打字。
　　CB："算了，没事。"
　　聊天框安静了几秒。
　　萧z："知不知道你这种说话只说一半的行为很不好。"
　　谌冰只是随口一说，何况校园传闻本来就是捕风捉影的事情，细说感觉没劲儿。
　　CB："背单词吧。"
　　成功转移话题。
　　谌冰感觉自己晚上去洗澡碰见这种动静是小概率事件，不足以说明什么，没想到第二天全班开始传。
　　谌冰在食堂吃早饭时，碰见杨飞鸿，他端着盘子打了个招呼。
　　杨飞鸿坐下后开始扯："知不知道，这几天淋浴间有怪事发生？"
　　文伟夹着包子："真的假的？"
　　"千真万确，我室友去洗澡，听到里面有人叫喊，鬼叫似的，特别凄厉……"作为学生，平时难得找点儿乐子，杨飞鸿说得唾沫横飞，"不仅听见声音，他说还看见个黑色的人影匆匆出现，转眼又没了。"
　　谌冰咬着豆浆吸管，抬起眼皮看他俩。
　　杨飞鸿不停吹，文伟不停当捧哏："真的假的？厉害！绝了！"
　　旁边管坤不爱说话，就听他俩扯淡，表情十分复杂："还鬼叫，还黑色人影，还转眼就没了，没人会相信这种鬼话。"
　　"那万一呢？"文伟反驳他，"外星生物一直伺机入侵地球，'不要回答''不要回答''不要回答'，'黑暗森林'法则听说过吗你就否定？！"

"我否定怎么了？"管坤说,"你们这'脑洞'可以去编小说了,幼稚。"

管坤性格就这样,爱泼冷水,文伟没理他,扒拉扒拉杨飞鸿的胳膊:"你继续。"

杨飞鸿还是刚才听室友说起的,现在嘴里没词儿:"反正很恐怖,我们最近别去里面洗澡了。"

少年的好奇心是无穷的,文伟喝完了粥,提议:"要不要今晚去一探究竟？"

管坤:"？"

文伟:"我说真的,你怕了吗？"

杨飞鸿面露犹豫:"这不是怕不怕的问题,就我俩,赤手空拳？我从小就胆子小,以前还被狗咬过,遇到危险跑不快,我去不太合适吧？"

他俩开始商量到底怎么才能找到真相。

湛冰一开始都没相信这是真的,看了他俩一会儿,觉得捉一捉也好,至少找到这个神经病。

文伟制订了作战计划:"到时候我们就藏在隔间拉上帘子不说话,等着对方先说话——这样应该不会发生我们一出声'鬼'就跑了的情况。"

杨飞鸿:"行吧,我再找个浑身是胆的猛男镇镇场子。"

这个猛男,是谁自不必说。

萧致进教室时手里拿着瓶给湛冰带的酸奶,干净的蓝白校服拉链堪堪拉到锁骨所在的位置,刚到座位,就看见一群男人对他虎视眈眈。

杨飞鸿说清来龙去脉,邀请道:"萧哥,要不要加入我们的探索大自然的奥秘小组？"

萧致把酸奶推到湛冰面前,说:"无不无聊？"

"不无聊,真的有情况！"杨飞鸿拼命晃动他的桌子。

管坤看了他俩一会儿,欲言又止,说:"你们真的有病。"

但他的声音直接被无视了。

一行人哀求了好半天,萧致坐在位子上转笔,不为所动:"不好意思,真没空。"

"可恶！"杨飞鸿恼恨。

文伟失望后重新振作:"鲁迅先生说过,猛兽总是独行,牛羊才成群结队。萧哥不来也没事儿,我们可以照顾好自己！"

湛冰听到这儿,心想你还知道牛羊才成群结队。

文伟晚上走到楼梯间时还在打气:"没事儿,萧哥不来真没事儿,我们可以照顾好自己。"但下一瞬间,真要过去了,又邀请别人,"冰神,要不要一起？"

　　谌冰看了一天的热闹，看到了他们的反复无常，也看透了少年的软弱无力，叹气："走吧，一起。"

　　不过，等谌冰站在卫生间里，穿得严严实实，手里还被塞了个据说能召唤铠甲勇士的变身器时，突然不明白自己刚才为什么答应这两个笨蛋。

　　手机屏幕亮了亮。

　　刚才建的群，叫"探索大自然奥秘小组"，群里正讨论得热烈。

　　伟子："它一般什么时候出现？收到请回答。"

　　鸿哥："根据线人消息，一般在临近十一点半到十二点这个区间。汇报结束。"

　　伟子："收到。"

　　谌冰舔了下唇，看见了萧致的消息。

　　萧z："抓到了吗？"

　　伟子："没有，在努力。"

　　萧z："加油。"

　　看起来很像看热闹，但文伟不觉得，他沉浸在探寻未知的惊恐中。

　　伟子："我后背开始发凉了，隐隐约约嗅到血腥味儿，周围狂风阵阵。"

　　伟子："好害怕，你说我们一会儿会不会看见一个长相恐怖的人，喉管肿胀，声带破损，发出喳喳的声音？"

　　伟子："因为我感觉人的声音不至于这么可怕。"

　　手机消息重新跳动。

　　管坤："你有病吧？！捉不到的，赶紧回来！"

　　伟子："你少说风凉话。"

　　管坤："……"

　　谌冰就盯着屏幕，看他俩吵架。不过比较神奇的是，不知道对方是不是预料到了什么，他们一直等到宿管阿姨查寝都没什么动静。

　　"怪了。"从淋浴间出来，文伟壮着胆子掀开帘布全部看了一圈，发出疑问，"怎么不出现了呢？"

　　杨飞鸿左右张望，也感觉奇怪："据说以前每晚这个点都有。"

　　听到不远处阿姨的催促，谌冰说："走了。"这件事不了了之。

　　谌冰回到寝室，萧致发来了消息，冷嘲热讽的。

　　萧z："淋浴间冷不冷？"

　　CB："冷。"

　　萧z："所以闲着没事儿跟他们去探索未知？"

CB:"无语。"

萧z:"还嘴硬?"

谌冰垂眸看着屏幕,笑了一会儿。

这事儿说来真的挺复杂,毕竟谌冰也听见了,他挺好奇淋浴间里到底藏着什么。但这个过程,仔细说确实特别特别幼稚。

谌冰躺回枕头上,按着手机打字。

CB:"没。"

萧z:"今天没抓到,明天还去不去?"

CB:"不一定。"

萧致发了个捶头的表情包,谌冰也发表情包回应他。

发完谌冰看着手机上一排表情包直笑,打字。

CB:"停。"

萧z:"停停停,我就说一句,你别被这人带傻了。"

CB:"滚。"

他们没多聊,谌冰看了下时间,慢慢在手机上打了两个字:"晚安。"

窗外天光暗淡,隔壁床文伟开始打游戏。

探索真相的事情没这么容易,传闻整整一周愈演愈烈,简直演变成了九中的知名传说。

不过自从他们在淋浴间待了一晚上后,倒是再也没有人说过淋浴间有神秘动静,但发出奇怪声音的地点慢慢转移到了别的地方。

九中大群里天天讨论。

"天啊,我最近不是减肥吗?晚自习后去操场夜跑,看到一个影子,发出奇怪的声音!"

"我在操场倒没发现,但我前天心情不好去小树林散心,也听到了奇怪的声音!"

"我前几天考差了,心情不好去天台偷偷哭泣,也听到声音了!"

"我们学校怕不是被什么生物攻占了?"

弄得人心惶惶。

难得周六下午放一天假,刚下课,文伟吆五喝六:"出去吃饭?"

"走。"萧致简单地道。

这群男生一般周六下午都去聚餐,不过管坤似乎心情不好,闷头闷脑:"我不去。"

萧致:"嗯?"

"我回寝室。"管坤说完,收拾书包往教室外走。

文伟看他的背影，若有所思："我坤哥最近好像心情不太好？"

萧致问："怎么了？"

"不知道啊。"文伟皱眉思索，"青春期的烦恼？"

他们半天没猜出结果，吃饭时聊天话题又围绕着这几天的神秘事件，明明有好几个人听到类似的声音，但偏偏都没捉到人，这就很诡异。

文伟搭着筷子，有点儿无力："萧哥，不然今晚你也在寝室待着？"

萧致静了两秒，说："也行。"其实他也有些好奇。

"该怪声最近出现的地方是天台，要不然一会儿我们去天台看看？"文伟翻出手机查看聊天记录，"如果不能解开这怪声之谜，我感觉人生都失去了方向。"

谌冰虽然没明说，但隐约也有这种感觉。

回到寝室时是晚上十点左右。通往天台的楼道漆黑，文伟手里抄了个拖把，竖起手指冲背后轻轻"嘘"了一声："我们别吵。"

他架势十足，稳住下盘，手臂的肌肉隐隐鼓起，感觉如果情况有变真的能跟对方拼的那种。

萧致踹他屁股："赶紧走。"哪有什么鬼，最多是装神弄鬼。

天台本来上了锁，但锁被一些比较淘的男生掰断了，平时就有调皮学生闲着没事偷跑上去玩儿，不过最近因为怪声传闻，天台的氛围冷清了不少。

他们沿着楼梯往上走，文伟握紧了手里的拖把，踩到天台生出青苔的地面上。

随着凉风，隐隐传来断续的嗓音。

"呜……呜……"

文伟顿时往后一退，面色扭曲，转向萧致，把拖把塞给他，拼命眼神示意——萧哥，不然，还是你来？

萧致推开他，没要拖把，手指搭着铁门走上了天台。

周围没有灯光，只能看见前方隐隐站着一道高大的背影。

对方显然是个男的，脸部有光，估计拿着手机。

声音就是他发出来的。这声音怎么形容呢，感觉像是低音炮掐着嗓子飙高音，五音不全，但又唱得相当努力。

萧致往前走，背影逐渐清晰。

"咔嚓"，萧致无意中踩到了地上滚落的易拉罐。

身影转过来，有点儿惊慌失措，一阵手机电筒的强光照过来，萧致抬手遮了下眼睛，先听到对面的声音。

"萧哥？"是管坤的声音。

全场寂静下来，手机电筒的光线转向另一侧，身影逐渐清晰，就见管坤一脸忧郁地站着，明显被他们的到来冒犯到了。

安静了四五秒，文伟骂了一声："是你啊？这么久以来学校的'灵异事件'，是你造成的？"

这话说得管坤目眦欲裂地瞪着他："什么灵异事件？我就想找个地方练歌！你们是不是过分？从淋浴间追到操场再追到天台，有完没完？"

湛冰明白怎么回事了，管坤唱歌太难听，被误认为是灵异事件。

有点好笑。

但是刚才近在咫尺，湛冰有那么一瞬间确实以为天台上藏着怪兽。

哄笑中，文伟走近揽着管坤的胳膊，拍了拍："没事儿了，没事儿了。坤哥啊，在下有一个小小的建议，既然音色条件不是很好，那你就不要挑战极限选这种需要疯狂炫技的歌曲。没有轻视你的意思，就是有可能你炫技炫不出来，会很尴尬……"

旁边，萧致面色微沉，似乎明白了什么："你为什么练歌？"

管坤抬手甩开狗皮膏药似的文伟，维持着倔强的表情，过了两三秒，说："我报名参加了校园十佳歌手大赛。"

文伟见势不妙，表情慌张，正打算冲管坤打眼色暗示什么，下一秒被管坤牵过了胳膊："他也报名了。"

文伟："……"

萧致："……"

前两天文伟莫名其妙给他发一大堆音频，说什么"生活像一把无情的刀，改变了我们模样，其实我也有一个歌手梦"，然后发一堆萧致听了做噩梦的东西。一切，此时都解释得通了。

萧致看了他们一会儿，文伟跟管坤面露尴尬，准备接受萧致的嘲讽时，但萧致只是漫不经心应了声："这样。"

他拿着手机，到旁边堆着废弃桌椅的墙边抄了把还算干净的凳子坐下，说："那你俩练，我听听。"

说完，萧致朝湛冰勾手指："过来坐，一起听。"

没有预想中的尴尬。顶楼天色昏暗，只有五六个少年的身影。杨飞鸿也挠着头发过来，若无其事地道："对，你们继续练歌。"

萧致拿纸巾替湛冰擦去凳子上的灰尘，说："既然喜欢，就光明正大地唱，怕什么！"怕什么，没什么好怕的。

"唱得再难听，我还不是得听？"萧致说，"自信一点，兄弟。"

安静中，管坤拿着手机，似乎不知道该说什么。文伟还是笑嘻嘻："我一直很自信。"

他被管坤拽过去，两个人总算讨论起来了："你选的什么歌？"

"《惊雷》，你呢？"

"《隐形的翅膀》。"

安静了两秒，文伟说："挺好的，你这首歌大家耳熟能详，可能比较容易拿高分。"

他就硬夸，还瞬间把管坤夸蒙了，管坤沉默了一会儿，说："是吗？"攥着手机的手指微微收紧，随后道，"其实，你选的歌也很不错，很适合你的性格。"

"是吗？我也这么觉得。"

天台上充满了快活的气氛。文伟对管坤指指点点，两人从先前的互相欣赏转变成了互相攻击。他俩吵架时停下了歌唱，谌冰总算松了口气，往旁边让让，寒意被风吹到校服的袖子里。

萧致侧头道："冷吗？"

谌冰："还行。"话音刚落，萧致往前挡了挡，其实没能挡住多少，但天台风大，还是起到了一点点的效果。

谌冰轻轻问道："他俩还要练多久？"

萧致想了几秒："如果要达到预想的效果，起码还要练十年。"

"……"

"不过看他俩的矛盾，估计一会儿就好。"

他说一会儿还真就一会儿，管坤跟文伟的争嘴逐渐转变成了动手动脚。文伟比较弱，打不过管坤，边摆着手后退边说："不然别唱了！你再动手？"

管坤没动手，就冷笑："少废话，我这次排名必定比你高。"

"那不一定。"

"舞台见。"

"舞台见就舞台见。"文伟一脸晦气，"不练了，好心好意给建议你不听，到时候第一轮就被淘汰了别找我哭。"

管坤迈步上前要拽他衣领，文伟见势不妙撒腿沿楼梯狂奔。这两个人跑下去，后面跟着一个劝架劝得口干舌燥的杨飞鸿。

天台上眼看空了下来。

谌冰问："你还回不回去？"

"十一点了，"萧致看表后说，"不回去了。"

"那萧若？"

"王姨陪她睡。"

湛冰点头："行吧。"

周六的晚上大部分人都回去了，寝室过道上人不多，所以显得湛冰寝室门前的打闹特别显眼。管坤在砸门，但门紧闭着，里面传来一阵嚣张的狂笑："打不到吧？哈哈，我就是这么强大！啦啦啦啦啦……"

管坤盯着门，简直被文伟气得冒火，抬腿一脚踹去。

"哐当"一声，狂笑声戛然而止，门打开了，文伟露出惊恐的表情。

他马上变了口吻："好兄弟，错了错了错了，你唱歌特别好听！"

管坤抓着他衣领，将人摁翻在地。

湛冰和萧致看着两个人在地上扭动成一团，互相胳膊压着胳膊，大腿压着大腿，看起来似乎要拼个你死我活。

文伟只能求助萧致："萧哥，帮帮忙。"

萧致没看见似的，若无其事从旁边跨过去，到了湛冰的座位："今晚怎么睡？"湛冰也绕过去："有张床空着，你自己铺。"

"不行，那床上那么脏，帅哥怎么能睡那种地方？"萧致顿了几秒，转头看他，"你床干净，我们挤挤。"

"……"湛冰被他这句话噎到了。

文伟说："今天不和管坤分出个胜负，我不姓文，我住他们宿舍。"

窗外能看见对面食堂和正在修建中的建筑楼，树叶被风吹过，响起沙沙的声音。要下雨了。

湛冰关上窗户，走回床头时萧致已经脱下了校服外套，里面是件白色的宽松T恤，他躺了下去。

快十一点半了，不知怎的，两个人都没有睡意。

萧致拿手机："要不要玩两把游戏？"

湛冰："嗯？"

他说的是那种减压游戏——消消乐。

两个人一起玩儿，眼疾手快，积分会高很多。打了不到两分钟，寝室断电了，四周陷入了漆黑。他俩你一盘，我一盘，比谁的分高。

萧致笑了："你怎么回事儿？每次比我低几千？"

湛冰盯着屏幕，随手点击："不知道。"

萧致帮他在屏幕点了一下："可以让同种颜色多凑一些，再消去，分数会成倍增长。"

"还能这样？"

"当然能这样,"萧致凑近屏幕看了会儿,"我先玩,一会儿凑出一个大的,让你点。"

"……"有这么公然帮对手的吗?

湛冰没忍住看他,不过萧致对这种胜负完全没放在心上,挺仔细地帮湛冰消了快50秒的边边角角的泡泡,最后凑出中间一整排的绿色泡泡,功成身退:"你点。"

湛冰点了点,屏幕上积分翻倍,比萧致上把还高了一千多。

湛冰好笑:"你帮我对付你,比自己玩儿还走心?"

"是你玩得好,我愿赌服输。"萧致声音平淡,完全听不出夸人的痕迹。

萧致指尖轻敲屏幕:"你自己来一次。"

湛冰找到方法,点着色彩各异的方块,消去小面积后凑成大面积,轻轻一点,分数"噌噌噌"往上涨。

萧致不着痕迹地夸奖他:"比起我稍有逊色,但进步相当快了。"

湛冰好笑,递回了手机。

还真就越玩儿越精神,玩到睡意全无,萧致扬了下眉:"看电影?"

"看什么?"

"半夜气氛这么好,不看恐怖片可惜了。"

萧致到视频网站找了部恐怖片,湛冰不怎么想看,合着眼皮。

"怕了?"萧致问。

湛冰:"没有,不想看。"

"好。"

萧致没多问:"该睡觉了,明天还要上课。"

窗外响起了下雨的声音。

湛冰矜持,情感淡漠,到现在才放下了骨子里与人的疏离感,这个过程不知道花了萧致多长时间。

萧致不是不记得以前的事儿,其实到现在萧致也没明白,为什么湛冰突然转来了九中,那么努力——努力得不像曾经的他——拯救自己,拼命拉扯自己。萧致曾经一度以为是梦,而这个人也很快会走。但他竟然一直留了下来,不再像从前一样隐忍、冷漠。

不知道为什么,但他还是很想说,谢谢。

湛冰,谢谢你,如天使一般,在我的世界降临。

夜里,湛冰被窗外的雷声惊醒了。晚上有过征兆,似乎要下雨,半夜时雷电映得寝室里一瞬间亮起又重归黑暗,感觉像世界末日,特别恐怖。

谌冰醒来一动,萧致被他的动作带动得也醒了。

这会儿两个人都挺清醒,完全没有早晨醒来时的昏沉。

萧致问:"干什么?"

"雷声太大,睡不着了。"

谌冰干脆起身,拧开书桌上的灯。不只睡不着,连肚子也饿了,谌冰从抽屉里翻出几块饼干和酸奶,递给萧致:"你饿不饿?"

"还好。"萧致半垂着眼皮,意兴阑珊,"主要大半夜起来吃东西,不觉得很奇怪吗?"

谌冰有些类似的感觉。不知怎的,一到雷雨天他就会想起小时候待在萧致家里的夜晚,回忆泛起的同时,又觉得特别温暖。

当时他也是被打雷的声音吵得睡不着,半夜爬起来瞎折腾,萧致跟在他背后作陪,玩累了到楼下休息。

谌冰想了一会儿后说:"要不要现在,做两道题?"

萧致:"?"

知道自己的提议无理,但谌冰确实睡不着,转了一会儿笔。

萧致看着他,大概没想到这辈子能在半夜被唤醒来做题,看向他的目光满是隐忍,半晌说:"行吧。"

谌冰打开了一套数学题,掉转台灯,让光线尽可能地转向萧致。

而另一头,隔了三间寝室外,文伟正饱受管坤的折磨。

窗外电闪雷鸣,文伟坐在床上,一言不发地看着眼前的黑影。

管坤这个人吧,睡觉时容易打鼾,同时,据说有些童年阴影,所以有某些小毛病,比如梦游。

文伟是知道他有这个毛病的,所以并不害怕,但说实话,被雷声惊醒后一睁眼发现有个黑影正站在床头看自己,真的相当瘆人。

文伟以前看过报道,说如果有人梦游,最好不要中途惊醒他,将他引导回床上休息是最好的。但文伟懒,想等着管坤自己回去。

这人不回去,还站在床头看他,都分不清有没有睡着。

文伟喊他:"小坤子。"没有回应。

文伟属于胆子比较大的,但这时候都开始怀疑他是不是"中邪"了。总之,在这地方待着特别瘆人,文伟裹着大棉被,开门想回自己寝室。

但回自己寝室他又有顾虑,就怕管坤出事。文伟站在寝室门口,吹着冷风,直到看见管坤梦游着追了出来,才心里叫了声离谱,赶紧敲门。

门很快开了。文伟本以为会看见睡眼惺忪的萧致,没想到门打开,桌上点着台灯,两个人坐在桌前,一道立体几何题堪堪解到一半。

文伟:"……"他一度萌生了还是回去跟梦游的管坤面面相觑的想法。

这就是学霸的世界吗?!

萧致回头往里走:"要睡觉?等等,我先解完这道题。"

文伟感觉他萧哥的变化真的好大,但变化之余,某些特质又几乎一模一样——能把等我解完这道题说得跟以前我先打个架一样帅。

"算了。"文伟叹息着,到旁边坐下,"你们忙,我看会儿小说。"

谌冰精神还不错,在旁边看着萧致写,自己没什么动静。

萧致卡在了第三道题,他转着笔,说:"给点提示。"

"辅助线。"谌冰的回答言简意赅。

"我知道是辅助线,该怎么画?"萧致说,"你再给点儿提示。"

谌冰:"不行。"

"别这样。"

"自己想。"

"就一点点。"

"直接给你看答案要不要?"

开始吵架了。

文伟指间夹着小说翻了翻,觉得小说索然无味,看小说哪有听他俩聊天有意思。

萧致没话说了,低头重新审视卷面,时不时掐着指尖。

萧致试图边乱画辅助线,边观察谌冰的神色。

"这么画?"

谌冰没什么反应。

"看来不对,这么画?"

"……"

"还是这么画?"

谌冰明明表情比较冷淡,抿了抿唇,硬是被他逗得唇角微弯:"答案在我脸上?"

"那你真的一点儿都不透露?"

"不。"

"无情。"

萧致拉着椅子往前,干脆趴在了卷面上,他笔尖在草稿纸上有一搭没一搭乱画,摆明了有些想放弃学习。

萧致就是不肯学了,学厌倦了。

谌冰轻声说:"你再想想。"

"不想。"

湛冰声音低低的:"再想想,说不定就对了。"

"我想不出来。"萧致似乎很烦,被一道题搞得心态崩了,额头"砰"地抵上了书桌,神色厌倦。

萧致做出这个动作的一瞬间,湛冰抬起眼皮,看了看装作翻书实则偷听的文伟。文伟不动声色有意无意转向另一侧,用身体姿势表示你们聊你们的,我真的不打扰。

萧致目前对于难题还缺乏一种攻坚精神,做不出来会厌烦、焦躁,甚至会放弃。题目就放在这里,多余的情绪对解题毫无增益,反而会影响解题的思维。

湛冰轻声说:"再想想?"

萧致摆明了失去战斗意志。

安静了两秒。下一瞬间,湛冰声音更低,好言相劝:"哥,靠自己的努力解出一道题很酷的。"

啧。都说酷了,酷哥萧致肯定能重整旗鼓。

果不其然,萧致不知道经历了什么心理活动,没到两秒,坐直重新展开了草稿纸,满血复活。

文伟:"……"

估计过了十分钟,他萧哥算出了答案。

湛冰挑眉:"这不就好起来了?"

他萧哥放下笔,眉梢微微一挑:"幸好有你。"

文伟心里"啧"了一声。

文伟丢下书往床上爬:"兄弟们,我睡觉了。"

"嗯。"萧致应声,抬手熄灭了台灯。

窗外的雷雨声比刚才小了不少,他们上床拉上帘子,萧致突然动了动。

湛冰侧头,耳边响起低声:"你说我和你现在开了手电筒继续学习,文伟会怎么想?"

湛冰觉得牙根发痒,他闭目两三秒后道:"你做点好事吧。"

安静了一会儿。

"那没事了。"萧致说。

萧致一觉睡得很沉,估计那道题确实让他解得精疲力竭了吧。

第二天早上,湛冰是被一阵快破音了的高音惊醒的。

"哎,这里的山路十八弯,这里的水路九连环……"

湛冰睁开眼,发现外面吊嗓子的是文伟。

他穿着白汗衫，站在阳台上刷牙，半掩着门对着楼外明净的天空、树林歌唱："这里的水路九连环……"

谌冰起床了。

文伟了解他的生物钟，猜到没打扰他，回头看了眼："冰神，醒了？"

谌冰看着他："你干什么？"

"晚上歌唱初赛，我吊吊嗓子。"

吊嗓子？就这堪比鬼哭狼嚎的水平……谌冰张了下嘴，竟然无法反驳。同时，隔壁传来一阵断断续续的声音："每一次，都在徘徊孤单中坚强……"

文伟："估计管坤也在练。"

谌冰没话说了："加油。"

文伟拿着毛巾边往寝室里走，边发出热情邀请："今晚进行初选，要不要过来给我们加油打气？就你俩，别的人不要来了啊，当面被淘汰我们会很尴尬。"

谌冰不语。萧致侧躺在床上，他稍微起得晚一点儿，意识不清，所以先听见歌声时没辨认出是管坤和文伟，拧着眉烦躁地道："谁大清早乱叫？"

虾兵蟹将还是得上战场。

文伟他们初赛的地方在九中的阶梯教室，也就是之前进行励志讲座的地方。九中穷，连个礼堂都修不起，平时办活动一般在操场的舞台。

晚自习时，教室里大家小声聊着天，听到广播通知参赛者去阶梯教室时文伟起身，特别虚伪地道："今晚初赛吗？我去看看热闹。"

文伟拽了拽管坤的胳膊："你去不去？"

"……"管坤闷头闷脑，"我去。"

杨飞鸿起身："那我也去看看。"

"别别别别别！"文伟慌忙制止他，情急之中随便编造借口，"你在班上帅得过于显眼，没在教室，陆老师肯定一眼看出端倪。"他回头钩了钩萧致的校服，又招呼谌冰，"我还是跟这两位平平无奇的帅哥一起去算了。"

杨飞鸿一时没听懂他夸自己还是贬自己："……"

出教室后文伟松了口气："差点就被发现了。"

谌冰心想按照你俩的歌唱水平，确实要小心别被人发现。

萧致抬手搭着谌冰的肩膀往楼梯下走，从校服兜里抽出了一个绿色的塑料小手掌道具，递给他："一会儿帮忙打拍子。"

"……"谌冰也想帮忙打拍子，就怕这俩合不上拍。

阶梯教室里为了参赛排队的人排到了门口，不得不说，九中卧虎藏龙,居然还有玩乐队的,扛着贝斯在阶梯教室前的舞台上肆意摇摆,一前一后疯狂甩着狂放不羁的头发。

"哇,"文伟说,"对手很强劲啊!"

管坤盯着前方:"我有点儿紧张。"

"没事儿,我们也不逊色。"

他嗓门比较大,前方三四米处闻声转过来一个脑袋,杨清风站在人堆里,看见谌冰这一行人,眯眼笑了笑:"巧啊。"

谌冰:"巧。"

杨清风摸着下巴,打量他俩:"你和萧同学参加啊?那坏了,我还想说参加这种唱跳选秀节目,凭借颜值霸占 C 位……"

文伟出言纠正他:"不是,是我和管同学,还有朱同学。"

"哦——"杨清风话说得意味深长,潜台词分明是"稳了"。

文伟看着他背影:"这 1 班的第一名说话什么意思呢?"

杨清风慢悠悠转过头看他:"我听见了。"说完陷入思索,自言自语,"第一名,倒也不是不能接受的称呼。"他笑着又转头回去。

谌冰对九中的恩怨纠葛不太清楚,总之,据说九中有萧致压着杨清风一直当不了"校草",但他白白净净,又是年级第一,一直是女生们肖想的对象。但谁知道谌冰来了,不仅轻描淡写抢了他的年级第一,还抢走了他"校草"的头衔。杨清风心理不太平衡,一直试图重回昔日的荣耀,故偶尔言语荒诞、举止怪异。

听了文伟一通解释,谌冰忍了几秒:"我看你们还是吃得太饱了。"一天天的闲得没事找事。

听到提示,杨清风上讲台唱歌。他还是挺有范的,回头屈着手腕拿起话筒,露出淡淡的笑意:"接下来带给大家一首 Dancing in My Room。"

开口,嗓音竟然意外地好。

本来他要是歌喉平平文伟就不说什么了,一听见他这么出色,忌妒得眼睛都红了:"就这?我仿佛看见一个少年版的歌唱天才。"

前面几个男生和女生回头看他,都是 1 班的。

朱晓连忙拉文伟的校服,息事宁人地道:"别开玩笑了。"

文伟也觉得自己说得有点过,拱手做了个抱歉的姿势:"开个玩笑,开个玩笑。"

杨清风一首歌唱完,分数高达 98,音乐老师称赞道:"不仅歌声好,这个身体姿态也不错啊,落落大方,很放得开,给了我们相当不错的舞台观感。"

文伟思索地重复:"身体姿态,意思是跳舞或者手上的动作吗?"

萧致将手放在校服兜里,想了一下:"差不多吧。"

"我悟了。"文伟说。

按照文伟歌唱方面的悟性,他能突然对体态产生感悟,谌冰第一个反应是不对劲。

校服袖口被轻轻拉了拉,萧致牵着他到旁边座位坐下:"在这儿看。"

讲台上一声雷鸣。谌冰看了几秒,总算明白自己刚才心里的危险预感是怎么回事儿了,文伟不是没有肢体动作,反而是表现得相当突出,边唱《惊雷》边抬手冲评委指指点点,就差戴个墨镜和金项链,旁边跟着两个黄毛小伙蹦蹦跳跳。

谌冰不忍看,转过了脸。

萧致本来拿着手机拍摄文伟的初舞台,晃了晃手腕,大概没想到这么劲爆,手机放了下来:"确定不是减分项?"

文伟倒是跳得很开心,中途还摇起了花手,至少把气氛渲染到了极致,后面几个男生都跟着唱,声浪排山倒海。笑声不断,雅俗共赏。

不过结束时许铮脸色有点儿黑,打分时说:"80。歌曲没能展现出学生的精气神。"

文伟跳出一身汗,举着话筒:"我还不够精神啊?"

"……"此精神非彼精神。

许铮完全没有再点评的意思,推着眼镜,严肃地跟旁边的音乐老师说话。有人给出还不错的分数,但总体较低,因为许铮一个80分把平均分拉到了90以下。

文伟下来时满脸蒙,不过很快释然:"管他的,我唱得爽。"

他别的没有,心态却一直很不错。

但管坤要稍微拘谨些,他上台时吸取了杨清风和管坤的经验,试图展现出一种温柔的美感,边唱边挥动着他孔武有力的手臂。

总之,今晚这场十佳歌手初赛,堪称群魔乱舞。

管坤分数90出头,唯独朱晓中规中矩卡在93。公布晋级名单时管坤还特别自信往前走了两步,没听到自己的名字,表情有些幻灭,随即一声不吭蹲墙角伤心去了。

文伟面露心疼:"我坤哥。"

好在朱晓勉强晋级,但没流露出多大的喜悦,忧郁地道:"还有二赛呢。"

大家往班上走。

之前跟管坤吵架还骂他初赛必被淘汰的文伟走到他兄弟身旁，拍了拍他肩膀，说："其实你唱得真不错，差点儿把我感动哭了，真的。"

管坤面容疲惫："我唱歌不行。"

"谁说你不行？那是他耳朵有问题，兄弟！"文伟夸得很假，但很用力，"我觉得很好听，你要是喜欢唱，以后天天唱给我听。说你唱得不好听的，你更要凑到他耳朵边唱，专门恶心他！就问他气不气！"

管坤没心思跟他胡搅蛮缠："算了。"

"真的。"文伟跟在他背后，走了会儿突然想到，"你不就想去舞台上唱歌吗？到时候我们班运动会得奖，就让你上去唱呗。"

"……"管坤回头看他。

"我们班别的不行，运动会拿个第一名，还是很简单的。"

文伟跟个碎嘴子似的，一直叽叽喳喳，好半天，管坤似乎被他说服了，但又不想喜怒无常得太明显。

他维持着忧郁，抬手撞了撞文伟的胳膊："其实，你刚才唱得真不错。"

"是吗？能被你这么有音乐造诣的人夸奖，是我的荣幸！"文伟回头将萧致拉入混战，"萧哥，我俩是不是都不错？"

萧致看过去，应声："对，你俩唱得很完美。"

阶梯教室到高二4班要穿过走道，夜间灯光微暗，少年的声音自由自在，旁若无人。

谌冰被倒春寒吹得有点儿凉，莫名笑了下。

没什么意义的闲聊，却让人觉得心情开朗。

到教室时正好晚自习中途下课，文伟到讲台抓起朱晓一只胳膊举起来："恭喜我们班长成功晋级校园十五佳歌手！"

本来全班各干各的，还有偷偷摸摸躲在抽屉里打游戏的，听见这句话顿时脑袋全抬起来，直勾勾盯着讲台上的小个子男生，似乎不太敢相信平时沉默寡言的班长会参加这种活动。

朱晓扭了扭手，他力气小挣不开，情急之下说："哎，你这个人怎么这样……"没听错，还是那熟悉的班长，熟悉的被同学打趣后的害羞模样。

"哇哦，没想到啊！"杨飞鸿直接从椅子蹿起来。

不止他，四五个男生，都仿佛接收到了什么暗号，突然满脸坏笑，挽着袖子朝朱晓蜂拥过去。

他们简直如围捕猎物的猎手，朱晓似乎意识到了什么，脸色"唰"地变白，想跑时却发现自己已经失去了退路。

傅航一甩脖子："萧哥，来不来？"

萧致将谌冰拉到背后，对傅航的煽动只有一句话："不。"

这架势，谌冰没看懂："要干什么？"

萧致背靠着门，紧紧拉着谌冰的手腕，他眼神带有几分玩味，说："你想知道？"

谌冰不明所以，他看见四五个男生把朱晓抬了起来。

朱晓发出一阵阵堪比杀猪的号叫，文伟气定神闲，不为所动："班长，刚才唱歌时你有个高音没飙上去，早有现在这嗓门，也不至于才这么点分。"

朱晓："放开我！放——开——我——啊啊啊——"

谌冰："……"

男生们扛着他朝楼梯间走过去。

"啊啊啊——"等了会儿，朱晓哭哭啼啼从门外进来。

有的男孩子确实比较胆小，容易被逗哭，朱晓便是其中之一。他背后跟着的一群男生都挺尴尬的，抠着脑壳纷纷为刚才的不理智行为道歉："班长，不好意思啊。"

"班长，确实，玩笑开过了。"

文伟探出一张笑脸："班长，要不你打我吧？"

朱晓"哼"了一声回到自己座位，憋屈地取出了今晚因为歌曲初赛没来得及写的作业，都没有给他们一个眼神，开始头也不抬地用功努力。

男生们相当手足无措。这节晚自习，总而言之，就是他们轮番顶着被陆为民发现的风险，拿作业本蹲到朱晓面前，表面是为请教难题，实则是为道歉，直逗到朱晓烦得要死，把他们轰回去为止。

回寝室后文伟拎着水果直奔朱晓的寝室，周放端着盘草莓，跟过去串门凑热闹了。

谌冰刚收好作业，萧致的手机视频就打了过来。路灯下看不清晰他的眉眼，手机屏幕也没放正，明显在走路。

"你寝室就你一个？"萧致看了眼手机。

谌冰："嗯。"

说完，谌冰想起来补充："他俩负荆请罪去了。"

萧致是走读生，他住的地方离学校至少十分钟的路程。

视频一直开着，谌冰中间洗了个苹果边吃边写作业，萧致问道："饿了？"

谌冰："嗯。"

"明早给你带炸春卷和青团，旁边紫玉阁那家的。"

"那么远，"谌冰怔了下，"要排多久？"

"没事儿，反正我闲。"

之前在一中读书，谌冰也走读，每天早上家里专门有厨子做营养餐、牛排或者便当，不过到九中后入乡随俗每天包子、油条、豆浆、米线，吃个青团都算改善生活。

谌冰："那行。"

萧致到家后也没挂电话，旁边萧若坐在沙发里打瞌睡，听见动静夺过了他手里的奶茶，回房关门一气呵成。

萧致看过去道："这没良心的。"萧致回家后第一件事是洗澡，这是帅哥的自我修养，骨子里爱干净整洁。

寝室门外响起动静，文伟跟周放一前一后回来，站在宿舍中间叽叽喳喳："你刚才少说两句废话应该能更早劝好。"

周放针锋相对："明明是你话术有问题。"

这俩吵架，手机屏幕里萧致拉开衣柜找到了T恤准备换校服，闻声跟谌冰说："你到一个无人的僻静角落。"

谌冰："？"

联想到萧致以前的某些操作，谌冰顿时生出警惕，完全不配合："在寝室，僻静不了，谢谢。"

"那行。"

谌冰本来该直接按下挂断键，但对面萧致换上T恤后，拨了拨头发问："我穿白色好看还是黑色好看？"

谌冰没回答。

屏幕熄灭，寝室里声音嘈杂，耳边文伟和周放的声音逐渐清晰："谁让班长不说实话啊？参加校园十佳歌手大赛，还悄悄晋级了。"

文伟："春季运动会啦啦队预备役呗，到时候赢了上舞台表演，班长第14名，还不知道二轮能不能有所突破。"

周放意识到不对："你怎么知道？"

"……"文伟生怕暴露自己参过赛，镇定地道，"就我闲得慌，看热闹，跟评委聊天知道的。走了走了搓澡去……"

两个人一前一后出去。

第二天清晨语文早自习。

"今天谁迟到了？"陆为民瞟了眼黑板，"值日生记下来。"

值日生一个一个地点名。

人慢慢都来齐了，唯独还缺一个人。陆为民看向谌冰身旁的位置："萧致还没来？"

没来。

直等到早自习上了一半，陆为民正坐在讲台上备课，听到教室后门一阵动静："报告。"

高挑的萧致靠着门框，明显往里走了几步才想起自己迟到了，又退出去。他单手拎着一个透明塑料袋，稍微一瞟能看出里面种类繁杂的食物。

陆为民没好气："你到教室摆摊来了？"

"不是，"萧致继续靠门，询问道，"我能进去吗？"

"你迟到了。"

仿佛听到提示才明白，萧致声音拖长："了解了。"

这个回答有些敷衍。看着陆为民额头青筋暴起，萧致连忙抬了抬手，许下承诺："下次不会了。"

"还下次，"陆为民铁面无私，"走廊站着去！"

萧致安静了两秒，没进行多余的抵抗："好，我先把东西放下。"

他的座位靠窗，谌冰从刚才听见他声音就停了笔，萧致走近时把手里提的袋子放到桌上："青团、炸春卷、骨头汤，还有半只烧鸡腿。"

谌冰："……"

萧致："我出去了。"

萧致拿笔记本顶在指尖转了转，慢条斯理往教室外走，到陆为民背后时，陆为民瞪着他，萧致则快步走过，还理了理头发。

陆为民快气吐血了。

走廊阳光大盛，树叶摇晃，被风一吹，阳光透过树叶间的缝隙照在少年身上。萧致垂着眼看错题本，指间夹着书页翻了翻，转身迎风眯着眼晒太阳。校服也遮不住他的好身材，站成了一道相当亮眼的风景。

陆为民来回巡视，见谌冰拎着袋子里的吃的，起身打报告："陆老师，我出去吃早饭。"

"……"陆为民很想纠正他现在是早自习，还有没有王法了，不过他仔细看了袋子里的东西，冷了这些东西估计就吃不了，只好说，"赶紧去吃！"

谌冰去了走廊。

萧致看见他后拎着笔记本过来，帮他拆开袋子里的饭盒。

谌冰说："你确实跑得有点儿远。"

"不远。"轻轻一句话。

去那家卖青团的早餐店要绕路十几分钟，谌冰以前吃过好几次，跟萧致说味道不错，他过段时间就时常往那边去，带早餐过来。

教室里书声琅琅，教室外两人肩并肩站着。

谌冰夹着春卷咬了口："好油。"

"油？"萧致"哧"了声，没什么惋惜地说，"那你要长胖了。"

谌冰夹着剩下的半截，重新咬了口，确定口感没弄错后道："真的油。"

油，但又不能不吃。

萧致放下笔记本伸手："我试试。"

谌冰递过快餐盒。萧致拿筷子夹了一个春卷塞进嘴里，还没说出是什么味道，背后陆为民出来检查他俩，看见了这一幕。

陆为民皱着眉道："你罚站，还有脸蹭吃蹭喝？"

萧致没当回事儿，夹着筷子伸出去："你也来点儿？"

"……"陆为民无语，"给我站好。"

他走到谌冰面前，看了他的伙食后表示满意："没错，你们高中生就要这么吃。长身体时要补身体，免得学习时体力跟不上。"

萧致笑着转过身去。

谌冰吃得很慢，到下早习时，跟萧致一块儿回了教室。

学习慢慢步入正轨，快高三了，这学期任务比上学期繁重。教室里不学的还是不学，但想学的，明显比以前感觉到了紧迫感。

校运会在第一次月考之后，全班氛围稍微缓和了点儿，陆为民在念完成绩单的晚自习上随便提了一下这件事："月考完了，现在你们可以稍微放松一下，过几天的运动会，我想想……"他找杨飞鸿，"你上来念念都有什么项目。"

杨飞鸿应声而起，来到讲台展开一张纸："跑步有几种，4×100 接力赛、短跑、长跑、跳高和铅球，还有一个篮球赛和排球赛。"他作为体委，对班上的体育成绩相当有自信，"我觉得我们都可以拿第一。"

陆为民端着杯子，镜片反光，觉得倒也不是没有这个可能性。

虽然 4 班不是体育特长班，但体育强，光看班级平均身高，还有平时的气场就能感觉到。平时他们在学校都横着走，不为什么——身强体壮，就是这么自信。

陆为民道："你展开说说。"

"这样，接力赛规定男女平均分配，好说，挑几个腿长的随便来。短跑，周放同学可以胜任。女生，王月同学吊打一群弱女子。长跑我们找文伟，他常年被人追着打，耐力方面的卓越表现我们不得不服。至于扔铅球，许蔚同学甚至可以参加男子组。"

底下，许蔚盯着他，让人感觉一抬腿就能把桌子踹烂。

教室里气氛活跃。被议论声吸引注意力后湛冰停笔，他刚忙着给萧致改错题，听到这儿，才明白自己班在高二年级属于什么定位——四肢发达班，男女生都猛得很。

三言两语把班里安排得明明白白，陆为民也找回了自信："我承认大家在体育方面可能有一些优势，但态度必须拿出来，明天体育课你们去找体育老师商量挑选参赛选手。千万不要轻敌，我们班要是还被人打败那就丢人现眼了。"大家发出气壮山河的一声吼："得令！"

人逢喜事精神爽，还没开打就预见了胜利，班上同学报名相当踊跃。以前湛冰在一中，因为身高还能被拉去凑数参赛，现在发现压根儿没自己的事儿。

操场上热火朝天，天气不太热，杨飞鸿脱掉校服外套站在前方跟体育老师黄恒商量，回头道："我们先凑一支篮球队。"

体育老师往人群中一瞟，专门挑高的："你，你，你，你……还有你，都出来。"

他指了指湛冰："你也出来。"

湛冰扯了下唇："我不参加。"

"为什么不参加？"黄恒挑眉，"不会打？"

"不是，"湛冰淡淡地道，"我不爱动弹。"

还有其他的好苗子，黄恒没有为难他，很快领着一帮人往球场走。

黄恒挨个分析选手适合的位置，球场上人影晃动，台阶旁坐了一堆男生女生，往球场上看。

黄恒让这群男生对打一会儿。萧致拿到球之后掉转方向，动作特别快，几步跃起迅速将篮球灌进篮筐，干净利落。

黄恒笑着说："这帅哥，我都不知道怎么夸了，简直就是个明星。"天生要吸引其他人的目光。

湛冰站在线外，隔着远远的距离看着球场上，文伟说道："冰神，往旁边挪点儿，挡着我看萧哥了。"

湛冰回头看，不止他，傅航跟其他男生都蹲在台阶上，一排一排艳羡地看着操场。湛冰感觉文伟条件不错："你怎么不去？"

"这不被赋予其他使命了嘛，"文伟说，"我去长跑，没空练篮球。"

他往旁边让了让，就像蹲在墙根聊天的老头似的，对另一个老头礼让出地盘："冰神，来，坐着看。"

湛冰眼皮跳了下："不用。"

"来嘛,坐着,他们还得练一段时间呢。"

谌冰被生拉硬拽着,萧致拽着校服拉链往这边走,盯着文伟挑了下眉:"干什么?"

"我就给冰神让座!让个座!"文伟拍拍旁边的小台阶,"想什么呢?"

"哦。"

萧致不紧不慢脱下校服,露出里面穿着的短袖,他把校服丢到台阶上垫着,示意谌冰:"现在可以坐了。"

背后体育老师拿着点名簿写写画画,见他突然走了,叫起来:"干什么呢你?作为球队中心稍微有一点敬业精神可以吗?"

"来了。"萧致一路小跑过去了。

谌冰低头把他的校服捡起来,拍去灰尘,站在旁边看了会儿。

4班的实力真不是吹,旁边有几个打球的体育生被黄恒吹口哨叫过来:"你们,陪他们练练。"

萧致是前锋,特别灵活地在场上走位、做假动作、投篮,差不多掌控全场。场面相当激烈,而4班几个男生的分数竟然遥遥领先。

管坤靠后,打球的状态跟性格差不多,比较闷比较稳,灵活性不足,但防守得固若金汤。

文伟越看越自信:"稳了稳了,这次不拿第一我名字倒着写。"

傅航最怕有人先立旗号,不满地道:"别找事啊,你这张乌鸦嘴,到嘴的鸭子可能都被你说飞了。"

"行行行,我乌鸦嘴,那不赢你名字倒着写行不行?"

"……"傅航抬手准备抓他。

离下课还有二十分钟,谌冰拿着校服往球场外走。他刚走到树荫下,就听见一阵动静。

高处垂落一道身影,萧致隔着球场边缘拉着的网问他:"怎么走了?"

谌冰往旁边的小卖部指了指,还没来得及说明,萧致喉头滚了滚:"你不看我打啊?"他声音里情绪低落。

谌冰忍无可忍,说道:"我,去给你,买水。"

萧致原本眼神阴沉,听见这句话顿时眼中出现了亮光。

谌冰胸口发闷,但毫无发泄处,只有一种无奈:"马上就回来。"

萧致唇角挑了点笑:"那我过去了。"

小卖部卖的东西比较少,谌冰在功能饮料和矿泉水之间犹豫了会儿,最后选了瓶补充盐分的,拿着往回走。

回到操场,台阶边看热闹的越来越多,文伟专门在入口守着,看到谌冰后回头大吼:"萧哥,你可以认真起来了!"

萧致这几分钟打成了"养生"篮球,确定谌冰来了后,仿佛刚才一切都没发生过,恢复了战斗状态。

谌冰总感觉只穿T恤会冷,但操场上热火朝天,萧致的表现简直是全场的亮点。

谌冰握紧了水瓶,拧开瓶盖。

半晌,萧致喘着气,走到谌冰旁边。

"水。"萧致说。谌冰递过去。

萧致一口气喝下去快半瓶,又递回来,居高临下,语气傲慢:"拿着。"然后,重新回到他的战场。

临下课前五分钟,杨飞鸿宣布可以回教室了。篮球队能赢他自认为已经十拿十稳,又多加了一项赌注"不能赢名字倒着写"。

杨飞鸿在讲台上拿着大三角尺登记人数:"陆老师的意思是,大家尽量多报名,搞人海战术也能得总分第一。所以大家尽量都选一项活动,报名参加。"

报名人数顿时多了一倍。

谌冰转着笔,十分冷淡,始终提不起兴趣。

耳边轻轻一声"咔",凳子被轻轻踢了踢,萧致刚去卫生间冲了下脸,发缕潮湿,挺直的鼻梁留着水渍,他抓着谌冰的肩膀轻轻晃了晃。

"我回来了。"

谌冰挪了挪,让他进去。

萧致明显很热,打开了窗户,被风吹得微微眯眼。

他重新坐下来,单手撑着下颌,询问谌冰:"有没有纸?"

谌冰从抽屉里掏出一盒纸巾,递过去。

讲台上杨飞鸿动员大家参加运动会还不够,到底下挨个点名。

杨飞鸿到谌冰身旁,笑眯眯地道:"冰神,你是不是也得报一个?"

谌冰:"?"

"长跑、短跑、接力赛、扔铅球或者两人三足,报一个呗。"

旁边文伟一群人跟着嚷嚷:"报一个呗报一个呗报一个呗!"

说白了,因为谌冰平时过于"高冷",这群人就特别想把他拉进队伍,一起疯一起闹一起痴狂。运动会谌冰不感兴趣,但盛情难却,一时不知道报什么,偏头看了眼萧致。萧致看表:"还有什么?"

"接力赛和扔铅球空着。"

萧致应了一声,问:"你跑接力吗?"

100 米接力，谌冰想了想，说："好。"

"我们的'学神'也报名了！"杨飞鸿转头挥舞传单，加大宣传噱头，"兄弟们走过路过不要错过！参赛，即可获得跟冰神操场一日游！"

刚才一直腼腆不肯报名的女生顿时被带动得活跃起来，让杨飞鸿停下，新奇地问东问西，气氛非常热闹。

谌冰感觉有点儿尴尬，偏头看向了萧致。

萧致："嗯？"

谌冰摇头。

萧致说："不怕，一起加油。"

陆为民算是个说到做到的男人，既然让学生报名参加了体育比赛绝对不敷衍了事，从比赛前的两周起就腾出了下午的两节自习课，让报名的同学到操场训练。

一到自习课，操场热火朝天。陆为民端着茶杯走来走去，偶尔穿双运动鞋陪跑，看着少年们练习的样子，心里不禁感叹。

100 米接力不算难，交接时的反应速度很重要，这可能是超越别人的关键。体育老师在旁边指导："第一棒和最后一棒都比较重要，可以找两个男生完成，需要爆发力和敏捷度。接力棒交接也不要耽误时间，我们可以做个特别训练。"

谌冰最后一棒，和他对接的第三棒是个女生，叫周娉婷，刚开始还有些不好意思，脸挺红的，后面才彻底放开。

"给！"周娉婷跑了过来，接力棒递过来时谌冰不太方便接，接棒时还碰到了她的手。

到终点时，体育老师一脸疑惑，说周娉婷："怎么回事！接力棒一人抓一端，你抓中间下家怎么接？再来，重新练一遍。"

"还来啊？好累哦。"

"才跑几圈就累了？"

谌冰扯着 T 恤领口散热，旁边打篮球的不知道什么时候中场休息过来了，边聊天，边看着这边。

树荫里站着几道高高瘦瘦的身影，男生们站着看热闹。萧致拿起矿泉水瓶喝了几口，朝谌冰这边走过来。

体育老师无奈地道："那你们也休息吧。"

萧致走近后看着谌冰道："你怎么还碰人家手呢？"

谌冰："……"明显刚才的动作被他看见了。

体育运动不是很正常吗？谌冰拿纸巾擦了擦额头的汗："你打篮球就不

跟别人碰了？"

萧致："那不一样，我碰的是男生，你碰的是女孩子。"

谌冰往旁边退了两步道："你傻吧你？"

萧致笑了，站他旁边："累不累？"

"还行，"谌冰说，"两位女同学比较累。"

"接力赛还算好。"萧致说，"知道文伟吧，他报了5000米，跟几个体育生一起跑。"

谌冰看过去："这么惨？"

"还行吧，"萧致想想就好笑，"他认为报5000米的人少，去跑了就能拿前三，没想到其他人都这么想，一群'大佬'会集在5000米。"

谌冰一时不知道该说什么了，同情地说道："那他太惨了。"

"耍小聪明呢，这笨小子。"

说这话时，旁边跑道上传来一阵嘶吼，文伟满头大汗挣扎着跑过来，朝萧致喊了声："萧哥！"

萧致笑得不行了，向他拍了拍手："跑起来，跑起来！"

文伟仰天叫了三声。

等目送文伟的背影离开，谌冰接过萧致手里的水，拧开瓶盖喝了两口。

萧致碰了碰他手臂道："还有几天？"

谌冰："什么几天？"

萧致偏头看他，看了一会儿，萧致没忍住抬手拍拍他后脑："你说呢，自己生日都忘了？"

"……"谌冰想起来了。

他比萧致小几个月，感觉距离上次过生日好长时间，不知不觉已经忘掉了生日这种东西。

谌冰问："还有几天？"

萧致想了想："五六天吧。"

谌冰应了声。

之前谌冰过生日一般都是上学日，在一中的三年，没几个同学知道他生日，除了当天早上离开家时许蓉会为他煮碗面，一整天都平平静静地度过。而且谌冰生日还正好跟班上一个人缘不错的女生撞上，他一般就看着大家给那名女生过生日，自己则写作业、看书，仅此而已。

谌冰突然想起来了。

初三自己生日当天，萧致准备了礼物，因为学校离家远，中午他们都在校外活动。萧致带他去吃蛋糕，回来在走廊时，萧致说出了那句"我最近过得很不好，需要你的安慰"，不过当时谌冰却没有在意。

四月天气转热，天空晴朗，蓝天中飘浮着白色的絮状云彩，阳光从树叶间落到地上。当时天气也和现在一模一样。

思绪到此中断，旁边体育老师开始催促："别看热闹了，该干什么干什么，打球的去打球！不然回教室上自习！"

萧致拿过他手里的水："那我过去了。"

"嗯。"谌冰重新回到了操场。

不确定生日的具体日期，谌冰回教室第一件事是翻日历，还有五天，也就是下周一。生日正好周一的话，一般周日在家里就把生日过了，到时候得先回趟家，说不定谌重华也要回来。谌冰一直想着这件事，晚自习陶梦讲作业时他注意力不集中，被盯了好几眼。

萧致戳他手臂："想什么呢？"

谌冰："我们什么时候吃饭？"

"嗯？"

"周六下午我要回家，周日下午才能来，周一不是开始上课了吗？"

萧致才明白他说生日的事，想了会儿，随口道："那晚自习请假，不上了。"

谌冰："……"不上了，很随性，确实是萧致的风格。

谌冰一时不知道该说什么，也不知道陆为民会不会同意。萧致往后靠到椅背上，漫不经心地道："反正这周都在练习，说不定到时候晚自习也要练球，不去就不去了。"

虽然听起来很叛逆，但仔细思考，只是一次晚自习不来上，确实对学习造不成多大影响。只是谌冰过于自律，甚至有强迫症，日子过得远远没有萧致这么轻松随性。

谌冰说："好，到时候请假。"

他俩窃窃私语，讲台上陶梦注意这么久，直接敲了敲讲桌："有些人，继续讲。不要仗着学习成绩好就可以为所欲为。"

大家刚才还没目标，现在听到"学习成绩好"几个字，顿时明白了指向，纷纷转头看向谌冰和萧致。

陶梦："讲啊，你们讲，我就不讲了，我听你们讲好不好？"

萧致抬手表示认错："陶老师，您讲，我们不讲了。"

陶梦嗤笑："你让我讲我就讲？"

非常难伺候的英语老师。

陶梦在讲台发脾气，底下直乐，喊了半天："陶老师，你讲啊！你倒是讲题啊！再不讲下课了！"她才不情不愿拿起书，给了一个眼神让萧致和谌冰自己体会，重新开始讲题。

谌冰低头，感觉特别不好意思。倒是萧致完全无所谓，单脚踩在桌旁的横杠上，指间的笔继续转来转去。

一直等到下课，谌冰才重新恢复精神。

萧致踢开凳子，起身准备去操场打球了，他跟文伟呼朋引伴的时候，突然被谌冰拉住了。

萧致折回来道："怎么了？"

文伟也好奇地凑近："怎么了？"

谌冰没说话。萧致好像懂了，回头探手抵着文伟的额头往后一推："教室门口等我。"

萧致自然而然蹲身，凑近压低声："怎么了？"

他小心的样子，好像谌冰要说什么小秘密。

他郑重其事，反而让谌冰有点不好意思地道："你别告诉其他人。"

萧致："嗯？"

"我的生日，不要告诉其他人。"

说出来有些不好意思，在萧致显露猜疑之前，谌冰硬着头皮说出了原因："我们两个过就行了。"

谌冰费劲地解释，浑身不自在："我'社恐'，不喜欢太多人。"

再说真正的朋友，有一个就够了。

萧致："是吗？"过了一会儿，他笑了，"好朋友就我一个啊？"

谌冰想对着他脸来一拳，不过冷静下来后，安慰自己又不是第一天知道他这样。

杨飞鸿催萧致来打球催了半天，见萧致没动静准备直接走过来，萧致起身，走之前在谌冰肩膀拍了拍："好，就我们俩。"

他的背影消失在门口，直到楼梯远远传来那群男生的说笑。萧致和大家勾肩搭背，他不耐烦地推开，边走边用手将篮球砸到地面上，又将弹回掌心的篮球扣紧。谌冰看着他背影消失，收回视线。

收到许蓉的消息时是星期六，她很兴奋，早早发来了消息。

妈妈："知道周一什么日子吗？"

谌冰盯着手机，打了几个字。

CB："我生日。"

对面发来一个跳跃的微笑兔子表情包,虽然被轻易猜到答案,但许蓉还是很开心。

妈妈:"你记得啊?早点回家哦。你周一上课,我们周日给你过生日好吗?"

跟谌冰预料的一模一样,曾经也是如此。

放学打铃后,教室里的人互相碰了碰胳膊,陆陆续续有人说话:"走了?""走了,今晚去哪儿玩?"

谌冰往书包里放了两张试卷,单手拎着包拐上肩头,跟萧致一块儿出了教室。

管坤在前面,不抱什么希望地喊:"萧哥,去上网吗?"

文伟好笑:"上什么网啊?萧哥现在是好学生,不会再跟我们出去玩啦!"

萧致抬了抬眉:"你们去。"

"行。"管坤不复从前的坚持,掉头走了。

校门口陆续走出离校回家的人,谌冰家的车停在路边,谌冰上车前被萧致拉住,他示意旁边:"喝杯奶茶。"

"有事儿?"

"没事儿,"萧致说,"就想喝杯奶茶。"

他俩买了奶茶,沿学校前的商业街散步,萧致似乎对文具店里的各种东西都很感兴趣,他拉着谌冰进去:"给你买什么生日礼物?"

高中生送礼物送不出什么花样,橱窗里也只摆放着各式各样的玩具公仔、水晶球和沙漏。

谌冰说:"算了。"他没什么想要的礼物,衣食无忧,什么都不缺。

店里相当拥挤,谌冰站了一会儿后出门,萧致在他背后问:"明天晚上吃什么,外面吃还是在我家吃?"

"都行。"谌冰没意见。

萧致把他送到他家车旁,才说:"早点过来。"

谌冰看了他一眼,上车,关上了门。

车窗落下,萧致在树底站了一会儿后转身回到刚才逛过的店里,身影消失。谌冰猜到他可能去买礼物了,但不知道他会买什么,索性装作不知道。

第二天谌冰家里办生日宴,许蓉凭借一己之力拉来了不少客人,热热闹闹地坐在客厅里。谌冰出来见客,见完,对着这群亲戚也不知道喊什么,坐在沙发里玩着手机。

萧致发来消息："几点过来？"

谌冰回复："还不知道。"

他耳侧全是热情的声音。

"有段时间没见，小冰又长高了。"

"越长越帅气，鼻子、眼睛都和你很像。"

许蓉作为女主人操持这一切，中午吃大餐切蛋糕，考虑到谌冰下午还要回学校，一切活动都进行得很快。中途许蓉突然试探着问道："要不然跟你们老师请个假，明天再去学校？"

"……"谌冰抓着手机的手指攥紧。

谌重华不赞成："他是学生，学生就该遵守学校的规章制度，就为过生日请假，没必要。"有那么一瞬间，谌冰觉得自己的强迫症跟谌重华如出一辙，的确是父子，不过他想的正好跟自己相反。

许蓉不再说话了，继续游刃有余地把客人们安排得妥妥当当。谌冰看他们都忙着，起身说："妈，我想现在回学校。"

许蓉："才几点？"

谌冰："快两点了。"

许蓉起身陪他上楼，其实没什么东西要拿，但她还是给谌冰收拾了书包："行，那你过去吧，下周是不是放月假了？"

谌冰："嗯。"

"我给你箱子里装了几件薄衣服，现在天气热，你别穿太厚。"

"知道。"谌冰踏入院门，"妈，你回去玩儿吧。"

车停在萧致家楼底。谌冰在车上接到萧致的消息："到了后在楼下等我会儿。"下车后左右看了圈，周围倒是没别的人，只有楼底下一家修电瓶车的门店开着，人群熙攘。

谌冰拿出手机打字。

CB："你人呢？"

刚发送，街道尽头走来一道高挑的身影，萧致手里拎着一堆从超市买的东西，另一只手还有蛋糕盒，走过来说："送蛋糕的没找对地方，我过去拿过来了。"

谌冰低头："你买了蛋糕？"

"嗯。"萧致音调上扬。

谌冰顺手帮他分担了一些负担："我在家里都吃撑了。"

萧致对他没辙："我不是叫你少吃点儿吗？"

"……"谌冰让开，拎东西上楼。

"这蛋糕只能放两三个小时，之后口感就会变差，晚饭时候吃？"

谌冰道："现在就准备吃晚饭？"他坐车一两个小时，现在还挺饱的。

萧致垂眼看他，大概是午觉没睡醒，说话懒洋洋的："那随便吃点儿。"

他俩上楼，进门后谌冰习惯性找萧若，不过发现人没在："你妹呢？"

"她跟同学出去玩儿了，"萧致说，"没这么快回来。"

谌冰应了一声，萧致把蛋糕放到桌上后转身说："现在不是就我给你过生日了吗？"

"……"谌冰怔了怔。

萧致拖长着腔调笑着说："18岁了。"

谌冰："？"

"不都这么算？过了17岁就是18岁。祝你年年18岁。"

其实按照心理年龄算，谌冰应该19岁。上辈子停在18岁，现在又过了一年。

萧致声音稍微提高："礼物还没给你。"

谌冰："你还真准备了礼物？"

"不是很好的东西。"萧致转头回了房间，拎着一个棕色的纸袋出来，递到谌冰面前。

谌冰接了过来，条状物，盒装，等他取出后，发现是一盒包装精美的干花。晒干的百日菊和黄色康乃馨被纸包裹，象征相隔两地的友谊，旁边还有张蜡黄纸页写的信笺，没拿近就闻到一阵浓郁到刺鼻的香气。

谌冰："你还喷香水了？"

"一点点，显得更像一张生日贺卡。"

他还真是个讲究人。

谌冰准备拆开信封，脑子里突然闪过了什么，重新拿起旁边装着干花的包装盒。纸盒中间嵌着塑料膜，是透明的，只能看到当中很小一部分的花，属于没什么用处的装饰品，适合放在房间门后祛祛味儿，放在桌上都嫌香味太重了。

但谌冰总觉得很眼熟。

纸盒上龙飞凤舞写着几个字——"勿忘我"，是商家招揽顾客的小把戏，给一个没什么意义的东西强行赋予意义。

谌冰拿着花，记忆莫名开始回溯。

一中1班的教室里，班上人缘好的同学带了蛋糕来教室分发给好友，所有人都对她送上生日祝福。谌冰拿着笔坐在窗边的角落，往外看，能看见映在蓝天里的疏枝。

"谌同学，外班有同学托我给你的礼物，说祝你生日快乐。"那人说。

"谁？"

"不知道，3班一个女生，她说另一个人在校门口拿给她的。"

装在纸盒里的干花，蜡黄纸页上写着俗气的"勿忘我"，这种东西可以充作装饰品，但对谌冰来说一点儿用都没有。

他就看了一眼，放在桌底。

谌冰花了两秒钟思考这个人是谁，但他很快抛之脑后。晚自习下课后谌冰挪开凳子起身，打翻了礼盒才重新注意到花，他随手拎起，出了校门。

车里坐着司机和许蓉。

灯光阴暗，他们没看清楚谌冰，谌冰却一眼看到了他们。手里无用的礼物成了碍事的东西，谌冰想了不到一秒，将干花塞进了身旁的垃圾桶。

他丢完，单肩背着包上了车。接下来直到他高考后病逝，再到现在，其间哪怕一秒钟谌冰都没再回想过垃圾桶里那份礼物的结局，也没有考虑送礼物的人的心情。

那时候，谌冰坐在车里眺望窗外灯火时想到过萧致，想过他还记不记得今天是自己的生日，除了爸妈和亲人，这世界上如果还有一个人记得他的生日，那就是他了。但分开以后，不知道他现在会不会还记得。

可能不记得了。

那时候谌冰不知道，在他车辆驶过后，一道孤独的身影站在树木的浓荫里，门口学生太多，他没看见谌冰。人群散尽后，他背对着谌冰的方向消失在夜色中。

萧致没想过能看见谌冰，一无所获，在意料之中。

谌冰也在想或许萧致有了新朋友，不再记得自己。

但，其实不是这样的。

萧致送的礼物经过两年，终于到了自己手里。

身旁的沙发发出轻响，萧致起身，拿起塑料袋里的生日蜡烛，插到蛋糕上，翻出打火机："现在点蜡烛？"谌冰应了声："嗯。"

萧致点亮后拿出手机对准谌冰，按动屏幕录像后说："好的，今天谌冰同学18岁……不，17岁生日，那么，现在我们先给他唱生日歌……"

萧致一人分饰主持和气氛组，游刃有余，歌喉非常好听："祝你生日快乐！祝你生日快乐！"

谌冰感觉十分尴尬，但考虑到他在拍视频，只能尽力配合。

"好，一首歌唱完了，现在请谌冰同学在心里许下生日心愿。"萧致看着手机屏幕，笑了声，"千万不要说出来，不然不灵了。"

湛冰闭眼。其实在这之前湛冰没想过会有这个环节，完全没有想过应该许什么愿望，但现在，他已经明白了自己心里想要什么。

希望家人都幸福，希望萧致不再难过，希望自己能一直陪着他。

耳边寂静，等了一会儿，萧致明朗的声音响起："在这里，我送上对湛冰同学的祝福，希望湛冰天天开心，嗯……"他停了两秒，"万事如意，平安健康，没事儿多笑笑，然后……"

他声音低下来："和我做一辈子的好朋友。"

手机拍摄的视频终止。萧致收起手机时多看了一眼，递给他道："看我给你找的角度，把你拍得特别帅。"

手机视频里传出刚才拍摄初始那句"好的……"

湛冰便拿过了手机："我话没说完。"

萧致莫名其妙扯了下唇，笑道："怎么了？"

纸质生日皇冠虽然看着丑，但湛冰拿起戴到了萧致的头上，说："你高一生日时我不是没在吗？现在补一个生日视频。"萧致目光越发复杂。

湛冰点开了视频录制。他长得清秀俊美，但不太喜欢面对镜头，可现在却觉得，记录生活中的美好是件很好的事。

指尖点了点屏幕后，湛冰有些生疏地说："祝高一的萧致生日快乐，那时候我不在，而你刚来九中，没有朋友，生日是自己一个人过的，应该很孤单吧……"

他本来就不太善于言辞，说到这里似乎卡住了，手机镜头也有点晃。

萧致静静地听着，准备帮忙拿手机，却被湛冰避开了："别。"

湛冰补充道："现在是我的时间。"

你的时间。好的。萧致挑了下眉，笑着配合道："嗯，你继续。"

窗外的夕阳还没落下去，在窗台留下几块破碎的光斑。

陈旧的房间里光影变幻，湛冰眼前恍惚，仿佛看见出身优越、张扬肆意的少年逐渐变得阴郁低沉。萧致的身影孤单地落在桌前，周围的繁华热闹与他无关，身边只有黑暗。

黑暗几乎将他吞噬，却没有一双手伸向他。

湛冰心口冰凉，半响，终于说道："从此以后，你的生日，我都在。"

手机屏幕的录制到此暂停。

萧致莞尔，感慨地道："冰冰长大了。"

（第一部完）

番外
去看更远的星星

高考后燥热的七月暑假。

"东西都放上去了？"文伟拎着一桶纯净水"哐当"一声砸在房车边，声音大得吓人。

萧致从车门边过来："行了，出发。"

"呜呼！出去浪！出去浪！"文伟一把掀开车后门，兴奋地跳上了车。傅航正撕开一包香辣味薯片，他猫在房车狭窄的座位上，看见文伟后猛地将薯片塞给管坤，无辜的表情仿佛把文伟当成傻瓜："不是我拆的。"

管坤："……"

文伟直接吼出来："吃吃吃！就知道吃！你不是刚吃完饭？！不是都说好到露营点再吃吗？"

傅航瞪着眼睛："我吃个薯片也碍着你了？"

文伟一把抢过薯片说："你吃得太多了，这微不足道的一包就让给刚进行了体力劳动的我吃吧。"

傅航："你。"

这两个人吵吵闹闹，他们背后，萧致确认要带的东西是否都齐备了，打开了车门。后座上，谌冰指尖在聊天框点了点后，从包里取出了保温杯。

"跟许姨报完平安了？"

谌冰："报完了。"

萧致系好安全带："让她放心，你跟我们出来玩没事的。"

谌冰忙着玩手机上的一个小游戏——撑杆跳远，正到了关键阶段，不怎么在意地从鼻子里哼出个"知道",紧接着,手里突然一空,手机被萧致抽了出去。

"今天,手机上交了,未经允许不准玩手机。"

谌冰:"……"

谌冰盯着他手里的手机没吭声,明显是想反抗但没找到理由。

萧致将手机丢进抽屉,不知道想到什么又拿了出来。他指间夹着手机,若无其事晃到文伟、管坤和傅航面前,确保他们的注意力都在自己身上,才说:"看见了吗?"

文伟正跟傅航抢薯片,痴呆地抬头:"啊?"

萧致语气冷酷:"你们也都要听我的。"

文伟:"……"

谌冰:"……"

谌冰嘴唇微动,随即被萧致侧头轻轻扫了一眼,那眼神中的"麻烦配合一下,谢谢"呼之欲出。

萧致说完便拿过文伟手里的薯片,瞟了一眼后发现不是爱吃的口味,直接丢回去:"重新拆一包。"

"好嘞,哥!"文伟刚想动,萧致又示意谌冰,简单地道:"给他吃。"

文伟已经开始后悔这趟旅程了,他戏剧性地将头往车窗一撞,猴子似的疯狂扒着车窗:"家人们!我现在回家还来得及吗?祝我早日脱离苦海!"

他们鸡飞狗跳,谌冰没忍住笑了一声,拉开袋子取出保温杯,喝了口温水,肩头放松地靠着座椅。

窗外的温度开始爬升,萧致目视前方,突然开了口:"一起看星星了。"

谌冰抿了抿唇,随即掉转视线。

车在服务区停下,谌冰从卫生间回来,他们站成一排拍照,动作是一只手伸直另一只手放在胸口的姿势,有一说一,谌冰觉得跟老奶奶们摆的五角星形状没有太大区别。

萧致半蹲身:"行,伟子往左,航往右,左……"过了会儿看管坤姿势僵硬,走近朝他肩膀捶了一拳,"一直叫你后背别佝着。"

管坤对他感到钦佩:"……"

谌冰拧开保温杯喝了口温水,有点儿无所事事。萧致穿了件简单的黑色T恤,但腰背线条被勾勒得特别好看,他肩宽腿长,往那儿一站极为醒目。

有人问道:"该出发了?""嗯,太阳落山之前到,方便扎帐篷。"

原本的计划是到这儿玩两天,跟普通游客一样,看完星空照样住宾馆就是。但文伟说了很多"大城市让生活节奏加快,使人与自然产生隔阂"之类的话,软磨硬泡,硬是决定晚上在野外扎营。到了半山腰,房车轧着乱石摇摇晃晃开上去,原野上树枝枯萎,草坪枯黄,看起来十分荒凉。

萧致扶着车门扫了一圈:"行不行啊?"

"行行行,"文伟已经拿着扎营工具往石坡上跑了,"信我!这儿扎营的人多了去了,每天晚上还有直播的,说不定今晚咱们能碰上。来啊兄弟!干活了!"

"行吧。"萧致没话说了。谌冰拎着保温杯下车,到后座帮忙递东西。

扎完帐篷就要做饭了,现在距离天黑还有几个小时,他们把带的羊排放在烤架上,几个人忙前忙后,动作特别娴熟。

文伟捅着烤架里的炭灰:"我每年跟我爸出去钓鱼,随便找个地方打火就能吃上饭。"

"那你还挺有经验。"

萧致丢过去一罐可乐,拿了瓶牛奶走到谌冰的身边。

傍晚有点儿冷,谌冰加了件外套,萧致递牛奶:"加过热了。"

谌冰往石头旁边给他挪了个位置:"你坐。"

萧致问:"感觉怎么样?"

谌冰:"还行。"

萧致"嗯"了声,看了看谌冰衣服的厚薄。

没多久,不远处传来说话的声音,萧致看了一眼:"还有人在扎营。"

"对啊!都说这几天的星空特别漂亮。"文伟将一把叉子刺入羊排中,羊排早烤得金黄焦香,散发出诱人的气味,他切了块往萧致这边送,"好东西萧哥先吃。"

递到一半,萧致手都伸过去了,文伟突然想起什么,掉转烤肉方向往谌冰这边送:"还是给冰神吧。"

萧致似笑非笑,站起身先谌冰一步接过烤肉。

文伟被他这动作吓一跳:"牛啊!这是要反啊!"

大家直接起哄,傅航跟着狂笑,但没想到本以为会先吃的萧致,拿着烤肉,挺认真来了句:"肉熟了吗?就敢给人吃。"

文伟差点没笑死:"那还是您先尝。"

他俩围着烤架商量烤肉的味道,谌冰懒洋洋地坐在旁边喝温牛奶,再抬头时,眼前递过来一块油花儿直冒的羊排,萧致说:"好了,熟了,也入味儿了。"

湛冰接过来，萧致挨着他坐了下来："味道怎么样？"

湛冰："还行。"

"你要是觉得合胃口，以后放假了再出来露营。"

湛冰"哦"了一声。说得他很馋嘴似的。

湛冰吃完整块羊排，半靠着背后的石头，身旁萧致抬头："天快黑了。"

闻言，湛冰抬起了视线。这意味着，他们特意来看的星空也要出现了。

高原地区昼长夜短，但太阳一落山，天黑得也特别快。等待的时间不长，天空像蒙了块深蓝色的幕布，颜色越来越深，不到一个小时黑暗便吞噬了整片荒原，四野变得寂静辽阔。

房车附近地势开阔，文伟说了声"点个灯吧"，拉着插座摇摇晃晃挂到房车的尾巴上，"咔嚓"一声响后，灯火通明。

高原的冷风袭来，温度变低，湛冰耳畔响起鞋底踩草的响动。

萧致走到他背后，声音低沉："冷吗？"

湛冰："还行。"

"我找件衣服你换上？"

湛冰拉住他，觉得好笑："等着看星空呢，你忙来忙去，会错过美景的。"

质地柔软又温暖的毛衣被湛冰披上后，萧致熄灭了烤架里的火光。

没多久，文伟突然"哇"了一声："星星更明显了。"

碧蓝色的夜幕出现了几颗碎钻似的星星，闪耀着。

"看不太清，关上灯会更明显。"萧致走到房车背后，"啪嗒"一声，人造光芒骤然消失。

周围彻底陷入黑暗，伸手不见五指。

湛冰的视线经历了短暂的模糊，再抬头时看清了银河，满天星辰像碎钻般闪耀，聚合成一条蜿蜒的白练，璀璨夺目。分不清天与地的边界，星河在头顶的穹庐闪耀，美得极致，时间在这一刻仿佛被暂停。

半晌，文伟屏住呼吸："我感觉我的情操被陶冶了。"

管坤决定到处走走："伟子哥，星夜下漫步，一起到山头跑跑？"

文伟："走！"

傅航则留守在房车内，挥了挥手："我跟我爸打视频汇报行程呢，不去。"

萧致不置可否，也道："你们去，我和湛冰一起。"

营地安静了下来，不远处人声鼎沸，响起少年们的欢呼和笑闹声。

萧致换了件厚实的冲锋衣，确认湛冰不会着凉后，说："走吧。"

湛冰："去哪儿？"

萧致偏过头，漫天银光倒映入眼底："去看更远的星星。"

图书在版编目（CIP）数据

你为什么不笑了 / 若星若辰著. -- 武汉：长江出版社, 2025. 1. -- ISBN 978-7-5492-9726-9

Ⅰ. I247.5

中国国家版本馆CIP数据核字第2024FT9231号

你为什么不笑了 / 若星若辰 著
NI WEISHENME BUXIAOLE

出　　版	长江出版社
	（武汉市解放大道1863号）
总 策 划	一　航
出版统筹	康天毅
特约编辑	李鸿健
市场发行	长江出版社发行部
网　　址	http://www.cjpress.cn
责任编辑	李剑月
印　　刷	三河市嘉科万达彩色印刷有限公司
版　　次	2025年1月第1版
印　　次	2025年1月第1次印刷
开　　本	880mm×1230mm　1/32
印　　张	13.75
字　　数	509千字
书　　号	ISBN 978-7-5492-9726-9
定　　价	52.80元

版权所有，侵权必究。如有质量问题，请与本社联系退换。
电话：027-82926557（总编室）027-82926806（市场营销部）